Min Kamp

②

**Karl
Ove
Knausgård**

想象另一种可能

理
想
国
imaginist

我的奋斗
VOL.2
恋爱中的男人

[挪威] 卡尔·奥韦·克瑙斯高 著

康慨 译　李菁菁 校

上海三联书店

第三部分
Del 3

2008 年 7 月 29 日

夏天已经很长，此时仍然没有结束。6 月 26 日，我完成了这部小说的第一卷，此后一个多月，幼儿园放假了，我们将万妮娅和海蒂接回家，日子变得更加忙碌。我从来不明白假日有什么意义，从来感觉不到对假日的需要，总是一心想做更多的工作。可如果我非得如此，那就如此吧。我们本来计划头一个星期到木屋里过，那是去年秋天琳达让我们买下的，一方面是为了有个写作的地方，另一方面用于周末隐居，但是三天过后我们就待不下去，回了城里。把三个小孩和两个大人放进一个很小的空间，前后左右都是人，除了收拾收拾花园、修剪一下草坪，也就没什么事情好干了，这未必是个好主意，尤其是出发之前气氛就已经别别扭扭。我们在屋外狠狠吵过几架，想必让邻居们看了颇为受用，而置身于几百个精心打理的花园和那么多半裸的老人中间，更让我感到幽闭恐惧和焦躁易怒。孩子们很快会察觉出这种情绪并加以利用，特别是万妮娅，她对声在音高度和力度上的变化几乎马上就能作出反应，而如果变化明显，她就开始做她知道我们最不喜欢的事，没完没了，最后必定导致我们大发脾气。我们本来就憋着一肚子火，此时简直没有自卫的可能，只好任由大难临头：尖叫，咆哮，一塌糊涂。第二个星期我们租了辆车，向哥德堡外的雪恩岛开去，琳达的朋友米凯拉，也是万妮娅的教母，邀请我们去她伴侣的夏屋同住。我们问她知不知道和三个小孩住在一起是怎么回事，问她是不是当真想让我们过去，但她说她是当真的，她已经计划好了，要跟孩子们一起做烧烤，带他们去游泳、捉螃蟹，好让我俩有时间独处。我们接受了这番好意。我们驱车驶向雪恩岛，夏屋位于南挪威风景怡人的乡间地带，我们停车入内，用孩子和大包小包把房子填满。我们本打算在那儿待上一整个星期，但三天后就把全部家当塞进车里再度南下，米凯拉和埃里克明显因此得到了解脱。

　　没有孩子的人很难明白要应对什么，不管他们在其他方面表现得多么成熟与睿智，起码我自己有小孩之前就是这个样子。米凯拉和埃里克都是事业型的人：我认识米凯拉这么多年，她的履历上无一不是文化行业的顶尖职位，埃里克则是某家跨国基金的主管，总部位于瑞典。雪恩岛之后他在巴拿马有个会议，此前他俩还要去普罗旺斯度假，这就是他们的生活方式：那些我只是听说过的地方却是他们常来常往的居所。我们一家子就这样杀进去了，带着婴儿的湿巾和尿布，约翰到处乱爬，海蒂和万妮娅连打带叫，又哭又笑，孩子们从来不在桌上吃饭，从来不听大人的话，至少我们去别人家拜访，真心希望他们听话时他们不听，因为他们知道当时的情形。我们的处境越危险，他们就越不守规矩。夏屋高大而宽敞，但也没大到和宽到足以对他们视而不见的程度。埃里克假装不在意，他想表现出慷慨和喜欢小孩的样子，可这和他的身体语言不断地产生抵触：他两条紧贴着肋骨的胳膊，他走来走去把各种东西放回原位的动作，还有他眼睛里那恍惚的神情。他对如数家珍的物事和场地感觉亲近，却与那些刚刚占据这里的人相隔甚远，对待他们时便或多或少拿出了与对待鼹鼠或刺猬同样的方式。我知道他的感受，我也喜欢他。但这一切都是我带来的，情意相投也就无从谈起。他在牛津和剑桥上过学，还在伦敦金融城做过几年经纪人，但有一天到海边散步的时候他和万妮娅上了山，竟让她一个人在前面爬出去好几米远，而他动都不动，干站着看风景，完全没考虑到她只有四岁而且没有评估风险的能力，弄得我不得不抱着海蒂一路小跑赶去救援。半个小时过后我们在一家饭馆落座——我因为经历了突然的运动而两腿僵直——我把一盘小圆面包递到他手边，请他给约翰拿一点儿，因为我在给他们找东西时还得照看海蒂和万妮娅，他点了点头，说行，可就是不放下手里正在读的报纸，甚至头都没抬，根本没注意到离他只有半米远的约翰正变得越来越烦躁，最后无望地涨红了脸，终于放声尖叫，因为他想要的面包就在眼前，却怎么也够不着。此情此景激怒了坐在桌子另一端的琳达——我能从她眼睛里看出来——可她咬紧牙关，不作评论，一直等到大家出来，只有我们自己的时候才说我们应该回家了。就现在。我已经习惯了她的喜怒无常，于是让她闭嘴，保持克制，少在一肚子气的时候作那样的决定。这自然让她更为光火，就这么耗到第二天早晨，我们爬进汽车，动身离去。

蓝色无云的天空，拼布般暴露在风中但仍然美妙的乡村景色，连同孩子们的快乐，全家老小挤在一辆车里，而不是火车车厢或飞机的机舱，那一直是过去几年的旅行常态，此时这一切舒缓了气氛，但没过多久便故态复萌，因为得吃饭，而我们找到一家餐馆，停车登门，却发现是一家游艇俱乐部的内部餐厅，但服务员告诉我，只要过桥，步行到镇里，大概五百米便有另一家餐馆。于是二十分钟之后，我们上了一座又高又窄、交通繁忙的桥，费劲地推着两辆童车，饥肠辘辘，出现在眼前的却只是一片工业区。琳达大发雷霆，两眼泛着凶光。我们总是把事情搞成这个样子，她咬牙切齿地说，谁都不会这样，我们真没用，现在早该吃上饭了，全家老小，本来能吃顿正经饭的，却要晾在这儿顶着大风，一辆辆汽车嗖嗖驶过，尾气简直要把人呛死在这破桥上。我有没有见过别人家带三个孩子出门却搞成这副样子？我们沿路走到头，最后是一道铁门，上面刻着某家保安公司的标志。镇里看上去破败凄凉，要想到那儿，我们就得绕路，花至少十五分钟穿过这片工业区。我应该把她丢下，因为她总是抱怨不停，她总是想要好的结果，却从来不做任何事情让局面得以改观，只是抱怨，抱怨，抱怨，对困难的情况从来不能直面，如果现实无法与她的期望合拍，那么不管事情大小，她会统统怪罪到我的头上。唉，正常情况下，我们早已分道扬镳，但是和往常一样，出于实际的考虑又把我们拉回到同一条船上：我们有一辆汽车和两辆童车，所以你只好假装那些说过的话根本没有说过，推起弄脏的、要散架的童车过桥，回到光鲜亮丽的游艇俱乐部，把它们塞进汽车，给孩子们系好安全带，开车驶向最近的麦当劳。结果它就位于哥德堡市中心外的一个加油站，我坐到店里的长凳上吃香肠，万妮娅和琳达则在车里吃自己的那一份，约翰和海蒂睡着了。我们抛开原定的行程，不去利瑟贝格游乐园了，考虑到目前我们之间的气氛，那只会让事情变得更糟；可是几个小时后，我们心血来潮，止步于一个假冒的所谓"童话世界"，每样东西的质量都差到了极点。我们先带孩子到了一个小"马戏团"，里面有只狗能跳起来钻过膝盖那么高的呼啦圈，一位男人长相的壮硕女士，大概来自东欧的什么地方，身穿比基尼，把狗钻的一模一样的呼啦圈抛到空中，再环到屁股上大力摇摆，这套把戏我刚上学时随便哪个女孩子都会。还有一位和我年龄差不多的金发男子，穿卷头鞋，围女式头巾，腰上成圈的肥肉挤在灯笼裤外，他往嘴里灌满汽油，朝着低矮的顶棚喷火四次。约翰和海蒂看得目不转睛，眼珠子都快掉出来了。万妮娅的心思都在我们刚才经过的抽奖摊上，你可以在那儿抽到玩具，她一个劲掐我，不停地问表演什么时候结束。我偶尔看一下琳达。她抱着海蒂坐在那边，眼里含着泪。等我们出来，走路去微型游乐场，每人推着一辆童车经过一个游泳池，配有很大的滑梯，在它顶部后方耸立着一个巨大的转轮，也许有三十米高。这时我问她怎么了。

"我不知道，"她说，"可是看马戏我总是觉得很感动。"

"为什么？"

"嗯，那么悲伤，那么小，那么便宜。可是又那么美。"

"这一场也是？"

"是的。你没看到海蒂和约翰吗？他俩完全给迷住了。"

"万妮娅可没有。"我说着笑了笑。琳达回以微笑。

"什么？"万妮娅问，"你在说什么，爸爸？"

“我就说你在马戏场里想的全是你看到的玩具。”

万妮娅笑了，跟我们谈到她做过什么时她笑的样子一样。开心，但也很机警，想知道更多。

“我干什么了？”她问。

“你掐我来着，”我答，“还说你想去抽奖的地方。”

“为什么？”她问。

“我怎么知道？”我说，“我猜你想要玩具。”

“那咱们这就去吗？”她问。

“对，”我说，“过去就是。”

我指了指通往游乐场的柏油小道，我们可以从小树林穿过去。

“海蒂也有吗？”她问。

“她想要就有。”琳达说。

“她想要。”万妮娅说着，朝童车里的海蒂俯下身。“你想要吗，海蒂？”

“想。”海蒂说。

我们不得不花了九十克朗买票，这才让她们每人手里拿上一个小布老鼠。烈日灼人，树下的空气是静止的，游乐场传来各种喧闹不休的声音，混合着货摊上八十年代的迪斯科音乐，一起包围着我们。万妮娅想吃棉花糖，于是十分钟过后，我们便坐到小卖部外一张桌子边上了，愤怒的黄蜂固执地围着我们嗡嗡不停，滚烫的阳光让糖粘到了所有能碰到的东西上，桌面、童车背面、胳膊和手，孩子们气得大喊大叫，这跟他们刚看见小卖部大瓶子里装的螺旋形糖果时想的可不一样。我的咖啡太苦，难以下咽。一个脏兮兮的小男孩蹬着三轮脚踏车冲我们过来，一头撞上海蒂的童车，然后满脸期待地看了看我们。他长着黑头发，黑眼睛，大概是罗马尼亚人或阿尔巴尼亚人，要不就是希腊人。他又拿脚踏车挤了几下童车，横过来挡住我们出去的路线，然后就站在那儿，眼睛看着地面。

"咱们走吗？"我问。

"海蒂想骑马，"琳达说，"骑了再走不行吗？"

一个长着招风耳、黑脸膛的壮汉走过来，提起男孩和他的脚踏车，把他带到小卖部前的空地，朝他脑袋上拍了几下，然后便往他负责操控的机器章鱼那边去了。章鱼的腕足上装有可以让人坐进去的小筐子，慢慢转起来便一起一落。男孩骑上脚踏车从入口前横行而过，只见穿着夏装的游客络绎而来，络绎而去。

"当然行。"我说，然后起身，拿过万妮娅和海蒂的棉花糖，丢进垃圾筒，再推起约翰，他脑袋左摇右甩，正在捕捉各种有趣的东西。我们穿过广场，走向通往"牛仔镇"的小路。可这牛仔镇只是一堆沙子和三个新搭的棚子，挂着牌，分别写着"矿山"、"警局"和"监狱"，后两处还贴有"悬赏捉拿，不论死活"的告示，一边围有桦树，还有条坡道，有些青少年在那儿玩滑板，另一边便是骑马区，已经关门了。正对着矿山的围栏内，那东欧女人坐在一块石头上，正在抽烟。

"骑马！"海蒂说，左顾右盼。

"咱们得去入口那边骑驴了。"琳达说。

约翰把自己的水瓶扔到了地上。万妮娅从围栏底下爬过去，跑向矿山。海蒂看见，也爬出童车跟在后面。我发现警局后有个红白相间的可乐机，便摸索短裤口袋里的东西，仔细一看：两个发卡，一个瓢虫发夹，一个打火机，三块石头，还有万妮娅在雪恩岛捡到的两个白色的贝壳，一张二十克朗纸币，两枚五克朗的和九枚一克朗的硬币。

"我这会儿先抽支烟，"我说，"去那边。"

我指了指这片区域远端的一截树干。约翰举起了双臂。

"去吧。"琳达说着把他抱起来。"你饿不饿，约翰？"她问道，"天好热。就没个阴凉让我带他坐下来吗？"

"那边。"我指着山头的餐厅说。它形同火车，柜台在机车里，车厢内摆着餐桌。那里连个人影也看不见。椅子紧挨着餐桌。

"我这就过去，"琳达说，"然后喂喂他。你能看着女儿吗？"

我点点头，走向可乐机，买了一听，坐到树干子上，点了支香烟，抬头看着仓促搭建的棚屋，万妮娅和海蒂正在门口跑进跑出。

"这里头黑咕隆咚！"万妮娅叫道，"快来看！"

我抬手摇了摇，似乎很侥幸地满足了她。她还在用一只手把老鼠捂在胸前。

对了，海蒂的老鼠哪儿去了？

我抬眼向山上瞭望。它在那儿，就在警局外面，头朝下扎在沙子里。琳达在餐厅拉过一把椅子，靠着墙坐下，开始给约翰哺乳，他刚开始还在蹬腿，后来便安静下来了。马戏团的女士正在上山。一只马蝇在我腿肚子上蜇了一下。我把它拍死了，力道之足，打了它一个稀巴烂。香烟在高温下味道很差，但我毅然将其吸入肺中，抬眼盯住云杉的树冠，阳光捕捉到的绿色何其强烈。

又一只马蝇在我腿上降落。我不耐烦地赶跑它，站起身，把香烟扔到地上，手里拿着仍然冰凉的半听可乐，走向两个女儿。

"爸爸，我们在里面，你绕到后面去，看看能不能透过裂缝看见我们，行吗？"万妮娅抬头眯着眼睛对我说。

"可以。"我说，然后绕到棚子后面。只听她们在里面乒乒作响，咯咯乱笑。我低下头，挨近一条裂缝，往里瞧。但是外面的阳光与里面的黑暗反差过于强烈，我什么也没看见。

"爸爸，你在外面吗？"万妮娅喊道。

"在。"我说。

"你能看见我们吗？"

"看不见。你们隐身了？"

"对！"

等她俩出来，我假装看不见她们。直愣愣地盯住万妮娅的方向，叫她的名字。

"我在这儿。"她挥舞着胳膊说。

"万妮娅？"我喊道，"你在哪儿啊？快给我出来！这可不是闹着玩的。"

"我在这儿呢！在这儿！"

"万妮娅？"

"你真看不见我？我真隐身了？"

她听上去带着无穷的喜悦，可我也从她声音里听出了一丝不安。就在这个时候约翰开始尖叫。我抬头看去，琳达怀里紧抱着他站起来了。约翰哭起来不是这个样子的。

"咦，你在这儿啊！"我说，"你一直都在这儿？"

9

"是……是啊。"她说。

"你能听到约翰哭吗？"

她点点头，往上看去。

"咱们得走了，"我说，"走吧。"

我伸手去牵海蒂的手。

"不要，"她说，"不要拉手。"

"好吧，"我说，"那你跳到童车里。"

"不要童车。"她说。

"那我抱你？"

"不要抱。"

我下去取童车。回来时她已经爬到围栏上面去了。万妮娅坐在地上。山头上，琳达已经离开餐厅，正站在路上往下看，一只手朝我们挥舞着。约翰还在尖叫。

"我不想走路，"万妮娅说，"我腿疼。"

"你一整天也没走一步路，"我说，"腿怎么会疼？"

"我腿麻了。你得抱我。"

"不，万妮娅，你胡说。我不能抱你。"

"你能。"

"进童车，海蒂，"我说，"然后咱们去骑马。"

"不要童车。"她说。

"我腿麻——！"万妮娅说。最后一个字是尖声叫出来的。

我感到怒火中烧，真想一把抓起她俩就走，一条胳膊底下夹一个。那不会是我第一次夹着又踢又叫的她们走开，同时无视行人的目光，他们总是带着莫大的兴趣，看我们上演这小小的一幕，好像我戴着猴子面具。

但是这一次，我努力压住了脾气。

"你能进童车吗，万妮娅？"我问。

"除非你抱我起来。"她说。

"不，你得自己来。"

"不，"她说，"我腿麻了。"

如果我不让步的话，我们会在这儿站到第二天早晨。因为别看万妮娅缺乏耐心，一遇抵抗就会放弃，但她真要认准什么事，就会变得极其固执。

"好吧，"我说完便抱起她放进童车，"你又赢了。"

"又赢了什么？"她问。

"没什么，"我说，"来，海蒂，咱们走吧。"

我把她抱下围栏，几声不那么坚决的"不，不要"之后，我们便迈步上山了，海蒂让我抱着，万妮娅在童车里。我在半路上捡起海蒂的布老鼠，拍掉上面的土，把它塞进网兜。

"我不知道他怎么了，"琳达在我们走到山上后说，"他突然开始哭。没准让黄蜂什么的蜇了。看这儿……"

她拉起约翰的套头衫，给我看一个小红点。他在她怀里扭动，因为不停地哭闹，脸红红的，头发也湿了。

"可怜的小家伙。"琳达说。

"我也给马蝇咬了一口，"我说，"也许就是这个原因。先把他放童车里吧，咱们好走。反正咱们现在什么也做不了。"

我们给他系好安全带，他左右扭动，厌倦地低下头，还在叫唤。

"咱们上车吧。"我说。

"好，"琳达说，"但是我得先给他换尿布。那边有个换尿布的儿童屋。"

我点点头，然后我们开始下山。我们到这儿已经好几个小时了，天上的斜阳，林间洒落的阳光，不由让我想起家乡的夏日午后，我们要么开车去岛的另一边，爸爸妈妈下海游泳，要么走上居民区下方海湾的山坡。这些记忆在几秒钟内便注满我的脑海，没有确切哪个事件的外形，更多只是气氛、味道、感觉。中午更清亮也更透彻的阳光，到了下午就深郁起来了，把一切事物变得浓墨重彩。啊，七十年代的一个夏日，在小路上奔跑，穿过浓荫里的森林！一头扎进咸咸的海水，游向对岸的耶尔斯塔岛！阳光照耀着海边光滑的岩石，几乎把它们变得通体金黄。岩石之间中空的地方，生出了挺直的枯草。感受到海面以下的深沉，一旦进入山影，竟是如此黑暗。鱼儿一掠而过。然后是我们上方的树冠，细长的枝条微微抖颤，迎着海上的轻风！薄薄的树皮，下面是腿一样光滑的树。绿色的植物……

"就在那儿，"琳达说着，朝一幢八角形的木制建筑努了努嘴，"你能等一下吗？"

"我们慢慢走。"我说。

围栏里的杂树丛中，有两个木雕的地精，这就是此地可以名正言顺地叫做"童话世界"的原因了。

"快看，通彭！"海蒂叫了起来。"通彭"正确的发音是"通滕"，也就是地精。

她对地精念念不忘已经很长时间。直到春天，她还在指着圣诞前夜地精出现的门廊说"通彭要来了",玩地精给她的礼物时,她总要提前对礼物来自何处做一番说明。不过,通彭在她心目中的地位还很难讲,因为圣诞节过了以后,她在我的衣橱里发现地精的行头时,并没有表现出丝毫的惊讶或难过。当时我们什么也没说,她只是对着衣橱喊"通彭",好像那是他的更衣室似的,我们遇见白胡子老流浪汉在屋外广场上闲荡的时候,她也会从童车里站起来,声嘶力竭地喊"通彭"。

我俯身向前,亲了亲她胖嘟嘟的小脸蛋。

"不亲!"她说。

我大笑起来。

"那我亲你行不行,万妮娅?"

"不!"万妮娅说。

一道稀疏但前后相连的人流经过我们身边,大部分人身穿夏装——短裤、汗衫和凉鞋——有些人穿着运动裤和运动鞋,胖子的数量惊人,衣着光鲜的几乎一个也没有。

"我爸进监狱了!"海蒂欢快地大叫。

万妮娅在童车里转过头。

"没有,爸爸没有进监狱!"她说。

我再次大笑,然后停住了脚步。

"咱们得在这儿等等妈妈了。"我说。

你爸进监狱了,幼儿园的孩子相互之间经常这么说。海蒂把它理解为莫大的恭维,于是想拿我吹牛的时候便常常这样讲。据琳达说,上一次我们从木屋回来时,海蒂就是这样对公共汽车上一位坐在她们身后的老太太说的。我爸进监狱了。因为我不在场，而是带着约翰站在公共汽车站，所以这句评论便久久地回荡在空中，无人加以争辩。

我低下头，用汗衫袖子擦去脑门上的汗。

"我能再买张票吗，爸爸？"万妮娅问。

"不行，"我说，"你已经赢到玩具了。"

"好爸爸，再要一个嘛。"她说。

我转过头，看见琳达走过来，约翰端端正正地坐在童车里，戴着遮阳帽，看上去蛮开心的。

"没事吧？"我问。

"唔，我拿凉水洗了蜇过的地方。不过他累了。"

"待会儿上车他就会睡觉的。"我说。

"几点了你看？"

"约摸三点半？"

"八点到家？"

"差不多。"

我们再次穿过微型游乐场，经过海盗船，其外观惨不忍睹，后设舷梯，站着几个不是独腿就是独臂的汉子，裹着头巾，挥刀舞剑，然后是美洲驼和鸵鸟的围栏，一小块铺过的地面，有些孩子在上面骑四轮车。终于到了入口区，这里简直像障碍训练场，其实只是几根木头，三三两两的木挡板，中间挂着网子，还有一个带蹦床的高空弹跳架和骑驴用的跑道。我们在跑道边停下，琳达抱起海蒂，带她去排队，又把一个头盔戴在她脑袋上，而万妮娅和我带着约翰站在围栏边观看。

跑道上一次有四头驴，分别由家长牵着。一圈不足三十米，但大部分牲口要花很长时间才能完成，因为它们是驴，不是小马，驴子一来劲便停下不动。绝望的家长使尽全身力气拉扯缰绳，但这些畜牲就是不肯挪窝。他们徒劳地拍弄驴儿的侧腹，这些蠢驴照旧纹丝不动。有个孩子在哭。收票的女人不停喊叫，向家长提供建议。使劲拉啊！使劲儿！快拉，它们不怕疼！用力！就是这样，对！

"看见了吗，万妮娅？"我说，"驴拒绝行动。"

她哈哈大笑。她开心我就开心。与此同时，我也有点儿担心琳达会怎样对付这种局面；她的耐心不比万妮娅多多少。但轮到她时，她却沉着应对。只要驴子一停下，她就站过去，背对着驴肚子，嘴里发出一连串欢快的声音。她是骑马长大的，马在她的生活中曾经非常重要，肯定是这一点让她知道现在该怎么做。

海蒂跨骑在驴背上，喜气洋洋。当驴子对琳达的把戏不再买账的时候，她就特别用力地拉着缰绳，仿佛绝不允许它有半点儿固执。

"你真是个好骑手！"我对海蒂大声说道，又低头看看万妮娅，"你想试试吗？"

万妮娅坚定地摇摇头，扶正眼镜。一岁半的时候她骑过小马，我们搬到马尔默的那个秋天，她两岁半就开始上骑术学校。地点在人民公园的中心地带，一座破败的训练厅，地面铺着锯末，这对她而言堪称绝佳的经历，她全神贯注，下课后还要继续谈论。她在掉队的小马身上坐得笔直，让琳达牵着一圈又一圈地转，有时我自己陪她上课，便由那些好像在马校长大的十一二岁的女孩子牵马，一位指导老师在场中央来回走动，作着讲解。老师讲的万妮娅不一定全能听懂，不过这无关紧要，重要的是马和马所处的环境带来的经验。马厩，在草垛上养育小猫的母猫，当天下午谁要骑哪匹马的名单，她挑选的头盔，马被牵进训练厅的那一刻，骑行本身，上完课她在咖啡厅要的肉桂小面包和苹果汁。那是一周当中最重要的事。但第二年秋天再上课时出现了变化。他们换了一位新老师，因为万妮娅看上去年龄不止四岁，于是开始面对一些她完成不了的要求。虽然琳达跟老师谈过，情况却没有好转，得去上课了，万妮娅却开始抗议——她不想去，一点儿也不想——最后我们罢手了。现在看见海蒂在公园里骑小驴子，就算没有任何要求，她也不想骑。

我们还替她报名参加过一个游戏小组，孩子们有时在一起唱唱歌，间或画画，或随意消磨时间。她第二次去的时候，他们要画房子，万妮娅把草地涂成了蓝色。游戏小组的负责人走到万妮娅身边说，草地不是蓝色而是绿色，她能再画一遍吗？万妮娅撕碎了自己的画，还表现出生气的样子，让家长们纷纷侧目，并为自家孩子很有教养而大感庆幸。万妮娅有很多特点，但首先她很敏感，这种态度的形成连同它固化的事实让我担心。看到她成长也改变了我对自己童年的看法，原因不在于质而在于量，在于你单独和孩子在一起的时间，海量的时间。那么多个小时，那么多天，那么多突然出现又安然度过的状况。对我自己的童年，我只记得很少的一些事件，我认为它们都很重大，但现在我懂了，它们只是一小部分，还有大量的事情，它们的意义已被冲刷净尽，因为我怎么能知道那些存放在我脑海里的特殊事件，而不是那些我什么也记不起来的事情才是决定性的呢？

我和盖尔每天在电话上交谈一个小时，讨论这些问题的时候，他常常引用斯文·斯托尔佩，说他在某个地方写过贝里曼 [1]，意思是不管他在哪里长大，都会成为贝里曼，也就是说，无论环境如何，你都能成为你自己。塑造你的是你面对家庭的方式，而不是家庭本身。我在成长过程中受到的教育是，为不同环境下产生的不同的人类品质、行动和现象寻找解释。生物学或遗传学上的决定因素，亦即既定的前提，鲜有选择余地，但即使有选项存在，往往也不足为信。乍看上去，这种态度似乎是人本主义的，原因在于它和人人平等的概念有关，但进一步审视之下，它便恐怕与机械论无异了，认为人降生时一片空白，任由环境塑造人生。很长时间以来，我采用了一种纯理论的立场，来看待这个其实非常根本、可以用做任何讨论出发点的问题——环境是不是有效的因素。举例来说，如果人一开始既是平等的又是可塑的，而好人也可以通过改造其环境来加以塑造，这样才有了我父母一代对国家、教育制度和政治的信心，才有他们排斥一切陈规旧习的愿望，才有他们的新真理，就人的内在生命和个体的独特性而言，它们无从得见，而是正相反，它们存在于人的固有自我之外的区域，存在于大千世界和人类集体，对此最清晰的表述也许来自达格·索尔斯塔，他始终是他那个时代的记录者，"我们不会给咖啡壶安上翅膀。"这句著名的论断见于他 1967 年的一篇文章：去掉崇高，去掉感觉，代之以一种新的唯物主义——但可能正是同样的态度促成了老城区的拆迁，以腾出空间用于道路和停车场的建设，左

---

[1]　此处或指终生在邮局工作的瑞典作家布·贝里曼（Bo Bergman, 1869–1967）。

派知识分子自然要加以反对，过去他们对此无动于衷，或许至今也意识不到这一点，现在，平等理念与资本主义、福利国家与自由主义、马克思主义唯物论与消费社会之间的联系已显而易见的现实下才意识到，因为人人平等的最大创造者是金钱，金钱拉平所有的差异，如果你的性格和命运是可塑的实体，那么金钱便是最自然不过的塑造者，这还催生出一种迷人的现象，大众以完全相同的方式购物，以此声张自己的个性与独创，而那些曾经心怀平等理念、强调物质价值、信奉变革并为此敞开大门的人，如今却在对自己造成的结果猛烈攻讦，他们相信那是敌人的创造——但是像所有简单的推理一样，它也并不完全真实：人生不是数理意义上的量，没有理论，只有实践，而尽管有一种诱惑，要把一代人激进的社会反思以怎样看待传统与环境之间的关系为出发点来加以理解，这种诱惑却显得过于学究气，更多存在于沉思的、通过人类活动种种最不相干的区域，来把一个人的想法编织到一起的乐趣，而不是通过宣告真相来获得愉悦。索尔斯塔的书贴近大地，显示出对诸多现代思潮难以置信的觉悟，从六十年代对异化的感知，七十年代初对政治主动性的弘扬，直到后来随着变革之风开始吹拂而最终选择了保持距离。对作家而言，这些风向标一样的品质既不需要力量，也不需要软弱，而仅仅是他本性的一部分、他判断力的一部分，以索尔斯塔观之，他最重要的特色总是体现在别的地方，那就是他的语言，它闪耀着让人耳目一新的老式的优雅，散发出一种独特的光辉，不可仿效，又充满锐气。这种语言是学不来的，这种语言也无法用钱买到，这就是其价值所在。并不是说我们生来平等，也不是说生活的条件让我们的人生变得不平等，而是正相反，我们生来是不平等的，而生活的条件让我们的人生更加平等。

当我想到我的三个孩子，出现在眼前的不只是他们各具特色的面孔，还有他们传递出的迥然相异的感觉。这种感觉从未改变，让他们在我眼中"如其所是"。而这些"如其所是"的东西，从我看到他们第一天起就在他们身上表现出来了。那个时候他们几乎什么也做不了，能做的一点点不外乎吮吸乳房，出于本能反应抬抬胳膊，看看周围环境，模仿一下，这些他们都能做，因此他们的"如其所是"无关才能，无关能做什么或不能做什么，更多是一种发乎本性的光辉。

仅仅几周之后，他们的性格特征便开始慢慢显现，并且从未改变，每个孩子的本性都是那么不同，以至于很难想象我们的行为和处世方式对他们产生过任何具有决定意义的影响。约翰性情温和、友善，喜欢两个姐姐，喜欢飞机、火车和公共汽车。海蒂性格外向，遇见任何人都肯讲话，她对鞋子和衣服着迷，只想穿礼服，对自己的小身体颇为自信，举个例子，她曾在游泳馆光着身子站在镜前，对琳达说：妈妈，看我屁股长得多棒！她讨厌挨训，如果你凶巴巴地对她讲话，她会扭过头，开始哭。可万妮娅是要跟你顶嘴的，她脾气相当大，相当固执，很敏感，但对人也颇为随和。她记性好，我们给她读过的书，所看电影的台词，大部分她都记在脑子里了。她有幽默感，在家里总是把我们逗得大笑，但出门后她很容易受周围的影响，如果情况太新或太不熟悉，她便自我封闭。大概七个月大的时候，她已经显出了羞怯的迹象，可资为证的是，只要有陌生人接近，她便闭上眼睛，只是闭上眼,好像睡着了一样。她偶尔还会这样做,比如,她坐在车里,我们与幼儿园的某位孩子家长不期而遇,她的眼睛还会突然闭上。在斯德哥尔摩我们家正对面的那座幼儿园,经过扭扭捏捏和手足无措的开始阶段,她和一个名叫亚历山大的同龄男孩变得形影不离,两人一起在游戏场器材上胡打乱闹,玩得太起劲了,老师说他们有时不得不把两人隔开,好保护亚历山大,因为万妮娅的猛攻让他难以招架。但总的来说,万妮娅一来,他就开心,她一走,他就难过,而从那以后,万妮娅便更喜欢和男孩子一起玩了,在他们粗野的、无拘无束的举止中,显然有她需要的某种东西,也许因为这并不复杂,大概也带给了她一种支配的感觉。

我们搬到马尔默后,她进了一家新幼儿园,靠近西港,位于大多数富人所住的新建城区。由于海蒂太小,必须由我负责安顿她。每天一早,我们骑车经过老造船厂,朝着大海的方向穿城而出,万妮娅戴着小头盔,两条胳膊搂住我,我骑在小号的女式自行车上,膝盖顶到肚子的高度,轻松而快乐,因为城里的样样东西仍然让我觉得新鲜,在早晨和下午的天空中,阳光的变化还没有在渐成积习而不断减弱的注视下变得枯燥无趣。但万妮娅每天早晨告诉我的头一件事,就是她不想去幼儿园,偶尔还会为此哭鼻子,而我以为这仅仅是个过渡阶段,过一阵子她就会喜欢上幼儿园,一定会喜欢的。可是等我们到了那儿,任凭三位年轻的女老师百般引诱,她就是不肯从我腿上下来。我想,最好把她丢到紧里头,然后走掉,留她自己照管自己,可是无论她们仨还是琳达,肯定谁也听不得这样残忍的恶行。于是我在房间角落的一把椅子上坐下,把万妮娅放到我腿上,孩子们在周围玩耍,屋外阳光炫目，可是随着日子一天天过去，秋意已然渐浓。休息时间到了，老师们在院子里摆好了小吃，有切成片的苹果和梨，要她参加也可以，我们得坐在离别人十米开外的地方，我照办了，脸上挤出歉意的笑，对此我并不惊讶，因为这正是我跟别人打交道的方式，而她只有两岁半，又是怎么学会这一套的呢？当然，老师最后还是成功地把她从我身边哄开，让我得以骑车回家写点儿东西，留她撕心裂肺地哭叫。过了一个月，她便让我正常接送了。不过有时到了早晨，她还是会说不想去，偶尔还是会哭鼻子，因此当另一座离我们家很近的幼儿园打来电话，说他们有个空出来的名额时，我们没有犹豫。它名叫"山猫"，采用家长合作社的形式，这意味着所有家长都必须在一年内拿出两个星期，像老师一样上工，还要充任许多行政岗位或杂务中的一项。这座幼儿园会在多大程度上侵蚀我们的生活，我们不知道，我们只谈了它会带来的好处：我们将了解万妮娅的小伙伴，通过互助服务和开会，也将了解他们的父母。我们听人说，孩子们一起回家很常见，那么用不了多久，如果需要的话，我们也能有所解脱。此外，还有一个也许最具分量的理由，我们在马尔默谁也不认识，连一个可以联系的人都没有，而这是个培育人际关系的捷径。此言不虚，才过两个星期，我们就接到了参加小朋友生日派对的邀请。万妮娅对此真心期待，尤其是她有一双刚刚得到的金色宴会鞋要穿出去，但与此同时，她又不想参加，这完全可以理解，因为她与别的孩子仍然不是很熟。请柬在一个星期五的下午放到了幼儿园的书架上，派对时间是一周后的星期六。那个星期的每个早晨，万妮娅都要问斯黛拉的派对是不是当天，我们说不是，她就问那是不是后天，这大概就是她心目中最遥远的未来了。到了那个早晨，我们终于能点头说：是的，咱们今天去斯黛拉家。她一下子从床上蹦起来，直奔小柜子穿她的金鞋去了。每个小时她都要问两三遍，是不是到时间了，该不该走了，眼瞅着这就是一个令人无法忍受的上午，絮絮叨叨，吵吵闹闹，幸亏还有可以打发时间的活动。琳达带她去了书店，买了一份礼物，后来又坐到厨房的桌边弄生日贺卡。我们给两个女儿洗澡，梳头，穿上白色长袜和派对礼服。突然之间，万妮娅的情绪一落千丈，她不想穿长袜了，也不想穿礼服，还去什么派对，问都不要问，她把两只金鞋扔到了墙上，但是我们耐心地坐着，熬过她大发脾气的几分钟之后，还是努力把各种东西穿到了她身上，就连海蒂受洗时送给她的那条白色针织披肩也没落下，最后，等两个小姑娘坐进我们身前的童车，她们又一次充满了期待。万妮娅一只手拿着她的金鞋，另一只手拿着礼物，严肃而安静，她回头和我们讲话的时候，双唇已经绽开了微笑。海蒂坐在她旁边，又激动又高兴，别看她不明白我们要去哪儿，可这些打扮和之前的准备工作必定让她看出了某种不寻常之事即将发生的迹象。开派对的公寓只有几百米远，就在我们住的这条街上。市声鼎沸，足见又到了星期六的傍晚，最后一批购物者提着袋子，与来到市中心、在汉堡王和麦当劳外闲荡的小孩们交汇混杂，人流已不再抱有一个单纯的目的，通往多层停车场的路上，一家又一家人来来往往。如今，车身锃亮、贴近地面、声音低沉、通体震颤、由二十来岁的男性移民驾驶的黑色轿车越来越多。超市外面的人如此之众，我们不得不暂且驻足，有个骨瘦如柴的老太太，这个时间经常坐着轮椅在此出没，此时一眼看到万妮娅和海蒂，便屈身向前，冲她俩摇响了挂在棍子上的铃铛，还露出微笑，满心要以慈爱示人，却吓了两个小姑娘一跳。可她们什么都没说，只是看着她。大门口的另一侧坐着一个和我年龄相仿的吸毒者，向前伸出的手里抓着一顶帽子。他有只猫，关在他身边的笼子里，万妮娅一见，就朝我们转过头。

"等咱们搬到乡下，我想要只猫。"她说。

"猫！"海蒂用手指着说。

我掌控童车，翻过路缘，上了马路，好超过三个慢得要命的行人，他们大概以为这人行道是自己家的吧。我尽力加快脚步，走了好几米，超过他们以后才折回人行道上。

"那可能还挺远的呢，你知道的，万妮娅。"我说。

"你不能在公寓里养猫。"她说。

"太对了。"琳达说。

万妮娅又一次想到了未来。她用两手紧紧抓着装礼物的袋子。

我看了看琳达。

"他叫什么来着，斯黛拉的爸爸？"

"哦，大脑一片空白……"她说，"对了，埃里克，是不是？"

"没错，"我说，"他干什么的？"

"我说不准，"她说，"跟设计有关吧。"

我们经过戈特格鲁万糖果店，万妮娅和海蒂都伸长脖子盯着橱窗。下一个门脸是当铺。旁边的一家商店卖各种各样的小雕像和首饰，有天使和佛像，还有香、茶叶、肥皂，以及其他新纪元风格的小摆设，张挂在橱窗内的海报宣告着瑜伽大师和著名灵媒到访本城的消息。街道另一边,有家卖平价品牌的服装店,力科牛仔服饰,"时尚为全家",旁边是TABOO,所谓的情趣小店,用门边橱窗里的假阳具、穿各种女便装和束身内衣的玩偶来引诱行人,却不当街,而是藏身巷内。挨着它的是贝里曼手袋帽饰店,想必从四十年代创办时起,这里的内部装潢和在售品种便不曾有过更易,然后是无线电城,刚刚破产,但仍然能看到橱窗里摆满了发光的电视屏幕,周围还有各式电子产品,价格写在大大的、隐隐发光的橙色和绿色卡纸上。有个规律,你越往街里走,商店就越便宜,越可疑。这同样适用于经常在这一地区出没的人。在斯德哥尔摩的时候我也住市中心,但这里不一样,这里的贫穷和悲惨明摆在大街上。我喜欢这样。

"就是这儿。"琳达边说边在一道门前停下。在一家宾戈游戏厅外,有三个五十来岁、面无血色的女人站在那儿抽烟。琳达扫视着对讲机旁边的名单,然后按了一个号码。两辆公共汽车接连轰然而过。我们走进黑暗的门厅,靠墙停好童车,爬上两段通往公寓的楼梯,我抱着海蒂,琳达牵着万妮娅的手。我们上去的时候,公寓的门开着,里面也很黑。这样直接走进来,我觉得很别扭,我更想按一下门铃,好让我们的到来更加明显,因为现在我们站在过道里,没有任何人给予哪怕最轻微的注意。

我把海蒂放下,脱掉她的外套。琳达本来也要给万妮娅脱外套的,可她不干,得先把她的靴子脱下来,好让她穿金鞋。

过道两边各有一个房间。孩子们在其中一间兴奋地玩闹,另一间有些大人站着说话。在通往公寓更里面的过道上,我看到埃里克背对我站着,正和幼儿园的一对父母聊天。

"你好！"我说。

他没回头。我把海蒂的外套放到椅子上的另一件外衣上面，然后碰到了琳达的目光。她在找地方挂万妮娅的外套。

"咱们进去？"她说。

海蒂双臂环住我一条腿。我抱起她，往前走了几步。埃里克转过身来。

"嗨。"他说。

"嗨。"我说。

"嗨，万妮娅！"他说。

万妮娅把脸扭开了。

"你不是要把礼物给斯黛拉吗？"我问。

"斯黛拉，万妮娅来了！"埃里克说。

"你给。"万妮娅说。

斯黛拉从地板上一堆小朋友中间站起来。她笑了。

"生日快乐，斯黛拉！"我说，"万妮娅有礼物给你。"

我低头看着万妮娅："你想把礼物给她吗？"

"你给。"她低声说。

我接过礼物，递给斯黛拉。

"这是万妮娅和海蒂送的。"我说。

"谢谢。"她说完扯掉包装纸，一看是本书，就把它放到桌上的礼物旁边，然后回到别的孩子们那里去了。

"嗯，"埃里克说，"都还好吧？"

"还好，还好。"我说。我能感到衬衫粘在胸前。会有人注意吗？我不知道。

"这房子真好，"琳达说，"三室的？"

"对。"埃里克说。

他总是一副精明相，跟人说话时总有一种已经从对方身上得到什么东西的感觉，你弄不清他的深浅；他浅尝辄止的微笑可以有三种解读：讽刺挖苦，情投意合，犹豫不决，哪一种都完全说得过去。如果他个性鲜明或有棱有角，很可能会让我感到焦虑，但他是那种犹豫不决的人，意志薄弱，优柔寡断，所以不管他此时在想什么，我都毫不担心。我的注意力放在万妮娅身上。她紧挨琳达站着，低头看着地板。

"另一拨人在厨房，"埃里克说，"你们想喝的话，那儿有酒。"

海蒂已经进了房间，此时站在一个架子前，手里拿着一只木头蜗牛。它是带轮子的，还有根绳子，可以拉着走。

我朝过道里两位家长点点头。

"嗨。"他们说。

他们叫什么来着？约翰还是雅各布？那她呢，米娅对不对？不，见鬼，他叫罗宾。

"嗨。"我说。

"你好吗？"他说。

"是的，"我说，"你们呢？"

"都挺好，谢谢。"

我朝他们微笑。他们回以微笑。万妮娅松开琳达，犹犹豫豫走进了孩子们正在玩耍的房间。她站着看了他们一会儿，后来好像决定了，要断然采取行动。

"我有金鞋了！"她说。

她弯腰脱掉一只鞋，举到空中，好让大家看个清楚。可谁也没有看。等她意识到这一点，便把鞋穿回到了脚上。

"你不想跟那边的孩子玩吗？"我说，"你看到了吗，他们有个大娃娃屋。"

她照我说的过去了，坐到他们旁边，但什么也没干，只是坐着观望。

琳达抱起海蒂，带她去了厨房。我也跟过去了。每个人都说了你好，我们回以问候，坐到长桌边上，我挨着窗。他们正在谈廉价机票，一开始便宜得要命，但慢慢就贵起来了，因为你得一笔接一笔地掏附加费，最后到手的票价也就和那些收费更高的航空公司所差无几了。然后话题转向了购买二氧化碳排放配额，继而是新设立的旅游专列。我当然能就此谈谈看法，可我没有，闲聊是我没掌握的无数技能之一，所以我干坐着，不管说什么我都点头，跟平时一样，别人微笑我也微笑，同时全身心地希望自己飞到千里之外。在厨房的工作台前，斯黛拉的母亲弗丽达正在做某种色拉酱。她已经和埃里克分手，虽然遇到跟斯黛拉有关的事，他们都能很好地协作，但是在幼儿园的委员会开会时，你还是能偶尔注意到他们之间的紧张和恼怒。她是金发女郎，高颧骨，小眼睛，高个子，身材苗条，而且懂得怎样装扮，但她对自己太满意，太以自我为中心了，所以我不觉得她有什么魅力。我对无趣的人、对人云亦云的人都没成见，他们也许有别的更重要的品质，比如热情，体贴，友善，幽默感，或是具备某种才能，比如让谈话行云流水，创造出一种人人轻松适意的氛围，再比如让家庭有效运转，但是碰到无趣又认为自己特别有趣，还要自吹自擂的人，我甚至会感到一种生理上的厌恶。

她把平碗放进托盘，我以为那是调味汁，原来只是蘸料，旁边有一盘胡萝卜条和一盘黄瓜条。此时万妮娅进了房间。当她看见我们的时候，就走过来站到很近的地方。

"我想回家。"她温和地说。

"我们才到啊！"我说。

"我们再待一会儿，"琳达说，"快看，现在你们有好吃的了！"她指的是托盘里那些蔬菜吗？

肯定是。

这个国家的人都疯了。

"我跟你去，"我对万妮娅说，"走吧。"

"你能把海蒂也带上吗？"琳达问。

我点点头，抱起她，走进孩子们待的房间，万妮娅跟在我身后。随后弗丽达端着托盘也进来了。她把托盘放到地板中央的一张小桌上。

"这儿有些吃的给你们，"她说，"蛋糕待会儿上。"

孩子们，三个女孩一个男孩，继续在玩娃娃屋。另一间屋里，两个男孩在到处乱跑。埃里克站在那儿，在音响旁边，手里拿着一张 CD。

"我这儿有几张挪威爵士，"他说，"你喜欢爵士吗？"

"还……还行。"我说。

"挪威的爵士搞得不错。"他说。

"这张是谁？"我问。

他把封面给我看。是个我从未听说过的乐队。

"挺棒的。"我说。

万妮娅站在海蒂身后，想把她抱起来。海蒂不干。

"她不干了，万妮娅，"我说，"把她放下。"

她还是要抱，所以我朝她们走过去。

"你不想吃胡萝卜？"我问。

"不想。"万妮娅说。

"那儿还有蘸的呢。"说完，我走到桌边拿了一块胡萝卜条，放在白色的、大概是奶油打底的蘸料里浸了浸，然后放进嘴里。

"嗯，"我说，"真不错。"

他们为什么不能给小朋友准备香肠、冰淇淋和汽水？棒棒糖？果冻？巧克力布丁？

见鬼，多么愚昧、无知的国家！所有年轻的女人都在大量喝水，耳朵都快成喷泉了，她们认为这是"有益的"、"健康的"，但这样做的唯一效果，不过是大大推高了失禁青年的统计数字。儿童吃的是全麦面条，全麦面包，加上各种稀奇古怪的糙米，他们的胃却难以消化，但这无关紧要，因为这是"有益的"、"健康的"，是"卫生的"。唉，他们混淆了食物和思想，他们认为自己能吃成更好的人类，却不理解食物是一回事，食物观是另一回事。而如果你这样讲了，如果你露出了这样的想法，那你不是反动分子就是挪威佬，也就是说，落后十年。

"我不想吃，"万妮娅说，"我不饿。"

"好吧好吧，"我说，"但是看看这儿。你以前见过吗？这是铁路模型。要不要搭起来？"

她点点头，于是我们在别的孩子身后坐下。我开始按照弧线摆铁轨，同时帮万妮娅找零件。海蒂已经到另一个房间去了，沿着书架，边走边研究里面的每样东西。每当那两个男孩闹得太欢，她就整个转过身来，瞪人家一眼。

埃里克终于放好 CD 并调高了音量。钢琴，贝司，加上无数的打击乐器，某一类型的爵士鼓手就喜欢这样——拿石头敲石头的那种，要不就逮着什么敲什么。有时我对此无动于衷，有时我感觉这很荒唐。我讨厌观众在爵士音乐会上喝彩。

埃里克合着音乐点着头，然后转过身，朝我挤挤眼，便走进了厨房。此时门铃响了。是利努斯和他儿子阿基里斯。利努斯的上嘴唇的下面贴着一撮唇烟，他穿黑裤子，黑外套，里面一件白衬衫，金发略显蓬乱，往屋内看着，目光诚实而天真。

"嗨！"他说，"咋样？"

"很好，"我说，"你呢？"

"还行，按部就班。"

阿基里斯个头很小，有一双大大的黑眼睛。他一边脱外套和鞋，一边注视着我身后的孩子们。儿童像狗，总是扎堆儿。万妮娅也在看他。她最喜欢的就是他了，她选出来接替亚历山大角色的就是他。但是他一脱下外面穿的衣物，便直奔其他小孩而去，万妮娅无计可施，根本拦不住他。利努斯溜进厨房，我想我在他目光中发现的光芒，可能只是他对有机会聊天的渴望。

我起身看看海蒂。她站在窗下的丝兰植物旁边，正从花盆里往外抓土，已经有一小堆弄在地板上了。我走过去把她抱开，尽可能用两只手撮起土放回去，接着走进厨房找抹布。万妮娅跟在我身后。一进厨房，她就爬到琳达腿上去了。客厅里海蒂哭起来了。琳达对我投来质询的目光。

"我会照看她的,"我说,"只是要找个能擦东西的。"

大伙围在工作台周围,好像要准备弄饭了,我没往里挤,而是去了卫生间,扯了一大条手纸,在水龙头下打湿,再返回客厅擦地。我抱起还在哭的海蒂,进卫生间给她洗手。她在我怀里扭来扭去。

"好啦好啦,好姑娘,"我说,"这就好了。还剩一点儿。好,完工!"

我们出来的时候,她已经不哭了,但一点儿也不高兴,不愿意下地,只想让我抱着。罗宾双臂交抱,站在客厅里,注视着他女儿特雷莎的一举一动,她只比海蒂大几个月,但已经能讲长句子了。

"嗯,"他说,"现在还在写东西?"

"对,一点点。"

"你在家写?"

"对,我有自己的房间。"

"不难吗?我是说,你就没想过先别写了,看看电视,要不洗点衣服什么的?"

"这样挺好的。有写字间的话,我的时间更少,但是……"

"是啊,那当然了。"他说。

他一头金发,相当长,卷卷地盖住后颈,蓝眼睛鲜亮,鼻子扁平,下颚宽大。他不算壮,也说不上单薄。他打扮得好像二十五六,不过他已经快四十岁了。他心里琢磨什么我不知道,一点儿也看不出他在想什么,但他并不神秘。相反,他的长相和气质都给人坦率的印象。但他还是有些什么，我感觉到了，是别的什么，是一道阴影。他的工作是让难民融入社会，他以前告诉过我，然后我问过几个问题，无非多少难民获准留下什么的，此后便丢开了这个话题，因为我的意见和同情心，与我自行揣度的他所持的标准差别甚大，迟早会表现出来，于是我就会给人留下非蠢即坏的印象，我看不出有什么理由要挖自己的墙角。

万妮娅在朝我们这边看。她坐在地板上，离别的孩子稍微隔了一点儿距离。我放下海蒂，万妮娅好像一直在等我这样做，马上起身走过来，拉住海蒂的手，领她去摆放玩具的架子，递给她木头蜗牛，如果你在地板上拉着它走，两只触角就会嗡嗡转动。

"看，海蒂！"她说着把从蜗牛从海蒂手里拿过来，放到地板上，"你像这样拉绳子。然后它就转了。看见了吗？"

海蒂抓住绳子就扯。蜗牛翻了。

"不，不是这样，"万妮娅说，"看我的。"

她把蜗牛扶正，慢慢拉着它走了几米。

"我有个妹妹！"她大声说道。罗宾已经走到窗边，站在那儿望着后院。斯黛拉精力充沛，想必这平添了些额外的活力，因为这是她的派对。她兴奋地喊叫着一些我听不懂的话，指着两个比她小的女孩中的一个，要人家把手里的娃娃递给她，然后她拉过一辆小推车，把娃娃放进去，便推着车往过道去了。阿基里斯发现了本亚明，这是个比万妮娅大一岁半的男孩，通常都坐在某处，全神贯注于一幅画，一堆乐高积木，或是一条有塑料海盗的海盗船。他很有想象力，很独立，行为也很得体，此时正和阿基里斯坐在一起，搭建我和万妮娅丢下的铁路。两个小一些的女孩在追斯黛拉。

海蒂在呜咽。她大概饿了。我走进厨房，坐在琳达身边。

"你过去看看她们行吗？"我说，"我觉得海蒂饿了。"

她点点头，拍拍我的肩膀，然后起身。我花了好几秒钟才弄清桌边正在进行的两个谈话主题。一个关于汽车合作社，另一个关于汽车，我猜他们已经各谈各的了。窗外暮色已深，厨房光照不足，桌边这些瑞典人脸上的皱纹在黑暗中隐没，眼睛却在烛光中闪烁。埃里克和弗丽达，还有一个我不记得名字的女人站在工作台边，背对着我们，正在准备食物。我感到心里充满了对万妮娅的柔情。但我什么也不能做。我看着正在讲话的人，听到妙语便奉上淡然一笑，抿一口别人放在我面前的那杯红酒。

坐在我正对面的是唯一一个给人突出印象的人。他有一张大脸，两颊瘢痕累累，容貌粗粝，目光如炬。放在桌上的两只手堪称巨大。他穿一件五十年代的衬衫，蓝色牛仔裤卷到腿肚子上。他的发型也是典型五十年代的，还留着连鬓胡子。但让他与众不同的并非这一切，而是他的气场，你能感到此人昂然在座，哪怕他没怎么说话。

我曾在斯德哥尔摩去过一个派对，有位拳击手也在。他坐在厨房，那种肉体的存在感触手可及，虽然隔着一段距离，还是让我充满了讨厌的自卑的感觉。一种我不如他的感觉。颇为奇怪的是，那天晚上证明我是对的。派对主人是琳达的朋友科拉，她家很小，所以大家都四处站着聊天。客厅里的音响传出响亮的音乐。外面，雪让街道披上了银装。琳达挺着大肚子，在孩子出生并改变一切之前，这大概是我们能参加的最后一个派对了，所以她尽管很累，还是要尽力多待一会儿。我端着一杯酒和托马斯聊天，他是摄影师，也是盖尔的朋友；科拉通过托马斯的伴侣玛丽与他结识，玛丽是诗人，在毕斯科普斯 - 阿尔内北欧人民高等学校做过科拉的老师。由于肚子的原因，琳达仰坐在从桌边拉开的椅子上，笑了又笑，很开心的样子，大概只有我一个人知道，过去几个月来她已有轻微的内向，这样的容光焕发何其浅短。过了一会儿她起身出去，我微笑着看了看她，便将注意力转回到托马斯身上，他正在谈红发人的基因问题。当晚红头发可谓满目皆是。

有人敲门。

"科拉！"我听见有人在叫，"科拉！"

难道是琳达？

我起身走进门厅。

敲门声是从卫生间里面传出来的。

"是你吗，琳达？"我问。

"是我，"她说，"我想门锁卡住了。你能把科拉叫来吗？肯定有什么小窍门的。"

我走进客厅，拍拍科拉的肩膀。她一只手端着一盘子吃的，另一只手拿着杯红酒。

"琳达反锁在卫生间里了。"我说。

"噢，不！"她说着放下杯子和盘子就往外冲。

她们隔着锁住的门商量了一会儿。琳达努力按指示去做，但无济于事，门还是打不开。公寓里所有人都知道了现在的状况，气氛变得既欢快又兴奋，一大帮人挤在过道里为琳达支招儿，科拉手忙脚乱，焦躁不安，不停地说琳达挺着大肚子呢，咱们得做点儿什么啊。最后的决定是打电话找锁匠。等人来的时候，我站在门边和里面的琳达说话，不自在地意识到人人都能听到我在说什么，人人都知道了我的无助。我就不能一脚踹开门救她出来吗？那岂不是既简单又有效？

我以前从来没踹过门。我不知道门有多结实。万一踹不动，那又会显得多愚蠢？

半小时后锁匠到了。他在地板上打开一个装工具的帆布包，对着门锁一通拨弄。他很瘦小，戴眼镜，脑袋上有一块已经开始谢顶。他对身边围观的人什么也没说，只是一个工具接一个工具做着徒劳的尝试，那该死的锁纹丝不动。最后他放弃了，告诉科拉这没有用，门他是打不开了。

"那我们该怎么办？"科拉问，"她这就要生了呀！"

他耸耸肩。

"你们得把门踹开。"他直勾勾地看着自己那一堆工具说。

由谁来踹门呢？

非我不可。我是琳达的丈夫。这是我的责任。

我的心在怦怦跳。

我该踹吗？在所有人的注视下退后一步，用尽全力踹一脚？

门要不动怎么办？飞出去打到琳达怎么办？

她必须在角落里找到藏身之处。

我平静地做了几次呼气吸气的动作。可这不管用，我心里仍然在颤抖。像这样引起别人的注意简直是自寻死路。如果还有失败的风险，那只能更糟。

科拉环视左右。

"我们得把门踹开，"她说，"谁上？"

锁匠已消失在门外。如果那个人注定是我，那么挺身而出的时候到了。

我挺了，可是没出。

"米克，"科拉说，"他是拳击手。"

她转了一圈，准备去客厅把他拉过来。

"我可以去叫他。"我说。用这种方式我无论如何也掩盖不了自己的耻辱，我要直截了当地告诉他：本人，作为琳达的丈夫，是不敢踹门的，所以我要请您，作为一位拳击手和巨人，为我把门踹开。

他站在窗边，手拿啤酒，正在和两个女孩聊天。

"你好，米克。"我说。

他看看我。

"她还锁在卫生间里。锁匠也弄不开。你能把门踹开吗？你觉得行吗？"

"当然。"他说完，虎视眈眈地看了我一会儿，才放下啤酒，走进门厅。我跟在后面。他走向卫生间的过程中，大伙纷纷让路。

"你在里面吗？"他问。

"在。"琳达说。

"尽量离门远点儿。我要踹了。"

"好的。"琳达说。

他稍等片刻，然后抬起一只脚，踩到门上，力量之大，连门锁都瘪了。碎片飞溅。

琳达出来的时候，有些人鼓了掌。

"小可怜，"科拉说，"真对不住，让你受这份罪，而且还……"

米克已转身离去。

"你还好吧？"我问。

"还好，"琳达说，"但是我觉得咱们该回家了。"

"当然。"我说。

客厅里的音乐调低了音量，两个三十岁出头的女人即将朗诵自己艳丽奔放的诗作。我把琳达的外套递给她，穿上自己的，跟科拉和托马斯道别，耻辱在我内心烧灼，但最后一份责任还未履行，我必须去感谢米克所做的一切。我挤过诗朗诵的观众，走到窗边停下，站在他面前。

"非常感谢，"我说，"你救了她。"

"咳，"他耸了耸一对巨大的肩膀说，"没什么。"

在打车回家的路上，我几乎不能看琳达一眼。我没有挺身去尽我的职责。我是那样懦弱，竟至于让别人为我兼差。一切历历在目。我是个可怜虫。

我们上床睡觉时，她问我怎么了。我说我因为没端门而感到羞耻。她惊讶地看着我。她从未有过这种想法。为什么该我端？我不是那种类型对不对？

坐在桌子对面的男人发散出与斯德哥尔摩那位拳击手相同的气场。这与他身材的高矮或肌肉的质量无关，因为虽然这里好几个男人都拥有经过良好训练的强健躯干，但他们对我的影响微不足道，他们在房间里的存在感是稍纵即逝的，无关紧要的，就像一片不经意的思绪，不，是别的什么，只要我碰到它，感觉就变得更糟，我看到自己还是那个脆弱的、受缚的男人，在语词的世界里过他的生活。我坐在那儿深思的当儿，也不时偷偷地看他两眼，兼拿半只耳朵听着别人不间断的交谈。现在话题已经转向了各种各样的教学方式，以及正在为他们的孩子考虑哪家学校的事。在短暂的间奏当中，利努斯谈起了他参加过的一次学校运动会，而后话题便转入房价。共识是近年来房屋价格飙升，但斯德哥尔摩比这里涨得更多，也许跌价只是个时间问题，搞不好跌起来会像上涨时一样剧烈。后来利努斯把脸转向我。

"挪威房价怎么样？"

"跟这里一样吧，差不多，"我说，"奥斯陆和斯德哥尔摩一样贵。地方上要便宜一些。"

他的目光在我脸上稍作停留，以备我接过他交给我的这个话头，但是在发现不是那么回事之后，他便转过头继续聊起来了。我们第一次参加全体大会时，他就做过一模一样的事，不过当时隐含了一种批评的意味，因为按照他的说法，琳达和我临近会议结束都还没有开口，而会议的要点是每个人都应该发言，这才是家长合作社的真谛所在。我对正在讨论的事情不知道说什么才好，所以由琳达代表全家来分析利弊，她脸上稍稍泛红，全体与会者的目光都集中在她身上。第一个议题是幼儿园该不该遣散目前雇用的厨师，转而向更便宜的餐饮公司采办。第二项，如果这样做了，那么应该选择哪类食物：素食还是标准餐？山猫其实是个素食幼儿园，当初就是以此为原则建园的，但现在只有四位家长是素食者，又因为准备了品种丰富的素食，孩子们却吃不了多少，很多家长便认为不妨摒弃这一原则。讨论持续了几个小时，犹如海床上的拖网一般拉扯着议题。例如各种香肠里的肉类比例；从商场买来的香肠是一回事，它们的肉类比例就印在标签上，而餐饮公司的香肠是怎么做的则是另一回事，你怎么能知道里面放了多少肉？对我来说，香肠就是香肠。对那天晚上呈现在我眼前的世界，我没有一丁点儿概念，尤其无法理解有人会钻研得如此之深。孩子们有个厨师，在他们自己的厨房里给他们做饭，不是挺好的吗？我想归想，但没说出口。我开始祈祷整场讨论不要让我们发言就结束，但利努斯便用他那敏锐又天真的目光盯上了我们。

客厅传来海蒂的哭声。我又一次想到了万妮娅。通常遇到这种情况，她的解决之道是与别人做一模一样的事。如果人家拉出椅子，她也拉出椅子，如果人家坐下，她也坐下，如果人家笑，她也笑，哪怕不明白他们为什么笑。如果人家高喊着什么乱跑，她也高喊着什么乱跑。这就是她的方法。但被斯黛拉看穿了。有一次我刚好在，只听她说：你就知道学我们！你是鹦鹉！鹦鹉！这并未阻止她继续如此，因为实践证明这种方法此前一直极为有效，但斯黛拉当权后，对她可能的确有所抑制。我知道万妮娅理解个中奥妙。有好几次她对海蒂说了同样的话，说她学她，说她是鹦鹉。

斯黛拉比万妮娅大一岁半，万妮娅对她最为仰慕。她能做上跟班，全仗斯黛拉的恩典，而斯黛拉对幼儿园的所有孩子都有这样的控制力。她是个漂亮的小孩，金色的头发，大大的眼睛，穿衣打扮总是得体又引人注目，而她身上的那点儿残忍，与同样处在等级体系最上层的其他孩子们的作为相比，既不更坏，也不更好。这并非我看她不顺眼的原因。对我而言，问题在于她太清楚自己对成年人的影响力了，还有她利用这种迷人的天真无邪时所采取的方式。在我出于义务到幼儿园上工期间，我是从不吃她这一套的。不管她在提出要求时怎样冲我忽闪亮晶晶的眼睛，我都不为所动，漠然视之，她无疑感到不解并使出双倍力气，对我发动魅力攻势。有一次幼儿园放学，她跟我们一起去了公园。她和万妮娅并排坐进双人童车，而我一只手抱着海蒂，另一只手推车。离公园还有几百米远，她就跳出去了，要跑完最后一段距离，我对此反应激烈。我把她叫回来，告诉她老老实实地坐进童车，直到我们抵达公园，这里到处都是汽车，她看不见吗？她惊讶地看着我，她不习惯这种腔调。尽管对自己解决问题的方式并不满意，我还是认为，一个"不！"真算不上这小崽子可能会碰到的最糟糕的事。但她怀恨在心。半个小时过后，我抓住她们的脚，让她们在空中转圈，这给她们带来了巨大的快乐，然后我又跪下和她们战斗，万妮娅喜欢这样玩，尤其是助跑之后冲上来把我撞倒在草地上，轮到斯黛拉时，她却一脚踢在我小腿上，踢一次没关系，两次也没事，但她第三次这么干的时候，我告诉她：很疼，真的很疼，不要再踢了，斯黛拉。这些话她当然是不听的，这事已经变得让人兴奋了，于是她又一次踢了我，还伴随着响亮的笑声，一向模仿她的万妮娅也笑起来了，因此我站起身，抓住斯黛拉的小腰，让她立正。"听着，你这小屁孩，"——我很想那样说，如果不是再过半个小时她妈妈就要来接她的话，我真就那么说了——"听着，斯黛拉，"事实上我是这样说的，语气严厉，带着不悦，盯住她的眼睛，"如果我说不要，那就是不要。听懂了吗？"她低着头，拒绝回答。我托起她的下巴："听懂了吗？"我再次问道。她点点头，于是我放开她："我要去那边的长椅上坐着。你妈来之前你们自己玩吧。"万妮娅冲我做了个不解的表情，但随即又笑着跟在斯黛拉身后。对她来说这样的一幕每天都会上演。幸运的是斯黛拉马上把此事抛到了脑后，因为我事实上是在薄冰上滑行——万一她哭起来、叫起来，我该怎么办？但她和万妮娅一起跑到小孩成群的大"火车"那里去了。她母亲来的时候，手里有两杯拿铁。平时她一到我就走，但她递给我一杯咖啡，我没了选择，只能坐下，一边听她唠叨自己的工作，一边眯起眼睛看着十一月的太阳，并不时朝孩子们的方向瞟上一眼。

在幼儿园上工的那个星期，我和一个正常的上班族差不多，基本上按部就班；我以前在公共机构有过不少工作经验，所以很快摸清了路数，老师们还不习惯看到这样的家长，能给小朋友穿衣服，脱衣服，换尿布，甚至在需要的时候做游戏，我都不是生手。很自然，孩子们以不同的方式对我的出现作出了反应。例如，其中一位到处瞎晃的小朋友是一个朋友都没有的，他是个又瘦又小的男孩，一头白发，随时想爬到我腿上，要么让我讲故事，要么只是在我腿上干坐着。还有一位，别人都走了以后，我陪他玩了半个小时，他母亲迟到了，但我们玩海盗船的时候，他把母亲没来的事忘得一干二净；我不断加入了新的特色，比如鲨鱼、抢劫艇和火，让他大喜过望。第三个男孩就不一样了，他年龄最大，马上发现了我的弱点，我们在桌上吃饭的时候，他从我口袋里抢走了一串钥匙。其实我只是没制止他。虽然很生气，但我还是允许他闹下去。首先，他问我里面有没有汽车钥匙。我摇摇头，他问我为没什么没有。我说我没买汽车。他问为什么没买。我说我没有驾照。他说你不会开车？他说你不是大人吗？所有大人都会开车对不对？然后他把这串钥匙在我眼皮底下晃得叮当乱响。我由他闹，心想他很快会感到厌倦，可他没有，反而越发起劲。他说我抢了你钥匙，你就是够不着。他不停拿钥匙在我眼皮底下叮叮叮。别的孩子看着我们，三位老师也在看。我去抓钥匙，但失手了。他及时往回一缩，接着大笑，奚落我。哈哈哈，你够不着！他欢叫着。我尽量不表现得气急败坏。他开始啪啪地往桌子上摔钥匙。我说：别这样做。可他厚颜无耻地笑着，不肯停手。一位幼儿园的老师告诉他住手，他这才停下，但是继续在手里晃着钥匙。他说你永远也够不着。这时万妮娅突然插话了。

"把钥匙还给爸爸！"她说。

这是什么情况？

我假装什么都没发生，再度埋头吃饭。但小恶棍继续捉弄我。叮叮叮，叮叮叮。我决定钥匙先让他拿着，吃完饭再说。喝了点儿水，感觉自己为了这样一件小事，居然莫名其妙地脸红了。是不是让幼儿园的园长奥拉夫看见了？不管怎么说，他命令约克把钥匙还我。约克立马照办，一点儿不拖泥带水。

在整个成年生活中，我始终与他人保持着距离，这一向是我的应对方式，因为在思想和感情的世界里，他们只要轻蔑地扭过脸去，就足以引起我内心的一场风暴。我和别人的接近已经到了难以置信的程度，这种接近自然也说明了我与儿童之间的关系，我可以坐下来和他们玩耍，但是由于他们不具备成年人才有的谦恭与礼貌的外表，也就意味着他们能无拘束地刺穿我个性的外部屏障，进而随心所欲地大肆破坏。当这一切开始的时候，我仅有的防卫措施要么是纯粹的身体力量——这我可不能用；要么只能假装满不在乎——这也许是最好的办法，可我实在不擅此道，因为孩子们，至少是他们当中最机灵的，会立刻发现我在他们面前是多么不安。

唉，真是毫无威风可言！

突然一切都颠倒了。我，一个对万妮娅上的幼儿园没有好感的人，只想让它为我照看万妮娅，好让我每天能有几个小时安安静静地工作，不必知道她在做什么，她怎么样；我，一个在生活中不想要任何密切关系的人，一个得不到足够距离也得不到足够孤独的人，却一下子不得不到那儿上一个星期的班，什么都得过问，可是这事儿不会到此为止，因为你送孩子、接孩子的时候，通常都会在游戏室、餐厅或是他们所在的其他地方坐上几分钟，跟别的家长聊聊天，也许还要和孩子们玩一会，一星期里天天如此……通常这件事我会尽量速战速决，不等有人注意，赶快接上万妮娅，给她穿好外套就走，可仍然不时在过道里陷入困境，交谈开始了，然后突然之间，我发现自己坐在那里一张又矮又深的沙发上，不断对某件事、对他人发出附和的声响，而人家对我的一切毫无兴趣，那些无礼的孩子则对我又拉又拽，想让我扔，让我抱，让我甩，至于约克——顺带说一句，他爸爸是和蔼的、喜欢读书的银行家古斯塔夫——只是喜欢拿尖尖的东西扎我而已。

在桌边挤在别人中间吃着蔬菜，脸上挂着勉强但谦恭的微笑，一起度过星期六的下午和晚间，这也属于同样的义务。

埃里克从台面上方的橱柜里拿下一摞盘子，弗丽达数着刀叉。我喝了一小口酒，能感到自己有多饿。斯黛拉在门厅止步，红扑扑的脸蛋上挂着细小的汗珠。

"现在能吃蛋糕了吗？"她叫道。

弗丽达朝她转过身。

"快了，宝贝。咱们先得吃点儿正经的食物。"

她将注意力从孩子们身上转向坐在桌边的人。

"食物好了，"她说，"大家随意。那边有盘子和餐具。也可以替孩子们拿点儿吃的。"

"啊，有吃的太好了，"利努斯说完站了起来，"都有什么？"

我本来计划多坐一会儿，等不用排队再说。当我看到利努斯端着豆子、色拉、总少不了的蒸粗麦粉和我猜是砂锅鹰嘴豆的热食回来时，便起身走进厨房。

"食物在那边。"我告诉正站着和米娅聊天的琳达，她抱着海蒂，万妮娅搂着她的两条腿。

"咱们换换？"我说。

"好，太好了，"琳达说，"我快饿死了。"

"现在能回家吗，爸爸？"万妮娅问。

"可是咱们要吃饭了呀，"我说，"后面还有蛋糕呢。我帮你拿些食物好不好？"

"什么都不想吃。"她说。

"我还是给你拿点儿。"我说着，一边牵起海蒂的胳膊。"你和我一起。"

"对了，海蒂吃了根香蕉，"琳达说，"不过她可能也想来点儿食物。"

"过来，特雷莎，咱们去给你拿点儿吃的。"米娅说。

我跟上她们，抱起海蒂站进队列。她头靠在我肩膀上，只有累的时候她才会这样做。衬衣粘在我胸前。我看到的每张脸、每道目光，听到的每个声音，都像铅块一样压着我。每当人家问我问题或我问人家问题，字字句句都好像马上要爆炸似的。海蒂让事情变得轻松：有她在手就像一种保护，既因为我有事情要忙，也因为她的在场分散了别人的注意。他们对她微笑，问她累不累，摸摸她的脸蛋。我与海蒂关系中的很大一部分是以我抱着她为基础的。这是我们关系的依据。她总想让我抱着，从来不愿走路，只要一看见我就举起双臂，只要获准离地坐进我怀里，就会露出开心的笑。我也喜欢让她紧挨着我，这个长着大大的眼睛和贪婪的嘴巴、胖嘟嘟的小东西。

我往盘子里舀了些豆子、两勺砂锅鹰嘴豆和一份蒸粗麦粉，端着它们进了客厅，孩子们围坐在屋中央一张矮桌边，身后是伺候他们的父母。

我刚把盘子放到万妮娅面前，她就说："什么都不想吃。"

"那好吧，"我说，"不想吃就不吃。你觉得海蒂想不想来一点儿？"

我用叉子舀了几颗豆子，举到海蒂嘴边。她紧紧闭上嘴巴，把头扭到一边。

"吃点儿吧，"我说，"我知道你们饿了。"

"我们能玩火车吗？"万妮娅问。

我看看她。在正常情况下，她不是盯住铁路模型，就是仰起脸看着我不停地哀求，这一次她却直视着前方。

"当然可以。"我说。我把海蒂放下，走到房间角落，不得不膝盖顶着身体，几乎顶到胸口，才能在小小的儿童家具和一堆玩具盒子之间挤出一点儿空间。我拆开铁路模型，一片一片递给万妮娅，她已经厌倦了重新组装。零件不对时，她就用尽全力把它们按到一起。我等着，眼看她开始发怒，要把零件扔出去，才出手干预。海蒂老想掀翻铁轨，我四下打量，想找个东西来分散她的注意力。拼图怎么样？来个毛绒玩具？一匹长着大睫毛和长长的粉红人造鬃毛的塑料小马？统统让她扔出去了。

"爸爸，帮帮我行吗！"万妮娅叫道。

"当然行，"我说，"你看，咱们在这儿搭一座桥，然后火车就能从桥上开过去，还能走桥下。肯定好玩，对不对？"

海蒂抓起一片桥。

"海蒂！"万妮娅叫道。

我从海蒂手里拿桥，她开始尖叫。我抱过她，站起身。

"我拼不起来！"万妮娅说。

"我马上回来。把海蒂给妈妈就回来。"我说，然后像一个很有经验的主妇那样背着海蒂去了厨房。琳达在和古斯塔夫聊天，山猫所有的家长里唯一一个从事传统职业的就是古斯塔夫，不知道为什么，琳达跟他很谈得来。他天性快活，容光焕发，身材矮小但结实强壮，总是衣着整洁，他脖子粗，下巴宽，脸虽然胖，但显得爽朗，喜气洋洋。他喜欢聊读过的书，刚刚读了理查德·福特的作品。

"真是棒极了，"他想必这样说，"你读过吗？写的是一位房地产经纪人，很普通的男人，没错，还有他的生活，那么平凡，那么普通。福特抓住了美国的灵魂！美国的调子！美国的脉搏！"

我喜欢他，特别是他的正派，其原因无非是他有一份简单诚实的工作，而这样的工作是我的朋友们无一具备的，尤其我自己。我们同龄，但是我认为他在外表上要老十岁，他的那种老成正是我小时候父母那一辈的样子。

　　"我看海蒂很快就该睡觉了，"我说，"她好像累了。可能也饿了。你能带她回家吗？"

　　"好的，吃完就走，行吗？"

　　"当然行。"

　　"现在我可是亲手翻过你的书了！"大卫说，"我去书店来着，正好看见它。感觉很有趣的样子。出版社是诺尔斯泰特吧？"

　　"是的，"我强作笑颜说道，"是他们出的。"

　　"这么说你没买喽？"琳达问，声音里不无笑谑的腔调。

　　"没，暂时没买，"他边说边用餐巾纸抹了抹嘴，"写天使的对吗？"

　　我点点头。海蒂在我怀里往下滑，我再把她抱起来时发现她的尿布沉甸甸的。

　　"我给她换完尿布你们再走，"我说，"你带了尿布包吧？"

　　"带了，放在门厅里。"

　　"那好。"我说完便去拿尿布。万妮娅和阿基里斯正在客厅里疯跑，从沙发跳到地板上，大声笑着，爬起来再跳。我感到胸口涌起一股暖流。我俯身去拿尿布和湿巾的时候，海蒂就像考拉一样紧抓着我。卫生间里没有尿布台，于是我把她放到瓷砖地上，脱掉她的长裤，撕下尿布顶端的胶纸，丢进洗脸池下方的废纸篓。我做这一切的时候，海蒂一直用一种严肃的表情看着我。

"只有嘘嘘！"她说。然后她把头扭到一边，盯着墙看，显然对换上干净尿布一事无动于衷，从婴儿时起她就是这样的态度。

"好啦，"我说，"大功告成。"

我抓住她的双手，拉她起身，然后叠起她稍微有点儿湿的紧身裤，放到婴儿车的袋子里，又找出一条运动裤给她换上，然后是有泡泡衬里的棕色灯芯绒夹克，这是一周岁生日时英韦送给她的。我正在给海蒂穿鞋时，琳达进来了。

"我也很快就走。"我说。我们亲了一下。琳达一手拿着袋子，另一只手抱起海蒂，然后她们走了。

万妮娅高速跑过过道，身后紧跟着阿基里斯，两人冲进一间想必是卧室的房间，没过多久，里面便传出她过度兴奋的声音。既然走回去再坐到厨房桌边的想法没有什么切实的吸引力，我便推开卫生间的门，把自己锁在里面，一动不动站了几分钟。然后我用冷水洗了脸，拿一块白毛巾仔细擦干，接下来便在镜子里看见了自己，目光如此阴郁，表情因为沮丧又如此僵硬，这幅脸孔让我心生畏惧。

厨房里没人注意到我回来了，只有一个表情严峻的小个子女人透过眼镜盯住我看了一小会儿，她留着短发，一副朴素、呆板的模样。她想干什么？

古斯塔夫和利努斯正在讨论退休后的安排，穿五十年代衬衫、郁郁寡欢的男人让儿子坐在他腿上，那是个顽皮的男孩，长着几近白色的金发，正和他讨论马尔默足球队，弗丽达在跟米娅聊她和一些朋友打算发起的俱乐部性质的晚会。与此同时，埃里克和马蒂亚斯比较着电视屏幕的优劣，利努斯也想加入这一讨论，我能看到他盯着他们，不时瞟一眼古斯塔夫，免得显出有失礼貌。那个留短发的女人是唯一一个没有加入聊天的，就算我想方设法不往那个方向看，她还是从桌对面探身向前，问我对幼儿园满不满意。我说我满意。我又说，也许园里要做的事儿确实多了一点儿，不过多投入一些时间肯定是值得的，你可以了解孩子们的小伙伴，我认为这是好事。

她对我的话报以淡淡的一笑。肯定有什么事情让她伤心，让她发愁。

"搞什么？"利努斯突然说道，同时猛地推开他的椅子，"他们在那儿干什么？"

他起身走进卫生间。片刻之后，他押着身前的万妮娅和阿基里斯出来了。万妮娅脸上笑开了花，阿基里斯却是一副有罪的模样。他身上小西装的两只袖子已经湿透，万妮娅光着的胳膊也闪烁着水光。

"我进去一看，他俩的手都插在马桶里，要多深有多深。"利努斯说。我和万妮娅对视了一下，忍不住笑了。

"咱们得把这衣服脱掉，年轻人，"利努斯说着，便领阿基里斯往门厅的方向走，"你可得好好洗洗手。"

"你也一样，万妮娅，"我边说边站起来，"我跟你一起去卫生间。"

她把两条胳膊伸到洗脸池上方，仰起脸看着我。

"我在跟阿基里斯开玩笑！"她说。

"我看出来了，"我说，"那你也用不着把手伸到马桶里啊，对不对？"

"是不用。"她说完哈哈大笑。

我在水龙头下打湿双手，抹上肥皂，给她洗胳膊，从指尖一直洗到肩膀，然后擦干，又亲亲她的脑门，这才带她出来。我坐下时堆起的歉意的微笑其实毫无必要，没人有兴趣过问这个小小的插曲，连利努斯也一样，他一回来就接着讲起了在泰国看见猴子围攻一个男人的故事。别人大笑的时候，他一丝笑意都没有，好像在吸收大伙的笑声，来让这故事持续焕发活力，他做到了，大伙又一次爆出大笑，这时他才露出笑容，笑得不厉害，不是为他自己的机智而笑，我意识到是因为他对自己引发的欢声笑语感到惬意，才露出了更像在表达满足的那副表情。"是的，是的，是的。"他边说边伸出一只手在空中挥着。那个表情严峻的女人本来一直看着窗外，现在则往前拉了拉椅子，再度从桌面上倾过身。

"有两个年龄这么近的孩子不容易吧？"她问。

"也是，也不是，"我回答，"有点儿磨人。但两个还是比一个好。一个小孩的情况好像有点儿可悲，要我说……我一向觉得我得要三个孩子。这样他们做游戏就会有很多组合。孩子们在和父母面对面时也能有人数上的优势……"

我笑了。她什么都没说。我突然意识到她只有一个孩子。

"不过只有一个也挺好的。"我说。

她用一只手撑住下巴。

"但是我希望古斯塔夫有个弟弟或妹妹，"她说，"只有我们俩，太不容易了。"

"一点儿也不，"我说，"他在幼儿园会有很多小伙伴，那样也挺好的。"

"问题是我还没有丈夫，"她说，"所以这是不可能的。"

这他妈的和我有什么关系？
· · ·

我对她投以同情的目光，一边努力集中注意力，不让自己的眼神四处游移，通常这种时刻很容易发生这样的事。

"我也没法想象我见的那些男人能给我孩子当父亲。"她接着说。

"别瞎说，"我说，"这些事情自然会有答案的。"

"我不相信他们做得来，"她说，"不管怎么样，还是谢谢你。"

我眼角的余光探知到有物体在移动。我扭头朝门的方向看。是万妮娅过来了。她在我身边停下脚步。

"我想回家，"她说，"咱们现在能走吗？"

"得再多待一小会儿，"我说，"很快就要上蛋糕了。你也想来一点儿对吗？"

她没有回答。

"你想坐我腿上吗？"我问。

她点点头，我移开酒杯，把她抱上来。

"你跟我坐一小会儿，然后咱们再进去。我可以跟你待在一起。行吗？"

"行。"

她坐在我腿上，看着桌边的其他人。我想知道她在想什么。她怎样领会眼前这一切？

我观察着她。她长长的金发已经过了肩膀。小鼻子，小嘴，两只小小的耳朵有着小精灵似的尖角儿。那双总让情绪暴露在外的蓝眼睛有点儿轻微的斜视，因此戴上了眼镜。一开始她为之骄傲，现在生起气来头一件事情就是把眼镜摘掉。也许这是因为她知道她戴眼镜对我们很重要，是这样吗？

和我们在一起，她的眼睛是活泼而喜悦的，除非她大发脾气时给眼睛上了锁，变得不可接近。她有极为戏剧化的性格，可以用自己的喜怒统治全家，她用玩具上演一出出关系复杂的大戏，也喜欢听故事，但看电影更让她乐在其中。她尤其偏爱那些性格鲜明、情节曲折的影片，为之苦思冥想并和我们反复讨论，时常提出问题，重述剧情也会令她快乐。有一段时间，她对林德格伦笔下的马迪根特别着迷，忍不住跳下椅子，闭起眼睛躺到地板上，我们必须扶起她，首先还得以为她死了，再发现她只是昏过去了，得了脑震荡。她眼睛闭着，胳膊耷拉着，我们抱起她放到床上，她要连躺三天；要是我们把电影里这一幕悲伤的主题曲也哼出来，这一切会更合她心意。然后她一跃而起，冲向椅子，将一切从头来过。在幼儿园的圣诞晚会上，她是唯一一个对掌声鞠躬致谢、并且显然为受人关注感到开心的孩子。对她而言，事物的概念常常比事物本身更重要，就拿糖果来说，她能谈一整天，怀着满心的期待；但是等到糖果装在碗里放到她面前，她只是稍稍尝点味道便很快吐掉。不过她不懂得从经验中学习，下个星期六她对神奇糖果的期待又会再度高涨。她非常想滑冰，但我们一踏上冰场，她脚上穿着外婆给买的冰鞋，头上戴着小号的冰球头盔，竟然气得直哆嗦，因为她意识到自己根本站不住，而保持平衡好像也没法很快学会。因此，发现自己竟然会滑雪实在让她喜出望外，那一次是在她奶奶家的花园里，我们找了一小块雪地，想试试她刚得到的滑雪装备。然而还是老样子，滑雪的概念和学会滑雪的喜悦大过了实际滑雪的本身，不用滑她也能得到莫大的快乐。她喜欢和我们一起旅行，喜欢看到新的地方，也会在之后好几个月里谈论所经历的一切，但她最喜欢的无疑还是和小朋友们一起玩。对她来说，幼儿园别的孩子能和她一起回家是特别棒的经历。本亚明第一次来之前，她整晚走来走去检查自己的玩具，固执地担心它们不合他的心意。她那时刚满三岁。可他一来他们马上折腾开了，先前的所有顾虑都在一连串的激动和兴奋中一扫而空。本亚明对父母说，万妮娅是幼儿园里最可爱的女孩；当我转告她时，她正坐在床上玩芭比娃娃。她用一种我前所未见的表情对这句话作出了反应。

"你知道本亚明怎么说的吗？"我在过道里问。

"不知道。"她边说边抬头看着我，突然来了兴致。

"她说你是幼儿园里最可爱的女孩。"

我从来没见过她脸上洋溢着这样的光彩。她因为幸福而面色发红。我知道琳达和我谁也说不出能让她这样高兴的话，我也马上清楚地意识到她并不属于我们。她完全掌握着自己的人生。

"他说什么来着？"她说。她想再听一遍。

"她说你是幼儿园里最可爱的。"

她的笑容羞怯，但是快乐，我也为之高兴，然而也有一片阴云笼罩着我的幸福，她是不是太早过于看重别人的想法和意见了？难道不是一切来自于她自己、植根于她自己才好吗？还有一次，她也像这样让我感到惊讶，那是在幼儿园，我去接她，她沿着走廊跑过来，问我斯黛拉过一会儿能不能和她一起去骑术学校。我说事情没有那么简单，这必须提前安排，必须先跟她父母打招呼。她站着听我这样说完，明显感到失望，但当她走过去把这消息告诉斯黛拉的时候并没有使用我的理由。我听到了。当时我正在走廊里到处找她的雨具。

"你去马校肯定会觉得有点儿无聊，"她说，"只在旁边看着，一点儿也不酷。"

这样的思维方式，即优先考虑别人的反应，我也在自己身上发现了，当我们冒雨走向人民公园时，我很想知道她是怎样学会的。它就在那儿吗，围绕着她，看不见但是存在着，如同她呼吸的空气？抑或得自遗传？

我从未透露过关于孩子的这些想法，当然对琳达除外，因为这些复杂的问题只属于它们所在的地方，在我心里、在我和琳达之间。在现实中，在万妮娅生活的那个世界，每件事都很简单，都能找到简单的表达方式，复杂性只在所有这些部分汇总时才会出现，她对此自然一无所知。关于孩子我们谈得再多也无助于日常生活，事事一团糟，常常濒于混乱。我们和园方第一次做所谓的"发展谈话"时，谈及很多万妮娅的情况，她不与老师交流，不愿坐到老师腿上，不愿让老师做出轻拍轻抚的动作，我们也谈到了她的腼腆。他们说，我们应该努力让她变得强硬，教她在游戏中扮演更具支配性的角色，采取主动，多跟人讲话。琳达说，万妮娅在家里足够强硬，所有游戏都要当头儿，总是表现出主动，讲起话如同瀑布。他们告诉我们，她在幼儿园说话极少，而且说不清楚，不正确，她的词汇量还不够多，他们很想知道我们有没有考虑过语言障碍矫治。谈话至此，他们递给我们一份本城语言矫治师的宣传册。这个国家的人真是疯了，我心想，语言矫治师？

难道要把一切都制度化吗？她才三岁！

"不，不考虑语言矫治，"我说，直到此时都是琳达在负责讲话，"顺其自然就好。我三岁才会说话。之前我什么也说不出来，只能讲一些单字，除了我哥哥谁都理解不了。"

他们笑了。

"我一开始说话就说得很流畅，往外冒长句子。每个人情况都不一样。我们不会送她去看语言矫治师。"

"好的，这由你们做主。"园长奥拉夫说。"但这本小册子你们可以拿着，不妨再考虑考虑。"

"好的。"我说。

我把她的头发拢在手里，用一根指头抚摸她脖子和脖子根儿。平时她很喜欢我这样做，尤其是入睡前，直到她完全平静。但这一次她扭动着躲开了。

桌子对面，那位表情严峻的女人已经开始和米娅投入交谈，米娅对她给予了一心一意的关注，与此同时，弗丽达和埃里克正在收走盘子和餐具。下一个环节是白色的多层蛋糕，上面装点着树莓和五只小蜡烛，骄傲地立于台面，旁边有一排方形纸盒，里面装着布拉沃牌无糖苹果饮料。

古斯塔夫到目前为止一直坐在我旁边，半个身子背对着我。现在他转过身看着我们。

"嗨，万妮娅，"他说，"玩得开心吗？"

万妮娅没有答话，也没看他，于是他看了看我。

"改天你一定要来我们家，跟约克一起玩，"他说着冲我眨了下眼，"愿不愿意？"

"愿意。"万妮娅看着他说,眼睛突然睁大了。约克是幼儿园里最大的孩子,去他家可是她想不都敢想的事。

"等我们安排好了就来。"古斯塔夫说。他举起酒杯喝了一大口红酒,然后用手背擦了擦嘴巴。

"这么说,你在写新东西?"他问道。

我耸耸肩。

"对,正在忙这个。"我说。

"你在家工作?"

"对。"

"你是怎么干的?坐下来等着灵感出现?"

"不,那样没用。我必须像你一样每天工作。"

"有意思。有意思。在家里分心的事不多吧?"

"我应付得了。"

"那当然。那当然……"

"大伙都到客厅里吧,"弗丽达说,"一起给斯黛拉唱个歌。"

她从口袋里拿出打火机,点着了五根蜡烛。

"多漂亮的蛋糕啊。"米娅说。

"就是,"弗丽达说,"而且健康。奶油里基本上一点儿糖都没有。"

她端起蛋糕。

"埃里克,你能进去把灯关掉吗?"她说。大家从座位上起身,离开房间。我跟在后面,牵着万妮娅的手,刚在最远处找到个靠墙的位置,弗丽达就端着点亮的蛋糕走进了黑暗的客厅。一走到桌子边的人能看到的地方,她唱起了《是的,祝她长命百岁》,

其他大人立刻开始合唱，生日歌响彻小小的房间，弗丽达将蛋糕放到斯黛拉面前的桌上，她睁着亮闪闪的眼睛看着它。

"现在就吹吗？"她问。

弗丽达一边唱歌一边点头。

然后全体鼓掌，我也鼓了。接下来灯光恢复，又花了几分钟的时间切蛋糕给孩子们分发。万妮娅不想上桌，要靠墙坐到地板上。我们就在这儿待着，蛋糕盘子放在她腿上。这时我才注意到她脚上没穿鞋。

"你的金鞋在哪儿？"我问。

"愚蠢的鞋。"她说。

"不，不愚蠢，很可爱，"我说，"那是正宗的公主鞋！"

"愚蠢的鞋。"她再次说道。

"可它们在哪儿？"

她不答话。

"万妮娅。"我说。

她抬头看着我，满嘴白奶油。

"那边。"她说，朝另一个房间点点头。我起身走进去，看了一圈，没鞋。我走回来。

"你把鞋放哪儿了？我到处都没找着。"

"花旁边。"她说。

花？我走回去，把窗台上各个花盆之间看了一遍，不在那儿。

她说的会不会是丝兰？

果然。它们就在花盆里。我抓起鞋，把土掸回花盆，又去卫生间擦掉剩下的土，然后搁到放她外套的椅子下。

蛋糕这个插曲占据了所有孩子的注意力，也许这会给她一个机会重新开始，我想，过会儿大概能容易一些。

"我也要来块蛋糕，"我对她说，"我就在厨房坐着。如果想要什么就过来找我，好吗？"

"好的，爸爸。"她说。

根据挂在厨房门口的钟，现在刚六点半。还没有人告辞，那么我们也得等一会儿再走。我在操作台上给自己切了薄薄一小片蛋糕放进盘子里，再坐到桌子另一边。我的座位被别人坐了。

"还有咖啡，你想喝吗？"埃里克问。他看着我，脸上带着一种意味深长的微笑，好像在这句问话和他的言语里，还有比所闻所见更多的东西。就我所知，这是他为了让自己看上去举足轻重而要的把戏，类似平庸作家要赋予其小说无比的深刻时使用的伎俩。

不然就是他确实看出什么来了？

"好的，谢谢。"我说，然后起身从杯子堆里拿了一只，从附近灰色的斯泰尔通壶里加满咖啡。等我回座位，他正往门外走。弗丽达在谈她刚买的咖啡机，贵得让她下了狠心，但她不后悔，钱花得绝对值，咖啡棒极了，为这样的东西放纵一下自己还是很重要的，也许比正常的想法还要重要呢。利努斯谈起了他以前看过的喜剧小品《史密斯和琼斯》的一集，两个家伙坐在桌边，面前摆着一只按压式咖啡壶，一个人往下按活塞，但每样东西都给压下去了，不只是底下的咖啡，最后壶里什么都没了。没人笑，于是利努斯缩起肩膀，扬起双手。

"一则单纯的咖啡轶事，"他说，"谁还有更好的？"

万妮娅站在门厅。她的目光慢慢滑过餐桌,看到我她走了过来。

"你想回家?"我问。

她点点头。

"好的,你猜怎么着?"我说,"我也想。我先吃掉这块蛋糕,再喝掉这杯咖啡。现在你想坐我腿上吗?"

她又点点头。我把她抱上来。

"很高兴你能来,万妮娅,"桌子对面的弗丽达微笑着对她说,"很快就到钓鱼时间了。你也想参加,对吗?"

万妮娅点点头,弗丽达转回到利努斯的方向。她看过一部HBO的电视剧,利努斯没看过,她对它赞不绝口。

"你想参加吗?"我问,"咱们要等钓鱼比赛开始再走吗?"

万妮娅摇了摇头。

玩游戏时,每位小朋友都能拿到小鱼竿,把它甩过挂起的被单,后面有位大人等着往上挂礼包,里头装着糖果或小玩具一类的东西。这户人家大概会往里装豌豆或菜蓟吧,我一边这样想,一边操控叉子,向下越过万妮娅抵达蛋糕盘,用叉子边儿切下一块——白色奶油下的褐色脆皮,黄色的心儿,带着果酱的红色条纹——再扭转手腕,让这块蛋糕平躺在叉子上,上抬,越过万妮娅,将它插进本人的嘴巴。底部太干,奶油里的糖又少得可怜,但是就着一口咖啡,吃起来还不算太坏。

"想不想来一点儿?"我问。万妮娅点点头,我叉起一块,喂到她张开的嘴里。她仰起脸笑了。

"我可以跟你一起去客厅,"我说,"那样咱们就能看看别人都在做什么。说不定还要一起玩钓鱼游戏呢。"

"你说过咱们要回家的。"她说。

"我是说过。咱们走吧。"

我把叉子放到盘里，喝光咖啡，放她落地，然后起身。四下看了看。没有遇到别人的目光。"现在就撤。"我说。

正在这时埃里克进来了，他一手握着小竹竿，另一只手里拿着一个亨雪普超市的塑料袋。"我们这就去玩钓鱼。"他说。

有些人站起来加入了游戏，剩下的坐着没动。没人注意到我已经说了再见。既然桌边各位的注意力已经转移去了不同的方向，我看也就没必要再说一遍再见了。于是我用一只手扶着万妮娅的肩膀，带她往外走。埃里克在客厅里大喊："钓鱼喽！"全体小朋友从我们身边急急经过，跑向过道尽头，一条白色被单作为遮，已经挡挂在了两堵墙的中间。埃里克像牧羊人一样跟在他们身后，告诉大家坐下。我站在过道里给万妮娅穿外套，我们正好能看到他们。

我替她拉上红色泡泡外套的拉链 —— 衣服已经有些小了 —— 再拿过波朗皮雷牌的红色羊毛帽子，戴到她头上，扣好颏带，靴子放到她身前，好让她自己把脚伸进去。等她穿好，我再从后面给她拉上靴子的拉链。

"好了，"我说，"现在咱们要做的就是说谢谢，然后就能走了。来吧。"

她朝我举起双臂。

"你能自己走吗？"我问。

她摇摇头，胳膊继续举在空中。

"好吧，"我说，"但是我自己得先穿好。"

在过道里，本亚明是头一个"钓鱼"的。他甩出鱼线，然后有个人——我猜是埃里克——在另一边抓住它。

"鱼上钩了！"本亚明大叫。

家长们脸上带笑，靠墙站着，孩子们则在地板上大叫大笑。紧接着，本亚明使劲一拉鱼竿，一个红白相间、用衣夹固定的亨雪普袋子便飞过了被单。他取下袋子，走开几步再打开，既平和又安静；下一位小朋友是特雷莎，她在妈妈的帮助下抓过了鱼竿。我把围巾绕在脖子上，扣好去年春天大减价时在斯德哥尔摩的保罗·史密斯商店买的双排扣短外套，戴上在同一个地方买的帽子，弯腰从墙边的鞋堆里找出我的鞋，那是一双黑色的威格配黄鞋带，是我去哥本哈根参加书展时买的，我从来没喜欢过这双鞋，买的时候就不喜欢，现在它更为失色，因为我想到了书展上的灾难性遭遇，台上的主持人热情而富于洞见，问了我一个问题，我却不能聪明地作答。但我之所以没有早早把这双鞋扔出去，只是因为我们手头很紧。还有那么黄的鞋带！

我系好鞋带站了起来。

"我好了。"我说。万妮娅再次伸出双臂。我抱起她穿过过道，把头探进厨房看看，四五个家长还在聊天。

"我们走了，"我说，"各位保重，今天晚上很开心，谢谢了。"

"谢谢你才是。"利努斯说。古斯塔夫单手半抬以示致意。

然后我们进了过道。我拍拍弗丽达的肩膀，以引起她的注意。她正靠墙站着，面带笑容，全神贯注于地板上的游戏。

"我们走了，"我说，"谢谢你邀请我们。真是可爱的派对，非常棒的聚会。"

"可是万妮娅不钓鱼了吗？"她说。

我扮出一脸苦相，潜台词是"你知道小孩子做事有多莫名其妙"。

"也好也好，"她说，"好吧，感谢光临。路上小心啊，万妮娅！"

搂着特雷莎站在一旁的米娅说：

"等一下。"

她弯腰钻过被单，问蹲在地上的埃里克能不能给她一个礼包。他说当然可以，于是米娅把礼包给了万妮娅。

"给，万妮娅。你可以把这个带回家。如果愿意的话，你可以分给海蒂一点儿。"

"我不想。"万妮娅说着，把袋子抱在了胸前。

"非常感谢！"我说，"嘿哝[1]，各位！"

斯黛拉扭头看见了我们。

"你要走，万妮娅？为什么？"

"再见，斯黛拉，"我说，"谢谢你邀请我们参加你的派对。"

我转身离去。走下黑糊糊的楼梯，穿过门厅，走到街上。说话声、喊叫声、脚步声和马达的声音在街道上此起彼落。万妮娅双手搂着我的脖子，脑袋靠着我肩膀。她平时不是这样的。海蒂才喜欢这样。

一辆出租车亮着顶灯快速驶过。一男一女推着婴儿车经过我们身边，女的扎头巾，很年轻，也许二十岁。他们走过去的时候，

---

[1]　瑞典语：再见。

她的长相我只看了个大概，不过她脸上擦了很厚的粉。男的岁数要大一些，我这个年纪，一直心神不安地左顾右盼。婴儿车很可笑，车轮部位伸出一根细细的、花茎般的杆子，上面是孩子的座兜。一帮十五六岁的小青年从马路对面走过来，一色黑发，背头，黑色皮夹克，黑裤子，其中至少两人穿彪马运动鞋，商标印在鞋尖，我一向觉得这愚蠢至极。金链子在他们脖子上轻轻摇晃，双臂难看地摆动着。

鞋！

该死，那双鞋还在别人家里。我停下了。

留在那儿行吗？

不行，那太说不过去了。我们就在门口。

"咱们得回去，"我说，"忘了拿你的金鞋。"

她挺直了身体。

"我不想要了。"她说。

"我知道，"我说，"可是咱们不能把鞋留在那儿。得拿回家，你不必非得要。"

我再度冲上楼梯，放下万妮娅，打开门，走进屋，目不斜视，直接抓起那双鞋，但直起身时还是没躲过本亚明的目光。他穿着白衬衫坐在地上，一只手里拿着辆小汽车。

"嘿哚！"他说，然后摆了摆另一只手。

我笑了一下。

"嘿哚，本亚明。"我说完便走出屋子，关上门，抱起万妮娅走下楼梯。户外空气冷冽，但城中所有的光，无论街灯、橱窗、车灯，都渐渐上行，如同一个微光闪烁的穹顶，铺展在远远近近的楼顶之上，全部的天体都隐没不见了，只有近乎圆满的月亮，高悬在希尔顿酒店的上方。

我沿街疾行，万妮娅紧紧搂着我，我们呼出的气如同白色烟雾，笼罩在脑袋周围。

"也许海蒂想要我的鞋？"她说。

"等她像你一样大就可以给她。"我说。

"海蒂喜欢鞋。"她说。

"没错，她喜欢。"我说。

我们继续沉默了一会儿。走到地铁站，我看到紧挨着超市的巨大的三明治餐吧里，那个白发疯婆子正透过窗户盯着我。她经常在我们的街区出没，颇具攻击性，而且难以捉摸，喜欢自言自语，总是把白头发扎成一个紧紧的髻，无论寒暑，都穿同一件米黄色的外衣。

"爸爸，到我过生日能有派对吗？"万妮娅问。

"你想要就有。"我说。

"我想要，"她说，"我想让海蒂还有你还有妈妈来参加。"

"看样子是个蛮好的小派对。"我说着，把她从右手换到了左手。

"你知道我想要什么吗？"

"不知道。"

"一条金鱼，"她说，"可以吗？"

"嗯……"我说，"要想养金鱼的话，你得能好好照顾它才行。喂鱼食，还要换水什么的。我觉得，你得比四岁再大一点儿才行。"

"可是我能喂！伊洛就有一条。他比我还小呢。"

"那倒是，"我说，"咱们再看。生日礼物应该要保密，你知道的，这样才有意义。"

"保密？意思是保守秘密？"

我点点头。

"啊，他妈的！他妈的！"疯婆子叫道，现在她就在前面几米远的地方。我们惊动了她，她转过身看着我。糟糕，她两眼冒着凶光。

"你拿的什么鞋？"她在我们身后说，"那爸爸！你拿的什么鞋？现在我有话跟你讲！"

接着她的嗓门更大了：

"他妈的！啊，妈的！"

"老奶奶说什么？"万妮娅问。

"没什么。"我说着把她抱得更紧了。"你是我最好的宝贝。最最好的。"

"比海蒂还好？"她问。

我笑了。

"你们都是最好的，你跟海蒂。一模一样。"

"海蒂比我好。"她说。她的语调完全是中性的，仿佛在宣布一个没有争议的事实。

"别瞎说，"我说，"你这小傻瓜。"

她笑了。我的目光越过她，望向浩大的、几乎空无一人的超市，在货架与货架、柜台与柜台之间的狭窄通道上，每一面都闪烁着商品的光。两个女人坐在收银台后直视前方，等待着顾客。

我们对面的红绿灯下，一辆轿车的引擎正在加快转速，可我扭过头，才看见这声音出自一辆巨大的、类似吉普的汽车，最近几年这样的汽车开始充斥我们的街道。我感到我对万妮娅的柔情如此强烈，几乎要把我撕成碎片。为了抵抗这一波情感，我开始小跑。我经过了安卡拉，这是一家土耳其餐馆，里面既有肚皮舞也提供卡拉OK，晚上经常有衣着光鲜的东欧男人站在门外，散发出须后水和雪茄烟的味道，但里面这会儿空着；又经过汉堡王，这里有个极胖的女孩，戴着帽子和无指手套，一个人坐在门外的长椅上吞食汉堡；又穿过十字路口，经过国营酒类专卖店和商业银行，在此遇到红灯，我停下了脚步，尽管所有车道上都没有车。从头到尾，我始终把万妮娅紧紧抱在胸前。

"你能看见月亮吗？"停下来等待绿灯的时候，我指着天空问她。

"嗯。"她说。接着，过了片刻她问："有人去过那上面吗？"

她当然知道有人去过，但她也知道我喜欢讲这些事。

"去过，有人去过，"我说，"就在我出生以后，有三个人飞上去了。路程很长，花了七天。然后他们就绕着它飞啊飞。"

"他们不飞，他们坐飞船。"她说。

"你说的对，"我说，"他们坐火箭去的。"

绿灯亮了，我们走到马路对面，这里下去有个广场，我们的家就在这儿。一个身材瘦长、穿皮夹克、长发过肩的男人站在自动取款机前。他伸出一只手来取卡，用另一只手拨开脸上的头发。这是一个女性化的动作，真有意思，除此之外他身上的一切，他全套重金属的装扮，都是按照又黑又硬、充满男性气质的风格来设计的。

一阵狂风把一小堆银行收据从他脚边的地上吹起。

我把手挤进衣服口袋，拿出一串钥匙。

"那是什么？"万妮娅指着两台冷饮机问，它们挨着我们公寓的正门，摆在泰式外卖的门口。

"冷饮，"我说，"你认识的。"

"我想要！"她说。

我看看她。

"不行，你不能要。但是你饿了吗？"

"饿。"

"如果你想要的话，我们可以买一些鸡肉串。你想要吗？"

"想。"

"那好。"说完我把她放到地上，打开饭馆的门。它不过是墙上一洞，面条和炸鸡的气味每天上行七层，在我们家的阳台里飘荡。他们卖的是一盒两菜，四十五克朗，严格地说这不是我第一次站在玻璃柜台前，向那位骨瘦如柴、面无表情、努力工作的年轻亚洲姑娘订餐。她的嘴总是张开着，牙齿上的口香糖清晰可见，眼神从来没有感情色彩，仿佛不会有任何波动。厨房里有两个年龄差不多的小伙子，我跟他们只有过短暂的眼神交流，一个五十多岁的男人在他们中间跑来跑去，他同样面无表情，不过略显友善，最起码我们在地下室长长的、迷宫般的走廊里碰到对方时，他是友善的：他要去贮藏室放东西、取东西，我要洗衣服、扔垃圾，或是把我的自行车推进推出。

"你能拎一下吗？"我问万妮娅，说完把订餐后二十秒就出现在柜台上的饭盒递给她。万妮娅点点头，我付了钱，一起穿过下一道门走进门厅，万妮娅把饭盒放到地板上，去按电梯的按钮。

上行途中，她为每一层楼大声报数。等我们站到自己家门口时，她把饭盒递给我，打开门，还没进屋就喊起了妈妈。

"先脱鞋。"我拉住她说。这时琳达从客厅出来了。我听到电视开着。

一股淡淡的腐败的气味，还有另一种更难闻的味道，从大垃圾袋和角落里的两个小尿布包散发出来，它们紧挨着折起的双人童车，海蒂的鞋和外套就扔在童车旁边的地上。

真见鬼，她为什么不把东西放进衣橱？

过道里到处是衣服、玩具、旧宣传单、风车、袋子、水瓶。她一下午干什么去了？

但是她可以躺在沙发上看电视。

"我没钓鱼就得了个大礼包！"万妮娅说。

这就是她心目中的大事了，我一边想，一边弯腰给她脱鞋。她不耐烦地扭动着身体。

"我还和阿基里斯一起玩来着！"

"很好，"琳达说着蹲到她身前，"让我看看礼包里都有什么。"

万妮娅打开给她看。

不出所料。生态零食。肯定是从我们楼对面的商场里买的，那里头新开了一家商店。各种颜色的巧克力坚果。冰糖。一些葡萄干模样的糖球。

"我现在能吃吗？"

"先吃鸡，"我说，"到厨房吃。"

我把她的外套挂到衣钩上，鞋放进衣橱，然后走进厨房把鸡肉摆好，春卷和面条放进一个盘子，取出一副刀叉，倒一杯水，把这些东西统统放到她面前的桌子上。签字笔、水彩颜料盒、装水的杯子、画笔和纸仍然在桌面上散落着。

"那儿还好吧？"琳达问，坐到了她旁边。

我点点头，抱着胳膊倚靠到操作台上。

"海蒂睡得早吗？"我问。

"不早，她发烧了。怪不得她提不起精神。"

"又发烧？"我说。

"嗯，不过烧得不厉害。"

我叹了口气，扭头看了看旁边和水槽里成堆的脏盘子。

"乱如猪圈。"我说。

"我要看电影。"万妮娅说。

"现在不行，"我说，"早就该睡觉了。"

"我要！"

"你在看什么电视？"我问琳达。我们四目相对。

"你什么意思？"

"没什么意思。我们回来时你正在看电视。我很好奇你在看什么。"

这回轮到她叹气了。

"我不要睡觉！"万妮娅说着，举起鸡肉叉子作势要扔。我一把抓住她的胳膊。

"放下。"我说。

"你可以看十分钟，吃一小碗糖果。"琳达说。

"我说了她不能。"我说。

"就十分钟，"她说完起身，"然后我带她去睡觉。"

"好啊，"我说，"那就该我洗盘子了，对不对？"

"说什么呢你？你随便吧。你非要知道的话，那我一直陪着海蒂，她病了，不舒服，而且……"

"我出去抽根烟。"

"……怎么都哄不住。"

我穿上外套和鞋，走到朝东的阳台上，我经常来这儿吸烟，因为有顶棚，而且从这里几乎看不见任何人。另一边的阳台横跨公寓，长度超过二十米，没有顶棚，但可以看到下面的广场，那里总是有人，还能看到马路对面的酒店和商场，以及由此直抵治安官公园沿线的房屋。不过我要的是平和与安静，我不想看到人。所以我上了小阳台，关好门，坐进角落里一把椅子，点着香烟，两只脚搁到栏杆上，注视着后院与远处的屋脊，粗糙的轮廓映衬在盛大的天幕之下。景观不断变化。前一刻还见浩瀚的云团积聚，如群山，有悬崖和陡岸，峡谷和洞穴，神秘地在蓝色天空的中央徘徊，下一刻便有湿冷空气的锋面从极远处向前推进，在天际线上铺展成一床巨大的、灰黑色的羽绒被，如果这发生在夏天，那么几个小时之后，最壮观的闪电便可能每隔几秒钟将黑暗撕破，伴随着惊雷，从屋顶滚滚而过。但我偏爱天空的素颜，即使平滑，即使灰暗，即使飘着雨，但有我脚下后院那深深的颜色衬托，于是也显得明亮，亮得几乎眩目。瞧那屋顶的锈绿！瞧那墙砖的橙红！还有起重机的铜黄，在一片灰白的映衬下又是多么艳丽！或者一个平常的夏日，当天空晴朗，蔚蓝，当太阳即将燃尽，只有几朵浮云轻薄而近于无形，然后星星点点，灯光闪烁，那是广阔的屋宇铺向远方。夜幕落下的时候，天际线首先发散出红光，一如大地燃起了火焰，此后是明亮而轻柔的黑暗，在它友善的手下，今夜的城市可以安眠，仿佛它已经疲惫不堪，结束了阳光下这愉快的一天。星光照亮夜空，人造卫星高悬，一架架飞机闪烁着灯光，在凯斯楚普和斯图鲁普两座机场飞进飞出。

如果我想看的是人，就得探身向前，俯视对面的中庭，在屋与屋、门与门之间，看不到脸的人形偶尔出现在别人的窗户里，出现在永远没有变化的旋转楼梯上：一扇冰箱的门打开了，只穿短裤的男人从里面取出某物，关上门，坐在厨房的桌边，某户人家的房门砰的一声关上了，一个穿外套的女人肩上背着包，匆匆走下楼梯，一圈又一圈，那边还有个男人在熨衣服，从侧影和迟缓的动作判断，他必定已经上了年纪，熨完以后，他关了灯，房间沉于黑暗。这时你该往哪里看呢？往上看，看那个男人吗？他有时舞动双臂，在地板上跳上跳下，身前有什么东西，你看不见，但无疑是个婴儿。或者看那个女人？她五十多岁，常常站到窗边，向外眺望。

不，这些生命不会在我的视野里停留。我让目光向外，向上，无心于所见，也无心于美，只为休息。绝对的独处。

我从地上抓起挨着椅子、还剩半瓶的两升装健怡可乐，从桌上的几个杯子里拿了一个倒满。瓶盖已经没了，可乐犹如死水，一般来说，那种发苦的甜味剂的味道会在碳酸气泡里消失，现在则过于明显了。但是没关系，对味道我是一向不太在乎的。

我把杯子放到桌上，取出香烟。过往几个小时接触过的那些人没有给我留下任何感觉。他们就是全被烧死了我也毫不在意。

71

这是我生活中的一条法则。当我和他人共处的时候，我跟他们密不可分，我感到我们之间的接近是无限的，共鸣是强烈的。更有甚者，这种感觉如此强烈，竟至于他们的幸福总是比我的幸福更重要。我让自己低人一头，濒于自轻自贱；某种无法控制的内部机理，使我把他们的看法和意见置于我自己的意见和看法之上。但我独处时，他人对我毫无意义。这并非我不喜欢他们，也不是对他们怀有恶感，恰恰相反，其中的多数人我都是喜欢的，而那些确实谈不上喜欢的人，我也总能看到他们的某种长处，某种我能够认同的品质，最起码也能发现能让我心动一时的有趣之处。但是喜欢他们不等于关心他们。让我囿于其中的是社交环境，而不是环境中的那些人。这两种观念之间不存在折衷点，只有一个小而谦卑的和一个大而疏远的。而我的日常生活就位于两者之间。也许这就是我活得如此艰难的原因。日常生活，连同其义务与常规，是一件我必须忍受而非享受的事，更不是一件有意义或能使我感到快乐的事。这与不情愿擦洗地板或换尿布无关，而是涉及某种更为本质的东西：我置身其中的生活是没有意义的，我总渴望着离它而去。我的生活因此是不属于我的。我努力让它成为自己的生活，这就是我的奋斗，我为之向往，却铩羽而归，对其他东西的渴望毁坏了我的一切努力。

症结何在？

是那种刺耳的、乏味的、我到处都能听到而又无法忍受的声音吗？它出自我们在生命中要经历的一切虚伪的人和虚伪的地点，虚伪的事件和虚伪的冲突，是我们看到但并不参与的事物，以及现代生活以这种方式向我们呈现出的、和我们现今难以逃脱的自身生活的距离。如果是这样，如果它有我所渴望的更多的真实、更多的介入，那么我是否应该拥抱周围的一切？如果是这样，我是否不应该渴望逃离？或者，也许在这个我要作出反应的世界上，症结就是那种预先设定的、天天如此的行为模式，是我们需要遵从的例行轨道？它使一切都变得可以预知，以至于我们不得不在娱乐上花钱来体验一点点紧张感？每次出门，我都知道要发生什么、要做什么。这是微观层面上的表现：我去超市购物，我拿着报纸到咖啡馆坐下，我到幼儿园接孩子；这是宏观层面上的表现：从首次踏进社会的幼儿园，到最后退出时的养老院。或者，我所感知到的剧烈变化只是基于那种让世界变平、让万物变小的同一性？如果现在你到挪威各地旅行，会看见到处都是一样的。一样的道路，一样的房屋，一样的加油站，一样的商店。至迟到六十年代，当你驾车经过古德布兰斯达伦山谷，还能看到地方文化的变迁，例如那些奇异的黑色木屋，极为纯粹而阴郁，现在却在一种与你已离开或即将前往之地无异的文化中，被封装成了小博物馆。欧洲也正在日益融合为一个大的、同质化的国家。一样的，一样的，所有东西都是一样的。或者，也许症结是那照亮了世界、让一切变得可以理解、却也将意义抽离其中的光？也许症结在于那些消失的森林、灭绝的物种，和永远不会复原的生活方式？

是的，我想到了这一切，我带着悲哀和无助想到了这一切，如果我心里有一个向往的世界，那就是十六和十七世纪的世界，连同它广袤的森林，帆船和马车，风车和城堡，修道院和小城镇，画家和思想家，探险家和发明家，祭司和杂货店。生活在一个万事万物都凭着手工、风力或水力制造的世界上又当如何？生活在一个美洲印第安人仍然安居乐业的世界上又当如何？当人生拥有切实的可能性？当非洲未被征服？当日落则黑，日出则明？当人口少而工具差，尚不足以对动物造成影响，遑论把它们杀光？当你耗尽气力才能完成从一地到另一地的旅行，当安逸的生活只有富人才能享受，当海洋遍布鲸鱼，森林还有熊与狼随时出没，当仍然存在着探险故事无一能够正确描述的陌生国度，如中国，前往那里的旅程不仅要花费数月，也不仅只有极少数海员和商人才有这样的特权，而且路上充满了危险。诚然，那个世界是艰辛的，多难的，污秽的，苦于疾病、酗酒与无知，充满了痛苦，短暂的寿命和猖獗的迷信，但它也诞生了最伟大的作家莎士比亚，最伟大的画家伦勃朗，最伟大的科学家牛顿，他们在各自的领域内仍然未被后人超越。这一时期何以能够取得如此丰硕的成就？是由于死亡更近，生命因此变得更为强健吗？

谁知道呢？

即便如此，我们也不可能让时间逆转，我们所做的一切都不可挽回，如果回首，我们看见的并不是生命而是死亡。任何相信这个时代的环境和特性要为我们的不适应负责的人，不是患上了夸大妄想，便是十足的愚蠢，从这两个角度来说都是没有自知之明。我对所处的这个时代甚为憎恶，但这不是意义缺失的原因，因为这种憎恶并不是一定不变的……例如，我搬到斯德哥尔摩并遇见琳达的那个春天，世界突然打开了，充实感增强的速度堪称惊心动魄。我深陷于爱情，一切都有可能，我终日洋溢着幸福，愿意拥抱一切。如果那时有人对我谈起意义的缺失，我一定会嗤之以鼻，因为我是自由的，周围是开放的世界，充满了意义，从我公寓下方飞速穿过斯卢森区的闪亮的、未来主义的火车，到十八世纪风格的、罪一般美丽的日落，那几个月里我每天晚上都能看到，太阳就这样染红了里达尔岛上座座教堂的尖塔；从刚刚采摘的罗勒的芳香、新熟的番茄的味道，到深夜时分希尔顿酒店前鹅卵石斜坡上清脆的脚步声响，那时我们坐在长椅上，手牵着手，只知道在二人世界里地久天长。这样的状态持续了半年，那半年我真切地感受到了幸福，真切地感受到了与世界、与自我的亲近，然后它慢慢失去了光泽，世界也又一次与我拉开距离。半年后，那样的状态又回来了，不过是以一种颇为不同的方式。那是万妮娅出生的时刻。那个开放的世界已然不再，我们把它关在了门外，而全神贯注于发生在我们中间的这个奇迹，或者毋宁说是我发生了变化。相较于恋爱时的不切实际和狂放不羁，朝气蓬勃和感情洋溢，这一次的表现却是小心翼翼和悄无声息，对眼前的一切都倾注了无尽的关心。它持续了四个星期，也许是五个星期。当我不得不到城里采购时，我便跑过街道，抓起我们需要的随便什么东西，付钱时急得直哆嗦，然后双手提着袋子往回跑。我连一分钟都不愿错过！日与夜合为一体，一切都是温暖的，一切都寄托着柔情，如果她睁开眼睛，我们便马上扑到她身边。啊，你醒来了！但是这一次也过去了，我们同样习惯了这一切，我开始工作，每天前往达拉街的新写字间，坐下来写作，留琳达与万妮娅在家，午饭时来看我，她虽然时常有些焦虑，但还是快乐的，她跟孩子当时的种种状况比我亲近，因为我在写作，一开始是按照长篇随笔来写的，但慢慢现出端倪，朝着小说一路前进，而且很快进入了状态，它主宰了一切，写作占据了我的全部身心，我搬进了写字间，没日没夜地写，抽空睡上一个小时。我充满了一种奇妙至极的感觉，火焰在内心燃烧，不灼人也不毁伤，而是冷静，清晰，明亮。在夜里，我拿着一杯咖啡，坐到医院外面的长椅上吸烟，周围的街道一片静谧，我却无法安坐，因为幸福是那样的强烈。一切都是可能的，一切都有了意义。我在小说里的两个地方达到了超出预想的高度，仅就这两处而言，我简直不能相信这是我的手笔，无人注意或对此有所评论，但它们让我此前五年徒劳而失败的写作努力终有所值。它们堪称我人生中最好的两个时刻。我指的是我全部的人生。它们给了我全身心的幸福和一往无前的感觉，这样的幸福我一直在寻找，却总是两手空空。

小说写完后，过了几个星期，居家丈夫的生活就开始了，并计划一直持续到第二年春天，琳达在此期间将修完戏剧学院的学业。小说写作已经对我们的关系造成了损害，我在写字间睡了六个星期，极少见到琳达和我们五个月大的女儿，及至这段时间终于结束，她如释重负，面露喜色，而我自感亏欠了她，我应该在场，不只我这个人应该待在同一间屋子里，而且还要拿出我全部的关心，全力参与。我没有做到。有几个月我感到难过，因为我没有待在老地方，那个寒冷、干净的环境，我要回那儿的渴望大过了我们共同生活的快乐。小说反响很好也无关紧要了。每次有好评出现，我便在书上画个叉，然后等着下一篇，每次在出版社与代理人谈完话，得知有外国公司表示了兴趣，或提出了报价，我便在书上画个叉，然后等着下一家，而当它终于得到北欧理事会文学奖的提名时，我已经不太关心了，因为如果说过去半年让我明白了一件事，那就是写作唯一的意义就在于写作。全部的价值都在其中。然而我又想得到更多随之而来的东西，因为公众的关注犹如毒品，它给予满足的那种需要固然不是天生，但一旦你尝过它的味道，便会欲罢不能。就这样，我推着婴儿车，在斯德哥尔摩的动物园岛上转个不停，等着电话铃响，有某位记者向我提问，某位活动组织者邀我前往某地，某份杂志向我约稿，某家出版社向我提出报价，直到最后，我承担了这种令人不快的爱好在我身上留下的恶果，开始对一切人和一切事说不，同时，随着这种兴趣渐渐消退，我也重新开始了每日的苦差。可是无论我如何努力，也无法深入其中，总是有别的更重要的事情。我推着婴儿车在城里艰难行进，一会这儿，一会那儿，万妮娅坐在里面东张西望不然就手拿铲子，坐在胡姆勒公园儿童游戏区的沙箱里，周围是斯德哥尔摩的母亲们，又高又瘦，总在不停地打着电话，看上去好像荒诞时装秀上的一景，再不然，便是万妮娅坐在家中厨房的高脚餐椅上，大吃着我喂给她的食物。所有这一切都让我厌倦到发狂。在屋里走来走去跟她瞎聊时，我感觉自己很蠢，因为她什么都不说，只有我的蠢话和她的沉默，快活的咿咿呀呀或不快的哭泣，然后给她穿好衣服，又一次跋涉进城，比方说去船岛上的现代美术馆，到了那儿我最起码可以一边照看她，一边欣赏优秀的画作，或者去市中心的某家大书店，或者去动物园岛或布伦斯维肯湖，那是城中最接近自然的地方，不然就走远路去看盖尔，当时他在大学有办公室。渐渐地，我掌握了有关小孩子的一切，她没有一件事情我处理不了，我们什么地方都去，但不管我如何得心应手，也不管我对她的柔情如何强烈，我的厌倦和冷漠还是日甚一日。百般努力把她哄睡，我才能看看书，熬过这些日子，我才能把它们从日历上划掉。我知道了城里最偏僻的咖啡馆，几乎坐遍了公园里的每一张长椅，有时一手拿书，另一只手推着婴儿车。我带着陀思妥耶夫斯基，先是《群魔》，后来是《卡拉马佐夫兄弟》。我又一次在书中找到了光。但这不是崇高、明静和纯洁的光，不是荷尔德林的光；在陀思妥耶夫斯基那里没有高地，没有山脉，也没有神圣的图景，一切都在人的范畴之内，周围环绕着典型的陀思妥耶夫斯基式的不幸、肮脏、病态的气氛，几乎无处不在，与歇斯底里也相距不远。这就是光之所在。这就是激荡的神性之所在。然而这是要去的地方吗？有必要俯身相就吗？像平时一样，我看书的时候不去胡思乱想而是全神贯注，花上几天时间，读过几百页后，便突然眼前一亮，煞费苦心而慢慢积聚的种种细节开始互相作用，其强度之大，竟让我深深为之感动而完全沉醉其中，直到万妮娅从婴儿车的深处睁开双眼，目光中简直含着怀疑，这才让我如梦初醒：你把我带到了什么地方？

　　没有别的选择，只能合上书，抱起她。如果我们在室内，便取出调羹、食品罐子和围嘴，如果在户外，便赶快择路前往最近的咖啡馆，拉过一只高脚餐椅，把她放进去，然后走向柜台，请店员将食品加热，这种事他们做起来并不情愿，因为那个时候正值婴儿潮，斯德哥尔摩满街都是宝宝，由于大量三十来岁的女人做了母亲，她们有工作，有自己的生活，所以办给母亲们看的时髦杂志开始出现，孩子成了装饰品，一个又一个女明星同意和家人一起在照片上亮相，在采访中谈及家庭。以前属于私人领域的事情，此时纷纷涌进了公共竞技场。到处都能读到产前阵痛、剖宫产和母乳喂养，婴儿装，婴儿车，供年幼子女的父母参考的度假指南，这些东西纷纷成书出版，其作者既有居家丈夫，也有苦大仇深的母亲，她们被工作和生育弄得精疲力竭，身心俱废，感觉自己上了当，受了骗。一些过去还属于正常的话题，现在你最好不要说三道四，这就是儿童，儿童问题如今被推到了人生大义的最前沿，充满了人人应该为之侧目的狂热——这能有什么意义？这种蠢行我也有份，我用小车把孩子推来推去时，与众多把父亲的身份看得高于一切的爸爸们并无二致。当我坐在咖啡馆给万妮娅喂吃食的时候，每次少说还有另一个做父亲的也在店内，他们多半与我年纪相当，三十五六的样子，剃着光头，以此掩饰脱发。谢顶和高额如今几乎成了绝响。看到这些父亲我总是感觉有点儿不自在，感觉自己很难接受他们的女性化神态，可我自己的举手投足也跟他们一样女性化了。不夸张地说，我对推婴儿车的男人所抱有的轻微蔑视是一柄双刃剑，因为在看到他们时我自己前面就有一个婴儿车。我不相信只有我才有这种感觉，在儿童游戏区，我感到偶尔能从某些男人脸上看到一种不自在的神情，当孩子在周围玩耍时，他们的身体显出坐立不安的迹象，恨不得抓挠游戏设施。每天跟你的孩子在儿童游戏区花几个小时也就罢了，可还有更糟糕的事。琳达刚刚开始带万妮娅去斯德哥尔摩公共图书馆，那里有一个为刚学走路的宝宝开办的儿童舞蹈班，等我开始带孩子时，她也想让万妮娅接着学下去。我隐隐感觉自己大难临头，所以一口拒绝，这事用不着讨论，万妮娅现在由我带，所以儿童舞蹈班不上就是了。但琳达隔三差五说个没完，过了几个月，我对软男角色的抵抗已全盘瓦解，又考虑到万妮娅长得快，每天的活动确实需要多些花样，于是有一天我说了行，转天我们便合计到公共图书馆上儿童舞蹈课的事了。记得早点儿到，琳达说，很快就满员了。于是一天下午，我早早推着万妮娅上了瑞典路，走到乌登广场，过马路，便进了国家图书馆的大门。不知道为什么，我以前从没来过这儿，虽然这是斯德哥尔摩最漂亮的建筑之一，由阿斯普隆德在二十世纪二十年代设计完成，那一时期在我看来当属上个世纪最好的一个阶段。万妮娅吃好了，睡好了，穿着为上课而精心挑选的干净衣服。我推着婴儿车走进馆内宽阔的圆形空间，向柜台后面的一个女人打听儿童区怎么走，随即按照她的指示，走进侧面一个排列着儿童书架的房间，屋子紧里面的一扇门上贴有海报，说本次儿童舞蹈班下午两点在此开课。三辆婴儿车已经到场。车主们坐在稍远处的椅子上，那是三个穿厚外套、面带倦容的女人，个个都在三十五岁上下，而小孩们流着鼻涕，正在她们之间的地上爬来爬去。

我把婴儿车停到她们的车旁边，抱出万妮娅，坐到一个小架子上，把她搁在我腿上，脱掉她的外套和鞋，把她轻轻放到地上。本以为她也能爬一爬，可她不愿意，她不记得以前来过这儿，所以只想和我粘在一起。她伸出双臂。我把她抱回到腿上。她带着好奇注视着别的小孩。

一个漂亮的年轻女人手里拿着一把吉他，从房间另一头走过来。她肯定只有二十五岁左右，一头金色长发，外套及膝，下穿黑色长靴，走到了我的面前。

"嗨！"她说，"以前没见过你。你是来上儿童舞蹈课的吗？"

"是的。"我抬起头看着她说。她真的很漂亮。

"你报名了吗？"

"没有，"我说，"必须报名吗？"

"对，必须报名。今天恐怕没有空位了。"

好消息。

"太可惜了。"我说着站起身。

"因为你以前不知道，"她说，"我想我们可以让你加个塞儿。下不为例。过后你要先报名才能上下一次的课。"

"谢谢你。"我说。

她笑起来实在漂亮。然后她打开门进去了。我伸长了脖子，看到她把琴盒放到地板上，脱去外套，摘下围巾，搭到房间靠里的一把椅子上。她有一种清新、轻盈、春天般的气质。

我猫腰看着这一切。我应该起身走掉，可我不是为了自己到这儿来的，我来这儿是为了万妮娅和琳达。所以我坐定了。万妮娅已有八个月大，对任何类似演出的活动都万分着迷。现在她还获准参与其中。

更多推婴儿车的女人零零星星地到了，房间里很快充满了说话声、咳嗽声和笑声，衣服窸窸作响，袋子开合有声。大部分母亲来的时候，似乎都是两人结伴或三人同行。很长一段时间里，我好像是唯一的男人，形单影只。但就在两点钟之前，又来了两个男人。根据他们的身体语言，我能看出他们彼此认识。其中一位大脑袋，小个子，戴眼镜，冲我点了点头。我差一点儿要踢他。他想什么呢？以为我们属于同一家俱乐部吗？这时大家纷纷脱掉外套和鞋帽，拿出奶瓶和拨浪鼓，跟孩子一起坐到地板上。

母亲们早就开始进到儿童舞蹈班上课的屋子里去了。我一直等到最后，还剩一分钟的时候才站起来，单手抱着万妮娅走进去。地板上已经摆好了给我们坐的小垫子，那位年轻女人是指导老师，坐在我们前方的椅子上，腿上放着吉他，面带微笑，扫视了一下观众。她穿一件米黄色的羊绒衫，胸部曲线优美，腰肢纤细，两腿修长，上下交叠，上面那一条轻轻摆荡，脚上仍穿着黑靴子。

我在小垫子上坐下，把万妮娅放到腿上。拿吉他的女人讲了几句欢迎的话，万妮娅的两只大眼睛紧盯着她。

"咱们今天有几位是新来的，"她说，"也许你们愿意做个自我介绍。"

"莫妮卡。"一位说。

"克里斯蒂娜。"另一位说。

"卢尔。"第三位说。

卢尔？这算什么鬼名字？

屋里安静下来。这位漂亮的年轻女人看着我，投来鼓励的微笑。

"卡尔·奥韦。"我阴沉地说道。

"那我们先来唱一首欢迎曲。"她说完便弹出了第一个和弦，琴声回荡，她继续讲解，当她朝某位家长点头时，家长应该说出自己小孩的名字，然后大家一起把这个名字唱出来。

她轻轻弹出同一个和弦，大家开始合唱。这首歌的用意是每个人都对朋友招手说你好。孩子如果太小还不能理解，就由父母抓住他们的手腕，帮他们招手，这个动作我也做了，但是第二段歌词开始后，我再也没有理由坐着不出声，而不得不唱起来了。在女人们的高音合唱中，我低沉的声音仿佛受着病痛的折磨。我们先对朋友唱十二遍你好，再唱每个小孩的名字，然后才能继续。下一首唱的是身体部位，让孩子们唱到哪儿摸到哪儿。脑门，眼睛，耳朵，鼻子，嘴，肚子，膝盖，脚。脑门，眼睛，耳朵，鼻子，嘴，肚子，膝盖，脚。接下来，我们拿到了有点儿像拨浪鼓的乐器，看来唱新歌的时候要摇一摇。我不觉得难堪——坐在这儿不是难堪，而是受辱和失去人格。一切都是温柔、友好与可爱的，所有动作都是细小的，我蜷缩着坐在小垫子上，跟妈妈们和宝宝们挤在一起，哼哼唧唧地唱歌，更有甚者，发号施令的是一个我想跟她睡觉的女人。但是，坐在这儿让我看起来完全失去了杀伤力，没有尊严，阳痿不举，我和她之间没有了差别，只是她更漂亮，这种自愿的等同，我因此丧失了我之所以是我的一切，甚至我的尺寸，让我充满了愤怒。

"现在该让宝宝们跳跳舞了！"她说着把吉他放到地板上，起身走向旁边的一把椅子，上面放着一台 CD 播放机。

"大家站成一个圆圈，我们先朝一个方向走，边走边跺脚，就像这样，"她说着跺了跺她漂亮的脚，"转过身，然后反方向回来。"

我直起身，抱起万妮娅，站到大家排成的圆圈里。我看了看另外两个男人，他们都在全神贯注地照料自己的小孩。

"对，对，万妮娅，"我小声说，"各有各爱，你曾爷爷过去老这么说。"

她仰起脸看看我。到现在为止，她对孩子们要做的任何事情都毫无兴趣。她连响葫芦都不想摇。

"那我们开始了！"漂亮女人边说边按下了 CD 播放机的

按钮。

一支类似民歌的旋律飘荡在屋子里，我开始跟随别人，和着音乐的节奏迈着步子。我双手托着万妮娅的两条胳膊，让她靠在我胸前摇来晃去。接着我得跺脚，让她打转，然后转身返回。很多人乐在其中，笑声不断，甚至能听见兴奋的尖叫。这一轮结束之后，我们得单独跟自己的孩子跳舞。我一边搂着万妮娅左摇右摆，一边想着这像什么鬼样子，装温柔、扮可爱，跟带各种孩子的陌生母亲在一起。这个节目完了之后还有一个活动，要用到一块蓝色的大帆篷，假装那是大海，我们唱起了关于波浪的歌，大家一起上下摆动帆篷，弄出波浪的样子，然后让孩子们到下面乱爬，最后我们突然掀起帆篷，这一幕同样有我们的伴唱。

等她终于向大家道谢并说了再见，我赶紧往外冲，到外面给万妮娅穿上衣服，谁也不看，只盯着地面，周围欢声笑语，比他们进去之前更为愉快。我把万妮娅放进婴儿车，系好安全带，推上她就出了门，动作之快，没有引起任何人的注意。一到外面的街上，我就想撕心裂肺地来一番狂喊，把什么东西砸得粉碎。但我必须让自己尽快远离这个耻辱之地。

"万妮娅啊，万妮娅，"我一边说，一边沿着瑞典路一溜小跑，"你觉得好玩吗，嗯？我可真没觉得好玩。"

"达，达，达。"万妮娅说。

她没笑，可眼睛里透着高兴。

她伸出手指。

"噢，摩托车，"我说，"你跟摩托车有什么关系，嗯？"

走到滕纳尔街拐角处的孔苏姆商店，我进去买些晚餐要吃的东西。幽闭恐惧症的感觉挥之不去，但攻击欲已经消失，当我推着婴儿车在货架之间的过道内穿行时，已经感觉不到愤怒了。商店唤起了回忆，三年前我刚搬到斯德哥尔摩时便经常光顾此店，当时我在诺尔斯泰特出版社安排的公寓里暂住了几个星期，就在这条街上，只有几步路。我那时体重有两百多斤，深陷紧张症似的黑暗状态，一心逃离从前的生活。那段日子没有多少乐趣可言。但我决心重新振作，于是每天晚上我都到小扬森林去跑步。我连一百米都跑不到心脏便开始狂跳，气喘吁吁，几欲痉挛，只好停步。再跑一百米，两腿已哆嗦个不停。然后，我只好以步行的速度回到旅馆式的公寓，就着汤吃干面包。有一天我在这商店里看见一个女人，忽然间她就站到了我的身边，正好挨着肉食柜台。她身上有一种特别的东西，她外表上那种纯粹的肉体性，一下子让我充满了急速膨胀的性欲。她用双手把篮子提在身前，头发是赤褐色的，苍白的脸上长着点点雀斑。我吸到了她的一点儿体味，一种淡淡的汗味和肥皂的味道，立时目瞪口呆，心怦怦直跳，嗓子一阵阵发紧，呆立了大概十五秒钟，就在这当儿，她靠近过来，从柜台上拿了一袋莎乐美肠，然后扬长而去。付款的时候我又看见了她，她站在另一个收银台前，始终未曾尽退的欲望又一次在我体内迸发。她把东西装进口袋，转身走出门外。我再也没有见过她。

万妮娅从婴儿车里很低的位置往外看，发现了一条狗，她用一根指头指着它。我总是禁不住去想，她在观察周围世界的时候看到了什么？这无尽的人流，这面孔、汽车、商店和标志的长河对她意味着什么？她并没有以一种不加鉴别的方式来看这个世界，最起码这一点是可以肯定的，因为她不仅有规律地指向摩托、猫、狗和其他婴儿，而且就周围的人构建出了一个非常清晰的等级体系：第一等级是琳达，然后是我，然后是姥姥，再然后是其他人，以此前几天他们在她身边出现的时间长短为序。

"对，瞧啊，一条狗。"我说。我拿起一盒牛奶放到婴儿车上，又从旁边的餐柜上拿了一袋新鲜的意大利面。接着我又拿了两袋塞拉诺生火腿，一罐橄榄和莫扎雷拉奶酪，一盆罗勒，还有一些西红柿。在以前的生活中，我做梦也不会想到去买这样的食物，因为我压根不知道它们的存在。可现在我还是来这儿了，置身于斯德哥尔摩有文化的中产阶级心脏地带，但是像这样迎合意大利的、西班牙的和法国的各种东西，而排斥瑞典的一切，在我看来很蠢，而且渐渐地，由于越看越多，我也觉得这令人厌恶，不值得我浪费精力。当我思念猪排卷心菜、炖牛肉、蔬菜汤、土豆团子、肉丸子、肺糊糊、鱼糕、炖羊肉、熏香肠、鲸肉、西米露、粗面粉、米布丁和挪威米粥的时候，我思念的七十年代正是这样的味道。但是吃什么对我并不重要，所以我倒不如投琳达之所好。

我在报摊前稍停片刻，合计要不要买两份晚报，这是瑞典发行量最大的两家报纸。读它们就像一袋子垃圾整个倒在你头上。感觉头上再多一点儿垃圾也无妨的时候，我偶尔也买一次。但今天还是算了。

我付完钱，又上了街，温暖的冬日天空之下，人行道上反射着暧昧的光，十字路口的每个方向都有汽车排队，仿佛原木在河上重重堆叠。为了避开车流，我上了滕纳尔街。这里有一家我总是留意的二手书店，我在橱窗里看见一本马拉帕尔特的书，盖尔曾经非常热切地说起过,还有一本收入"亚特兰蒂斯丛书"的伽利略作品。我掉转婴儿车,用脚后跟慢慢把门顶开,然后拉着车,倒退着进了屋。

"窗户里有两本书我想要,"我说,"伽利略那本和马拉帕尔特那本。"

"对不起,请再说一遍。"掌柜的说。他五十多岁,穿一件带领扣的衬衣,鼻尖上架着一副方框眼镜,从镜片上方看着我。

"橱窗里,"我用瑞典话说,"两本书。伽利略,马拉帕尔特。"

"那本天上的和那本打仗的吧?"他说,然后转身替我拿书去了。

万妮娅已经睡着了。

儿童舞蹈课这么累?

我拉起头枕下的小把手,朝我的方向轻轻放低,让她躺到婴儿车内。她的手在睡梦中摆了一下,又紧紧握住,和她刚出生时的动作一模一样。这样的动作得自天生,后来慢慢地被她自己的行为所取代,但是在她睡着以后这动作再度浮现。

我把婴儿车推到靠边的位置,好方便别人经过,然后转向艺术图书的架子,等着书店老板在老式收银机上录入那两本书的价钱。既然万妮娅睡着了,我就有了几分钟自己的时间,我第一眼就看见了佩尔·曼宁的摄影画册。真幸运!我一直喜欢他拍的照片,尤其是这些动物系列,牛啊,猪啊,狗啊,海豹啊。他总有办法捕捉到它们的灵魂。要理解照片里这些动物的表情,没有比这更好的方式了。完全的呈现,有时苦恼,有时空虚,有时目光敏锐,直抵人心。但也令人迷惑,就像十七世纪画家笔下的肖像那样高深莫测。

我把书放在柜台上。

"这一本刚到,"老板说,"好书。你是挪威人?"

"是的,"我说,"我再看看别的。"

有一本德拉克洛瓦的日记,我拿了。然后是一本关于透纳的书,不过没有谁的画作像他的作品一样在被拍成照片后会失掉如此多的东西。我又拿了一本波尔·瓦德关于哈默休伊的论著,还有一本很大的书,讲的是艺术中的东方主义。

刚把这几本书放到柜台上,我的手机就响了。基本上没人知道我的号码,所以铃声从我黑色风雪衣一侧的口袋深处闷闷地传出时,并没有让我觉得心烦。自从琳达这天早晨骑车去了学校,除了跟儿童舞蹈班的那个女人有过几句简短的交流,我还没跟任何人说过话呢。

"喂?"盖尔说,"你在忙什么?"

"忙着得意忘形,"我说着转过脸,对着墙,"你呢?"

"我什么也没忙。在办公室干坐着,看着大伙走来走去。有什么值得一说的事吗?"

"我刚碰见个很漂亮的女人。"

"噢?"

"跟她聊了聊。"

"噢?"

"她请我进屋。"

"你进了?"

"那当然。她还问我叫什么了。"

"可是？"

"她是儿童舞蹈班的老师。所以我得坐下来，拍巴掌唱儿童歌曲，当着她的面。万妮娅在我腿上。坐小垫子。跟一堆妈妈和小朋友在一起。"

盖尔哈哈大笑。

"我还弄了个拨浪鼓来摇。"

"哈哈哈！"

"从那儿出来的时候我气坏了，不知道怎么办才好，"我说，"我还有机会秀一下自己的新腰围呢，可是没人在乎我肚子上一圈圈的肥肉。"

"不，它们又软又好，真的。"盖尔说着又笑出了声，"卡尔·奥韦，今天晚上咱们聚一下吧。"

"别逗我了。"

"没逗你，我是认真的。我打算在这儿工作到七点，大概吧。之后咱们可以随时在城里见个面。"

"不可能。"

"咱们要是老不见，内你住在斯德哥尔摩还有他娘的什么用？"

"你知道自己刚刚这句话串到瑞典语去了吧，啊？"我说。

"还记得你刚到斯德哥尔摩那回儿吗？"盖尔说，"你在出租车里对我大谈'惧内'，就因为我不想跟你去夜总会。"

"不叫'那回儿'，应该叫'那回'。"我说。

"得了吧伙计。咱们谈的是你那个说法，'惧内'。还记得吗？"

"记得，恐怕记得。"

"怎么着？"他说，"你从中得出什么结论了？"

"那不一样，"我说，"我不是惧内。我就是内。你是内个。"

"哈哈哈。那就明天？"

"我们要跟弗雷德里克和卡琳出去吃饭。"

"弗雷德里克？那个笨蛋电影制片人？"

"我不会那样称呼人家，不过是的，是他。"

"噢天啊。好吧好吧，星期天呢？不行，你那天要休息。星期一？"

"可以。"

"到时候城里人也多了。"

"星期一在鹈鹕餐馆吧。"我说。"对了，我现在手里正拿着一本马拉帕尔特的书。"

"是吗？你在二手书店？他的书蛮好的。"

"还有德拉克洛瓦的日记。"

"应该也不错。托马斯说起过，我知道。还有别的吗？"

"《晚邮报》昨天打过电话。他们想做个特写式的采访。"

"你没答应吧？"

"我答应了。"

"你这傻瓜。你说过你不再干这种事的。"

"我知道。可是出版社说这个记者特别好。所以我想就最后一次吧。完了就没事了。"

"不，完不了。"盖尔说。

"对，我知道，"我说，"但是不管了，反正我都答应人家了。你有什么新消息？"

"什么都没有。跟一帮社会人类学家吃了些圆面包。后来系里的老主任晃过来了，要跟我谈谈，他胡子上挂着面包渣，裤子前门儿也不关。我是唯一一个肯搭理他的人，所以他就来了。"

"特强硬的那位？"

"没错。他现在就怕失去自己的位子，当然他也只剩下这位子。所以他学乖了。这是个能不能适应的问题。能强硬才强硬，该学乖就得学乖。"

"明天我也许顺便过去看看，"我说，"你有时间吗？"

"当然有啊。别带万妮娅就行。"

"哈哈。得，我现在得付款了。那明天见。"

"好的。给琳达和万妮娅带个好。"

"也给克里斯蒂娜带好。"

"回见。"

"嗯，回见。"

我挂了电话，把它装进口袋。万妮娅还在睡觉。书店老板在研究一本书目。我站到柜台前，他抬起了头。

"总共一千五百三十克朗。"他说。

我把信用卡递给他，然后把收据放进了裤子后袋，因为这是我对自己购物行为的唯一证明，可以拿来抵税。我把两袋子书放到婴儿车的底层，随着门铃在耳边叮当一响，我推车出了书店。

已经三点四十了。我凌晨四点半就起了床，给达姆出版社看一份有问题的译稿，一直看到六点半，这是一件乏味的工作，我要做的只是比对原稿中的文字，但即便如此，比起我要忙活整整一上午的换尿布和哄孩子，这也要有趣和有益一百倍，因为这些家务事已经没有任何意义，只是白白占去我的时间。我没有被这种生活搞垮，它并不会耗尽人的心力，但是这些事擦不出一丁点儿灵感的火花，因此还是让我感到沮丧，好像泄气的皮球。

走到德贝恩街的十字路口，我左转上了圣约翰教堂下方的小山，教堂有红色的砖墙和绿色的铁皮屋顶，很像卑尔根的圣约翰教堂和阿伦达尔的三一教堂，在山脊街上走一段，拐进面包师大卫街，然后就进了我们后院的门。对面咖啡馆外的人行道上点了两支火炬。墙边的一排垃圾桶散发着臭味，还有一股子尿臊气，因为老有人夜里从斯图雷广场回家途中在这儿停下，往栏杆后撒尿。墙角有只鸽子，两年前我们搬过来的时候，她便已在此安家。那会儿她住在墙上的一个洞里。后来洞被人拿砖堵上了，高处但凡平整些的地方，也都用水泥加装了尖利的墙钉，所以她只好搬到地面上。这里也有老鼠。夜里出来抽烟时，我偶尔见过它们，黑色的背脊在矮树的缝隙中滑行，突然急速跑过灯光下没有遮拦的空地，奔向对面花坛的安全地带。现在有个发廊里的女人站在那儿，一边抽烟一边拿着手机打电话。她肯定有四十岁了，我猜她年轻时是个小镇美人，不管怎么说，她都让我想起夏天时在阿伦达尔的饭馆里能见到的那类女人，四十来岁，头发染得不是太黄，就是太黑，肤色也总是太深，媚眼抛得太多，笑声也过于响亮。她嗓音沙哑，一口斯科纳方言，一听就能听出来。她今天穿了一身白，看见我的时候点了点头，我也点头回礼。别看我没怎么跟她讲过话，可我喜欢她，她和我在斯德哥尔摩见到的所有人都大不一样，这些人要么在往上爬，要么爬上去了，要么以为自己爬上去了。不夸张地说，她一点儿也没有这些人身上那种千篇一律的格调，而那样的格调不仅反映在服装和物事上，也体现于他们的思想和态度。

我在门前停下，取出钥匙。洗涤剂和干净衣服的味道从地下室窗户上方的通风口里涌出。我打开门锁，尽量不出声地走进门厅。万妮娅非常熟悉这些声音和它们发生的顺序，只要我们一进门，她差不多次次都会醒来。这一次她也醒了。还发出了一声尖叫。叫就叫吧，我打开电梯门按下按钮，上行两层，我盯着镜子里的自己。琳达肯定听到了万妮娅的叫声，我们上楼时，她已经在门口等着我们了。

"嗨，"她说，"你们玩得好吗？小宝贝，你刚醒是不是？快过来让我……"

她解开安全带，抱起了万妮娅。

"我们挺好的。"我说着把空车推进屋，琳达解开了开襟羊毛衫的扣子，走进客厅，给万妮娅喂奶。

"但只要我还有一口气，就决不再踏进儿童舞蹈班一步。"

"有那么差吗？"她看了我一眼，目光里笑意一闪，便赶紧低头看着万妮娅，把她抱稳，让她贴住自己裸露的乳房。

"差？那要算我这辈子最糟糕的经历了。我走的时候肺都要气炸了。"

"我懂了。"她说完便不理这茬了。

她对万妮娅的照料是那么不同。全身心地投入其中。透着百分之百的真诚。

我拿着买来的东西走进厨房，把容易坏的食物放进冰箱，罗勒连盆搁到窗台的盘子上，浇了点儿水，又从婴儿车底下拿了书，放进书架，然后坐到电脑前打开邮箱。我从早晨起就没检查过电子邮件了。有一封卡尔-约翰·瓦尔格伦的来信，恭喜我获得了提名，说很可惜这本书他还没读，又说我哪天想喝啤酒，打个电话就成。我真心喜欢卡尔-约翰，我欣赏他的放浪不羁，有些人对此感觉不快，认为他有些势利或愚蠢，我却不以为然，而且不是在瑞典生活了两年之后才这么认为的。不过，我没办法跟他一起喝啤酒。我只会坐在那儿一言不发，我知道我会的；我已经这样干过两次了。还有玛尔塔·诺尔海姆谈及采访的一封信，事关我得到的挪威广播公司二台的小说奖。还有我叔叔居纳尔的来信，他感谢我给他寄书，说要鼓足勇气来读，并祝我好运，一举拿下北欧文坛的锦标，结尾加了一句"又及"，说英韦和卡丽·安妮离婚实在可惜。我没回信就关了电脑。

"有什么好消息？"琳达问。

"嗯，卡尔—约翰恭喜我。挪广想在两个星期后做个采访。偏偏居纳尔也来信了。他只是感谢我给他寄书。这倒也不算很糟，想想他以前对《出离世界》有多生气。"

"那倒是，"琳达说，"你为什么不给卡尔-约翰打个电话，请他来坐坐，嗯？"

"你心情这么好？"我说。

她冲我一撇嘴。

"我只想对你好点儿。"她说。

"我懂，"我说，"对不起。我不是有意的。好吗？"

"没关系。"

我从她身边走过，拿起《卡拉马佐夫兄弟》的第二册，它就放在沙发上。

"那我撤了，"我说，"待会儿见。"

"开心点儿。"她说。

现在我有属于自己的一个小时。这是我接手白天照看万妮娅的责任时提出的唯一条件，我必须在下午有属于自己的一个小时。虽然琳达认为这不公平，因为她从来没像这样有过属于自己的一小时，但她还是同意了。要我看，她从未有过一小时的原因，就在于她从没想到过这一个小时。我进一步认为，她从没想到过这一个小时的原因，是她宁愿跟我们待在一起，而不是一人独处。可我不愿意那样。于是，每天下午都有一个小时，我可以坐在附近的咖啡馆里抽抽烟。我从来不连续四五次去同一家咖啡馆。因为那样的话他们就会把我当成瑞典话所说的"死大米斯"[1]，也就是说，我一进门他们就对我笑脸相迎，用他们对我偏好之物的了解来加深我的印象，经常就人人挂在嘴边的某个主题发表几句友善的评论。但是我在大城市生活的唯一的意义，就在于我即使置身人海也能保持完全的孤独。那些人的面孔我以前统统没见过！新面孔汇聚成河，源源不断地奔流而过，能在这河里游弋，才是一座大城市于我的真正魅力所在。地铁里挤满了不同类型的人，各具特色。广场如此。步行街如此。咖啡馆如此。大商场也是如此。距离，距离，我从未有过足够的距离。因此，当某位咖啡师一看见我就开始口称你好，面露微笑，不等我张嘴去要就端出一杯咖啡，而且可能再给我来一份免费的羊角面包之时，我就该离开了。

---

[1] 常客。

找到另一家店作为替代并不是很难，我们住在市中心，步行十分钟的半径之内有好几百家咖啡馆呢。

这一次我沿内阁街走向市中心。街上到处都是人。我一边走，一边想到了儿童舞蹈课上那位漂亮的女人。到底怎么回事？我想跟她睡觉，但不相信能得到机会，而就算有机会我也不会那么干。那么，就算我在她面前表现得像个女人一样，又有什么大不了的呢？

关于我的自我形象，或许有很多解释，但它绝对不是在理性的冷库里形成的。思想或许能理解它，却没有力量控制它。一个人自我形象的构成不仅包括你是什么人，也包括你想成为什么人，能成为什么人，或曾经是什么人。就自我形象而言，实际的与假想的是没有区别的。它包含了所有的年龄段，所有的情感，所有的驱动力。当我推着婴儿车在城中游走，花去大量时间照料我的小孩，我并没有给自己的人生增添任何东西，人生没有因此变得更为丰富，相反，某些东西失去了，那是一部分自我，一点儿与男性气质有关的东西。看清这一点靠的并不是我的理智，而是情感，因为理智知道我这样做是出于一个很好的理由，也就是说，在带孩子的问题上我必须和琳达处于平等的地位，而不管什么时候，只要我把自己塞进一个模子，里面又小又紧，让我动弹不得，那么情感便会使我充满沮丧。问题在于哪个指标才是有效的。如果平等与公平可以作为指标，那么对男人处处身陷温柔与亲密的束缚也就没什么可说的了，更不用提这样做还能赢得一轮又一轮的掌声，因为如果平等和公平是首要的指标，那么所出现的变化就是一种不容置疑的提高与进步。但指标不只这些。幸福感是一个指标，生命的活力是另一个。也许女人可以一心在事业上发展，差不多过了四十岁，才抓住最后的机会要个孩子，由父亲照看几个月，等找到幼儿园，父母都可以继续工作，也许她们比前几代的女人更加幸福吧。男人在家待上半年，照看婴儿，也许反倒能够增加自己生命的活力。女人们大概也真心渴望家里那些长着细胳膊和大屁股、脑袋剃得光光、戴名牌黑框眼镜的男人们聚在一起，不仅能兴高采烈地探讨宝宝熊牌婴儿背带的优劣，还能同样开心地讨论自制婴儿食品和购买现成的生态果泥哪个更好。他们也许就盼着这些呢，怀着满腔的热忱，调动了全部身心。但即便他们不是这样，那也没什么太大的关系，因为平等和公平才是指标，它们胜过生活和男女关系中的一切。这是一个选择，而这个选择已经作出。我同样如此。如果想要不同的安排，我得在琳达怀孕之前就告诉她：听着，我想要孩子，但不想待在家里照看他们，你觉得这样行吗？这当然意味着此事非你莫属。然后她可能说：不，我觉得这样不行，或者说行，没问题，还要以此为基础规划我们的未来。可我没有那样做，我没有足够的先见之明，因此必须遵守既定的规则。在我们所属的阶级与文化中，这就意味着扮演相同的角色，以前称之为女人的角色。我已经绑定在这个角色上了，就像奥德修斯绑在桅杆上一样：如果我想得到解脱，我是可以做到的，但不可能在不失去一切的情况下做到。结果，我走遍斯德哥尔摩的街巷，看上去既摩登又女性化，内在的我却是一个十九世纪的怒汉。从外表上看，我已经变了，仿佛魔杖一点，我就马上把两只手放到婴儿车上。我总是一边走路，一边像男人那样到处看女人，这真是谜一般的行为，因为它什么也引发不了，至多得到一个回看的眼神，如果我确实看见一个真正漂亮的女人，我兴许还扭头去看她，当然最好不引起别人的注意，可这到底是为什么呀？这些眼睛，这些嘴巴，这些胸和腰，腿和臀，究竟起着怎样的功用？看这些东西为什么如此重要？而只需几秒，偶尔几分钟，我就会把她们忘得一干二净？有时我也有眼神的交流，而如果对方的目光多停留几毫秒，我便会感到热流涌动，因为那目光发自人群中的一员，我对她一无所知，不知道她来自何地、怎样生活，什么都不知道，可我们还是看见了对方，就是这么回事，然后就结束了，她成了过客，并从记忆中永远抹去了此事。当我推着婴儿车走过，却没有一个女人看我，好像我不存在一样。有人也许觉得，这是因为我发出了一个如此清晰的信号，表示我已有所属，但是我和琳达手牵手走在一起时发出的信号同样明显，却从来阻止不了任何人看我。天啊，我只是得了应得的报应，这只是为了让我有几分自知之明，因为我走来走去，色迷迷地盯着女人们看的时候，却把给我生小孩的那一位丢在家里了，难道不是这样吗？

是的，这样不好。

当然不好。

托妮耶有一次告诉我，她曾在餐馆遇见一个男人，天已经很晚，此人走到她们桌边，他喝多了，但不想闹事，或者她们认为此人不想闹事，因为他告诉她们，他是直接从产房来这儿的，他的女友当天生下了他们的第一个孩子，现在他出来庆祝。但是接下来他就不老实了，变得越来越急切，最后竟然提议她们跟他回去……托妮耶的内心深处大受震动，充满了厌恶，不过我怀疑她也有点儿着迷，因为这怎么可能呢？他到底在想什么？

我不能想象还有比这种行为更大的背叛。但是当我搜寻这些女人的目光时，难道不是正在做同样的事情吗？

我的思绪不可避免地回到琳达身上，想到她待在家里陪着万妮娅打发时间，想到她们的眼睛，万妮娅时而好奇、时而兴奋、时而困倦的眼睛，琳达美丽的眼睛。那时除了她我谁都不想要，可现在我不仅得到了她，还得到了她的孩子。为什么这还是不能让我满足？为什么我不能停笔一年，专心给万妮娅做父亲，好让琳达完成学业？我爱她们，她们爱我。那么为什么其余的一切还要不停地困扰我、折磨我呢？

我必须更加专心。白天的时候，忘记周遭的所有事情，一心扑在万妮娅身上。给予琳达所需的一切。做个好人。天啊，做好人对我就那么难吗？

我已经到了新开的索尼专卖店门口，正在思忖要不要去一趟街角的学院书店，买几本书，在那儿的咖啡馆坐一会儿。就在此时，我一眼看见了马路对面的拉尔斯·诺伦。他提着一个耐克购物袋，与我相对而行。我第一次看见他，是我们搬进这座公寓几个星期之后，在胡姆勒公园，树林上空漂浮着薄雾，一个男人朝我们迎面走来，酷似霍比特人，从头到脚一身黑色。我与他四目相会，他目光暗如黑夜，看得我脊背发凉，这人什么来头？巫师吗？

"你看见他了吗？"我问琳达。

"那是拉尔斯·诺伦。"她说。

"那是拉尔斯·诺伦？"我说。

琳达的母亲是演员，很久以前曾与他在皇家剧院合作过一出戏，琳达最好的朋友海伦娜也是演员，同样与他有过合作。琳达告诉我，他曾与海伦娜谈话，态度和蔼，指点她以后怎样在这出戏里拿捏台词，让台词融入她所扮演的人物。琳达老缠着我，推荐我读《混乱与上帝为邻》和《黑夜是白日之母》，她说这两个剧本妙不可言，但我没读，我要读的书单长如荒年。眼下我得赶紧打理这次意外的眼福，因为像这样在街上碰到他殊为不易，而我们去常去的萨图努斯咖啡馆，他毕竟不算那里的稀客，要么在接受采访，要么只是在和别人谈话。我碰见过的作家不只他一人；有一次在我们家附近的面包店，我看见了克里斯蒂安·彼得里，差一点儿张嘴跟人家打招呼，可我一遇见以前看过的脸就觉得别扭，还有一次我们在体育咖啡馆，正好彼得·恩隆德也在，然后拉尔斯·雅各布松也进来了，他写过一部奇妙之作《在红色女王的城堡》，还有斯蒂格·拉松，我二十多岁时对他的作品爱不释手，他那本《他们记忆中的夜晚》曾像一记重拳将我击中，我是在斯图雷霍夫餐馆的露台上看见他的，他当时在读书，我的心怦怦乱跳，好像看见了一具死尸。还有一次我在鹈鹕餐馆见到他，我们这一帮人认识他们那边的人，所以我握到了他的手，干得像一捆枯草，伴随着他给予我的冷漠微笑。某天晚上，我在论坛[1]见到了阿里斯·菲奥雷托斯，卡塔琳娜·弗罗斯滕松也在那儿，我还在南马尔姆的一个派对上遇到过安·耶德隆德。这些作家我在卑尔根都读过，那个时候他们只是一堆生活在异国他乡的外国姓

---

[1] 指斯德哥尔摩瓦萨斯坦的论坛当代文化中心（FORUM Nutidsplats För Kultur）。

名，现在看到被时代光环所遮蔽的活生生的真人，却让我对当前产生了一种强烈的历史感，他们在我们这个时代写作，而未来的世代会通过他们笔下的色调来理解我们这一代。新千年之初的斯德哥尔摩，这就是我看到他们时所产生的感觉，一种又美好又振奋的感觉。这些作家中，很多人已经过了八十和九十年代的全盛期，现在已有很长时间被边缘化了，我不管这些，我想要的不是现实，而是魔力。在卑尔根读过的年轻作家里，我只喜欢耶尔克·维德堡，他的小说《黑蟹》别具一格，超脱于道德和政治的迷雾之上，而别的作家往往深陷其中。原因不在于这是一本奇幻小说，而是他在寻觅一种不同的东西。这是文学独有的义务，从其他任何方面来说文学都是自由的，唯独这方面是个例外，如果作家对此无动于衷，那么除了蔑视，他们不配得到任何关注。

我真是讨厌他们的报刊，他们的文章。加西列夫斯基，拉塔马，哈尔贝里——这些作家糟糕至极。

不，不进学院书店。

我停在人行横道旁边。另一边，通往古老而传统的北方百货公司的人行道上，有一家小咖啡馆，我决定就去这一家。尽管我经常去那儿，但是由于店里客流量很大，环境特征又不明显，所以大可以隐身其中。

通往地下五金超市的楼梯扶手旁有一张空桌，我把夹克搭在椅背上，书放到桌子上，封面朝下，书脊朝里，这样就没人能看见我读的东西了，然后走过去排队。柜台里有三个人当班，两女一男，看上去像是姐弟关系。年龄最大的一个站在嘶嘶作响的咖啡机旁，外貌和神态只能在杂志上看到，当我看着她在柜台里来回移动时，她那照片般的外貌几乎抵消了我生发的所有情欲，仿佛我生活的这个世界完全无法连通她的世界，我感觉就是这样。除了目光，我们再无一物相通。

该死，我又来了。

我就不能停下这些念头吗？

我从口袋里掏出一张皱巴巴的一百克朗钞票，用手抚平。扫视一下店内的客人，差不多每人坐一把椅子，亮闪闪的购物袋占着另一把。锃亮的靴子和鞋，讲究的正装和外套，奇特的毛领，奇特的金项链，苍老的皮肤，苍老的眼睛，镶嵌在苍老的、涂过睫毛膏的眼眶里。喝着咖啡，吃着丹麦酥皮饼。我若有幸，真想看看这些人坐在那儿心里想什么，他们眼里的世界又是什么样子。想象着他们眼中的世界与我看到的是否截然不同。是否觉得沙发的黑皮子、咖啡的黑色表面和苦涩味道充满了乐趣，更不用说在松饼盘绕而破裂的中心地带还有一座黄色的奶油岛。说不定整个世界正在他们内心欢唱。说不定这一天赠予他们的喜悦实在太多，多到鼓胀欲破。就拿他们的购物袋来说吧，其中一些配有精致奢华的提绳，而不是超市里那种纸做的、粘在袋子上的提手。还有那些商标，不仅需要某些人穷尽自己的专业知识与技艺，花费少则几天、多则几个星期进行设计，还要反复开会，听取其他部门的反馈，进而投入更多的工作，对设计加以改进，也许他们会把小样展示给亲朋好友，也许他们夜不能寐，因为就算他们一丝不苟、精心打磨，还是会有人不喜欢他们的设计，但它总算面世了，继而停在某人的膝头，比如店内那位年过半百的女人，她僵硬的头发染成了金色。

也许她没有那么欢欣，更像陷入了温和的冥想。难道这是因为经历了漫长而幸福的人生之后，此时充盈着巨大的、内在的平和？难道在咖啡杯又冷又硬的白色瓷体与咖啡热乎乎的黑色液体之间形成的完美对比，只是穿过世界本体与现象的旅程中短暂停靠的一站？难道她不曾见过毛地黄在碎石里生长？难道她不曾见过狗往公园的灯柱上撒尿，当着十一月的雾夜用如此的神秘和美填满城区？哎哟，哎哟，难道空气中不是充满了细雨的微粒，不仅像一层薄膜包覆着皮肤和羊毛，金属和木头，而且周身反射着光芒，使得灰色天地中的一切都闪闪发亮了？难道她不曾见过一个男人先把后院对面地下室的窗子捣碎，接着拉开锁扣，爬到里面碰到什么偷什么？人的办法真是奇特而怪异！她的盐瓶子和胡椒瓶子没有金属的底座吗——两个瓶子都是槽纹玻璃的，但顶端是用与这种底座相同的金属制成，穿有很多小孔，好让盐和胡椒能够从各自的瓶子里撒出来？她见过它们往哪儿撒吗？叉烧肉，羊腿，带有切碎的绿葱的香喷喷的黄色煎蛋饼，豌豆汤，还有大块的牛肉。这些印象装得满满的，每一种都带着自己的味道、气息、颜色和形状，它们本身就是一种人生的经验，这一幕或许因此不足为奇了——她坐在那儿寻找平和，只求一静，看上去再也不想接受这世界上的任何东西。

排在我前面的男人要的东西终于放到了柜台上，三份拿铁咖啡，绝对够他喝的，女服务生留着齐肩的黑发，两片柔和的嘴唇，黑色的眼睛看到认识的人便瞬间一亮，但现在它们是中性的，它们看着我。

"一杯黑咖啡？"她没等我张嘴就问。

我点点头，趁她转身的时候叹了口气。看来她也注意到了这个又高又邋遢的男人，毛衣上沾着婴儿食品的污渍，头发从来不洗。

她拿过杯子，加满咖啡，我用这几秒钟上下打量着她。她也穿着及膝的黑色长靴。这是今年冬天的时尚，我希望它永远不要过时。

"好了。"她说。

我递给她一张一百克朗的纸币，她用修剪整齐的手指接过，我注意到她的指甲油是透明的，她到收银台数好找零，放到我手里，给我的微笑也同时一变，投给了排在我身后的三位朋友。

这本陀思妥耶夫斯基的书放在桌上，并不是特别有吸引力。阅读的阈限变得越高，我读的就越少；这是典型的恶性循环。此外，我不喜欢置身于陀思妥耶夫斯基笔下的那个世界。无论我多么入迷，也无论我对他的作为多么钦敬，都不能使自己摆脱阅读他作品时的恶感。不，不是恶感。是文字引起的不安。我在陀思妥耶夫斯基的世界里感到不安。可我到底还是把书翻开了，靠到沙发上开读之前还匆匆扫了一眼店里，确保没人看见我在做什么。

在陀思妥耶夫斯基之前，理想，甚至是基督教的理想形象，总是单纯而强大的，它是天堂的一部分，几乎无人可以企及。肉体是虚弱的，心灵是脆弱的，但理想不可弯折。理想关乎抱负，坚忍，战斗。在陀思妥耶夫斯基的书里，一切都是属人的，更准确地说，人的世界就是一切，理想也包括在内，并已全然改观：如果你放弃，松手，心怀非意志而不是意志，它们现在就能实现。

在陀思妥耶夫斯基最重要的几部小说里，谦逊和不事张扬就是理想，在故事情节的框架内，它们从不引人注意，因此才显出他的伟大，因为这正是他本人作为一个作家谦逊和不事张扬的结果。与大多数伟大的作家不同，陀思妥耶夫斯基本人在自己的小说里是无法辨识的。没有什么华丽的辞藻可以算到他头上，也不存在可以宣读的道德真谛，他使出浑身解数，赋予人物以个性，而由于人内心积聚过多，势必不能让自己卑微或埋没，因此斗争与行动总是强过仁慈与宽恕的被动，其结局亦然。由此出发，你可以更进一步，例如，检视他作品中虚无主义的观念，它似乎毫无真实感可言，总像一种成见，观念史当时的一个片断，原因就在于人性涌流，无处不在，任何形式都有，从最怪异的和最野蛮的，到贵族般优雅的和遭人毁谤的，一贫如洗的和拒绝世俗荣华的耶稣的理想形象，无所不包，也有关于虚无主义的探讨，意义颇为丰富。像托尔斯泰这样的作家，也在十九世纪下半叶写作与工作，那个时代动荡剧烈，苦于各种宗教与道德上的疑虑，一切面目全非。大段的文字用来描写风景与场所，习俗与服饰，射击后冒烟的枪管，微弱的回声，受伤的动物激烈地跳动，然后倒伏死去，血流到地上冒着热气。打猎是以冗长的分析加以探讨的，没有假装成其他事情，而是作为一份对客观现象的详尽记录，插入其他头绪众多的叙述之中。这种事无巨细、自成一体的描写在陀思妥耶夫斯基的作品中并不存在，总有什么东西藏在它们背后，一出心灵的戏剧，这意味着总是有人性的一个方面是他没有包括在内的，也就是让我们与外在世界相连的东西。忽而东风，忽而西风，人都要迎受，而除了灵魂之深他内心还有其他存在。《旧约》

各卷的作者比任何人都了解这一点。各种可能的人性例证在这里都可以找到丰富至极的表现，生活的所有形式在此都有体现。除了一种，对我们而言唯一具有重大意义的一种，也就是我们内在的生活。对人性加以意识和潜意识、理性和非理性的划分，让一个总是可以对另一个作出解释或说明，把上帝视为可将灵魂沉浸其中的事物，以使斗争结束，安宁胜出，它们实为新观念，与我们和我们的时代无法解脱地联系在一起，这并非无缘无故，也已让事物脱离了我们的掌控，允许它们融入我们对它们的理解或看法，与此同时让人与世界的关系为之一变：以前人漫游于世界，现在则是世界漫游于人。当意义变了，无意义也随之改变。抛弃上帝不再让我们面对黑夜，像十九世纪那样留下人接管一切，正如我们在陀思妥耶夫斯基、蒙克和弗洛伊德的作品中看到的，也许出于需要，也许出于欲望，那个时候的人变成了自己的天堂。然而只要从那天堂后退一步，一切意义便将失去。很明显，本来有一个天堂高居于众生之上，不仅空虚、黑暗、冰冷，而且没有穷尽。人在宇宙背景下有多大的价值？众多昆虫里的一种昆虫，众多生命形态里的一种生命形态，也许只是湖藻，或森林地表的真菌，鱼腹中的卵，洞里的老鼠，或暗礁上的一串贻贝，与它们相比，人活在地球上的不同之处又在哪里？当人生既没有目标也没有方向，无非挤在一起混吃等死，我们为什么还应该做这件事而不是那一件事？当生命一去不返，变成一捧潮湿的泥土，一小堆发黄松脆的骨头，那时又有谁询问这生命的价值？那死人的脑壳难道不是在坟墓里带着嘲弄的笑吗？从这种观点来看，再多几具死尸又有什么不同？是啊，确实还有别的观点论及这同一个世界：难道不能把它看作奇迹吗——它有冰冷的河流与广袤的森林，有漩涡状的蜗牛壳和深深的地洞，有血管和脑灰质，还有荒凉的行星和扩张的星系？能，当然能，因为意义并非我们获得的东西，而是来自我们的给予。死亡使生命变得毫无意义，因为一俟生命停止，我们勉力追求的一切也就结束了，同时它也使生命有了意义，它的存在让我们拥有的短暂时间变得不可让度，每一刻都非常宝贵。但是在我有生之年，死亡已经被移除了，它不再存在，而仅仅作为一个常项，在各种报纸、电视和电影里出现，它在其中并不代表某一过程的终止和中断，恰恰相反，由于日复一日的重复，它代表着那一过程的延伸和持续，因此颇为奇怪地变成了我们安全感和精神支柱的源泉。飞机坠毁堪比仪式，周期性地发生，一连串同样的事件，而我们从未亲身参与其中。一种安全的感觉，但也有兴奋和紧张，想象那些乘客在最后时刻遇到了多么可怕的事情……我们看到和做过的一切都包含着我们内心激起的紧张感，却与我们毫无干系。这算什么？我们在过着别人的生活吗？是的，虽然我们不曾拥有也未曾经历一切，却还是拥有了、经历着这一切，因为我们看到了，我们参与了，哪怕没有亲身前往。不仅偶尔为之，而是天天如此……不仅是我和我认识的每个人，而是所有主要的文化，实际上几乎是现有的每个人，人类的全体。它遍览一切，化为己有，如海洋收纳雨雪，已不再有任何事和任何地方我们不曾拿来变成自己的，并赋予它们人性：那里有我们的思想。在一切神圣的事物面前，人总是渺小的和无足轻重的，一定是因为这种观点意义重大——也许只有相信知识越多越堕落，其意义才能与之相提并论——当初催生了神，现在则已经走到了尽头。谁还在苦苦思索生命的无意义？青少年。只有他们关心存在主义的命题，因此让它们染上了某种幼稚的、不成熟的色彩，结果，那些老成持重的成年人就更不可能去碰这些问题了。不过这并不奇怪，因为我们决不会像青少年时代那样强烈而热情地去感受生命，仿佛我们第一次迈入世界，一切感觉都像新感觉。就是他们，在小道上，带着大概念，随着压力增强，左顾右盼，寻找着出击的机会。可除了陀思妥耶夫斯基大叔，他们还能会遇见谁？陀思妥耶夫斯基已经成了青少年作家，虚无主义的主题也成了青少年的主题。很难说这是怎么发生的，结果却是无论如何，这个巨大的问题都受到了全然的忽视，与此同时，所有重要的力量都流向了左翼，任其鲸吞公平与正义的思想，当然，正是这些思想确立了我们社会进步的合法性，并确保我们过上脱离苦海的生活。十九世纪虚无主义与我们的虚无主义的不同，正是空虚与平等的不同。1949 年，德国作家恩斯特·云格尔曾说，将来我们会建立起一个世界政府。现在，由于自由民主制已称雄于现代社会，似乎他所言不虚。我们都是民主主义者，我们都是自由派，各个国家、文化和人民之间的差异正在普遍瓦解。而这场运动从本质上说，又何尝不是虚无主义的？"虚无主义的世界从本质上而言，就是一个日益缩减的世界，自然而必然地与趋向零点的运动相符。"云格尔写道。有个很好的例子可以说明这样的缩减，那便是把上帝视为"善"，再比如那种要为世界上所有复杂趋势找到一个共同特性的嗜好，又比如专门化的倾向，这是另一种形式的缩减，又比如要把一切转化为数字的决心，美，森林，艺术，身体，概莫能外。因为如果金钱不是一种实体，将大部分不同的事物加以商品化，那它又是什么呢？抑或如云格尔所说："渐渐地，所有领域都被归到这个独一的共性之下，即使与因果关系所处的距离像梦一般遥不可及的领域也不例外。"在这个世纪，就连我们的梦境都是相似的，就连梦境都是可以出售的东西。注重平等不过是冷漠的另一种说法。

这就是我们的黑夜所在。

我感觉周围的人越来越少，外面的街道暗了，但直到我放下书起身去给咖啡续杯，才惊觉这是时间流逝的证据。

已经五点五十了。

我的天。

我五点钟就该到家的。而且这是星期五，我们一向要在晚饭和饭后额外找些别扭。起码有找别扭的念头。

操。真操蛋。

我穿上夹克，把书塞进衣袋，匆匆出门。

"嘿哟！"女服务员在我身后说。

"嘿哟"。我头也没回地说。到家之前我还得买些东西。首先，我进了对面的国营酒类专卖店，随便从最贵的架子上抓起一瓶红酒，只看见酒标上有个牛头，然后沿着通道走进商场，里面又大又奢华，总让我感觉像流浪汉一样寒酸，我走到楼梯口，下到地下超市，此处出售的货品在斯德哥尔摩是最独一无二的，我们的收入当中有一大部分花在这儿了，这并不是说我们也能算得上什么美食家，而是因为我们太懒，不愿走路去比耶尔·亚尔街地下通道的平价超市，还因为我对金钱的价值漠不关心，从这个意义上来说，我一有钱就毫不迟疑，像泼水一样把它们花掉，没钱的时候我也没什么花钱的念想。这当然很蠢；生活因此变得难上加难。我们的进项虽然有限，但本来也能保持稳定、健康，而不是让我一有钱就到处乱花一气，导致接下来的三年都要捉襟见肘地过日子。可谁去琢磨这些事呢？说什么也不会是我。所以钱就丢给了卖肉的柜台，那里有上好的、成熟的、累累垂垂的，但以我们的标准又贵得吓人的牛排，来自哥得兰岛的一家牧场，连我都吃得出来，这种肉的味道特别好，还有一些装在塑料罐里的自制沙司，我赶紧抓过来，再拿一袋土豆，一些番茄、西兰花和蘑菇。我看见他们有新鲜的树莓，就赶快拿了一篮子，又冲向冰柜，挑了贴有刚开始上货标签的香草冰淇淋，最后到商店的另一头，拿了些相当不错的法式饼干；幸运的是，这儿也有个收银台。

哎呀，哎呀，哎呀，一刻钟过去了。

不仅因为我走掉的时间已经比应该的多出了一个半小时，也不仅因为她在等我，还由于这样一来我晚上的时间会变得太短，因为我们睡得非常早。对我来说无所谓，坐在电视机前吃几块三明治就蛮好的，然后如果必须，七点半我就能上床睡觉。我担心的是她。

此外，我最近刚做过一次为期三天的小旅行，参加朗读会，下星期还要去奥斯陆作个报告，所以我脖子上的皮带比平时还要紧。

金属盘缓缓地朝收银员的方向接次前行，我把货品放到上面，她一件件提起，在空中扭转，直到条形码面朝下对好激光读码器，哔的一声，再把它们搁到到小小的黑色传送带上，全程梦游般的动作，仿佛她在睡梦里活动。我们头顶的灯光刺目，她皮肤的每个毛孔都一览无遗。她嘴角耷拉着，不是因为她上了年纪，而是由于她的脸如此之大，如此丰腴。她整颗头因多肉而肿胀。她大概花了很多时间打理发型，可这无助于改善整体形象；这就像装扮胡萝卜长着绿樱子的那一头。

"五百二十克朗。"她边说边伸出手看看指甲。我刷完卡按了密码。等待交易确认的时间，我凝视着陈列品，这才一下子想起我忘了买购物袋。每当发生这种事，我总是认真付钱，好让他们不会觉得我故意忘事，希望他们说我可以拿个免费的，他们经常这样做。但这一次我身上没有零钱，为这么小的数字再刷卡也太可笑了。可话说回来，她怎么看我有关系吗？她那么胖。

"我忘了拿袋子。"我说。

"两克朗。"她说。

我从收银台下方的箱子里拿出一个袋子，然后再次掏出信用卡。

"你没有现金吗？"她问。

"恐怕没有。"我说。

她摆了摆手。

"但我想付钱，"我说，"不是那样的。"

她不耐烦地笑了笑。

"拿走吧。"她说。

"那谢谢你。"我说着把东西装起来，朝楼梯走去，这边的楼梯通往一条通道，两边的墙上有一些拍卖行的陈列柜。我走出那里的大门，街对面就是北方百货公司，在地下商业街上灯光闪烁，左侧和另一家名叫加莱里安的商场相连，同一侧再远些便是文化宫，直接走下去，就到了塞格尔广场西侧名叫"平板"的地方，然后是地铁中央站，这里有地下通道通往火车站。下雨天我总是走这条路，其他时间也这么走，因为我发现地下世界引人入胜，如同观奇探险，我猜这必定源于我的童年，那会儿一个洞便足以成为我们最激动人心的发现。我记得有一年冬天，下了两米多厚的雪，肯定是 1976 年或 1977 年，有个周末，我们挖了好几个雪洞，中间有坑道相连，从花园一直通到邻居家的院子。我们像着了魔，全然沉醉于这一天的成果，当夜幕降临，我们就能坐在厚厚的雪层底下聊天。

我走过拥挤的美国酒吧，时值星期五，人们下班后来这儿喝杯啤酒，或者郑重其事地开始一个不归之夜，坐在那儿，厚厚的夹克搭在椅背上，微笑，喝酒，脸泛红光，大部分人年过四十，而纤瘦的男女青年系着黑色围裙，走来走去，记下客人点的酒水，把啤酒托盘放到桌上，收起空杯。这些快活人的声音，这种温暖、友善、闹哄哄的人声，偶尔插入一阵轰鸣的大笑，在门打开的时候扑向我，还有停留在外面的五六个人，他们都有事情可忙，不是在口袋里翻找香烟或口红，便是在手机上按下号码，然后有所期待地把它举到耳边，一边等待，一边扫视着街道，抑或从路人当中挑一个出来，奉上微笑，仅此而已，只是一个友善的微笑。

"出租车，到内阁街……"我听见身后有人说。路边一溜儿小汽车滑行而过，缓慢而阴郁，街灯的微光短暂照亮了车里的面孔，给它们罩上一层神秘的光辉，司机呢，他们的脸映出仪表盘上微蓝的光。有些脸在贝司和鼓声里颤动。街对面，人流涌出北方百货大楼，过不了多久就会有大喇叭广播，说商场将在十五分钟之后关门。厚厚的皮衣，呜咽的小狗，深色的羊毛外套，皮手套，成堆的购物袋。间或出现一件年轻的羽绒衣，间或一条吊在胯上的裤子，间或一顶羊毛的无檐小便帽。后来有个女人跑过去，一只手按住帽子，大衣的下摆在腿上拍打。她为什么这样匆忙？好像很紧急的样子，我便扭头去看。可是什么都没发生，她在通往国王花园的街角消失了。三个乞丐靠墙坐在箅子板上。其中一位身前放着一张硬纸壳，上面用粗笔写着他需要钱来找个地方过夜。他身边放着一顶帽子，里面装了几枚硬币。另两位在喝酒。我从他们身前经过时，眼睛看着别处，走到学院书店过马路，快步经过它那刻板而面目模糊的门脸，脑子里想着琳达，她大概在发脾气吧，大概在想这个晚上又给毁了，在想我怎样不愿意见到她。过了另一个十字路口，经过昂贵的意大利餐厅，抬眼瞥一下格伦·米勒咖啡馆，那里有两个人正从出租车上下来。然后往纳伦的方向走，一辆带拖车的巨型乐队大巴停在那里，后面有一辆瑞典电台的白色大巴，一捆粗重的线缆从车上一直拉到了人行道，我使劲地回想今晚到底是谁要在这儿演出，却终归徒劳，此后跨了三个台阶，便到了我们楼门口，按密码，进门。开始爬楼梯的时候，我听到楼上有扇门开了又关。听那摔门的声音，我就知道那俄国女人。这时候坐电梯已经太迟了，所以我还是爬楼梯，果不其然，片刻之后真碰到她了，她正在下楼，假装没看见我。不管怎么说，我还是打了招呼。

"嗨！"我说。

她嘟囔了一句什么，不过是走过去以后才出声。这俄国女人是来自地狱的邻居。我们搬进这幢大楼的头七个月，她的公寓还是空的。后来有天夜里，已经一点半了，我们被走廊里的乒乒乓乓声给吵醒了，那是她家摔房门的声响，后来开始不间断地放音乐，声音大到我们都听不见对方在说什么。欧式迪斯科，贝司和大鼓让地板颤动，窗玻璃哗哗作响。这就像我们的音响在以最大功率播放。琳达怀孕八个月，反正也有失眠问题，可就连我这个往常在任何噪音中都能一睡不醒的人也彻底睡不着了。曲目的间隙里能听她在我们下方喊叫、嘶吼。我们起了床，走进客厅。我们应该拨打为这种情况而设的值班电话吗？我不想。对我来说，那样做太瑞典了。下楼，按门铃，抱怨几句不就行了吗？对啊，可是得我去。那我就去了，按了门铃，没有用，敲门，门不应。又在客厅待了半个钟头。说不定它会自动停止？可到了最后，琳达气急败坏，自己下了楼，没想到那女人突然开了门。而且她完全能体谅人！她上前一步，伸出一只手，放到琳达肚子上，你要生宝宝了，她用带俄国口音的瑞典话说，对不起啊，真抱歉，可是我丈夫离开我了，我不知道怎么办才好，你能理解吗？音乐，加上一点儿酒，帮我忍受这冷酷的瑞典。但是你就要生宝宝了，你需要睡觉，对不对，亲爱的？

　　看到事情有了进展，琳达很高兴，回来跟我讲了谈话的内容，然后我们走进卧室，上了床。十分钟之后，我刚睡着，那该死的喧闹又开始了。同样的音乐，同样疯狂的音量，同样的曲目间隙的吼叫。

　　我们起了床，走进客厅。差不多三点半了。我们该怎么办？

琳达想打值班电话，但我不想，因为虽然从原则上看这应该匿名，处理邻里纠纷的巡视员也不能说出谁打过电话投诉，但很显然她会知道的，而她明摆着很不稳定，以后恐怕要找麻烦。因此琳达建议我们等到这一次消停以后，第二天再写一封友善的信，在信中表现我们的大度与宽厚，但是半夜三更弄出这么大动静，实际上是不可接受的。琳达躺到沙发上，高高地挺着大肚子，喘着粗气，我上床去了，过了一个小时，差不多五点钟的光景，音乐终于停了。第二天琳达写了信，早上出门前塞进了她的邮箱，此后一切平静。但晚上大约六点，有人开始狠狠捶击我们家的门。我开门一看，是那俄国女人。她那张蛮横的、被酒精毁坏的脸已经气得发白。她手里攥着琳达的信。

"这是什么鬼东西！"她大声质问，"你们凭什么？我自己的家！我干什么你们管不着！"

"这是封很友好的信……"我说。

"我不跟你说话！"她说，"我要跟当家的说！"

"你什么意思？"

"你不算家里的男人。你想抽口烟都被赶到外面。你站在院子里，让人拿你当笑话看。你以为我看不见吗？我要跟她谈。"

她上前几步，想从我身边过去。她满身酒气。

我心里翻江倒海。暴怒是我非常害怕的一种情绪。每逢这种情况，我总是避免不了全身全下被软弱的感觉所淹没。我腿发软，胳膊也软了，声音在颤抖。可她不屑一顾。

"你得跟我谈。"我说着向她迎上去。

"不！"她说，"信是她写的。她才是我要找的人。"

"听着，"我说，"你昨天深夜放音乐，声音太大了。我们根本没办法睡觉。你不能那么做。你得讲理。"

"我干什么不用你管！"

"行，是不用我管，"我说，"我们有个东西叫住户守则，所有住在这儿的人都得遵守。"

"你知道我付了多少房租吗？"她说，"一万五千克朗！我已经在这儿住了八年了。以前从来没人说过什么。然后你们来了。假正经的小东西。'说实在的，我怀孕了。'"

说到后面这句模仿假正经的话时，她撅起嘴，扬起头，鼻子朝天。她头发没梳，皮肤灰白，脸蛋圆滚滚的，瞪着两眼。

她用这燃烧的目光盯着我。我低下头。她转身下楼去了。

我关上门，扭头看着倚在过道墙上的琳达。

"得，干得好。"我说。

"你说那封信？"她问。

"对，"我说，"现在咱们麻烦大了。"

"你还怪我？是她发神经了。跟我有什么关系？"

"别急，"我说，"咱俩又不是敌人。"

楼下公寓里，音乐轰然而响，和前一晚同样吵闹。琳达看看我。

"我们出去吗？"她说。

"我不觉得咱们躲出去是个好办法。"我说。

"可这里待不下去了。"

"那倒是。"

等我们穿好外套，音乐停了。也许她自己也嫌声音太大了吧。

但我们还是出了门，朝尼布鲁广场走去，那里灯光璀璨，映着黑水，一层层碎冰，在慢慢靠近的动物园岛渡船的船首前堆叠。皇家剧院就在马路对面，好像一座城堡。那是我最喜欢的斯德哥尔摩建筑之一。不是因为它漂亮，它不漂亮，而是因为它有一种特殊的气质，周边地区同样如此。也许只是因为石材的颜色非常淡，几近于白，表面宽阔，哪怕碰上最昏暗的雨天，也显得整幢建筑熠熠生辉。海风常年吹拂，门外旗帜猎猎，让它所在的空间颇显开阔，纪念碑式建筑常有的压迫感因此不复存在。它像不像海边的一座小山？

我们手挽手走在滨湖路上。黑暗笼罩着船岛外的水面。这里的房舍只有零星的几盏灯火，在城市里创造出独特的节奏，仿佛到了尽处，慢慢融入乡村和自然，到水的另一头才重新加速，旧城、斯卢森和面向南马尔姆的陡岸伫立，闪亮，明灭，游走。

琳达给我讲了一些皇家剧院的掌故。她简直就是在那儿长大的。她母亲在皇家剧院当演员时，一个人拉扯琳达和她哥哥，所以他们经常和她一起排练、演出。这些事对我就像神话，在琳达眼里却微不足道，她宁愿不提，如果这一次我没有直接问她，她肯定是不会说的。她知道演员们的一切，了解他们的虚荣和烦躁，他们的焦虑和诡计，她哈哈大笑，说最好的演员往往也是最愚蠢的和理解力最差的，聪明的演员实为自相矛盾的说法，不过，尽管她看不起演戏，看不起演员的做派与浮夸，看不起他们低级、虚伪和轻浮的生活与感情，但当他们处在最佳状态时，她对他们的舞台表演却总是不吝溢美之词。例如，她会充满激情地谈起伯格曼导演的易卜生作品《培尔·金特》，这出戏她在皇家剧院的衣帽间工作时看过无数遍，她会大谈戏里的魔幻与童话色彩，还有巴洛克风格与滑稽戏特色，再比如罗伯特·威尔逊在斯德哥尔摩城市剧院导演的斯特林堡作品《一出梦的戏剧》，她在那里做编剧，这出戏当然更纯粹，也更风格化，却具有同等的魔幻色彩。她自己也曾经想当演员，连续两年进入了戏剧学院的最后一轮面试，但他们仍然没有录取她，也好，他们永远都不会要她了，所以她把精力转到另一个方向，申请了毕斯科普斯－阿尔内的写作课，在那里的第二年，她便用所写的诗歌完成了自己的处女作。

此时，她给我讲了以前的一次旅行。皇家剧院，伯格曼的巡回剧团，他们不管到哪儿都是明星，这一次去的是东京。这些高个子、吵吵嚷嚷、醉醺醺的瑞典演员挤进了城里一家高级餐馆，脱掉鞋子或以其他任何方式来适应当前的环境都绝无可能，他们挥舞着胳膊，在清酒杯里按熄香烟，大声呼叫服务员。琳达穿着短裙，涂红色唇膏，黑发齐肩，发梢内卷，香烟在手，对彼得·斯托迈尔略有迷恋，而她只有十五岁，用她的话说，在日本人眼中必显怪异。可他们当然是不动声色的，他们只是安静地在这些人周围走来走去，哪怕有一位撞破纸隔墙，摔了个大马趴，他们连眼皮都没抬一下。

说到这儿，她哈哈大笑。

"我们要离开的时候，"她说着，看了看动物园泉那边，"有个服务员提着一个袋子走到我面前。他说这是大厨送的礼物。我往里一看，你知道是什么吗？"

"不知道。"我说。

"满满一袋子小螃蟹，活的。"

"螃蟹？有什么含义吗？"

她耸耸肩：“我不知道。”

"你怎么处理的？"

"我把它们带回酒店。妈妈醉得太厉害了，得别人送她回去。我自己拦了出租车，螃蟹袋子放在脚边。回到房间以后，我往浴缸里放了冷水，把螃蟹倒在里面。它们爬了一整夜，我就在一墙之隔的房间睡觉。在东京的中心。"

"后来怎么样了？你怎么处理它们的？"

"故事到这儿就结束了。"她说着抬眼看着我，面带微笑，握紧了我的手。

她和日本有些渊源。特别是她的诗集得过一个日本的奖，还有一张日本人物图片，直到最近都还挂在她的书桌上方。她这小而美的五官，隐隐约约地，难道不是也有一种日本特色吗？

我们走向卡拉广场，那里有个圆形水池，到了夏天，水池中央便会出现一个巨大的喷泉，但现在是干的，池底铺满了周围大树落下的枯叶。

"你还记得我们去看《群鬼》的那一次吗？"我问。

"当然啦！"她说，“我永远也忘不了。"

我知道，她已经把戏票插进了怀孕时开始弄的相册。《群鬼》是伯格曼在皇家剧院导演的最后一出戏，我们确立恋爱关系之前看的，这是我们一起做过、共同拥有过的最早的几件事之一。一年半以前才发生的事，感觉却好像已经过了一生。

她看着我，眼里的深情足以将我淹没。天气很冷，刮着冰凉、刺骨的寒风。这让我想到斯德哥尔摩东边有多远，少许异国他乡的感觉，跟我老家完全不同，可我又没法具体指出那到底是什么。这是最富有的区域，却一片死寂。谁也不到这儿来，街上总是没多少人，但它们比市中心的其他部分都要宽阔。

一男一女带着狗朝我们走过来，男的两手背在身后，头戴大皮帽子，女的身穿毛皮大衣，小梗犬在前面一路乱嗅。

"咱们找个地方喝杯啤酒？"我问。

"好啊，"她说，"我也饿了。西塔电影院的酒吧怎么样？"

"好主意。"

我打了个寒战，赶快拉紧外套上的翻领。

"晚上这鬼天气。"我说，"你冷吗？"

她摇摇头。她穿着一件巨大的羽绒衣，那是她好朋友海伦娜借给她的，去年冬天海伦娜怀孕的情形跟琳达现在一样，琳达戴的皮帽子是我们在巴黎时我给她买的，底下有两根绳，挂着两颗小绒球。

"还踢吗？"

琳达把两只手放到肚子上。

"不了，孩子在睡觉，"她说，"我散步的时候它总是这样。"

"'孩子'，"我说，"说得我一激灵。就好像我老忘记你身体里还有个正儿八经的人。"

"就是嘛，"琳达说，"我可了解它了，反正我有这种感觉。你还记得他们做糖尿病检测的时候它有多愤怒吗？"

我点点头。琳达有风险，因为她父亲得过糖尿病，人家给了她一种含糖的混合物，她说，在她吃过的药里，数这一种最恶心、最难闻，结果孩子在她肚子里像疯了一样乱踢，折腾了一个多小时。

"肯定吓到它了。"我微笑着说，同时朝街对面看了一眼，远处是胡姆勒公园。灯光的穹顶之下，一块块被照亮的地方，有的地方长着树，树干粗大，树枝蔓生，另一些地方可以看见湿润、发黄的草皮，中间则是完全的黑暗，有一种迷人的气氛笼罩着这儿的夜色，但又不像森林里那样迷人，更像剧院里那种迷人的气氛。我们沿着一条小径前行。一些地方仍然有小堆的落叶，草坪和穿行其间的小路便显得空无一物，像客厅里的木地板。有个跑步的人在林奈雕像周围慢吞吞地活动，另一个人疾步跑下缓坡。我知道，我们脚下便是皇家图书馆巨大的书库，而图书馆就伫立在我们的前方。一个街区之外是斯图雷广场，那里聚集着这一带最高档的夜总会。我们住的地方离斯图雷广场只有一箭之遥，却好像生活在世界的另一个部分。有人在那一带的街上遭到枪击，可我们看见第二天的报纸才知道；世界明星到访斯德哥尔摩，多半要到那里转转；所有瑞典的商界精英和各路名流都会在那一带亮相：这些事情全国都能从晚报上读到。人们不是排队入内，他们站成一排，然后有保安来回走动，指着那些获准进门的人。这座城市苛刻、冷酷的一面，我以前没有见过，我也从未经历过这样一种明确的文化分隔。在挪威，几乎所有的距离都只是地理上的，因为人口稀少，每个地方通往顶层或中心的路都很短。在学校的每个班级，至少是每所学校总有某个人能在某个方面达到顶层。每个人都认识某个认识某人的人。瑞典的社会距离可就大多了，由于农村人口一直在减少，几乎所有人都在城市生活，任何想要有所成就的人都要到斯德哥尔摩来，但凡重要的一切事情都

121

在这里发生，这是一目了然的：如此之近，却又如此之远。

"你有没有什么时候想过我是打哪儿来的？"我看着她问道。

她摇摇头。

"没有，好像没有。你是卡尔·奥韦。我的漂亮丈夫。这就是我眼中的你。"

"特罗姆岛上一个居民小区。跟你的世界一点关系也没有。我对这儿的生活一无所知。样样东西都极为陌生。你还记得我妈第一次到咱们家来说了什么吗？不记得了？她说：'应该让外公也看看，卡尔·奥韦。'"

"挺好的呀。"琳达说。

"可是你能明白吗？对你来说这公寓没什么特别的。对我妈来说这就像一座小舞厅，对不对？"

"那对你来说呢？"

"对我来说也是。但我要说的不是这个。不管它好还是不好。我要说的是我来自一个非常不同的环境。一个特别不世故的地方，对不对？我不在乎，这件事我同样不在乎，问题就在于那不是我的，永远也不可能是我的，不管我在这儿住多久。"

我们穿过马路，走上居民区里的一条小街，不远处就是琳达长大的地方，我们经过萨图努斯咖啡馆，上比耶尔·亚尔街，西塔电影院就在这条街上。我的脸冻僵了，两条大腿成了冰柱。

"你这样很幸运了，"她说，"想想看，它给你带来了多少好处？总有个地方可以去。往外是老家，往里是新家。"

"我知道你要说什么。"我说。

"我一切都在这儿了。我在这儿长大。我没有办法把自己跟它分开。期望也是有的。但没人盼着你怎么样。最多盼你上个学，再有份工作罢了。对不对？"

我耸耸肩。

"我从没那样想过。"

"是啊。"她说。

沉默少顷，她又说道：

"我一直住在这儿。妈妈大概也不指望我什么，只要我没病没灾……"

她看了看我："所以她喜欢你。"

"是吗？"

"你没注意到吗？你肯定注意到了。"

"好吧，就算我注意到了。"

我想起头一次和她母亲见面的情形。森林里一座很老的小农场，一幢小房子。屋外是秋天。我们一到就坐下来吃饭了。热乎乎的肉羹，新烤的面包，桌上的蜡烛。我不时感到她在看我。目光好奇而温暖。

"可是我长大的地方除了妈妈还有别人，"琳达继续说，"约翰·努登法尔克第十二，你觉得他当过中学老师吗？那么有钱，那么有教养。所有人都得出人头地。我有三个朋友自杀了。多少人得了厌食症，我想都不敢想。"

"是啊，真是太糟了，"我说，"人就不能看开一些吗？"

"我不想让孩子们在这儿长大。"琳达说。

"这就'孩子们'了？"

她笑了。

"怎么样？"

"那就只能去特罗姆岛了，"我说，"我只知道一个人在那儿自杀过。"

"别开这种玩笑。"

"好吧。"

一个穿高跟鞋和红色长裙的女人喀哒喀哒地走过去。她一只手提着黑色手袋，另一只手紧紧抓住胸前的黑色网眼披巾。她身后是两个留胡子的年轻男人，穿着风雪衣和登山靴，其中一个手拿香烟。他们后面是三个女人，看样子是朋友关系，个个精心打扮，提着漂亮的小手袋，不过衣裙外面还是披了风衣。跟东马尔姆的街道相比，这儿简直与狂欢节无异。街道两边，餐馆灯火通明，家家座无虚席。西塔是本区的两家非主流影院之一，此时门外已经聚集起了一小撮瑟瑟发抖的人群。

"可是说老实话，"琳达说，"不一定是特罗姆岛。但挪威肯定行。那里的人更友好。"

"的确。"

我拉开厚重的大门，替她扶住。我脱下手套，摘掉帽子，解开大衣，松开围巾。

"可我不想去挪威，"我说，"关键就在这儿。"

她什么也没说，正要去看橱窗里的电影海报。她冲我转过身。

"他们在放《摩登时代》！"她说。

"咱们看吗？"

"看吧，咱们看！但是我得先吃点东西。几点了？"

我到处找时间。在售票处后面的墙上，我发现了一个又小又厚的钟。

"八点四十。"

"九点开始。咱们赶得上。你去买票，我去看看酒吧里有什么吃的。"

"好的。"我说。我从口袋里翻出一张皱巴巴的一百克朗钞票，走向售票口。

"还有《摩登时代》的票吗？"我问。

一个扎辫子、戴眼镜、绝对不到二十岁的姑娘俯视着我。

"乌晒克达？[1]"她说。

"您……有……摩登时代……票？"我用瑞典话说。

"有啊。"

"来两张。后排，中间。二。"

为了保险起见，我把两根手指举到空中。

她一言不发把票打好，放到我面前的柜台上，扯平那张一百克朗的钞票，装进收银机。我走进酒吧，里面塞得满满当当，我寻见琳达，挤到她身旁。

"我爱你。"我说。

这种话我几乎从来不说的，所以她眼睛一亮，抬头看着我。

"是吗？"她说。

我们亲了亲。酒保把一小篮子墨西哥玉米片放到我们面前，还有一种好像鳄梨色拉酱似的东西。

"你想喝啤酒吗？"她问。

---

[1] 对不起。

我摇摇头。

"看完再喝吧。不过那会儿你可能就累了。"

"有可能。你买到票了？"

"买到了。"

我第一次看《摩登时代》是二十岁那年，在卑尔根的电影俱乐部。有个地方我怎么也憋不住笑。大多数人连上一次哈哈大笑是什么时候都记不住，可我记得我二十年前的笑，这当然是因为我笑的时候不多。失控的羞耻和忘形的快乐，我统统记得。哪个场景让我笑起来的，仍然历历在目。卓别林必须要在一台歌舞表演中登场。这是一次很重要的演出，利害攸关，他很紧张，为了帮助记忆，他把歌词抄到假袖口上。可他一上场袖口就没了，因为他做了一个过于热情的动作向观众致意，袖口飞出去了。然后他干站着，没有歌词，而乐队已经在他身后开始演奏。怎么办？是的，他开始找袖口，同时跳着即兴创作的舞蹈，好让观众注意不到演出出了岔子，而乐队把引子演奏了一遍又一遍。我笑到哭。但是剧情进入了一个不同的阶段，因为不管他怎样转圈跳舞，都找不到歌词，到最后他非唱不可了。他先是站着一声不吭，一开口却是子虚乌有的句子，但又很像那么回事，因为虽然它们意义尽失，但音乐和旋律还在。我记得自己欣喜若狂，不只为了我，也为了全人类，因为它是那样温暖，因为创造它的人是我们中的一员。

这个晚上我在琳达身边的观众席就座时，吃不准等待我们的是什么。说来说去，还是卓别林。大概是福斯内斯·汉森在一篇以幽默为主题的文章里写过吧。二十年前可笑的东西现在仍然会让我发笑吗？

　　会的。而且就在完全相同的地方。他上场，向观众致意，作弊的假袖口飞了，他在地板上转着圈跳舞，两只脚在身后一路拖行，他没有一秒钟不在与观众交流；他跳舞的时候，找东西的时候，始终都在礼貌地对观众点头。随着哑剧接踵而至，一滴泪从我脸上滚落。我感到那个晚上的一切都如此美妙。离开电影院的时候我们还在咯咯傻笑，我猜我这么开心让琳达也为之开心，她自己也乐在其中。我们手牵手，走上芬兰文化学院旁边的石阶，分享着电影里的场景，笑个不停。然后是内阁街，经过面包店、家具店和美国录像店，打开门锁，上楼梯，回自己的家。十点半才过几分钟，琳达已经睁不开眼了，于是我们直接上床睡觉。

　　十分钟后，楼下的音乐再次轰然而起。我已经完全忘记了俄国人那档子事，所以一个激灵从床上坐了起来。

　　"天啊，"琳达说，"这不可能是真的。"

　　我听不清她在说什么。

　　"十一点还不到，"我说，"而且是星期五晚上。所以咱们一点儿办法都没有。"

　　"我不管了，"琳达说，"我要打电话。不能再这样下去了。"

　　但是她刚下床走出房间，音乐就停了。我们回到床上。音乐再次响起来的时候我已经睡着了。还是同样惊人的音量。我看看钟。十一点半。

　　"你打电话吗？"琳达问，"我根本没睡。"

　　然而同样的事情再次发生了。几分钟后，那女人关掉了音乐，楼下一片寂静。

"我要睡客厅。"琳达说。

那天夜里她又放了两次音乐,每次都是最大音量。最后一次,她放胆持续了整整半个小时才把音乐关掉。这真是荒唐,也让人糟心。她疯了,而且显然对我们怀恨在心。什么事都可能发生,我们有这种感觉。但是又过了一个星期,下一幕才开始上演。在家门外朝向楼梯井的窗台上,我们放了些盆栽植物,这里是公共空间,严格说来我们不该操心,但是楼上的人家也做了同样的事,再说了,谁会反对让这冰冷的楼梯多一点儿亮色呢?两天以后,植物不见了。这没什么大不了的,可那几个花盆是我太奶奶传下来的,我奶奶过世的时候,我从克里斯蒂安桑的房子里总共也没拿过几样家什,它们可是一百年前的东西,说没了就没了,真让人生气。难道让人偷了?可谁偷花盆啊?要不就是有人不喜欢我们的积极性,所以把它们搬走了?我们决定在走廊的告示板上贴个条子,问问有谁看见过那些花盆。当晚,这张条子上就新添了诅咒与谴责,用的是蓝墨水和糟糕的瑞典话。我们在指控其他住户偷东西吗?如果是的话,那么我们可以分分钟搬走。我们算老几啊?几天之后,我要把从宜家买的一张尿布台组装起来,怎么也得敲几下锤子。因为才晚上七点,我觉得不会有什么问题。可是问题来了;头几下锤子刚敲完,楼下便传来一阵狂野的砸水管的声响,这是我们的俄国邻居表达抗议的方式,只要她认定有人违反了住户守则。但是我不可能因此让组装工作半途而废,所以我没有停手。一分钟之后,楼下刚传来摔门的声音,她已到了我们的门外。我打开门。我们自己整天乒乒乓乓,怎么好意思对她抱怨?我试图向她解释半夜三更大放音乐和晚上七点组装尿布台的区别，但她充耳不闻。她死死抓住我们的不是，伴以同样狂野的目光和义愤的手势。她已经睡下了，我们把她吵醒了。我们自以为比她优越，但根本不是这回事……

从此以后，她发现了新的战术。只要听到楼上传来一点儿响动，即便我只是在地板上迈的步子重了一点儿，她就开始砸管子。声声入耳，在在锥心，又因为看不见声音的发送者，更让房间里充满了内疚。我恨这声音，它让我感觉我在任何地方都得不到安宁，哪怕就在自己的家里。

后来，圣诞节前那几天，楼下总算消停了。我们从胡姆勒公园的摊位上买了棵圣诞树；天已经黑了，雪花漫天，街上是典型的圣诞节前的纷乱，路人行色匆匆，对别人、对世界熟视无睹。我们挑了一棵树，一位穿背带裤的售货员往树上包上了一层网，便于运输，我付了钱，搭到肩上就往回拖。这会儿我才意识到，它可能有点儿太大了。过了半个小时，路上歇了无数次，我终于把它拖进了家门。等我们把它立在客厅里，不禁放声大笑。好大一棵树。我们买了一棵巨型圣诞树。不过这也许不算太傻，毕竟这是我们俩单独过的最后一个圣诞节了。平安夜，我们吃了琳达母亲给我们带来的瑞典圣诞大餐，拆了礼物，又看卓别林的《马戏团》，我们买了他的全套电影。圣诞期间我们一部接一部地往下看片子，在节日空旷的街道上长时间地散步，等啊，等啊。我们忘掉了俄国女人，在圣诞节那个周末，外面的世界已不复存在。我们去看琳达的母亲，在她家过了几天，回来以后，便和盖尔、克里斯蒂娜、安德斯、海伦娜一起，着手准备除夕大餐。

当天上午我打扫全家，出门采购晚餐，熨平白色大桌布，拿出活动桌面把餐桌加长，铺好，擦亮餐具和烛台，叠好餐巾，再把装水果的碗放到桌上，这样在客人们七点钟登门的时候，这里能闪闪发亮，洋溢着中层阶级体面的光。最先到的是安德斯和海伦娜，还有他们的女儿。海伦娜当初跟琳达的母亲上课时就和琳达认识了，虽然她比琳达大七岁，她们还是成了好朋友。安德斯和她相好已有三年。她是个演员，而他……嗯，要算某种罪犯吧。

我打开门时，他们站在楼梯间里，微笑着，脸冻得发红。

"嗨，老兄！"安德斯说。他戴了一顶有护耳的棕色皮帽，穿一件很大的羽绒衣，一双黑色的好鞋。优雅他谈不上，但和海伦娜在一起，他还是能以某种古怪的方式跟她般配，海伦娜穿着白色外套和黑色靴子，头戴白色裘皮帽，自然十分优雅。

他们的女儿坐在身边的婴儿车里，目光严肃地打量着我。

"嗨。"我看着她的眼睛说。

她脸上的皮肉毫无反应。

"快进来！"我说着后退了几步。

"我们能把婴儿车拿进来吗？"海伦娜问。

"当然可以，"我说，"你感觉进得来吗？要不我把另一扇门打开？"

海伦娜往前推着童车，耐心地把它挤进门框之间，安德斯已经在走廊里脱下了自己的外衣。

"喜扭丽达[1]在哪？"他问？

"她在休息。"我说。

"都还好吧？"

"都还好。"

"太好了！"他边说边搓手，"外头真他妈冷死了！"

海伦娜在我们眼皮底下进了门，双手紧紧抓着童车的扶手。她打开制动，抱出女儿，让她一动不动地站在地板上，然后给她摘掉帽子，拉开红色连衫裤的拉链。她下面穿着一件深蓝色的裙子、白色的连裤袜和白色的鞋子。

琳达从卧室出来了。她满脸笑容，先拥抱了海伦娜，她俩抱了很长的时间，盯着对方的眼睛看了又看。

"看你多漂亮！"海伦娜说，"你怎么打扮的？我记得我九个月的时候……"

"只是一件旧的孕妇装。"琳达说。

"是啊，可是你从头到脚都这么美！"

琳达开心地笑了，然后倾身向前，抱了抱安德斯。"好大的桌子！"海伦娜一进客厅就大叫起来，"哇！"

我不太清楚自己该做什么，所以进了厨房，好像要查看什么，或者说在等她们消停下来。很快我就听到了另一声门铃。

"怎么？"我一开门盖尔就说，"你打扫完卫生了吗？"

"你们怎么来了，"我说，"咱们不是说的星期一吗？我们这儿正要开新年派对，所以我担心现在不是特别方便。可是我们说

---

[1] 西班牙语：大小姐。

131

不准能把你塞进……"

"嗨，卡尔·奥韦，"克里斯蒂娜说着给了我一个拥抱，"你们一切都好吗？"

"都好。"我边说边退后，给他们腾出地方，好让琳达上前欢迎他们。又一轮拥抱，又一堆脱掉的鞋和外套，大家都进了客厅，安德斯和海伦娜的女儿已经开始到处乱爬，在最初的几分钟里，她成了受人欢迎、惹人注目的焦点，此后的场面才渐渐安定。

"看样子，你们保持了圣诞节的传统。"安德斯说，他朝角落里那棵巨大的圣诞树点了点头。

"它花了我们八百克朗，"我说，"只要还有一丁点儿绿，它就得在那儿立着。我们家可不乱花钱。"

安德斯哈哈大笑。

"老板开始讲笑话了！"

"我什么时候都在讲笑话，"我说，"只有你们瑞典人听不懂我说什么。"

"好吧，"他说，"至少刚开始的时候我听不懂你的话。"

"所以你们给自己买了一棵暴发户的圣诞树，对吗？"盖尔说。与此同时，安德斯以瑞典极为常见的方式讲起了洋泾浜挪威话，包含一个音调拉高的 kjempe，一个偶尔出现、瑞典人听起来十分滑稽的 gutt，发音带着一种热情洋溢的腔调，每句话的结尾都要上挑。这跟我的口音没有任何关系，可他们理所当然地认为那就是"新挪语"。

"这是个意外，"我笑着说，"我承认，这么大一颗圣诞树确实有点儿让人难堪。可我们买下它的时候，它好像蛮小的，把它搬进来才看清它多么巨大。不过我对比例的感觉一向有问题。"

"你知道 kjempe 是什么意思吗，安德斯？"琳达问。

他摇摇头。

"我知道 avis。还有 gutt。还有 vindu。"[1]

"它跟 jätte 一样。Jättestor 就是 kjempestor。"[2]

琳达认为我受到冒犯了还是怎么着？

"我花了半年才弄明白，"她接着说，"它的用法一模一样。肯定有很多词我以为自己懂得，可我不懂。真不敢想象两年前我还翻译了塞特巴肯的书。那个时候我一点儿挪威语都不懂。"

"伊尔达懂吗？"海伦娜问。

"她？不。她知道的比我还少呢。但是我不久以前又看了看前面几页，好像还行。对了，有一个词不好。一想到这个我就脸红。我把 stue，意思是客厅，译成了 stuga……所以他去了 stuga'，而这一段文字写的是他坐在起居室里。"

"那么 stuga 用挪威语怎么说？"安德斯问。

"Hytte。"我说。

"噢，就是 hytt[3] 呀！没错，肯定是不一样……"

"可是还没有人说过什么呢。"琳达说。她大笑起来。

"有人想来点儿香槟吗？"我问。

"我去拿。"琳达说。

她回来的时候还一块拿了五个酒杯，然后开始拧松固定瓶

---

[1]　意思是"报纸"、"男孩"和"窗"。

[2]　瑞典语，jätte：巨人；jättestor（jätte+stor）：巨大（巨＋大），与挪语的 kjempestor 相当。

[3]　小木屋。

塞的铁丝。她把脸微微扭开，眯起双眼，好像预感到了剧烈的爆发。最后噗地一响，声音里带着黏涩，瓶塞落入她的手中，香槟汩汩而出，她拿起酒瓶，对正一只只酒杯。

"你真行。"安德斯说。

"很久以前我在餐馆工作过，"琳达说，"但是有一样我总也做不来。我就是把我不好深浅，所以给客人倒酒，老有倒歪的时候。"

她直起身，把冒着气泡、嘶嘶作响的香槟挨个儿递给我们。她给自己倒了一杯软饮。

"那就干杯，幸会了各位！"

我们干杯。喝完香槟，我就进了厨房，准备龙虾。盖尔跟在我身后，坐到桌子边上。

"龙虾，"他说，"真不敢相信你这么快就适应了瑞典社会。你搬到这儿才两年，我来你家过除夕，你都能弄瑞典传统的新年食物了。"

"我又不是一个人。"我说。

"对。我知道，"他笑着说，"有一次我们还在家里过了个墨西哥圣诞节呢，克里斯蒂娜和我。我跟你讲过吧？"

"讲过。"我说，随即把第一只龙虾切成两半，放进盘子，再弄下一只。盖尔开始谈他的书稿。我用半只耳朵听着。噢，是吗？我偶尔搭一下茬，表示在听，可心思却在别处。他没法跟别人谈自己的书稿，到了这儿才有可能，所以等我出去抽烟，他便看到了机会。他已经写了一份初稿，为此花了十八个月，我已经看过，也提了意见。我的评论既全面又详细，写了九十页，但不幸的是,批评的调子常常带着讽刺。我曾以为盖尔什么都能承受,可我早该知道谁也不能承受一切,最难的莫过于应对别人对自己作品的讽刺。可我控制不了自己,这跟我写审读报告时一样,讽刺总是挥之不去。盖尔自己知道,而且也承认了,他手稿的问题在于叙事与事件的距离过大,许多东西往往没有写出来。只有旁观者能对此给以纠正。这就是他的所得。但我总是带着讽刺,太多的讽刺……这大概出于我潜意识里的一种欲望,非要赢他一次,让这个在别的方面门门拔尖的人低一回头,是这样吗?

不是。

不是?

"我正在祈祷,求你原谅。"我说着把第三只龙虾仰面摆好,切开肚皮位置的壳。这比蟹壳软,而黏滞度带来的某种感觉,让我想到这是人工制品,像塑料一样。那红红的颜色不也带着某种非自然的性质吗?还有这么多微小、美丽的细节,如爪子上的凹槽和铠甲般的尾壳:它们看上去难道不像是在文艺复兴时期某个匠人的作坊里锻造出来的吗?

"你是该如此,"盖尔说,"为你堕落的、罪孽深重的灵魂念十遍《圣母经》。天天守着你的评论,任由自己受到嘲笑,这种日子你能想象吗?'你是个彻头彻尾的白痴吗?'没错啊,我看我是……"

"那只是个技术性问题。"我一边说,一边用刀来回切着虾壳,抽空瞅了他一眼。

"技术性的?技术性的?你说得倒轻巧。你能花二十页描写一次前往厕所的旅程,还能让读者看得两眼放光。可你认为有多少人能这样做？如果他们有这个能力，那么又有多少作家不这样做？你认为为什么有人肯花时间修改自己的现代主义诗歌，哪怕每页只有三个单词？这是因为他们没有别的选择。看在老天分上，过了这么多年你必须明白这一点。如果他们能做，那他们肯定会做。你能，可你对它并不认可。你看不起它，你宁愿要聪明，用一种散文的风格来写。可散文谁都能写！这是天底下最容易的事。"

我看着白色的虾肉，红色的纤维——虾壳一破就会出现。隐隐闻见了海水的味道。

"你说你写作时看不到字母，对不对？"他接着说，"我除了那些该死的字母什么都看不到。它们纠缠在一起，像我眼前一张该死的蜘蛛网。什么东西都通不过，也出不去，你知道的，所有东西都往里头钻，就像脚趾甲长进了肉里。"

"你写了多久了？"我问，"一年？那不算什么。我现在已经写了六年了，可我能拿得出手的东西，只不过是一百三十页关于天使的愚蠢的散文。回到 2009 年，我更有可能为那个时候的你感到难过。我读过的那部分还是蛮好的。不可思议的故事，很棒的采访。细心核对一遍就行了。"

"哈！"盖尔说。

我把切成两半的龙虾装进盘子，虾壳朝上。

"你知道的，其实这是我唯一能拿得住你的地方。"我说着抓起最后一只龙虾。

"不是吧？"他说，"我至少还有一两件短处你是知道的，可千万不能让别人也知道。"

"噢，那个，"我说，"那完全是两码事。"

他大笑起来,声音响亮,发自肺腑。

随后的几秒钟,他一个字都没说。

他在生闷气吗?

我开始拿刀切龙虾了。

那是不可能说出口的。如果我伤害了他的感情,我也永远不会知道。他的骄傲形同自负,正如他的傲慢形同忠诚。他失去了一个又一个朋友,也许正因为他总是不肯让步,而且从不惧怕说出自己的想法。没有人,或者说几乎没有人喜欢他的想法。一年前的冬天,我们之间出现了一种非常恶劣的气氛。只要我们上街,基本上都坐在酒吧的高凳上沉默无言,但凡说了什么,也大都是他针对我或我家人的刻薄评论,而我呢,也在竭力回敬。后来他突然没了消息。两个星期之后克里斯蒂娜打来电话,说他去土耳其做实地采访了,要走几个月。我很吃惊,因为这是个意料之外的变化,还有点儿受到冒犯的感觉,因为他对我只字未提。几个星期之后,我从一个住在挪威的朋友那儿听说,《每日评论》在巴格达采访了盖尔,他在那儿志愿当人体盾牌。我心里一乐,这真是典型的盖尔做派,可我还是不明白他为什么对我保守秘密。后来我才知道不知何故得罪了他。什么地方让他感到受了冒犯?我永远不会知道。但过了四个月,经历了好几个星期的轰炸之后,他带着一大堆录满采访的微型卡带回到斯德哥尔摩,好像一下子恢复了活力。上一个秋天和冬天危机四伏的沮丧情绪一扫而空,我们也恢复了友谊,和好如初。

盖尔和我同年出生,在相隔只有几公里远的地方长大,我们分头生活在阿伦达尔城外的两座海岛，一座是希斯岛，另一座是特罗姆岛，但是就在高中有可能把我们带到最初那个自然接触点时，我们未能结识对方，那个时候我早就去克里斯蒂安桑了。我第一次遇见他，是在卑尔根的一个派对上，我们在同一个城市上学。他处于阿伦达尔帮的外围，而我通过英韦和这帮老乡也有些松散的联系，我跟他一说话，就感到他可能正是我一直没有找到的朋友，因为那个阶段，在卑尔根的头一年，我一个朋友都没有，整天跟英韦厮混。我们一起去玩了几个晚上，他笑声不断，有一股我喜欢的浑不吝劲儿，对周围的人怀有如假包换的兴趣，说起他们也头头是道。他是那种直抵核心的人，因此也是能改变面貌的人。我找到了一个新朋友：这就是1989年春天包围着我的那种美好的感觉。可是后来我才知道，他还要继续闯荡，卑尔根不是他扎根的地方，考试一结束他便收拾行囊，去了瑞典的乌普萨拉。那年夏天我给他写过一封信，可是从来没有寄出，再后来，他就从我的生活和头脑中消失不见了。

十一年后，他给我寄了一本书，写的是拳击，名叫《断鼻子美学》。只读了几页，我便认识到，他那种浑不吝的态度和直抵核心的能力不仅完好如初，而且在我们的学生时代后还大有一番长进。他在斯德哥尔摩一家俱乐部打了三年拳击，就是为了近距离地体验他要描写的故事背景。一些已经毁于福利社会的价值观，如男子气概、荣誉感、暴力和疼痛，还在那些场所保持着，而对我来说，有趣之处在于，用他们存留的那一套价值观，从那样一个角度看到的社会是多么不同。艺术就是要在没有了你从另一个世界带来的东西的前提下对抗这一个世界，努力并看清它本来的面貌，也就是说，以其自身的条件观之，然后把它当做一个平台，再次远眺。于是一切看起来都不同了。盖尔在书中借助伟大的古典反自由主义文化，把他看到的和描述的东西联系起来了，其脉络从尼采和云格尔一直延伸到三岛和齐奥朗。里面没有可以买卖的东西，没有可以用金钱价值衡量的东西，设身处地，或者从这种观点出发，我发现范围广大的很多事物——过去我一直以为它们浑然天成，几同我自身的一个部分——其实正好相反，它们是相对的和偶然的。从这个意义上说，盖尔的书对我而言就变得重要起来了，一如米歇尔·塞尔的《雕像》，让我们现下且一直沉浸其中的古老过去以一种令人惶恐的清晰浮现出来，米歇尔·福柯的《词与物》曾经同样对我非常重要，现时代与当代语言对我们的观念和现实概念的把握在书中得以明确呈现，我们看到一个概念上的、我们完全沉浸其中的世界怎样被另一个世界所取代。这些书的共同之处在于，它们建立了一个外在于当前或处于其边缘的参照点，就像那家拳击俱乐部一样，是一块留存着近代或历史深处某些最重要价值观的飞地，到了这些地方，我们之所是或想象中的我们之所是就完全地改变了。也许我已经在朝着这一点慢慢前行，摸索着道路，几乎难以察觉，简直不为自己的思想所知，后来，这些书进入了我的生活，几乎是重重地落到我面前的桌子上，而某些新东西在我眼里变得清晰了。书常常产生当头棒喝的效果，它们赋予文字以我心目中曾经可疑的东西，感觉，预感。一种模糊的不安，一种模糊的不快，一种模糊的、无目标的愤怒。但是没有方向，不清晰，不确切。盖尔的书对我如此重要的原因，也和我们的背景如此相似不无关系——我们年龄一模一样，我们认识来自相同地方的相同的人，我们都把成年以后的时间用于阅读、写作和钻研——所以，他最后到了这样一种极为不同的境地，又怎么可能呢？从我刚刚上小学的时候起，我，还有身边的所有人，就被鼓励，要批判地、独立地思考。三十岁之前我一直没有做到，这种批判性的思考只有到了某一点才会发挥出益处，否则就会转变到相反的方向，变成一件恶事，甚至邪恶本身。有人也许会好奇，为什么这么晚？一部分原因在于我甘做追随者的天真性格，那乡下表亲般的轻信，固然有可能对某些见解产生怀疑，却从不质疑这些见解的前提，因此从来不问"批判的"是不是真是批判的，"激进的"是不是真是激进的，"好的"是不是真是好的，而那些有智慧的人一旦脱离了自我沉醉的掌控，摆脱了年轻时受制于情感的观念，都会这样问；另一部分原因在于，像许许多多的同辈人一样，我是受过抽象思考训练的，也就是说，可以从众多领域的众多思想流派获取知识，以一种多少有些批判的方式加以复述，乐于和其他的思想流派进行对照，然后据此评判，但有时这样做是为了我自己的见识，我自己对知识的好奇，这没有给我的心理带来逃避抽象的动机，以至于最后思考完全成了一种在派生现象中发生的行动，也就是在哲学、文学、社会科学、政治学中出现的世界，然而我在其中居住、睡眠、进食、讲话、做爱和跑步的世界，那个有气味、有味道、有声音，下雨、刮风的世界，那个你能在自己皮肤上感觉到的世界是被排除在外的，算不上思考的主题。其实我是思考那个世界的，但是以一种不同的方式，一种更实际、一个现象一个现象加以对待的方式，也是为了其他原因：当我在抽象现实中思考以图理解时，我也在具体现实中思考以图应对。在抽象现象中，我能创建一个自我，一个有见解的自我；在具体现实中，我就是我，一个身体，一个目光，一个声音。这是一切独立的基础。包括独立的思想。盖尔的书不仅是关于独立的，也是展现独立的。他只描写亲眼所见、亲耳所闻，当他试图描写所见所闻的时候，所用方法是成为其中的一员。这也是一种深思的形式，最贴近他要描写的生活。评判一个拳击手的永远不是他说什么或想什么，而是他做什么。

辩论嫌忌，对文字的不信任，一如皮浪和怀疑狂的情况；这是通往作家的道路吗？一切能用文字讲述的事也都能和文字相克，那么论文、小说、文学的意义何在？或者换一种说法：不管什么东西，你说它是真的，但总有人说是假的。这是零点，由此出发开始散播的只能是零价值。但这不是绝地，对文学而言也不是绝地，文学不只是文字，文学是文字在读者身上唤醒的东西。正是这一种超越性让文学获得了存在的理由，而不是像许多人相信的那样，是它自身形态的超越。保罗·策兰神秘的、密码般的语言与难解或密闭无关，恰恰相反，它是关乎开放的，那是语言通常无法触及的开放，但我们仍然在内心深处的某个地方知道它、认识它，就算不认识，也会去发现。保罗·策兰的文字不可能与文字相克。它们内含的东西是不可能转变的，词语只在那儿，在每一个理解它的人心里存着。

与此相关，美术作品，某种程度上还有摄影作品，对我而言是非常重要的。它们不包含文字，没有概念，观看它们的时候，我的体验，让它们如此重要的体验，同样是非概念的。有愚蠢之

141

处在其中，一个个完全没有智力的领域，对此我有认知或接受上的困难，但是对于我想做什么，这可能是最重要的一个因素了。

读过盖尔的书六个月之后，我写了一封电子邮件给他，问他是否有意为《流浪者》写篇随笔，我当时在那儿做编辑。他说行，我们邮件往来总是正式而务实。一年后，当我离开托妮耶，离开我和她在卑尔根共同的生活，过一天算一天的时候，我写了电子邮件，问他知不知道斯德哥尔摩有什么可以落脚的地方，他不知道，但是我在找房子期间可以跟他住。我愿意，我写道。那好，他写道，你什么时间过来？明天，我写道。明天？他写道。

过了数十来个小时，坐过卑尔根到奥斯陆的夜行火车，以及奥斯陆到斯德哥尔摩的早班火车之后，我拖着行李，从月台下到斯德哥尔摩火车站的地下通道，寻找足以把两件行李全装下的寄存柜。我一路上都在读书，成心不去想前几天发生的事，每件事都是我离开的理由，可现在，置身于区间列车上下车的密集人流，我已经无法再控制自己的不安。走进地下通道，我感到寒意直入心底。我把两件行李分别塞进两个寄存柜，又将两把钥匙装进通常装家门钥匙的口袋，然后进了厕所，用冷水洗个脸，好让自己感觉多几分生气。我看着镜中的自己，端详了一会儿。我脸色苍白，略显浮肿，头发蓬乱，眼睛……是的，我的眼睛……它们凝视着，却是没有朝气也不外向，虽然它们在寻找着什么，但更像目光所及的东西被吸进了眼底，仿佛它们吞噬着一切。

我从什么时候开始有了这样的目光？

我打开热水阀，双手放到下面冲了一会儿，直到热乎乎的感觉开始沿着手掌蔓延。我从纸筒里扯下一张纸，擦干手，把纸扔进洗手池旁边的废纸筐。我体重二百零二斤，未来毫无希望。可现在我到了这儿，很了不起啊，我想，然后出门，走上楼梯，走进广场，站在中央，周围各个方向都是人，而我还在想方设法做个计划。刚过两点。我应该五点钟在这儿跟盖尔碰面。有三个小时来消磨。我得吃点儿东西。我需要一条围巾。我还应该理个发。

我走出车站，在出租车落客点停下脚步。天空又灰又冷，空气潮湿。往右是一片杂乱的道路和水泥桥，它们后面有个湖，再往后是一排极具历史感的建筑。往左是一条空阔的大街，车水马龙；在我的正前方，街道沿着一道污秽的墙朝左拐下去，远处有一座教堂。

我该往哪边走？

我一只脚踏上长凳，卷了一根烟，点着，然后开始往左走。走了一百来米我停住了。看来不对头，这条路上的一切都是为了汽车高速行驶而建的，于是我掉头往回走，试一下对面那条路，它通往一条宽阔的街道，街对面有一座砖石结构的巨大的商场。再往下走，是一座广场，简直陷进了地面，右侧伫立着一座很大的玻璃建筑，上面是红字"文化宫"。我进门，搭自动扶梯上到二楼，那儿刚好有家咖啡馆，我买了一份长棍面包配肉丸和紫甘蓝色拉，坐到窗边，从这儿可以看到商场前面的广场和街道。

我要留在这里吗？这就是我现在要生活的地方吗？

昨天早晨我还在卑尔根的家中。

昨天，那是昨天了。

托妮耶陪我到了车站。月台上方的人造光，车厢外的旅客，

143

他们已经为夜晚做好了准备，压低嗓音交谈，行李箱的轮子滚过路面。她哭了。我没哭，只是抱了抱她，擦掉她脸上的泪水，她含泪微笑，我一边登上火车，一边想，我不要看她走开，不要看她的背影，可我还是无法克制地望向窗外，目送她走下站台，穿过出站口消失了。

她会留在那儿吗？

在我们的房子里？

我咬了一口面包，望向下方黑白格的广场，以转移思绪。对面那一溜商店都是黑压压的人。他们在通往地铁站的门里进进出出，从通往画廊的通道进进出出，乘自动扶梯上上下下。各种雨伞，外套，夹克，手提塑料袋，背包，帽子，婴儿车。在它们上方，是小汽车和巴士。

商场外墙上的钟显示两点五十。我想，也许最好现在就去理发，免得最后紧赶慢赶。我上了自动扶梯，下楼时取出手机，翻看通讯录里保存的人名，但我感到没人可以联络，要解释的东西太多，要说的东西也太多，能得到的回馈又太少，所以当我再次走进这沉闷的三月的午后，少量厚重的雪花开始从空中落下的时候，我关掉了手机，把它放回衣袋，然后走上女王街，一路留心寻找着理发店。商场外面有个男人在吹奏口琴。更准确地说，他不是在吹奏，他只是在吹，用尽了气力，身体抽搐。他头发很长，脸上饱受摧残。我一下子就感受到了他身上散发出的强烈的侵略性。走过他身边时，恐惧在我血管里撞击。在他身后一家鞋店的大门口，有个年轻女人正俯身从婴儿车里抱起一个小孩。那小孩裹在一个有毛皮内衬的口袋里，头上扣着一顶有毛皮内衬的帽子，直愣愣盯着前方，好像对眼前的一切无动于衷。她单手把孩子紧抱在胸前，另一只手打开鞋店的门。飘落的雪一接触地面就融化了。一个男人坐在折叠椅上，手拿大告示牌，上面写着左转五十米有家餐馆，你可以花一百零九克朗买一份铁板牛排。铁板牛排？我很好奇。路上很多女人的样子都差不多，她们五十多岁，戴眼镜，体形饱满，身穿大衣，手提标志各异的袋子：奥伦斯、林德克斯、北方百货、科普或亨雪普。同样年纪的男人要少一些，但很多人的模样也差不多，只是表现不同罢了。眼镜，浅黄色的头发，灰暗的眼睛，绿色或浅灰色的夹克，带着几分随意，瘦的比胖的多。我渴望独自一人，却没有可能，只好漫步街头。我看到的所有面孔都是陌生的，这种情况还要持续几个星期、几个月，因为我在这儿不认识人，但这没有阻止我产生受人监视的感觉。就连我远远地住在海中小岛，除了我岛上只三位居民，我照样感到受人监视。我的外套有什么地方不对吗？领子不该翻成这个样子吗？鞋也不好？我走路的样子怪吗？也许头低得太厉害了？噢，我是个白痴，十足的白痴。愚蠢的火在我体内熊熊燃烧。噢，我多么白痴啊。我他妈是个多么愚蠢、白痴般的白痴啊！我的鞋子，我的外套。愚蠢，愚蠢，愚蠢。我的嘴巴，不成样子，我的思想，不成样子，我的感情，不成样子。一切都是软塌塌的。任何地方都不稳固。没一样牢靠，没一样必不可少。软，怂，蠢。我操。哎哟我操。哎哟我操，我可真蠢啊。在咖啡馆我依然片刻不得安宁，只需一秒钟，我就开始提防店里的每一个人，而且还会继续这样提防下去，朝我这个方向飘过来的每道目光都会扎进我心底，搅得我心里翻江倒海。我做的每个动作，即便翻翻书，都是我愚蠢的信号，照例向外传送给他们，每个动作都在说："这儿坐着个白痴。"所以最好还是走路，这样一来那些面孔就会一个接一个地消失，尽管会有别的面孔入替，但它们没有时间停顿，它们只是一掠而过，过来一个白痴，过来一个白痴，过来一个白痴。这就是我走路时听到的合唱。我知道这不合情理，不过是我在自己脑子里一手制造出来的声音，但知道也没用，他们照样进到里面，在我体内轰鸣，甚至这些人当中最格格不入的，甚至他们当中最丑的、最胖的和衣服最破旧的，甚至那个大张着嘴巴、目光漠然、面带痴相的女人，甚至她也能看我一眼，然后说我有什么地方不对头。甚至是她。就是这么回事。我在这儿，走在人群中，在黑暗不断加重的天空下，穿过坠落的雪花，经过灯火通明的一家又一家店铺，一个人来到这座新的城市，全不想将来怎样，因为没有什么不同，真的没有什么不同，我只想着必须熬过这一切。"这一切"就是生活。熬过去，这就是我要做的。

我找到一家理发店，它位于一座大商场旁边的过道上，第一次经过时我没注意到。我只好坐下了。没有洗手池，头发是用瓶子里的水打湿的。理发师是个移民，我猜是库尔德人，问我怎么剪，我说剪短，又拿拇指和食指比划了一下应该多短，他问我做什么的，我说我是学生，他问我从哪儿来，我说挪威，他问我是不是来度假，我说是，然后再也没说别的了。我的头发掉在椅子周围的地上。它们几乎是全黑的。这很奇怪，因为照镜子的时候我明明一头金发。过去一直是那个样子。如今即使知道自己头发是黑的，我也看不见。我看见的还是金发，就像我童年和青少年时代的样子。即使在照片上，我看见的也还是金发。只有当头发剪下来，可以孤立地加以看待，有白色的地砖映衬，比如说在这儿，我才能看到它们是黑色的，近乎纯黑。

半个小时后我出门上街，冷空气像钢盔一样包裹着剪过发的头。快到四点了，天已近全黑。我走进一家先前看到的 H&M 店，想买条围巾。男装部位于地下。找了一圈没发现有围巾卖，所以我走到柜台，向站在那儿的一个年轻姑娘打听围巾在哪儿。

"Vad säger du?"[1] 她说。

"你们把围巾放哪儿了？"我又问了一遍。

"Jag fattar tyvärr inte vad du sager."[2] 说完，她又用英语问，"对不起，你说什么？"

"Skjerfene,"[3] 我边说边把手放到脖子上，"哪儿有这个？"

"我听不懂，"她说，"你能说英语吗？"

"Scarves,"我说，"你们有 scarves 吗？"

"噢，scarves,"她说，"我们叫 halsduk。对不起，没有。已经过季了。"

重新上了街，我稍稍犹豫了一下，不知道该不该进名叫奥伦斯的那家大商场，去找条围巾，可我打消了这个念头，这一天下来干的蠢事已经够多了，于是我又开始沿街而行，走向两年前的那个夏天待过的寄宿公寓，没什么别的理由，只是走起路来有个目标总比没有好。途中我进了一家二手书店。里面书架很高，

---

[1] 你说什么？

[2] 很遗憾我不懂你说什么。

[3] 围巾。

相互之间隔得非常近，简直没有转身的余地。我漫不经心地扫视了一下那些书脊，临出门却一下子看到有本荷尔德林，在柜台角落一堆书的最上面。

"这个卖吗？"我问店里的伙计，一个和我年纪相当的男人，已经盯着我看了有一阵子。

"当然。"他说，脸上毫无表情。

书名是《歌曲集》。也许是《祖国赞歌》的译本？

我翻到版权页。出版年份是 2002 年，所以此书相当新。但是根本没有关于书名的信息，于是我翻阅起了后记，碰到斜体字的单词就停一下。有了，找到了：Die vaterländischen Gesänge。可他们究竟为什么把书名译成了《歌曲集》？

无所谓。

"我要了。"我说。"你想卖多少钱？"

"福洛特？"[1]

"它多少钱？"

"我看看，看一下……一百五十克朗，谢谢。"

我付了钱，他把书装进一个小袋子，连收据一起递给我，我把收据塞进裤子后面的口袋，打开门走出书店，袋子还吊在手上呢。外面下着雨，我停住脚步，摘下背包，把袋子塞到里面，再背上，继续沿着灯光闪亮的商业街前行，那场下了几个小时的雪已踪迹全无，只剩下一层灰色的泥，遍布在地面以上的一切表面：挑檐，窗台，雕像的头，门廊的地面，凹陷的、使鼓出的帆

---

[1] 对不起／再说一遍好吗？

布贴近框架的遮雨篷,墙头,垃圾桶的盖子,消防栓。但街道没有。街道是漆黑的，湿润的，在橱窗和街灯的照射下闪闪发亮。

雨水让理发师抹到我头发上的发胶顺着前额流下。我用手把它擦掉，再抹到牛仔裤的裤腿上，发现街道右侧有个小门洞，便走过去点烟。里面是一座长长的花园，坐落着至少两家不同的餐馆。中间是口小池塘。门边的墙上则是瑞典作家协会的铭牌。好兆头。我早有意打电话给作协这样的机构，好打听个住的地方。

我点着香烟，拿出刚买的那本书，靠到墙上，有一搭没一搭地开始翻看。

我对荷尔德林的名字熟悉已久。这并不是说我系统地读过他，完全没有，加在一起，也只是奥拉夫·海于格的译作集里那两三首零散的诗，此外，尽管是以最肤浅的方式，我也知道一些他遭逢的命运，在图宾根塔楼里度过的疯狂岁月，但他的名字伴随我已有很长的时间，大致从我十六岁的时候开始，比我母亲小十岁的舅舅谢尔坦第一次谈起他。兄弟姐妹当中只有他还住在儿时的老屋，外松恩地区南伯沃格一座简朴的小农场，守着父母，我外公当时年近八十，仍然很有活力，行动全无障碍，而外婆已处在帕金森症的晚期，几乎事事要人帮忙，此外，小农场虽然不过两公顷，打理起来也需要相当多的时间和精力，而照料母亲事实上是份全天候的工作，他还在二十多公里外的一个船厂里做轮船上的管子工。他是个不多见的敏感的人，像最纤弱的花草一样纤弱，对生活中身体力行的方面绝对没有兴趣也没有天分，所以面对着构成日常生活基础的每件事情，他都得强迫自己去做才行。日复一日，月复一月，年复一年。不折不扣的、毫无松懈的毅力。为什么这样？你或会猜想，这要归因于他从未成功告别自己的出身，只因为熟悉而待在熟悉的环境里。不完全如此。这更像他敏感天性的结果。七十年代中期，一个带有理想和完美倾向的年轻人能反对什么呢？假如他是个二十世纪二十年代的青年，像他父亲一样，那种曾经席卷我们的文化，至少在新挪威语写作中风行一时的、充满活力的、热爱自然的潮流也许会让他感到如沐春风，并从中求取答案，奥拉夫·尼加、奥拉夫·迪恩、克里斯托弗·乌普达尔和奥拉夫·艾于克吕斯特都在这一潮流中写作，后来的奥拉夫·海于格将把它带进我们的时代；如果他是五十年代的青年，也许他会吸收文化激进主义的观念和理论，除非正好相反，让苟延残喘的文化保守主义先入为主地占据他的头脑。然而他的青年时代既不是在二十年代也不是在五十年代，而是在七十年代初度过的，所以他加入了工人共产党（马列），而且像当年所说的，把自己也无产阶级化了。他开始在船上做管子工，因为他相信一个比这更好的世界。跟他的大多数同志不一样，他不是只干几个月或几年，而是干了差不多二十年。在时代改变时，他这样的人非常少有，不放弃理想，而是继续坚信，尽管要为此付出社会性和个人方面的双重代价，而随着时间流逝，代价只会越来越大。在农村社会身为共产党员和在城市环境下做共产党员是两回事。在城里你并不孤单，还有其他同样思想的人，一个集体，你的信仰在任何情况下都不会显得突兀。在农村则是"那个共产党"。这是他的身份，这是他的生活。在七十年代初当共产党员可谓应运而生，但到了八十年代，所有老鼠在很早以前便弃船而逃的时候，仍然身为共产党员便是迥然有别的另一回事了。一个孤独的共产党员听上去有点儿自相矛盾，但谢尔坦正是这样过来的。我记得那些年，我们在夏天去看外公外婆的时候，我父亲跟他有过讨论，他们声音很大，我们要睡觉时从楼下的客厅传上来，尽管那时候的我说不清道不明，也能感到他们之间的分歧，而这种分歧是根深蒂固的。对我父亲来说，讨论有限定的范围，唯一的功能是向谢尔坦指明他的妄想，而在谢尔坦眼里，这是生与死的问题，不成功便成仁。因此才有我父亲声音里的恼怒，谢尔坦声音里的激情。同样很明显，至少对我而言很明显的是，我父亲的话是基于现实世界的，他说的，想的都属于这里，和我们有关，和我们的学生岁月、足球比赛、连环漫画、钓鱼旅行、铲雪，还有星期六的米粥有关，而谢尔坦说的是别的东西，与另一个地方有关的东西。他当然不能接受他倾其一生所信仰的东西与现实无关，而我父亲和其他每一个人在每一个场合都是这样声称的。现实不是谢尔坦描绘的样子，永远不会那样。这表明他是个梦想家。可他恰恰没有做梦！他谈论的恰恰是具体的、物质的、身体的、切切实实的现实！此种情境充满了高度的反讽。他捍卫着凝聚与团结的理论，可他正是那个遭到排斥和孤立的人。他才是那个用理想化和抽象化的目光观察世界的人，灵魂比其他所有人更高洁的人，是那个负重与搬运的人，锤打与敲击的人，焊接与旋紧螺丝的人，在一艘又一艘船上匍匐和攀爬的人，是那个给奶牛挤奶和喂食的人，是那个把牛粪铲进粪窖又在春天把它们扬到地里的人，是那个收割牧草并青贮饲料的人，修葺房舍并照料母亲

151

的人，每过一年，她都需要更多的帮助。这成了他的生活。共产主义在八十年代初开始衰落，他就各个方面所展开的激烈讨论也不知不觉地减少了，直到有一天完全消失，这些事实也许改变了生活的意义，却没有改变其内容。生活像从前那样继续，沿着同样的航线：破晓时起床挤奶，喂牛，搭乘公共汽车到船厂，干一整天的活，回家照料父母，如果母亲能下地的话，便扶着她在客厅地板上走几圈，不然就坐下，俯身为她按摩两腿，协助她上厕所，也许还要给她准备第二天的衣服，干户外一切必须要干的活，不管是牵牛，挤奶，还是别的什么，然后回他自己的屋子，吃晚饭，睡到第二天早晨——除非外婆病得厉害了，外公不得不在夜里把他叫走。这就是谢尔坦的生活，从外面看它就是这个样子。他的共产党员时期开始的时候，我只有两三岁大，而当它结束，至少是那种活跃的、华丽的部分结束时，我也才刚刚念完小学，所以等我到了十六岁，开始对人们"是"谁产生兴趣时，他那段经历只不过是我对他的印象中一片模糊的背景罢了。意义远为重大的印象是他写诗。不是因为我喜欢诗歌，而是因为诗里面"说出"了更多关于他的事。若非必须，你是不会写诗的，也就是说，你是诗人才要写诗。他不和我们谈写诗的事，但也没有隐藏。总之我们知道。有一年，其中一些诗在《日与时》上发表了，还有一年，《阶级斗争报》也发表了几首，写的是产业工人的现实生活，小而简单的印象，别看所占版面很小，可它们还是在喜欢读书的哈特勒于家赢得了声望。当他有一首诗在文学杂志《窗》的封底发表时，旁边还印了他的一幅小像，接着几年之后，他的诗在同一家杂志上占去了两个整版，此时他在我们眼里已经是个正儿八经的诗人了。正是在这个时候，他开始读哲学。一个夜晚，他坐在高临于峡湾之上的房子里，翻开《存在与时间》，啃着海德格尔艰深至极的德语——也许是一个字一个字地往下读，因为以我的了解，他自打离开学校就再没有读过或讲过德语了——还有海德格尔笔下的诗人们，特别是荷尔德林和他提到过的前苏格拉底时代的人，以及尼采，尼采。他后来形容，读海德格尔就像回家。毫不夸张地说，他从中得到了极大的充实。这是一种宗教式的体验。一次觉醒，一次皈依，旧世界里倾注了新的意义。那时我父亲已经抛弃了家庭，所以英韦、母亲和我开始到外公外婆家过圣诞节，谢尔坦此时三十五六，仍然以此为家，在这儿工作。毫无疑问，我们在那儿过的四五个圣诞前夜是我圣诞经历中最难忘的几次。外婆病着，瘫坐在桌边，直打哆嗦。她的手颤抖着，她的胳膊、头和脚都在颤抖。她时不时一阵抽搐，此时必须把她放到椅子上，用力将两腿弯折，然后给她按摩。但她的意识是清晰的，眼睛是清晰的，她能看见我们，而且很高兴看见我们。外公小个子，圆滚滚，活泼风趣，一有机会就给我们讲故事，总是被自己的故事逗笑，他哈哈大笑时会涕泪横流。但这种情况出现得没那么多了，因为谢尔坦在，他已经读了一整年的海德格尔，脑子里全是海德格尔，身处无休无止、没有意义的辛劳之中，没有一个人可以和他分享，因为方圆几公里之内都没有一个人听说过海德格尔，也没人想听，哪怕我感觉他做过这样的尝试，他肯定这样做过，他是如此的着迷，但是毫无结果，没有一个人理解，没有一个人想要理解，他只能自得其乐。后来我们一家到了，他姐姐西塞尔，她是护理教师，对政治、文学和哲学都有兴趣，还有她正在读大学的儿子英韦，谢尔坦一直梦想着能读大学，最近几年想得愈发厉害，还有她儿子卡尔·奥韦。我那时十七岁，读高中，虽然他的诗我一个字也不懂，但他知道我读书。对他来说这就足够了。我们一进门他就打开了话匣子，过去一年里积聚的种种想法一泄而出。我们不懂也不要紧，赶上圣诞夜也不要紧，咸羊肋排、土豆、芜菁甘蓝泥、圣诞啤酒和阿克维特酒统统上了桌也不要紧；他谈起了海德格尔，自成一统，与外面的世界全无通联，"此在"和"常人"云云，特拉克尔和荷尔德林，伟大的诗人荷尔德林云云，赫拉克利特和苏格拉底，尼采和柏拉图云云，树上的鸟儿和峡湾里的波浪云云，人的此在和存在的出现云云，天上的太阳和空中的雨，猫的眼睛和垂直下落的瀑布云云。他头发蓬乱，正装歪斜，领带上污渍斑斑，坐在那儿口若悬河，两眼放着光，当真在放光呢。我一直忘不了那一幕，屋外黑沉沉的，雨水敲打着玻璃窗，那是在挪威，1986年的平安夜，我们的平安夜，礼物堆在树下，人人盛装，谈话的唯一主题是海德格尔。外婆哆嗦着，外公端坐，啃咬着一块骨头，妈妈听得入神，英韦已经听不动了。至于我，我对一切漠不关心，尤其是过圣诞节的快乐。但是，尽管谢尔坦说的和写的我一个字也听不懂，他满怀激情赞扬的那些诗我也一窍不通，但我的确能凭直觉明白他是对的，的确存在着这样一种至高无上的哲学和至高无上的诗歌，就算你不懂、无法参与其中，也只能怪自己。从此以后，只要一想到至高无上，我就会想起荷尔德林，当我想到荷尔德林，就会想到高山与峡湾，夜与雨，天空与大地，还有我舅舅闪闪发光的两眼。

从那时起，尽管我的生活已经有了很大变化，但我对诗歌的态度基本上是相同的。我能读，但诗歌从来不会对我打开自己，这是因为我无"权"要它们这样做：它们无意于我。当我接近它们，我感觉自己像个骗子，我甚至总是不加遮掩，因为这些诗也总是在说：你以为你是谁，竟然跑到这儿来？奥西普·曼德尔施塔姆的诗这样说，埃兹拉·庞德的诗这样说，戈特弗里德·贝恩的诗这样说，约翰内斯·博布罗夫斯基的诗这样说。你得证明自己有读诗的资格。

怎么证明？

很容易。你打开书，读。如果诗对你打开自己，你就有了资格，如果它没有打开，那你没资格。我二十岁出头时，脑子里仍然装满了我能做什么的想法，使我颇受困扰的是，我是一个诗歌不肯为之打开的人。其结果很严重，远不止被排除在一种文学体裁之外那么简单。这也等于对我下了判断。诗歌探究另一种现实，或以一种不同的方式解读现实，比我所知的方式更为真实，无法获得这种解读的能力，而这又是某种你要么拥有要么没有的东西，这一事实等于判给我一个低层次的人生，是的，它让我成了低层次的一员。这种省悟带来的痛苦十分强烈。而严格来说，只有三种应对方式。第一种是承认并接受现实。我是一个普通人，将要过普通的生活，将从自己的处境而不是通过别的什么找到意义。现实看上去也的确如此。我喜欢看足球，只要有机会也踢球，我喜欢流行音乐，每周一两次在一支乐队里打鼓，我到大学听课，晚上相当频繁地跟当时交往的女人外出娱乐，或是和她躺在家里的沙发上看电视。第二种方式是否认一切，告诉自己它在你身上存在着，但尚未成熟，然后以文学为业，也许当个评论家，也许到大学教书，也许当作家，因为无需文学向你打开，你也完全有可能在文坛混下去。比如说，你能写整篇的荷尔德林论文，描述一下他的诗作，探讨一下它们触及的东西，主题用怎样的方式得以表达，通过诗里的遣词造句和想象的运用，你可以写希腊风尚和基督教风尚之间的关系，可以写他诗歌中乡村的作用，天气的作用，写这些诗怎样与作为其诞生背景的、真实的政治历史现实发生关联，而与是否把重点放在生平——例如他的德国新教徒背景——还是法国革命的巨大影响上无关。你可以写他与其他德国理想主义者之间的关系，如歌德、席勒、黑格尔、诺瓦利斯，或是他与品达晚期作品的联系。你可以写他对索福克勒斯的非正统翻译，或根据他在书信中关于写作的见解来读他的诗作。你还可以参考海德格尔的理解来阅读荷尔德林的诗，或再跨一步，写一写海德格尔和阿多诺围绕荷尔德林展开的论战。你还可以写他作品由始至终的接受史，或翻译史。所有这一切很可能无需荷尔德林的诗歌打开自己便能完成。对所有诗人都可以同样处置，当然了，历来如此。如果你愿意付出艰苦的工作，如果你是那些诗歌不肯为之打开的人当中的一个，你还可以亲自写诗；毕竟只有诗人才能看出诗与貌似是诗的诗之间的不同。在前两种方法中，接受现实更好，但也是个更困难的选项。第二种方法，也就是否认，要更容易，但也更令人不快，因为你发现自己不断处在顿悟的边缘，明白你正在做的事情其实毫无价值。如果身处文坛，那么你要寻找的恰恰就是价值。第三种方法的基础是把整个议题抛开，因此也是最好的。再无能出其右者。不存在享有特权的理解。

不存在比其他一切理解更好或更真实的理解。诗歌不对我打开自己，但这并不意味着我必然低人一等，或是我作品的价值必然少于别人。不肯打开自己的诗歌和我写的东西本质上是相同的，两者都是文本。如果我的作品确实更差，的确如此，那也不是一个因一项无法弥补的、我不具备的条件带来的后果，而是某种通过艰苦的工作和日益增加的经验能够改变的东西。当然到了一定限度，才华和品质等概念仍然不可或缺，并非每个人都能写出佳作。关键在于，在具备它的和不具备它的人之间、在看见了的和没有看见的人之间，鸿沟并不存在，没有什么是不可逾越的。相反，这是个同一范畴内的问题，只是程度不同而已。这是个令人满意的想法，不难加以证明，毕竟这种思考方式已经统治了所有的艺术和批评领域，以及二十世纪六十年代以来的大学。有些观念在我心里生发得如此自然，我甚至没有认识到它们也是观念，因而从来没有表达出来，只是感到过，但即便如此，它们还是左右着我的思想，换句陈旧的话说，这便是最纯粹的浪漫主义。少数严肃地投身浪漫主义的人专注于那些与当代世界的观念相契合的特征，如残缺与讽刺。但对我来说，浪漫主义并非重点所在——如果我对任何时代感到有亲和力的话，那便是巴洛克时期，它的空间感，它令人眩晕的高度和深度，它对生活和戏剧、镜子和身体、光和暗、艺术和科学的信念吸引着我——重点是我站在本质之外，站在最重大的事物之外，在构成存在的事物之外的感觉。这种感觉是否属于浪漫主义无关紧要。为了减轻它引起的痛苦，这些年来我一直使用上述的全部三种方法来保护自己，并且在很长的时期内对它们深信不疑，尤其是最后一种。我认为艺术是燃烧着真理与美的火焰的地方，是仅存的能让生命展现其真实面貌的最后的地方。这种观念很疯狂，但会不时破茧而出，不是作为想法，因为它存在与否仍然有待商榷，而是一种感觉。我深知这种观念纯系谎言，我在欺骗自己。这就是2002年三月的一个下午，我站在斯德哥尔摩瑞典作家协会的大门口，翻看菲奥雷托斯翻译的荷尔德林最后的伟大颂歌时产生的想法。

啊，我真可悲。

连绵不绝的新的人流从门前经过。一盏盏灯挂在街道上方的电线上，鼓鼓囊囊的夹克衫和购物袋、柏油碎石的路面和金属反射着灯光。微弱的人声和脚步声在两侧的房屋之间来回摆荡。两只鸽子一动不动地站在二楼的窗台上。水在突出于墙外的雨篷横杆末端一颗颗沉重的水珠里汇集，时而松脱，坠落到地面。我已经把书放回了帆布背包，现在从夹克口袋里掏出手机，看看时间。屏幕是黑的，所以我一边开始走路，一边开机。有一条短信。是托妮耶发来的。

你到了吗？在想你。

这两句话让她一下子浮现在我眼前。她的形象，那个我眼中的女人，片刻之间完全占据了我的头脑。不是当你想到某个认识的人时那样，只有她的面容和举手投足，而是她的面容能够成为的每一样东西，一切难以描述的特征，却又无比清晰，那是一个人辉映着那些爱它们的人。但我是不会回复的。此行的全部意义就是为了逃离她，所以随着一波悲伤的潮水涌过周身，我删掉这条短信，退回到锁屏画面。

16:21。

跟盖尔见面之前我还有半个来小时。

莫非我们说的是四点半？

不是吧？

该死，就是！我们要四点半见面，不是五点。

我转身就跑。一两个路口之后，我就停下来喘气了。有个男人双手抱着一块箭头形状的牌子，面无表情地看着我。我把它当成路标，于是拐进了箭头所指的街道。等我到达街道另一头的十字路口，火车站果然就在我正前方，有条很短的小巷，我在路边墙上看到一个黄色的标牌，上书"阿兰达特快"。这趟火车开往机场。现在是 16:26。如果我要准时到达，还得跑完最后一段。过马路，进机场线候车室，下月台，进门厅，经过一溜报亭和咖啡厅，长椅和行李寄存柜，进入大厅，然后我停下，上气不接下气，不得不弯下腰，双手扶膝。

我们约好在大厅中央的圆形栏杆处见面，从那儿能看见下面一层。等我直起身往上寻找栏杆，便看见墙上的钟正好指着半点。

就是那儿。

我选了条有点儿迂回的路线，就在那一溜报亭和咖啡厅旁边，靠墙等着，隔了些距离，这样就能在盖尔看见我之前先看见他。上一次见他已经是十二年以前了，但即使那个时候，我们大概也只是两个月见四五次面而已，所以从他回复我电子邮件，并说我可以和他住在一起时，我就害怕到时候认不出他。"认出"

159

也许是个不恰当的词，因为我一张他的照片都没有。想到盖尔，我眼前出现的不是他的脸，而是他名字里的字母，G-E-I-R，以及关于某个人笑声的模糊记忆。我记得的唯一一个和他在一起的场景，是在卑尔根的费克特洛夫泰特。他边笑边说：你是个存在主义者！我搞不清为什么偏偏记得这件事。也许因为我不知道"存在主义者"是什么？因为我得意于自己的看法竟与一个广为人知的哲学流派不谋而合？

我仍然不知道存在主义者是什么。我知道概念，能说出几个名字和大致的时间，却想不起准确的定义。

一知半解大王，这就是我。

我摘下背包，放到两腿之间的地上，活动一下肩膀，看着栏杆周围的人。没一个像是盖尔。如果有人看上去符合我少得可怜的记忆，我就走上前，希望他认出我。再不济也能问一句："你是盖尔吗？"

我抬头看了看大厅尽头的钟。三十五了。

难道我们说的是五点？

出于某种原因，我能确定他是个守时的人。既然如此，我们肯定约的是五点。我在大厅看见过有家网吧，于是又等了一小会儿之后，我便上那儿去作个核实。我还感到需要再读一遍他的电子邮件，揣摸一下语气，也许能让即将出现的场景少一些突兀。

此前遇到的语言问题促使我只和柜台后面的姑娘说了三个字："互联网？"她点点头，指了指其中一台电脑。我坐下，进入我的邮箱，看到有五封新邮件，便大致浏览了一下。都是《流浪者》的编辑们发来的。虽然不到一天之前我还坐在卑尔根，但屏幕上普雷本、埃里克、芬恩和约尔根之间的讨论已恍如隔世，而我不再属于其中。仿佛我越过了一道界线，仿佛我说什么也回不去了。

昨天我还在那儿啊，我对自己说。而我仍未决定要在这儿待多久。如果我愿意，过一个星期我就能回去。或者明天。

可这不是我感觉到的样子。我感觉我仿佛永远也回不去了。

我扭过头看着汉堡王的方向。离我最近的桌子上有个被打翻的可乐纸杯，黑色的液体形成了一条长长的、椭圆形的水潭，正顺着桌子边沿滴到地上。桌子后面坐着个男人，两膝紧并，好像受罪似的吃着东西：有片刻光景，他的手在装炸薯条的纸盒、装番茄酱的小盒子和咀嚼的嘴巴之间加快了速度，然后他完成吞咽，双手抓起汉堡，送到嘴边，咬了一大口。他一边用力咀嚼，一边还抓着汉堡，仿佛时刻准备着，离嘴边只有几公分，然后再咬一口，用一只手的手背抹抹嘴唇，另一只手举起可乐杯，瞟一眼邻桌正在聊天的三个十几岁的黑发女孩。她们当中有一个朝我这边看，而我赶快瞅了一眼门口，两个穿制服的空姐穿门而入，走进了大厅，各自拉着一只带滚轮的行李箱，我重新注视着电脑屏幕，耳中是她们鞋跟清脆的声响，很快就听不见了。

我要是再也不回去了，会怎么样呢？我一直盼着这一天。在这儿，一个人，在异国的城市。无亲无故，谁也没有，只有我，自由地做我想做的事。

那为什么还有这种忧愁的感觉？

我点开盖尔的邮件，开始阅读。

亲爱的卡尔·奥韦，

想法好极了。如你所说，乌普萨拉是座大学城，毫无疑问。此城可以和世纪之交的南挪威做一番比较，是个可以把孩子送去学习怎样发出喉音 r 的地方。斯德哥尔摩是世界上最美丽的首都之一，可是一点儿都不悠闲。瑞典同样是个绝妙的悖论，一方面以好客闻名，另一方面又是欧洲最隔绝的国家。如果你不喜欢乌普萨拉，我会建议你住在斯德哥尔摩。（不管你怎么选择，坐火车的话，两地也只隔了四十到五十分钟的车程，火车每隔半个小时一班。）

要搞到出租的公寓、工作室和房间可绝不容易。乌普萨拉若有不同，也只会更糟，全是因为新生的缘故。难，尽管不是不可能。我一下子想不起来谁有房间出租，但我会打听一下。如果我理解正确的话，你并不是搬来就不回去了，而只是先住到年底，那么搞一套这儿所说的二手公寓应该是有可能的。有中介行做这个。你有没有联系一下瑞典作家联合会？他们很可能有房子给外国作家住，最起码也知道哪儿有房子。如果你愿意，我可以打电话给中介公司和作家组织问一问。

今天是三月十六日，星期六。你愿意挑个周末过来吗？也许周中更好，所有地方都开门，先看看你喜不喜欢这里。或者你已经作出了决定？不管是哪种情况，一到下星期我都会开始打听能住的房子。无论如何都欢迎你过来，不管是度假还是找住的地方。

我还没有你的电话号码，在电话上做计划更简单一些。如果你在挪威有收入，瑞典现在很欢迎你在这里生活。你打算每月付多少钱？一居，两居，还是三居室？

期待见到你。

盖尔

卡尔·奥韦，

如果你还没上火车，请一到奥斯陆或斯德哥尔摩就给我打电话！不要浪费钱去住旅馆，也不要不好意思。我这样做有自私的动机：你挪威语张口就来。我的词汇量正在萎缩。顺便说一句，乌普萨拉大学创办于1477年。

我在斯德哥尔摩的电话是708 96 93。

盖尔

这么说你不喜欢用电话？那咱们说好就在中央车站（你下车的地方）见，今天下午17.00。大厅中央有一圈圆形栏杆（当地人叫"菊花圈"）。我在那儿见你。但是如果你耽搁了，请给我打电话！（你不能这样仇视电话。）

盖尔

信文如上。我不怀疑他邀我同住的诚意，但仍觉得难以接受。找个地方见个面，喝杯咖啡。或许更合适这种情况。另一方面，我也不会有什么损失。他是从希斯岛来的嘛。

我关闭了信件，看了一眼那张桌子边上的三个女孩，然后抓过背包站起身。正在讲话的那位带着愤愤不平的腔调，强烈的自我肯定，并且受到同样愤愤不平的附和。如果她们不开口，我

163

会认为她们大概十九岁。现在我知道她们至多十五岁。

她们当中离我最近的一位扭过头，和我四目相对。什么都没给我，连个和善的表情都没有，只是为了证实我在看她。但它还是带来了某种东西。稍纵即逝的欢乐。然后，当我走到收银台付款时脑中的惊雷才姗姗来迟。我三十三岁了。一个成年人。为什么还像二十岁那样思考问题？什么时候这种年轻人的幻想才能离我而去？我父亲三十三岁时已经有了两个儿子，一个十三岁，一个九岁，他有房子，有汽车，有工作，他那个时候的照片看上去像个男人，我记忆当中他为人处事也像个男人，我边想边站到了柜台前，把一只热乎乎的手放到冰凉的大理石台面上。收银员从椅子上起身，过来收款。

"多少钱？"我问。

"乌晒克达？"

我叹了口气。

"埋单。"

她看了一眼面前的屏幕。

"十块。"她说。

我递给她一张皱巴巴的二十克朗钞票，

"别找了。"我说完就走开了，免得她有机会再来一句"乌晒克达？"，这个国家好像到处都是这句话。大厅墙上的钟显示还有六分钟到五点。我站到自己的老位置上，看着铁轨边无所事事的人们。没有一个人值得我多看几眼，我让目光游走于站内那些来来往往的人身上。从另一边的报摊处走过来一个男人，大脑袋，小身材，外貌实在不同寻常，看得我目不转睛。他五十多岁，淡黄色的头发，宽脸膛，小眼睛，大鼻子，嘴巴略显歪斜。他看上去就像个地精，但穿了正装和外套，一只手拎着精致的皮制公文包，腋下塞着一份报纸，也许在这副都市的外表下有另一个自我在奋力向前，这让我的目光紧紧粘在他身上，直到他走下台阶消失不见，那里通往区间列车发车的站台。突然，我再次看到这一切何其老旧。一个个后背，手，脚，头，耳朵，头发，指甲；大厅内川流不息的那些身体，每一个部位都是老旧的。他们发出的嘈杂的人声是老旧的。甚至他们的快乐也是老旧的，甚至对未来会带来什么的希望和期待也是老旧的。但又是新的，对我们来说未来是新的，对我们来说，它属于我们的时代，属于外面排队候客的出租车，属于咖啡馆台面上的咖啡机，属于报亭里摆放杂志的货架，属于手机和 iPod、戈尔特斯防水外套和他们装在包里、穿过车站、带上火车的笔记本电脑，属于火车和自动门、售票机，以及被照亮的、不断变换目的地的告示板。老年在这里没有容身之地。但它完完全全地主宰着一切。

这是个多么糟糕的想法啊。

我把手伸进衣袋，看看寄存箱的钥匙在不在。还在。我又拍拍胸口看信用卡在不在。在。

我面前拥挤的人群中出现了一张熟悉的脸。我心跳加速。但那不是盖尔，那是别人。一个我认识但相隔遥远的人。朋友的朋友？某个和我一起上过学的人？

想起来了，我咧嘴一笑。是汉堡王那个男人。他停下来看了看告示板上的发车时刻表。在他提着公文包的手中，拇指和食指之间捏着一张车票。核对车票上的时间跟告示板是否一致时，他连着公文包也一并提起，凑到离脸很近的地方。

我看了一眼大厅尽头的钟。还有两分钟。如果盖尔像我认为的那样守时，他此时应该就在车站里的某个地方。我一排排地扫视着正在迫近的人流中所有的脸。先左边，然后右边。

有了。

那真是盖尔吗？

是的。是他。我一看见那张脸就想起来了。他不仅正在朝我走过来，而且目光紧盯着我不放。

我笑了，尽可能慎重地在大腿上蹭了蹭手心，等他在我面前停下，便伸出手。

"嗨，盖尔，"我说，"好久不见。"

他也笑了。差点儿没握到我的手。

"就是，"他说，"你一点儿也没变。"

"是吗？"我说。

"是啊。就像在卑尔根见你时一样。高个子，一脸严肃，穿外套。"

他大笑起来。

"咱们走吧，"他说，"对了，你的行李在哪儿？"

"在楼下的寄存柜里，"我说，"要不咱们先喝杯咖啡？"

"好啊，"他说，"去哪儿？"

"哪儿都行，"我说，"大门口有个咖啡厅。"

"那好。就去那儿。"

他走在前头，在一张桌子前停下，没回头问我要不要牛奶或糖。他去柜台的当儿我摘掉背包，坐下，掏出烟口袋，看着他

166

和女招待说了几句什么，又见他递过去一张钞票。虽然我认出了他，也一定把他和我潜意识里的印象对上了号，但他的状态还是和我预想中的不同。他远远谈不上虎背熊腰，几乎完全看不到我臆想中的大块头。我之所以那么想，大概是因为知道他做过拳击手吧。

我感到一阵强烈的睡意，想找间空屋躺倒，关掉灯，从世界上消失。这就是我渴望的东西，而等待我的却是好几个小时的社交义务和闲聊，简直难以忍受。

我叹了口气。天花板上的电灯光铺满了车站大厅里的一切，处处都有映现：玻璃板，一片金属，一块大理石瓷砖，或一只咖啡杯，这本该足以让我感到快乐，因为我在这儿，能看到。几百个人在车站大厅的地面上以这样一种幽暗的面貌来回漂流，这本该足以让我感到快乐。我和托妮耶一起共度了八个年头，跟她分享我的生活，生活很美好，像她一样，这本该让我感到快乐。和我哥哥英韦还有他的孩子们见面，本该让我感到快乐。包围着我的音乐，包围着我的文学，包围着我的艺术，一切都本该让我感到快乐，快乐，快乐。世界上所有的美，本该不忍直视的美，让我无动于衷。朋友们让我无动于衷。生活让我无动于衷。就是这个样子，这就是它怎样持续了这么长的时间，直到我再也忍受不了而决定做些什么。我想要再一次快乐起来。这听上去很愚蠢，不能告诉任何人，但就是这个样子。

我把卷到一半的烟拿到嘴边，舔了舔涂胶的部分，双手拇指下压，让它与烟纸粘到一起，掐掉两端松脱的烟丝，放进白色衬里闪闪发亮的烟袋，拉直袋口，让它们滑落到纠缠成团的浅褐色烟丝上，合上烟袋，塞进搭在椅子上的外套口袋，把烟卷捅到嘴里，用打火机高高颤抖着的黄色火苗子点着。盖尔已经取了两个杯子，站在那儿倒咖啡，女招待把找零儿搁到柜台上，扭头招呼下一位顾客，一个头发很长的男人，五十来岁，戴着帽子，穿着靴子，身着一件披肩似的、南美雨披样式的外衣。

不，盖尔一点儿虎背熊腰的样子都没有。自从他不再和我有眼神上的接触，自从他没主动握我的手，并且左顾右盼，他便一直处于坐立不安的状态。他似乎想要不停歇地活动下去。

他一手拿着一杯咖啡走过来。我禁不住笑了。

"这么说，"他说着把杯子放到桌上，拉出一把椅子，"你要搬到斯德哥尔摩来了？"

"看来是的。"我说。

"谢天谢地，"他说，眼睛都没看我，死盯着桌面，手摸着杯子柄，"我不知道我跟克里斯蒂娜说过多少次，希望有个对文学感兴趣的挪威人搬到这儿来。然后你就出现了。"

他把杯子拿到嘴边，吹了吹才开始喝。

"你去乌普萨拉的那个夏天，我给你写过一封信，"我说，"一封长信。但我一直没寄出去。它还放在我母亲家里，没拆开过。我都不知道里面写的是什么了。"

"你开玩笑吧！"他瞪着我说。

"你想要吗？"

"当然想！千万别拆开。就放在你母亲那儿。那是一片封冻的时光！"

"也许是吧，"我说，"那个时候的事我一件也不记得了。我把那段时间写的日记和手稿全都烧了。"

"烧了？"盖尔问，"不是扔掉而是烧了？"

我点点头。

"戏剧化，"他说，"但你后来到卑尔根的时候还是那样。"

"是吗？"

"是的。"

"可你不是那样吗？"

"我？不。不，我没那样。"

他哈哈大笑，扭过头看来往的人流，又扭回头看咖啡厅里别的顾客。我往烟缸里弹了弹烟灰。门开开关关，香烟升起的烟雾在气流中轻柔地翻滚。我看他的时候动作简短，几乎是难以察觉的一瞥。他给人的印象仿佛与他的面孔毫无干系，他目光灰暗，充满悲伤，但样子没有一丁点儿灰暗或悲伤的感觉。他看上去开心而羞怯。

"你了解斯德哥尔摩吗？"他问。

我摇摇头。

"不是很了解。我到这儿才几个小时。"

"这是座漂亮的城市。但是像冰一样冷。你可能在这儿生活一辈子，都不会跟别人发生密切的关系。一切都是以人和人不应互相亲近的方式建立起来的。看看那架自动扶梯，"他说着朝大厅的方向努了努嘴，我猜那就是扶梯的位置吧，"站着的人靠右，走路的人靠左。我在奥斯陆的时候很吃惊，因为动不动就碰到人。老是这儿顶你一下，那儿蹭你一下。在街上迎面遇到什么人，总是你先往左，再往右，然后再往左，你看，这种事在这儿就不会发生。每个人都知道自己要往哪儿走，每个人都该怎么做就怎么做。在机场有条黄线，就在行李传送带旁边，你不能过线。那就没人过线。取行李是个既舒服又规矩的过程。在这个国家，谈话也是用这种方式组织起来的。有一条谁也不准越过的黄线。每个人都讲礼貌，每个人都举止端正，每个人都该怎么说就怎么说。处处避免冒犯别人。如果你习惯了这些，再读挪威报纸上的论战，会吓一大跳。受不了那股子火药味儿！他们竟然互相喊叫！在这里简直不可思议。如果你在这儿的电视上看见一个挪威教授，这种事极少发生，因为没人关心挪威，挪威在瑞典是不存在的，极少数情况下，他们露面的时候，看上去也像野人一样，乱七八糟的头发，一副邋遢相，要不就穿着不正经的衣服，说着不该说的话。挪威学术传统的一个组成部分，你知道的，就是教育没有也不应该兼顾任何外在的表现……或者说，学者的外在表现应该反映出个人喜好和个人特征。不像这里是普遍和集体的。但是当然了，没人理解这一点。在这儿他们只看得到野人。在瑞典他们都认为瑞典的方式是唯一的方式。他们把任何与瑞典方式不一致的方式都看作不足和缺陷。这种东西光想一想就能把你逼疯。"是的，我此前见过的挪威作家约恩·宾就是这个样子，他看上去疯癫癫的。长头发，小胡子。我觉得他穿的是一件手织羊毛衫。

"瑞典学术界的人外表整洁，做事也整洁，用大家都能预期的方式，说着大家预期的话，这里每个人的举止都是这样整洁。也就是说，每个人都活在公众当中。街上的情况有点儿不同。几年前他们把这个国家所有的精神病患者都放出来了。所以你到处都能看到他们走动着，嘟哝着，喊叫着。他们做了安排，好让穷人住在特殊的区域，富人住在特殊的区域，文化界的活跃分子住在特殊的区域，移民也住在特殊的区域。等你看到就明白了。"

他把咖啡杯端到嘴边，喝了一小口。我不知道该说什么。除了我刚从挪威到这儿之外，他这番话与当前的氛围并不搭界，又以这种方式说出来，组织得这么清晰流畅，仿佛事先有过准备。我猜这就是他说的东西吧，这也是他喜欢的一个话题。以我跟这种喜欢此类话题的人打交道的经验，重要的是保持耐心，直到最糟糕的、受压抑的情绪恢复平静，因为最后等待你的多半会是一种不同的关切和表现。他的意见对不对，我不知道，但直觉告诉我，这些话是出于沮丧，他所表达的正是引起这种沮丧的感觉。也许是瑞典。也许是他内心的某种东西。这对我来说无关紧要，他想说什么就说什么好了，我不是为了这个才坐在这儿的。

"体育和学术在挪威合流了，喝啤酒和搞学术也是如此。"他说，"我记得在卑尔根就是这样。体育是学生们的大事。但在这儿它们是势不两立的不同实体。我说的不是科学家，而是知识分子。在这里的学术圈内，智识是最重要的，它无处不在，一切东西在智力面前都要俯首称臣。例如，身体是完全没有位置的。反之，智识在挪威受到了轻视。因此在挪威，学者平易近人不会有什么问题。这种观念大概是说背景应该允许智识像钻石一样闪光。在瑞典，智识的周围也得闪光。对高雅文化来说都是一样的。在挪威它受到了轻视。事实上都不允许它存在。不允许精英文化存在，除非它同时也是属于平民的。在瑞典它很受看重。平民文化和精英文化势不两立。你应该在这儿，别人应该在那儿，两者之间不应该发生易位。有例外，总会有例外，但规则就是这样。

挪威和瑞典之间另一个重要的不同与角色有关。上一次回家，我搭公共汽车从阿伦达尔到克里斯蒂安桑，司机唠叨个不停，说他其实不是公共汽车司机，他其实干的是别的营生，他干这个只是为了在圣诞节补贴家用。然后他说我们应该在过节期间互相照顾。他是用扩音器说的！在瑞典无法想象。在这里你和你的工作是一体的。那是你怎么也甩不开的角色。角色里没有豁口，没有地方让你把脑袋探出来说：这才是真正的我。"

"那你为什么住在这儿？"我问。

他飞快地看了我一眼。

"如果你想不受打扰的话，那么这是个完美的国家，"他说，目光再次飘忽不定，"我不反对冷淡。我不想让它进入我的生活，但生活在其中我也能过得挺好，如果你理解不同之处的话。看起来很不错。而且也可行。我蔑视它，但也从中受益。怎么着，咱们走吗？"

"好啊，走吧。"我说着掐灭纸烟，喝掉最后一口咖啡，从椅子上摘下外套穿上，把背包甩过肩膀，跟着他走进大厅。等我走到他旁边的时候，他扭过头对我说：

"你能走那边吗？我这只耳朵听不清。"

我照他说的做了。注意到他的脚有点儿外八字，像鸭掌。这种事我总是马上就能注意到。芭蕾舞演员走起路来就是这个样子。我曾经有个女朋友是跳芭蕾的。她几乎没有我不喜欢的地方，但这就是其中一项，走起路来脚往两边伸。

"你的包在哪儿？"他问。

"往下走，"我说，"然后右转。"

"那咱们下去。"他说着就往车站一头的楼梯走。

就我所见，这里的人在举止上与奥斯陆中央车站的人并无不同。至少没有明显的不同。他一直在说的不同似乎微乎其微，大概是浪迹国外多年之后才增加的吧。

"我觉得蛮像的，"我说，"就跟在这儿碰见了另一个挪威似的。"

"走着瞧。"他看了我一眼，笑着说。那是一种坏笑，一种"我比你懂"的笑。如果说有什么东西我受不了，那就是我比你懂，不管它以什么形式表现出来。它认定了我知道得少。

"看那儿。"我说着停下脚步，指着我们上方的电子公告牌。

"怎么了？"盖尔问。

"到站时刻表，"我说，"这就是我为什么来了这儿。就是这个原因。"

"什么意思？"盖尔问。

"看。南泰利耶。尼奈斯港。耶夫勒。阿尔博加。韦斯特罗斯。厄勒布鲁。哈尔姆斯塔德。乌普萨拉。穆拉。哥德堡。马尔默。有某种极具异国情调的东西在里头。瑞典的东西。语言差不多一样，城镇差不多一样。你能看到，瑞典的农村和挪威的农村都是差不多的模样。只有细节上的不同。正是这些小的变异，这些小的不同，几乎是熟悉的，几乎是相同的，却不熟悉也不相同，让我发现有着难以置信的魅力。"

他用不相信的目光盯着我。

"你疯了。"他说。

接着他哈哈大笑。

我们继续前行。这种话一点儿也不像我说的，完全出乎意料，但我感到我应该为自己找到理由，而不能由着他说什么就是什么。

"我一向能感受到那种魅力，"我接着说，"印度、缅甸、非洲都不行，太不一样了，从来提不起我的兴趣。但日本行，举个例子。不是东京，也不是那些城市，而是日本的农村地区，临海的小城镇。你见过那种景色和咱们挪威有多么像吗？但是文化，他们的房屋和风俗，却完全不同，完全不可理解。还有美国的缅因州？你见过那儿的海岸吗？地貌和南挪威像极了，但一切人造的东西都是美国式的。你懂我的意思吗？"

"不懂，但我听着呢。"

"我说完了。"我说。

我们走进同样人潮涌动的地下广场，前往行李寄存柜。我拽出两个包，盖尔提了一个，然后我们穿过广场，走向几百米外的地铁站台。

半小时之后，我们步行穿过一座五十年代远郊小城的中心，街灯照亮了三月的黑暗，小城看来完好地保持着原貌。这里叫韦斯特托普，所有建筑都是四方形的，都是用砖建造的，彼此只有尺寸上的不同——四面八方皆为高楼环绕，市中心却是低层建筑，一楼开有各种各样的商店。松树静静伫立于楼群之间。许多门窗透出灯光，好像从地面向上照射，借着它们，偶尔能看到一抹山色、瞥见一线湖光。盖尔滔滔不绝，他的话匣子在来这儿的地铁上就一直没关，大部分是我们看见什么，他就讲解什么。报站名的声音穿插其间，何其美妙又何其陌生：斯卢森，马利亚托格特，津肯斯达姆，胡恩斯图尔，利耶霍尔门，米索马克兰森，德律风普兰……

"到了。"他说着指了指路边的一幢房子。

我们走进一道大门，上楼梯，进屋。靠墙的架子上放着书，书架后面，一排紧凑地挂在衣架上的夹克衫，别的什么人在这儿生活的味道。

"嗨，克里斯蒂娜，你不跟咱们的挪威朋友打个招呼吗？"他看着左边的房间里说。我走上前，一个坐在桌子后面的女人抬起头，她手里拿着铅笔，纸摆在面前。

"你好，卡尔·奥韦，"她说，"见到你很欢喜。我听说你大量事！"

"真不幸，关于你我可什么都没听说过，"我说，"对了，盖尔的书里倒是有一点点。"

她笑了，我们握手，她清理桌面，端来咖啡。盖尔带我看了公寓，没花多少时间。有两个房间，每间都有从地到顶的书架。其中一间用作客厅，有个角落给克里斯蒂娜工作；盖尔在第二间屋子工作，那是卧室。他打开几个玻璃柜，给我看他的书。它们如此整齐，你简直会以为他用尺子量过，书是按照系列和作者，而不是按字母表的顺序排列的。

"你很有条理，我看出来了。"我说。

"我每件事都有条理，"他说，"绝对是每件事。我生活中没有一件事不是计划过或斟酌过的。"

"听起来好吓人。"我说完看了看他。

他笑了。

"对我来说，吓人的是见到某个头一天才张嘴，第二天就搬到斯德哥尔摩的人。"

"我必须。"我说。

"希望也就是必须希望，"他说，"就像《皇帝与加利利人》里的马克西莫斯说的。或者准确地说：'活着有何价值？尽是游戏和愚弄——希望也就是必须希望。'[1] 这就是易卜生试图以智者形象示人的剧。至少是博学之士。他想用这个整他娘的一个大合题。'我不再承认必然性！我决不再为他服务！我自由了，自由了，完全自由了！'[2] 有意思。'糟糕透顶的好戏，'正如贝克特在谈到《等待戈多》时所说。我读它的时候着实被它吸引住了。它打通了一个过去的时代。所有作为前提的学识都消失了。非常有意思。你读过它吗？"

我摇摇头。

"他的历史剧我一本也没读过。"

"它写于一个一切都要重新评估的时代。这就是他做的。你知道的，喀提林是变节的象征，但易卜生给他翻了案。这简直就像我们给吉斯林翻案一样。他写这个剧的时候很有胆量。但他修正的价值观全都出自古典时期，这就让它几乎不可能为我们所理解。我们不读西塞罗了对不对……嗯，写一出要把皇帝和加利利人团结起来的戏剧！他失败了，当然失败了，但最起码他失败得

---

[1] 《皇帝与加利利人》二部五幕四场，此处引高荣生译文。

[2] 《皇帝与加利利人》一部三幕，此处引黄雨石译文。

很风光。他这剧太符号化了。但也很大胆。你能看到他多么想风光一回。易卜生说他只读《圣经》，我才不信呢。这里也有席勒的份儿。《强盗》剧中也有一个反叛者的角色。就像克莱斯特的《米歇尔·戈哈斯》一样。对了，比昂松写过同样的东西。是《西居尔恶王》吧，你记得吗？"

"我对比昂松一无所知。"

"我认为就是《西居尔恶王》。那个行动的时代。行动还是不行动，典型的哈姆莱特，做自己人生中的行动者还是旁观者。"

"那你呢？"

"问得好。"

一阵沉默。然后他说：

"我大概要算旁观者吧，带着精心设计的行动的元素。但我也不是特别清楚。我感觉我内心有很多看不到的东西。因此它们就不存在。你呢？"

"旁观者。"

"可是你到了这里啊。昨天你还在卑尔根呢。"

"是的。但这不是任何行动的结果。这是被迫的。"

"也许这是另一种做决定的方式，对吗？任其发生，替你做主。"

"也许吧。"

"这就怪了，"他说，"你越不加思考，就越容易付诸行动。你知道，我写过的拳击手有着惊人的存在感。但这意味着他们不是自己的旁观者，所以他们什么都不记得。一件都不记得！此时此地的事跟我说一说，这个他们可以做。这对他们当然是有效的，他们总得再次钻进绳圈。如果你在之前的比赛里挨过重拳，那么最好还是不要记得太清楚，否则那可就真是个事儿了。但他们的存在感绝对令人称奇。它充满了一切。深思的生活还是行动的生活，我看它们是两种形式对不对？当然，这是个老问题了。所有的旁观者都深受困扰。但行动者不会。这是个典型的旁观者的问题……"

在我们身后，克里斯蒂娜把头探进了房间。

"你们要不要来点儿咖啡？"

"要。"我说。

我们走进厨房，坐到桌边。透过窗子可以看到街灯下空寂的道路。我问克里斯蒂娜，我们进门时她在画什么，她说她在画鞋子的图样，给瑞典最北部的一家小鞋厂。跟两个我不熟悉的人一起坐在瑞典一座远郊小城中心的厨房，这种荒诞的感觉一下子击中了我。我在干什么呀？我在这儿干什么呀？克里斯蒂娜开始弄晚饭，我和盖尔坐在客厅，告诉他托妮耶的事，我们之间的关系，发生了什么，我在卑尔根的生活。他以同样的方式总结了十三年前离开卑尔根以后生活中发生的事。我最爱听的是他在《瑞典日报》跟人打笔仗，有位瑞典教授让他着实动了肝火，于是某天早晨，宛如路德再世，他把最新的毁谤性论点钉到了乌普萨拉城堡的大门上。他还要往门上撒尿，好在克里斯蒂娜把他拽开了。

我们吃了碎羊肉汉堡、煎土豆和希腊色拉。我像一头饿狼，盘子瞬间空空如也，克里斯蒂娜一脸愧疚。我用反道歉迎接她的道歉。她明显和我是同一类人。我们喝了些酒，聊了瑞典与挪威的种种不同，我心里暗想，不，瑞典不是那个样子，挪威也不是那个样子，但我点着头，一个劲地附和。十一点左右，我已经快睁不开眼了，盖尔拿来床单被罩，好让我睡在客厅的沙发上。当我们拉平床单时，他的脸突然变了。他的脸完全不一样了。然后它又恢复了原貌，而我必须努力让它固定住，这才是他的模样，这才是他。

它又变了。

我把床单最后一条边折到褥子下面，然后坐到沙发上。我两手直哆嗦。怎么回事？

他朝我转过头。他的脸又一次变成了我在中央车站看到的样子。

"你的小说我还什么都没说呢，"他说着坐到桌子另一边，"但它给我留下了难忘的印象。看完之后我深受震动。"

"为什么这么说？"我问。

"因为你走得太远了。远得难以置信。我很高兴你这么写，我坐在这儿，笑眯眯的，因为你写成了。我们刚见面那会儿，你想当作家。别人都没有这种想法，只有你有。然后你做到了。但这不是我受到震动的原因。原因是你走得太远了。你真有必要走这么远吗？我那个时候想。真让人害怕。说到我自己，我可走不了那么远。"

"你什么意思？你说我走得太远了是什么意思？那只是一部普通的小说。"

"你讲自己的事情讲得那么骇人听闻。根本就不是那个十三岁小孩的故事。打死我也想不到你真敢。"

我心里一凉。

179

"我不太明白你在说什么，"我说，"我瞎编的。大概跟你想的不一样，其实没花那么大力气。"

他笑了，直视着我的眼睛。

"咱们在卑尔根的时候，你告诉过我那段恋情。你是前一年夏天从北挪威回来的，但仍然满脑子北方发生的事。你说的也是那些事。你父亲，然后是你十六岁那年的恋爱经历，你把自己比作汉姆生笔下的格拉恩中尉 [1]，你还说你在北挪威当老师的时候跟一个十三岁的有过恋情。"

"哈哈，"我说，"没你以为的那样可笑吧。"

他收起了笑容。

"你是说你不记得了吗？她上你的课，你全身心爱上了她，我是这样理解的，但样样事都弄得一团糟，你说的，别的不论，你在一个派对上和她母亲讲过话——你跟我描绘过的那个场面和你小说里写的一模一样。但也不一定事事都错，说真的，如果知道那种欲望是彼此共有的话。但怎样知道的就是另外一码事了。这才是问题所在。我有个老同学把一个十三岁的小孩弄怀孕了，对了，他当时十七岁，你当时十八，但是去他妈的吧，这都不重要。重要的是你把它写出来了。"

他看着我。

"怎么了？你像见了鬼一样。"

"你没当真吧？"我说，"拿我说的当真？"

"是的，我当真了。你就是那样说的。都烙在我记忆里了。"

---

[1] 格拉恩中尉是克努特·汉姆生小说《畜牧神》中的主人公。

"可那不是真的。"

"你说过那是真的，绝对说过。"

我感觉万箭穿心。他怎么能这样说呢？这么大的事情，我潜意识里能压得住吗？随便把它丢到一边，忘得一干二净，然后再把它写出来，一点儿也不想想它是不是真的？

不。

不，不，不。

无法想象。

绝对地，彻底地无法想象。

他怎么能这样说？

他站起身。

"对不起，卡尔·奥韦，"他说，"但你确实说过。"

"我不明白，"我说，"但你又不像在撒谎。"

他摇摇头，笑了笑。

"那就睡个好觉吧！"

"你也是。"

我睁眼躺着，凝视着房间深处，耳中是两口子在门后卧室宽衣上床的窸窣声响。屋里弥漫着窗外街灯暗弱如月的光。我冥思苦想，希望就盖尔所言找到解决的方案，但情感已经在声讨我了：万箭穿心的感觉如此强烈，竟至于全身上下隐隐作痛。偶尔传来一声低沉的叹息，我猜那来自几百米外的地铁，让我从中寻得几分安慰。还有更低的，像是远方的怒吼，如果我所知不多，会以为那是海洋的声响。但我在斯德哥尔摩，想必那只是附近一条很大的公路罢了。

我拒绝接受，这么重大的事情我绝不可能封存得住。但我的记忆里确实有大的黑洞，我住北方时常常喝得烂醉，像那些年轻的渔民一样，周末出门闲荡，一瓶烈酒一晚上喝个精光，最少一瓶。整夜整夜的记忆消失了，好像在我心里留下一条条坑道，满是黑暗、阴风和我的情感漩涡。我干了什么？我都干了什么？我在卑尔根上学时状态依旧，整夜整夜的记忆消失不见，我在城里放浪形骸，就是那种感觉，我回家时夹克的胸前可能沾满了血。出什么事了？我回家时穿的衣服可能不是我的。睡醒时可能在某个房顶上，也可能在公园的矮树下，有一次我是在某个收容所的走廊上醒过来的。后来警察来了，带走了我。接着开始盘问：附近有人破门而入，偷了钱，是不是我？我不知道，但我说不是，不是，不是。这所有的黑洞，所有无意识的黑暗，多年来笼盖着，神秘的，近乎幽灵般的，事件可能慢慢浮现，在我记忆的边缘，让我充满罪疚，过度的罪疚，而当盖尔说我曾经说自己在北挪威和一个十三岁的小孩发生过关系的时候，我不能问心无愧地说我没有，因为有疑问存在，那么多的事情都发生过了，为什么就没有这件事呢？

这种负担也有一部分是我和托妮耶之间发生的事，而且还包括将要发生的事。

我已经离开她了吗？我们共同的生活已经结束了吗？或者这只是一次短暂的停顿，分开几个月，好让我们俩都能从自己的角度出发，把一切想个明白？

我们在一起已有八年，期间做了六年的夫妻。她仍然是我最亲近的人，不到一天之前我们还在共枕同眠，如果我现在扭过脸，不看另一个方向，生活便能保持原样，因为我感觉得到，这取决于我。

我想要什么？

我不知道。

我躺在沙发上，置身于斯德哥尔摩的郊区，一个人也不认识，我里里外外都处在混乱和不安的状态里。不确实性渗透到我最要命的地方，直抵那定义着我是谁的东西。

一张脸出现在通往小阳台的玻璃门后。我定睛一看，它又消失不见。我心跳加速。闭上双眼，那张脸又出现在同样的地方。我从侧面看见它，它转过来直视着我。它变了。它又变了。它又一次变了。这些脸我以前从来没见过，但每一张都极其真实，无比紧要。这是怎样的一种展示？然后那鼻子变成了喙，眼睛变成了猛禽的眼睛，突然，一只鹰盘踞在我心里，怒目而视。

我翻了个身，侧躺过来。

我只想做个正派人。一个善良、诚实和正派的人，能正视别人的眼睛，也能得到每个人的信任。

但情况并非如此。我曾经是个逃兵，我做过可怕的事。现在我又一次逃掉了。

第二天一早，我被盖尔的叫嚷弄醒了。他坐在沙发另一头，端着一杯滚烫的咖啡朝我凑过来。

"早上好！"他说，"已经七点了！不跟我说说你是个夜猫子吗？"

我坐起来，怒视着他。

"我一般下午一点才起床，"我说，"而且起床后一个钟头以内我不跟任何人讲话。"

"真倒霉！"盖尔说，"不管怎么说，我都不是自己生活的旁观者，那样完全不对。我观察别人，我长于此道，但我不看自己。不可能。再说了，旁观者在这种语境下也许是个错误的字眼。这是一种委婉的说法。真正的问题在于你有没有行动的能力。要不要咖啡？"

"我早晨都是喝茶，"我说，"但看在你的面子上，我就喝这个吧。"

我接过咖啡，喝了一小口。

"接着把话说完，"他说，"《皇帝与加利利人》基本上是失败的，和《查拉图斯特拉》失败的原因一样。但重点是，昨天我没时间说，重点是它们表达的东西只能作为失败的结果才能表达出来。这一点很重要。"

他看看我，好像在期待回应。我点了两下头，又喝了一口咖啡。

"说到你的小说，让我感到震惊的首先不是那个十三岁小孩的故事，而是你走得这么远，触及自己又这么多。这是需要勇气的。"

"和我无关，"我说，"我不在乎自己。"

"可这是显而易见的！有多少人这么干，你觉得呢？"

我耸了耸肩。我想缩回到沙发上接着睡觉，但盖尔在另一头手舞足蹈。

"进城转转怎么样？我好带你到处看看。斯德哥尔摩没有灵魂，但是漂亮极了，不可能不去看看。"

"好吧，"我说，"不过用不着马上就去吧？现在到底几点？"

"八点十分，"他说着站起身，"把你那身破烂穿上，咱们吃点儿早饭。克里斯蒂娜在做烟肉蛋呢。"

不，我不想起床。就算逼我起了床，我也不想出门。我只想在这一天余下的时间里盘踞在沙发上。吃完早饭我试图拖延出门的时间，但盖尔的活力和毅力简直就是铁面无私的代名词。

"走几步路对你有好处，"他说，"你状态这么消沉，老待在屋里会死的，你自己也知道。好了，起来！快点儿！咱们这就走！"

前往地铁站的路上，他大步向前，我跟在后面，他回头看着我，嘴一咧，我权当那是个微笑。

"现在你从潜意识里把北挪威那些事找出来了吧？或者还是没有反应？"他问。

"我睡之前把那段感情琢磨清楚了，"我说，"我不想瞒你，但我得到了解脱。有一阵子我以为你是对的，我确实把整件事封存起来了。这没什么特别的。"

"那你是怎样解释的？"

"你把三个不同的故事搞混了，混成了一个，不管是当时还是你看那本书的时候。我在那边有过一个女友，但她那会儿十六，我十八。哦，等一下，她十五，也许十六。我记不清了。反正不是十三岁。"

"你说过你跟你的一个学生谈恋爱了。"

"我不可能那样说。"

"我操，你说过的，卡尔·奥韦。我又不是猪脑子。"

我们在检票口前停下，我买了一张车票，然后我们沿着长长的混凝土地下通道走向月台。

"是有个女孩爱上我了，我记得。你记得的肯定也是这个。所以你把她跟确实和我谈过恋爱的那个女朋友搞混了。"

"也许如此，"他说，"但你当时可不是这么说的。"

"行行好，快打住吧，我来斯德哥尔摩不是为了再找罪受。我只想远远地离开那些问题。"

"那你找对人了，"他说，"我不会再多说一个字。"

我们搭地铁进城，一整天在车站进进出出，每次都有新的城市景观展现在眼前，每一个画面都非常美丽。但我无法把它们合成一体，在四到五天的时间里，从清晨到临近傍晚，我们各处漫步，但对我来说，斯德哥尔摩只是一些互不相干的碎片。我们并肩而行，他指一指左边，我们就往左边走，指一指右边，我们就右转，一路用响亮而热情的声音说着话，津津乐道于我们看到的和一切跟他有关的东西。有时我厌倦了这种失衡的、由他决定一切的权力关系，便张嘴说不，咱们不走左边，咱们走右边，于是他微笑着说，行啊，如果你开心的话，或者说，好的，如果这样能让你好过一些。我们每天换一个不同的地方吃午饭。在挪威我习惯了吃面包片，我大概一年在外面吃两顿饭，盖尔和克里斯蒂娜天天下馆子，经常午饭和晚饭都在外面吃，跟挪威相比简直跟不要钱一样，而且有着海量的选择。我出于本能的建议是到学生咖啡馆吃饭，因为这与我在卑尔根时了解的东西最为符合，但盖尔拒绝了，他已经不再是二十岁的人了，如他所言，不想和青年文化发生什么关系。到了下午和晚上，他便逼我联系我认识的所有瑞典人，我在《流浪者》期间打过交道的所有瑞典人，我们主编认识的所有瑞典人，因为他说想在城里找到一个住的地方几乎是不可能的，事事都要靠关系来解决。我不要联系别人，我要睡觉、闲逛，但他唠叨个没完，这事非办不可呀，没别的办法了嘛。我们去了一个很大的诗歌朗诵会，丹麦、挪威、瑞典和俄国作家朗读自己的作品，挪威诗人斯特芬·瑟吕姆也在其中，他的开场白是："斯德哥尔摩，你好！"好像他是某个该死的摇滚明星，我真替自己的国家脸红。丹麦的英厄·克里斯滕森朗读了。一个俄国人醉醺醺地在台上蹒跚而行，高呼没人喜欢诗歌——你们统统讨厌诗歌！他这样号叫着——他的瑞典翻译，一个腼腆的、身后背着小背包的男人尽力让他平静下来，并终于趁他在台上沉默地来回踱步时努力读了些诗。这一幕最后以热烈的和解告终，俄国人先捅了捅翻译的背，然后拥抱了他。毕斯科普斯－阿尔内北欧人民高等学校校长英玛尔·莱姆哈根坐在观众中间，他认得所有人，于是通过他，我设法溜进了后台，向在场的瑞典作家们打听有谁知道可以落脚的地方。拉塔马说他有套公寓，其实下星期我就能搬进去，没问题。我们和大伙一起出了门，先去马尔门旅馆，到了那儿，瑞典诗人玛丽·西尔克贝里够到我面前问，为什么她偏偏应该读我的小说，我想不出更好的回答，就说也许这是那种你一下子就能看进去的书，听了这话，她报以一个短促的微笑，随后便打量着周围，准备找别人说话了，这动作既不是太快，不至于无礼，也不是太慢，以至于失去了意义。她是个诗人，我是个写消遣小说的。后来大家都去她家喝酒。盖尔和我不一样，他对诗人和诗歌充满了蔑视，看着他们时，目光里带着憎恶，最后到底和西尔克贝里闹得不欢而散，只是因为他暗示，在这样一个中心位置，住这么大的一套公寓，肯定没少花钱。凌晨我们步行前往斯卢森时，他谈起了文化中产阶级，他们享受着种种特权，而文学只不过是一张迈入社会的门票，他还讲了他们各种各样的意识形态。他谈到他们与弱势群体所谓的团结，他们与工人阶级的调情，以及他们对这些概念造成的品质上的损害，而从属于政治和意识形态的品质无异于灾难，不只文学如此，大学亦然，最终腐蚀整个社会。我无力把其中任何一点和我所知道的现实联系在一起，我偶尔反驳他几句，说他是妄想狂，吹毛求疵，人人都脱不开某种意识形态，但有时我只是听任他一路说下去。"不管怎样，"当我们就要通过车站的检票口踏上自动扶梯的时候，他说，"英厄·克里斯滕森是独一无二的。在她自己那一行里，她是极为出色的一个。虽然人人都这么说，你也知道我对主流意见的态度，但她确实出色。"

"是的。"我说。

在我们下方，火车驶近时的气流从月台上吹起了一只塑料袋。火车就像一头野兽，前照灯如同眼睛，出现在黑暗的尽头。

"她是完全不同的阶级，"他说，"世界级。"

她朗读时我没有任何特殊的体会。但朗读开始前，我对她颇感好奇：一个矮小、丰满的老太太，手臂上挎着提包，在吧台前喝酒。

《蝴蝶谷》是商籁体组诗，"我边说着边在火车即将停稳的当儿踏上月台，"这是最严格的形式，所有商籁体诗歌的第一行都必须构成最后收尾的一首商籁体。"

"对，哈德勒有几次想解释给我听，"盖尔说，"但我死活没记住。"

"卡尔维诺在《如果在冬夜，一个旅人》里干过同样的事情，"我说，"但当然又不完全一样。每个故事的标题到最后便自行构成了另一个小故事。你看过它吗？"

车门开了，我们走进车厢，面对面坐下。

"卡尔维诺呀，博尔赫斯呀，科塔萨尔呀，这些东西还是你自己留着吧，"他说，"我不喜欢幻想文学，我也不喜欢建构。我只把人当回事。"

"那克里斯滕森又算什么呢？"我说，"碰上更懂建构的作家，你得把眼光放长远些。她所做的有时候更像是数学。"

"那我可没听出来。"盖尔说。我看了看窗外，火车开始动了。

"你听到的是声音，"我说，"它盖住了所有的数字和规则。博尔赫斯同样如此，至少在他最好的时候。"

"没什么区别。"盖尔说。

"你不想读一读吗？"

"不想。"

"那好吧。"

我们坐了一会儿，什么都没说，羁于全体乘客同样深陷其中的沉默。一道道空虚的目光，一具具静止的身体，火车的内壁和地板轻轻震颤。

"参加诗歌朗诵会就像去医院，"我们驶离下一座车站时，他说，"一屋子神经病。"

"克里斯滕森不是吧？"

"明确地说不是，这正是我要讲的。她做的不一样。"

"也许是你不会接受的严密建构抵消了那种感觉？让它变得客观化了？"

"也许吧，"他说，"但是对她来说，这个晚上完全是浪费时间。"

"有公寓那家伙，"我说，"拉脱约马，他是叫这个吗？"

这一天上午，我打了拉塔马给我的电话号码。没人接听。当天和第二天，我接二连三地打那个电话。没人接。他始终不接电话，所以第三天我们去了他应该出席的另一个活动，坐在马路对面的一家酒吧里，等着活动结束。他一出来我就迎上去了，他认出我后低下了头，真遗憾，太迟了，公寓没了。通过盖尔·古利克森，我约到了诺尔斯泰特出版社的两个编辑。我跟他们吃了午餐，他们给了我一份可供联络的作家名单，"他们不一定是最好的，但一定是最好打交道的"，并且说我可以在出版社的客房住两个星期。我接受了，暂住期间我收到了约尔·蒂贝里鼓舞人心的回复，《流浪者》发表过他的一首诗，很长的一首，他在《文字战线》杂志有个认识的姑娘要出门一个月，我可以住在那儿。

我隔三差五给托妮耶打个电话，讲讲我的近况和我在干什么，她也告诉我她那边发生的事。至于我们真在干什么的问题，谁也没有问过。

我开始跑步。我也又一次开始写作了。自从第一本小说问世，已经过去了四年，我一无所成。待在租来的女性气息浓烈的房间里，躺在水床上，我要在两个方案中确定一项：其一，开始写自己的生活，就按照现在的样子来写，像日记，对未来开放，记录近年来像黑暗的潜流一样发生过的一切——我暗自把它称作《斯德哥尔摩日记》；其二，继续写来这儿前三天动笔的小说，讲述我十二岁那年前往岛礁的夏夜旅行，爸爸捉螃蟹，我发现了一只死海鸥。那种氛围，炎热和黑暗，螃蟹和篝火，英韦、爸爸和我穿过小岛，海鸥尖叫，保卫着它们的巢，有东西可写，但恐怕不够，不足以撑起一部长篇。

白天我在床上读书，盖尔不时来访，然后我们出门吃午餐，晚上我写东西，跑步，不然就搭火车去盖尔和克里斯蒂娜家。在这两个星期里，我和他们变得亲近了。谈话涉及文学，以及总是由盖尔挑起话头的各种政治和意识形态论题，此外，我们也不断谈起与自己更为接近的话题。拿我来说吧，话题是无穷无尽的，一切历历在目，从童年琐事到父亲的死，从南伯沃格的夏日到遇见托妮耶的那个冬天。盖尔是个精明人，可谓旁观者清，一切都叫他看个明明白白，而且总是如此。他的故事后来才慢慢成形，好像一开始他得先肯定我是可以信任的。这些故事与我的截然不同。他出身工人阶级家庭，父母没有任何野心，家里也没有一本书能摆到书架上，而我生于中产阶级家庭，父母为了出人头地都在接受成年教育，世界文学作品应有尽有，随手可及。他在学校打架，受过处分，还给送去看学校的心理医生，而我总要讨老师的喜欢，尽可能表现优秀。他跟当兵的打成一片，梦想有一天能拥有自己的枪，而我踢足球，梦想有一天成为职业球员。我在高中的模拟选举辩论会上为社会主义左翼党出马拉票，还写了一篇关于尼加拉瓜革命的论文，而他加入了青年国民卫队和进步党青年团。我看过《现代启示录》之后为断臂的儿童和野蛮的人性写诗，而他在考察有没有可能成为美国公民，好去那儿参军。

撇开这些不论，我们能谈得来。我理解他，他理解我，这是成年以后我第一次可以把内心所想毫无保留地告诉某个人。

我决定投入螃蟹和海鸥的故事，写了二十页，写了三十页，我的短跑路线变得越来越长，很快就跑遍了南马尔姆上下，与此同时我的体重在一斤一斤地流失，和托妮耶的谈话也越来越少。

然后我遇到了琳达，太阳升起来了。

我找不到更好的表达方式。太阳在我的生活中升起来了。起初只是天际线上蒙蒙地发亮，好像在说，这就是你要看的地方。然后，第一道曙光出现了，每样东西都更清晰、更亮堂、更活泼了，我也越来越快乐，然后，这太阳就高挂在我人生的天空，照耀着，照耀着，照耀着。

我第一次留意到琳达，是 1999 年夏天在斯德哥尔摩城外的毕斯科普斯－阿尔内为北欧作家新人举办的一个研讨班上。她站在屋外，阳光洒在脸上。她戴太阳镜，穿白色圆领衫，前胸印有红色条纹，军绿色的工装裤。她又瘦又美。她的气质是黑暗的，放荡的，色情的和破坏性的。我输掉了一切。

我第二次见到她时，已经过去了半年。她坐在奥斯陆一家咖啡馆的桌边，穿皮夹克，蓝牛仔裤，黑靴子，那么脆弱、疲惫和不知所措，让我只想把她搂进怀里。我没搂。

我来斯德哥尔摩时，除了盖尔，她是唯一一个我认识的人。我有她的号码，所以到那儿的第二天，我就从盖尔和克里斯蒂娜的公寓给她打了电话。毕斯科普斯－阿尔内的旧事已经死掉了，埋葬了，我心里对她已毫无感觉，但我需要城里的关系，她是作家，她肯定认识不少人，也许某个可以提供住处的人就在其中。

无人接听。我放下电话，转向盖尔，他假装自己刚才什么都没听见。

"家里没人。"我说。

"那晚点儿再打。"他说。

我是这么做的。但一直没人接听。

在克里斯蒂娜的帮助下，我在斯德哥尔摩的几份报纸上登了广告。挪威作家求租写作之地或公寓，广告上就是这么写的，我们反复磋商才决定如此行文，他们认为定文化饕餮数目众多，"作家"一词想必会让人大为受用，"挪威"则代表随和与无害。果然他们说着了，电话弄得我应接不暇。大部分提供出租的公寓位于城郊，我都回绝了，困在森林某处的一幢塔楼里似乎没有什么意义，于是，在等待更好的房子时，我先搬进了诺尔斯泰特的公寓，随后去了那处女性气息浓烈的闺房。一个星期之后，房子来了：有人想出租一套南马尔姆的公寓，我去了那儿，等在门外，两个女人下了车，她们五十岁上下，长相一样，必定是双胞姐妹，我跟她们问好，她们说自己来自波兰，想外租这套公寓至少一年，我说蛮好的，她们说那就上来吧，如果你愿意咱们马上签合同。

这套公寓绝对很好，一个半房间，大约三十平方米，带厨房和卫生间，标准合适，地段完美。我签了。但是有什么东西困扰着我，什么地方总觉得不对劲，可又说不上来。我慢慢走到楼下，止步于楼内住户名单的告示牌前。我首先看了看地址，布兰许尔卡街九十二号，一种似曾相识的感觉，好像在哪儿见过这个地址，但是在哪儿呢？在哪儿呢？我一边想，一边往下看着住户名单。

我操。

琳达·博斯特伦，上面写着。

我脊背一阵发凉。

那是她的地址！就是，我给她写过信，为《流浪者》约稿，信就是寄到了这该死的布兰许尔卡街九十二号。

发生这种事的几率有多大呢？

这座城市生活着一百五十万人。我只认识其中一位。我在报上登了广告，得到一个让我很感兴趣的回应，来自一对素昧平生的波兰双胞胎，结果房子就在同一幢楼！

我缓步走到地铁站，又一路不安地在座位上蠕动，回我春光无限的闺房。如果我搬到琳达楼上，她会怎么想？会以为我在跟踪她吗？

这可不行。我不能。在毕斯科普斯－阿尔内那样恐怖的事发生之后就更不能了。

我一进家门做的头一件事，便是打电话给波兰姐妹，说我改了主意，那房子我不想要了，有人开出了更好的条件，实在抱歉，实在抱歉。

"没关系。"人家说。

然后重新开始。

"你疯了吗？"盖尔听我讲完之后说，"你拒绝了南马尔姆中央的一套公寓，更别提你到手的价钱还很便宜，就因为某个你根本算不上认识的人可能感觉自己被人跟踪了？你知道我花了多少年一直想在那个地段弄套房子吗？你知道有多困难吗？困难到不可能。你倒好，跌跟头捡金条，弄了一套又一套，然后说不要！"

"总之已经这样了，"我说，"我隔三差五过来一趟行吗？你们有点儿我亲人的感觉了。我这就过来，跟你一起吃顿星期天的午餐行吗？"

"今天是星期一，先不说这个，我也有同样的感觉。但我发现这很难跟父子关系对上号。所以应该是凯撒和布鲁图斯之间的关系。"

"咱俩谁是凯撒？"

"别问得这么愚蠢。早晚你会在我背后捅刀子。不过尽管来吧。过来咱们接着聊。"

我们吃过饭，我上小阳台抽烟、喝咖啡，然后盖尔也出来了，我们讨论了面对世界时共有的相对主义态度。当文化发生变化时，世界也在变化，然而一切总是这样的，你看不到外面有什么，因此它们并不存在，还讨论了这种观念的确立是否由于我们上大学时正值后结构主义和后现代主义如日中天，人人都在读福柯和德里达，或者它是否就是那样，如果就是那样，那么它是否就是我们要否认的那种固定不变和非相对主义的论点。盖尔告诉我，他有个熟人在他们讨论完实在与相对之后便再也不肯和他讲话了。我心里暗想，在这样一个奇怪的题目上也太较真了吧，但我什么也没说。盖尔说，对我而言，社会就是一切。人，我对超出这一范畴的任何东西都不感兴趣。我说，但我有兴趣。盖尔说，噢，是吗？说来听听。我说，树。他哈哈大笑。植物里的图案。水晶里的图案。石头里的图案。在岩层里。在星系中。你在说分形吗？是的，举个例子。但一切东西都结合了活的和死的，所有现存的优势形态。云！沙丘！这让我很感兴趣。盖尔说，噢，天啊，多么无趣。我说，不，不无趣。他说，无趣，就是无趣。我说，咱们进屋吗？

我又给自己倒了一杯咖啡，然后问盖尔能否用一下电话。

"当然可以，"他说，"你打给谁？"

"琳达。你知道，那个……"

"知道，知道，知道。那个让你放弃公寓的女人。"

我拨了号码，这也许是第十五次了。没想到她接了。

"琳达。"她说。

"噢，嗨，我是卡尔·奥韦·克瑙斯高。"我说。

"嗨！"她说，"你打电话找我？"

"对。我在斯德哥尔摩。"

"是吗？度假？"

"嗯……我说不好。我还在考虑要不要在这儿住一段时间。"

"是吗？酷！"

"是的，我来这儿有几个星期了。我给你打过电话，但没人接。"

"对，我去维斯比待了一段时间。"

"噢？"

"对，我在那儿写东西。"

"听起来蛮好的。"

"对，是挺好。没写多少，但是……"

"没错。"

片刻的沉默。

"琳达，我在想……你想哪天喝杯咖啡吗？"

"行啊。我近期都在。"

"明天呢，也许？你有时间吗？"

"我觉得有。得上午。"

"太好了。"

"你住哪儿？"

"尼托格特旁边。"

"噢，太好了！那咱们就在那儿见？你知道街角那家比萨店吧？马路对面就有一家咖啡馆。就在那儿？"

"行。你什么时间最合适？十一点？十二点？"

"十二点吧。"

"太好了。到时候见！"

"好的。再见。"

"再见。"

我挂了电话，去找盖尔，他坐在沙发上，手拿杯子看着我。

"怎么样？"他说，"终于上钩了？"

"是的。我明天见她。"

"好啊！那我晚上过去，你好好跟我讲讲。"

我比预定见面的时间提前一小时到了那儿，带着一部要写审读意见的手稿，克里斯廷·内斯的小说新作，坐下开始工作。只要想她，便会有细微的、因为期待而生的颤抖滑过心头。这不是说我对她仍怀有什么企图，我已经一劳永逸地抹除了那些想法，这更关乎不可知性，关乎即将发生什么和怎样发生。

她在外面跳下自行车时我就看见她了。她把前轮推进铁架，锁好车，看一眼窗子，也许是看自己，打开门进来。店内几乎满座，但她马上看到了我，走了过来。

"嗨。"她说。

"嗨。"我说。

"我要去点点儿东西，"她说，"你要什么吗？"

"不了，谢谢。"我说。

她比以前丰满了，这是我注意到的头一件事。那种男孩子似的精瘦样子消失了。

她把一只手放到柜台上，朝侍者的方向伸出头，此人站在嘶嘶作响的咖啡机后。我心里忽然空落落的。

我点了支烟。

她回来了，把一杯茶放到桌上，然后坐下。

"嗨。"她又一次说道。

"嗨。"我说。

她的眼睛是灰绿色的，我记得它们能无来由地突然放大。

她取出滤茶器，把茶杯端到唇边，吹了吹。

"好久不见，"我说，"都还好吗？"

她喝了一小口茶，把杯子放到桌上。

"是的，"她说，"都还好。我刚去过巴西，和一个女友。然后就去维斯比了。我还不算真的住在这儿。"

"但你在写作？"

她做了个鬼脸，低下头。

"写写看。你呢？"

"一样。写写看。"

她笑了。

"你说你要在斯德哥尔摩住下来。当真吗？"

我耸耸肩。

"起码先住一段时间吧。"

"太好了，"她说，"那我们能见面了。我是说一起做些什么。"

"是的。"

"你在这儿还认识别的人吗？"

"就一个，他叫盖尔。挪威人。别人没有了。"

"米丽娅你多少认识一点儿吧？我说的是毕斯科普斯 – 阿尔内的那个。"

"噢，非常不熟。对了，她怎么样？"

"挺好的吧，我觉得。"

我们坐了一会儿，什么都没说。

有太多的东西我们谈不了。有太多的话题我们无法触及。但现在我们坐到这儿了，好歹得谈点儿什么。

"你在《流浪者》发的那个短篇非常棒，"我说，"非常棒，真的。"

她笑了笑，低下了头。

"谢谢。"她说。

"你语言的爆发力简直不可思议。嗯，就是非常漂亮。就像……怎么说呢，很难讲，但是……就像催眠术一样，我感觉我说得不太清楚。"

她仍然低着头。

"你现在还在写短篇吗？"

"是的，正要写呢。不过是散文。"

"好，挺好的。"

"你呢？"

"没，什么也没写。已经四年了，我一直在尝试写个长篇，但就在动身之前，我把它全推翻了。"

又一阵沉默。我点燃了另一支烟。

"再见到你真好。"我说。

"我也是。"她说。

"你来之前我正在看稿子，"我说着，朝沙发上放在我旁边的那摞纸努了努嘴，"克里斯廷·内斯。你知道她吗？"

"知道，其实我认识她。我没看过她写的东西，但我去毕斯科普斯－阿尔内的时候她正好去那儿访问，跟两个年轻的男作家一起。"

"可不，"我说，"很奇怪。她写了毕斯科普斯－阿尔内。一个挪威女孩去了那儿。"

我到底在干什么？我在瞎说些什么？

琳达笑了。

"我读书不多，"她说，"我都不知道自己算不算真正的作家。"

"当然算！"

"但我记得那几个挪威来的作家。他们身上的那种雄心叫我都不敢相信，尤其是那两个男孩。他们对文学真是非常了解。"

"他们叫什么？"

她深吸了一口气。

"一个叫托雷，我可以肯定。他们是《流浪者》的。"

"噢，那就是了，"我说，"托雷·伦贝格和埃斯彭·斯蒂兰。我记得他们去过那儿。"

"对，就是他们。"

"他们俩是我的好朋友。"

"是吗？"

"是的，但他们现在像猫和狗一样没完没了地打。你再别想把他们关进同一个房间了。"

"这么说你和他们分头做朋友？"

"对，可以这么说。"

"我对你也蛮有印象的。"她说。

"对我？"

"是啊。你没来之前很长时间，英玛尔·莱姆哈根就在谈你的书。我们在那儿的时候他想谈的也只有这个。"

又一阵沉默。

她站起身，上厕所去了。

我心里想，这可真是没救了。我坐在这儿都说了些什么蠢话啊？可别的你还能说什么？

说实在的，人到底谈什么？

咖啡机嘶嘶作响，一阵劈啪。排长队的人带着焦躁的身体语言站在吧台前。外面灰蒙蒙的。下面公园里的草黄黄的、湿湿的。

她走回来坐下。

"你白天干什么？你开始熟悉这个城市了吗？"

我摇摇头。

"一点点。还没有，但我写东西。然后每天去梅德博亚广场的游泳馆游泳。"

"是吗？我也在那儿游。不是每天，但也差不多。"

我们相视而笑。

我拿出手机，看了看时间。

"恐怕我这就得走了。"

她点点头。

"但咱们还能再见面吧？"

"能，肯定能。什么时间？"

她耸耸肩。

"给我电话就行，好吗？"

"好的。"

我把书稿和手机放进背包，然后起身。

"那我给你打电话。再次见到你真好！"

"嘿哚。"她说。

我手拿背包，大步走到街上，从公园旁边经过，进入公寓所在的宽阔街道。什么都没有改变，我们没有改变任何东西；我们离开时，一切都和我们见面之前一样。

可我又曾期待什么？

我们终究无缘。

我没问公寓的事，也没让她介绍熟人。什么都没提。

而且我是个胖子。

我把自己反锁在屋里，躺到水床上，端详起天花板来。她已经完全不一样了。她几乎换了个人。

在毕斯科普斯－阿尔内，她气质上最突出的一点，就是不达目的不罢休的倔劲儿，这一点我马上就感觉到了，并且深深为之吸引。它已经消失了。那种冷酷，近乎无情，又像玻璃般脆弱，也已经消失了。她仍然给人某种脆弱的感觉，却是以一种不同的方式，这一次我不觉得她会突然垮掉或碎裂，但以前我有这样的感觉。她现在的脆弱融入了柔和，而她漠然的一面，意思是你永远无法接近我，也已经变了。她是腼腆的，但不知何故也是开放的。她从未表现出开放的一面吗？

我们在毕斯科普斯－阿尔内完了之后的那个秋天，她就阿尔韦 [1] 在一起了，正是通过他，我听说了琳达在那年冬天和转年春天发生的事。她经历了一个躁郁症发作的阶段，最后进了精神病院，再多的情况我就不知道了。在几次躁期当中，她给我打过两次电话，问我能不能联系一下阿尔韦，两次我都照办了，请他

---

[1]　阿尔韦·克莱瓦（Arve Kleiva, 1960– ），挪威作家。

的朋友们转告，让他给我打电话，他打来的时候我能听出他的失望，因为要找他的其实是琳达。还有一次，她打过来只是为了和我说话，当时是早上六点，她说她要开始上创意写作课了，再过一小时就出门去哥德堡。托妮耶醒着，在卫生间里，很奇怪谁会在这样一个疯癫的钟点给人家打电话，我说，是琳达，你知道的，我碰见的那个瑞典人，她跟阿尔韦在一起。托妮耶问，她为什么给你打电话？我说，不清楚，我想她正在躁期当中吧。

这件事我们根本不能谈。

如果这件事我们不能谈，就别想谈任何事。

坐在那儿说嗨，嗨，对，对，你好吗，有什么用？

我闭上眼睛，想看看她的模样。

我对她有感觉吗？

没有。

噢，是的。我喜欢她，也许在那些事发生之后对她产生了某种温情，但也仅止于此。别的东西我都已置诸脑后，一点儿也没含糊。

这样最好。

我下床，把游泳裤、毛巾和香波塞进包内，穿上夹克，走到梅德博亚广场，进游泳馆。白天这个时间里面几乎空无一人，我换衣服，走到池边，上跳板，一个猛子扎下去。我游了一千米，三月苍白的阳光透过尽头的高窗洒落，我游过去，游回来，游过去，再游回来，忽而水下，忽而水上，什么都不想，只在心里默念着米数和分钟数，一心做出完美的击水动作。

之后我去了桑拿房，想起有段时间我想写短篇小说，有些小想法，比如一个装假肢的男人进了游泳馆的更衣室——却不知道写什么、为什么写，或是怎样写。

大的想法又是什么呢？

一个男人被捆在卑尔根某处公寓房间的椅子上，最后头部中枪，死了，但在文本里还活着，自我意识一直持续到葬礼和坟墓。

装腔作势，这就是我一直在干的。

而且干了这么久。

我拿毛巾擦掉脑门上的汗，低头看着肚子上一圈圈松垂的肥肉。白而肥且蠢。

可是在斯德哥尔摩！

我起身，走到淋浴的地方，站到一只喷头下。

在这儿我谁都不认识。我是完全自由的。

如果我离开托妮耶，如果我走这条道，那么我可以这儿待上一两个月，也许整个夏天，然后去……嗯，随便什么地方都成。布宜诺斯艾利斯。东京。纽约。直到南非，再搭火车到维多利亚湖。为什么不去莫斯科呢。一定很棒。

我闭上眼，用香波洗头，冲洗干净，走到储物柜前，开门，穿衣。

我是自由的，只要我想要自由。

我不需要再写作了。

我把毛巾和湿裤衩放进包里，走出门，走进灰色而清冷的日间，走到菜市场，靠在柜台上，站着吃了个拖鞋面包。回家，提笔，想写点儿什么，又盼着盖尔比说好的时间提前到。上床，看电视，一部美国肥皂剧，睡着了。

我醒来时天已经黑了。有人在敲门。

我开了门，是盖尔，我们握了握手。

"嗯，"他说，"怎么样？"

"挺好，"我说，"咱们去哪儿？"

盖尔耸耸肩，转了一圈，查看屋里的各种装饰品，止步于书架，然后转过身。

"不管去哪儿你都能发现同样的书，这难道不奇怪吗？我是说，她大概二十五岁对吧？在《文字战线》上班，住在南马尔姆对吧？可这就是她的书，没别的了。"

"是，是很奇怪。"我说，"咱们去哪儿？金猴？磨坊？鹈鹕？"

"不去磨坊，说什么也不去。要不金猴？你饿了？"

我点点头。

"咱们去那儿吧。那儿的菜还行。鸡不错。"

外面给人感觉随时可能下雪。阴冷而潮湿。

"说来听听，"我们快步前行时，盖尔问，"哪方面挺好？"

"我们见了面，聊了聊，然后就完了。大概就这些。"

"她还是老样子？"

"嗯，有点儿不一样了，也许吧。"

"哪方面？"

"这事你要问多少遍？"

"我是认真的。你看见她时有什么感觉？"

"没我以为的那么有感觉。"

"那是为什么？"

"为什么？这算哪门子鬼问题？我怎么知道？我只能感觉我

感觉到的东西，不可能辨别出每一次细微的心潮起伏，那种事只有你才相信。"

"可你不就是靠这个吃饭吗？"

"不。我吃饭靠的是我一次又一次出洋相。两码事。"

"这么说有过心潮起伏喽？"

"到了，"我说，"咱们要吃饭，你说过吧？"

我开门入内。前厅是酒吧，后面才是饭厅。

"干吗不呢？"盖尔说完，便穿过咖啡厅，我跟在后面。我们坐下看菜单，侍者一来便点了鸡肉和啤酒。

"我告诉过你我曾跟阿尔韦来过这儿吗？"我说。

"没有。"

"我们来斯德哥尔摩那回，最后就跑到这儿来了。嗯，一开始我们到了一个地方，现在回想起来肯定是斯图雷广场。阿尔韦进去问人家知不知道斯德哥尔摩的作家都在哪儿喝酒。他们笑他，还用英语答话。所以我们瞎转了一会儿，很糟糕，真的，因为我认为阿尔韦非常厉害，他是知识分子，从一开始就在《流浪者》了，当时我们在机场见面，我一个字都说不出来。几乎是个哑巴。在阿兰达降落，我说不出话。进斯德哥尔摩，找住处，什么也没说。上街吃饭，无言。一个字都没有。我知道我唯一的机会就是靠酒来突破音障。在女王街喝完一瓶啤酒，就跟人家打听哪个地方好玩，他们说去南马，找金猴，我们就打车到这儿来了。我喝了烈酒，话匣子差不多打开了，偶尔能迸出一句。阿尔韦凑到我耳边说，那个姑娘在看你，你想让我走开好让你俩单独待一会吗？我问，哪个姑娘？阿尔韦说，那个。我看了看她，妈的，她可真漂亮！但是这种反应大部分是因为阿尔韦要我看她才产生的。是不是有点儿奇怪？"

"没错。"

"我们喝醉了。用不着再说话了。我们在这儿的街上闲荡，天快亮了，我脑袋里几乎一片空白，后来我们看见一个啤酒屋，就进去了，气氛热烈。我脑袋里一团糨糊，边喝啤酒边听阿尔韦谈自己的孩子。他突然哭起来了。我听着，又没在听。后来他用双手捂住脸，肩膀抖个不停。他哭得发自肺腑，我想着自己的心事。后来人家打烊了，我们打车去更远的地方，他们不让我们进门，我们找到一块很大的空地，一头有个亭子，可能是国王花园，我觉得差不多就是。那儿有些带有铁链的椅子，我们把椅子举过头顶，扔到墙上，狂奔，整个疯了。很奇怪居然没把警察招来，他们确实没来。我们打车回了客房。上午醒来时，火车开车时间已经过了两小时。但我们不在乎，晚了就晚了。我们去了车站，搭下一班火车，一路上我都在说话。没完没了。好像憋了一年的话这时候统统倒出来了。阿尔韦有什么东西打开了我的话匣子，我不太清楚那是什么，过去和现在都不清楚。他有一颗巨大的包容的心。不管怎么说，整个故事他都听了。爸爸怎么死的，地狱搬的经历，处女作以及随之而来的一切，跟他讲完这些我还在往下说。我记得我们在车站等出租车，周围一个人也没有，只有我和阿尔韦，他看着我，我说啊说啊。童年，青春期，没有一件事不说的。全是我，没别的。我，我，我。一肚子的话都倒出来给他了。他有什么东西打开了我的话匣子，他理解我说的和我想的一切，我以前从未碰到过这样的人。总是有各种限制、各种态度、各种需要，弄得话到嘴边，在某个节骨眼上又咽了回去，或者被引到某个特定的方向，总是把你说的话改造成别的东西，根本不可能以本来的面目示人。但是那一天，我感觉阿尔韦是个真正开放的人，有好奇心，而且始终在尽力理解自己看到的东西。但他的这种开放是没有功利性的，不是那种该死的心理学家的开放，他的好奇也毫无功利性。他处世精明，因此不觉得怎样，而且像任何一个久经世故的人一样，基本上笑个没完。在面对人的行为和观念时，最合适的方式的确只有哈哈一笑。"

我理解这一点，同时也利用了这一点，因为我不够强大，不足以抗拒他给我的所有开放，这也让我感到害怕。

他知道某些我不知道的东西，他理解某些我不理解的东西，他能看到某些我看不到的东西。

我把这话跟他说了。

他笑了。

"我四十岁了，卡尔·奥韦。你才三十。这是个很大的区别，想必你也注意到了。"

"我不这么想，"我说，"还有些别的东西。你拥有一种看透本质的洞察力，而我不具备。"

"接着说！接着说！"

他哈哈大笑。

一双黑色的、真挚的眼睛是体现他气质的中心地带，但他本人并不黑色。他常常大笑，微笑难得离开他微微歪斜的嘴唇。他的气场很强，是那种你不会视而不见的人，但这与体格无关，因为你不会特别留意他单薄、瘦削的身体。总之我没有。阿尔韦，他剃着光头，一双黑眼睛，常驻的微笑和衷心的大笑。对我而言，他说起理来总会得出喜出望外的结论。他对我的开放完全超出了我的预期。突然之间，我能说出迄今为止憋在心里的一切了，更有甚者，我好像受了传染，我说起理来也一下子变得喜出望外了，这还给了我一种感觉，一种希望的感觉。也许我终究算是个作家了？阿尔韦是。可我凭什么？凭我那么多平常之处？凭我耽于足球和电影的生活？

就像我聊起来没完一样。

出租车到了，我打开行李箱，瞎说一气，酒劲儿还没过去。我们把两件行李放到里面，上了车，我一路瞎说，汽车载着我们，穿过瑞典乡间，前往毕斯科普斯－阿尔内，研讨班很早就已经开始了。我们爬下出租车时，他们刚吃午餐。

"就是这样继续的？"盖尔问。

"就是这样继续的。"我说。

一个男人迎上前，自我介绍说他叫英马尔·莱姆哈根。他是导师。他说他很喜欢我的书，这让他想到了另一位挪威作家。"谁？"我问。他苦笑了一下，说这得等我们在大会上讨论我的作品时再说。

我想，会不会是芬恩·阿尔内斯或昂纳尔·米克勒？

我把行李放在外面，走进大厅，往盘子里铲了些吃的，就大嚼大咽起来。一切都在摇晃，我仍然醉着，但没那么厉害了。我能感觉到胸膛里因为到了这儿而生出的兴奋和快乐。

他们带我看了房间，我放下行李，直奔研讨班上课的那幢楼。就是在那个时候我看见了她。她靠墙站着，我什么都没跟她说，周围有很多人，但我看了她，她身上有某种我想要的东西，我看见她的那一刻，它就出现了。

一种爆发。

我们分到了同一个小组。组长是个芬兰女人，我们就座的时候她什么也没说。她在使用某种课堂上的把戏，但没人上当，最初的五分钟里所有人都保持沉默，直到气氛变得实在不舒服，才有人主动开腔。

我留心她的一举一动。

她说了什么，她怎么讲话，最要紧的还是仪态，这屋子里的那个身体。

我不知道为什么。也许是我当时所处的状态，让我更容易接受她的外表或她这个人。

她作了自我介绍。琳达·博斯特伦。她的处女作是一部诗集，名叫《为那伤口给我安慰》。她住在斯德哥尔摩，时年二十五岁。

课程持续了五天。我一直围着她转。到了晚上我就喝醉，能喝多醉就喝多醉，几乎不睡觉。有天夜里，我跟着阿尔韦进了一间教堂地库模样的地下室，一下去他就跳起舞来了，一圈又一圈，根本没法和他交流，我们离开的时候，我意识到了他的不可企及。我哭了。他看到了。他说，你哭了。我说，是的，但是到明天你一定会忘记的。一天夜里，我怎么也睡不着。早晨五点最后一拨人回去睡觉时，我出门到森林里走了很久。太阳出来了，我看到鹿在上了年头的阔叶树之间跳跃，就以一种我无法辨识的神秘方式感受了幸福。上课期间我写的东西异乎寻常地出色，仿佛接触到了一眼泉水，某种全属于我又陌生于我的东西喷涌而出，清澈又新鲜；或者，也许只是这种愉悦感让我产生了误判。我们在一起上课，我坐在琳达旁边，她问我记不记得《银翼杀手》里有一个透过窗子的光暗落下去的场景。我说我记得，而猫头鹰转头是整部电影里最美的时刻。她看了看我，一种带着疑问的表情，不是赞赏。导师审读我们写的东西。他们审到了我的作品。莱姆哈根开始点评，他的话仿佛越拔越高，我从没听过有人用这样的方式谈论一部作品，只把最本质的东西提出来，他不管人物、主题或是表面上的东西，他只管隐喻和它们所起的看不见的作用，他把所有东西放到一起，让它们组合成一个近乎有机的整体。我从来不知道这是我弄出来的，但现在经他一说，我知道了，对我来说它就是树和叶子，草和云彩，是炽热的太阳，仅此而已，我据此理解一切，莱姆哈根的解读也是如此。

他看了看我。

"这尤其让我想到托尔·乌尔文的散文。你熟悉他的作品吗，卡尔·奥韦？"

我点点头，然后垂下了脑袋。

谁也不要看我血管里汹涌的血流，听我心里号角的轰鸣，还有骑士往来驰骋。托尔·乌尔文，那可是巅峰啊。

噢，但我知道他误会了，他过誉了。他是瑞典人，也许不能很好地理解挪威语言种种的微妙之处。可只要他一提乌尔文的名字……我竟然不是一个低俗小说作家？我的作品竟然还有可以让人联想到托尔·乌尔文的东西？

血在咆哮，喜悦沿着一条条神经轴突，发出得意的尖叫。

我低着头，强烈地希望他赶快打住，继续点评下一个人。

当他说完时，我带着解脱的感觉消落回了原貌。

当晚，大伙到我房间继续饮酒。琳达说我们关掉烟雾报警器就可以抽烟，我照做了。我们喝酒，我播放了威尔可合唱团的《夏日牙》，她看起来对此不感兴趣，我给她看了一本古罗马烹饪书，这是我在前一天去乌普萨拉远足时买的，我认为用罗马人的方式烧菜是一件特别棒的事情，但她不这么认为，相反，她突然转了头，开始用目光搜寻别的东西。众人开始渐渐离去，各回各屋，我希望琳达不会，但她也走了，于是我再次走进森林，散步到七点，回来时一个怒气冲冲的男人冲过来抓我。他吼叫着："克璐斯高，你就是克璐斯高？"我说："对呀。"他在我面前停下，开始辱骂我。他喊叫着，火警，危险，不负责任。我说，是的，对不起，没想到，抱歉。他站在那儿瞪着我，眼睛里喷射着怒火，我进也不是退也不是，管他呢，于是回屋上床，睡了两个小时。我去吃早餐的时候莱姆哈根走过来，为此前发生的事百般道歉，看门人太过分了，这种事决不会再次发生。

我实在摸不着头脑。怎么应该是他道歉？

在我看来，这种事颇为吻合我在这段时间里变成的那个人：一个十六岁的少年。我的感情变成了十六岁少年的感情，我的行动变成了十六岁少年的行动，突然之间，我捉摸不透原来的我了。大伙集中到一个房间，我们要朗读自己的作品，一个接一个，用意是全体形成合唱，个人的声音融入其中。莱姆哈根指向某人，此人开始朗读。接着他指了指我。我看看他，茫然无措。

"我现在就读吗？他还没读完呢。"我问。

213

哄堂大笑。我的脸涨得通红。但我们开始以后，我能听出来自己写的东西有多么好，远远好过别人的作品，它植根于某种完全不同也更具活力的东西。

我们到外头站在砾石上谈话时，我把这种感觉告诉了阿尔韦。

他只是笑了笑，什么也没说。

每天晚上都有两到三人给大伙朗读。我盼望着轮到我。到时候琳达肯定在场，我要让她看看我是谁。我朗读很好，通常能得到掌声。可这次没有。从第一个句子起，我就对文本产生了怀疑，它很荒谬，而且我感觉周围的空间越来越小，直到我因羞耻而满面通红，我坐下了。接下来轮到阿尔韦。

他的朗读出现了效果。我们大家为之神魂颠倒。他是个魔术师。

"太好了，真是不可思议。"他读完后琳达对我说。

我点点头，报以微笑。

"对，他确实很棒。"

我怀着满腔的怒火和极度的失望离开了，拿了瓶啤酒坐到房间外面的台阶上。我想，琳达啊，现在就离开房间到这儿来。如果你来了，如果你现在来了，我们就在一起。就这样。

我盯着大门。

门开了。

是琳达！

我的心狂跳。

是琳达！是琳达！

她走过广场，我因为幸福而颤抖起来了。

她随后转了个弯，朝另一幢楼走去，还挥了挥手，和我打了个招呼。

第二天，大伙去森林里散步，我走在琳达身边。刚开始是一列，后来我们身后那些人掉了队，于是我便和琳达单独走在森林里了。她捏弄着一片草叶，偶尔微笑着瞟我一眼。我什么也说不出来。一个字都没有。我看地面，我看林间，我看她。

她两眼闪闪发亮。现在已经不是那双黑色的、深陷的、迷人的眼睛了，她通体洋溢着轻盈和轻浮的风韵，捏弄着、转动着小草，微笑着，看看我，又看看地面。

这是什么？

这意味着什么？

我问可不可以和她互赠作品，她说可以，当然可以。她走开时我躺到草地上，端详着天上的云朵，她把她的书递给我。书名页上是这样写的："毕斯科普斯－阿尔内，99.07.01，赠卡尔·奥韦。琳达。"我跑进屋拿了一本自己的书，赠言已经写好了，递给她。她走以后，我回到自己的房间，开始阅读。我读书时满怀着对她的欲望，每个字都来自她，每个字都是她。

在这一切中间，在我对她怀着强烈的欲望并退化为少年期间，我看一切都不同了。那些生长的绿色植物，我看到它们是那样的野蛮与狂乱，但外形又是那样朴素和纯洁，这在我心里激起了一种狂喜，那些老橡树，吹拂枝叶的风，太阳，无垠的蓝天。

我不睡觉，几乎不吃东西，天天晚上喝酒，但并不觉得累，也不觉得饿，上课也全无妨碍。与阿尔韦的谈话在继续，而且力度不减，这就是说，我继续和他谈我自己，而且随着时间的推移，也越来越多谈到了琳达。他见我，他也见班里的其他人，然后我们便谈论文学。我谈话的方式变了，我和他在一起的时间越长，我的想法就变得越自由，我认为这是一份礼物。课间休息时，我们躺在楼外的草坪上聊天，后来其他人也来了，我不由对他生出几分妒忌，我能看到他的话在别人身上产生的效果，渴望着自己的话也能有同样的效果。

有天晚上，大伙坐在草地上喝酒、聊天，他告诉我们他曾为《流浪者》采访过斯韦恩·亚沃尔，那个晚上他们如何无话不谈，所说的一切如何透彻，又是如何为某种非凡的东西开辟了空间。

我说，我为《流浪者》采访鲁内·克里斯蒂安森时发生过同样的事，见到他之前我很紧张，我对诗歌一窍不通，但他非常坦率，原本不可能谈的东西，我们一口气都谈到了。那是个非常棒的采访，我说。

阿尔韦哈哈大笑。

他只用一阵大笑，便能将我说的一切消解于无形。在场的每个人都知道阿尔韦有权这样做，一切权力归于阿尔韦，那天晚上他的脸就代表着催眠般的视觉焦点。琳达和我们在一起，她也在看着。

阿尔韦谈起拳击。迈克·泰森，他咬下霍利菲尔德耳朵的最后一战。

我说这不难理解，泰森急需摆脱困境，他知道自己要输了，所以才咬人家的耳朵，这样就会让比赛结束，而他也不至于以输家示人。阿尔韦又一次大笑，然后说未必如此。那样做就成了一个基于理性的行为。但泰森这个人是没有一丁点儿理性可言的。随后他谈论此事时所用的方式，让我想起了《现代启示录》里砍掉牛头的场景：黑暗，鲜血，恍惚。也许我的思绪之所以拐到这个方向，是因为当天早些时候，阿尔韦曾谈到越南人砍掉接种过疫苗的儿童手臂时所展示的决心，而对抗或被迫对抗同样宁愿玉碎的决心又是如何的不可能。

第二天，我召集几个人踢球，莱姆哈根给我们找来一个足球。我们踢了一小时，之后我拿了一听可乐，坐到琳达身边的草地上，她说我的步态很像踢球的。她有个哥哥踢足球，也打冰球，我站立和走路的姿势都和他蛮像的。但是阿尔韦，她说，你看到他是怎么走路的吗？我说没有。她说，他走起路来像芭蕾舞演员，轻盈而飘逸。你没有注意到吗？我说没有，然后朝她笑了笑。她也报以一个倏忽即逝的微笑，接着站起身。我躺到草地上，盯着慢慢飘过的白云，再深处便是那宽广的蓝天。

晚饭后，我又一次去森林里走了长长的一圈，还停在一颗老橡树前，盯住树叶看了很久。我揪下一颗橡子，一边继续散步，一边一遍遍在手中转动它，从各个角度研究它。细小、多节、篮筐状的部分是果实的栖身之处，遍布着微小而规则的图案。沿着光滑的暗绿色表面，可见浅绿的条纹。完美的形状。可以是飞艇，可以是蛋。它是椭圆体。我这样想着，不由得笑了。所有的树叶都是相同的，每年春天发芽，数量多到荒谬，树就是工厂，用阳光和水制造出美丽的、图案复杂的叶子。想法已经存在，再去想，便是难以忍受的千篇一律。所有这些都来自我初夏读过的弗朗西斯·蓬热的某些作品，那是鲁内·克里斯蒂安森向我推荐的，对我来说，蓬热的见解永远改变了树和树叶。它们从一口井，一口生命的井里奔涌而出，无穷无尽。

噢，本能。

走到那儿很骇人，周围是滋生万物的巨大而盲目的能量，头上是燃烧的太阳，洒落的阳光，同样盲目。

一个尖锐的声音在我内心激荡。同时还有一个不同的声音，那是一种渴望，而这种渴望已不再像过去几年那样只针对一个抽象的目标，不，那是明确的，具体的，此时此刻，她就在那边走动，不过几公里远的地方。

这是怎样的疯狂？我边走边想。我是已婚的，我们过得很好，很快就要一起买下一套公寓。然后我到这儿来了，然后我想毁掉一切？

正是如此。

我在阳光斑驳的树荫下游荡，周围环绕着森林温暖的芳香，想到我已处在人生的中途，不是作为年龄的人生，不是生命旅程的中途，而是我存在的中途。

我的心脏一阵战栗。

最后一个夜晚到来了。我们聚集在最大的房间，葡萄酒和啤酒已经备齐，诚如告别晚会。我突然发现自己出现在琳达身边，她正在开一瓶葡萄酒，还把一只手放到我的手上，盯着我的眼睛，温柔地摩挲片刻。这是明摆着的，清清楚楚，她想要我。我整晚都在思考这件事，慢慢喝得越来越醉。我要和琳达在一起。不需要再回卑尔根了，可以把那边的一切都丢开，就在这儿和她在一起。

凌晨三点，我已经醉到此前少有的程度。我带她出来，说有些事情必须和她说。然后我和她说了，把我的感受和计划原原本本告诉了她。

她说："我很喜欢你。你是个好男孩。但我对你没兴趣。对不起。但你朋友，他非常棒。他让我感兴趣。你懂吗？"

"懂。"我说。

我转身走过广场，知道在我身后，她正走向相反的方向，回到派对去。一群人聚集在大门旁边的树下。阿尔韦不在那里，所以我又回来，找到他，告诉他琳达对我说过的话，琳达对他有兴趣，现在他俩可以在一起了。他说，可我对她没兴趣，这你明白。我已经有一个很棒的女友了。他说不管怎样，你太遗憾了。我说我没什么可遗憾的，说完便再次走过广场，仿佛独自穿过空无一物的隧道，行经站在楼外的人群，穿过走廊，走进我的房间。电脑的屏幕亮着。我拔掉插头，关上电脑，走进卫生间，抓起立在洗手池上的镜子，使出全身气力，把它掼到墙上。我等了等，听听是否有人作出反应，然后拾起我能找到的最大的一片，开始割自己的脸。我割得有条不紊，尽己所能地深割，把整张脸割遍。下巴，两颊，额头，鼻子，下巴底下。每隔一会儿，我拿毛巾把血擦掉，继续割脸。擦血。终于，我满意了，已经没有一块多余的地方可以再割，于是我上床睡觉。

我醒来之前很久，便知道有什么可怕的事情发生了。我脸上火辣辣地疼。等醒过来，我才记起发生了什么。

我想，这一关我挺不过去了。

我得回家，到四世音乐节上见托妮耶，六个月前我们就定好了房间，英韦和卡丽·安妮也去。这是我们的假日。她爱我。可现在我竟然干了这种事。

我挥拳捶着床垫。

而且大伙都在。

他们会看到我的耻辱。

我没法把它藏起来。人人都会看到。我烙上了标记，我给自己烙上了标记。

我看了看枕头。上面全是血。我摸摸自己的脸。上面全是棱子。

我仍然醉着。我勉强站了起来。

我拉开厚重的窗帘。阳光倾泻而入。一群人坐在外面，周围放着背包和行李箱，很快就要告别。

我一拳打在床头板上。

我必须面对。我无路可走。我必须面对。

我把东西塞进箱子，脸上阵阵刺痛，心里同样刺痛，我以前从未体会过这么大的羞耻。

我烙上了标记。

我提起箱子出了门。一开始没人看我，后来有个人发出一声惊呼。我停下脚步。

"我很抱歉。"我说。"对不起。"

琳达坐在那里。她瞪大眼睛看着我。然后她开始哭泣。别人也哭了，有人走过来，把一只手放到我肩上。

"没事儿，"我说，"只是昨天喝得太多了。对不起。"

死一般的沉默。我就这样出来了，而迎接我的是沉默。

我该怎样挺过这一关？

我坐下，点了一支烟。

阿尔韦看着我。我想挤出一点儿笑容。

他走过来。

"你到底干了什么？"他问我。

"就是喝得太多了。我以后再跟你说。现在不谈。"

大巴到了，把我们送到车站，我们上了火车。飞机第二天才飞，那之前的这段时间我不知道该怎么过。在斯德哥尔摩的大街上，每个人都盯着我看，和我保持着安全的距离。羞耻烧灼着我的内心，烧啊，烧啊，就是无路可逃，我必须忍受这一切，挺住，挺住，总有一天它会熄灭。

我们步行前往南马尔姆。其他人已经约好和琳达见面，我们以为地点就在那个广，现在我知道了，那里叫梅德博亚广场，当时还只是一个广场，我们在那里站着，琳达骑着车出现了，看见我们她很惊讶，因为大家约定的见面地点是尼托格特。她说着在那边呀，她不看我。她不看我，这样也好，她要真看我，我还受不了呢。我们吃了比萨，气氛怪怪的。后来大家坐到草地上，很多鸟在我们身边蹦来蹦去，阿尔韦说他不相信进化论，怎么可能是适者生存呢，瞧瞧这些鸟，它们并没有做它们必须做的，它们做的是它们想做的，这给它们带来了快乐。快乐被低估了，阿尔韦说，我知道他在说给琳达听，因为我告诉过他琳达是怎么说的，我做了她要我做的事，他们俩会好上的，我知道。

大伙留下来喝酒，我先回了房间。我看电视，电视不可忍受，但我挺过了整晚，最后睡着了，旁边的床是空的，那天夜里阿尔韦没回来。早晨我发现他睡在楼梯间里。我问他是不是和琳达在一起来着，他说没有，她很早就回家了。

"她哭啊哭，只想谈你的事。"他说。"我跟特格喝酒去了。就这些。"

"我不相信你。"我说。"你可以告诉我，没关系。你俩好上了。"

"没有，"他说，"你错了。"

第二天上午我们在奥斯陆落地时，别人继续盯着我看，我戴了墨镜尽可能低着头，也无济于事。很久以前我就答应挪广，接受阿尔夫·范德哈根的采访，我要去他家，那会是一个很长的采访，得花些时间。所以我必须去那儿。路上我打定主意，什么都不管了，对他的问题，我心里怎么想嘴上就怎么说。

"我的天，"他开门时说，"这是怎么搞的？"

"其实没那么严重，"我说，"喝多了而已。这种事难免。"

"你还能做采访吗？"他问。

"能。我什么事都没有。只是看上去很惨。"

"是，你是很惨。"

托妮耶一看见我就哭了。我只是说我喝得太多了，别的什么都没有发生。这是实话。在音乐节上，人们也扭头盯着我看，托妮耶哭了又哭。但情况开始好转，那一直紧紧抓着我不放的东西开始松手了。我们看了垃圾乐队的音乐会，演出很棒，托妮耶说她爱我，我说我也爱她，并且决定把发生过的一切抛在身后，让它们烂掉好了。不回头，不想它，决不让它在我的生活中有容身之地。

那一年的初秋，阿尔韦打来电话，说他已经和琳达在一起了。我说，我告诉过你，你们肯定能成。

"但不是在那边发生的。后来才发生。她写了封信给我，然后就来了这边。我希望咱们仍然是朋友。我知道这很难，但我希望能这样。"

"咱们当然能做朋友。"我说。

这是真的，我对他没有嫉恨，为什么要嫉恨他呢？

一个月后我在奥斯陆和他见了面，我又回到了起点，和他一个字也说不出来。几乎一个字也吐不出，喝过酒也不行。他说琳达没少谈起我，还经常说我好看。关于这一点，我认为"好看"可算不上贴切的参数，它更像一个古怪的事实，几乎等同于她说我是个跛子或驼子。再说了，这话是阿尔韦说的，他为什么要告诉我这个呢？有一次我在艺术家之家美术馆遇见他，他喝得烂醉，几乎没办法跟他说话。他扯过我的手，把我领到一张桌子边，然后说：大伙瞧瞧，这小子好不好看？我跑开了，一个小时后又撞见他，我们坐下，我说我对他讲过太多我自己的事了，可他从没跟我说过他的事，我指的是那些个人方面的细节，他说：现在你让我很失望，你听上去就像《日报》星期六增刊那些玩意上的心理学家，我说好吧。他当然是对的，他总是对的，或者说，他总是把自己架在一个很高的地方，远离涉及对错的争论。他对我帮助很大，但我得把这些东西一并抛开，我不能心里想着这些，同时还过我在卑尔根过的生活。这样做于事无补。

那年冬天我又一次遇见他，琳达也在场，她想见见我，阿尔韦就把她带到我坐的地方，留下我们俩单独待了半个小时，然后过来把她叫走了。

她缩在一件大皮夹克里，形容虚弱，不停地发抖。那个她几乎荡然无存，我想，都过去了，再也不存在了。

我把这个故事告诉盖尔的时候，他低头看着面前的桌子。等我讲完，他才和我四目相对。

"有意思！"他说。"你什么都往肚子里咽。所有的痛苦，所有的侵犯，所有的感情，所有的羞耻，一切。全咽进去。你伤害的是你自己，不是别人。"

"任何一个十几岁的少女都会这么干。"我说。

"不，她们不会！"他说，"你把自己的脸割成一条一条的。没有哪个少女会割自己的脸。说实在的，我从没听说任何人这么干。"

"割得又不深，"我说，"看上去吓人。其实没那么惨。"

"谁会对自己做这样的事？"

我耸了耸肩。

"那会儿各种事情都赶到一块了。爸爸的死，媒体对那本书的关注，与托妮耶在一起的生活。当然还有琳达。"

"你现在对她一点儿感觉都没有了吗？"

"起码没什么太强烈的感觉。"

"你还要去见她？"

"也许吧。说不准。就算去见，也只是为了在这儿有个朋友。"

"有另一个朋友。"

"对对对。"我说，然后举起手挥了挥，向服务员示意。

第二天，租给我这套公寓的女人打来电话。她说她有个女友需要分租来降低租金。

"分租是什么意思？"我问。

"给你一个房间，剩下的跟她合用。"

"好像不太合适吧。"我说。

"但那套房子非常棒，你明白吗？"她说，"就在巴斯图街上。这是整个斯德哥尔摩最好的位置之一。"

"那好吧，"我说，"我过去跟她谈谈再说。"

"她非常喜欢挪威文学。"她说。

我记下她的名字和号码，打了电话，她马上接了，那就过来看看吧，她说。

房子确实很棒。她很年轻，比我年轻，墙上贴着一个男人的照片。她说那是她丈夫，已经死了。

"真遗憾。"我说。

她转过身，走到房间另一头去了。

"这是你的房间，"她说，"如果你愿意，就是这一间。你有自己的卫生间，自己的厨房，房间里有一张床，你都看见了。"

"感觉不错。"我说。

"你还有一道单独的门。如果你想写东西，把这道门关上就行了。"

"我租了。"我说。"什么时候能搬进来？"

"现在就行，如果你愿意的话。"

"这么快？那好。我下午就把东西搬过来。"

听我说完，盖尔只是哈哈一笑。

"来这儿谁也不认识，就想弄一套巴斯图街的房子，不可能。"他说。"那不可能！你明白吗？诸神喜欢你，卡尔·奥韦，只能这么讲。"

"可凯撒不喜欢我。"我说。

"那可不对，凯撒也喜欢你。他只是有点儿小小的嫉妒，仅此而已。"

三天后，我打电话给琳达，告诉她我搬家了，她想不想喝杯咖啡？她说想，于是不到一个小时，我们便坐在俯瞰胡恩街的拱坡上一家咖啡馆里了。她好像比以前开心一些，这是她坐下时我的第一个想法。她问我今天有没有去游泳，我笑了一下说没有，但她游过了，黎明时去的，那个时间特别好。

于是我们坐在那儿，搅着自己的卡布其诺。我点了一支烟，想不出任何可以说的话，心想这肯定是最后一次了。

"你喜欢戏剧吗？"她问。

我摇摇头，说我看过的戏剧都是卑尔根国立剧院的传统演出，就像看水族箱的鱼一样难以入戏，我还在卑尔根国际戏剧节上看过两三场，有一场是《浮士德》，演员在台上徘徊，嘴里嘟嘟哝哝，脸上戴着黑色的大鼻子。听我这样讲，她说我们一定得去看伯格曼导演的《群鬼》，我说行，我可以试一试。

"那咱们就这样定了？"她问。

"定了。"我说。"听起来很有意思。"

"把你那个挪威朋友也带上，"她说，"让我也见见他。"

"行，他肯定愿意来。"我说。

我们又待了一刻钟，但沉默了许久，大概她也像我一样渴望早点儿走掉。最后，我把烟揣进口袋，站起身。

"咱们一块去买票怎么样？"她问。

"成。"我说。

"明天？"

"好的。"

"十一点半在这儿？"

"行，没问题。"

从拱坡到皇家剧院走了二十分钟，我们在路上几乎没说话。感觉好像我要么能与她无话不谈，要么什么也别说。此时就是什么也别说，而且这个样子大概会一直保持下去。

我让她订了票，完事之后，我们便往回走。阳光沐浴全城，树已发芽，到处都是人，大多数都喜滋滋的，正是美好的春日。

我们穿过国王花园，迎着明亮而平斜的阳光。她眯起眼睛看着我。

"几个星期之前，我在电视上看见了一桩怪事。"她说。"他们放了一段监控录像，是从一个便利店里拍下来的。有个货架突然开始冒烟，一开始火不大，店员从站着的地方看不见，但是柜台前那个顾客能看见。他肯定感觉出事了，因为他等着拿自己买的东西时扭头看了那个货架。他马上就看见着火了。然后他扭回头，拿上找给他的零钱就往外走。他身后着着火！"

她又看看我，笑了。

"另一个顾客进来，站到柜台前。火现在呼呼地烧起来了。

他转身直视着火焰。接着他又转回身，交完钱，拿上东西就出了门。可他直视着火焰！你明白吗？"

"明白。"我说。"你认为这个人不想多管闲事？"

"不是，根本不是。问题不在这儿。问题是他看见了火，却不相信自己看到的东西，商店里的火，所以他宁愿相信自己的脑子而不是亲眼所见。"

"后来怎么样了？"

"他前脚刚走，第三个人就进来了，一看见火就大叫起来：'火！'可那个时候整个商店都烧着了。那个时候再看不见已经不可能了。奇怪吧，嗯？"

"是的。"我说。

我们已经到了桥头，桥的另一端是王宫所在的岛，我们在摩肩接踵的游客中间穿行，还有或站立、或正在钓鱼的移民。接下来的几天里，我不时想到她给我讲的那个故事，它渐渐脱离了琳达，变成了一个自在自为的现象。我不了解她，我对她几乎一无所知，而且她是瑞典人，我没办法从她讲话的方式，或是她穿的衣服上读出任何言外之意。她的诗集，从打毕斯科普斯－阿尔内那一次，就没有读过，也只是在给英韦看她的照片时才能拿出来一次，但书里有一幅图像仍然印在我脑子里，画面中，第一人称的叙事者像个小黑猩猩似的缠在一个男人身上，并且从镜子里看着这一切。为什么偏偏这一幅图片留下了印象？我不知道。到家以后，我又拿出了这本诗集。鲸鱼、陆地和庞大的动物们在一个敏锐而又脆弱的叙事者周围发出雷鸣般的巨响。

那是她吗？

几天后我们去了剧院。琳达、盖尔和我。第一幕很糟糕，实在让人难受。幕间休息时，我们上了俯瞰港口的阳台，坐到桌边，盖尔和琳达聊起了演出有多糟糕和为什么如此糟糕。我的看法倒更积极一些，尽管这一幕有小而促狭的感觉，影响了全剧和它要描绘的视界，但也造成了一种期待感，仿佛有别的什么东西呼之欲出。也许不是在戏里，也许更多地存在于伯格曼和易卜生的结合，让人感到最后一定会创造出某种东西。要不然就是剧院富丽堂皇的观众席愚弄了我，让我相信必有别的东西。确实有。一切都得到了提升，不断高涨，紧张感增强了，在紧密设置的框架内，最后只有母子二人，一种广阔感，一种近似野蛮和不计后果的感觉油然而生。情节和空间因此都消失不见，留下的只有感情，裸裎的感情，让你直视人的存在本质、生命的内核，让你发现自己置身化境，现实中发生的事情变得不再重要。一切冠以美学和品味的东西都被清除了。那不是一轮巨大的红日映照在舞台后方吗？那不是欧士华赤裸着身体滚过舞台吗？我不再确信我看到的，细节在唤醒它们的舞台上消失了，那是一种绝对的存在，火一般的热和冰一般的冷同时出现。不过，如果你执意让自己无动于衷，那么所发生的一切不免有夸大之嫌，甚至可能是平庸的或媚俗的。第一幕堪称绝妙，一切都在这里埋下了伏笔，只有毕生用于创造、作品数目巨大、厚积五十年以上功力的人，才能有如此的技巧、沉着、勇气、直觉，以及对这种风格的深入理解。仅有灵感无法创作出这样的作品，不可能。我看过或读过的东西当中，几乎没有一个是用这种方式触及，甚至接近本质的。我们跟随人流往外走到休息厅时，出门上街时，谁一路都没有讲话，但是通过他们茫然的表情，我能看出他们也沉醉其中，流连于那个糟糕却真实、因此也是美丽的地方，这是伯格曼在易卜生那儿见到的，然后又将它成功再现。我们决定去艺吧喝杯啤酒，去那儿的路上，傻乎乎的状态渐渐消退了，代之以一种热烈、欢快的情绪。本来，有如此迷人的女人在身边，我通常会感到窘迫，三年前的那些事让情况更为复杂，但此时窘迫感一下子消失了。她谈起有一回参加伯格曼的彩排，不小心碰到了灯架，惹得他发了脾气。我们讨论了《群鬼》和《培尔·金特》的不同，两剧大相径庭，一部只重表面，另一部只重内里，但同样真切。她模仿了一番马克斯·冯·叙多和死神的对话，还和盖尔谈起了伯格曼的影片，盖尔一个人去电影馆看过全部展映，每次都去，因此看过那些值得看的经典老片，而我坐在那儿听着，为一切而开心。开心于看了这个剧，开心于搬到了斯德哥尔摩，开心于有琳达和盖尔做伴。

等我们分手，我步行上坡，回到在马利亚山上租来的房间时，我认识到了两件事：

第一件是我想尽可能快地和她再次见面。

第二件，那就是我必须要去的地方，去我当晚看到的地方。别的地方都不够好，别的地方我都不去。那就是我非去不可的地方，直抵本质，直抵人类存在的内核。如果这要花四十年，行，就花四十年好了。但我千万不要忽略，千万不要忘记，那才是我要去的地方。

在那儿，在那儿，在那儿。

两天后，琳达打来电话，邀请我参加她和两个女友即将举办的沃普尔吉斯之夜派对。欢迎我带上我的好友盖尔。我带了，2002 年五月的一个星期五，我们步行穿过南马尔姆，前往举行派对的公寓，没过多久，我们就坐进了一张沙发，每人手里端着一杯潘趣酒，周围是一帮年轻的斯德哥尔摩人，个个都跟文化生活有某种联系：爵士乐手，戏剧人，文学批评家，作家，演员。琳达、米凯拉和厄勒高是派对的组织者，在斯德哥尔摩城市剧院工作期间结识。此时正值皇家剧院和西克马戏团联袂演出《罗密欧与朱丽叶》，所以除了演员还有满屋子的杂耍艺人、吞火师傅和空中飞人。一言不发地混过整晚是不可能的，就算我想这样做也不行，所以我拖着自己的躯壳，从一个人堆走向另一个人堆，交换几句客套话，在几杯杜松子酒和汽水下肚之后，还能在必要的话之外再添上一两个句子。我特别想跟搞戏剧的人说话。一种前所未有的感觉，让我在这个夜晚对戏剧的热情空前高涨。我跟两个演员站在一块，说伯格曼多么精彩绝伦，他们却嗤之以鼻："那老傻逼！太他妈传统了，看了就想吐。"[1]

　　我怎么能做这样的蠢事？他们肯定恨死了伯格曼。首先，从他们出生到现在，甚至从他们的父母出生到现在，他一直都是大师。其次，他们想要那个又新又大、马戏团一样的莎士比亚，那台人人都该一睹为快的大戏，有火把和高高的吊架，有高跷和小丑，多么赏心悦目。他们尽力远离伯格曼。然后一个胖乎乎、明显沮丧的挪威人站在那儿，把伯格曼当成新鲜事物好一顿夸。

---

[1] 原文是瑞典语。

与此同时，我注意到琳达和盖尔仍然坐在沙发上聊天，两人脸上都挂着兴奋的笑容，此情此景就像一把小刀扎在我心口，难不成她又要爱上我的朋友？我走开了，碰到几个爵士乐迷，问我对挪威爵士乐有没有了解，我模棱两可地点点头，他们的意思想必是要几个名字。挪威爵士乐手？除了扬·加巴莱克还有别人吗？幸亏我明白过来，他们并不完全是这个意思，于是我想起了布格·韦塞尔托夫特，埃斯彭曾经谈到过他，《流浪者》有一次搞聚会，我朗读，也请了他来演奏。他们点头称是，他不错。我如释重负，走到一边找了把椅子坐下。后来有个黑发女人，长着阔脸、大嘴和一双咄咄逼人的褐色眼睛，穿一条花裙子，走过来问我是不是那个挪威来的作家，我说是。我怎么看扬·谢尔斯塔、约翰·埃里克·赖利和奥勒·罗伯特·松德？

我谈了自己的看法。

"你真那样认为吗？"她问。

"是的。"我说。

"待在这儿先别动，"她说，"我这就去叫我丈夫。他搞文学，对赖利非常感兴趣。等一会儿。我这就回来。"

我看着她挤过人堆，走向厨房。她说她叫什么来着？希尔达？不对。维尔达？真该死，不对。伊尔达。真不该记不住。

很快她穿过人堆回来了，这次拽着个男人。噢，我只消一眼就明白他属于哪种类型，隔着老远就能看到他脸上写满了"大学"二字。

"现在你可以把说过的再说一遍！"伊尔达说。

我照办了。可她用在她丈夫和我身上的这番热情等于白忙活一场，没过多久谈话便冷场了，于是我起身告退，到厨房去找些吃的，现在那里排队的人已经少下来了。盖尔站在窗边和什么人谈话，琳达则加入了书架前的另一小撮。我在沙发上坐下，开始咬一条鸡大腿，恰好和一个黑发女人四目相会，她想必把这当成了一个邀请，因为一眨眼的工夫，她便站到了我的面前。

"你是谁？"她问。

我抬头看着她，咽下鸡肉，把鸡腿放到纸盘子上，试图在又软又低的沙发上坐直，没有成功，我感到自己就要歪到一边去了。还有我的腮帮子，上面一定闪着鸡肉的油光。

"卡尔·奥韦，"我说，"我是挪威人。几个星期之前刚过来。你呢？"

"梅琳达。"

"你做什么的？"

"我是演员。"

"噢，就是！"我说，声音里还带着残留的伯格曼的欢欣。"这么说《罗密欧与朱丽叶》里也有你？"

她点点头。

"你演谁？"

"朱丽叶。"

"噢！"

"那就是罗密欧。"她说。

一个漂亮、健壮的男人走到她身边。他吻她的两颊，然后看着我。

该死的破沙发。这么坐着感觉活像个侏儒。

我点点头，又笑了笑。他也点头回礼。

"你吃过东西了吗？"他问。

"没有。"她说，然后他们走开了。我重新把鸡腿举到嘴边。除了喝酒已无事可做。

那天晚上我离开之前干的最后一件事，就是看了某位穿着低胸上衣、专门给马看病的顺势医师的影集。与往常不同，酒精没能让我情绪高涨，进入万事都美好、什么都阻止不了我的状态，反而使我跌入精神上的深井，又没有任何东西能让我摆脱困境。唯一的情况就是样样东西都变得更模糊、更不清晰了。我还能留下一点儿意识回家，没有一直坐到人人离去，干等着某些特殊的事情自动发生，对此我第二天真要谢天谢地。我觉得我跟琳达肯定没戏了，整个晚上我们几乎一句话都没说，大部分时间我都窝在那把椅子上，我已经开始把它当成"我的"椅子了，我只说过寥寥数言，一张明信片就能写下，也不会让世上随便哪个女人觉得有趣。但第二天晚上，我还是给她打了电话，出于礼貌也得向她道谢。然后，当我站着，把手机贴在耳边，看着斯德哥尔摩在我下方向外铺展，沐浴着落日宽广的红色余晖，一个意义重大的时刻即将到来。我说了嗨，道了谢，又说那是个很好的派对，她也谢了我，说她也认为派对不错，然后又说她希望我玩得"特列乌利"。我说是挺好的。接着是一阵沉默。她什么都没说，我什么都没说。我应不应该结束交谈？这是我自然的冲动，我已经学会了在这种情况下多说不如少说，这样才不至于说出蠢话。或者我应该继续？几秒钟过去了。如果我说，嗯，嗯，我只想谢谢你，然后挂掉电话，那也许就这样了。前一天晚上我搞得一团糟。可是管他呢，再糟又能怎样？

"你干什么呢？"经过这一阵以任何标准来说都堪称漫长的沉默之后，我问道。

"看电视呢，冰球。"她说。

"冰球？"我说。我们聊了一刻钟，并决定再次见面。

我们见了面，但什么都没发生，没有激动，或者更准确地说，我们太激动了，以至于动弹不得，我们好像卡在里面，那是我们想跟对方说的千言万语，却又无法开口。

礼貌的话。刚一开头，便拐到别的地方去了，她平日的生活，她母亲在斯德哥尔摩，还有个哥哥，各种朋友。除了在佛罗伦萨住过半年，她长这么大一直待在斯德哥尔摩。我在哪儿待过？

阿伦达尔，克里斯蒂安桑，卑尔根，冰岛半年，诺里奇四个月。

我有兄弟姐妹吗？

一个哥哥，一个异母妹妹。

你结婚了对吗？

对，从某种意义上来说，我仍然是已婚的。

噢。

四月中旬，有一天刚到晚上，她打来电话。我想不想见她？当然，我跟盖尔和克里斯蒂娜在外头，我说，我们在金猴，你能过来找我们吗？

半个小时后她到了。

她喜气洋洋。

"今天戏剧学院录取我了,"她说,"我好高兴,真是太棒了。后来我突然想见见你。"她看着我说。

我看着她笑了。

我们整晚在外面玩,喝醉了,一起走回我住的地方,我在大门外抱了她一下,便进了公寓。

第二天,盖尔打来电话。

"她爱上你了,伙计。"他说。"隔多远都能看出来。我们走的时候克里斯蒂娜说的头一句话就是这个。她简直把这写在脸上了。真不可思议,爱上卡尔·奥韦了。"

"我可不这么看,"我说,"她高兴是因为进了戏剧学院。"

"如果只是为了这件事,那她为什么给你打电话?"

"我怎么知道?你干吗不打给她问问?"

"好啊。"

琳达和我去看了电影。不知道哪根筋不对,我们选了新拍的《星球大战》,这是给小孩看的,弄明白这一点之后我们去了人民歌剧院,两人几乎没怎么说话便坐下了。

我离家的时候是沮丧的,烦得要死,因为一切都憋在心里,跟谁也说不了最简单的事。

结束了。我自己过得挺好。斯德哥尔摩对于我仍是新鲜的,春天已经来到,每隔一天,十二点钟的时候我就换上跑鞋,绕南马尔姆跑一圈,十公里。还是每隔一天,我去游泳,游一千米。我已经减掉了十公斤,而且又开始写作了。我五点起床,到屋顶平台上抽根烟，喝两杯咖啡，从这儿可以看到整个斯德哥尔摩，接着一直工作到十二点，跑步或游泳，之后进城，如果不跟盖尔见面，便找个咖啡馆坐下读书，或者只是信步街头。八点半的光景，当太阳正在落山，将床对面的墙染得一片血红时，我已经躺下读书了。我开始看卡尔－亨宁·维克马克的《卡琳庄园的猎人》，盖尔推荐的。我在落日的辉光中读书，毫无来由地，一种狂野的、眩晕的幸福感一下子涌过我周身上下。我是自由的，完全自由的，生命何其精彩。我偶尔会有这种感觉，大概半年一次，它是强烈的，能持续几分钟，然后消退。奇怪的是这一次它没有消退。我醒来时也感到了快乐。从我小时候起这种事就再也没发生过。我坐在屋顶平台上，在苍白的日光里喜不自胜，写作时也不管写得好还是不好，世界上还有别的事，比写小说更美好的事。跑步的时候我的身体轻如羽毛，而我那一颗在跑步时通常专注于苟延残喘而无暇他顾的大脑，竟然也左顾右盼欣赏起周围这浓艳、繁茂的绿意，一条条运河里的碧水，各处的人流，漂亮的和不太漂亮的建筑。回到家，我洗了个淋浴，喝些汤，吃点儿酥皮面包，然后到公园里去，接着读维克马克的处女作，小说写的是一位挪威马拉松运动员在 1936 年柏林奥运会期间，潜入了戈林的狩猎庄园，再给埃斯彭、托雷、埃里克、妈妈、英韦或托妮耶当中的一个打电话，我还没跟托妮耶分手，别的也没什么可说的。我早早上床，午夜起来吃李子或苹果，这我自己都不知道，醒来才发现床边地上有吃剩的水果。五月初，我去了毕斯科普斯－阿尔内，半年前答应去那儿讲一次课。我到斯德哥尔摩时给莱姆哈根打电话，说我去不成了，没什么可讲的，他说我随时可以过去，听听别人怎么谈，或许可以参加讨论，如果我写了新作，晚上也可以搞一两次朗读。

他在主楼外和我见了面，毫不迟疑地告诉我，他从未经历过我在新秀研讨班上发生的事，连一次类似的都没有。我明白他的意思，当时的气氛太特殊了，不只对我来说。

课讲得无聊，讨论也很沉闷。要么只是因为我太高兴，心思不在上面。只有两个上年纪的冰岛男作家说的话有些独到的见解，因此他们也必须面对最激烈的争论。到了晚上我们喝酒，作家亨里克·霍夫兰也在，用野外生活的小故事博大伙一笑，其中一个说的是，你拉的屎经过多少天之后，气味会变得非常强烈而独特，人可以在黑暗中嗅出彼此的踪迹，就像动物一样。这话没人相信，但大家都乐不可支。我复述了一个从阿里尔·赖因的书里看来的精彩场景，主人公拉了好大一泡屎，冲不掉，所以他只好把屎装进上衣口袋，就那样穿着它到了外面。

第二天，两个丹麦人到了，耶珀和拉尔斯，耶珀的课讲得不错，两人都是非常好的酒友。他们跟我一起回到斯德哥尔摩，我们去喝酒。我给琳达发了短信，她来磨坊和我们碰头，见面时给了我一个拥抱。我们有说有笑，但我的情绪突然一落千丈，因为耶珀魅力超凡，不仅聪明过人，而且体格强健，散发出雄性的气息，琳达对此并非无动于衷，我能感觉到。也许正是因为这一点，我就找话题跟她说。话题成千上万，可我偏偏挑了流产。她好像没有放在心上，但后来就回家了，我们继续喝酒，最后去了夜总会。人家却不准耶珀入场，想必跟他手里的塑料袋、他满面倦容和醉醺醺的样子有关。于是我们回了我的住处，拉尔斯睡着了，耶珀和我坐着。太阳出来了，他跟我讲起了他父亲，一个全方位的好人，说到父亲死了的时候泪水滑下脸颊。这一幕必将在我记忆里长存，大概因为这份信任来得毫无征兆。只记得他脑袋靠在墙上，为早晨第一缕柔和的光照亮，泪水滑下他的脸颊。

接下来的一天，我们在一家咖啡馆吃了早餐，他们动身去阿兰达机场，我回家睡觉。窗子没关，下过雨，电脑没做过任何备份，浸了水。

第二天再开机，它运行良好。问题统统不见了。盖尔打来电话，这一天是五月十七日 [1]，咱们要不要出去吃一顿？他、克里斯蒂娜、琳达和我？我跟他讲了我们的讨论，他说，永远不该和女人讨论的话题少之又少，流产就是其中之一。真是的，卡尔·奥韦，她们差不多全在某个时候流过产的。你怎么能这么没有分寸呢？但是给她打个电话吧，也许没什么太大的关系。也许她根本没往心里去。

"我没法给她打电话。"

"最差又能怎么样？如果她生你的气，会只说个不。如果没有，她会说行。到时候你就明白了。不能只因为你怀疑她不想理你就不见她。"

我打了电话。

行，她愿意来。

我们去了克勒珀里，话题主要是挪威和瑞典的关系，这是盖尔的强项。琳达不停地看我，她好像没有受到冒犯，但我没法

---

[1] 五月十七日是挪威的宪法日，即国庆节。

确定，直到只有我们两个人，我能向她道歉的时候。行了，用不着道歉，她说，你有你自己的看法。没什么大不了的。那耶珀呢？我这样想，但自然什么都没说。

我们去了人民歌剧院。这是琳达喜欢的地方。每天晚上打烊前他们都要放俄国国歌，她喜欢俄国的一切，尤其是契诃夫。

"你读过契诃夫吗？"她问。

"没有。"我说。

"没有？你必须读"

热情劲一上来，她的嘴唇会先分开，撅起来，然后话才出口。我坐着看她说话。她嘴唇好美。还有她的眼睛，灰绿色的，闪闪发亮，它们是那样漂亮，多看一眼都会受伤。

"我最喜欢的电影也是俄国的，《烈日灼人》。你看过吗？"

"恐怕没有，没有。"

"哪天咱们一定得看。里面有个很棒的小姑娘。她是少先队的，少先队是给小朋友搞的很棒的政治运动。"

她哈哈大笑。

"好像我要给你看的东西还蛮多的。"她说。"对了，磨坊有一场读书会，再过……再过五天。我要去朗读。你想去吗？"

"当然。你要读什么？"

"斯蒂格·塞特巴肯。"

"为什么？"

"我把他译成了瑞典语。"

"真的？你干吗不说？"

"你又没问。"她微笑着说道。"他也要来。我有点儿紧张。

我的挪威语没我以为的那么好。但不管怎么说他已经看过书了，对语言没作评论。你喜欢他吗？"

"非常喜欢《暹罗人》。"

"我译的就是这一本。跟伊尔达一起。你还记得她吗？"

我点点头。

"但之前咱们也可以见面。你明天忙不忙？"

"不忙。明天行。"

音箱里传出了俄国国歌的第一段旋律。琳达起身，穿上夹克，看着我。

"那就还在这儿？八点？"

"好。"我说。

我们在外面站住。去她家最短的路线是走胡恩街，而回我家的方向正好相反。

"我送你回家，"她说，"可以吗？"

"当然。"我说。

我们在沉默中走了一会儿。

"很奇怪，"走到通往马利亚山的一个交叉路口时，我说，"和你在一起我非常快乐，可我什么也说不出来。就像你把我变成了哑巴。"

"我注意到了。"她说着飞快地看了我一眼。"这不要紧。至少我觉得不要紧。"

那倒是。我想。碰到一个哑巴似的男人，你还能怎么办？

沉默再次出现。两边的砖房放大了我们踏在人行道上的脚步声。

"一个美好的夜晚。"她说。

"有点儿奇怪，"我说，"今天是五月十七日，一个显然刻在我骨子里的日子，我老觉得缺了什么东西。怎么没人庆祝呢？"

她轻轻抚摩着我的上臂。

好像在要告诉我，就算我说蠢话也不要紧吗？

我们走到公寓楼下，停在街边。我们看着对方。我上前一步，抱了抱她。

"明天见。"我说。

"是的，"她说，"晚安。"

我走进大门，很快又返身出来。我想多看她一眼。

她正在一个人往山下走。

我爱上她了。

那这样心痛到底是为了什么？

第二天我照常写作，照常跑步，照常坐在户外看书，这一次我去了园中拉塞咖啡馆，对面就是长岛。但我无法集中精神，我无法停止想念琳达。我盼着见她，此外再无他念，但这些思绪之上笼盖着一片阴云，与我那天种种别的想法相去甚远。

为什么？

因为那一次发生的事情？

当然。但我不知道是什么，它只是我的一种感觉，我抓不住它，没法把它变成一种清晰的想法。

当晚的交谈像以前一样进展艰难，而这一回她也被拖下水了，前一天的热情和快乐几乎统统消失不见。

过了一个小时，我们起身离去。在街上她问我，想不想陪她回家，一起喝杯茶。

"当然想。"我说。

上楼梯时，我突然想起了波兰双胞胎姐妹的插曲。这是个好故事，但我不能讲。我对她太多复杂的感觉会因此而暴露。

"这就是我住的地方。"她说。"找椅子坐吧，我来泡茶。"

这是套一室的公寓，一头是床，另一头是餐桌。我脱了鞋子，但仍然穿着夹克，拿半个屁股坐到椅子边上。

她在厨房忙活。

接着，她把一杯茶放到我面前，然后说：

"我想我有点儿喜欢上了你了，卡尔·奥韦。"

"喜欢"？只是"喜欢"？她是对我说吗？

"我也很喜欢你。"我说。

"是吗？"她问。

短暂的沉默。

"你觉得咱们能不仅仅做朋友吗？"过了一会儿，她又问道。

"我想让咱们还做朋友。"我说。

她看看我。然后低下头，好像刚发现自己的杯子一样，端起它，放到唇边。

我站起身。

"你有女的做朋友吗？"她问。"我是说只做朋友的。"

我摇摇头。

"说有也有。上高中的时候有过。可那是很早以前了。"

她再次看着我。

"我想我该走了。"我说。"谢谢你的茶。"

她站起身，陪我走到门口。我进了走廊才转身，这样她就抱不到我了。

"再见了。"我说。

"再见。"她说。

第二天上午我去了园中拉塞。我把一个便签本放到桌上，开始给她写信。我写了她对我意味着什么。我写了第一次看见她时她对我意味着什么，现在又意味着什么。我写了她兴奋时双唇滑过牙龈的模样，我写了她的眼睛，写眸子里闪烁的光芒，那深邃的黑一经打开，仿佛就要吸尽阳光。我写她走路的样子，写她屁股小幅的、时装模特般的摆荡。我写她小小的、日本人一样的相貌。我写她的笑声，它有时可以荡涤一切，我那时多么爱她。我写她最常用的字眼儿，我多么爱她说的"星星"，还有她清脆地说出"真棒"时的样子。我写了所有这一切都是我看见的，又写我对她一无所知，对她心里在想些什么一无所知，对她怎么看待这个世界和世界上的人也所知甚少，但我能看见的已经足够了，我知道我爱她，也将永远爱她。

"卡尔·奥韦？"有人叫我。我抬起头。

她站在面前。

我把便签本倒扣过来。

这怎么可能？

"嗨，琳达，"我说，"昨天谢谢了！"

"不用谢。我跟一个女友来的。你还是想一个人坐吗？"

"是的，希望你不介意。你知道，我正在工作。"

"当然，我知道。"

我们看看对方。我点了点头。

一个和她年纪相当的女人端着两个杯子走出来。琳达转向她，她们走到另一头坐下。

我写道，她刚刚在那边坐下。

只要我能克服这个距离，我写道，我愿意为此放弃世间的一切。可我不能。我爱你，也许你认为你爱我，可你不爱。我相信你喜欢我，我可以肯定，但我对你并不足够，你心底知道这一点。也许你现在需要某个人，正好我来了，所以你觉得，可能就是这一位吧。但我不想做某个可能的人，我觉得这还不够，要么得到全部，要么一无所有，必须如此，你必须燃烧起来，就像我燃烧一样。你必须想要，就像我想要一样。你明白吗？啊，我知道你明白。我已经看到你可以变得多么坚强，我已经看到你可以变得多么脆弱，我也看到你对世界敞开了心扉。我爱你，但这不够。做朋友毫无意义。我甚至无法与你交谈！那还算哪门子朋友？希望你别见怪。我只想实话实说。我爱你，这就是实话。我也将一直爱你，无论我们结果怎样。

我写好落款，站起身，看了她们一眼。只有她朋友坐在一个能看见我的位置，而她不知道我是谁。于是我悄无声息地逃走了，匆匆回家，把信装进信封，换上锻炼的衣服，沿着平时的路线，绕着南马尔姆跑步。

此后几天我就像开足了马力。我跑步，我游泳，我什么都干，想让心里苦乐参半的烦乱恢复正常，但我失败了，我的心还在颤抖，这一次的意乱情迷绝无平复的迹象，我在城里四处游走不停，跑步，游泳，吃不下饭，睡不着觉，我已经说了不，都结束了，可它不肯了断。

读书会在一个星期六举行，到这天我决定不去了。我打电话给盖尔，看他想不想在城里见我，他想见我。四点在艺吧，我们说定了。我跑到埃里克斯达尔游泳馆游了一个多小时，在露天的池子里来来回回，感觉很棒，空气冷冽，池水温暖，灰色的天空下着细雨，周围一个人影也没有。我来来回回，游啊游啊。我出来时已筋疲力尽，通体发热。我换好衣服，站在外面抽了会儿烟，然后才背上包到市中心去。

我到的时候，盖尔还没来。我找了一张靠窗的桌子坐下，点了啤酒。又过了几分钟，他才出现在我面前，伸出了手。

"有什么新鲜事吗？"他一边坐下，一边问道。

"也有，也没有。"说完，我把最近几天发生的事告诉了他。

"你总要这么戏剧化。"他说。"你就不能消停一会儿吗？不必要么得到全部，要么一无所有吧。"

"是不必，"我说，"但这件事非这样不可。"

"那封信你寄了吗？"

"没。还没。"

就在这个时候我收到了一条短信。是琳达发来的。

　　读书会上没见你。你来了吗？

246

我开始回复。

"你待会再弄行不行？"盖尔说。

"不行。"我说。

　　去不了。顺利吗？

我发完短信，朝盖尔举起酒杯。

"干杯。"我说。

"干杯。"他说。

又来了一条短信。

　　想你。你现在在哪儿？

想我？

我的心在胸腔里怦怦乱跳。我开始键入另一条回复。

"给我放下。"盖尔说。"不放下我就走。"

"这就完，"我说，"等等。"

　　我也想你。我在艺吧。

"琳达吧，对不对？"盖尔问。

"对。"

"你已经废了。"他说。"你自己知道吗？我在门口看见你的
时候差点儿转身就走。"

新短信。

　　　你来我这儿，卡尔·奥韦。人民歌剧院。等你。

我站起身。

"对不起，盖尔，可我得走了。"

"现在？"

"是的。"

"得了吧，伙计。她肯定能等半个小时吧？我坐上地铁大老远跑过来，不是为了坐在这儿一个人喝闷酒的。要喝我可以在家喝。"

"对不起，"我说，"我再给你打电话。"

我跑到街上，拦下一辆出租车，恨不得冲着红绿灯尖叫，可车很快就停到人民歌剧院门前了，我付完钱就进了门。

她在一楼坐着。我一看见她就知道没什么要紧的事。

她笑了。

"你来得真快！"她说。

"我感觉你有急事。"

"没有没有，一点儿也不急。"

我抱了抱她，然后坐下。

"你想喝点儿什么吗？"我问。

"我不知道。红酒？"

"没问题。"

我们要了一瓶红酒，东拉西扯，没有实质上的意义，只是我们两人在交谈，每当我们目光相遇，我全身像过电，然后是重重的一下，那是我的心在遭受电击。

"眩晕那儿现在有个派对，"她说，"你想去吗？"

"好啊，挺好的。"

"斯蒂格·塞特巴肯在那儿。"

"那大概就没那么好了。我狠狠批过他一回。后来我看到他一篇采访，他说他把所有骂他的评论都留着呢。我写的那一篇肯定属于最不中听的。《晨报》一个整版。他后来和人打笔仗时，跟我和托雷较上劲了，把我俩叫作法尔巴肯和法尔巴肯。但我猜你可能不清楚其中的典故[1]。"

她摇摇头。

"要不咱们去别的地方？"

"不，不，天啊。咱们就去那儿。"

我们离开人民歌剧院时，天色已经渐黑。盘踞了一整天的云层越来越厚。

我们打车前往。眩晕位于一处地下室，里面拥挤不堪，空气燥热、烟雾浓稠，我转向琳达说也许我们不需要待得太久。

"那不是克瑙斯高吗？"一个声音问道。我转过身。原来是塞特巴肯。他面带微笑，扭头对别人说：

---

[1] 此处指塞特巴肯 1999 年 8 月 16 日在挪威《日报》所刊评论《与法尔巴肯同床》（Til sengs med Faldbakken）。文中将克瑙斯高和托雷·伦贝格尔为自感地位受到威胁的"九十年代的法尔巴肯和法尔巴肯"，指涉作品畅销一时的前辈小说家克努特·法尔巴肯（Knut Faldbakken, 1941— ）。在塞特巴肯眼里，他们都是远为平庸的作家。

"克瑙斯高跟我是对头。"他说，接着抬头看着我，问道："对不对？"

"我可不是。"我说。

"别这么胆小。"他说。"但你说得不错，我们的事已经过去了。我正在写一个新长篇，试着步你的后尘。照你的路子写写看。"

哇！我心里想。真让我受宠若惊。

"真的吗？"我说，"听起来蛮有意思。"

"是，是很有意思。等着看吧！"

"咱们再聊。"我说。

"好。"

我们去了酒吧，要了杜松子酒和汽水，找到两把空椅子坐下。琳达在这儿认识很多人，不停地起身过去跟他们交谈，再回到我身边。我越来越醉，可是在人民歌剧院看见琳达时那种轻松惬意的心情还在继续。我们看着对方。我们是一对。她手搭在我肩上。我们是一对。她在和人交谈的中途迎接我横贯厅堂的目光，再莞尔一笑。我们是一对。

我们在那儿待了几个钟头，然后进到大厅最深处的一个小房间，在两把扶手椅上坐下。塞特巴肯进来，问他能不能给我们做个足底按摩。他声称自己长于此道。我说不，我就算了。琳达脱了鞋，把两只脚放到他腿上。他开始又按又摸，同时盯着她的眼睛。

"我很在行，对不对？"他问。

"对，好棒。"琳达说。

"现在该你了，克瑙斯高。"

"我就算了。"

"别当胆小鬼。快点儿，把鞋脱掉。"

我到底还是照他说的做了，脱掉鞋，两只脚丫子搁到他腿上。脚底的感觉确实挺好，可这是斯蒂格·塞特巴肯坐在这儿搓弄着我的脚啊，他脸上还挂着恒久不去的微笑，除了邪恶二字，再难找到合适的解释，说好听的，这场面因而平添了一种又爱又恨的矛盾感觉。

他捏完后，我问起他最近以邪恶为主题的一本随笔集，然后到周围晃晃悠悠，一杯接一杯地喝酒。又瞅一眼琳达，她正靠着墙，和我在沃普尔吉斯之夜见过的那个姑娘在一起。她叫希尔达还是维尔达来着？该死。不，是伊尔达。

琳达真美。

而且活力四射。

她真有可能是我的吗？

我刚产生这种念头，她的目光便到了。

她朝我微笑、招手。

我走过去。

时机已经成熟。

要么现在，要么永远不。

我咽了口唾沫，一只手放到她肩头。

"这是伊尔达。"她说。

"我们以前见过。"伊尔达带着微笑说。

"过来。"我说。

她狐疑地看了我一眼。

她黑色的眼珠。

"现在？"她问。

我没有回答，只是抓过她的手。

我们一言不发地穿过房间，打开门，站到台阶上。

大雨滂沱。

"我以前也曾拉你出来说话，"我说，"那一次不是特别好。这一次大概也会很糟。如果是这样，那就顺其自然好了。但是我有话要说。关于你。"

"关于我？"她问。她站在我面前，仰起脸看着我，她的头发已经湿了，脸上落了雨滴，闪闪发亮。

"是的。"我说。

然后我开始告诉她，她对我意味着什么。我把写在那封信里的话统统说给她听了。我描述了她的双唇，她的眼睛，她走路的样子，她用的字眼，我说我爱她，哪怕我还不了解她。我说我想和她在一起。我只想和她在一起。

她踮起脚尖，伸长脖子，把脸凑近我，我低下头吻她。

然后一切归于黑暗。

我醒过来时，两个男人正抓着我的脚在柏油路面上拖行，一直拖进一道大门。其中一个拿着手机在讲话，他说，可能是吸毒的，我们不知道。他们停下了，俯身看着我。

"你醒了？"

"是的。"我说。"我在哪儿？"

"眩晕外面。你吸毒了吗？"

"没。"

"你叫什么？"

"卡尔·奥韦·克瑙斯高。我想我是晕过去了。没事了。我完全没事了。"

我看见琳达朝我走过来。

"他醒过来了？"她问。

"嗨，琳达，"我说，"出什么事了？"

"你们不用来了，"男人对电话里说，"这儿没事了。他醒了，看来不会有什么问题。"

"我想你是晕过去了，"琳达说，"你突然晕倒了。"

"噢，见鬼，"我说，"真抱歉。"

"这有什么抱歉的，"她说，"你那番话。从没有人对我讲过那么好听的话。"

"你没事了吧？"其中一个男人问我。

我点点头，他们走了。

"就是你亲我的时候，"我说，"我感觉好像有什么黑色的东西突突地直往上蹿。然后我醒过来就在这儿了。"

我站起身，踉踉跄跄走了几步。

"最好还是回家吧，"我说，"你要想留下就留下。"

她大笑起来。

"咱们回我家。我来照顾你。"

"你照顾我，听起来真不错。"我说。

她笑了笑，从夹克口袋里掏出手机。她的头发粘在前额上。我看了看自己的衣服。雨水弄湿了裤子。我用手往后拢拢头发。

"奇怪，我酒劲过去了，"我说，"可我饿得发慌。"

"你上一顿饭什么时候？"

"我想是昨天吧。昨天早晨。"

此时她刚好打通了出租车调度站，她不相信地瞪了我一眼，报了地址。十分钟之后，我们已经坐在一辆出租车里，一路穿过夜幕和雨幕。

我刚醒来时，不知道自己身在何处。接着我看见了琳达，才想起一切。我贴紧她，她睁开眼，我们又一次做爱，真对劲，真好啊，我全身心地感觉到这是她和我，于是我就和她说了。

"咱们得一起生几个孩子，"我说，"不然就是违反人伦的犯罪。"

她哈哈大笑。

"这是命中注定的，"我说，"我绝对可以肯定。我从没有过这种感觉。"

她不笑了，看着我。

"你当真吗？"她问我。

"是的，我当真。"我答道。"如果你没有同样的感觉，那另当别论。可你有，对不对？这一点我也能感觉出来。"

"这是真的吗？"她说，"你躺在我床上？还说你想和我生孩子？"

"是的，你有同样的感觉，对不对？"

她点点头。

"但我永远不会这样说。"

人生中头一次，我感到了完全的快乐。人生中头一次，没有任何东西能遮蔽我感受到的快乐。我们时时刻刻在一起，随时随地突然把手伸向对方，在红绿灯下，在餐厅饭桌的两端，在公共汽车上，在公园里，除了彼此，我们再无别的需求或别的欲望。我感到了彻底的自由，但只有和她一起时才会如此，一旦我们分开，我就充满渴望。很奇怪，这种力量如此奇怪，但挺好。盖尔和克里斯蒂娜说我们无法相处，我们眼里只有对方，这话不错。在我们建起的二人世界之外，世界已不复存在。仲夏时分，我们去了伦马尔岛，米凯拉在岛上租了一幢木屋，我发现自己在瑞典的夜晚又笑又唱，一个十足的疯子，因为每样东西都有了意义，每样东西都满载着意义，就像世界淋浴着新的光。在斯德哥尔摩，我们去游泳，我们躺在公园里看书，我们下馆子吃饭，这与我们做什么无关，而是我们在做，这才是意义所在。我读荷尔德林，他的诗像水一起流进我心里，没有什么我理解不了的，他诗中的狂喜与我心里的狂喜是一样的，最重要的是，六月、七月和八月的每一天都艳阳高照。我们把自己的一切告诉对方，就像恋人所做的那样，虽然我们知道这不可能持续下去，这一切的幸福，也想到它其实有可能令人恐惧，因为它带有某种让人难以忍受的东西，但我们乐在其中，就像不知道一样。秋天就要来了，但我们毫不在意，我们何必在意，一切都这样美妙。

有天早晨我正在淋浴，她叫我，我走进卧室，她光着身子躺在床上，床已经挪到窗户边上了，好让我们能看见天空。

"看，"她说，"你能看见那朵云吗？"

我挨着她躺下。天空一碧如洗、万里无云，除了这一朵，它慢慢飘近。它的形状像一颗心。

"是的。"我说着，抓紧了她的手。

她大笑起来。

"一切都很完美。"她说。"我从来也没这样过。和你在一起真幸福。我真幸福！"

"我也是。"我说。

我们搭乘小艇，前往近海小岛，在一家青年旅馆外的树林里租了一幢木屋。我们花几个小时在岛上漫步，深入林中，到处都是松树和石南的味道。突然之间，我们置身于一处陡崖：下方就是大海。我们继续走，走到一处牧场，停下来看奶牛，奶牛也看我们，我们大笑，给对方拍照，爬到树上，坐下聊天，像两个孩童。

"有一次，"我说，"我要到加油站给我父亲买烟。在离家两三公里的地方。我肯定有七八岁了。小路穿过森林，那条路我闭着眼睛都会走。我跟你说，现在我闭着眼睛也行。突然我听到树丛里一阵窸窣。我停下来查看。就在那儿，我看见一只漂亮极了的鸟，我跟你说，很大一只，五彩斑斓。我以前从来没见过这样的鸟，它更像来自某个遥远而奇异的大陆。非洲或是亚洲。它腾空而起，飞走了，不见了。以后我再也没见过那种鸟，我也从来没搞清楚那是什么鸟。"

"真的吗？"琳达问，"我也有过一模一样的经历。在一个女友的夏屋。我坐在树上，对，就像现在，等着朋友回家。等得不耐烦，我就跳下来了，漫无目的地到处闲荡，突然看见了一只五彩斑斓、漂亮极了的鸟。后来我再也没见过它。"

"真的吗？"

"真的。"

就是这么回事，每样东西都有了意义，我们的人生交织在了一起。从小岛回家的路上，我们讨论了我们头一个小孩的名字。

"如果是男孩，"我说，"我想起个简单的名字。奥拉。我一直很喜欢这名字。你的意见呢？"

"挺好的，"她说，"非常挪威化。我喜欢。"

"是的。"我边说边望向窗外。

一艘小艇在波浪中起伏前行。一侧的登记牌上写着两个大字：奥拉。

"看那儿。"我说。

琳达探过身。

"就这么定了，"她说，"就叫奥拉。"

有天晚上很晚了，我们走路上山，回我的公寓。我们的恋爱关系仍然处在狂热的第一阶段。沉默了好一会之后，她说：

"卡尔·奥韦，有件事我得告诉你。"

"什么事？"

"我曾经试过自杀。"

"你说什么？"我问。

她没有回答，只是低下头看着脚下的路。

"很久以前吗？"我问。

"大概两年前。就是我住院的时候。"

我看着她，她不想触碰我的目光，我上前把她揽进怀里。我们这样站了很长时间。后来我们走上台阶，迈进电梯。我拿钥匙开了门。她坐到床上，我打开窗子，夏末夜晚的声浪扑面而来。

"你想喝点儿茶吗？"我问。

"当然。"她说。

我走进小厨房，拿壶烧水，又取出两个杯子各放一袋茶包。我递给她一杯茶，自己靠在敞开的窗前喝另一杯。此时，她开始把那件事讲给我听。她母亲到医院接上她，一起去她公寓拿东西。眼看就要到家了，琳达拔腿就跑，母亲在后面追她。琳达拼命地跑，跑进大门，跑上楼梯，跑进家，冲到窗边。几秒钟之后她母亲赶到的时候，琳达已经打开窗子爬上了窗台。就在她要往下跳的那一刻，她母亲扑到窗边一把抓住她，把她拉进了屋里。

"我发了狂。"她说，"现在我认为我当时想杀死她。我一拳又一拳地揍她。我们厮打了大概十分钟。我掀翻冰箱，想把她砸死。可她比我劲大。她肯定比我劲大嘛。最后她骑到我胸口，我才认输。她报了警，他们过来把我送回了医院。"

短暂的沉默。我看着她，她回看了我一眼，快如惊鸿。

"我为此感到羞耻。"她说。"但我想过，到了某个时候你应该知道。"

我不知道说什么才好。有一道深渊横亘在她的过去和我们现在所处的地方。至少感觉如此。但也许不是因为她？

"你为什么要那样做？"我问她。

"我不知道。我想我当时脑子也不清醒。但我记得过程。那一年夏末，我的躁郁症发作了好几个星期。有天晚上米凯拉来我家，我正蹲在厨房的案板上数数。她和厄勒高把我送到精神病院的急诊室。他们给了我一些安眠药，问米凯拉能不能把我接到她家住几天。此后那个秋天，我时好时坏。后来我跌进了抑郁的深渊，深不可测的地方，我都不知道能不能爬出来。认识的人我一个都不见，因为我不想让他们当中的任何一个成为最后看见我活着的人。负责我的心理医师问我有没有自杀的想法。我只是流泪，她说她不能对我在疗程和疗程之间的行为负责，所以我住进了医院。我见过住院诊断。上面写着每问完我一个问题，要过好几分钟我才回答，我还记得那种情形。对我来说，讲话简直不可能，什么都说不出来，词语遥不可及。一切都遥不可及。我的脸是一张僵硬的面具。没有表情。"

她抬头看着我。我坐到床边。她把杯子放到桌上，重新躺下。我躺到她身旁。屋外夜色深重，一种与仲夏夜大异其趣的浓稠的感觉。火车哐当哐当地驶过里达尔湾旁边的大桥。

"我那时已经死了，"她说，"不是我想告别生命。我已经告别了生命。心理医师说要收我住院时，我因为有人想照料我而感到安慰。可我到了那儿，一切可能性都不存在了。我不能待在那儿。也就是那个时候，我开始制订计划。我唯一能出去的机会，就是获准到我的公寓拿衣服杂物的那一天。得有人陪我去，我能想到的唯一一个人就是我妈。"

她沉默片刻。

"但是如果我真想那样做，就一定能成功。我现在就是这样想的。我用不着打开窗子。我可以撞碎玻璃往下跳。其实没有多大的不同。只需要留神……是的，如果我真想，打心眼儿里想，就肯定能成。"

"我很高兴你没成。"我说着伸出手,抚过她的头发。"可是你怕它会再次发生?"

"是的。"

一阵沉默。

租给我房间的女人在门里收拾着什么东西。在我们上方的屋顶平台,有人在咳嗽。

"我不怕。"我说。

她扭头看着我。

"真的吗?"

"真的。我了解你。"

"你只了解了我的一部分。"

"我也这么想。"说完,我吻了她一下。"可它再也不会发生了。我确信。"

"那我也确信。"她笑着说,伸出双手搂住了我。

无尽的夏夜,如此明亮,如此开放,我们坐进黑色的出租车,游荡在城中不同地区的各种酒吧和咖啡馆之间飘荡,有时就我们俩,有时和别人一起。醉酒既不构成威胁,也没有破坏性,而是让我们的兴致一浪高过一浪。夜慢慢开始,悄然暗落,仿佛天地连成了一体,轻浮之物的空间越来越少,装填了别的东西,夯实了,直到夜色终于凝固,一道黑暗之墙,夜晚落下,早晨升起,夏夜里四处游走的光突然变得无法想象,仿佛一个你醒来以后想要复述的梦境,虽百般努力,却终归徒劳。

琳达开始到戏剧学院上课,基础课很难,他们被丢进各种可能或不可能出现的情境，其用意是，最好通过在压力下进步所得的经验来学习。她早晨骑车去学校的时候，我就到公寓里写作。故事讲的是1944年产科病房里的一个女人，刚生完小孩，意识仍然游走不定。我把天使引入其中，可行不通，文本太远了，距离太大了。但我接着往下写，一页又一页奋力前行，没关系，我生命中最重要的，不，独一无二的东西，就是琳达。

一个星期天，我们到了东马尔姆，在卡拉广场旁边一家叫奥斯卡的咖啡馆吃午餐，我们坐在外面，琳达拿毯子盖着腿。我在吃总会三明治，琳达吃的是鸡肉色拉，街道上一片礼拜天的寂静，我们下方的教堂刚刚敲过礼拜的钟声。三个姑娘坐在我们身后的桌旁，两个男人在她们身后不远的地方。离马路最近的几张桌子上，有几只麻雀在蹦蹦跳跳。它们好像有点胆怯，轻跳着靠近还没收拾的盘子，啄食的时候整个脑袋都在上下晃动。

突然，一道阴影从空中划过，我抬头一看，是一只巨鸟。它尖叫着扑向我们，掠过小鸟居停的餐桌，用爪子抓住其中一只，迅速高飞而走。

我回头看看琳达。她嘴巴半张，死盯着空中。

"是有一只大鸟刚刚抓走了一只小麻雀吗？还是我在做梦？"我问。

"我以前从没见过这种事。真可怕。"琳达说。"在市中心？那是什么？雕？鹰？可怜的小鸟！"

"肯定是鹰。"我说着大笑起来。这一幕让我兴奋。琳达看着我，眼含笑意。

"我外公秃顶，"我说，"只剩下半圈白头发。我小时候，他经常说那是让小鹰叼走的。然后他就演示小鹰怎么用爪子抓住他的头发，扯掉了飞走，证据就是剩下的半圈头发。有段时间我相信了他的话。我往天上看，寻找小鹰，可是从来没看见过。"

"现在看见了！"琳达说。

"不知道是不是同一只。"我说。

"不。"她带着微笑说道。"我五岁时，拿笼子养了一只小仓鼠。到了夏天，我们去夏屋，在那儿我经常给它放风。我把笼子搁到草地上，让仓鼠在草丛里活动。有天早晨我正在阳台上看着它，一只大鸟猛扑下来，嗖的一声，我的仓鼠就上天了。"

"真的吗？"

"真的。"

"好可怕！"

我大笑起来，推开我的盘子，点了一支烟，往后面一靠。

"我记得外公有杆枪。有时他拿枪打乌鸦。他打伤过一只，嗯，打飞了一条腿。它活下来了，现在还在农场。至少谢尔坦是这么说的。怒目而视的独腿乌鸦。"

"真棒。"琳达说。

"有点儿像长翅膀的亚哈船长，"我说，"外公巡视起院子来活像大白鲸。"

我看着她。

"唉，真可惜你从来没见过他。你肯定会喜欢他。"

"你也会喜欢我外公。"

"他死的时候你在场，是吗？"

她点点头。

"他中风了，然后我赶去诺尔兰。可是没等我到那儿他就过世了。"

她抓起我的烟盒，看着我。我点点头，她抽出一支香烟。

"可是外婆才和我亲近。"她说。"她常常南下斯德哥尔摩看我们，替我们打理一切。她做的头一件事，就是把房子里里外外打扫一遍。她又烤又煮，和我们在一起。她真能干。"

"你妈也挺能干的。"

"是的。其实她越来越像我外婆了。我是说，从她离开皇家剧院搬到乡下，就好像那段日子让她重新开始了人生。她自己种菜，一切食物都自己弄，有四台冰柜，装满了食物和她趁减价买的各种食材。现在她已经不大在乎自己的外貌了，至少不和她以前的样子做比较。"

她看看我。

"我告诉过你我外婆看见过红色的极光吗？"

我摇摇头。

"她出门散步时看见的。整个天空都变红了，极光前后涌动，一定特别美，但也有点儿末日世界的感觉。她回来跟我们一说，没人相信。后来她自己都半信半疑，红色的极光，谁听说过呢？你听说过吗？"

"没有。"

"可是后来，很多很多年以后，有天晚上我和我妈出门，在胡姆勒公园，我们看见了一模一样的东西。咱们有时也能看到极光，不多，但确实能看见。那天晚上的极光是红色的！妈妈一到家就给外婆打电话。外婆哭了！后来我看到有人写过这种极光，发现它是一种罕见的气象现象。"

我把头伸到桌子对面，吻了她一下。

"喝咖啡吗？"

她点点头，于是我进店要了两杯咖啡。我出来把杯子放到她面前时，她正抬头看着我。

"我记得另一个奇怪的故事。"她说。"也许现在看没那么奇怪了。但当时好像蛮怪的。我在斯德哥尔摩群岛，在其中一个岛上，我一个人走进森林。在我上方不是特别高离树冠不远的地方，我看见一艘飞艇从天上滑过。特别魔幻。不知道从哪儿来的，在森林上空漂浮，然后就消失了。一艘飞艇！"

"我一直对飞艇很感兴趣，"我说，"从小就是。那是我能想象的最奇妙的东西。飞艇的世界！哎，它成了我心里的一个疙瘩，大疙瘩。但我要是知道怎么回事那我不就成仙了？"

"如果我理解正确，你小时候特别迷恋潜水员、帆船、航天，还有飞艇对不对？你曾说你画过潜水员、宇航员和帆船是吧？就这些吗？"

"是的，差不多吧。"

"那好，你要怎么解释呢？一种狂野的想要远行的愿望？潜水员，这代表你能到的最深的地方。宇航员，代表着你能到的最高处。帆船代表着历史的长河。那飞艇呢，它代表永远不可能实现的世界。"

"很有道理。总归不是大而常见的交通工具。它们大多属于外围，你明白我的意思吧。你小时候满脑子都是世界，那就是人生的意义所在。不可能去抵抗。你也不必去抵抗。起码用不着没完没了地抵抗。"

"然后呢？"她说。

"然后什么？"

"你现在还渴望离开吗？"

"你疯了吗？！这个夏天肯定是我从十六岁起第一个没有那种想法的夏天。"

我们站起来，走向通往动物园岛的大桥。

"你知道吗？第一艘飞艇是没有舵的，无法操控，所以为了解决这个问题，他们就尝试训练猛禽，我猜是隼，也可能是鹰，让它们衔着长长的绳索飞行。"

"不知道。"我说。"我只知道我爱你。"

即使这些新的日子以一种完全不同以往的方式充满了常规琐事，我还是有一种强烈的自由的感觉。我们早早起床，琳达骑车上学，我坐下来写一整天，间或到电影大楼和她一起吃个午饭，一到晚上我们就能再次见面，待在一起，直到睡觉。周末我们出去吃饭，入夜买醉，要么去人民歌剧院的酒吧，这是我们的据点，要么去金猴，另一个我们经常出没的地方，不然就是去人民之家或乌登广场上的大酒吧。

一切照旧，但不尽然——得从细微之处来看，细微到好像不曾出现，我们的生活里有些东西失去了光泽，驱动我们迎向对方、拥抱世界的火焰已经不再熊熊燃烧。小小的坏情绪说来就来。一个星期六，我醒来时想如果有些自己的时间该多好啊，逛逛二手书店，泡泡咖啡馆，读读报纸……我们起了床，到最近的咖啡馆要了早点，无非是粥、酸奶、吐司、鸡蛋、果汁和咖啡，我看报纸，琳达低头盯着桌面或屋子里，到底还是开了口，你非得看报纸吗？咱们不能说说话吗？我说能，当然能。我合上报纸，我们聊天，挺好，我心里的小黑点几乎无从察觉，只想单独一人，安安静静地读点儿东西，而不会有任何人从我这里索要任何东西的小小渴望转瞬即逝。可是到了后来的某个时候，它不再转瞬即逝，相反还引发了一系列接踵而至的状况和行为。如果你真爱我，那么和我在一起就不要有任何要求，我这样想着但没有说出口，我想让她自己有所察觉。

一天晚上，英韦打来电话，他问我想不想跟他和阿斯比约恩一起去伦敦，我说想，当然想，太好了。我挂掉电话，琳达正从房间另一头注视着我。

"谁打来的？"她问。

"英韦。他想让我和他一起去伦敦。"

"你没答应吧？"

"我答应了。我不该答应吗？"

"可我们就要一起出去玩了。你不能在和我出去玩之前和他去玩！"

"说什么呢你？这和你无关。"

她低下头，盯着正在读的书。她目光阴郁。我不想惹她生气，可又无法任由这种状况继续下去。必须得挑明了。

"我有好长时间没陪英韦了。你必须记住我在这儿谁也不认识，除了你那些朋友。我的朋友都在挪威。"

"英韦就在这儿。"

"噢，得了吧。"

"那就去吧。"她说。

"好。"我说。

后来，我们上床准备睡觉时，她为自己不够大度向我道歉。没关系，我说，小事一桩。

"咱俩好上以后就没分开过。"她说。

"没错，"我说，"也许现在到时候了。"

"你什么意思？"她问。

"咱们不能一辈子粘在一起。"我说。

"我觉得咱们这样挺好。"她说。

"是，是挺好，"我说，"你懂我的意思。"

"当然懂，"她说，"可我不一定同意。"

我在伦敦每天给她打两次电话，几乎花光我所有的钱给她买了一件礼物，再过几个星期就是她的三十岁生日了。同时，也许因为这是第一次从远处回看我们在斯德哥尔摩的生活，我因此认识到，回家后一定要埋头工作，一定要加倍努力才是，因为整个漫长的夏季已经消逝在幸福之中，还有从精神到金钱的种种挥霍；九月份也过去了，我还一事无成。我的处女作出版已有四年，第二本书仍然遥遥无期，只有这段时间积攒下来的八百页稿子，五花八门的小说开头。第一本小说是我熬夜写出来的，晚上八点开始工作，一直干到第二天早上，自由就在其中，在夜晚打开的空间，要想找到一条通往新天地的路，这样的自由也许是必需的。在卑尔根的最后一段时间和到斯德哥尔摩的头几个星期，我一直纠结于一个让我心动不已的故事，一个父亲带着两个儿子，其中一个显然是我，在夏夜出门捕蟹，我发现了一只死海鸥，指给爸爸看，他告诉我海鸥本来是天使，我们坐小船离开，水桶放在甲板上，活螃蟹在里面乱爬。盖尔·古利克森说过："你的机会来了。"他一向是对的，但我不知道它会导向何处，过去几个月我一直在与它纠缠。我写了1940年代产科病房里的一个女人，她生的孩子正是亨里克·万克尔[1]的父亲，而等待她带着婴儿返回的房子原本是个旧窝棚，酒瓶子遍地。他们把它拆掉，建了新屋。可这故事并不可靠，处处显得虚假。我走错了路。所以我试着另辟蹊径。在两兄弟夜里睡觉的同一幢房子里，他们的父亲死了，其中一个躺着，看着正在睡觉的另一个。这读起来同样虚假，我愈发失望，我还有能力写出另一本小说吗？

从伦敦回来后的第一个星期一，我告诉琳达，晚上我们不能见面了，因为我要熬夜工作。行，好的，没问题。九点钟的时候她发短信给我，我回了，她又发了一条，她和科拉在外头，她们在附近一个地方喝啤酒呢，我回复说，好好玩，又说我爱她。来回几条短信之后，安静下来了，我觉得她已经回她住的地方去了。可她没有，大约十二点，她敲响了我的房门。

"你来了？"我说，"我告诉过你我要写东西。"

"没错，可是你的短信太热烈也太可爱了。我觉得你一定想让我过来。"

"我得工作，"我说，"我是认真的。"

---

[1] 克瑙斯高小说处女作《出离世界》(*Ute av verden*) 的主人公。

"我懂。"她这样说的时候，已经脱掉了夹克和鞋，"可你工作的时候我就不能睡在这儿吗？"

"你知道我不能。屋里哪怕有只猫我都写不下去。"

"我在屋里你从来没试过。说不准我能起个好作用！"

尽管很生气，可我不能说不。我无权说不，因为这样说就等于在暗示，我正在写的倒霉稿子比她更重要。此时确实如此，可我不能这样说。

"好吧。"我说。

我们喝了茶，在敞开的窗户前吸烟，然后她脱掉衣服上床去了。房间很小，书桌隔了不到一米，有她在屋里是不可能集中精力的，而她明知道我不想让她来，却还是来了，这让我产生了一种窒息的感觉。可是我不想睡觉，不想让她得逞，于是半个小时之后我站起来，告诉她我要出去转转。这是一种示威，这是我用来表达自己无法忍受当前状况的手段。我走进了南马尔姆多雾的街道，在加油站买了根烤肠，坐在公寓楼下的公园里，一根接一根地抽了五支烟，打量着下方熠熠生辉的城市，感觉前路迷茫。我到底该怎样结束这种局面呢？

第二天夜里，我一直工作到天明，睡了一整天，在她家待了几个小时，回来又写了一整夜，睡觉，下午琳达把我叫醒，她有话要说。我们出门散步。

"你不想跟我好下去了吗？"她问。

"想，当然想。"我说。

"可是我们不在一起了。我们彼此都见不到了。"

"是的，可是我得工作。你当然明白。"

"不，非得熬夜工作就不明白。我爱你，所以我想和你在一起。"

"我得工作。"我又一次说道。

"那好。"她说。"如果你继续这么干，咱们结束了。"

"你没当真吧？"

她看了我一眼。

"见鬼，我当然当真了。不信你试试。"

"你不能这样控制我。"我说。

"我没有想要控制你。这是个合理的要求。我们在恋爱，我不想老是一个人。"

"老是？"

"对。如果你不改，我就离开你。"

我叹了口气。

"这事其实没那么重要。"我说。"我改。"

"好。"她说。

第二天我在电话里和盖尔提及此事，他说，见鬼，伙计，你疯了吗？你是个作家呀，老天爷！你不能让别人对你指手画脚！是的，我说，可是其实不是这么回事。而是它的代价。他问，什么代价？我说，恋爱关系。我不明白，他说，这种事你必须强硬起来，别的都可以妥协，这种事不行。我说，我很软，你知道的。高佬软蛋，他大笑着说，可这是你的人生。

九月过去了，树上的叶子黄了又红，然后掉落。天空的蓝色加深，太阳低悬，空气清冽。十月中旬，琳达在南马尔姆的一家意大利餐馆邀集了她所有的朋友。她三十岁了，灵光饱满，顾盼生辉,让我为之骄傲:跟她谈恋爱的人是我啊。骄傲加感激,这就是我当时的感觉。我们步行回家,城市在我们周围光芒四射,她穿着我当天早晨送给她作礼物的白色夹克,走着,和她手牵着手,在这美丽的、对我尚属异乡的城市中央,让我周身涌过一波又一波快乐。我们仍然充满了热情和欲望,因为我们的人生已经变了,不是轻风过后的微痕,而是根本上的转变。我们计划要孩子。等待我们的只有幸福,除此之外我们不作他想。至少我没有。但凡与哲学、文学、艺术或政治无关,只与生活和生活方式有关的问题,不管是我内心的还是我周围的,我都从来没有考虑过。我凭感觉,我的感觉决定了我的行为。这种情况也适用于琳达,也许更甚于此。

就在这个时候,我接到了去伯城作家学校任教的邀请。这种事通常轮不到我,但是图勒·埃里克·隆要去主持一个为期两周的课程,人家要他挑选一个他愿与之合作的作家。琳达觉得两个星期很长,不愿意我离开她这么久,我想是的,的确很久,如果我人在挪威,她不可能这样待在斯德哥尔摩。可我又想接受邀请。我的写作没有进展,我需要做点儿不一样的事情,图勒·埃里克是我最敬重的作家之一。有天晚上我在电话里和我母亲提及此事,她说你们又没孩子,琳达怎么就不能一个人过一两个星期?这是你的工作,她说。她说得对。往旁边迈一小步,一切就能走上正轨。可这一步我怎么也迈不出,在不止一个方面琳达和我生活得如此之近:她位于津肯斯达姆的公寓又黑又挤,我们总共只有一个半房间,好像生活在慢慢把我们吞没。从前的开放已经开始闭合,我们的生活合二为一已经太久,相互之间开始有了摩擦和抵触。小插曲接连出现，本身无足轻重，但连缀成片就现出端倪；一种新的体系开始建立。

有天晚上很晚了，她要去排练，我陪她走到斯卢森旁边的一个加油站，她突然转过身，为一点儿微不足道的小事骂我，让我去死，我问她怎么回事，她不回答，而是径自走出十米之远。我跟在后面。

一天下午，我们到草市广场的大菜市场去采购，准备和她的两个朋友伊尔达、谢蒂尔一起吃饭。我建议做薄烤饼，可她看着我，目光里满是嘲弄。薄烤饼是给小孩吃的，她说，我们又不是搞儿童派对。好吧，我说，那就把它们叫作可丽饼吧，这下你满意了吗？她拿脊背对着我。

我们常在周末走过美丽的城市，一切都很精彩，可是突然之间精彩不再，黑暗笼罩了她的心，我不知道怎么办才好。自从我到了斯德哥尔摩，那种孤身一人的感觉第一次重现。

这一年的秋天，她跌入了深渊。她向我伸手求援。我不明白发生了什么，但是出于幽闭恐惧，我躲开了，试图和她保持距离，而她在拼命贴近。

我去了威尼斯，在出版社给我安排的公寓里写作，琳达也要来，计划停留不到一个礼拜，然后我多写几天再回去。她非常阴沉，非常苛刻，不停说我不爱她，我不是真爱她，我不想要她，我不是真想要她，我们没戏了，永远不会有戏，我不想让我们有戏，我不想要她。

"我想要！"当我们走在穆拉诺岛凛冽的秋风中，当我的眼睛藏在墨镜背后，我这样说道。与此同时，每当她说我不是真爱她、不是真想和她在一起、我总想一个人待着、想自己过的时候，这些话都平添了一分真实。

她的绝望来自何处？

这是我带来的吗？

我确实冷漠吗？

我确实只想着自己吗？

当我结束一天的工作，到她那里去的时候，我再也不知道会有什么事情发生。她会不会开心？会不会有一个美好的夜晚？她会不会为了什么事动怒，比如说，如果我们不再每夜做爱，我就不再像以前那样爱她？我们会坐在床上看电视吗？出门步行去长岛？到了那儿，她又要拿拥有我全副身心的要求来吞噬我，使我和她保持距离，脑子里飞快地来回合计，必须做个了断，这样不行，因此，一切谈话或更加接近的尝试都将归于无效，而她自然会把这一切看在眼里，并拿来证明她的主要论点：我不想要她。到了长岛，会这样吗？

或者，我们只是共度一个良宵？

我变得越来越封闭，我越封闭，她对我的攻击就越厉害。她对我的攻击越厉害，我就越了解她的情绪波动。我像心理领域的气象学家一样追逐她，甚至无意识地、几近神秘地调整我的情绪，来跟踪她多变的心情。如果她动怒，她的怒容便会深入我的内心。这就像房间里有一条巨犬在咆哮，我不得不加以照料。有时我们坐着聊天，我能感到她的力量和深厚的阅历，让我感到低人一等。有时她挨近我，我抱住她，或是我躺着把她搂在怀里，或是我们聊天，她开始紧张不安，每到这些时候，我就感到自己强壮得多，以至于其他一切都无关紧要了。这些情绪上的波动，任何东西都无法加以控制，变幻莫测的感情爆发带着时时存在的威胁，随后是无穷尽的补偿和哄劝，这一切长演不衰，没有减弱的迹象，而我孤单一人的感觉，即便和她一起时也是如此，变得越来越强烈了。

在这段短短的时间内，我们相互之间已经有所了解，我们从来没有做过半心半意的事，这一次也不例外。

有天晚上，我们吵过一架又和好，然后开始谈起孩子。我们已经决定，琳达在戏剧学院上学时就要小孩，她可以休学半年，然后我来接手好让她完成学业。因此她得着手准备，医生有些勉强，但心理医师支持她，等到万事俱备由她来做最后的决定。

我们几乎每天都要讨论这件事。

现在我说，也许我们应该把它放一放。

角落里的电视机已经关掉了声音，除了屏幕发出的光，屋里几乎完全是黑的。秋天的黑暗仿佛窗外的海洋。

"也许咱们应该把它放一放。"我说。

"你说什么？"琳达盯着我问。

"咱们可以稍微等等，看看情况再说。你可以先把学上完……"

她站起身，使出全身的力气，抽了我一个嘴巴。

"决不！"她吼道。

"你在干什么？"我说，"你疯了吗？像这样打我！"

我脸上火辣辣地疼。她打我打得真狠。

"我走了。"我说。"而且再也不回来了。所以你尽可以忘记这件事。"

我转身进了门厅，从挂衣钩上取下外套。

她在我身后悲悲切切地哭着。

"别走，卡尔·奥韦，"她说，"现在不要离开我。"

我转过身。

"你以为你可以为所欲为？你是这样以为的吗？"

"原谅我，"她说，"请留下来。就今晚。"

我一动不动地站在门边的黑暗里，犹豫不决地看着她。

"好吧，"我说，"我今晚待在这儿。但还是要走。"

"谢谢你。"她说。

第二天早晨七点，我起了床，没吃早饭就离开了公寓，回我自己的旧屋去了，这套房子我还没退。我拿了一杯咖啡上到屋顶平台，一边坐在那儿吸烟，眺望城市，一边想着下一步该怎么办。

我不能跟她在一起。我们没戏了。

我拿手机给盖尔打电话，他能到动物园岛来一趟吗，这很重要，我得找个人谈谈。是的，他能来，但是得把手头的事情先忙完，我们可以在北欧博物馆外面的桥上见面，那里走到头有一家饭馆，我们可以吃个午餐。于是我们见了面，在砖灰色的天空下，在掉光了树叶的树与树之间，在一条华丽地撒满黄色、红色与褐色落叶的小路上走着。我对发生的事情只字未提，太丢人了，我不能告诉任何人她打了我，那会让我变成什么？我只说我们吵架了，我再也不知道该怎么做了。他说我应该听从我的内心。我说我不知道自己的感受。他说我肯定知道。

但是我不知道。我对她有两种不同的感情。一个说，你得抽身了，她想从你身上得到的太多，你将失去自由，在她身上虚掷所有的光阴，你珍视的一切、你的独立和你的写作事业会如何？另一个说，你爱她，她给了你别人给不了的东西，她知道你是谁。这两种感情都对，只是不相容，一个排斥另一个，反之亦然。

这一天，离开的念头在我心里占据了上风位置。

盖尔和我正在从韦斯特托普开出的地铁车厢里，她打来电话，问我想不想晚上跟她吃饭，她买了我最爱吃的螃蟹。我说好的，我们总归得谈一谈。

虽然有钥匙，我还是按了门铃。她开了门，打量着我，脸上挂着小心翼翼的微笑。

"嗨。"她说。

她穿着我特别喜欢的那件白衬衫。

"嗨。"我说。

她的一只手向前移动，好像有意拥抱，却止于中途。她往后退了一步。

"进来吧。"她说。

"谢谢你。"我说。我把夹克挂到挂钩上，身体倾斜，和她隔开一点儿距离。等我转过身，她伸出手，我们抱了抱对方。

"你饿吗？"她问。

"饿，饿死了。"我说。

"那我们马上开饭。"

我跟着她走到桌边。餐桌在房间另一头的窗户下，对着床，她已经铺好了白色的桌布。在两副盘子和两个酒杯之间放着两瓶啤酒、一个烛台，上面插了三根蜡烛，三朵小小的火焰迎着穿堂风摇曳。一盘螃蟹，一篮子白面包，还有黄油、柠檬和蛋黄酱。

"我弄螃蟹不太在行，都蒸漏了。"她说。"我不知道怎么把它们打开。也许你知道？"

"一点点。"我说。

我扯掉蟹腿，掰开蟹壳，掏出内脏的同时，她弄掉了酒瓶的盖儿。

"你今天在干什么？"我边问边递给她一片蟹壳，里面几乎满满的蟹肉。

"我根本想不了上课的事，就打了电话给米凯拉，跟她一起吃了午餐。"

"你把发生的事告诉她了？"

她点点头。

"告诉她你打我了？"

"是的。"

"她怎么说？"

"没说什么。她听我说。"

她看着我。

"你能原谅我吗？"

"当然能。我只是不理解你为什么打我。你怎么能这样失控？我能假设你不是有意的吗？我是说，如果好好想一想。"

"卡尔·奥韦。"她说。

"嗯？"

"非常对不起。非常非常对不起。可是你的话对我打击太大了。遇见你之前，我从来不敢想有一天我也能有孩子。我不敢想。就算我爱上你以后也不敢想。后来你说了那番话。是你先提出这个话题的，你记得吗？第一个早晨。我想和你生孩子。我是那么开心。无保留地开心，疯狂地开心。仅仅是有这样的可能。是你给了我这种可能。可是后来……昨天……嗯，就好像你要收回这种可能了。你说我们应该把要孩子的事放一放。这对我打击太大了，太泄气了，然后……嗯……我完全失去了控制。"

她的眼睛湿润了，她把螃蟹壳按在面包片上，想用刀沿着边儿撬出蟹壳里的硬肉。

"你懂吗？"她问。

我点头。

"当然懂。可你不能怎么乐意怎么来，不管情绪多么强烈。这样不行。真是的，见鬼。就是不行。我受不了这个。你一来情绪就冲着我，还开始打我。这样不行，我受不了这个。我们应该在一起好好过的，对不对？我们不能是敌人。我受不了这个，没那份精力。这样不行，琳达。"

"是不行。"她说。"我一定好好控制自己。我向你保证。"

我们默默坐了一会，吃着东西。每到这种时候，我们当中的一个都会开口，把谈话转移到更寻常、更乏味的话题上去，于是云收雨散，云淡风轻。

我想开口又不想开口。

面包上的蟹肉既光洁又不平整，红褐色一如田野上的落叶，海水近乎苦涩的咸味软化于蛋黄酱的甘甜，却又因柠檬汁而变得浓烈，有几秒钟的时间压过了我的一切感觉。

"好吃吗？"她含笑问道。

"好吃，真好吃。"我说。

我在我们一起醒来的第一个早晨对她说的话并不只是我说了什么，而是我用全部身心感受到的东西。我想跟她生孩子。我以前从来没有过这种感觉。而这种感觉让我确信它是对的，这是正确的。

可是，要不惜任何代价吗？

我母亲到了斯德哥尔摩，我把她介绍给琳达，在一家餐馆见的面。看来很顺利，我注视着妈妈和她交流，琳达光彩夺目，羞怯与开朗兼具。妈妈住我的公寓，我在楼门口对她道了晚安，她进去了，我赶紧跑回琳达的公寓，也就十分钟的路。第二天我接上妈妈，在咖啡馆吃早饭时，她告诉我，她没法子把走廊里的灯弄亮，所以花了差不多一个小时才进家门。

"我上楼上到一半，灯自己灭了，"她说，"自动灭的。我前面一米远的地方都看不见。"

"这是瑞典人搞的节能措施。"我说。"他们从来不让一个房间没人了还不关灯。公共区域也有自动定时开关。可是你为什么不再按一下呢？"

"太黑了，看不见开关。"

"开关是亮着的呀。"

"这么说就是那些亮东西！"她说，"我还以为那是火灾警报器什么的呢。"

"你的打火机呢？"我问。

"是啊，最后我才想起来。我都绝望了所以摸下楼梯想抽根烟，这时候才发现了打火机。于是我回身上楼，开灯，进了门。"

"你老这样。"我说。

"也许吧。"她说。"可这是一个不同的国家，所以才会这样。小细节都不一样。"

"你觉得琳达怎么样？"

"她是个可爱的姑娘。"她说。

"是啊，可不。"我说。

她其实用不着这样说。是的，我毫不怀疑她会喜欢琳达，尤其我刚刚经历了这样一段漫长而既定的恋爱关系，甚至还结了婚。托妮耶一直是我们家当然的一员，这没什么好说的。虽然我们的关系已经结束，但他们对她的感情并没有终止。英韦对她不再出现感到遗憾，妈妈大概也是如此。那年夏末，托妮耶和我分完了全部家当，我们友好相待，没留下任何创痛，只有一次我经历了一种类似悲伤的感觉，当时我到地下室取什么东西，突然哭了——我们共有过一段人生，现在都结束了。在那儿过了几天，没有发生任何冲突，然后我带着我们的猫去了我母亲在约尔斯特的家，交给她来收养。当时我跟她说了琳达的事。很显然，她不高兴，可什么都没说，半个小时之后才从嘴里迸出一句话，让我对她刮目相看。这种话太不像妈妈说的了。她说我不能跟别人约会，说我是个如假包换的瞎子，眼里从来只有自己。你父亲，她说，他直视别人。他一眼就能看出他们是怎样的人。这你从来都做不到。是的，我说，也许我是做不到。

我确信她是对的，可这并没有那么重要，重要之处一部分在

280

于她将爸爸，那个可憎的人，排在我之上，一部分在于她这样做是因为生了我的气。这是新现象，妈妈从来没有生过我的气。

那个时候琳达和我仍处在热恋之中，妈妈一定看到我满面春光，周身洋溢着生活的快乐。

在斯德哥尔摩，过了半年多一点，一切都不同了。我心里充满了怨恨，恋爱引起的幽闭恐惧如此强烈，让我想要离开。可我又做不到，我太软弱了，我想着她，我可怜她，没有了我，她将不知所措。我太软弱了，我爱她。

然后是电影大楼的午餐，我们坐在阳光里谈天说地，手舞足蹈，或在家，在公寓里，或去咖啡馆，有好多话要说，好多题目要涉及，不仅像过去那样谈她的生活和我的生活，还像现在这样谈我们的生活、谈我们生活里的各色人等。以前我总是深藏在自我的世界，暗中观察世人，就像躲在花园深处。琳达把我拉了出来，几乎破壁而出，一切都变得更近了，好像一切都更加强烈。然后是在电影馆看的电影，在城里的夜游，去格内斯塔和她母亲过的周末，寂静的森林，她在里面有时就像一个小女孩，尽显脆弱。然后是前往威尼斯的旅行，她吼叫着我不爱她，不停地这样叫嚷，一遍又一遍。到了晚上我们常常喝醉，然后野蛮地做爱，那是新奇的，异样的，也令人惊骇，不是当时而是第二天，当我回忆的时候，那就像我们要彼此伤害。她走了以后，我简直无法出门，整天坐在公寓的阁楼上奋力写作，就连去一趟杂货店来回几百米的距离也要强打精神。墙是冷的，巷子是空的，运河里漂满了棺材般的贡多拉。我所见的都是死物，我所写的价值全无。

有一天，就像这样，一个人坐在寒冷的意大利公寓，我突然想起了和琳达在一起的那个晚上斯蒂格·塞特巴肯对我说过的话。他说他下一部小说要照我的路子写写看。

我一下子羞红了脸。

他一直在挖苦我，我却没有自知之明。

我还以为他就是那个意思。

哎哟，你得有多自负才会相信这样的话？你到底有多愚蠢？蠢到没边没沿？

我赶紧起身，急急下楼，穿好衣服，在运河边的巷子里乱走了一个钟头，想要在这肮脏的、暗绿色的海水和古老的石墙上找出美，在这整个歪斜而残破的世界里发现壮丽，以此阻遏由于明白了塞特巴肯的讽刺而引起的巨大的自我厌恨，免得它一次又一次将我淹没。

一个大广场突然出现在眼前，我坐下要了咖啡，点燃一支香烟，并终于想到，也许这件事并没有什么特别重大的意义。

我用食指和中指把小小的杯子端到嘴边，相形之下，我的手指大得惊人。我靠到椅背上仰望天空。陷在街巷和运河组成的迷宫里，仿佛漫游地下，那时我从未注意过天空。随着狭窄的街巷汇入广场，天空也在屋顶和教堂的尖塔之上铺开，总是带来一阵惊喜，仿佛在说，是的，天空毕竟存在！太阳毕竟存在！就好像我也变得豁然开朗，明亮了，轻松了。

要我说，也许塞特巴肯也把我热情的回应当成了讽刺呢。

·

那年晚秋，气温急降，冻住了斯德哥尔摩所有的水体和运河。一个星期天，我们踏着冰面，从南马尔姆走向旧城，我像钟楼怪人一样踉跄前行，她欢声不断，给我拍着照片。我也拍她，一切都是锐利而清晰的，包括我对她的感情。我们在咖啡馆里翻看照片，飞奔回家，一心做爱，租两部电影，买一个比萨，在床上躺一整晚。那一天我永志不忘，也许恰恰是因为它是普通的、琐碎的，却镀着金。

冬天来了，雪花在城市上空翻卷。白色的街道，白色的屋顶，一切声响都变得闷闷的。有天晚上我们出门，无目的地漫步于白茫茫的雪地。也许是出于习惯的力量，沿着巴斯图街走到山脚时，她问我打算在哪儿过圣诞节。我说回家，和我母亲在约尔斯特。她想和我一起去。我说那不合适，太早了。为什么太早？你当然知道。不，我不知道。好吧。

最终演变成了吵架。我们一肚子气，坐在主教徽酒吧，面前放着啤酒，一言不发。为了赔罪，我给她的圣诞礼物是一次惊喜旅行；节后第三天我一回来，我们就去了阿兰达机场，直到我把飞往巴黎的机票给她，她才知道此行的目的地。我们要去巴黎待一个星期。可是琳达的焦虑发作了，大都市让她感到紧张，她无缘无故地发脾气，蛮不讲理。第一天晚上我们用餐时，男招待弄得我手忙脚乱，因为我不知道如何在体面场合行事，她瞪了我一眼，目光里满是蔑视。唉，真是没救了。我让自己落到了何种境地？我的人生又将走向哪里？我想出去购物，可是知道这没戏，她已经对此厌恶，现在更是憎恨，而她最恨的就是独自一人，我打消了这个念头。这些天可能会有个好的开始，比如我们去埃菲尔铁塔的那次，这座建筑洋溢着我所见的最强烈的十九世纪的光华，好的开始随即就会跌入黑色的、不可理喻的情绪；可是某一天如果开始得很糟，却可能圆满落幕，比如那一次我们前去拜访琳达的一位女友，她住在巴黎，紧挨着马塞尔·普鲁斯特下葬的公墓，后来我们也去凭吊。还有新年前夜，经由我在卑尔根一位热爱法兰西的朋友约翰内斯提点，我们去了一家优雅而温馨的餐馆，受到了所有可能想到的恭维，容光焕发地落座，一如旧日，也就是过去这半年，我们一直待到新年到来后一个小时，才手牵手，沿着塞纳河畔走回酒店。不管是什么在巴黎给她造成了这样大的压力，反正我们一到机场准备回家的时候，一切重负都烟消云散了。

我的女房东要把房子卖掉，所以在一月初的一天，我把全部家当，说起来就是我所有的书，搬到了城外的一座仓库，打扫了房间，交还了钥匙。琳达向朋友们四处打听，看他们是否知道在什么地方能找间办公室。科拉听说过一种供自由职业者使用的集体写字间，他们在一座城堡式建筑物的最顶层有个地方，高过斯卢森一侧小山的最高点，离我原来的公寓只有一百米远我弄到一个房间，白天去那儿工作。这是一个新开始，我在已有各种开头的长文件上新加了一百页，从头再来。这一次我抓住了小天使的主题。我买了一本便宜的画册，里面全是各种天使的图片，其中一幅引起了我的兴趣，那是三个天使穿着十六世纪的服装，漫步在意大利乡间。我写有人看见他们走路，一个男孩，有几只羊要他照看，一只走丢了，他去寻羊，却从树后看见了天使。这景象难得一见，但并非极不寻常，天使住在森林，正是人类活动的边缘地带，他们在此生活与人的记忆同样长久。再往下我就写不出来了。故事怎么办？

这跟我一点儿关系也没有，无论自觉还是不自觉，里面根本没有我的生活，这意味着我无法置身其中，也不能驾驭它继续前行。我倒不妨写个《幽灵和骷髅洞》呢。

故事在哪儿？

无意义的工作一天接着一天。除了继续下去我别无选择，没别的出路。和我共用写作空间的人都挺好，只是激进左派的善良在他们身上过于充沛，以至于当我发现为他们打扫写字间、厨房和厕所的男子是黑人时，竟然说不出话来——在等待咖啡煮好时，我使用了"黑人"一词，当场遭到了其中一位的纠正。他们只在语言上对他人团结、平等和友善，就像用一张网罩住了现实，而不公正和歧视还在暗中继续。这种话我不能讲。这里发生过两次入室盗窃；有天早晨我到的时候，警察正在楼内盘问。电脑和照相器材被人偷了。大门没有破损，只有我们写字间的门被人撬开了，因此他们推断这一定是某个有钥匙的人干的。后来我们坐下讨论，我说这事不难解决，要知道下面一层有几个不知其名的吸毒者，肯定是他们当中的一个弄到了钥匙。大伙全盯着我。你不能这么讲，其中一位说。我惊讶地看着他。这是偏见，他说，我们不知道谁干的。谁都有可能。只因为他们是吸毒者，有前科，也不能因此就说是他们破门而入！我们得给他们一个机会！我点头说是，对，我们确定不了。可我心里颇为震惊。我见过这伙人碰面前后在楼梯周围转悠，他们是那种为了钱什么都肯干的人，这不是偏见，这是该死的事实。

这就是盖尔跟我讲过的那个瑞典。现在我想念他。这是个现成的例子。可他在巴格达。

这段时间，我仍然在接待挪威亲友的来访，他们一个接一个来到斯德哥尔摩，我带他们到处转转，他们跟琳达见面，我们出去吃饭，又去别的地方买醉。晚冬的一个周末，图勒·埃里克也要过来，开着那辆曾经带他穿越撒哈拉沙漠的老爷车，照他当时的说法，他再也不回挪威了。他还是回去了，并且写了一本对我而言意义重大的小说，名叫《扎勒普》。我喜欢极了，书中的想法非常激进，迥异于挪威小说里的一切，因为它是如此不妥协，语言是如此独特，拔新领异，自成一格。奇怪之处在于小说的语言在多大程度上反映了他的性格，或者说与他的性格一致。我第一次见他的时候对此没能理出个头绪，因为那天晚上在艺术家之家纯属泛泛而谈，但是第二次、第三次和第四次见面，我还是没有得到答案，当时我们共度了几个星期，待在泰勒马克一个寒冷而废弃的营地，守着两间木屋，不远处有条河，水流湍急，夜空拱立，繁星密布。他是个大块头，铁拳巨掌，麻脸粗皮，他的眼睛特别有神，喜怒形于其中，总是让人一望即知。我对他写的小说钦佩有加，却发现自己很难与他交谈，我一张嘴就是蠢话，连给他提鞋都不配。但是在泰勒马克，一起吃完早餐，一起跋涉两公里前往学校，一起授课，晚上一起晚餐，喝咖啡或是啤酒，实在没有地方可以躲藏。必须开口讲话。他告诉我，伯城前面的车站叫于克塞伯，我们乐不可支笑了好久 [1]。我说我的皮夹克不是

[1]　Bø 指农地或农庄，Juksebø 中的 Jukse 则有假冒、欺骗之意。

皮夹克，而是包皮夹克，他笑得更厉害了，就是这么简单。他的大脑飞速运转，一切都能引起他的兴趣，在他脑中擦出火花，并继续深入，因为他的思想总是别出心裁，他对极端有着巨大的渴望，这让他周围的世界沐浴着恒久的新光，图勒·埃里克·隆之光，可这不仅仅对他有效，因为这种特殊气质也会和他、和传统、和他的阅读擦出火花。

能以同样能量面对世界的人并不多。

他对我很好。我感觉自己像个小兄弟，他关照我、指点我，想知道我能从此行——他说的是"尺行"——得到什么。有天晚上，他问我想不想看看他刚写的东西，我说想，当然想。他递给我两张纸，我开始读。这是个极为出色的开头，一次启示录般的炸药爆炸，发生在古老的乡村世界，一个孩子跑出学校、跑进森林。写得非常迷人，可是我一抬头，刚好看见他坐在那儿，脸藏在两只大手背后，像一个害臊的小孩。

"呸，真丢人。"他说。"真是丢死人了。"

什么？

他疯了吗？

这个男人性格鲜明，既固执又慷慨，既变动不居又不屈不挠。现在他就要到斯德哥尔摩来拜访我和琳达了。

两天前，我们不得不去参加了一个生日派对，米凯拉三十岁了。她住在南马尔姆一套一室的公寓里，离长岛不远。屋里挤满了人，我们在角落找了个位置，跟一个女人聊天，我慢慢听出来她是某个和平组织的负责人，丈夫是电脑工程师，为一家电话公司工作。他们人很好，我喝了几瓶啤酒，感觉自己强大了一些，又发现一瓶阿克维特，便开始喝。我越来越醉，夜幕降临，人们开始回家，我们没走，到最后，我醉得实在厉害，把餐巾纸揉成团朝附近的人身上丢。留下来的都是死党，琳达最亲密的朋友，我不是自己找乐子朝他们头上扔纸团，就是抓住碰到的任何事说个没完，狂笑不止。我努力对每个人都拣好听的说，失败了，但起码我的意图一直是明确的。最后琳达拖我出去，我抗议，因为一切都是那么温馨，可她拼命拽我，我穿上外套，一转眼我们上了街，把公寓远远地留在了高处。琳达对我大发雷霆。我不理解。又怎么了？我喝得烂醉。别人谁都没醉，我注意不到吗？只有我。其他二十五个客人一直都很清醒。这就是瑞典的方式：一个夜晚成功的标准在于，人人都要带到达时同样的状态离开派对。我习惯了人们喝得头晕眼花。这不是三十岁的生日派对吗？不，我让她蒙羞，她以前从没像这样尴尬，这些人是她最好的朋友，可是我，她的男人，她夸得天花乱坠的男人，却坐在那儿满嘴胡话，朝别人扔纸团，侮辱人家，完全失去了自制。

我发了脾气。我有我的底线。不然就是我醉得太厉害，底线已经没有了。我朝她吼叫，骂她混账透顶，说她脑子里成天净想着给我划线，死死地缠在我身上。这很变态，我叫嚷着，你这变态。现在我他妈的要离开你。你甭想再见我。

我拔腿就走。她跑着追我。

你醉了，她说，平静一下。咱们可以明天再谈。你不能这个样子进城。

他妈的凭什么不能？我说着扯开她的手。我们已经走到她那条街和我公寓之间的一块小草坪。我再也不想见你了,我喊道,然后大步穿过街道,直奔津肯斯达姆站。琳达站在公寓外面,在我身后叫我。我头也不回。出南马尔姆,横穿旧城,前往中央车站,一路上怒气冲冲。我的计划很简单:我要坐火车回奥斯陆,离开这座该死的城市,决不回来。决不。决不。天上下着雪,很冷,但怒火让我温暖。到了车站,公告牌上的字母挤作一团,难以分辨,我集中精神,费了半天劲还必须努力保持身体平衡,这才看到上午九点到十点之间有一趟火车。现在是凌晨四点。

这段时间我该干点儿什么呢?

我在紧里面找到一条长椅,于是躺下睡觉。睡着之前的最后一个念头是,等我醒过来,一定不要犹豫,必须把自己的决定贯彻到底,到时候不管我酒醒了几分,斯德哥尔摩都已成为过去。

一个保安员摇晃我的肩膀,我睁开眼睛。

"你不能睡在这儿。"他说。

"我在等火车。"我说着,慢吞吞地坐起来。

"知道。可是你不能睡在这儿。"

"坐着行吗?"我问。

"好像不行。"他说。"你喝醉了吧?也许你最好还是回家。"

"好吧。"我说完站了起来。

啊哈,就是,我还醉着呢。

此时刚过八点。车站人头攒动。我只想睡觉。我的脑袋极其沉重,还像发了烧一样头疼,看不见固定的东西,什么都是一闪而过。我摇摇晃晃走进地铁通道,爬进车厢,在津肯斯达姆站下车,回到公寓,没钥匙,只好敲门。

我得睡觉。别的事情全都滚蛋。

隔着玻璃门，我看到琳达跑进了门厅。

"噢，你回来了。"她说着，张开双臂环住我。"我怕死了。城里所有医院我都打了电话。有没有一个高个子挪威人给送进来……？你去哪儿了？"

"中央车站。"我说。"我本来想坐火车回挪威。可现在我得睡觉。让我自己待会儿，别把我叫醒。"

"好吧。"她说。"你醒了以后想来点儿什么？可乐，烟肉？"

"什么都行。"说完我一头冲进屋内，脱掉衣服，钻进被窝，马上就睡着了。

我醒来时外面已经黑了。琳达坐在厨房的椅子上看书，台灯好像一只单脚站立的涉水鸟，又高又瘦，鸟头微斜，光洒落在她身上。

"嗨，"她说，"你怎么样？"

我给自己倒了杯水，一口气喝光。

"还行，"我说，"要是不生气的话。"

"昨天晚上的事我非常抱歉。"她说着把书放到扶手上，站起身。

"我也是。"我说。

"你当时真想离开吗？"

我点点头。

"真想。我觉得受够了。"

她张开双臂抱住我。

"我理解。"她说。

"不只是派对上发生的事。还有好多别的事。"

"嗯。"她说。

"行了。咱们去客厅吧。"我说。我往杯子里加了水，在桌边坐下。琳达跟过来，打开天花板上的灯。

"你还记得我第一次来这儿吗？"我问。"就是这间屋子。"

她点点头。

"你说你认为你喜欢上了我。"

"那是往轻了说。"

"是的，现在我知道了。但实际上我当时觉得自己受到了冒犯。'喜欢'在挪威语里听起来非常无力。他们说'一个招人喜欢的朋友'时就是这么说。我确实不知道瑞典语里的'喜欢'跟挪威语的'爱'是一个意思。我以为你说的是你开始对我有了一点儿好感，也许将来能更进一步。我当时就是这么理解的。"

她冲我淡淡一笑，然后低头看着桌面。

"我鼓足勇气，"她说，"把你弄到这儿，告诉你我对你的感觉，然后你那么冷漠。你说咱们做朋友挺好的，还记得吗？我赌上了一切，输掉了一切。你走以后我沮丧到了极点。"

"可是咱们现在就在这儿啊。"

"是的。"

"你不能吩咐我该做什么，琳达。这样行不通。我会离开你。我说的不是喝酒。我说的是所有事。你不能那样做。"

"我知道。"

片刻的沉默。

"咱们冰箱里还有肉丸吧？"我问，"我饿死了。"

她点点头。

我走进厨房，把肉丸倒进煎锅，烧水准备煮意大利粉，我听到琳达在身后进来了。

"这个夏天没什么错的。"我说。"我指的是喝酒的事。你当时不介意，对吗？"

"对，"她说，"挺棒的。我现在害怕超过限度，但那会儿不怕，跟你在一起就不怕，感觉蛮安全的。从来没感到要摔跤了、要发疯了，或者只是要出丑了。感觉特安全。我以前没这种感觉。现在不一样了。我们已经过了那个阶段。"

"是的，"我说完转过身，锅里的黄油开始在肉丸中间融化，"那我们现在是什么阶段呢？"

她耸耸肩。

"我不知道。但是感觉我们好像失去了什么。有什么东西结束了。我害怕剩下的也会消失。"

"但你不能强迫我。这是让它消失的最好的办法。"

"那当然。我知道。"

我往要煮意粉的水里撒了盐。

"你要不要？"我问。

她点点头，用两个拇指擦掉眼泪。

图勒·埃里克在第二天两点左右抵达，一进门就用他的风采填满了这套小小的公寓。我们逛了几家古旧书店，他研究有哪些自然史方面的老书，然后我们去鹈鹕吃晚餐，喝啤酒，直到关门。我对他讲了在车站过夜的事，以及我要坐火车回挪威的决定。

"可是我就要来了呀！"他说，"那我岂不是也要掉头回去？"

"我一醒过来想的正是这事，"我说，"图勒·埃里克·隆要来。我他妈的不能现在这时候回家。"

他发出一阵大笑，然后跟我讲起他的一段韵事，十足的腥风血雨，与之相比，我和琳达这一出纯属仲夏夜的喜剧。当晚我喝了二十瓶啤酒，只记得最后几个钟头来了个老醉鬼，图勒·埃里克跟他聊得很投机，他在我们这一桌坐下，不停地夸我真帅，好一个帅小伙。图勒·埃里克大笑着，不时捅捅我的肩膀，随后继续尝试逗引此人讲他的生活。后来我记得我们站在公寓外面，他爬进自己的小汽车，躺到后座上睡觉，轻飘飘的雪花在灰色而寒冷的天空下旋舞。

一个房间和一个厨房，这就是我们的竞技场。我们在这儿做饭，吃饭，睡觉，做爱，闲聊，看电视，读书，争吵，接待所有的访客。这里窄小、逼仄，但也足够，我们有办法尽量将头保持在水面之上。可是如果我们想要孩子，我们在不停地谈论此事，就得找一处更大的公寓。琳达的母亲在市中心有套房子，只有两个房间，但面积超过了八十平方米，跟我们现在住的地方相比，那里简直就是足球场。房子她不用了，但已经出租，她说可以给我们住。恐怕不能想住就住，因为不合法，在瑞典，租约属于个人财产，终身有效，但交换可以：琳达的母亲接手琳达的，我们接手她的。

有一天我们去看房子。

这是我见过的最资产阶级的公寓，房间一头有个巨大的、属于上世纪的俄式壁炉，正面是厚重的大理石，另一个壁炉在卧室，高度一样，只是小点。所有墙壁都装饰着雕刻精美的白色镶板，天花板做过拉毛粉刷，高度超过四米。极为漂亮的鱼脊形镶木地板，出自十九世纪末期。她母亲的家具也是同样的风格：厚重，唯美，十九世纪晚期的产物。

"我们能住这儿吗？"我们四处走动的时候，我这样问她。

"不能，当然不能，"琳达说，"我们应该到谢尔岛或类似地方换一套公寓，对不对？这里死气沉沉。"

谢尔岛是座移民聚居的卫星城，我们在某个星期六去过那里的市场，深为当地的生活气息和多样性感到震惊。

"我同意，"我说，"我们住这种地方简直不可能。"

与此同时，搬到这里的想法也是有吸引力的。宽敞，漂亮，市中心的位置。我们会在这些房间里迷失自我真那么要紧吗？也许我们可以和它战斗，控制它，让资产阶级的格调成为我们的一部分。

我一向倾心于资产阶级，倾心于固有的体统，想要严密的形式和严谨的规则，藉以保证内心不越雷池，规范它、锻造它，把它变成某种你可以忍受的东西，不准它一而再、再而三地毁掉你的生活。但是，每当我置身于中产阶级的环境，比如和我爷爷奶奶、或是托妮耶的父亲共处，抵触就会发生，好像我身上一切异类的、不相容的、逾越了形式和结构的特质、所有让我对自己感到厌恶的东西统统因此而暴露了。

可是在这儿？琳达和我，再加一个孩子？一种新生活，一个新城区，一套新房子，一种新的幸福？

这种想法遮蔽了这套公寓阴郁的、死气沉沉的第一印象，在屋里的床上做过爱之后，我们喜欢上了这个话题，热情陡然增加；后来当我们躺在床上，枕着枕头，抽着烟的时候，已经毫不怀疑我们的新生活就要从这里开始了。

四月末，盖尔从伊拉克回来了。我们到旧城一家昂贵的美国餐馆吃了晚餐，他非常兴奋，充满活力。我以前从未见过他这个样子，他花了好几个星期讲述在那里的全部经历，他遇见的各色人等，渐渐地，等我也对此如数家珍，这些东西才开始逐渐消失，让别的事能够占据他的脑海和话题。五月初，在安德斯的帮助下琳达和我开始搬家，搬完自己的家当之后，又把整套公寓收拾干净。我们花了一下午和整个晚上，十一点还没完工，琳达突然往地上一蹲，整个人靠到了墙上。

"我受不了！"她叫道，"干不动了！"

"再干一个小时，"我说，"顶多一个半小时。你能挺得住。"

泪水在她眼睛里打转。

"咱们给妈妈打电话吧。"她说。"咱们不必全弄完。明天她过来干。不会有问题的。我知道。"

"你要让别人给你打扫房子？"我问。"收拾你留下的垃圾？你不能每次一遇到问题就喊你妈。你都三十了，真是的！"

她叹了口气。

"是，我知道，"她说，"我只不过快累死了。这些活儿她能干。对她不是问题。"

"可对我是个问题。对你也应该是个问题。"

她抓过抹布，站起身，接着擦洗卫生间的门框。

"剩下的我干，"我说，"你先走吧，我晚点儿过去。"

"真的吗？"

"真的。没关系。"

"好吧。"

她穿好衣服出了门，走进夜色，我把清洁做完。我说的是实话，这对我不算什么。第二天搬我的东西，也就是我所有的书，其数量现在已经增长到了两千五百部。安德斯和盖尔帮我搬家，当我们把一个个纸箱从电梯弄进公寓时，他们发自肺腑地对此叫骂不绝。盖尔很自然地把它与帮助美国海军陆战队卸装弹药箱相提并论，他刚干过这种差事没几个星期，但是对我来说这就像操纵瑞典马车或猎捕北美野牛一样陌生。我们的家当在两间屋子里堆成了小山，我开始粉刷墙壁，而琳达去了挪威做一个有关五月十七日的广播节目。她将和我母亲待在一起，两人只见过一面，在斯德哥尔摩共度了几个钟头而已。等她上了火车，我就给妈妈打电话。有些事情困扰着我，托妮耶留下的所有痕迹，特别是结婚照片，我在那儿过圣诞节时它还挂在墙上，还有结婚相册。我不想让琳达经受这些东西，我不想让她产生处在我生活边缘、只是一个替代品的感受。一番简短的寒暄，互通了上次见面以来的新闻之后，我开始瞄准主题。我知道这很愚蠢，实际上也很丢人，对琳达、对她和我，都是如此，可我控制不住自己，老想着琳达会因此受到伤害，所以最后我还是开了口。她能否摘下结婚照片？把它放到一个更隐蔽的地方也行。是的，她能，其实照片早就取下来了。就在我们结束婚姻关系之后。那相册呢？我问，你知道的，结婚相册，你把它塞到什么地方行吗？噢，不行，卡尔·奥韦，妈妈说，那是我的相册。它代表了我人生的一段时光。我不想把它藏起来。琳达不会怎么样的，她知道你结过婚。你们都是大人了。好吧，我说，你说的对，那是你的相册。我只是不想伤害她。你不会的，妈妈说，没事儿。

琳达选择和我妈一起住是个勇敢的决定，是主动示好，而且效果不错。我们每天通几次电话，她说她深深迷醉于西挪威的风光，那些绿色、蓝色和白色，那些高高的山峰和深深的峡湾，几乎完全没有人烟，总是艳阳高照，把她带入一个梦幻般的国度。她从巴勒斯特兰一家小客栈打来电话，描述窗外的景色，探出身子便能听到海浪的拍击，她的声音里饱含着将来。不管她说什么，话题总是我们俩，我就是这样理解的。世界如此美丽，正因为有了我们俩，我们在一起，是的，好像我们就是世界。我告诉她大屋子现在如何惬意，房间不再是灰色的，而是通体洁白。我也饱含着将来。我期待她早日回家，看看我的工作成果，我期待着住在这儿、在城市的中心地带，我也期待着我们已经决定要生的小孩。我们放下电话，我继续刷墙，第二天就是五月十七日，下午埃斯彭和埃里克要来串门。他们正在毕斯科普斯－阿尔内参加一个批评界的座谈会。我们出去吃饭，我把他们介绍给盖尔，看上去他们无拘无束，谈到了各种各样的话题，但是盖尔和埃斯彭并不是很谈得来。盖尔抛出一些老生常谈，埃斯彭加以挑战，盖尔察觉之后便闭紧了嘴巴，讨论于是到此为止。像往常一样，我努力打起了圆场，先夸埃斯彭几句，再回过头表扬盖尔，可这太迟了，他们断然不肯再度交谈，更不可能喜欢或尊敬对方了。他们两个我都喜欢，甚至可以说是他们三个，但我的生活一向如此，不同的部分之间打着厚重的隔板，和他们每个人打交道时，我的方式迥然有别，当他们凑到一起的时候我感觉就像露馅了一样，左也不成，右也不是，只好不停地和稀泥，要么显得举止怪异，要么干脆嘴巴紧闭。我喜欢埃斯彭，恰恰因为他是埃斯彭；我喜欢盖尔，恰恰也因为他是盖尔，可我的这种把戏——本质上说是随和，起码我是这样认为的——却总有一种虚伪的感觉。

琳达一整天和我的家人在一起，第二天早晨她告诉我，她跟我妈去了达勒，看望我阿姨谢莱于格和姨父马格纳，他们住在自己的农场，高临于村庄之上，大家一起用传统的方式庆祝五月十七日。她采访了村民，根据她后来所述，我的理解是，她发现此次活动极富异国情调，讲话啦，服装啦，军乐队啦，儿童游行啦，样样如此。早晨的时候，他们在森林边缘看见了鹿，回家的路上还有海豚在峡湾里欢闹嬉戏。妈妈说这是吉兆，代表好运气。

那里不常有海豚出没，我只见过几次而已。第一次距离很近，在峡湾里一条小船上，和外公一起，雾蒙蒙的，安静至极，后来它们游上来了，起初只闻其声，像帆船的船首犁过水面，随后便看见了它们闪亮而光滑的深灰色躯体。它们一路忽上忽下地游着。外公也曾像妈妈那样，说它们会带来好运。琳达既兴奋又疲惫，她累了一路，连续的盘山公路让她晕车，所以很早就睡了。她告诉我，头天晚上她跟着外婆最小的妹妹阿尔夫迪丝——她比妈妈大十岁——还有她丈夫安芬，一个矮小却强健的男人，性格活泼、魅力惊人，琳达颇喜欢他，而好感似乎是相互的，他拿出了自己当年捕鲸时的全部珍藏大谈当时的经历，也许是琳达和他之间的麦克风进一步激发了他的兴致。他们做了薄烤饼，用的是企鹅蛋！他大笑着告诉她。不过她有点儿担心录音，安芬操一口乡音浓重的约尔斯特方言，瑞典人无疑是难以理解的。

埃斯彭一早就走了，埃里克还在，他出门到城里去的时候，我把最后一批书上架，扔掉剩余的纸箱，如此一来，琳达第二天早晨回来时所有的活儿都会干完。当晚我们还是出去吃饭，后来回家喝免税的烈酒喝了一个通宵。琳达和我不停写短信，因为她觉得不舒服，一直很累，肯定只有一种可能，会不会……越往后短信越热烈、越深情，可是她终于写道，晚安，我亲爱的王子，也许明天就是大喜日子！

早晨七点我上床时，酒精的明火在体内烧灼，如此强烈，竟至于无法看见周围的环境，仿佛我的内心世界成了一切。我醉到不省人事的时候就是这样。虽然如此，我还存有一点儿意识，没忘把闹钟上到九点。我得去车站接琳达。

九点了，我还醉着。只有动员起全部的意志力，才能勉强迈动步子。我拖着身体走进卫生间，冲了个凉，换了些干净衣服，冲埃里克喊了一嗓子我走了，他和衣躺在沙发上，挣扎着起身，说要出去吃早点，我说那我们十二点左右再见，就在我们前一天去的那家餐馆。他点点头，我歪歪斜斜走下楼梯，出门上街，阳光明晃晃的，柏油路散发出春天的味道。

我在路上停下，买了瓶可乐，一口气喝干，又买了一瓶。借着商店的橱窗端详自己的脸。气色不好。眼皮肿着，眼睛里满是血丝。倦容。

如果能把接站推迟三个小时，让我干什么都行。但这不可能，再过十三分钟她的火车就要进站，没有多余的时间了。

她出现在站台上时，神采飞扬，脚步轻快。她朝我这边张望，嘴角挂着微笑，我招手，她也挥手示意，然后走向我，单手拖着带脚轮的行李箱。

她看着我。

"嗨。"我说。

"怎么了，你醉着呢？"她问。

我上前一步，把她抱在怀里。

"嗨，"我又说了一遍，"昨天睡晚了，没什么事。我在家来着，跟埃里克。"

"你满身酒味儿。"她一边说，一边脱开我的怀抱。"你怎么能这样对我？非挑今天不可？"

"对不起，"我说，"可这没什么大不了的吧？"

她没有回答，拔腿就走。我们离开车站的路上她一个字也没说。在通往克拉拉山高架桥的自动扶梯上，她开始辱骂我。到了上面，她用力摇晃药店的大门，可这是星期天，人家不开门。我们继续走向北方百货公司另一侧的药店。她一路上大发雷霆。我走在她身边，活像一条狗。第二家药店开着门。我真厌恶你，她说，我不理解为什么我要跟你过下去，你只想着你自己，难道我们昨天那些话没有任何意义吗？她这样说。这时轮到她了，她想买验孕棒，接过一支，付钱，我们离开，上内阁街，她继续对我百般辱骂，滔滔不绝，引得路人纷纷注目，可她不管不顾，她正在气头上呢。我一向害怕她的脾气，此时有意请她息怒，求她好好说话，我已经道过歉了，我又没干什么，我们的短信和我陪挪威来的客人一起喝酒之间没有联系，我喝醉这件事跟她手里的验孕棒也没有联系，但她不这样看，对她来说全都一样，她是个浪漫的人，她对我们两个、对爱情、对我们的孩子心怀梦想，而我的习性毁掉了她的梦，或者提醒她，那只是梦。我是坏人，是不负责任的人，真不敢想象我凭什么能做父亲？我怎么能让她受这份罪？我走在她身边，因为别人在看我们而受着羞耻的煎熬，为我一直在酗酒而受着内疚的煎熬，因为她在盛怒之下指着鼻子骂我而受着恐惧的煎熬。这真是受辱啊，但既然她有理，既然她说的是事实，既然这可能是我们发现要有小孩的日子，既然我醉醺醺地来接她，我就不能要她住口，也不能让她滚蛋。她是对的，或者说她有这个权利，我必须低下头，忍受这一切。

我忽然想到也许埃里克就在附近，于是愈发低垂着头。最坏的念头大概也不过如此，那就是让某个熟人看见我这副样子。

我们上楼梯，进家门。粉刷一新的墙壁，一切井井有条：这是我们的家。

她看都没看一眼。

我停在地板中央。

她已经用愤怒暴打了我一顿，一如拳手击打沙袋。好像我是个玩意儿。好像我没有知觉，是的，好像我没有内在的生活，好像我只是一副空空的皮囊，在她的生活里游来荡去。

我知道她怀孕了，确信无疑，从我们做爱的那一刻我就知道。成了，我当时想，我们就要有孩子了。

果然如此。

突然之间，当我站在地板中央，内心的闸门一下子打开了。防线瞬间崩溃。再也无力抵抗。我开始哭泣。完全失控般地哭起

301

来了，一切都扭曲成怪物般地哭起来了。

琳达停下，转身看着我。

她以前从没见我哭过。爸爸死后我也再没哭过，那是将近五年前的事了。

她一副受了惊吓的样子。

我背过身，我不想让她看见，那是十倍的羞辱，我不仅不是人，也不是个男人。

可是转身没用。双手捂脸也没用。朝门厅走也没用。它来得那样凶猛，我哭得又那样奔放，所有的闸门统统打开了。

"可是卡尔·奥韦，"她在我身后说，"好卡尔·奥韦。我绝不是有意的。我只是太失望了。可这没关系。没关系的。亲爱的卡尔·奥韦。不要哭。不要哭。"

是的，我也不想哭。我最不想做的就是让她看见我哭。

可我停不下来。

她伸出双臂想抱我，我把她推开。我想喘口气，却变成了颤抖的、可悲的抽噎。

"对不起，"我说，"对不起。我不是故意的。"

"我也对不起。"她说。

"好，还是老一套。"我一边说，一边泪水涟涟地笑着。

她眼里也满是泪水，她也在微笑。

"是的。"她说。

"是的。"我说。

我走进卫生间，大口吸气。又一波啜泣涌过我的身体，又一阵哆嗦，可是后来我用冷水洗了几把脸，这一波抽噎消退了。

我出来时，琳达仍然站在门厅。

"好点儿了吗？"她问。

"是的。"我说。"这真是白痴。肯定是昨天喝酒闹的。我一下子没了防备。一切都那么让人绝望。"

"你哭一哭不要紧的。"她说。

"对你是不要紧，是的。可我不喜欢。我但愿你没看见。可你看见了。现在你知道了。我是这副德行。"

"是的，你是个好人。"

"得了吧，"我说，"快别说了。不要再提了。你觉得房子行吗？"

她露出微笑。

"棒极了。"

"好。"

我们相互拥抱。

"琳达，"我说，"你不去做个检测吗？"

"现在？"

"对。"

"好的。多抱我一会。"

我照办了。

"现在？"我问。

她哈哈大笑。

"好的。"

于是她进了卫生间，出来时手里拿着白色的验孕棒。

"得等几分钟。"她说。

"你估计呢？"

"我不知道。"

她走进厨房，我跟了进去。她盯着那支白色的棒棒。

"有变化吗？"

"没有，什么都没有。嗯，也许什么都没有。我很肯定有什么呢。"

"是的，有些证据。你老觉得不舒服。累。你还需要多少证据？"

"一个。"

"看这儿。蓝了，对不对？"

她什么也没说。

然后她抬起头，看着我。她的眼睛黑亮而严肃，像野兽。

"有了。"她说。

我们做不到非得等三个月再告诉别人。过了三个星期，琳达就给她母亲打了电话，听到她喜极而泣。我母亲的反应则相对平淡，她说这很好、很可喜，可是过了一小会，她又冒出来一句，说不知道我们有没有做好准备。琳达要上学，我得写东西。到时候再看吧，我说，一月份就会有结果。我知道妈妈总要花些时间才能适应变化，她必须先想一想，然后再调整自己，来应对新的情况。我一放下妈妈的电话，就打给了英韦，他说，噢，真是好消息。是的，我站在后院，边抽烟边说。什么时候生？英韦问。一月份，我说。恭喜恭喜，他说。谢谢，我说。这样吧，他说，我正在足球场，跟于尔娃一起看比赛，有点儿忙，咱们晚些时候再聊？没问题，我说，然后我们挂了电话。

我又点了一支香烟,发现自己对他们的反应不尽满意。老天,我们要生宝宝了! 这可是特大喜讯!
　　但是我搬来瑞典以后,一些变化也随之出现。我们还和以前一样联系频繁,问题不在这儿,但有些东西不一样了,我不知道变化出在我身上还是他们身上。我离他们远了,还有我的生活,重大的变化一再出现,新的地方、新的人和新的感情,让我无法再像从前、像我们在同一个环境生活时那样轻松自然地与他们沟通。这是一个持续的过程,从蒂巴肯开始,接着先是特韦特,而后是卑尔根。
　　不,我可能想得太多了。我感觉英韦的反应跟七年前相比并没有太大的不同,当时我跑去告诉他,说人家接受了我写的小说。是吗? 他轻描淡写地说,嗯,挺好。对我来说这可是天大的喜讯,当时我整个人都乐懵了,并且以为周围所有人也会像我一样。
　　当然不会。
　　迎接改变人生的消息历来不易,尤其当你深陷俗常与平庸,人生总是平凡的,生活几乎吸尽一切,几乎缩小了一切,只留下屈指可数的重大事件,大到让你身边一切日常的琐事统统化作尘埃。这就是大事,而人不可能靠大事活下去。

　　我踩熄烟头,上楼去见琳达。进门时,她好奇地看着我。
　　"他们怎么说? "她问。
　　"他们高兴坏了,"我说,"又是恭喜又是祝贺的。"
　　"谢谢。"她说。"我妈高兴得不得了。不过她听见什么都很兴奋。"

305

当晚晚些时候英韦打来电话；我们可以得到想要的各种婴儿衣服和用品。推车、尿布台、罩衫、连衫裤、爬爬服、围嘴、裤子、毛衣和鞋子，他们全包了。我把这些告诉给琳达，她很感动，我还笑她，她的敏感性在过去几个星期已经改变，开始对最奇怪的事情产生反应。她自己也笑。她母亲经常登门，带来最美味的饭食让我们收进冰箱，还有几包婴儿服装和成箱的玩具。她给我们买了一台洗衣机，她的伴侣维达尔负责安装。

琳达继续上课，我继续去城堡里的集体写字间，开始读圣经，发现一家天主教书店，买下了我能找到的所有和天使有关的书，读托马斯·阿奎那和奥古斯丁，大巴西勒和圣哲罗姆，霍布斯和伯顿。我买了斯宾格勒和一本艾萨克·牛顿的传记，多种有关启蒙时代和巴洛克时期的参考书，都堆在我写作的地方，我试图从这些不同的思想和体系中琢磨出一条路，或对同一个方向有所推进，尽管我不知道具体的目标是什么。

琳达很快乐，但她心里总有深渊般的感觉，让她对一切感到惧怕。孩子生下后她有没有能力照料？能不能生下来？她可能失去小孩，不管我说什么、做什么，都阻止不了恐惧在她心里疯长，这超出了她的控制，幸而只是一时之惧。

六月底，我们去挪威度假。先到特罗姆岛待了几天，然后去拉科伦拜访埃斯彭和安妮，他们借给我俩一套木屋，最后我们去了约尔斯特的妈妈家。我俩谁都没有驾驶执照，所以我拖着两个人的箱子，跟琳达一起上飞机、赶火车、坐大巴、打出租车，只要比一枚苹果重的东西，她一概拿不了。阿尔维德到阿伦达尔和我们见面。他比我大几岁，来自特罗姆岛，本来是英韦的朋友，但我们在卑尔根来往密切，他也在那儿学习，几个月之前曾到斯德哥尔摩拜访过我们。现在他想开车带我们回他家。我知道琳达累了，想去我们租的木屋，为了强调她的愿望，我当场告诉阿尔维德，琳达怀了孩子。

在阿伦达尔阳光明媚的街道上，这番话宛如晴空下的一声闷雷。

"噢，恭喜啊！"阿尔维德说。

"所以我们最好还是先去木屋休息一下……"

"我来安排，"阿尔维德说，"我开车送你们过去。过后再开船来接你们。"

这是幢原木小屋，条件很差，我一看见它就后悔了。我原本打算让她看看我的家乡，我以为这里挺好的，但并非如此。

她睡了一两个小时，我们出门走上堤道，阿尔维德驾着小艇跨海而来。我们要去他住的希斯岛。经过一幢幢岩石上的小白房子，下午的阳光给它们染上了一层微红，周围绿树环绕，碧海蓝天，我心里想，天啊，这儿可真美。后来起了风，每天下午的日落时分总是刮风，景观因此变得格格不入，我在这儿长大的时候就见过。格格不入是因为把风景统一起来的一切因素，在劲风吹拂之下，都像大锤击碎石头般地分崩离析了。

我们上岸，进家，在花园的桌边围坐。琳达内心闭合，表露出的态度并不友善。我受着煎熬，我们与他的亲友同坐，这是他们第一次见她，我当然想让人家看看我的伴侣多么出色，她却这样不情不愿。我在桌下抓住她的小臂，捏她。她看看我，全无笑意。我想大声吼叫，要她打起精神。我知道她可以表现得多么迷人，恰恰在这方面是多么具有天分，足可以和别人坐在桌边谈笑风生。另一方面，我也记得我跟不太熟的琳达的朋友在一起时的样子。沉默，拘谨，内向，有人整场饭局干坐着，除了必要的几句话之外便哑口无言。

她在想什么？

谁招惹了她？

阿尔维德？他偶尔会流露出轻微的招摇之态。

安娜？

阿特勒？

要不然是我？

我下午说过什么吗？

或者是她自己的问题？某件与此完全无关的事？

吃完东西，我们坐船兜风，绕希斯岛转了一圈，又驶向梅尔德岛，一进入开阔的水域，阿尔维德便加大油门。小艇迅捷轻快，掠过水面，波浪撞击着船首。琳达脸色煞白，她怀孕刚刚三个月，这么剧烈的震动也许会让她失去胎儿，我能看出她在想什么。

"告诉他开慢点儿！"她咬牙切齿地说。"这对我太危险了！"

我看看阿尔维德，他坐在方向盘后，脸上挂着微笑，眼睛迎风眯成了一条线，清新的海风朝我们扑面而来。我没觉得危险，也鼓不起勇气出言干预，告诉阿尔维德放慢速度，那样做太愚蠢了。与此同时，琳达坐在那儿，满心恐惧，怒火中烧。为了她，我大可以张这个嘴，让自己像个傻瓜也在所不惜？

"没事儿，"我对琳达说，"没什么危险。"

"卡尔·奥韦！"她切齿说道，"告诉他慢下来。这太危险了。

你不懂吗？"

我直起腰，向阿尔维德靠近。梅尔德岛迈着激烈的步伐，正在全速逼近。他看着我，莞尔一笑。

"她挺好的吧？"

我点点头，回笑一下，要他放慢速度的话到了嘴边又咽了回去。我走到琳达身边坐下。

"没什么危险。"我说。

她什么也没说，坐在那儿双臂合抱，面色凝重而苍白。

我们在梅尔德岛上转了一圈，拿一块小地毯铺到地上，喝了咖啡，吃了点心，然后重新登船。在码头往船上走的时候，我悄悄贴近阿尔维德。

"你开快那会儿琳达有点儿害怕。她怀孕了，这你知道，所以动作上……嗯，你明白。回去时你能稍微悠着点儿吗？"

"没问题。"他说。

开往霍弗的一路上，他都保持着蜗牛般的速度。我不知道他是想告诉我们什么，还是格外体贴。不管怎样，这都让人尴尬。两件事我全没办好：第一，我跟他开了口；第二，我没能在去的路上出言干预。跟人家说开慢点儿，我女朋友怀孕了，这难道不是世界上最容易的事吗？

尤其因为琳达的恐惧和不安来自一个与大多数人都不一样的源头。自从医院放她出来，只过了三年，此前她有两年受着躁郁症的折磨。有了这种经历之后再怀孩子，并不是没有风险的。她不知道自己会如何反应。要是躁郁症再度发作呢？严重的话，说不定会重新住院。到时候孩子怎么办？不过，她已经出来了，在世间稳定下来了，以一种迥异于以往崩溃之前的方式，而且在几乎一年的时间里，以我每天所见，我知道她不会有事的。我把此前发生的事看成一场危机，漫长而囊括一切，但它结束了。她是健康的；摇摆不定的情绪仍然在她的生活中存在，可那只是正常的习惯罢了。

我们乘火车到莫斯，埃斯彭在车站接上我们，开车去他们在拉科伦的家。琳达有点儿低烧，先去睡了，我和埃斯彭走路前往附近的一块球场，瞎踢了一阵足球。晚上我们烤肉吃，我跟埃斯彭和安妮坐到很晚，后来只剩埃斯彭和我。琳达在睡觉。第二天，埃斯彭开车把我们送到耶尔岛上的木屋，我们在那儿待了一个星期，在此期间他们则去了斯德哥尔摩，住在我们家。我五点左右起床，写小说，稿子现在已经有了小说的模样，我一直写到十点左右琳达起床。我们吃早饭，我有时朗读一下刚写的东西，她无一例外地说非常好，我们去几公里远的海滩游泳，购物，弄午餐，下午她睡觉，我去钓鱼，晚上我们点起篝火，或聊天，或看书，或做爱。住满一个星期，我们便从莫斯搭火车去奥斯陆，转乘卑尔根专线前往弗洛姆，在此乘船到巴勒斯特兰，下榻奎克纳酒店，第二天再搭渡轮到菲耶尔兰。我们见到了托马斯·埃斯佩达尔，他正和一个朋友徒步旅行，前往他在松恩峡湾的一个住处。自从我住到卑尔根以后就再没见过他，因此一看见他我就兴奋异常，他是我这辈子见过的顶好的好人。妈妈在菲耶尔兰的码头上等我们，我们驱车，行经蓝色天幕下的灰白色冰川，通过长长的隧道，进入漫长、灰暗、狭窄的山谷，这里经常有雪崩发生，一进谢村地界，温婉而丰腴的约尔斯特乡村景色便出现在眼前。

这是琳达和我妈第三次见面，我立刻嗅出了她们之间的距离，在余下的时间里，我试图居间调处，却归于徒劳。总是疙疙瘩瘩的，几乎事事不顺。一番努力之后，我看见琳达打起精神，说了些什么，我妈很认真地在听，我一下子喜出望外，后来我明白了为什么，于是渴望着离开。

后来琳达开始出血。她吓坏了，吓得要命，想马上离开。她往斯德哥尔摩打电话，问助产士，人家告诉她，没做检查的情况下什么都不好说。琳达因此更加害怕，我说不会有事的，铁定不会有事，没什么问题。可我的话不管用，我怎么知道没事？我有什么证据？她想走，我说咱们别走，最后她同意留下，但一切责任都由我来负，如果将来出问题，或者已经出了问题，那么是我当初坚持不做检查，是我非要等等再看。

琳达全部的精力都倾注在这件事上了，我看得出来她脑子里只有此事，恐惧啃噬着她，大伙吃饭时，晚上聚在一起时，她再也不讲话了。当她在二楼睡完觉，下了楼，发现我和妈妈坐在花园里聊天的时候，她转身就走，目光阴郁，怒气冲冲，我明白这是为什么：我们谈天说地，好像什么都没发生，好像她的感受不足挂齿。这既是事实又不是事实。我认为不会有什么问题，可又不能肯定，而我们是来做客的，我有半年多没见我妈了，我们有很多话要说，可你一言不发，只是无声地四处游荡，终日沉浸在折磨人的、吞噬一切的恐惧中，这样做意义何在？我抱住她，安抚她，尽力告诉她，一切肯定都会好起来，可她不接受，也不想待下去。妈妈问她什么，她几乎从不答话。我俩到峡谷游览时，她说尽我妈的坏话。我为她辩护，我们对彼此大喊大叫，她转过

311

身兀自走掉，我在后面追她。真是一场噩梦，可是像所有的噩梦一样，它也有醒来的一天。不过首先要上演终场的一幕：妈妈开车送我们去弗洛尔岛，我们要在那儿乘船。我们来早了，决定吃午饭，发现一家在趸船上的饭馆，坐下，点了鱼汤。汤来了，味道真糟，除了黄油几乎没有别的。

"我吃不了这个。"琳达说。

"是的，是不怎么样。"我说。

"咱们最好跟服务员说一声，要他拿点儿别的什么来。"琳达说。

把食物退回厨房？我无法想象还有什么事比这更让人尴尬。况且这只是弗洛尔岛，不是斯德哥尔摩，也不是巴黎。同时我也受不了她再发脾气，所以我朝服务员招了手。

"这个味道不是很好，"我说，"你觉得我们能换点儿别的吗？"

强壮的中年女招待顶着一头染得糟糕的金发，冲我投来诘难式的一瞥。

"食物不该有问题，"她说，"可是既然您说了，那我去问问大厨。"

我们坐在桌边，我妈、琳达和我，对着三碗满满的鱼汤，一言未发。

女招待回来，边走边摇头。

"很抱歉，"她说，"大厨说了，汤没什么不对的。就是这味儿。"

我们该怎么说？

我这辈子头一次把食物退回厨房就遭到了拒绝。在世界上别的任何一个地方，人家都会给我们换一道菜，在弗洛尔岛上偏偏不行。因为羞耻和苦恼，我的脸涨得通红。如果我是一个人，那我早就把这该死的汤喝掉了，甭管它有多么糟糕。现在我投诉过了，无论我觉得这有多尴尬、多不必要，而他们竟然以敌意来面对我的投诉？

我站起身。

"我进去跟大厨说两句。"我说。

"去吧。"女招待说。

我顺着趸船走进建在陆地上的厨房，伏在柜台上伸长脖子，以引起注意。跟我想的不一样，厨师不是什么小胖子，而是一个高大、魁梧的男人，跟我年纪相当。

"我们点了鱼汤，"我说，"里面黄油搁多了。简直吃不下去。你认为我们能换点儿别的吗？"

"味道就是这样，"他说，"你点了鱼汤，我们给你上了鱼汤。那就没办法了。"

我走回来。琳达和我妈抬头看着我。我摇摇头。

"没办法。"我说。

"也许我应该去试试。"妈妈说。"我是个老太婆，也许管点儿用。"

如果在饭馆里投诉违背我的天性，那么这样做肯定也与她的天性不合。

"你用不着的。"我说。"咱们还是走吧。"

"我要试试。"她说。

几分钟之后她回来了。她也摇了摇头。

"得了得了，"我说，"我饿了，可这么一来，这鱼汤真是没法儿吃了。"

我们站起身，把钱放到桌上，出了门。

"咱们在船上吃吧。"我对琳达说，她只是沉着脸，默默点头。

船来了，螺旋桨还在旋转。我把行李提上船，朝妈妈挥手作别，在最前面找到了座位。

我们吃了一块软塌塌、湿乎乎的比萨，一块剩土豆煎饼和一盒酸奶。琳达躺下就睡着了。她醒来时，脑子里的一切都成了过去，变得开朗而欢快，坐在我身边聊个没完。我深为惊奇地端详着她。难道那一切都是由于我妈？还是由于到了一个不熟悉的环境？或者是因为看到了我以前的生活，而她不在其中？难道不是由于害怕失去胎儿？不然她现在也该发作了吧？

我们从卑尔根飞回家，第二天她做了检查，一切都极为正常。小心脏在跳动着，小身子在成长，所有检测都得出了积极的结果。

在旧城的医院做完检查之后，我们去了附近一家蛋糕店，谈一谈检查过程中的大小事情。每次做完检查我们总要交流一番。一个小时之后，我坐地铁出城，前往奥克斯霍夫，我在那儿得到了一处新的写字间。城堡里的老屋终于让我无法忍受，后来琳达的作家朋友和电影导演玛丽亚·森斯特伦给我在那儿提供了一间陋室，几乎分文不收。它位于一幢公寓大楼的地下室，周围整天看不见人，只有我自己坐在混凝土的四墙之间，写字、看书，或呆望着森林深处，每隔五分钟左右就有一列地铁倾斜着穿林而过。

我读了斯宾格勒的《西方的没落》，有很多可以说的东西，关于他的文明理论，他对巴洛克时期的论述和他浮士德式的观念，关于启蒙时代和有机体的见解，都颇具独创性和重大意义；有些东西我直接拿来，放进了小说，可以这么说，我已经认识到这本书必须要把十七世纪作为一个核心。一切从此发端，世界在这一时期分裂，一边是老旧而无用的，完全神秘的、无理性的、教条的和专制的传统；另一边则发展成了我们今天生活的这个世界。

秋天过去了，肚子隆起了，琳达整天游荡摆弄着零零碎碎，好像一块磁铁吸附一切：点着的蜡烛和热水浴，柜子里成堆的婴儿服装，整理妥帖的相册和读过的书，内容是怀孕和宝宝出生后的第一年。看到这些我非常高兴，奈何自己不能置身其中，甚至无法接近。我得写作。我可以陪她，和她做爱，跟她聊天，一起出门散步，但我无法感受她的感受，也做不了她做的事。

怒气不时爆发。有天早晨，我把水洒到了厨房的地毯上，没有清理便出门去坐地铁，等我回到家，那里却是一大片黄色的污渍。我问这是怎么搞的，她不好意思地看着我，嗯，她走进厨房时，看到我在地毯上留下的痕迹，她气坏了，便往上面泼了果汁。可是后来水干了，她才意识到自己干了什么。

我们不得不丢掉了那块地毯。

一天晚上，她戳烂了饭厅的餐桌。这是她母亲送给她的礼物，原本属于她当年花了不少钱购置的几件成套家具，琳达这么干就因为我没有对她正写给妇产科的信表现出足够的兴趣。信里写的是她的心愿和偏好。当她大声念出其中一条建议的时候，我点了头，但是显然没有表达出必要的激赏，她冷不丁拿起笔，扎进了桌面，然后用尽全身力气，拼命在上面划呀刻呀，一下，又一下。你在做什么？我问。你不关心，她说。唉，这都哪跟哪啊，我说，我当然关心。现在你把桌子给毁了。

一天晚上，我对她怒不可遏，铆足劲儿把一个玻璃杯掼到了炉子上。奇怪得很，杯子没碎。真没劲，我后来想，我就连摔杯子这样的经典动作都完成不了。

我们一起去听了产前辅导课，屋里挤得满满当当，听众对台上所讲的每个字都很敏感；从生物学的观点来看，但凡出现极其轻微的争议，场内便泛起一阵低声的骚动，因为这是一个以性别平等作为社会建构的国家，身体问题没有一席之地，而在国外，每个人都认为这是常识。本能，讲台上传来一个声音。不，不，不！屋里愤怒的女人们在低语，你怎么能说出这样的话！我看见一个女人坐在长椅上哭泣，她丈夫迟到了十分钟还没来上课，我心里想，我并不孤单。最后他到了，那女人照着他肚子就是一顿老拳，而他百般小心，想让她脱离这种境地，进入一种更加自控也更有尊严的状态。

我们都是这样活过来的，夹在突然摇摆的情绪之间，前一分钟还是安静平和，乐观温柔，此后突然就开始了狂怒的爆发。每天早晨我坐地铁前往奥克斯霍夫，一走到地下，家里的一切事情便从脑子里统统消失了。我看看地下车站里的人群，深吸一口地下的空气，上火车，看书，钻出地下时望一眼窗外飞速滑过的郊区房屋，看书，过大桥时远眺城市，看书，爱着，满心爱着所有停靠的小站，在奥克斯霍夫下车，几乎是唯一一个走这方向前去工作的乘客，步行大约一公里，走到写字间，然后工作一整天。手稿很快达到了一百页，也变得越来越怪，过了捕蟹的开头，便摇身一变，转成纯粹的散文风格，提出了一些我以前从未涉足过的神学理论，不过是以一种特别的方式，从它们设定的前提来看，倒也能自圆其说。我曾路过一家俄国东正教书店，堪称一大发现，这里有各种各样非同寻常的作品，我买回来，记笔记，当伪命题的又一种论据就位时，我的欢欣简直不可抑制，一直持续到下午回家。随着火车驶近草市广场车站，生活也在等着我慢慢返回。我偶尔提前回城，因为得去所谓的母亲护理中心做检查。到了那儿，我坐在椅子上，看着琳达接受检验：测血压，验血样，听心率，量腹围，肚子大小合适，一切正常，所有检验结果都很完美，如果非要吹毛求疵，那就是琳达的体力和健壮程度还有待提高，我也老这样跟她说，但是考虑到体重和保险系数，担心毫无必要。一只嗡嗡作响的苍蝇，一片打转的羽毛，一片过眼的烟云。

我们去宜家买了一个尿布台，里面装上成摞的布和毛巾。我在它上方的墙上贴了一系列的明信片，有海豹、鲸、鱼、龟、狮子、猴子和迷幻时期的披头士，这样一来，宝宝就能看见自己出生在一个多么美妙的世界。英韦和卡丽·安妮送来了他们家宝宝剩下的衣服用品，但他答应过的婴儿车还要过一段时间，而琳达的烦恼与日俱增。某天晚上她炸了锅，小车永远来不了了，就是不能指望我那个哥哥，我们早该自己买，这话她从第一天起就在说。离预产期还有两个月呢。我给英韦打了电话，拐弯抹角地提了婴儿车的事，还含含糊糊地说了一堆女人怀孕不讲理之类的话，他说车正在搞，我说我知道，但没办法，还是得问一下。我真恨自己干这种事。我真恨我要违反自己的天性来满足她。但是我告诉自己，这样做是有目的的，这样做是有目标的，只要它还在我脑子里高于一切，我就必须继续忍受这些爬虫般的烦恼。婴儿车没来。又一次炸了锅。我们买了些新奇的装置，等宝宝洗澡时放进浴缸。我们买了连衫裤和小鞋子，罩衫和婴儿车上的睡袋。我们向海伦娜借了摇篮，还有小羽绒被和小枕头，琳达报以闪闪的泪光。我们讨论了名字。差不多每天晚上我们都要坐下来商量，在数目庞大的各种名字里反复取舍纠结，总有一份列清单，列出四五个名字，也总在变来变去。有天晚上琳达提议叫万妮娅，于是我们有了一个给女孩用的名字。我们突然就定下来了。我们喜欢它身上的俄国特征和种种关联，有种强壮和野蛮的感觉，万妮娅源于伊万，等同于挪威语里的约翰内斯，而这正是外公的名字。如果是男孩，就叫比约恩。

　　一天早晨，我正走下瑞典路地铁站，两个正在吵架的男人引起了我的注意。在周围倦怠的乘客面前，他们的侵略性显得格外骇人，他们朝对方叫喊，不，是尖叫，我的心跳加快了。后来，就在火车进站的当儿，他们极其凶恶地动起了拳头。其中一人挣脱出来，好腾出空间踢另一个。我走近了一些。他们再次扭打成一团。我想，非得干预不可了。拳击手事件，我不敢踹门，船游事件，我不敢让阿尔维德减速，再加上琳达已经对我的行动能力产生了怀疑，我早在心里盘算了很久，此时无需思前想后。我不能袖手旁观。我得出手干预。这念头弄得我两膝发软，双手打战。

可我还是放下了背包，考验来了，我想，今天我他妈豁出去了。我径直走向那两个打架的人，抱住离我最近的一个。我死死地抱着他。我这样做的时候，又一个男人挺身而出，站到他俩中间，然后是第三个拉架的。战斗就这样结束了。我拎起背包，上了另一侧的火车，一路坐到奥克斯霍夫，全身绵软无力，只有心脏在胸腔里狂跳。谁也不敢说我是个软蛋，但也不能说我特别聪明，他们可能揣着刀子，什么东西都有可能，而这一架跟我没有半点儿关系。

这几个月里奇怪的是，我们变得更加亲密也加深了隔阂。琳达不记仇，什么事过去就过去了，到此为止。我却不一样。我记仇，过去一年闹过的每一次别扭，我统统记在心里。同时我也明白发生了什么，第一个秋天开始在我们生活中飞舞的怨怒的火星，与爱情中消失的东西紧密相连，琳达害怕连剩余的也要失去，她拼命地捆束我，而我对这些束缚的躲避加大了我们之间的距离，这正是她惧怕的东西。她怀孕以后，一切都变了，如今在我们的二人世界之外，有了一片新天地，某种大于我们的东西、始终存在的东西，在我心里，也在她的心里。她的不安也许一直挥之不去，但即使在这巨大不安的中央，也总有一种完整感和安全感存在。一切都会按部就班的，一切都会好起来的，我知道这一点。

十二月中旬，英韦领着孩子们来串门，还带来了期待已久的婴儿车。他们待了几天。头一天和第二天开始的几个小时，琳达还算友善，可后来她拉下了脸，这种敌意的氛围简直要把我逼疯。我倒是已经习惯了，知道如何对付，但并非只有我一个人在受罪，还有其他人。后来我不得不介入其中，试着抚慰琳达，抚慰英韦，让双方保持沟通。离预产期只剩下六周了，她想要安静，并且认为自己有这个权利。也许她是有这个权利，这我知道，但肯定也不能因此怠慢客人吧？表现出好客的样子、让客人想待多久就待多久，这对我很重要，我不理解琳达怎么可能做出这样的举动。噢，是的，我能理解：她就要生孩子了，她不愿意家里全是人，再说她跟英韦生疏得很。英韦和托妮耶处得很好，关系亲密，跟琳达就不行，她当然注意到了，可是她究竟为什么非要生出事端？为什么不能把自己的感情藏起来？为什么不能逢场作戏，对我们家的人好一点儿？我对她家里人不好吗？我说过他们来得太频繁吗？说过他们总是无休无止地多管闲事吗？琳达的亲戚朋友跟我们在一起的次数要比我的亲友多一千倍，这个比例是一千比一，可是，尽管有着天壤之别，她还是不能适应，或者说不愿适应，非要给人家脸色看。为什么？因为她是性情中人。可是性情也得收着点啊。

　　我什么也没说，咽下了指摘，压住了怒火。等英韦和孩子们走了，琳达又开始快乐、开心、兴奋。我没有用保持距离和脸色阴沉来惩罚她，那本该是我的正常反应，不，正相反，我放手不管，让荒唐事归于荒唐好了。于是从圣诞到新年，我们过了一个很棒的节。

　　在 2003 年的最后一个晚上，我在厨房来回奔突，安排饭食，盖尔坐在椅子上闲话连篇，看着我忙来忙去。我在卑尔根那段生活的痕迹已踪影全无。现在身边的一切，都跟我当时根本算不上认识的两个人以某种方式联系在一起。当然主要是琳达，我现在和她分享我全部的生活，但盖尔也有份。我一直受到他的影响，程度还不小呢，这种想法可能会不舒服，因为我这么容易受人影响，我的看法也可能这么轻易被别人改变。我偶尔想到，他就像你小时候的一个朋友，大人不准你和他玩。离他远点儿，卡尔·奥韦，别跟他学坏。

我把最后半只龙虾装盘，放下刀，擦掉脑门上的汗。

"弄完了，"我说，"就剩配菜了。"

"人家知道你是干什么的吧？"盖尔说。

"什么意思？"

"对作家生活的普遍认知是令人兴奋啊，称心如意啊，可你把大部时间都花在洗洗涮涮和做饭上了。"

"没错，"我说，"可是你瞧，这多好啊！"

我把柠檬切成四份，摆在龙虾中间，又揪下少许香芹叶子撒在旁边。

"人们喜欢浪荡的作家，这你知道。你应该去剧院咖啡馆 [1]，让成群的年轻女人围着你转。那样才像回事嘛。不是站在这儿愁眉苦脸地对着破水桶……顺便说一句，挪威文学最让人扫兴的人非托尔·乌尔文莫属。他压根就不出门！哈哈哈！"

他的笑声很有感染力，我也大笑起来。

"最要命的是，他自杀了！"他接着说，"哈哈哈！"

---

[1]　剧院咖啡馆（Theatercaféen）位于奥斯陆国家剧院对面。

"哈哈哈！"

"哈哈哈！可你得承认易卜生也很扫兴。顺便说一句，这跟他在大礼帽里藏小镜子无关。这个值得尊重。他还在写字台上养活蝎子呢。比昂松不扫兴。汉姆生绝对不扫兴。其实你可以像这样给挪威文学做个分类。我看你的结果不会太好。"

"不好就不好吧，"我说，"起码这儿挺干净的。行了，现在只剩下面包了。"

"对了，你应该把奥拉夫·海于格的文章写出来，你一直在说的那篇。尽快。"

"哈当厄的恶汉？"我边说边从褐色纸袋里拿出面包。

"对，就是那篇。"

"我以后会写的。"我说着，用一股清水冲了冲刀，拿抹布擦干，开始切面包。"其实我偶尔也想过。他捣毁客厅所有的家具，然后光着身子躺在煤窖里。村里的小孩还朝他扔石头。他妈的，有几年他肯定完全疯了。"

"别忘了他写过希特勒是个伟人，后来他又把战争期间写的东西从日记里拿掉。"盖尔说。

"是啊，可别忘了。"我说。"但是整个日记最有意义的部分就是他每次开始发病时写的东西。你能读到随着他的抑制力消失，每样东西都变得越来越快。突然他就坐定了，写他对作家、对他们作品的真实想法。正常来说，他是那么谨小慎微，谁也不得罪。礼貌，体贴，友好，讨人喜欢。然后开始崩溃。奇怪的是没人写过这些东西，对不对？我是说他对扬·埃里克·沃尔的褒贬，前后的变化实在太剧烈了。"

"谁也不敢那么写，你知道。"盖尔说，"你疯了吧。他不成样子的时候谁都没勇气伸出一个指头。"

"这是有原因的。"我说着，把面包片放进小篮子，开始切另一块面包。

"怎么讲？"

"宽容。礼貌。体谅别人。"

"呸，我感觉困劲儿上来了。这里好闷。"

"我很严肃。我说真的呢。"

"那当然。听我说：日记里就是这样写的，对吗？"

"对。"

"不理解这一点你就不能理解海于格？"

"不能。"

"你认为海于格是个伟大的诗人？"

"对。"

"那你从中得出了什么结论？出于宽容，我们就该无视一位大诗人、大日记家人生中一个重要的部分？忘掉那些煞风景的东西？"

"海于格是不是相信来自外太空的力量罩着他，这有什么关系呢？我意思是只就诗歌本身来论。再说了，谁知道他那粗野的直言不讳在哪里停止，而他敏感的彬彬有礼又在哪里开始呢？我的意思是界限究竟在哪儿？"

"什么？现在你脑子进水了吗？海于格那些特别古怪的东西都是你告诉我的，其实你可着魔了！你说这哈当厄的智者形象不能没有异议，如果知道他在一个又一个很长的周期里都是疯的，那么智慧从何说起？或者更确切地说，智慧也好，其他东西也好，只要脱离了他悲惨的人生，都不可能加以理解。"

"中国人说得好，不疯魔不成活，"我说，"都怪咱们刚才笑话托尔·乌尔文来着，这也许起了些作用。我有点儿内疚。"

"哈哈哈！真的吗？你不可能那么敏感谨慎。好歹他已经死了。他也不是那种派对动物，对不对？他开吊车对不对？哈哈哈！"

我切完最后几片面包，也大笑起来，心里多少有点儿别扭。

"好，这就够了。"我说着把面包放进小篮子。"帮我拿上面包篮、黄油和蛋黄酱，咱们这就过去，跟大伙坐一块儿。"

我把菜往桌子上一放，海伦娜就说："喔，太棒了！"

"你干得真好，卡尔·奥韦。"琳达说。

"大家别客气。"我说。我倒空剩下的香槟，开了一瓶白葡萄酒，然后坐下，把半只龙虾放进我的盘子，拿海鲜餐具里的钳子夹碎大螯，餐具是居纳尔和托芙送给我的礼物。肉实在厚实鲜嫩，包裹着又小又平的白色软骨，或别的什么东西。肉和外壳之间的空隙往往有水。当这只龙虾在海床上漫步时，那又是怎样的一种感觉呢？

"欢聚一堂啊，诸位！"我用挪威方言说道，然后举起酒杯。"干杯！"

盖尔露出微笑，其他人听不懂也都不管了。大家举起酒杯。

"干杯！谢谢你邀请我们！"安德斯说。

我们有客人的时候，多半是我来下厨。这倒不是因为我喜欢干活，而是我能借机躲一躲。他们进门时我可以待在厨房，探出脑袋打声招呼，继续待在里面，躲着，直到食物要上桌的时候再现身。但就算到了这一步，我也能找到隐藏自己的事情来做；有杯子要添酒了，又有杯子要加水了，我都能照顾到，一俟头盘吃完，我就赶快收拾桌子准备下一道菜。

这天晚上我也是这样做的。尽管安德斯让我着迷，我却不能和他交谈。我喜欢海伦娜，却不能和她交谈。我能跟琳达交谈，但我们此时肩负着确保其他人尽兴的责任，当然不能只顾自己而冷落了别人。我也能和盖尔交谈，可他跟别人在一起时，性格里的另一面就占据了上风；他正跟安德斯谈熟人罪犯，两人一阵狂笑，然后继续，海伦娜对他令人震惊的诚实颇为受用，以喘息夹杂着大笑作出回应。在此之下存在着另一种张力。琳达和盖尔像两块磁铁，互相排斥。海伦娜和安德斯一起出去玩时，对他从来都不是特别满意，安德斯难免要说些她不同意的话，发表她认为愚蠢的看法；这种恶感影响了我。克里斯蒂娜可能很长时间不说话，这也影响了我，为什么会这样，她不开心吗？因为我们？因为盖尔？还是因为她自己？

我们之间几乎没有相似之处，表面之下，也就是我们的言行之下，总是存在着同情和厌恶的潜流，然而撇开这些，又或许因为这些，这都是一个难忘的夜晚；最重要的是因为我们突然到达了一个点，好像谁也不会失去什么，我们可以讲出自己人生当中的任何故事，甚至那些我们通常不会告诉别人的往事。

谈话磕磕绊绊地开始了，互相并不了解而只是认识的人交流起来，大多都是这样。

我把又厚又滑的肉从壳里掏出来，分开，又起一大口，蘸上蛋黄酱，送到嘴边。

外面一声巨响，好像爆炸。窗玻璃一阵乱响。

"这种东西可不合法。"安德斯说。

"是的，要我看，你是这方面的专家。"盖尔说。

"我们买了一个中国气球，"海伦娜说，"你把它点着，热空气进到气球里，它就上天了。越来越高。没什么动静。它上天的时候根本不出声。很美哦。"

"在城里放行吗？"琳达问。"我是说它点着了落到房顶上怎么办？"

"新年夜什么都可能发生。"安德斯说。

一阵沉默。我不知道该不该告诉他们，有一年元旦我和一个朋友收集了所有没燃尽的烟花，倒出里面的火药，塞进一个弹壳里夯实，然后把它点着了。那个画面历历在目：盖尔·哈康朝我转过身，满脸的烟黑。我吓坏了，我意识到爸爸可能听见了爆炸的声响，烟黑也可能弄不干净，一定会让爸爸看见。可这故事没什么意思，我想，于是起身给大伙倒酒，与笑意盈盈的海伦娜四目交会，坐下，看一眼盖尔，他已经开始谈论瑞典和挪威的不同之处了，每当餐桌上谈话的兴致出现衰退，他便祭出这一主题。人人对此都有话可说。

"可是为什么要在瑞典和挪威之间做比较呢？"安德斯过了一会儿问道，"这里死气沉沉的，又冷又破。"

"安德斯想回西班牙。"海伦娜说。

"那又怎么样？"安德斯说。"咱们早该搬走了。咱们大家。真有什么东西把咱们留在这儿吗？有吗？"

"西班牙怎么样？"琳达问。

他张开双手。

"你想干什么都成。没人管。又暖和又好。还有迷人的城市，塞维利亚，巴伦西亚，巴塞罗那，马德里。"

他看着我。

"在足球水平上也有一点儿轻微的不同。咱们俩应该去看 El Classico[1]。住一宿，我能弄到票，没问题。你什么意见？"

"蛮好的。"

"蛮好的。"他哼了一声。"咱们去！"

琳达看着我，笑了笑，"你去吧，我会为你高兴的。"她的表情这样说。但是还有别的表情和态度，我知道它们迟早会表现出来。你去吧，使劲玩，我一个人待在家里，它们说，你只想着自己，你去任何地方都应该把我带上。这一切都写在她的眼睛里。无边无际的爱，无边无际的焦虑。总是处心积虑，要控制一切。最近几个月，某种新的东西出现了，它与即将到来的孩子紧密相连，锁在她心里，一种缄默。这种焦虑是细微的，稀薄的，在她的意识里飘忽隐现，像冬日天空里的北极光，或划过八月天空的一道闪电，伴随它的黑暗也没有重量，因为它的出现是由于光的缺失，而缺失是没有重量的。现在填充她的是别的东西，我认为它和大地有关，穿过了泥土，一株向下生长的根。与此同时，我又觉得这是个愚蠢的、神话式的想法。

虽然如此。大地。

"El Classico 什么时间？"我一边问，一边探过身给安德斯

---

[1] El Classico 或 El Clássico，皇家马德里和巴塞罗那球会的比赛。

添酒。

"不知道。但我们也不必非看那一场比赛。哪场都行。我就是想看巴塞罗那。"

我给自己也添了酒,又从螯的最里面往外掏肉。

"对,那也挺好。"我说。"但不管怎么着,咱们都得等孩子生下来一个礼拜再走。咱们毕竟不是五十年代的男人嘛。"

"我是。"盖尔说。

"我也是,"安德斯说,"差也差不到哪儿去。如果我能那么干,生小孩的时候我就干脆在走廊里踱步。"

"你凭什么不能?"盖尔说。

安德斯看看他,两人一阵大笑。

"大家都吃好了吗?"我问。等他们纷纷点头,谢过饭菜之后,我收起盘子拿进厨房。克里斯蒂娜拿着两个大浅盘跟在我身后。

"我能帮你干点儿什么吗?"她问。

我摇摇头,短促地和她对视了一下,便赶紧把头低下。

"不用,"我说,"谢谢你这么说。"

她回去了。我把锅加水,放到炉子上。窗外,烟花发出嘶嘶的声响,接二连三地炸裂。我能看见的一小块天空不时被闪光照亮,忽然绽放,继而在下落中熄灭。客厅传出朗朗的笑声。

我把两口铸铁锅放到电热炉上,温度开到最大。打开窗子,楼下行人的声音立刻响亮起来。走进客厅,放上一张光盘,羊毛衫乐队的新作,很好的背景音乐。

"我就是不问你需不需要帮忙。"安德斯说。

"怎么这么说。"海伦娜说着朝我扭头看。"需要帮忙吗?"

"不用不用，挺好的。"

我站在琳达身后，两手搭到她的肩头。

"真好。"她说。

静默。我想我应该等一等，直到谈话继续进行。

"快到圣诞节的时候，我跟几个人在电影大楼吃午餐，"过了一会儿，琳达说道，"其中一个刚见过一条白化蛇。应该叫蟒或蚺吧，反正特别大。纯白的，带黄色花纹。然后另一个人说，她自己就养过一条红尾蚺。在家里，她住的公寓，当宠物养的。一条巨蛇。后来有一天她吓了一跳，因为蛇上了床，躺在她身边，拉直了整个身体。她以前老见它盘卷着，你知道的，可是它现在直挺挺的，像一把大尺子。她吓坏了，于是给斯堪森公园打电话，找了一个管蛇的人。你们猜人家怎么说？是哟，她打电话就对了。非常及时。因为大蛇像这样拉直身体，是在丈量猎物，看看能不能把它吞下去。"

"噢，天啊！"我叫道，"噢，天啊！"

大伙笑作一团。

"卡尔·奥韦怕蛇。"琳达说。

"这是我听过的最恶心的故事！噢，天啊！"

琳达扭头看看我。

"他老梦见蛇。三更半夜把被子掀到地上，拿脚去踩。有一次他腾地一下坐起来了，接着从床上一跃而起。一动不动地站着，好像吓傻了，眼睛直直的。我问他怎么了，卡尔·奥韦？你在做梦呢。赶紧上床吧。他说，那儿有蛇。我说没有啊，没有长虫。快上床吧。然后他一脸蔑视地说：'你一说虫，好像没什么危险似的！'"

大伙都笑了。盖尔给安德斯和海伦娜解释了"虫"和"蛇"在挪威语里的不同[1]，我说我知道接下来是什么，对梦见蛇的弗洛伊德式的解读，我不想听，所以我回了厨房。水开了，我放入意大利面，油在两口热锅里噼啪作响，我切了些大蒜放进去，又从洗涤槽里捞出贻贝，丢进锅里，盖好锅盖。很快就开了锅，我倒入白葡萄酒，剁了些香芹撒在锅里，过几分钟从电炉上取下贻贝，把面条倒进滤筐，拿来香蒜沙司，大功告成。

"哎呀，好漂亮。"海伦娜在我端着盘子进屋时说。

"其实挺简单的，"我说，"我在杰米·奥利弗的烹饪书里找到的食谱。还挺好。"

"闻着真香。"克里斯蒂娜说。

"还有你不会的吗？"安德斯盯着我问。

我低下头，拿起一片贻贝，用叉子挖出里面软软的东西，它是黑褐色的，顶端有一道橘黄色的条纹。我咬了一口，嘎吱嘎吱的，听起来就像在用沙子磨牙。

"琳达有没有跟你讲过我们的咸羊肋排大餐？"我抬起头，看着他问道。

"咸羊肋排是什么？"

"挪威传统的圣诞菜。"盖尔说。

"羊肋骨，"我说，"拿盐腌好，挂几个月让它风干。我妈给我寄了一些。"

"寄羊肉？"安德斯说，"这也是挪威的传统？"

---

[1] 瑞典语里的蛇（orm）在挪威语里的另一个意思是"虫"。

"要不然我去哪儿弄？总之，我妈把肉腌好，挂在我们家的阁楼上。非常好吃。她答应圣诞节前给我寄一些。我们打算在平安夜吃。琳达没吃过。对我来说实在无法想象过圣诞节的时候没有咸羊肋排，可是肉直到二十七号才寄到。好吧，我拆了包裹，我们决定当天晚上再吃一顿圣诞大餐，下午我就忙着蒸肉。我们铺了桌子，白色的台布、蜡烛，还有阿克维特酒，万事俱备，可是肉总也蒸不熟，我们的锅都盖不紧盖子，唯一的收获是满屋子的羊膻味。最后，琳达和我干脆睡觉去了。"

"所以他一点钟把我叫醒！"琳达说，"我们坐在这儿，就我们俩，大半夜吃着挪威圣诞肉。"

"多好啊，对不对？"我说。

"是，是挺好。"她笑嘻嘻地说。

"到底好不好？"海伦娜问。

"好。也许看上去不怎么样，但确实挺好。"

"我还以为你要给我们讲一个你有什么事情干不了的故事，"安德斯说，"可这一个纯粹就是田园牧歌嘛。"

"放他一马好了。"盖尔说。"他的事业就是告诉别人他多么失败。不幸的、悲惨的遭遇一桩接着一桩。从头到尾只有羞耻和悔恨。这是派对啊！让他换换口味好了，讲讲他多么有才！"

"我想听你讲讲受过的挫折，安德斯。"海伦娜说。

"别忘了你在跟谁讲话！"安德斯说。"你在和从前的有钱人讲话。我告诉你，真的很有钱。我有过两辆汽车，一套东马尔姆的公寓，一个不差钱的账户。我能去想去的任何地方度假，只要我想。我甚至还有好几匹马呢！可我现在在干什么？靠着达拉纳的一家烟肉小吃工厂维持生计！可我并没有干坐着，像你们一样叫苦连天！"

"你们是谁？"海伦娜问。

"比如你和琳达！我回到家，你们坐在沙发上，拿着茶杯，抱怨着一切。所有可能的不可能的感觉，你们非得跟它们不停地战斗。这并不复杂。事情要么顺利，要么不顺。可这也挺好，因为如果不顺利的话，它们只会变得更好。"

"你的问题比较奇怪的是，你根本不想知道你在哪儿，"海伦娜说，"但这不是缺乏自知之明的问题，而是你不想去弄明白。有时候我嫉妒你。真的。我百般努力想弄明白我是谁，为什么发生在我身上的事就那样发生了。"

"你的故事和安德斯的并没有太大的不同，对吗？"盖尔问。

"什么意思？"

"嗯，你也有过一切。你在皇家剧院上班，你在很多大片里扮演主角，非常棒的电影角色，后来你放下一切，说走就走了。要我说，那也是一种非常乐观的行为。跟美国一个新纪元运动领袖结了婚，去了夏威夷。"

"不算太好的职业变动，不算。"海伦娜说。"你说的对。但我听命于感觉。我没什么可以后悔的。没有，真没有！"

她笑了，看看左右。

"克里斯蒂娜有个一样的故事。"盖尔说。

"那就讲讲你的故事吧。"安德斯看着克里斯蒂娜说。

她笑着昂起头，咽下嘴里的食物。

"我差不多还没起步就迎来了人生的顶点。我有自己的服装品牌，有一年还当选了最佳设计师。我获选代表瑞典参加伦敦时装展。我在巴黎办过展览……"

"电视摄制组来过我们家，"盖尔说，"文化宫的正面挂着巨大的布幔，不，巨大的帆，上面是克里斯蒂娜的脸。《每日新闻报》给她做了六个版的专题……我们出席女招待打扮成精灵的酒会。到处都是香槟。我们真他妈幸福。"

"后来怎么了？"琳达问。

克里斯蒂娜耸耸肩。

"挣不到钱。成功没有基础。或者说到了一个不该到的位置。所以我破产了。"

"可不管怎么说你也是一鸣惊人啊。"盖尔说。

"那倒是。"克里斯蒂娜说。

"最后一次展览等于往棺材上钉了最后一颗钉子。"盖尔说。"克里斯蒂娜租了一顶巨大的帐篷，在拉迪戈德公园支起来。帐篷是悉尼歌剧院的复制品。模特们登场时，应该骑着马穿过开阔地。马是她从瑞典近卫队和骑警队借来的。样样都很壮观，也很贵。她不惜工本。巨大的酒杯里装着燃烧的冰，你知道的，烟雾飘荡，所有人都到了。所有的电视台，所有主要的报纸。就像大片里的场面。

"这个时候下起雨来了。我指的是雨啊。大暴雨，倾盆而下。"

克里斯蒂娜哈哈大笑，抬起一只手捂住了嘴巴。

"你们真该看看那些模特！"盖尔接着说，"男模的头发紧贴着头皮。所有模特的衣服都湿透了，个个蓬头垢面。真是彻头彻尾的惨败。但也有他妈好的一面。不是谁都能失败得这样辉煌。"

哄堂大笑。

"这就是为什么你第一次上我们家的时候，她在设计拖鞋。"盖尔看着我说。

"那不是拖鞋。"克里斯蒂娜说。

"都一样。"盖尔说。"他们有一双老款鞋，因为克里斯蒂娜在伦敦的时装展上穿过，一下子火起来了。可她什么也没得到。所以这次设计算是一个小小的补偿。看看当年的梦想，这就是剩下来的全部了。"

"严格来讲，我没有经历过人生的顶点，"琳达说，"只有小小的成功，严格遵循着相同的曲线。"

"一路向下？"安德斯问。

"一路向下，没错。我发表了处女作，本身来讲当然是非常棒的事，并不是说对别人也一定那么惊艳，但对我来说是件大事，非常美妙，后来还得了一个日本的奖，真没想到。我一直热爱日本。我本该去那儿领奖。我买了日语常用句集什么的。然后我就病了。一下子什么事都处理不了，日本肯定是去不成了……我又写了一系列的诗，一开始他们接受了。知道这事以后，我就出去庆贺，可是后来他们又不要了。我拿着稿子去了另一家出版社，结果和此前一模一样。一开始编辑打电话给我，说写得很棒，他们要出。真是太尴尬了，我把这番话告诉了所有人……后来他又打电话来，说他们最后还是决定不出了。就这样。"

"真让人难过。"安德斯说。

"哦，没关系啦。"琳达说。"没出版我现在反倒挺高兴的。没什么大不了的。"

"那你呢，盖尔？"海伦娜问。

"你在问我是不是也是一个优美的失败者？"

"正是如此。"

"嗯，我觉得我也算一个吧。我曾经是学术界的神童。"

"哪怕你自己这样讲？"我说。

"别人不会说什么。但我确实是。我用挪威语写了一篇在瑞典搞田野调查的论文。这一步没走对。这意味着瑞典出版商不感兴趣，也没有挪威出版商会感兴趣。我写的是拳击手也没用，我没为他们的行为寻找社会学的解释或借口，我指的是他们贫困，社会地位低下，或者是罪犯什么的。相反，我认为他们的文化是有意义的，也是充分的，比女性化的中产阶级学术文化更有意义、更充分。这一步也没走对。好几家挪威和瑞典的出版商依然拒绝接受。最后我自掏腰包才得以发表。没人看。市场营销，你们知道那是怎么回事吧？有一天我跟出版社的一个女人说话，她告诉我她每天早晚都在内索登往返奥斯陆的渡轮上读我的书，她认为肯定有人看见了封面，并且产生了好奇！"

他哈哈大笑。

"既然我现在已经不再教书，也就不再写任何学术文章了，我不参加学术会议，我干自己的，这本书要五年才能写完，八成还是没人想要。"

"你早该跟我说一声，"安德斯说，"最起码我也能让你上电视。你本来能在电视上谈谈你的书。"

"要真那样你怎么办？"海伦娜问，"眼前是一个你无法拒绝的提议？"

"就算是你也没有那么硬的关系把事情搞定，"盖尔说，"但谢谢你这个提议。"

"现在就剩你了。"安德斯看着我说。

"卡尔·奥韦？"盖尔说，"他身在福中不知福。从他刚到斯德哥尔摩的时候我就这么说。"

"我不这么看。"我说。"从我发表处女作算起，很快就五年了。现在隔三差五还有记者打电话找我，这是真的。可是他们都问些什么呢？嗨，克瑙斯高，我正在写一篇文章，内容是有写作障碍的作家，不知道能不能跟你聊聊。还有更糟糕的：听着，我们正在做一个专题，关于只写过一本书的作家。这种人还蛮多的，你知道。你呢，嗯，你只写了一本书。我不知道你有没有时间和我说说这事儿。有哪些感想。是的，你知道的。你现在还写吗？是不是有点儿枯竭了呢？"

"你们听到了吗？"盖尔说，"他身在福中不知福。"

"可我一无所获！这四年我一直在写，还是一无所获！一无所获！"

"我所有的朋友都失败了。"盖尔说。"跟常见的、主流的失败不一样，这些失败实际上都挺出格的。其中一位在网上登了征婚广告，说自己喜欢森林和田野，喜欢在篝火上烤香肠什么的，可这只是因为他没钱带别人吃馆子，也泡不起咖啡馆。他墙上连根针都没有，家徒四壁！我有个大学同事迷上了一个妓女，把所有的钱都花在她身上，二十多万克朗，甚至出钱让她做手术，把乳房弄大一点儿，弄成他喜欢的样子。另一个朋友搞起了葡萄园。在乌普萨拉！还有一位，博士论文已经写了十四年。他老也写不完，因为总是有新的理论或新书出现，他还没有读，又必须包括进去。他写啊写啊，他智力是正常的，可是走进了死胡同。还有一位阿伦达尔的朋友，让一个十三岁的女孩怀了孕。"

他看看我，放声大笑。

"别担心，那不是卡尔·奥韦。反正我知道的不是。还有我的画家朋友，"盖尔接着说，"他有本事、有天赋，可画的全是维京人的大船和刀剑，走得太远，现在已经没法回头，当然也进不去。我的意思是说，在艺术领域，严格来说，海盗船就是一张无权入内的人生门票。"

"别把我拉进这个行列。"安德斯说。

"不，在座诸位都不在其中，"盖尔说，"至少现在还不在。我有一种感觉，我们都在往下滑。我们坐在破船上。是的，现在没事，天黑着，满眼繁星，水也不冷，但我们已经开始往下滑了。"

"很有诗意。"琳达说。"但说实在的，我的感觉不一样。"

她双手抱着肚子坐在那儿。我们四目交会。我是幸福的，她的目光这样说道。我对她露出微笑。

天啊。再过两个星期，我们家里就有孩子了。

我就要做父亲了。

桌边安静下来。话已说尽，大家斜倚在椅子上，安德斯手里端着一杯酒。我拿过瓶子，站起来加了一圈酒。

"我们始终如此坦诚。"海伦娜说。"我正在想，这是从未有过的事。"

"这是一场竞赛。"我说着放下酒瓶，拿拇指按住瓶颈上正在往下淌的酒滴。"谁最惨？我！"

"不！是我！"盖尔说。

"我发现很难想象我父母也能这样坐着，和朋友们谈这些事。"海伦娜说。"但他们确实不容易。我们不一样。"

"怎么不容易？"克里斯蒂娜问。

"我父亲是厄勒布鲁的假发大王。他是做假发的。他的第一个妻子,也就是我母亲,是个酒鬼。她特别坏,我简直不能去看她。我要是去了，肯定万念俱灰，几个星期都缓不过来。但是爸爸再婚的时候，他又找了一个酒鬼。"

她做了个鬼脸，脸上又抽搐几下，完美地抓住了她后妈的神韵。我见过那女人一面，在他们孩子的洗礼上，她同时处在完全自控和完全垮掉的状态。海伦娜经常取笑她。

"我小时候，他们把注射器扎进装果汁饮料的小盒子,你们知道那些东西,往里面灌烈酒。这样他们看上去便清清白白的了。哈哈哈！有一次我一个人和我妈去度假，她给我吃了一片安眠药，从外面锁上门，就自己进城去了。"

大家都笑了。

"可她现在更坏了。她成了老妖婆。如果我们去看她，她就要把我们吃掉。她只想着自己，不管别人死活。她成天喝酒，喝得乱七八糟。"

她看着我。

"你爸也喝酒对吧？"

"对，也喝，"我说，"我小时候他不喝。他开始喝的时候我十六岁。我三十岁那年他死的。所以他一直喝了十四年。他就是喝酒喝死的。我认为这也许就是他一直努力的结果。"

"你没有他比较好玩的故事吗？"安德斯问。

"我看卡尔·奥韦未必对自己的不幸有那么好的胃口，不像你，对别人的痛苦津津乐道。"海伦娜说。

"不，不，不要紧，"我说，"我对这事已经没有感觉了。我不知道下面这一个算不算好玩，不过听听看：到最后，他在他母亲家住。当然了，不停地喝酒。有一天他从楼梯上摔下来，跌进了客厅。我认为他断了一条腿，也可能是严重的扭伤。不管怎么说，他动不了了，就在地板上躺着。我奶奶要叫救护车，可他不要。于是他就躺在那儿，躺在客厅的地板上，让我奶奶伺候他，就在那儿吃饭、喝酒。我不知道过了多久。也许好几天吧。我叔叔发现了他。他仍然躺在那儿。"

人人大笑。我也笑了。

"他不喝酒的时候什么样？"安德斯问，"头十六年。"

"他是个王八蛋。我怕他怕得要死，真是吓得尿裤子。我记得有一次……嗯，我小时候喜欢游泳，冬天就去游泳馆，那是每个星期最好的时光。有一次我在那儿丢了一只袜子。找不到了。我找了又找，可是哪儿都没有，当时我吓坏了。完全是噩梦。"

"为什么？"海伦娜问。

"因为如果被他发现，我将生不如死。"

"就因为你丢了一只袜子？"

"对，一点儿也不错。当然，他发现的可能性非常小，我可以偷偷溜进家门，一进屋就赶快穿上另一双袜子。但回家的路上我还是很害怕。打开门。没人在。开始脱鞋。有人进来了，除了我爸还能有谁？他干什么呢？站在那儿，看着我脱鞋。"

"然后呢？"海伦娜问。

"他抽我耳光，告诉我甭想再去游泳池了。"我说完一笑。

"哈哈哈！"盖尔大笑起来。"真有跟我志同道合的人啊！到底还是一样！"

"你爸揍过你吗？"海伦娜问。

盖尔支吾了一下。

"挪威的育儿传统是有些特色。你知道的，撅起屁股，褪下裤子，但他从来不打我脸，从来不会冷不丁地出手揍我，不像卡尔·奥韦他爸。只是一种惩罚，没有别的意思。我觉得这很公平，可他不喜欢动手。我认为他把打孩子看成一种责任，必须要去履行。他非常和善，我父亲。一个好人。我对他没有任何敌意。哪怕打我也没有。这是一种和我们今天非常不同的文化。"

"我不能说我父亲也这样。"安德斯说。"嗯，我不想回到童年，不想琢磨那些心理学的破烂。可我没长大的时候，我们很有钱，我说过了。上完学我就进了他的公司，成了某种形式上的伙伴。我过着美妙的上流阶级的生活。然后他突然完蛋了。原来他一直在做假账、搞欺诈。而我签署了他交给我的一切。我虽然出了监狱，却欠着税务机关一大笔巨款，这意味着我在余生挣的所有钱都要拿来还债。因此我现在没有什么工作了。干什么都没意义，他们要拿走一切。"

"你父亲怎么样了？"我问。

"他跑了。我再也没见过他。我不知道他在哪儿。国外什么地方吧。我也不想见他。"

"可你母亲还在这儿。"琳达说。

"你说得不错，是的，"安德斯说，"活受罪，被抛弃了，一文不名。"

他笑了。

"我见过她一次，"我说，"不，两次。她蛮有意思的。她坐在角落里的凳子上，跟随便哪个人说话，只要人家肯听，话里满是挖苦，有很多幽默。"

"幽默？"安德斯问了一句，接着开始模仿她，用老太太沙哑的嗓音叫他的名字，对他横挑鼻子竖挑眼。

"我妈是焦虑型的，"盖尔说，"这败坏了她人生中的一切，或者说，让人生黯然失色。她把每个人都抓在身边，随时随地。我要长大的时候，这简直成了地狱，我拼了命也要挣脱出来。她抓住我不放的技巧就是让我感到内疚。我不吃她这一套。所以我逃走了。代价是我们现在几乎无话可讲。高昂的代价，但是值得。"

"她有什么焦虑？"安德斯问。

"你是说她怎么表现的？"

安德斯点点头。

"对人她倒不怕。和别人在一起她可以非常直接、非常大胆。她怕的是空间。举个例子，我们出门坐汽车的时候，她总要带个垫子放在腿上。我们一进隧道，她就弯下腰，用垫子护住头。"

"真的吗？"海伦娜问。

"当然是真的。每次都这样，出隧道的时候我们还得说一声。此后变本加厉，突然她就不能上一条车道以上的路了，她受不了别的汽车驶过时和我们离得那么近。后来她又不能到水边去了。

我们的假期几乎哪儿都去不了。我记得我爸趴在地图上，就像准备作战的将军，想找一条既没有高速公路，也没有水和隧道的路线出来。"

"我妈刚好相反，"琳达说，"她什么都不怕。我认为她是我见过的最不要命的人。我记得我跟她一起骑车穿过城区去剧院。她飞快地蹬着车，冲上人行道，钻过人缝，直上马路。有一次她被警察拦下了。是的，可是让她点个头，认个错，道个歉，连门儿都没有。下不为例。不，她是冤枉的。在哪儿骑车由她说了算。我小时候她就是这个样子。如果有哪位老师挑我的毛病，她马上反唇相讥。我什么毛病都没有。我总是对的。我六岁那年，她让我一个人去希腊度假了。"

"一个人？"克里斯蒂娜问，"就你自己？"

"不是啦，我跟一个朋友还有他们家里人。可我才六岁呀，跟一个陌生的家庭在一个陌生的国家待两个星期，是不是有点儿过了？"

"那是七十年代，"盖尔说，"那年头干什么都行。"

"我妈在很多场合把我弄得下不来台。她是那种完全不知羞耻的人，最惊人的事她都干得出来；如果她是为了保护我，那我真恨不得在地上找个洞钻进去。"

"你父亲呢？"盖尔问。

"完全不是一种类型。他全然不可预测。他要犯起病来，任何事情都可能发生。我们只能等着他做出什么可怕的事，好让警察来把他带走。好多时候我们必须逃走，我妈、我哥和我。从他身边逃走，就是这样。"

"他会做什么呢？"我看着她问。她以前跟我讲过她父亲的一些事，但都是泛泛之谈，几乎没有细节。

"噢，任何事情。他可能爬排水管，要不就往窗外跳。他会变得非常暴力。鲜血，碎玻璃，暴力。但是随后警察就来了，于是又一次风平浪静。只要他在家，我会随时等着灾难降临。但是真出事的时候我总是很平静。对我来说，最坏的事情发生时，几乎像一种解脱。我知道我能对付。难的是等待事情发生的时候。"

片刻的沉默。

"现在我想起一个故事来了！"琳达说。"当时，我们不得不从爸爸那儿逃走，去诺尔兰郡我外婆家。我想我那会儿五岁，我哥七岁。我们回斯德哥尔摩时，公寓里全是煤气。爸爸拧开了阀门没关，开了好几天。妈妈打开门锁的时候，感觉门就像被压力硬生生顶开的。她回过头，告诉马蒂亚斯带我下去，到街上待着。她等我们走了才进屋关掉煤气。一下去，我记得很清楚，马蒂亚斯说，你知道妈妈现在有可能死掉，是不是？我回答说，是的，我知道。就在那一天晚些时候，我无意中听到妈妈和他通电话。'你要杀死我们吗？'她问。一点儿也没夸张，而是在说一个严肃的事实。'你真想杀死我们吗？'"

琳达淡然一笑。

"这一个很难超越了。"安德斯说，然后转向克里斯蒂娜。"就剩你。你父母怎么样？他们还活着吧？"

"是的，"克里斯蒂娜说，"可他们老了。他们住在乌普萨拉。他们信五旬宗。我是在那种环境里长大的，对一切事情感到内疚，最小最小的小事。可他们是好人，这是他们毕生的工作。

当冬天过去，雪化了，沙子留在人行道上的时候，你们知道他们怎么做吗？"

"不知道。"我开口说，因为她看着我。

"他们把沙子扫到一块，给公路局送回去。"

"真的吗？"安德斯问，"哈哈哈！"

"他们当然是不喝酒的。我爸连茶和咖啡都不喝。如果他想在早晨享受一下，就喝开水。"

"我不信。"安德斯说。

"可这是真的，"盖尔说，"他喝开水，他们把门口的沙子还给公路局。他们太好了，好到几乎没有可能。我敢保证，他们认我这个女婿，一定是当成了魔鬼对他们的考验。"

"在他们身边长大是什么样子？"海伦娜问。

"我想过很长时间，他们的世界就是整个世界，世界就是那个样子。我所有的朋友、我父母所有的朋友，都属于同一教派。不存在外面的生活。我和它决裂的同时，也就和我所有的朋友决裂了。"

"你那时多大？"

"十二岁。"克里斯蒂娜说。

"十二岁？"海伦娜说，"你怎么有那样做的力量？或者说那么成熟？"

"我不知道。做也就做了。很难。确实很难。我失去了所有的朋友。"

"十二岁大？"琳达说。

克里斯蒂娜点点头，微笑了一下。

"那你现在早晨喝咖啡了？"安德斯问。

"是的，"克里斯蒂娜回答，"回那边就不喝了。"

我们一阵大笑。我站起身，开始收盘子。盖尔也站起来，拿着他自己的盘子，跟我进了厨房。

"你叛逃了，盖尔？"安德斯在他身后喊道。

我把空贝壳倒进垃圾桶，冲洗一下盘子，放进洗碗机。盖尔把他的盘子递给我，便退后几步，倚靠在冰箱上。

"迷人。"他说。

"什么迷人？"我问。

"咱们谈的东西。或者说咱们在谈。彼得·汉德克对此有个词。我想他把这叫作'诉夜'。人们敞开心扉的夜晚，每个人都要讲一个故事。"

"对。"我说着转过身。"出去走走？我得抽根烟。"

"好吧。"盖尔说。

我们穿外套时，安德斯出来了。

"抽烟去吗？我也去。"

两分钟以后，我们站在院子中央，我用手指夹着一支点燃的香烟，他俩都把双手抄在口袋里。外面很冷，风又大。到处烟花绽放。

"我还有一个故事，刚才想说又没说，"安德斯说着，伸出一只手拢了拢头发，"我想讲的是一个人失去了拥有的一切。但我觉得最好还是在这儿讲。那是在西班牙。我跟一个朋友开过饭馆。美妙的生活。通宵无眠，嗑药喝酒，可兴奋了，白天晒太阳，到晚上七八点钟再重新开始。我认为那是我人生中最好的一段时

345

光。我是绝对自由的，完全随心所欲。"

"后来呢？"盖尔问。

"后来我大概太随心所欲了。我们在酒吧楼上有间办公室，我在那儿操朋友的老婆，我就是控制不住。当然叫他捉了个正着，然后就完了，没法合作了。可是早晚有一天我要回去。唯一的问题是带不带海伦娜。"

"那可能不是她梦想的生活吧？"我说。

安德斯耸耸肩。

"但我们可以找时间在那边租个夏屋。每半年待上一个月。格拉纳达或别的地方。你觉得呢？"

"听上去不错。"我说。

"我根本没有空余的时间。"盖尔说。

"什么意思？"安德斯问，"今年吗？"

"不是，从来都这样。我一星期里天天都得干活，星期六和星期天也闲不下来，一年到头每个星期都这样，也许只有圣诞夜算是个例外。"

"为什么？"安德斯问。

盖尔哈哈大笑。

我扔掉烟屁股，在地上使劲踩了几下。

"咱们上去吧。"我说。

我第一次见安德斯，是他到萨尔特舍巴登火车站接我和琳达，他们在当地租了一套小公寓。一路上，他表达了对当地居民蝇营狗苟的蔑视，生活不该只是争名逐利，虽然我隐约觉得他在跟我们套近乎，只拣我们这些"文化人"想听的东西说，过了好几个月我才明白，他实际的意思正好相反：他真正关心的只有钱和能用钱买到的生活。他沉迷于再富起来的想法，做每件事都为了这一目标，可又不能在税务机关的眼皮底下做这些事，于是他进入黑色收入的世界。海伦娜遇见他时，他正干着种种不可告人的勾当。她决意尽可能长久地抵挡对他的爱，最后还是轰轰烈烈地缴械投降。但她毕竟提出了一些要求，因为没过太久他们就有了自己的孩子，他显然遵从了这些要求：他挣的仍然是黑钱，但从某种意义上来说又是"干净的"。我不清楚他具体做哪一行，只知道他当年生活优裕时结识了很多熟人，现在派上了用场，给接连不断的新项目出资。这些项目不知何故一次只持续几个月。给他打电话纯属浪费精力，因为他总是走马灯般地换手机，他的汽车同样如此，都是所谓"公司的车"，他定期更换。我们去他们家串门，可能某天晚上客厅里有一台巨大的平板电视立在靠墙的地方，或是一台新的笔记本电脑放在门厅的小桌上，这些东西第二天晚上可能就不见了。在他拥有的东西和他经手的东西之间显然没有固定的界限，在他做的事和支配的钱之间也没有清晰的联系。只要有钱到手，而且常常不是小钱，他都拿去赌博，任何能动的东西他都可以赌。他有着极强的说服人的能力，借起钱来易如反掌，因此陷入了真正的泥潭。一般来说，这些事他守口如瓶，但偶尔也会露出马脚。比如那一回，有人打电话给海伦娜，说安德斯取走了公司全部的备用现金，而他去那里是要重新协商合同的，大约是七千克朗，现在要报警了。海伦娜和安德斯为此当面对质时，他连眼皮都没抬一下；公司的财务状况一塌糊涂，问题成堆，现在他们怪罪他，是要掩盖真相。虽然他涉嫌卷款而逃并在赌桌上输了个精光，可这是黑钱，不到万不得已他们不敢找警察，所以他是安全的。他想必对他要诈骗的人留了个心眼，但危险并没有因此而减小。有一次他们出门时，家被撬了，海伦娜告诉琳达，小偷这么干可能只是为了表明他们能这么干。后来他做了一个大型餐饮项目的合伙人，几个月之后便不了了之，后来他又突然搞起了建筑工地，接着又给发廊出租专营的铺面，之后是一家烟肉加工厂，他必须出手施救，以免厂子破产。问题，如果能称之为问题的话，就在于你不可能不喜欢他。他跟各种人都谈得来，这是罕见的天赋，他为人也很慷慨，你一认识他就能注意到这一点。而且他总是很快乐。我们参加派对，总是他站起来感谢主人提供了美食，找各种理由恭喜他们，做任何需要做的事，他跟每个人都有话说，不论人家和他的共同之处是多是少。大多数情况下，他知道怎样让对方感觉良好，同时又不会造成刻意为之的印象，没有心机，也许正是出于这个原因，我仍然对他非常喜爱，而不介意他一贯口是心非，那是极少数我很难接受的品质之一。他当然不愿意搭理我，但我们见面时他并不装出一副感兴趣的样子，别人有时会那样做，出于义务，但思想与行为之间的断裂会通过极少有人能加以控制的细微姿态显露出来，比如朝房间另一头飞快地一瞥，它本身没有什么意义，但紧接着，当他们的注意力重新回到你身上时，仿佛当头一棒，逢场作戏的感觉便昭然若揭。原来你一直面对着虚情假意。对某些以赢取别人信任为生的人来说，这种感觉必将是灾难性的。安德斯不作戏，这是他的秘诀。但他也不"真诚"，因为他说的每件事都未必与他所相信的、与他手上做的和心里想的合乎一致。可是谁又能做到这样呢？有一种人总是心口如一，不会见人说人话、见鬼说鬼话，可这样的人实属凤毛麟角，我只见过两位，其下场是所有的社交场合都变成了火药桶。不是因为与别人意见不合而开始争吵，而是因为他们的谈话意图将其他一切目标排除在外，他们所持极权主义的态度自动弹回到自己身上，他们表现出偏狭和顽固，全然脱离了自己的本性，而就我的判断而言，这两位基本还算是友善和慷慨的人。我自己对社交场合引起的不安有着截然不同的原因。我总是让形势来做决定，要么一言不发，要么滔滔不绝。专挑人家爱听的说，这当然也是一种说谎的方式。因此，安德斯的社交行为和我的社交行为的不同，只是程度上的不同而已。他的行为侵蚀了信用，我的行为侵蚀了真诚，结果基本一样：一种缓慢的、对灵魂的侵蚀。

海伦娜为精神生活所吸引，不断地想要理解自身，因此本该和这样一个男人分手，他只认钱，面带微笑，将其他一切价值观弃诸一旁，这当然很有讽刺意味，但并非不能理解，因为他们共有一种发乎骨肉的要素，一种轻松、一种生活乐趣。他们也是很有魅力的一对。海伦娜天生一头黑发，有着热情的双眼和大而鲜明的五官，颇为惊艳，更兼性格可人，风姿绰约。她是个很有才华的演员。我在两部电视剧中见过她的表演，一部是推理剧，她演一个寡妇，周身散发出阴冷的气息，在我眼里完全变成了陌生人，我就像在看别人，只是她长着海伦娜的脸。第二部是喜剧，她演一个婆娘，留下了同样的印象：另一个人，长着她的脸。

安德斯也很漂亮，颇有几分少年模样，不管这是因为他的气质，炯炯有神的眼睛，苗条的身材，还是因为他的头发——五十年代应该叫"鬃毛头"——这很难说，因为安德斯不是个容易理解的人。有一次我在市中心的塞格尔广场碰见他，他好像无所事事，在墙边弓着背，显得非常非常疲惫，我差点儿没认出他来，可是他一看见我马上挺直了腰板，仿佛抖擞了精神，一眨眼的工夫就变成了我熟悉的那个快乐的、充满活力的男人。

我们回来时，海伦娜、克里斯蒂娜和琳达已经清理好桌子，正坐在沙发上聊天。我走进厨房煮咖啡。等着它煮好的时候，我进了相邻的房间，这里安静，没有人，只听到小孩的呼吸，海伦娜和安德斯的孩子和衣睡在我们的床上，身上盖着小毯子。昏暗的灯光下，空空的摇篮、空空的小床、尿布台，以及它旁边装着婴儿衣物的橱柜，无不显得有点儿怪异。万事俱备，只等我们的宝宝到来。在尿布台下面的架子上，甚至放了一包我们买的尿布，还有一摞毛巾和布，台子上方有一个活动部件，挂着几架小飞机，在窗边细微的气流中颤动。怪异之处在于没有孩子，而因为这些物事的存在，应该有和即将有之间的分界线变得摇摆不定了。

客厅传来响亮的笑声。我关上门出来，拿了一瓶干邑、几只白兰地酒杯、咖啡杯和碟子，放进托盘，又把咖啡从机器灌进保温瓶，端着这些东西走进客厅。克里斯蒂娜腿上放着一只小熊巴姆塞，她看上去很开心，表情比平时更加放松和平静；琳达坐在她旁边，眼睛都要睁不开了，这段时间她九点左右就要睡觉，现在快十二点了。海伦娜在书架上找音乐 CD，安德斯和盖尔坐在餐桌旁，继续着关于熟人罪犯的谈话。在他这些年常去的那家拳击俱乐部，显然经常有各色罪犯出没。我把东西放好，也在桌边坐下。

"卡尔·奥韦，你见过奥斯曼对不对？"盖尔问我。

我点点头。

盖尔带我去过一次摩西山，见他认识的两位拳击手。一位叫保罗·罗伯托，曾经为世界冠军的头衔征战拳坛，现在是瑞典电视上的名人，正在为新的冠军比赛备战，算是重新出山。另一位叫奥斯曼，也属同一级别，但并不知名。和他们在一起的是一位英国教练，盖尔介绍时说他是"拳博士"。"他是拳击界的博士！"我和他握了手，没怎么讲话，只是密切注意着场内的情况，因为这里与我以前知道的东西大不一样。他们非常放松，没有紧张的感觉，这一点让我吃惊不小，我已经习惯了那种紧张气氛。他们吃薄烤饼，喝咖啡，远眺人群，眯起眼睛，望一望已经不再高挂但仍然炽热的秋阳，回忆着和盖尔在一起的旧日时光。虽然他的身体和他们的一样安静，却充满了一种不同的、更轻也更兴奋、近乎神经质的能量，这在他的眼睛里表露无遗，他的目光总在寻找着机会，还有他谈吐的方式，热情、机智，但也留了几分小心，因为他正在适应他们，适应他们的行话，而他们只是有话说的时候才开口。那个叫奥斯曼的穿着一件无袖背心，二头肌好大，也许比我的大五倍，却没有大得不成比例，反而显得精瘦。他的整个上半身同样如此。他坐在那儿，歪斜而放松，每次我的目光落到他身上，心里都会咯噔一下，只觉得他可以在几秒钟之内把我打成肉酱，而我全无还手之力。这让我油然而生一种女人的感觉。我因此感到屈辱，但这屈辱完全属于我自己，别人看不见也摸不着。可它就在那儿，像遭了诅咒。

"真快，"我说，"去年在摩西山。你介绍我认识他们，好像他们是一对猴子。"

"我觉得咱们才像猴子呢。"盖尔说。"可是不管怎么说，奥斯曼嘛，他跟一个同伙在法斯塔袭击了一辆运钞车。他们选的地方离警署只有五十米远。一动起手来，又不太利索，让护卫队按下了警报器，结果警察一眨眼工夫就到了！他们赶紧钻进汽车逃跑，钱也没抢到，什么都没到手。最后车跑没油了！哈哈哈！"

"可能吗？听起来像 B 帮 [1]。"

"这是真的。哈哈哈！"

"那奥斯曼怎么样了？持枪抢劫可不是小事。"

"不是太惨。他没蹲几年就出来了，但他的同伙前科累累，所以要关很长时间。"

"这是才发生的事吗？"

"不不不。已经好几年了。在那之前，很早就开始做拳击手了。"

"原来如此。"我说。"来点儿干邑？"

盖尔和安德斯都点了头。我打开酒瓶，往三个杯子里倒了酒。

"你们谁想来点儿吗？"我看着沙发的方向问道。两个头在摇。

"我可以来一点，谢谢。"海伦娜说。她穿过房间朝我们走

---

[1] B-gjengen，奥斯陆犯罪团伙，活跃于 1990 年代的移民社区。

过来，音乐开始从她身后小得不像话的音箱里流泄而出。这是戴蒙·阿尔巴恩的马里CD，当晚我们早前放过的，她十分入迷。

"给。"我说着把杯子递给她，金褐色的酒液仅仅盖住杯底，在餐桌上方的灯光下鲜艳夺目。

"最起码有一件事让我开心，"沙发上的克里斯蒂娜说，"那就是长大成人。三十二岁可比二十二岁好太多了。"

"你知道巴姆塞坐在你腿上吧，克里斯蒂娜？"我说，"它可不一定同意你刚才说的哟。"

她哈哈大笑。看见她笑真好。感觉她老是绷得紧紧的，不是阴郁，更像她用尽了全身的气力把一切，包括她自己，紧紧地捏合在一起。她很高、很瘦，总是衣着入时，当然是以一种率性而为的方式，她也很漂亮，肌肤雪白，点缀着雀斑，可是等到第一印象过去，轻微的封闭感便流露在外，侵蚀着她在我心里的印记，至少这是我以往的体会。与此同时，她也有着孩子气的一面，特别是开怀大笑或兴奋的时候，自我约束也随之解除。不是不成熟的孩子气，而是顽皮的、放纵的孩子气。我在我母亲身上也看到过同样的情形，非常少有的几次，她放松了，做了些出格或鲁莽的事情，因为在她身上，这也是无法与弱点区分的自然反应。有一次我们去盖尔和克里斯蒂娜家吃饭，克里斯蒂娜像往常一样，把全部的精力和专注倾注于烧菜。我一个人在客厅，待在书架后面昏暗的灯光下，这时她进来拿什么东西，她不知道我在，她身后一片嘈杂，排风扇在轰鸣，而她自顾自地微笑着。她两只眼睛闪闪发光。噢，看见这一幕我很开心，但也感到悲伤，因为我们在对她很重要，而她无意让任何人看见这一点。

我和他们一起住时，有天早晨，我坐在桌边喝着咖啡，克里斯蒂娜已在厨房洗刷完毕，她突然一指碗橱里那堆盘子和碟子。

　　"我们搬到一起时，每样东西我都买了十八个，"她说，"我设想我们在这儿开大派对。很多的朋友，很棒的饭菜。可我们从来没用过这些东西。一次也没有。"

　　卧室传出盖尔响亮的笑声。克里斯蒂娜露出了微笑。

　　这就是他们。这就是他们的为人。

　　"但是我同意，"此时我说道，"二十来岁糟透了。青春期更差。三十岁以后还行。"

　　"变化在哪儿呢？"海伦娜问。

　　"我二十岁时，我拥有的东西，让我成为我的东西，都太少了。当时我不知道这一点，因为当时只有那些。但是现在我三十五岁了，这些东西也多起来了。这么说吧，我二十岁时身上能找到的现在统统还在。但现在环绕它们的已经多出了无数倍。我差不多就是这样想的。"

　　"越老越好，"海伦娜说，"这么乐观的看法简直闻所未闻。"

　　"是吗？"盖尔说，"东西越少，生活就越简单吧？"

　　"反正我不行。"我说。"现在这些东西的重要性不比从前了。七零八碎可能就是一切！可能决定一切！"

　　"没错，"盖尔说，"但我还是不会称之为乐观。宿命论吧。"

　　"该发生的总会发生。"我说。"现在我们不是都在这儿吗？我提议，为这个干一杯！"

　　"干杯！"

　　"再过七分钟就到午夜了，"琳达说，"咱们打开电视，看看

354

扬·马尔姆舍的倒计时好吗？"

"那是什么？"我边问边走过去，伸出一只手让她抓住，我把她拉起来。

"他读诗。有人敲钟。这是瑞典的传统。"

"那打开吧。"我说。

她去开电视，我走过去打开了窗子。爆竹声一浪高过一浪，砰砰声、噼啪声和嗖嗖声连续不断，在远近的房顶之上形成了一堵音墙。街上人影厚重，香槟酒瓶和花炮拿在手里，厚衣服和厚帽子罩着节日的盛装。没有小孩，只有喝多了的、快活的成年人。

琳达抄起最后一瓶香槟，打开，把杯子统统加满，泡沫翻滚。我们端着酒杯，站在窗边。我看看大伙。他们快活，兴奋，欢声笑语，指指点点，口中"干杯"之声不断。

窗外警报嘶鸣。

"要么是战争爆发，要么是2004年开始了。"盖尔说。

我伸出双臂，抱过琳达。我们相互凝视。

"新年快乐。"我说完吻她。

"新年快乐，我亲爱的王子，"她说，"这是我们的一年。"

"是的。"我说。

拥抱和祝福结束之后，人潮开始从街头退去。安德斯和海伦娜想起他们的中国气球。我们穿上外套，下楼到了后院。安德斯点燃灯芯，热空气慢慢灌入，最后他松开手，气球开始贴着楼房升空，无声而闪亮。我们目送它消失在东马尔姆的楼群背后。回到楼上，我们重新坐到桌边。谈话现在变得更为随意而较少集中，但偶尔也会专注于一点，比如，琳达谈起了高中时代去过的上流社会的派对，在一幢别墅，有大游泳池，后面是巨大的玻璃幕墙，她说，派对中途他们开始游泳，她踩着玻璃墙跃入池中，玻璃碎了，化作千万颗闪亮的玉珠。

"我永远忘不掉那声音。"她说。

安德斯讲了一次前往阿尔卑斯山的旅行，他滑离了雪道，开阔的地面突然出现在脚下。他穿着滑雪板，跌进了也许深达六米的冰川裂缝，失去了知觉。后来被直升机救起，但已经摔断了背脊，面临瘫痪的危险，于是立刻做了手术。他在医院躺了好几个星期，据他所说，他好像做梦一样，有时看见父亲坐在他身边的凳子上，满身酒气。

说到这儿，他站起来，弯腰拉起衬衣，露出后背，给我们看手术留下的长长的疤痕。

我开始讲起十七岁那年，我们以一百公里时速在冰天雪地的泰勒马克荒原上疾驰，突然有个轮胎爆了，车撞上电线杆子，又弹出去，飞过路面，掉进了沟渠。真是奇迹，没人受重伤，可是汽车彻底报废了。不过最惨的还不是事故，而是天气，当时零下二十度，又是半夜，我们刚从帝国乐队的音乐会上回来，只穿着圆领背心、夹克和运动鞋，在路边站了好几小时都没搭上车。

我给安德斯、盖尔和我自己的杯中填了干邑，琳达打了哈欠，海伦娜开始讲一个跟洛杉矶有关的故事，突然，楼内某个地方响起了尖利的警报声。

"怎么回事？"安德斯问，"火警？"

"过年嘛。"盖尔说。

"咱们要出去吗？"琳达在沙发上直起身问。

"我先去看看。"我说。

"我跟你去。"盖尔说。

我们进了走廊。怎么也看不到烟。声音来自一楼，于是我们快步下了楼梯。电梯上方的灯在闪。我探身向前，透过门上的窗口往里看。有人躺在地上，我打开门，是那俄国女人。她仰躺着，一只脚蹬着墙。她穿着参加派对的衣服：黑裙子，胸前缀着亮片，肉色连裤袜，高跟鞋。我们看见她时，她放声大笑。出于本能，我先瞅了瞅她的大腿和大腿中间的黑色内裤，然后才把目光挪到她脸上。

"我站不起来了！"她说。

"我们来扶你。"我说。我抓住她一条胳膊，拉她坐起。盖尔到了另一边，我俩一边一个扶着她站起来。她没完没了地大笑。香水和酒精的气味在逼仄的空间里格外呛人。

"Tack så mycket,"她说，然后又说，"Tusen, tusen takk."[1]

她抓过我的两只手，俯下身去亲吻，亲完一只再亲另一只。然后她仰起脸盯着我。

"噢，你这美男子。"她说。

"走吧，我们送你回家。"我说。我按下她那一层的按钮，关了门。盖尔咧开大嘴，笑着看看她，又看看我。电梯开始上行，她瘫软在我身上。

"到了，"我说，"咱们到了。你带钥匙了吗？"

她打开肩膀上背的小包，身体像狂风中的小树一样前后摇

[1] 前一句是瑞典语，后一句是挪威语：太感谢了。

357

晃，手在包里一通乱翻。

"找到了！"她发出胜利的欢叫，拿出一串钥匙。

盖尔一只手扶住她的肩膀，她跌跌撞撞，拿钥匙寻找着锁眼。

"往前迈一步，"盖尔说，"迈一步就行了。"

她照办了。一番摸索之后，她成功地将钥匙插进了锁眼。

"Tusen takk!"她再次说道，"你们是一对天使，今晚飞来帮我。"

"别客气，"盖尔说，"祝你好运。"

上楼回家时，盖尔向我投来狐疑的一瞥。

"这就是你的恶邻？"他问。

我点点头。

"她是妓女吧？"

我摇摇头。

"我看不是。"我说。

"肯定是，这还看不出来。要不然她根本住不起这种地方。还有她那副做派……她看起来倒不笨。"

"行了，"我说着开了家里的门，"她就是个普普通通的女人。只是过得很不开心罢了，一个酒鬼，俄国人。控制不了自己的情绪。"

"好，说得好！"盖尔说完哈哈大笑。

"出什么事了？"海伦娜在客厅问。

"是我们的俄国邻居。"我说着走进客厅。"她在电梯里摔倒了，喝得太醉，站不起来，我们把她送回家了。"

"她亲了卡尔·奥韦的手，"盖尔说，"'噢，你这美男子。'

她说的！"

哄堂大笑。

"以前她就站在这儿，骂了我好几次呢，"我说，"都要把我们逼疯了。"

"噩梦，"琳达说，"她完全失去了控制。我在楼梯上经过她身边的时候，真怕她掏出一把刀子扎死我。她盯着我看，眼睛里满是仇恨，就是。深仇大恨。"

"她的时间开始慢慢流逝，"盖尔说，"这个时候你们搬进来了，挺着大肚子，喜气洋洋。"

"真的吗？你这样认为？"我问。

"当然，"琳达说，"一开始保持距离就好了。可是我们跟她直来直去的，现在她缠上我们了。"

"好吧好吧，"我说，"有人起来吃甜点吗？琳达做了拿手的提拉米苏。"

"噢！"海伦娜说。

"如果这也算拿手，是因为我只会做这一种甜点。"琳达说。

我拿来甜点和咖啡，我们又一次坐到桌边。刚一坐下，楼下便开始音乐轰鸣。

"这就是我们过的日子。"我说。

"你不能把她轰出去吗？"安德斯问。"如果你想的话，我来帮你摆平。"

"怎么摆平？"海伦娜问。

"我有我的办法。"安德斯说。

"呀哈？"海伦娜说。

"去警察那儿告她，"盖尔说，"这样她就明白我们不是闹着玩的了。"

"你觉得行吗？"我问。

"当然行。你不来点儿狠的，这事儿永远没完。"

音乐突然停了，就像刚才突然开始一样。楼下的门咣当一声。鞋跟踩在楼梯上，咔嗒咔嗒，一路向上。

"她要上这儿来吗？"我说。

所有人都静静地坐着，支起耳朵。但是脚步声从我们门前经过，朝楼上去了。很快它又回来，往下走，渐渐听不见了。我走到窗边朝下看，她只穿着裙子，脚上一只鞋，走进了白色的街道。她招手，一辆出租车驶近。车停了，她爬进车内。

"她打了辆出租车，"我说，"穿着一只鞋。不管怎么说，她这番劲头没得挑。"

我重新坐下，大伙又聊了一会别的。大约两点，安德斯和海伦娜起身要走。他们穿上厚厚的冬衣，和我们拥抱之后便出门走入夜色，安德斯抱着他们熟睡的女儿。过了半小时，盖尔和克里斯蒂娜也告辞出门，可是盖尔又回来了，手里拎着一只高跟鞋。

"像另一个灰姑娘，"他说，"我该怎么处理？"

"搁到她门口好了，"我说，"然后赶快走，我们得睡觉。"

我收拾完客厅，打开洗碗机，然后走进卧室。琳达已经躺下了，还没睡着，但是睁不开眼睛，只能在我站着脱衣服时给我一个昏昏欲睡的微笑。

"挺好的一夜吧？"我说。

"是的，挺好的。"她说。

"你觉得他们玩得开心吗？"我边问边上床，躺到她身边。

"是的，我觉得他们很开心。你觉得呢？"

"是的，肯定开心。反正我挺开心的。"

街灯在地板上投下一抹微光。房间里从来都不是完全黑暗的，也从来没有完全的寂静。仍然有爆竹在外面炸响，街上的人声起起落落，飞驰而过的汽车多起来了；新年夜即将结束。

"可是说真的，我开始担心咱们的邻居了。"琳达说。"有她在这儿感觉很不好。"

"对，"我说，"可是咱们也做不了什么。"

"也是。"

"盖尔觉得她是妓女。"我说。

"她就是，明摆着的，"琳达说，"她在伴游公司打工。"

"你怎么知道的？"

"一看就知道。"

"我看不出来，"我说，"再过一亿年我也想不到这上面去。"

"那是因为你天真。"琳达说。

"也许是的。"

"你就是。"

她笑了，凑过来亲我。

"晚安。"她说。

"晚安。"我说。

很难理解这是我们仨躺在床上。但就是这样。琳达肚子里的婴儿已经发育完全；隔开我们的只是一道一厘米厚的血肉之墙。

361

从现在开始的任何一天，孩子都有可能出生，这改变了琳达的作息。她不再尝试任何新东西，几乎足不出户，保持安静，在饮食上纵容自己和身体，洗澡时间很长，躺在沙发上看电影，打盹，睡觉。她的状态就像冬眠，但她的不安并没有完全离去。现在我的角色尤其让她放心不下。他们说，产前最重要的就是孕妇和助产士的关系，出现任何分歧、任何不快的气氛，都要尽早讲出来，这很重要，好让另一位可能更合适的助产士接手。他们还说，男人在生育过程中主要扮演通信员的角色，他最了解妻子，他理解妻子的需要，一旦妻子陷入苦斗，就得靠他把这些转达给助产士。这就是我的处境。我讲挪威话。助产士和护士能听懂我说什么吗？更糟的是，我一向回避冲突，总是设身处地为别人着想。我能忍着痛苦的感觉，对差劲的助产士说不，并且要求另换他人吗？

"放心，放心，不会有事的。"我这样说道，别老惦记着，船到桥头自然直。可她还是放心不下，我已经成了不可靠的因素。到时候我究竟有没有能力叫一辆出租车呢？

她有道理，可这于事无补，任何形式的压力都会让我自乱阵脚。我想取悦所有人，但有些时候必须做出选择并付诸行动，为此要经受百般的痛苦，这些都是让我最不愉快的体验。如今，我在短时间内就有了一连串这样的经历，而她统统看在眼里。门锁坏了那件事，船上那件事，我母亲那件事。还有那一次，我试图一雪前耻，有天早晨在地铁站拉架，却也没能因此赢得信任，我到底显示出了怎样的判断力呢？更重要的是，我知道对我来说，打发一位助产士走人要比在地铁站挨刀子还要困难。

后来有一天傍晚，在回家的路上，走到上达山脊街的室外电梯，我放下笔记本电脑包和两个购物袋去按按钮，顺便看了一眼手机，发现琳达打过八次电话。我没在意，也没有回拨。我等电梯呢，它在永恒地缓慢下落。我扭过头，和一个流浪汉四目交汇，他坐在睡袋里，靠着墙昏昏欲睡。他很瘦，花脸，目光中没有好奇，也并非呆滞，只是鉴定了一眼我的存在。我心里充满了这一幕引起的不安和琳达来电导致的不确定的感觉。电梯顺着索道缓慢上行，我静静地站在里面。电梯一停，我就扒开门，在人行道上跑了起来，沿着面包师大卫街，进大门，上楼梯。

"嘿！"我叫道，"出什么事了吗？"

没人回答。

她一定自己去医院了。对吗？

"嘿！"我又叫，"琳达？"

我脱掉靴子，走进厨房，又往卧室的门里瞅了一眼。没人。我发现购物袋还提在手中，就把它们放到厨房台子上，然后穿过卧室，打开客厅的门。

她坐在地板上盯着我。

"怎么了？"我问，"出什么事了吗？"

她没吭声。我走过去。

"怎么了，琳达？"

她脸色阴沉。

"我一整天什么也没感觉到。"她说。"感觉好像不对劲。我什么都感觉不到。"

我伸手去抱她。她扭动着躲开了。

"不会有事的,"我说,"我保证。"

"会他妈有事!"她大叫起来,"你什么都不明白吗?你不明白出事了吗?"

我又想抱住她,可她蠕动着挣脱了。

她开始哭。

"琳达,琳达。"我说。

"你不明白出事了吗?"她又一次说道。

"不会有事的,"我说,"我保证。"

我等待着另一通大叫,可她放下手,眼含热泪看着我。

"你怎么能保证?"

我一时语塞。她死死地盯着我,目光好像在控诉。

"那我们怎么做?"我问。

"我们得去医院。"

"医院?"我说,"可是一切都很正常啊。离出生越近,婴儿活动越少。好了,真没事。只是……"

只是到了此时,当我看到她不相信的表情,才意识到可能确实很严重。

"穿好衣服。"我说。"我去叫出租车。"

"先打个电话说一声我们要去。"她说。

我摇摇头,走向窗台上的电话。

"我们直接去就行了,"我说着拿起听筒,拨了出租车中心的号码,"到了那儿他们会帮我们的。"

等待电话接通时,我的目光追随着她。她慢慢地、心不在焉地穿上外套,把围巾缠到脖子上,一只脚,然后是另一只脚抬近身体，系上鞋带。相较于客厅的黑暗，她所在的门厅清晰地突显出每一个细节。泪水仍然在她脸上奔流。

嘟，嘟，嘟，无人应答。

此时她望着我。

"我还没接通。"我说。

这时嘟嘟声中断了。

"斯德哥尔摩的士。"一个女人的声音说道。

"是的，你好，我想要一辆出租车，我在内阁街八十一号。"

"好的……您要去哪儿？"

"丹德吕德医院。"

"好的。"

"要花多长时间？"

"大约十五分钟。"

"那可不好，"我说，"这是生产的事。我们立刻就得要车。"

"您刚才说什么事？"

"生产。"

我意识到她不明白"生产"这个词。几秒钟过去了，我还在搜肠刮肚，想找出正确的瑞典话怎么说。

"生孩子，"我终于开了口，"出租车必须马上到。"

"我看看怎么安排，"她说，"但我不能保证。"

"谢谢您。"我说完放下电话，检查了一下夹克内袋里的信用卡，锁上门，和琳达进了走廊。下楼时她一直没看我。

外面雪还在下。

"车应该马上就来吧？"我们站在人行道上时，琳达说。

我点点头。

"他们说尽快。"

尽管车流量很大，我还是远远就看见了那辆出租车。它高速驶近。我招手，它在我们身前停住。我弯腰拉开车门，让琳达先上，我也跟着坐了进去。

司机回过头。

"着急吗？"他问。

"和您想的不太一样，"我说，"但我们要去丹德吕德。"

他开动汽车，驶向比耶尔·亚尔街。我们无声地坐在后座。我拿过她的手。谢天谢地，她让我握着了。公路上的汽车前灯汇聚成了一条光带。收音机里在播放《我不会让太阳落在你身上》。

"别担心，"我说，"一切都很正常。"

她没有答话。我们驶上一个缓坡。路两边的树林里坐落着一些独栋住宅。屋顶覆盖着白雪，大门映衬着黄色的灯光。偶尔可见橙色的雪橇，还有黑色的、昂贵的轿车。此后我们右转，离开一直行驶的公路，进入医院。一扇扇窗亮着灯，让这里看上去就像一个巨大的箱子，通体开满了透气的舱口。一堆堆的雪，零散地分布在楼的四周。

"您知道怎么走吧？"我问，"我是说妇产区。"

他朝前努努嘴，左转，然后指着一块牌子，上书"BB斯德哥尔摩"[1]。

---

[1] 指 Barnbördshuset Stockholm AB，斯德哥尔摩儿童生育之家。

"到地方了。"他说。

我们到达时，另一辆出租车没熄火，停在门口。我们的司机在它后面停下，我递上自己的信用卡，下了车，抓住琳达的手扶她站稳。与此同时，另一对夫妇匆匆进了大门，男的提着一个婴儿座椅和一个大包。

我签了字，把收据和信用卡放进内袋，跟着琳达走进大楼。

另一对夫妇在等电梯。我们站在他们身后几米远的地方。我抚摩着琳达的背。她在哭。

"我原来想的可不是这样。"她说。

"没事的。"我说。

电梯来了，我们跟在另一对夫妇身后走进去。那女人突然弯下腰，紧紧地抓住镜子前的横杆。男人站在一边，手里都是东西，看着地面。

上楼后，他们按铃叫了人，赶过来的护士先和他们谈了几句，然后告诉我们会有人来看我们，便陪他们进了走廊。

琳达在椅子上坐下。我站着往走廊里看。灯光柔和。每个房间外面都有一个挂在天花板上的标志牌。有些牌子亮着红灯。每当新的标志牌点亮，便能听到一声信号，也很柔和，却是一听即知的公共机构的音色。偶尔有位护士出现，从一个房间走进另一个房间。走廊尽头有个父亲踱着步，两手抱着一捆东西在摇晃。看上去他在唱歌。

"为什么你不说有紧急情况？"琳达说，"我不能坐在这儿！"

我没吭声。

我的大脑一片空白。

她站起身。

"我要进去。"她说。

"再等一两分钟吧，"我说，"他们知道我们在这儿。"

这拦不住她，所以她往里走的时候，我只能跟在后面。

有位护士从办公区里出来，停在我们面前。

"给你们看过了吗？"她问。

"没有，"琳达说，"说好有人来的，可是还没来。"

她从眼镜上方打量了一下琳达。

"我一整天都没感觉到它动一下，"琳达说，"什么都没感觉到。"

"所以你担心。"护士说。

琳达点点头。

护士扭头看了看走廊。

"去那间屋子，"她说，"它现在空着。马上有人过来给你看。"

这屋里的一切如此陌生，以至于我只能看见我们俩。琳达的每一个动作都像刀子一样剜着我的心。

她脱掉外套，搭到椅子背上，然后在沙发上坐下。我走过去站在窗前，俯瞰着马路和来往的车流。窗外雪花飘落，却是细小而模糊的影子，好像只有在落入停车场的灯形成的一个个光环时才能现出真容。

靠墙的地方有一张妇科检查椅，旁边是几件仪器，叠放在架子上。另一边的架子上有一台 CD 播放机。

"你听到了吗？"琳达问。

一阵低弱而沉闷的号叫从另一个房间穿墙而出。

我转过身看着她。

"别哭，卡尔·奥韦。"她说。

"我不知道还能做什么。"我说。

"没事的。"她说。

"你倒安慰起我来了？"我说，"这怎么行？"

她笑了。

这时又安静了下来了。

几分钟之后有人敲门，一个护士进来，要琳达躺到床上，露出肚皮，她用听诊器听了听，莞尔一笑。

"一切正常。"她说。"但我们还是再做个超声波，以防万一。"

半小时之后我们离开时，琳达轻松而快乐。我筋疲力尽，还有一点儿尴尬，因为我们不必要地给人家添了麻烦，毕竟有这么多人迈进了医院的大门，这已经快让他们忙不过来了。

为什么我们总是相信最坏的情况？

可是话说回来，我上了床，躺到琳达身边，手放在她肚子上，里面的婴儿现在已经大到几乎没有了活动的空间，这时我想，最坏的情况是有可能发生的，生命可能会在里面终止，因为这样的事情一直都在发生，而只要这种可能性存在，哪怕几率很小，那么唯一正确的行动就是认真加以对待，决不能因为怕尴尬、担心麻烦别人而畏首畏尾。

第二天我回到写字间，继续写以西结的历史。这样做一开始是为了将天使的素材写成一个故事，而不仅是作为一个现象而写的散文化的评述，图勒·埃里克对此提出的建议非常正确。以西结见到的异象极为壮丽而神秘，上帝命令他吃掉书卷，将文字化作血肉的场面更是绝对不可抗拒。与此同时，以西结本人也形诸文字，这疯狂的先知，带着末日的景象，为凄苦的日常生活所包围，接踵而来的是犹豫和怀疑，以及异象内部的突然变化，天使纵火焚烧，人类遭到击杀，而在外部，以西结拿一块代表耶路撒冷的泥砖，画出象征军队、台和垒的图案，这一切都出自上帝的指示，就在他的屋外，就在城中众子的眼前。复活的具体细节："枯干的骸骨啊，要听耶和华的话。"然后上帝对这些骨头说："我必使气息进入你们里面，你们就要活了。我必给你们加上筋，使你们长肉，又将皮遮蔽你们。"及至应验，"骸骨便活了，并且站起来，成为极大的军队。"

死人的军队。

这就是我现在的工作，我在努力创造一个完形，虽然不太成功，只有寥寥几件道具，凉鞋、骆驼和沙子，也就这些了，也许还有偶尔出现的稀疏的灌木，我对这种文化的知识几近于零，而琳达还等在家里，以一种截然不同的方式倾心于即将到来的一切。预产期过去了，什么都没有发生，我大概每个小时给她打个电话，但一切照旧，没有新的情况。别的我们什么都不谈。后来，大概过了一个星期，一月底的时候，我们正在看电视，她的羊水破了。我一直把这想象成某种汹涌澎湃的事件，大坝决口什么的，可是并非如此，恰恰相反，水量极小，琳达无法肯定刚刚发生的就是破水。她给医院打了电话，他们也说不准，破没破水一般没有什么可怀疑的，但是到最后他们说我们应该就医，我们拿起包，乘出租车去了医院，大楼周围还是同样高高的雪堆，像从前一样披挂着明亮的灯光。琳达在妇检椅上做检查，我望向窗外，看着高速公路、飞驰的汽车和橙色的天空。琳达一声轻叫，我转回头。那是剩余的羊水流出来了。

由于当时没有别的状况，宫缩也没有开始，医院便打发我们回家。如果还是这个样子，他们会在两天后用静脉滴注来引产，这样我们至少有了一个期限。回家以后，琳达紧张得睡不踏实，我睡得像块石头。第二天我们看了两三部电影，去胡姆勒公园长时间地散步，我伸长手臂，举着相机给两个人自拍，背景里的公园银装素裹，我们脸贴在一起，容光焕发。琳达的母亲在冰箱里放了很多现成的饭菜，本来准备应付产后头几个星期的，我们热了一份，吃完以后，我正煮咖啡的当儿，就听见客厅传出一声长号。我冲出来，发现琳达屈伏着，双手抱着肚子。呜呜呜，她说。可她抬起脸看我的时候，分明在微笑。

她慢慢直起身。

"现在开始了，"她说，"你能记一下时间吗？这样我们就能知道宫缩间隔多久。"

"疼不疼？"我问。

"有点儿，"她说，"但不厉害。"

我拿了笔和记事簿。此时五点刚过，第二次宫缩在二十三分钟之后到来。再等下一次，已过了半个小时。宫缩持续了整个晚上，间隔长短不一，疼痛则明显增强了。十一点钟我们上了床，宫缩又来，她开始尖叫。我躺在她身边，想帮忙却不知道如何下手。助产士给了她一台叫做 TENS 的设备，用于止痛，配有可以导电的垫片，贴在痛处，与一台控制电流的仪器相连，我们试用了一下，可等我摆弄完一大堆导线和按钮，唯一的结果是她遭到了几次电击，并因愤怒和疼痛而连连尖叫：把这破玩意关掉！不，不，我说，我再试一次，好了，这回应该对了。哎哟，疼死我了！她大叫，它电我，你好受是吗？快拿开！我把它拿开，又帮她做按摩，手上抹了特地买来的油，可怎么按她都觉得不对，不是太高就是太低，不是太轻就是太重。有件事她一直想做却没能如愿，就是泡一泡病房里的大浴缸，里面装满热水时，应该可以减轻分娩前的疼痛，可现在她破了水，已经不能这样做，也不能在家里用浴缸了。于是她坐到里面，用滚烫的热水给自己淋浴，呻吟着，呜咽着，迎接袭来的又一波疼痛。我站在那儿，在明亮的灯光下，因为疲倦而头昏眼花，我望着她，连走到她所在的地方都不可能，更不用提帮她了。折腾到天亮，我们才勉强睡着，又过了个把小时，我们决定去医院，哪怕离预约的时间还有六个小时，他们说得毫不含糊，如果我们计划提前入院，宫缩的间隔必须缩短到三四分钟才行。琳达这个时候大约十五分钟来一波，可她疼成这样，再跟她说那些话已绝无可能。又一辆出租车，这一次迎着灰蒙蒙的晨光，再度驶上前往丹德吕德的高速公路。琳达做了检查，他们说宫口只开了两指，照我的理解这是说还不够，我为琳达遭这么大的罪而吃惊，我本以为很快就会结束，可是没有。他们说，其实我们应该再次回家的，不过正好有一间病房空着，我们看起来肯定累坏了，蓬头垢面，所以医院收下了我们。睡一会吧，他们说，然后关上门走了。

"最起码我们到这儿了。"我说着，把包放到地上。"你饿吗？"

她摇摇头。

"我得冲个淋浴。你来吗？"

我点点头。

当我们站在喷头下，相互搂抱着时，新一波宫缩开始了。她弯下腰，抓住墙上的扶手，我在前一天夜里第一次听到的那种声音又一次迸发出来了。我抚摩着她的背，却感觉这更像侮辱而不是安慰。她直起身，我在镜子里和她四目交汇。我们的脸好像泄去了一切精力，只剩下一片空虚，我想，这里面只有我们自己。

我们走进房间，琳达穿上他们此前给她的病号服，我躺到沙发上。马上睡死过去了。

过了几个钟头，一个小型代表团走进我们的房间，开始引产。琳达不想使用任何一种化学镇痛剂，于是他们给她用了另一种方法，叫无菌水注射，就是把水打到皮下，其原理是以痛制痛。她站在地上，抓着我的手，两个护士往她体内打水。她发出尖叫，撕心裂肺地大吼着："我操！他妈的！"同时本能地蠕动身体想要挣脱，可那两个经验丰富的护士死死地抓着她。看着她承受这么大的痛苦，泪水一下子涌入我的眼眶。同时我又感到这不算什么，最坏的时候还没到呢。可是很明显，琳达对疼痛的耐受力这么差，到时候又该疼成什么样子啊？

她穿着医院的白色罩衫，坐在床上，他们把一个静脉套管扎进她的手臂，此后她便以一根细细的塑料管和铁架子上透明的袋子连在了一起。他们说因为滴注的关系，需要密切注意胎儿的状况，于是在它头上插了一个小探针，导线从琳达身上引出，越过病床，连到她旁边的仪器上。没过多久，数字开始闪动。这是胎儿的心音。好像这还不够，琳达身上也绑了一根带子，上面有一些传感器，通过更长的导线和另一台监测仪相连，这个数字也一闪一闪地动起来了，在它上面有一条波浪线，宫缩一来便陡然上升。此外，机器还在往外吐纸，纸上描画着同样的图形。

　　这场面活像他们要把她发射到月球上去。

　　探针插进胎儿头部时，琳达又开始尖叫，助产士拍拍她的脸蛋。为什么他们像哄小孩一样待她？我在无所作为的状态中这样想着，站立着，呆望着身边突然发生的一切。因为她给医院写的信吗？现在那封信大概就躺在护士室里，她写她纵然意志坚强，对即将发生的事充满期待，但也需要很多支持和鼓励。

　　琳达的目光穿过乱七八糟的手臂和我的目光相会。她露出了笑容。我回以微笑。一个不苟言笑的黑头发助产士教我怎样看监测仪，胎儿的心跳尤其重要，如果出现剧烈的起伏，我就按按钮叫他们。如果读数降到零，我别怕，大概是接触不良。我们真要自己待在这儿吗？我想问，却没开口，也没打听要多长时间。相反，我点了点头。她说她会定时过来看我们，说完他们就走了。

　　没过多久，宫缩的间隔时间就开始缩短。而且从琳达的反应来判断，此时强度要大得多。她尖叫，开始动来动去，仿佛在找什么东西。她不停地变换姿势，她焦躁不安，她尖叫，我发现她在寻找摆脱疼痛的出路。有点像野兽的本能。

宫缩过去了，她安静下来。

"我觉得我顶不住，卡尔·奥韦。"她说。

"不会的，"我说，"没有危险。是很疼，但没有危险。"

"太疼了！太他妈疼了！"

"我知道。"

"你能给我按摩吗？"

"能。"

她坐起来，抓住床边的扶手。

"这儿？"我问。

"往下点儿。"她说。

屏幕上，一条曲线开始上扬。

"好像要来了。"我说。

"噢，不要。"她说。

曲线像海啸一样升高。琳达喊叫着，往下！换个姿势，呻吟，再换个姿势，使出全身的力气，死死地抓住扶手。随着曲线开始回落和疼痛消退，我看见胎儿的心跳大大地加强了。

琳达颓然躺下。

"按摩有用吗？"我问。

"没用。"她说。

我打定主意，如果下次宫缩之后，心跳还是降不下来，就叫他们过来。

"我顶不住的。"她说。

"你顶得住，"我说，"你做得非常好。"

"捂住我脑袋。"

我把手放到她额头上。

"又来了。"我说。她挺直了身体，呜咽，呻吟，喊叫，再度颓然而倒。我按了按钮，门上方一个红色的标牌开始闪动。

助产士出现在我面前时，我说："心跳读数非常高。"

"嗯，"她说，"我们得把给药的速度调慢一点儿。也许太快了。"

她走向琳达。

"怎么样？"她问。

"疼得要命。"琳达说。"还得很长时间吗？"

她点点头。

"是的。"

"我需要点儿东西。我顶不住了。这样不行。你觉得我能用笑气吗？"

"有点儿早，"助产士说，"效果会慢慢减弱的。最好晚点儿再用。"

"这样不行啊。"琳达说。"我现在就需要！这样不行！"

"我们得再等一会儿，"她说，"好吗？"

琳达点点头，于是助产士走了。

接下来的一个小时，情形大抵依旧。琳达用各种方法来减缓疼痛，没用，好像怎么也躲不开一波又一波的冲击。真看不下去。我能做的只有帮她擦汗，用手按着她的额头，再就是偶尔半心半意地替她揉揉背。窗外，在无声无息地降临的黑暗中，正下着雪。四点了，引产已经进行了一个半小时。早着呢，我知道，卡丽·安妮不是花了二十来个小时才把于尔娃生下来吗？

有人敲了下门。那个不苟言笑的黑头发助产士走进来。

"你们怎么样？"她问。

琳达弓着腰转过头。

"我要笑气！"她喊道。

助产士想了想，然后点点头出去了，回来时拉着一个架子，上面有两只钢瓶，放到床前。她摆弄了几分钟，准备好了之后，便把一个面罩递到琳达手上。

"我希望我也能做点儿什么，"我说，"按摩什么的。你能告诉我按哪儿最见效吗？"

就在这个时候，宫缩开始了，琳达把面罩扣到脸上，贪婪地吸着笑气，同时扭动着下半身。助产士把我的双手放到她腰椎区的底部。

"就是这儿吧，我觉得。"她说。"行吗？"

"行。"我说。

我往手上抹油，助产士带上门走了，我把一只手放到另一只上面，掌根按住她的腰椎。

"对！"她大叫。她的声音在面罩下闷闷的。"就是那儿！对！对！对！"

等宫缩平息，她朝我扭过头。

"笑气好棒。"她说。

"好。"我说。

此后宫缩再来，她已大不一样。她不再试图逃离，不再用一种让人看了心碎的方式，徒劳地寻找摆脱疼痛的出路，她简直

377

焕然一新，好像转而直面疼痛，接受它的存在，和它对垒，起初带着好奇，后来是越来越多的力量，像一头野兽，我又一次这样想，但并没有表现出轻松、惊恐、不安的样子，因为当疼痛袭来时，她双手紧抓着床栏杆站了起来，来回移动着屁股，在笑气面罩里咆哮，每次都一模一样，整个步骤一而再，再而三地重复。暂停，面罩拿在手里，身子倒在床垫上。然后又是一波，我总能比她提前一点儿，先在监测仪上看到它，便使出吃奶的劲给她按摩，她站起来，来回摆动、叫喊，直到这一波消退，她再次颓然倒下。和她交流已经没有任何可能，她完全消失在自身里了。她对身边的一切都不以为意，全神贯注迎战疼痛，休息，迎战，休息。助产士进来时，她跟我讲话，好像这儿没有琳达这个人似的，从奇怪的角度来看，这倒是真的，好像我们和她隔着很长很长的距离。但她并没有完全消失，冷不丁会用一种不成比例的大嗓门叫道：水！要不就是：布！拿到手以后：谢了！

噢，这是个多么奇怪的下午和晚上啊。窗外黑暗厚重，雪花飘落，房间里回荡着琳达吸笑气时的喘息，宫缩最厉害时高亢的怒吼，还有检测仪发出的哗哗声。我没有想孩子，我几乎没在想琳达，我全神贯注于按摩，琳达躺下时我轻点儿按，随着电子波形线开始上抬，我越来越用力，那条线就是琳达起身的信号，我使出浑身力气按摩，直到波形线再次沉落，同时始终留意着胎儿的心跳。数字和图形，按摩油和腰椎区，喘息和咆哮，这就是一切。一秒钟又一秒钟，一分钟又一分钟，一小时又一小时，这就是一切。我被这个时刻吞没了，好像时间不再流逝，可它是流逝的，只要有什么脱离常轨的事情发生，就会把我拉出来。一个护士进来，问我是不是一切顺利，于是一下子就到了五点二十。另一个护士进来，问我想不想吃点儿东西，于是一下子到了六点三十五。

"吃东西？"我说，好像以前从未听说过这种事。

"对，你可以在蔬菜千层面和普通千层面当中选一种。"她说。

"噢，太好了，"我说，"普通千层面吧。谢谢。"

琳达好像根本没注意到有人在场。新的一波来了，护士关上门离开，我尽全力按压琳达的腰椎，看到曲线沉落，琳达还没有取下面罩，便小心翼翼地把它拿开。她没有反应，只是坐在那儿，目光呆滞，额头上挂着汗滴。下一次宫缩开始时，从她紧捂在脸上的面罩里发出了连续沉闷的叫喊。这时门开了，护士把一个盘子放到桌上，已经七点钟了。我问琳达我能不能吃饭，她点点头，但我刚把手拿开，她就吼叫，不，不要！于是我继续按摩，我按了按钮，同一个护士进来，她可不可以接手按摩？当然，她说，于是我停手，她继续。琳达大叫，不，我要卡尔·奥韦！我要卡尔·奥韦！这太轻了！与此同时我赶紧挥舞叉子，送面条下肚，两分钟之后，我已经再次接手按摩，琳达也恢复了那套节奏。

宫缩，笑气，按摩，稍息，宫缩，按摩，笑气，稍息。别的什么都没有了。后来助产士进来，不由分说地给琳达翻了个身，让她侧卧，查看她开了几指。琳达尖叫，这是一种不同类型的尖叫，全力以赴，毫不妥协。

她再次起身，找到自己的节奏，脱离这个世界，然后几个小时过去了。

突然一声大喊。

"只有我们吗？"

"是的。"我说。

"我爱你，卡尔·奥韦！"

这句话仿佛发自她体内至深之处，一个她从未到过或从未因此而涉足的地方。我两眼含满了泪水。

"我爱你。"我说，可她没听见，另一波宫缩涌上来了。

时间流逝，八点，九点，十点。我脑袋里什么想法都没有，我给她按摩，留意着监测仪，直到突然一个闪念：有个小孩就要出生了。我们的小孩就要出生了。只要再过几个小时，我们就有孩子了。

这个念头一闪而过，一切都还只是图表和数字，手和腰，节奏和号叫。

门开了，另一个助产士走进来，一个上了年纪的女人。她后面跟着一个年轻的姑娘。女人凑近琳达，脸只隔了两三厘米的距离，做了自我介绍。她说琳达做得很好。说她带来一个实习生，可不可以？琳达点了一下头，用目光寻找着那位实习生。看见她了，点点头。助产士说很快就会结束。说她得给她做个检查。

琳达又点点头，像孩子看母亲那样看着她。

"这就对了，"助产士说，"好姑娘。"

这一次她没有尖叫，躺在那儿茫然地睁着又大又黑的眼睛。我摩挲着她的脑门，她浑然不觉我的存在。当助产士把手拿开时，琳达大声喊道：

"行了吗？"

"再过一小会儿。"助产士说。琳达耐心地站起来，恢复了原来的姿势。

"一个小时，也许用不了。"助产士对我说。

我看了看手表。十一点了。

琳达已经在这儿待了八个小时。

"这些东西可以拿掉了。"助产士说着，取下了所有的带子和电线。她一下子自由了，坐在那儿，床上的一具躯体，她与之鏖战的疼痛，已不再是我从屏幕上看到的绿色波形线和向上滚动的数字，而是在她体内发生的某种东西了。

我以前没有理解这一点。它就在她的体内，她全靠自己在和它战斗。

就是这样的。

她是自由的。发生的一切，都是发生在她体内的。

"它来了。"她说，而这是从她体内来的。我使出全力，用双手按着她的背。只有她和她的内在。没有这医院，没有这些监测仪，没有那些书，没有那些教程，没有那些磁带，没有我们的思绪要穿过的这些走廊，统统没有，只有她和她体内的东西。

她的身体因为汗水而湿滑，头发七零八落，白色罩衫松松垮垮地缠在身上。助产士说她马上回来。实习生留下了，擦干琳达的额头，递给她水，帮她拿马拉松牌巧克力棒，琳达贪婪地一把抓住。她到了崩溃的边缘，她肯定感觉到了，她几乎对休息也失去了耐心，宫缩的间隔现在只是短短的片刻。

助产士回来了。她调暗了灯光。

"躺下，休息一下吧。"她说。琳达躺下了。助产士抚摸着她的脸蛋。我走到窗边。下面的路上一辆车都没有。大雪在路灯周围的空中飞舞。房间寂静无声。我转过身。琳达好像睡着了一样。

助产士对我一笑。

琳达呻吟起来。助产士抓住她一条胳膊，她坐起身。她两眼漆黑，如夜的森林。

"使劲。"助产士说。

新的情况出现了，某种不同以往的情况，我不知道那是什么，可还是转到她身后，又给她按摩起了后背。宫缩持续不断，琳达抓起笑气面罩贪婪地吸着，可这好像没用，一声撕心裂肺的哭喊，拖着长音，连绵不绝。

然后它退去了。琳达颓然而倒。助产士擦去她额头的汗水，表扬她是个好姑娘。

"想不想摸摸你孩子？"她问。

琳达仰起脸看着她，慢慢点了点头。跪立起来。助产士抓着她的手，送到她两腿之间。

"那个就是头，"她说，"你能摸到吗？"

"能！"琳达说。

"用手扶着，然后使劲。你能行吗？"

"能！"琳达说。

"到这儿来，"她说完扶琳达下了地，"站在这儿。"

实习生拿过一直放在墙边的一只凳子。

琳达跪立着。我走到她身后，不过我有一种感觉，按摩已经派不上用场了。

她发自肺腑地尖叫着，她整个身体都在移动，一只手抓着孩子的头。

"头出来了，"助产士说，"再来一次。使劲。"

"头出来了？！"琳达问，"你说头出来了？"

"对，现在使劲儿。"

又一声哭喊，她发出来的，仿佛穿透了一切。

"你来扶她？"助产士说。她看着我。

"好。"我说。

"到这边来，站在这儿。"她说。

我绕过凳子，站到琳达身前，她望着我，目光里一片茫然。

"再来一次。现在使劲，我的好孩子。使劲。"

我眼里全是泪水。

孩子滑出她的身体，像一只小海豹，扑通一下掉进我手里。

"噢噢噢噢噢！"我狂叫，"噢噢噢噢噢噢！"

这小身子热乎乎、滑溜溜的，差一点儿从我手里滑脱，多亏年轻的实习生帮了我一把。

"她出来了？她出来了？"琳达问。是的，我说着，举起那小身子递到她面前，她把它贴到胸口，我高兴得呜呜直哭。琳达几个小时以来第一次看见了我，她笑了。

"这是个啥呀？"我问。

"女孩，卡尔·奥韦，"她说，"这是个女孩。"

她的头发又长又黑，粘在头皮上。她的皮肤是浅灰色的，好像涂了蜡。她尖叫起来，我以前从未听过这样一种声音，这是我女儿的声音，我一步跨上了世界之巅，我以前从未达到过这样的境界，可我现在到了，我们到了，到了世界之巅。我们周围的一切都是静止的，我们周围的一切都是黑暗的，可我们在这儿，助产士，实习生，琳达，我，还有孩子，她是光。

他们扶琳达上床，她找到一个舒服些的姿势躺下。小姑娘的皮肤开始泛红，她抬起头看着我们。

她眼睛像两盏黑灯。

"嗨……"琳达说，"欢迎欢迎。"

小孩抬起一只手臂，再次放下。这动作像爬行动物，像鳄鱼，像巨蜥。接着又来了一个。抬起，伸出一点儿，放下。

两只黑眼睛直视着琳达。

"对了，"琳达说，"我是你妈。这是你爸！你看得见吗？"

我们在看这个突然出现的小生命时，那两个女人开始收拾我们周围的东西。琳达肚子和腿上都是血，小丫头身上也都是血；他们两个散发着刺鼻的、近似金属的气味，我每次呼吸都觉得很不习惯。

琳达把女孩抱近她的乳房，可她不感兴趣，她在全力以赴地看我们。助产士走进来，端着一个装有食物的托盘、一杯苹果汁和一面瑞典国旗。我们吃东西的时候，他们抱孩子去量体称重，她发出尖叫，但一放回琳达的胸口就安静了。她举手投足的方式，她一举一动呈现出的完美无瑕的关爱，我以前从未见过。

"这就是万妮娅？"我说。

琳达看着我。

"当然是了，你看不出来吗？"

"嗨，小万妮娅。"我说，又看看琳达。"她蛮像我们以前在森林里发现的什么东西。"

琳达点点头。

"我们的小怪物。"

助产士走到床边。

"该去你们自己的房间了,"她说,"也许给她穿点儿衣服。"

琳达盯着我看。

"你来?"

我点点头,捧起这微小纤细的身体,放到床尾,从袋子里取出她的睡服,带着千万个小心,开始给她穿衣,她用那奇怪的小声音哭着。

"你真会生孩子,"助产士对琳达说,"你应该多多地生!"

"谢谢,"琳达说,"我觉得这是我听过的最好的恭维了。"

"再想想她得到了一个怎样的开始。她会受用一辈子的。"

"真的吗?"

"噢,是的。这肯定是有意义的。好了,恭喜你们,祝你们晚安。我大概明天早晨再过来看看,但也说不准。"

"非常非常感谢你,"琳达说,"你们真是太好了。"

几分钟之后,琳达步履蹒跚,穿过走廊前往病房,我跟在她旁边,怀里紧紧抱着万妮娅。她眼睛睁得大大的,盯着天花板。一进屋我们就关灯上床。我们聊了很长时间,谈刚刚发生的事,琳达不停地把万妮娅放到她乳房上,可她好像兴趣不大。

"现在你怎么都不怕了。"我说。

"我也这么想。"琳达说。

最后她们睡着了,我还醒着,浑身躁动,感觉非得干点儿什么不可。我什么也没干过。也许这就是原因。我乘电梯下楼,冷冷地坐在外面，抽了一支烟，便打电话给妈妈。

"嗨，是我，卡尔·奥韦。"我说。

"怎么样？"她急忙问道，"你们在医院吗？"

"在，我们生了个女孩。"我说，声音都劈了。

"哎哟哟！"妈妈说，"真不敢想啊，一个女孩！琳达还好吗？"

"好，蛮好的。蛮好的。一切都好。"

"恭喜恭喜，卡尔·奥韦，"她说，"真是太棒了。"

"是的，"我说，"可我只想跟你说一声。咱们明天再聊。我……嗯……我现在不知道怎么说才好。"

"我懂，"妈妈说，"给琳达带好，说我恭喜她了。"

"一定。"我说完挂了电话，再打给琳达的母亲。我告诉她的时候她哭了。我又点了一支烟，说了同样的话。收线，打给英韦。再点一支烟，跟他说话要容易一些，有几分钟的时间，我把电话贴在耳边，在灯下的停车场里来回走着，暖洋洋的，即使气温必定在零下十度，我只穿着一件衬衫。收线，漫无目的地注视着周围，想找个东西以某种方式和我心里的东西交流一番，但是找不到，我又迈开了步子，来回走着，再点了一支烟，抽两口扔掉，跑向大门，心里想，她们就在楼上呀！现在！她们现在就在！

琳达睡着呢，小东西趴在她身上。我注视了她们一会儿，取出笔记本，打开台灯，坐到椅子上，想就这些事情写点儿什么，可这太蠢了，根本不灵。于是我去了电视间，突然想起得在登记所有小孩出生日期的挂表上钉个图钉，女孩是粉的，男孩是蓝的，钉上了，一个粉的，代表可爱的万妮娅，在走廊里来回走了两三趟，乘电梯下楼，再抽一支烟，很快变成了两支，上楼，上床，睡不着，心里好像敞开着，突然之间我可以接纳一切，我发现自己置身其中的这个世界充满了意义。我怎么睡得着？

嗯，最终我还是睡过去了。

一切都是这样新鲜和脆弱，就连给她穿衣都变成了一项大工程。海伦娜开车来接我们，等在楼下的时候，我们花了半个钟头才把孩子收拾妥当，结果刚出电梯就惹来海伦娜一阵大笑："大冷天的，你们不会让她穿这么点儿就出去吧？"

哎呀，这我们可没想到。

海伦娜裹紧了羽绒衣，我们一路小跑穿过停车场，我一只手提着儿童座椅，万妮娅在里面前后摇晃。回到家，只有我们的时候，琳达哭起来了，她抱着万妮娅哭啊哭啊，哭她现在人生当中种种的好，也哭种种的不是。我充满了同样巨大的迫切感，根本坐不住，非得干点儿什么不可，下厨，洗涮，跑出去买东西，什么都成，只要能活动。对琳达来说，她只想安静地坐着，不动，把孩子抱在胸口。光没有离开我们，沉默也没有消失，仿佛一堵和平的围墙在我们周围拔地而起。

真让人惊奇。

此后十天充满了平静和安详，我走来走去，怀着同样不可遏止的躁动。然后我必须重新工作了。丢开刚刚发生的和正在家里进行的一切，去写以西结。下午打开门，回到小家，想一想，这就是我的小家啊。

幸福。

带着小孩制造出来的新的需求，每天的生活开始走上了自己的轨道。琳达担心一个人带孩子，她不喜欢这样，但我必须工作，小说必须在秋天出版，我们需要钱。

可是，一部关于凉鞋和骆驼的小说，这可行不通。

我曾经在笔记本里写下"圣经再现于挪威"与"塞特河谷山地的亚伯拉罕"。这是愚蠢的想法，对一部小说而言，它既太小又太大，但是现在它回来了，我以一种完全不同的方式对它产生了需要，并且想，去他妈的，我一定要动笔，看看写成什么样子。我已经写了该隐拿一柄大锤，在斯堪的纳维亚的暮色中锤击岩石。我问琳达我可不可以读给她听，她说当然可以，我说可是我写得蠢极了。你知道的，她说，一般你写得好才这么说呢。我说是的，可这一次不是。得了吧，快读呀！她坐在椅子上说。我读了。她不停地说真棒，真是太棒了，你得接着写。我往下写了，不停地写，一直写到万妮娅的洗礼日，仪式是五月份在约尔斯特我母亲那儿办的，回来后我们去了韦斯特维克外海群岛中的伊德岛，英丽的丈夫维达尔在岛上有一幢夏屋。琳达和英丽陪着万妮娅的时候，我坐下来写字，已经六月了，小说必须在六个星期内完成，该隐和亚伯的故事已经写好，但还是太小。我第一次对编辑撒了谎，说我只有一点儿润色工作要做，可实际上我刚刚找到故事的门道，开始写我心目中正儿八经的小说。我写起来像个疯子，压根儿没把时间当回事。我跟琳达还有别人一起吃午餐，吃晚饭，晚上和她一起看欧洲足球锦标赛，然后才一个人待在小房间里敲击键盘。我们从岛上回家以后，我意识到必须全力以赴，不然就完了。我告诉琳达我要搬到写字间去住，我必须日夜赶工。

那可不行,她说,就是不行,你是有家庭的,你忘了吗?这是夏天,你忘了吗?我一个人照顾你女儿是吗?是的,我说,就是这样。不,那可不行,她说,我不允许。随你,我说,可我说什么也要这么做。我这样做了。我完全陷入了疯狂,没日没夜地写,一天只睡两三个钟头,唯一重要的事就是我正在写的这部小说。琳达回了娘家,每天给我打好几个电话。她真生气了,气得尖叫,在电话里嗷嗷叫。我只是把电话从耳边拿开,接着往下写。她说她要离开我。我说走吧,我不在乎,我必须写。这是实话,如果她真想走,她就会真走。她说我一定走,你永远不会再见到我们了。我说好。我一天写二十页,我没看见任何字词,也没看见任何句子和形式,只有景物和人,琳达打来电话,尖叫,说我是笑面虎,说我是猪,说我是没人性的怪物,是世界上最烂的烂人,她诅咒当初遇见我的那一天。我说好,那就离开我好了,我不在乎,我说的是真话,我不在乎,这事谁也拦不住。她挂断了电话,过了两分钟又打过来,继续对我破口大骂,我现在一个人过吧,她要自己把万妮娅带大,我说我没意见。她哭,她哀求,她让我行行好,我现在对她做的是天下最残忍的事,丢下她一个人不管。可我不在乎,我没日没夜地写,后来她突然打来电话,说她第二天回家,问我去不去车站接她?

好的,我去。

在车站,她朝我走过来,万妮娅睡在婴儿车里。她简单地跟我打了招呼,问我进展如何。我说很好,她说她为发生的一切感到抱歉。两个星期之后我打电话说小说写完了,近乎奇迹,我是在出版社给我的截稿日期,也就是八月一日当天写完的。我到家时，她站在门厅里，拿着一杯给我的普罗赛柯，客厅里播放着我喜欢的音乐，桌上摆着我喜欢的菜。我写完了，小说写出来了，可我的体验还没有完，也就是说，我感到我在所在的地方还没有待够。我们去了奥斯陆，我参加了新闻发布会，随后喝得烂醉，整个早晨都在酒店房间里趴着，吐了又吐，勉强挣扎着爬到机场，飞机晚点成了琳达的最后一根稻草，她训斥柜台里的工作人员，我拿双手捂着脸，我们又回到从前了吗？飞机抵达布林格兰索森，妈妈在那儿等我们。接下来的一个星期，我们在美丽的山下长时间地漫步，一切都是美好的，一切都是应该的样子，可是又不够好，我渴望回到我一直所在的地方，我想念它，那疯狂的、孤单的、快乐的地方。

我们返回瑞典后，琳达开始在戏剧学院上第二个学年，我待在家里照看万妮娅。早晨给她喝奶，灌得饱饱的。我午餐时间去戏剧学院，再把她灌个饱。到了下午，琳达骑车尽可能快地赶回家。我没什么可抱怨的，一切都很好，我的书得到了很好的评论，好几家外国出版社买了版权，这一切发生的同时，我推着婴儿车穿行在斯德哥尔摩美丽的城区，带着我爱她胜过一切的女儿，而我的爱人正在学校上课，渴望着和我们团聚。

秋去冬来，伴随着小孩食物和小孩衣服，小孩哭和小孩吐，全然荒废的上午和空虚的下午，生活开始对我产生了影响，可我什么都不能抱怨，什么都不能说，我只是闭上嘴，做我必须要做的事。公寓楼里的小骚扰还在继续，除夕之夜发生的事没有改变俄国女人对我们的态度。任何以为她不会再尽力折磨我们的想法，都被证明过于天真，相反的情况出现了，其频率还在加强。

如果某天早晨我们打开了卧室的收音机，如果我有一本书掉在地板上，如果我往墙上钉个钉子，那么很快就会响起敲水管子的声音。有一次我把一个装着干净衣服的宜家袋子落在了洗衣房，便有人把它搁到了水槽底下，还拧松了下水管，于是所有从水槽流过的水，大部分是脏水，都灌进袋子里去了。冬天快结束时，有天早晨琳达接到一个电话，是拥有这幢楼产权的公司打来的，说他们收到了一封涉及我们的投诉信，开列了一揽子很严重的问题，我们能费心做个解释吗？首先，我们在不适当的时间大声播放音乐；其次，我们把垃圾袋丢在家门外的走廊里；第三，我们的婴儿车老放在门口；第四，我们在后院抽烟，满地扔烟头；第五，我们把衣服落在洗衣房，不收拾干净就走，在分配给我们的时间之外洗。我们能说什么呢？有个邻居老跟我们找碴？那就成了我们说她的坏话了。再说了，在投诉信上签名的并不是她一个人，她住在楼上的女友也签了。此外，有几条确有其事。因为楼里人人都在晚上把垃圾袋放到门外，早晨再带到楼下的垃圾间去，所以我们也这样干了。这一点我们不能否认；那两位爱管闲事的邻居还拍下了我们门口放着垃圾袋的照片。还有我们把婴儿车放在门外，这也没说错，难道他们认为我们应该每天从地下室里把孩子和孩子需要的每件东西搬上搬下好几次吗？很有可能我们忘记了自己的洗衣时间，可大家不都这样吗？那好，我们以后要注意了。这次他们就算了，但如果再有投诉，我们的合同就得重新评估。在瑞典，租约是终身制的，很难得到，像我们这一份，房子位于市中心，你要么熬半辈子才能等到，要么花上高达一百万克朗的价钱到黑市上买。我们是通过琳达的母亲得到的，如果失掉这份租约，也就失掉了我们唯一值钱的资产。从现在开始我们唯一能做的，就是严格照章办事。在瑞典人眼里，这是天经地义的。不及时付账单的瑞典人不存在，因为如果没付，他们就会收到警告，如果他们收到了警告，不管涉及的款额多么小，他们都无法从银行贷款，得不到手机合约服务，也不能租车。对我这样一个不太懂得谨小慎微、经常半年就会背上一两笔债务的人来说，情况自然不同。后果很严重，我原来一直不懂，直到几年后我需要贷款，却遭断然拒绝。贷款，你！但瑞典人都会咬紧牙关，把生活打理得井井有条，而且瞧不起那些做不到这一点的人。噢，我真讨厌这该死的小国。自以为是！如果每样东西都原封不动，那就是正常，任何不一样的东西都是不正常。而与此同时，他们竟然笑纳着各种多元文化和少数群体的论题！从加纳或埃塞俄比亚来的穷苦黑人一直到瑞典的洗衣房！必须提前两个礼拜去订一个位置，如果你敢在烘干机里掉一只袜子，准会被唾沫星子淹死。要不就会在门口碰到一个男人，手里提着他妈的宜家袋子，怪腔怪调地问那是不是你落下的！瑞典的国土从十七世纪以后就没发生过战争，我经常有一种念头，真该找什么人入侵一下瑞典，炸它的楼房，让这国家陷入饥荒，击毙它的男人，强奸它的女人，再让某个遥远的国家，比方说智利或玻利维亚，满怀仁慈地接纳它的难民，跟他们说他们爱斯堪的纳维亚，再把他们丢进城外的隔都。看他们到时候怎么说。

也许这一切当中最糟糕的，就是瑞典在挪威大受推崇。我在挪威生活时也一样。我那时一无所知。但现在我知道了，我也曾试图告诉挪威老家的人们，可没人理解我的意思。要想精确地描述这个国家有多么墨守成规是不可能的。还因为暴露出这种墨守成规的是一种缺席：离经叛道的意见在公众当中实际上并不存在。要花些时间才能注意到这一点。

这就是2005年2月那个晚上我的处境，我一只手拿着一本陀思妥耶夫斯基的书，另一只手提着一个北方百货公司的购物袋，在楼梯上和俄国女人擦肩而过。她躲避我的目光，这没什么好奇怪的。我们下午把婴儿车放进自行车库时，第二天常常发现它被人推到墙边，防雨罩总会有一边被挤瘪了，有时羽绒被也给丢到了地上，很明显是在匆忙和怒气当中干的。我们买的二手童车有一次被人放了一块写有"大件垃圾"的牌子，好让垃圾车第二天早晨把它拉走。很难想象还有别人会干这种事。但也不是不可能。别的邻居也没人真心实意地跟我们打招呼。

我开门进屋，弯腰解鞋带。

"我回来了。"我说。

"嗨。"客厅里传出琳达的声音。

她的声音里没有不友好的迹象。

"对不起，我回来晚了，"我说完直起身，摘下围巾，脱掉夹克，挂到衣橱里的衣钩上，"看书的时候忘了时间。"

"没关系的，"琳达说，"我给万妮娅洗了澡，哄睡了。非常棒。"

"太好了。"我说着走进客厅。她坐在沙发上看电视，穿着我的墨绿色毛衣。

"你穿着我的毛衣吗？"

她用遥控器关掉电视，站起身。

"是啊。"她说。"我想你，你知道的。"

"我在这儿住，"我说，"我老在这儿。"

"你知道我的意思。"她说着踮起脚亲了我一口。我们搂抱了一会。

"我记得埃斯彭的女朋友抱怨说，他母亲老在她面前穿埃斯彭的毛衣，"我说，"我认为她觉得他母亲是在向她表明对埃斯彭的所有权。这是一种带有敌意的行为。"

"这是明摆着的，"她说，"但现在只有你和我。咱俩不是敌人吧？"

"不是，哎哟。"我说。"我去弄吃的。你想不想一块喝杯红酒？"

她看着我。

"噢，对了，你得喂奶，"我说，"但就一杯，不会有问题吧？来吧。"

"我也想，但我还是等等。你喝吧！"

"我要先看看万妮娅。她睡着了是吗？"

琳达点点头，我们走进卧室，她躺在小床上，就在我们俩的大床旁边。她好像跪着，屁股朝天，脑袋抵住枕头，胳膊朝两边张开。

我笑了。

琳达给她盖上毯子，我走到门厅，把购物袋拎进厨房，打开烤箱的开关，洗土豆，一个个拿叉子捅了眼儿，搁到我淋过一点儿油的托盘上，送进烤箱，往浅锅里倒了水，准备煮西兰花。琳达走进来坐到桌边。

“我今天做了一版粗剪，”她说，“等会儿你能不能听听？其实我也许用不着再改什么了。”

“没问题。”我说。

她正在做一个关于她父亲的纪录片，得在星期三交。过去几个星期她对他做了几次采访，于是他又一次进入了她的生活，虽然他住的公寓离我们只有五十米远，但他已经缺席多年。

我把牛排骨肉放到大木头案板上，撕了些厨房纸把它们吸干。

“肉不错。”琳达说。

“希望如此。”我说。“不敢告诉你一公斤多少钱。”

土豆很小，最多烤十分钟就够了，于是我拿出煎锅放到电炉上，再把西兰花丢进浅锅，水已经烧开了。

“我去拾掇桌子，”她说，“咱们在客厅吃好不好？”

“好。”

她站起来，取下两个绿盘子，从碗橱里摘了两支酒杯，拿着它们走进客厅。我跟在后面，拿着酒瓶和矿泉水。我进去时，她正在拿蜡台。

“有打火机吗？”

我点点头，从口袋里摸出打火机，递给她。

“现在蛮温馨的吧？”她微笑着问道。

“是的。”我说。我打开酒瓶，往一支酒杯里倒了酒。

“真可惜你喝不了。”我说。

“一小口可以，”她说，“尝尝。不过等菜好了再喝。”

“好的。”我说。

我走向厨房，中途又一次停在万妮娅的床边。现在她仰面躺着了，手臂张开，好像刚从天上掉下来。她的脑袋圆圆的，像个皮球，她短短的身子滚瓜溜圆。给万妮娅做检查的护士上一次警告说，我们该给她减减肥了。她可能不是每次哭都是要喝奶。

这个国家的人都疯了。

我手撑着床边，俯身看她。她睡觉时张着嘴，轻轻地喷着气儿。我偶尔在她脸上看到英韦，但只是一闪而过；此外，她跟我、跟我们家所有人都没有半点儿相似之处。

"她不可爱吗？"琳达走过来抚摸着我的肩膀问。

"嗯，"我说，"可我不太清楚你要怎么样。"

出生几个小时之后，医生给她做了检查，琳达坚持让大夫说她不仅是可爱的宝宝，而且是个特别可爱的宝宝。医生照办了，但听起来是例行公事的感觉，琳达并不满意。我有些惊讶地看了她一眼。这就是母爱吗，要所有人的想法屈从于它？

噢，这是一段怎样的时光啊。我们是那样地不习惯打理小孩子，每一个小动作都混合着焦虑和快乐。

现在我们已经习惯多了。

厨房里，锅里黄油冒着烟，已经烧成了深褐色。浅锅周围呼呼地冒着蒸汽，盖子砰砰地撞击着锅沿。嗞啦一声，我把两片肉放进锅里，从烤箱里拿出土豆倒进碗中，把煮完西兰花的水清空，在火上再搁几秒钟，把牛肉翻个面，想起来忘了蘑菇，拿出另一只煎锅，放进蘑菇和两个一半的西红柿，把火开到最大。然后我打开窗子，散散油烟，它们马上就给吸到屋子外头去了。把牛排装进白盘子，放上西兰花。等蘑菇的时候，我把头伸到窗外。

冷空气包围着我的脸，对面的办公室空着，一片黑暗，下面的人行道上不断有人漂移而过，他们穿得严严实实，没有声息。一家可能不是太好的饭馆，有些人坐在紧里面的桌边，厨师们待在相邻的房间，他们看不见厨师，可我看得见，这些人在工作台和炉子之间往来穿梭，动作敏捷，毫不迟疑。隔壁的纳伦俱乐部门前已经排起了一个不长的队伍。一个戴帽子的男人从瑞典电台的大巴车上下来，走进了俱乐部。他脖子上用绳挂着什么东西，想必是身份卡吧。我转过身，颠一颠锅，让蘑菇翻个个儿。这一片街区几乎没有住家，大部分都是办公楼和商店，所以它们下午关门以后，街头便归于死寂。到了晚上，人们来这儿下馆子，附近的餐馆实在太多了。在这儿养孩子是不可想象的。这里没有孩子待的地方。

我关掉炉灶，把已经染上褐色的小白蘑菇装进盘子。它是白色的，边上有一条蓝线，蓝线外面还有一圈金线。它不是很好看，但这是我带来的，爸爸没留下几件东西，我和英韦把它们分了。爸爸买这些盘子用的肯定是离婚时拿到的钱，因为妈妈买下了他在特韦特的那一份房产。他一股脑把过日子用的家什买齐了，这里头有某种东西，也就是他全部家当都源于同一时期的事实，剥去了它的意义，除了代表着距今不远的家庭生活和一个孤独的存在，也没有任何深长的意味可言。对我来说就不同了：爸爸的私人物品，除了这些盘子和碟子再加上一副双筒望远镜和一双橡胶靴，帮助我把他保存在记忆里。这绝非强烈的、清晰的感觉，而更像一种寻常的确认，表明他是我人生的一部分。在我母亲家里，物品扮演着非常不同的角色，有一只塑料桶，是六十年代他们做学生、住在奥斯陆的时候买的，七十年代老是放得离火太近，结果有一边烤花了。我小时候想，那就像一张人脸，有两只眼睛、一个歪鼻子、一张扭曲的嘴。这依旧是那只桶，她洗洗涮涮仍然在用，我去接水时看到的也还是那张脸，而不是桶。先是热水，然后是肥皂沫，浇在那可怜人的头上。从我记事时起，她就用同一把长柄勺搅粥，现在她搅粥用的还是这把勺子。七十年代在蒂巴肯，我还小，两腿悬空，坐在厨房凳子上吃早餐，当时用的棕色盘子和现在我们在那儿吃早餐时用的盘子完全相同。她买的新的东西，加上其余物品，归她所有，不像爸爸的财物，都是用了就扔的东西。埋葬他的牧师在讲道时提到了这一点，他说人要专一，要扎下根来，意思是我父亲没有做到。这番话绝对正确。但过了几年我才明白，有很多充分的理由让人无法专一，不能扎根，只能任由自己一路飘坠，直到触底，摔个粉碎。

究竟是什么能把人的思想引向虚无主义？

万妮娅开始在卧室里放声大哭。我把头探出门外，看见她两手抓着栏杆站在床上，心急火燎地上下动，此时琳达已经朝她冲过去了。

"饭好了。"我说。

"老一套！"她说着抱起万妮娅，一起躺到床上，掀起一侧的毛衣，解开胸罩。万妮娅立刻不哭了。

"她几分钟就能睡着。"琳达说。

"我等着。"说完我走回厨房，合上窗户，关掉排气扇，拿着盘子走进客厅，我是从门厅过去的，免得打扰琳达和万妮娅。我往杯子里倒了些矿泉水，一边站着喝水，一边环视周围。来点儿音乐想必不错。我站到 CD 架子前，挑出埃米露·哈里斯的《选集》放进唱机。最近几个星期我们听这一张听得很多。你有准备，或只把音乐当背景时，很容易产生防备，因为它是单纯的、不苛求的、伤感的，但是在没有准备的情况下，就像现在，或是认真去听，它就会直抵内心。我一下子动了感情，后来才知道自己就那样站着，眼睛已经湿润。只是在这个时候，我才意识到我平时感受到的东西多么少，我已经变得多么愚钝。我十八岁时，时时刻刻充满了这样的情感，世界好像更有激情，那正是我想写作的原因，也是唯一的原因，我想去触动音乐触动的东西。人声里的哀恸和悲伤，喜悦和欢乐，我想去唤起世界赠予我们的一切。

我怎么能忘记这些？

我放下封套，走到窗前。里尔克是怎么说的？音乐提升他出离自身，再也不会把他送回原来的地方，而是一个更深的所在，一处未竟之地。

他想到的不大可能是乡村音乐吧……

我笑了。琳达出门，站到我面前。

"她睡着了。"她小声说，然后拉出一把椅子坐下。"噢，真好！"

"现在可能有点儿凉了。"我说着坐到桌子另一边。

"不要紧。"她说。"我能开吃吗？饿死了。"

"吃吧。"我说。她吃肉和蔬菜的时候，我往杯子里倒了些酒，又往盘子里弄了些土豆。

她谈起班上其他人选定的一项作业，虽然只有六位，可我几乎叫不出他们的名字。她刚开始上学时情况不同，那阵子我隔三差五总能见到他们，有时在电影大楼，有时在他们常去的各家酒吧。那是个相对老成的班级，很多人年近三十，事业有成。其中一位安德斯是宇宙博士乐队的成员，另一位厄兹也是很有名的脱口秀演员。但琳达怀上万妮娅后休学一年，再回去时便换了新同学，我不想认识这些人。

肉像软黄油一样软。红酒带着泥土和木头的味道。琳达的眼睛在烛光下闪闪发亮。我把刀叉放到盘子上。再有几分钟就到八点了。

"我现在要听一下那纪录片吗？"我问。

"你要不想听就别勉强，"琳达说，"明天再听也行。"

"可我挺好奇的，"我说，"不太长吧？"

她摇摇头，站起身。

"那我去拿播放机。你想坐哪儿？"

我耸耸肩。

"要不坐那边？"说着我挪向书架边的椅子。她拿出 DAT 播放机，我抄起纸和笔坐下，戴上耳机，她冲我扬起眉毛，我点点头，她按下了播放钮。

等她清理完餐桌，我就一个人坐在那儿听录音。我以前就知道她父亲的故事，但听他自己说出来却是另一种感觉。他叫罗兰，1941 年生于诺尔兰的一座小城。他从小就没有父亲，与母亲和家里两个更小的孩子一起长大。十五岁那年，母亲死了，他从此负起了拉扯弟弟妹妹的责任。他们单独居住，没有成年人的照料，只有一个女人过来帮他们做饭、打扫。他又上了四年学，成了高中工程师，开始工作，业余时间踢足球，在当地的俱乐部做守门员，过了一段好时光。他在舞会上遇见了英丽，她和他一样大，上过家政学校，在一家矿业公司做秘书，非常漂亮。他们成了一对儿，结了婚。但英丽梦想当演员，她被斯德哥尔摩国立戏剧学院录取以后，罗兰便将从前的生活统统抛弃，和她一起搬到首都。等待着她的生活是皇家剧院的演员，而他一无是处，一个诺尔兰偏远小城的守门员和高中工程师，如今成了全国头号剧院里一位漂亮女演员的丈夫，在这前后两种生活之间，横亘着一道沟壑。他们接连生了两个孩子，可这不足以让他们长相厮守，于是很快离了婚，随后他便第一次发病。他得的病没有边际，让他在躁狂的峰顶和抑郁的谷底之间起伏不定，一旦得了，就再没好过。从那时起，他便不断住院出院。2004 年春天，我第一次见到他时，他已经从七十年代中期以后便没再工作了。琳达也有很多年没有和他联系过。虽然我见过他的照片，但是当我打开门，而他就站在门外时，我仍然对眼前的一切缺乏准备。他的面孔是完全开放的，好像他和世界之间什么都没有。他对世界一点儿戒备都没有，毫不设防；看到这一点会深深地刺痛你的心。

"你就是卡尔·奥韦喽？"他问我。

我点点头，和他握手。

"罗兰·博斯特伦，"他说，"琳达的爸爸。"

"我听说过很多关于你的事，"我说，"快请进！"

琳达抱着万妮娅站在我身后。

"嗨，爸爸，"她说，"这是万妮娅。"

他静静地站着，看看万妮娅，万妮娅也看着他，同样安静。

"喔。"他说，眼睛一亮。

"把外衣给我吧，"我说，"然后咱们进屋喝杯咖啡。"

他面孔舒展，行动却是僵硬的，近乎机械。

"你刷的？"我们走进客厅时，他问道。

"是的。"我说。

他走到最近的墙边，仔细察看。

"是你刷的吗，卡尔·奥韦？"

"是的。"

"你干得好极了！你刷墙刷得非常精确，你非常精确。我现在就在家刷墙，你知道吧。卧室是青绿色的，客厅奶白色。但卧室还没接着弄，没弄里墙。"

"很好，"琳达说，"肯定很好看。"

"是的，是好看，肯定好看。"

有些东西我以前从未在琳达身上看到过。她迎合他，以某种方式迁就他，她是他的孩子，她关注他，陪伴他，同时又瞧不上他，因为她总想隐藏自己的羞耻，但从来没有完全成功。他在沙发上坐下，我倒上咖啡，又进厨房，拿盘子装上我们当天早晨买的肉桂卷。他默默地吃着。琳达坐在他身边，把万妮娅放到她腿上。她给他看自己的孩子。我以前从没想过这对她的意义是如此之大。

"肉桂卷挺好的，"他说，"咖啡也很好。你做的吗，卡尔·奥韦？"

"是的。"

"你有咖啡机？"

"有。"

"很好。"他说。

短暂的沉默。

"我希望你们一切都好。"他接着说。"我只有琳达一个女儿。能过来看你们,我很高兴,也很欣慰。"

"你想看照片吗,爸爸?"琳达问,"万妮娅刚生下来的时候拍的。"

他点点头。

"抱一下万妮娅。"她对我说。我接过这热乎乎的一小团,她困得快睁不开眼了。琳达随即起身,去架子上拿相册了。

"唔。"他看到每一张照片时都这样说。

等他们看完整本相册,他便伸手去拿桌上的咖啡杯,用一个缓慢、谨慎而深思熟虑的动作举到嘴边,喝了两大口。

"我只去过挪威一次,卡尔·奥韦,"他说,"去的是纳尔维克。我给一个球队守门,我们去那儿踢挪威的一个队。"

"噢,真的吗?"我说。

"真的。"他点头说道。

"卡尔·奥韦也踢球。"琳达说。

"很早以前的事了,"我说,"水平很一般。"

"你是守门员?"

"不是。"

"不是。"

短暂的沉默。

他又喝了一大口咖啡,同样精心谋划的方式。

"好,好,非常好。"当杯子回到杯垫上时,他说道。"我现

403

在想回家了。"

他站起身。

"可你才来！"琳达说。

"没事没事，"他说，"我想跟你们吃顿饭，回请。星期二方便吗？"

我发现琳达在看我。这要她来做决定。

"方便。"她说。

"那就说定了，"他说，"星期二的五点。"

往门厅走的时候，他往敞开门的卧室看了一眼，停下脚步。

"这也是你刷的吗？"

"对。"我说。

"我能看看吗？"

"当然能。"我说。

我们跟在他身后进了屋。他站到墙跟前，仰起头，看着大木柴炉背后的墙面。

"要我看刷那儿可不容易，"他说，"可是看上去不错！"

万妮娅弄出了一点儿小动静。我单手抱着她，看不到她的脸，于是我把她放到床上。她笑了。罗兰在床边坐下，一只手捧住她的小脚丫。

"你不想抱抱她吗？"琳达问，"你想抱就抱抱她。"

"不了。"他说。"我已经见到她了。"

说完他站起来，走进门厅，穿上外套。他出门前拥抱了我。他的胡子茬蹭着我的脸颊。

"见到你很高兴，卡尔·奥韦。"他说。他拥抱了琳达，又抓了抓万妮娅的脚丫，便穿着长外套下楼去了。

琳达把万妮娅递给我，看也不看我，走进客厅收拾桌子去了。我跟着进了屋。

"你觉得他怎么样？"她步履轻盈，边走边问。

"是个好人，"我说，"但毫无防人之心。我想我从没见过他这样的，这么脆弱。"

"他就像个孩子，对不对？"

"对，就是。"

她从我身边走过，一只手拿着三个咖啡杯，一个摞一个，另一只手拿着装点心的篮子。

"万妮娅可有外公了。"我说。

"是啊，接下去会怎么样呢？"她问。她的声音里没有讽刺的意思，这问题直接出自她内心晦暗的地方。

"会好的，当然会好的。"我说。

"可我不想要他出现在我们的生活里。"她说着把杯子放进洗碗机。

"如果像这样，那我相信肯定是没问题的，"我说，"偶尔过来串个门，喝杯咖啡嘛。然后去他那儿吃一两顿晚饭。他毕竟是孩子的外公。"

琳达关上洗碗机的门，从底下的抽屉取出一个透明的塑料袋，把吃剩下的三块点心放进去，打个结，然后从我旁边走过，把袋子放进过道里的冰箱。

"可这样他是不会满意的，我知道。既然和他有了联系，他就会开始打电话了。而且他只会在一团糟的时候这么干。他是没有界限的。你必须要明白这一点。"

她走进客厅去拿最后几个盘子。

"不管怎样，咱们先试试，"我跟在她身后说，"看看什么情况。"

"好吧。"她说。

就在这个时候，门铃响了。

这会儿还能是谁呢？又是那个疯狂的邻居？

可这是罗兰。他眼神狂乱。

"我出不去，"他说，"我找不到开锁的按钮。我找了又找，就是找不着。你能帮帮我吗？"

"能。"我说。"我把万妮娅递给琳达就来。"

递过孩子之后，我穿上鞋，跟他下楼，来到大门的门厅，指给他看按钮的位置，它就在大门右侧的墙上。

"我要把它记下来，"他说，"下次用得上。大门的右边。"

三天后，我们在他家吃了顿饭。他带我们看他刷的墙，我夸赞他的手艺时，他喜形于色。他还没开始弄饭，万妮娅在走廊的婴儿车里睡觉，所以他在厨房忙活的时候，只剩下琳达和我坐在客厅里聊天。墙上挂着琳达和她哥哥小时候的照片，旁边是剪报，那是他们的处女作出版时报纸上刊登的文章和他们接受的采访。他哥哥也出了一本书，是在 1996 年，可是像琳达一样，他此后再无新作问世。

"他真为你骄傲。"我对琳达说。

她低头看着桌面。

"咱们到阳台上去吧，"她说，"你抽根烟。"

这里没有阳台，但有个屋顶平台，就夹在另两个屋顶之间的通道上，从这儿可以尽览东马尔姆。一个紧邻斯图雷广场的屋顶平台。这套公寓得值好几百万吧？诚然，它雨打烟熏，又黑又旧，可这些问题不难解决。

"你父亲是房主吗？"我问，然后用手拢着打火机，点着一支香烟。

她点点头。

我从未住过这样的地方，体面的地址和优雅的公寓在斯德哥尔摩是如此重要。它简直浓缩了一切。如果你住在外面，就不算真正获得了接纳。因此，这个一再出现的"住在哪儿"的问题，就以一种和卑尔根等地非常不同的方式敲打着你。

我走到平台边往下看。冬天过去了，人行道上仍然残留着小堆的雪、小块的冰，几乎被温和的天气侵蚀殆尽，又被沙尘和废气染成了灰色。我们头顶的天空也是灰色的，满载着定期袭掠城市的冷雨。天是灰色的，却有一种不同的光，与灰色的冬日天空相异，因为这是三月了，三月的阳光如此明亮、强烈，哪怕是在这样湿气凝重的一天，也足以刺破云层，撞开黑暗世界所有的障碍。它在我身前的墙上、在下方的柏油路面上闪亮着。停放在那儿的汽车也有光芒闪烁，每种光都有不同的颜色。红的，蓝的，白的，黛绿的。

"抱住我。"她说。

我在桌上的烟灰缸里按熄香烟，伸出双臂抱住她。

过了一会儿，我们回到屋里，客厅仍然空着，于是我们进厨房找他。他站在炉边正往热锅里倒一听蘑菇。汤汁碰到锅底，嘶嘶作响。接着，他把切成片的西葫芦加进去。旁边的锅里煮着意大利粉，水已经沸腾了。

"蛮好的。"我说。

"是，蛮好的。"他说。

厨房的台子上有一听盐水虾和一罐厚奶油。

"我老去维京人吃饭。可是星期五、星期六和星期天，我在这儿吃。我给贝丽特做饭。"

贝丽特是他女朋友。

"有什么要我们帮忙的吗？"琳达问。

"没有，"他说，"先坐一会儿，饭做好我就端过来。"

饭菜的味道有点儿像我学生时代做的，在卑尔根大学的头一年我曾在阿布萨隆·拜耶门的出租屋里单独开伙的时候。琳达的父亲讲了很多他为诺尔兰那支足球队当守门员的事。后来他谈起他从前的工作，也就是仓库规划与设计。然后他又谈了养过的那匹马，它在眼看就要开始赢比赛时受了伤。每件事他解释起来都非常精确，煞费苦心地使用名词术语，仿佛每个细节都有着至高无上的重要意义。说到某个点儿上，他便抓过纸笔，给我们算他具体还剩下多少天可活。我寻找琳达的眼睛，可她不肯看我。我们事先已经说好，这次串门时间不要太长，所以当甜点，也就是桌上一盒两公升装的冰淇淋一吃完，我们就站起来，说我们恐怕得走了，万妮娅得回家吃奶、换尿布，他听了好像很高兴。这次串门对他来说也许有点儿太长了。我走进走廊，拿上外衣，这时琳达和他说了几句悄悄话。他说她是他的小姑娘，说她都长这么大了。过来，到我腿上坐一下。我系好最后一根鞋带，站起身，走回门边，往客厅里看。琳达坐在他腿上，他两手搂着她的腰，嘴里在说着什么，我听不见。此情此景不无怪异，她三十二岁了，全然一副少女的姿态，未免显得过于年轻，她自己当然也晓得，她不赞成地撅着嘴，整个人都在矛盾中挣扎。她不愿迎合，又不想拒绝。他理解不了拒绝，那会让她受到伤害，所以她必须继续坐下去，任他轻轻拍打，直到站起来不像拒绝的时候，她才再次站在他面前。

我退后几步，免得她知道有人看见而让这一幕变得更糟。她迈进走廊时，我正端详挂在墙上的照片。她穿上衣服。她父亲出来道别，像上次那样给我一个拥抱，看看睡在婴儿车里的万妮娅，拥抱琳达，站在门口，目送我们推着婴儿车走进电梯，最后一次招手，然后走回屋内。此时电梯门关闭，载着我们在楼内一路下落。

对我看到的他们之间那小小的一幕，我一个字都没提。我看到她屈身于他，成了十岁的小女孩，她也反抗了，一个成年女人。但这种反抗恰恰抵消了她的成熟。没有哪个成年人碰到这种情形还能游刃有余吧？他想不到这些，他不知道限度，他只知道她是女儿，一个无关长幼的物种。

正像琳达预见到的那样，此后他开始给我们打电话，不分时间，不分场合，于是琳达和他达成协议，他要在具体哪一天哪个时段才能打过来。他好像很喜欢这样。但这也是一种束缚：如果我们没接电话，他便感到大受冒犯，认为协议已经失效，于是又可以随时打电话，或者干脆再也不打了。说起来，我只跟他谈过不多的几次。有一次他问我，他能不能唱一首歌。他说这是他自己写的，曾经在斯德哥尔摩登台表演，还上过电台。我不知道该不该相信,但唱歌当然可以。他开始唱了,歌声有力,能量巨大,虽然有点儿五音不全,但演唱仍然令人印象深刻。歌词分四段,唱的是一个在诺尔兰修路的移民工。他唱完时,我不知道说什么才好,只是连声说这是一首很精彩的歌。他大概指望我多说些什么,因为他停顿了一下,然后才说:

"我知道你写书,卡尔·奥韦。我还没看过,但我没少听人说它们的好。这你应该知道。我为你感到非常骄傲,卡尔·奥韦。你看,我……"

"听你这么说我很高兴。"我说。

"你跟琳达还好吧?"

"挺好的。"

"你对她好不好?"

"好。"

"那就好。你千万别离开她。千万。你明白吗?"

"明白。"

"你一定要好好照顾她。你一定要对她好,卡尔·奥韦。"

说到这儿他哭了。

"我们挺好的,"我说,"用不着担心。"

"我只是个老头子,"他说,"可我经历了很多,你知道。我经历的比大多数人都要多。现在我的生活没有什么可以大声宣扬的东西了。但我已经数过自己还剩下多少天可活。你知道吗?"

"知道。我们去你家时,你给我们看过你是怎么计算出来的。"

"对，对。可是你没见到贝丽特吧？"

"没有。"

"她待我非常好。"

"我看也是这样。"我说。

他一下子警觉起来。

"你看也是这样？你怎么看出来的？"

"嗯，琳达跟我说过她的事。还有英丽。你知道……"

"我懂了。我不打扰你了，卡尔·奥韦。你大概有很重要的事情要做。"

"没有，"我说，"你一点儿也没打扰我。"

"跟琳达说一声我打过电话。多保重。"

他不等我回一句再见，就挂断了电话。我从显示屏上看到，谈了这么久也只有区区八分钟。我告诉琳达时，她满不在乎。

"你用不着非得听那些东西，"她说，"下次他打过来，别接就是了。"

"我没觉得烦。"我说。

"我烦。"她说。

琳达的纪录片里没有这些。除了他的声音，她剪掉了一切。不过一切尽在其中。他谈了自己的人生，谈到母亲的死，他的声音饱含着悲伤，谈到长大成人的头几年，又流露出快乐，谈到搬来斯德哥尔摩时，则显出听天由命。他谈了电话给他造成的困扰，对他而言这真是个可憎的发明，有很长时间他必须把电话塞进碗柜。他谈了自己的日常活动，还谈了梦想，他最大的梦想是拥有自己的种马场。他由此进入自己的天地,言谈带着催眠般的力量,头几句话就把你吸进他的世界。但最重要的当然是因为这与琳达有关。听她做的东西,或是读她写的东西,都会让我与她这个人格外贴近,仿佛那些在她内心激荡的东西此时才清晰可见。在我们的日常生活中,它们消失于我们的所作所为,而这些事其他所有人也都在做,所以我根本看不见自己深爱的那个人。如果不是我忘了,那就肯定是我压根没有想过这一点。

这怎么可能?

我看着她。她想隐藏眼神中的期待,过于简单地放低目光,看着桌上的 DAT 播放机和下面那一大堆线。

"你什么都不用改,"我说,"这已经完全成型了。"

"你觉得它行不行?"

"怎么不行?好极了。"

我把耳机放到播放器上,舒展了一下身体,眨了几下眼睛。

"我挺感动的。"我说。

"因为什么?"

"他的人生是个悲剧,可以这么说吧。但他一谈起来,里面就饱含了生活,我们知道,这就是一种人生。有完整的价值,不管他有过怎样的遭遇。很多东西一望即知,但是知道它是一回事,感受到它是另一回事。我刚才听的时候,就感受到了。"

"我真高兴。"她说。"那我大概不需要再改什么了,顶多调一下音量大小。我可以星期一再弄。可是你真的这样想吗?"

"千真万确。"说着我站起来。"现在我要去抽根烟。"

楼下后院里,风凉嗖嗖的。楼前只有两个小孩,男孩九到十岁，他姐姐有十一二岁，在另一端的大门口你一脚我一脚地踢球。从他们身后墙外的街道上，传来格伦·米勒咖啡馆强烈而吵闹的音乐。两个孩子的母亲独自带着他们住在顶楼，总是一副极其疲倦的样子。她的窗子打开着，叮叮咣咣，特征鲜明，我一听就知道她在洗碗。男孩很胖，也许是为了抵偿，所以剪了个平头，看上去有点儿凶。他眼睛下面老是青一块紫一块的。他姐姐带女友们回家时，他便表演球技，要不就卖弄般地在院子里的儿童攀爬架上爬高爬低。每逢这样的夜晚，他们没有玩伴，她又没什么事情可做，只好跟弟弟一起玩，此时他便格外开心，格外来劲，非要玩出花样不可。他们不时地在那边高喊、尖叫，有时他们娘仨一起叫，但通常只有他和他母亲。我见过那做父亲的来接过他们几次；一个病快快的男人，又瘦又小，留着小胡子，一看就知道成天喝酒。

姐姐走到围墙边坐下，从口袋里掏出手机。她坐的地方太暗了，显示屏的蓝光照亮了整张脸。她弟弟开始往墙上踢球，一下又一下。砰。砰。砰。

他母亲从窗子里探出头。

"别踢了!"她吼道。男孩一言不发，弯下腰捡起球，坐到姐姐身边，她立刻把头扭开了，一秒钟都没有为此分神。

我抬头望向两座被灯光照亮的塔楼。温柔和痛苦混杂着，像刀一样扎进我内心深处。

噢，琳达，琳达。

就在此时，住在我们隔壁的邻居走进了大门。我看见她轻轻关上门。她五十多岁，如今五十多岁的女人大多如此，也就是

413

说，作出一种刻意为之的年轻。她有一头浓密的、染过的金发，穿皮毛夹克，用一根紧绷绷的狗绳牵着一条好奇的小狗。她有一次告诉我她是画家，可我还是没弄明白她到底是干什么的。她并不完全是蒙克型的。有时她会非常健谈，跟我说她夏天要去普罗旺斯，要不就是打算到纽约或伦敦过周末。有时她什么也不说，一言不发地从我身边走过。她有个十几岁大的女儿，和我们同期生了小孩，总是让她呼来喝去的。

"你不是要戒烟吗？"她问，并没有放慢脚步。

"还不到十二点呢。"我说。

"对了，"她说，"今天夜里要下雪。你记住我的话吧！。"

她进楼去了。我等了一下，然后把烟屁股塞进一个倒扣的花盆，有人把它放在墙边，就是干这个用的。我也走进楼内，指关节都冻红了。我一步三个台阶地上了楼，打开门，脱掉外套，进去见琳达。她正坐在沙发上看电视。我探过身去吻她。

"你在看什么？"我问。

"什么也没看。要不咱们看部电影？"

"行。"

我走到 DVD 架子前。

"你想看什么？"

"不知道。你选吧。"

我扫视着一个个片名。我买片子时总是带着这样的想法：它们应该开阔我的视野。它们应该有我能领悟的独特的视觉语言，或者与我感觉没有可能造访的地方建立一种关系，或者呈现我不熟悉的时代或文化。总之，我挑片子的理由千奇百怪，往往说不通，这样到了晚上我们想看电影的时候，就再也不会挑三拣四，才能花两个小时看一部六十年代黑白片里的日本，或是广阔的罗马郊区，只有风华绝代的人儿在那里相逢，完全不食人间烟火，那个时代的电影大抵如此。不，到了晚上我们坐下看电影，还是想轻松一下，一定尽量别费什么劲，也不要有什么难度。一切都是这样。我几乎不看书了。如果身边有份报纸，那我宁愿看看报。这道槛儿越来越高。真愚蠢，因为这样的生活什么都给不了你，只是让时间流逝。如果我们看了一部好电影，就会有所触动，给生活加油，因为道理就是这样，世界总是相同的，变化的只是我们观看世界的方式。日常生活可以压迫我们，就像脚踩着脑袋，但它也可以给我们带来喜悦。一切都取决于用怎样的眼睛来观看。比方说，如果眼睛在塔可夫斯基的影片里看到无处不在的水，它把世界变成了一种玻璃容器，里面的一切都在慢流轻涌，浮动着，漂荡着，里面所有的人物都可能从画面中隐没，只留下桌上的咖啡杯，衬托在强烈的、近乎险恶的绿色植物背景下，慢慢地被下落的雨填满，那好，这样的眼睛也能看到日常生活呈现出同样野蛮的、关乎存在的复杂性。因为我们是血和肉、筋和骨，身边生长着花草和树木，昆虫低鸣，鸟儿飞过，云飘浮，雨滴落。眼睛给世界带来了意义，眼睛具备恒久的可能，我们却往往选择抗拒它，至少在我们的生活中就是这样。

"看《潜行者》？"我转身问她。

"我没问题。"她说。"放吧，咱们看。"

我把 DVD 放进播放机，关掉顶灯，倒一杯红酒，坐到琳达身边，拿起遥控器，选择字幕语言。她蜷缩到我身上。

"我要是睡着了你不介意吧？"她问。

"一点儿也不。"我说着伸手搂住她。

片头我已经看过至少三次了：男人在黑暗、潮湿的房间里醒来。桌子上的小物件一过火车就颤抖。男人在镜前刮脸，女人想挽留他，但没成功。我从没看过这以后的部分。

琳达把头搁到我胸口，仰起脸看着我。我吻她，她闭上双眼。我抚摸她的背。她紧紧抱住我，死贴在我身上，我把她放倒，亲她的脖子，脸，嘴，头枕着她的乳房，听她的心狂跳，脱掉她柔软的运动长裤，亲肚子，亲大腿……她黑色的目光凝望着我，美丽的黑色的眼睛。我插入她体内时，她闭上了双眼。咱们可没避孕啊，她轻声说，你想戴上吗？不，我说，不想。后来射精的时候，我射在她体内了。这才是我想要的。

事后，我们挨着对方躺了很长时间，什么都没说。

"现在我们要有另一个孩子了。"过了好一会儿我才说。"你准备好了吗？"

"好了，"她说，"噢是的，我准备好了。"

第二天早上，万妮娅像往常一样，五点就醒了。琳达把她抱到我们床上，跟她一起又睡了几个小时，而我已经起了床，取出笔记本电脑，开始忙活别人请我看的译稿。工作单调乏味，没完没了，我已经写了三十页评论，而评论的短篇小说集最多也才一百四十页。可我还是对这份工作充满期待，也很享受坐下来的时间。我独自一人，而且搞的是文字工作。别的我什么也不需要。接下来是片刻的消遣：打开咖啡机，听着汩汩的水声，咖啡刚煮好时的芳香，在谁都没起床之前，站在后院的黑暗里喝一杯咖啡，吸当天的头一支烟。回到楼上，继续工作，此时屋宇之间的裂隙渐渐变亮，街上的人声也在增强。这一天的晨光不同以往，楼里的气氛也有些异样，因为夜里下过一层薄雪。八点钟一到，我便关掉电脑，把它放进我的包里，沿街步行前往一百米外的小面包店。楼下小商铺的遮阳篷迎着风，在我头顶上方拍打着。路上的雪已经融化，但人行道上的雪还在，覆盖着夜行人的脚印，现在却空落落的。我随后就要进门的面包店只有巴掌大小，店主是两个和我年纪相当的女人。走到里面就像走进了二十世纪四十年代的黑色电影，片中所有的女人，就连小店里打工的，在写字楼里擦地板的，都美丽过人。一位女店主满头红发，肤色白皙，面带雀斑，衬托出鲜明的面部特征和一双绿色的眼睛。另一位留着黑色长发，脸型略方，深蓝色的眼睛透出友善。她俩都又瘦又高，身上星星点点地沾染了面粉，脑门，脸蛋，手，围裙上也有。墙上挂着报纸的文章，讲述了她们怎样从原来的艺术专业抽身，转而干起了这一行，因为这一直是她们的梦想。

听到店门叮当一响，红发女人便从柜台后面走出来。我告诉她我要的东西：一只大酵母面包，六个全麦圆面包，两个肉桂小面包。我边说边指指点点，因为在斯德哥尔摩，就连最简单的挪威词都会遇到一声"什么？"。她把面包统统装进一个袋子，然后在收银机上打出总价。我提着白色购物袋匆匆忙忙回到家，在门口的脚垫上蹭掉鞋底的雪，一开门就听到她们已经起了床，正在厨房坐着吃早餐呢。

万妮娅坐在那儿，高高地挥舞着手里的小勺，我走进来的时候，她冲我一笑。她把粥弄得满脸都是。她允许我们喂她已经有很长时间了。我本能地做出了反应，想清理掉这些糊糊，给她把脸擦干净，我不喜欢她黏糊糊地坐在那儿，我骨子里就是这样。琳达从一开始就批评我，就食物而言，重要的是不要有什么规矩和限制，这非常敏感，应该允许她想干什么就干什么。琳达自然是对的，我完全理解。而从纯理论的层面上来说，当她坐在那儿乒乒乓乓边吃边洒时，我也能接受小孩子理应得到这份贪婪、健全和自由，但在实践的层面上，我的第一个冲动就是去矫正她的行为。这是我父亲在我身上。我小时候他连桌上的一块面包屑都不能容忍。但我知道那是怎样一回事，我有过亲身经历，骨子里对此深恶痛绝，那我为什么还拼命要把它传给下一代呢？

我切了几片面包，和圆面包一起放进小篮子，灌满水壶，坐下来跟她们一起吃早餐。黄油有点儿硬，我想拿刀把它抹平，结果把面包弄散了。万妮娅在盯着我呢。我一下子抬起头，瞅着她。她在椅子上吓了一哆嗦，接着开始大笑。挺好。我故伎重施，低下头看着桌面，过了很长时间，直到她开始以为再也不会有什么发生，以为我准是琢磨别的事情去了，就在这时候我飞快地抬起头，直视她的目光。她带着警惕，眼睛睁得大大的，此时吓得一哆嗦，然后又开始大笑。琳达和我也大笑起来。

"万妮娅多好玩啊，"琳达说，"你真好玩！我的小可爱！

她俯身向前，伸出鼻子蹭万妮娅的鼻子。我从桌上抓过琳达面前的报纸文化版，咬一大口面包，一边咀嚼，一边浏览标题。身后台子上的水开了，茶壶自动断了电。我站起身，往杯里放了个茶包，倒上热气腾腾的开水，走到冰箱那儿取出一盒牛奶，然后坐下。把茶包在水里浸几次，直到褐色的物质翻卷着慢慢从中脱离，最终完全改变了水的颜色。倒上牛奶，接着翻看报纸。

"你看到他们怎么说阿尔内了吗？"我看着琳达问。

她点点头，然后一笑，但她是对万妮娅笑的，不是对我。

"出版社把那本书[1]撤回了。真惨。"

"就是，"她说，"可怜的阿尔内。但要怪只能怪他自己。"

"你认为他知道那是假话吗？"

"不知道，绝对不知道。他不是有意的，我敢肯定。他一定认为就是那个样子。"

"可怜的家伙。"我说着端起杯子，喝了一小口泥浆色的茶。

阿尔内住在格内斯塔，与琳达的母亲为邻。他写了一本关于阿斯特丽德·林德格伦的书，这一年秋天才出版，不那么严格地取材于他在林德格伦去世前和她的几次谈话。阿尔内是个看重精神世界的人，他信上帝，不过是以一种不从俗的方式，看到林德格伦也和他交流起了对上帝的信仰，很多人必定颇为惊讶。报纸开始追根究底。这些谈话没有其他人在场，所以就算林德格伦从未对别人表达过这种态度，也不能证明这些谈话是虚构的。但是还有别的东西，其中包括阿尔内对林德格伦作品的阅读，后来证明出现了年代错误：他说他读了《米奥，我的米奥》的那个时间，这本书还没出版呢。这样的错误出现在他的书里有点儿太多了。林德格伦的家属否认她有过那样的态度，她不可能说出那种话。报纸没给阿尔内留多少面子，言外之意，他是个说谎者，现

---

[1] 指瑞典作家阿尔内·雷贝里所著《你和我，阿斯特丽德》（*Du och jag, Astrid*）。

在出版社也决定收回此书。最近这些年阿尔内疾病缠身,这本书让他熬了过来,也曾让他深感骄傲。

可是琳达说得对,他只能怪自己。

我在另一片面包上抹了黄油。万妮娅高高地举起双手。琳达把她抱离椅子,进了卫生间,里面很快传出哗哗的水声,还有万妮娅发出抗议时的小小尖叫。

客厅里电话铃声大作。我愣住了,不过马上醒悟过来,这肯定是英丽,琳达的母亲。除了她,谁也不会在这个时间给我们打电话,我的心跳得越来越快。

我一动不动地坐着,直到铃声戛然而止,像刚才响起时那么突兀。

"谁打来的电话?"琳达两手抱着万妮娅,从卫生间出来时问道。

"不知道。"我说。"我没接。但八成是你妈。"

"我打给她好了,"她说,"我正要找她呢。你能抱一下万妮娅吗?"

她把孩子递过来,好像除了我的腿,家里再也找不到别的地方了。

"就放地上吧。"我说。

"她会哭的。"

"让她哭。不碍事。"

"那好。"她说,一听就知道她的意思正好相反。这样不行,但我是因为你说行我才说行。你等着瞧。

果然,琳达刚把她放到地上,她就开始哭。我伸手去抱她,结果她两手向前，一下子撑到地上去了。琳达没回头。我拉开抽屉——我保持坐姿就能够到，取出一个打蛋器。她不感兴趣，虽然我能让它嗡嗡嗡地转起来。我把一根香蕉举到她面前。她摇晃着脑袋，眼泪扑簌簌地顺着小脸滚落。最后我还是抱起她，走到卧室的窗边，让她坐到窗台上。这一招很管用。我说出我们看到的一切物事的名称，她颇有兴致地盯着驶过的每辆汽车，指指点点。

琳达在门口探出头，电话扣在胸前。

"妈妈问咱们愿不愿意明天过去吃饭。你说呢？"

"好，"我说，"去吧。"

"那我就说好。"

"嗯。"

我小心翼翼地把万妮娅放到地上。她能站了，可是还不会走，所以她蹲伏着爬向琳达。在她的需要得到满足之前，这孩子连一秒钟的不满都不会显露。因为她生下来之后，将近一整年，每天夜里每隔两个小时，她都要醒来一次，然后吃奶。琳达总是累得要死，但又不让万妮娅睡自己的小床，因为那样做她会哭闹。我更乐意采用残忍的办法，把她放到她自己的床上，由着她整夜哭叫，这样下一次她就会明白，不管她怎么做，顺从也好，哪怕也许有点儿愤怒也好，都不会有人过来管她，于是她就会安静下来自己睡觉。可要是那样做，我还不如告诉琳达我要揍万妮娅的头，一直揍到她躺下不再出声呢。我采用了折中方案，给我母亲的妹妹英君打了电话，她是儿童心理学家，有这方面的经验。她建议我们给孩子渐进式地断奶，强调说，万妮娅想吃奶或想起床而我们又不允许的时候，一定得对她多加抚慰，然后一点一点地推迟当天最后一顿奶的喂食时间。我依言行事，夜里站在她床前，手拿笔记本，每当她大哭大闹、对我怒目而视的时候，我便写下精确的时间，然后连哄带拍。过了十天，她才能不哭不闹地睡上一整夜。本来一天就能成功的。哭一小会儿肯定不会对她构成什么伤害。在儿童游乐场同样如此。我想留她一个人待在里面，自己好坐在长椅上看看书，可这完全没有可能。她顶多自己待上几秒钟，就开始睁大眼睛，伸出求助的双手到处找我了。

琳达挂断电话，抱着万妮娅走出来。

"咱们出去走走？"她问。

"我真没别的什么事可干？"我说。

"你什么意思？"她问我，一副警觉的样子。

"没什么。"我说。"去哪儿？"

"船岛怎么样？"

"行，走吧。"

因为我周一到周五带万妮娅，所以现在是琳达照料她。她把万妮娅放到腿上坐直，给她穿上英韦的孩子传下来的红色小毛衣，棕色的灯芯绒裤子，琳达母亲买给我们的红色连衫裤，配有下巴系带和白色帽檐的红帽子，外加白色的连指羊毛手套。直到一个月以前，我们给她换衣服时她都一直好好坐着，最近却开始在我们手里扭来扭去。给她换尿布尤其困难，她扭啊扭啊，指不定把秽物弄到什么地方，我不止一次提高了嗓门："躺好！"要不就是"躺好呀，真见鬼！"我抓紧她时，手上也不必要地多加了把劲儿。她认为扭来扭去从我手里挣脱很好玩，总是微笑着，或者只要一得逞就放声大笑，而这种响亮的、恼怒的声音，她起初只是不能理解。有时她完全听而不闻，或者惊讶地盯着我看，这是什么意思？要不然她就哭。先是下嘴唇缩拢，然后开始颤抖，眼泪随即奔涌而出。我到底在干什么？她只有一岁啊，只有真正天真无邪的人才会这样天真无邪，可我呢，竟然冲着她吼叫！

幸好她比较好哄，比较爱笑，也幸好她不记事儿。这么一来，我的感受就愈发糟糕。

琳达更有耐心，因此五分钟之后，她便带着一丝不出所料的微笑，看着万妮娅在她手里穿戴整齐。在电梯上，万妮娅要按按钮，琳达指着正确的一个，把她的手牵到上面。按钮亮了，电梯下落。当琳达抱着她走进停放婴儿车的自行车房时，我到外面点了根烟。风仍然很大，天空沉重，灰暗。气温大约在零度或零下一度。

我们沿内阁街拐进国王花园，经过国家博物馆，左转踏上船岛，码头上停满了游船，其中几条出自十九世纪末二十世纪初，全盛时期曾往来于斯德哥尔摩外的众多岛屿之间。这里还有一种小船坞，至少看上去如此，停靠着一条平底船，木制船舱内的肋材像骨架一样排列。我们走过时，偶尔有张胡须满面的脸一闪而过，否则这一带便杳无人烟。现代美术馆建在一座小山上，考虑到万妮娅初临人世还如此短暂，她在那里流连的时日多得简直不成比例。但这里门票免费，餐厅上佳，对小朋友颇为友善，还有游乐场，有些艺术品也值得一看。

港口海水黑暗，天上的云层厚重，低悬。地上一层薄雪，似乎要给万物加添几分冷酷、几分赤裸，也许是因为它抹去了留在城市景观中的些微颜色。这里所有的博物馆从前都是军事建筑，现在仍然带着昔日的印记，封闭、低矮，建在车流稀少的小路边，或是旧日阅兵场的尽头。

"昨天很棒。"琳达说着，用一只胳膊搂紧我。

"对，"我说，"是很棒。可是你现在真想再要个孩子吗？"

"真想，我真想。可是机会不大。"

"我保证你怀上了。"我说。

"你还保证万妮娅是男孩呢。"

"哈哈。"

"我真开心，"她说，"一想到这事就开心！一想到我们又要有孩子了！"

"是啊……"我说，"你对这事怎么看，万妮娅？你想不想要个小弟弟小妹妹？"

她仰起脸看着我们，然后侧过头去，举起手，指着三只海鸥。它们收拢着翅膀，贴着浪花飞上飞下。

"嘚！"她说。

"对，看到了，"我说，"三只海鸥！"

一个孩子我绝不考虑，两个太少，彼此之间太亲近，我觉得三个最理想。这样一来，孩子们可以在人数上超过父母，他们之间有多种组合的可能，而我们也结成一个团伙。可是既要顾及我们自己的生活，又要考虑最佳的年龄，据此严格确定最合适的时间，这样的做法我十分不屑，这毕竟不是我们要操持的一门生意。我更愿意顺其自然，该怀就怀，该生就生，然后再料理随之而来的种种后果。生活不就是这样吗？所以当我带着万妮娅走在街上，当我喂她进食、给她换洗，对另一种生活的狂热渴望在我胸腔里撞击，此时我知道，这就是当初做出一个选择的后果，我必须予以接受。逃是逃不掉的，只能循着一条前仆后继的老路：忍受。我在这样做的同时，也让周围那些人的生活蒙上了一层阴影，好吧，这只是另一个我不得不忍受的后果。如果我们有第二个孩子，我们会要的，不管琳达现在有没有怀孕，然后再要第三个，第三个同样不可避免，那么这是不是一定会超出责任，超出我的渴望，最终成为鲁莽而不受约束的自在之物呢？如果不是，我该怎么做？

走到那一步，做我必须要做的就是了。在我的生活中只有这件事必须坚持下去，这是我唯一的不动点，它刻写在磐石之上。

真的吗？

几个星期前耶珀给我打过电话，他在城里，我们能不能见个面，喝两杯啤酒？我很敬重他，但从未主动要和他深谈。我跟很多人相处都是这种情况，但那天我一口气喝了好几瓶啤酒之后，我们打开了话匣子。我对他讲了我现在过着怎样的生活。他看看我，然后用一种特有的、毫不做作的权威说道："但是你必须写作，卡尔·奥韦！"

到了走投无路的时候，当刀尖顶住我的喉咙，这才是最要紧的。

但是为什么？

孩子就是生活，谁会背弃生活？

而除了死亡，写作还能是什么？除了坟里的骨头，文字还能是什么？

动物园岛渡轮绕过了岛前端的沙嘴。另一端是很大的绿林游乐园，器械统统空置着，静止着，有些蒙着防水布。两三百米之外，便是存放瓦萨舰的馆舍。

"要不坐渡轮过去？"琳达问，"可以在蓝门吃午饭。"

"咱们才吃过早餐啊。"我说。

"那就喝杯咖啡。"

"好，去吧。你身上带钱了吗？"

她点点头，我们停下来，在渡轮靠岸的地方等候。只过了几秒钟，万妮娅就开始抱怨。琳达在包里找到一根香蕉递给她。她颇为满意，坐在婴儿车里，一边往嘴里塞着小块的香蕉，一边朝海上眺望。我想起了头一次单独带她出门，那一次我们去的就是这里。她那时生下来才一个星期。我推着婴儿车在岛上东奔西跑，怕她停止呼吸，怕她醒过来哭闹。在家里我们能掌控大局，可以在一个令人昏昏欲睡但暗地里喜气洋洋的系统中喂奶，睡觉，换尿布，一到外面我们就无依无靠了。我们第一次带她出门是出生后第三天，她要去做体检，整个过程活像搬运炸弹。头一个障碍是她必须穿戴的各种衣物，外面的气温在零下十五度以下。第二个障碍是儿童座椅，怎么把它系在出租车的座位上呀？第三个障碍是那些在医院接待区打量我们的目光。但还算顺利，我们熬过来了，虽然好一番大惊小怪，可几分钟之后她接受检查时面容平静，在尿布台上轻轻地蹬着小腿，这一切都是值得的了。她非常健康，心情甚好而难以抑制，因为护士弯下腰去看她时，她突然露出了微笑。她在笑呢，护士说。这不是诉苦，小宝宝笑得这么早，非常少见！我们沉溺于这番恭维，这真是夸到我们这对父母的心坎上了，过了好几个月我才对那句话有所醒悟，这么小的宝宝就会笑了非常少见，想必对每个人都这么说，每次都大为见效吧。可是，啊，那低平而近乎羞怯的一月阳光穿过了窗子，落到尿布台上，照耀着我们的女儿，此时我们还远没有习惯其存在，还有那在窗外的严寒中闪闪发亮的冰，琳达完全不加掩饰的、从容的表情，让这一刻成了极为罕有的记忆，绝无一丝一毫的矛盾心理。喜悦一直持续到我们进了走廊，准备离开的时候，万妮娅开始拼命哭闹。我们怎么办？把她抱起来？对，得抱起来。琳达要不要给她喂奶？如果要喂的话，怎么喂？她穿了太多的衣服，看上去像个气球。我们要把她的衣服再脱下来吗？就在她哭闹的时候脱？这样就行了吗？她要是安静不下来怎么办？

哎哟，琳达用她那紧张而犹豫的方式揪扯着万妮娅的衣服，她尖声哭叫。

"我来吧。"我说。

我们对视了一下，她两眼闪闪发亮。

万妮娅张嘴含住奶头，几秒钟就安静下来了。可是后来她又使劲地前后晃动脑袋，继续拼命哭号。

"不是这么回事。"琳达说。

"那是怎么回事？她病了？"

"不会吧，不像是病。医生刚刚才给她做过检查。"

万妮娅哭啊，叫啊。哭得一张小脸完全变了形。

"这可怎么办呀？"琳达绝望地说。

"哄哄再看。"我说。

排在我们后面的那对夫妇出来了，他们提着一个儿童座椅，里面装着他们的小孩。他们从我们身边走过时，小心翼翼地不看我们。

"不能在这儿站着，"我说，"咱们得走了。走吧。怎么着她都要哭。"

"你叫出租车了吗？"

"没。"

"那快去叫呀！"

她低头看着万妮娅，紧紧抱住她，这没用，在万妮娅的连衫裤和琳达的羽绒衣之间，能让对方安心的东西并不是很多。我掏出手机，按下叫车的号码，另一只手里提着儿童座椅，朝走廊尽头的楼梯口走去。

"等一下，"琳达说，"我得给她戴上帽子。"

我们等出租车的时候，她一直在大声哭叫。幸好几分钟之后车就到了。我拉开后门，把儿童座椅放进去，想拿安全带把它固定好，这种事一个小时前我做起来毫无问题，现在却好像门儿都没有。上上下下，所有能试的方法我都试过了，可这该死的座椅就是装不上，自始至终还要听着万妮娅的哭叫，顶着琳达刀子般的目光。到最后，司机下车来帮我。一开始我拒绝撒手，这破玩意我自己能行，谢谢你，可是手忙脚乱又弄了一分钟后，我不得不承认失败，让他来装，这个留着大胡子、伊拉克人长相的男人一下子就把它固定好了。

从积雪而闪亮的斯德哥尔摩城中穿行而过时，她一路上都在哭号。等我们迈进家门，她光着身子和琳达一起躺到床上，才消停下来。

428

我们俩全身都被汗水浸透了。

"真有点儿折磨人啊！"等万妮娅在床上睡着了，琳达从她身边爬起来说道。

"是啊。"我说。"可不管怎么说，她劲头蛮足的。"

那天晚些时候，我听到琳达在跟她母亲讲万妮娅体检的事。关于哭叫，关于我们的恐慌，她一个字都没说，她说的是万妮娅在台子上接受检查时露出的微笑。琳达多么高兴，多么骄傲啊！万妮娅笑过了，她那么健康。此时窗外低低的阳光，好像把积雪的地面一下子托得高高的，房间里的一切因此变得柔和而明亮，万妮娅同样如此，她正光着身子躺在毯子上，两条腿蹬来蹬去。

现在，我们在风中等候渡轮时，已是将近一年之后，那一幕难免有些怪异。怎么可能那样无知呢？但就是那个样子，我仍然记得当时心底的感受，一切都那么脆弱，也有处处漫射的幸福。我的人生当中从没有什么让我曾经准备为人父母，我以前几乎没见过婴儿，琳达也一样，她长大成人以后，身边连一个婴儿都不曾有过接触。每件事都是新的，每件事都必须当场学习，这也意味错误在所难免。没过多久，我就开始把带孩子的种种要素当成了挑战，仿佛我正在参加某种竞赛，其要点在于同时处理尽可能多的事情。接掌万妮娅的日间生活之后，我继续如此行事，直到再也没有新的要素了，这一方小小的天地已被征服，余留的一切不过是日常的惯例。

在我们前面，渡轮引擎反转，朝着码头慢慢滑完最后几米的距离。检票员开了门，我们很显然是仅有的乘客，于是推着婴儿车登船。泡沫涌上螺旋桨周围灰绿色的水面。琳达从蓝夹克里层的口袋里掏出钱包，走过去付票款。我手扶栏杆，回望城市。白色的建筑是皇家剧院，一道山脊隔开了比耶尔·亚尔街和我们家所在的瑞典路。广大的建筑物几乎填满了田园景观中全部的空间。一个多么不同的视角啊，对房屋和道路的用途一无所知，而只把它们视作形状和块面，像鸽子飞越和降落时观看城市一样看到这城市，猛然间让一切都变得陌生起来了。一座巨大的迷宫，有通道，有洞窟，有些迎着朗朗的天空，另一些封闭着，还有一些位于地下，在狭窄的隧道里，一列列火车像蛆虫一样往来穿梭。

一百多万人在这里生活。

"妈妈说如果你需要的话，她可以逢星期一照看万妮娅。这样你就有属于自己的一天了。"

"我当然需要。"我说。

"这没有什么当然不当然的。"她说。

我在心里白了她一眼。

"但是我们可以在那边过夜，"她接着说，"然后早点儿起，一起回来。如果你需要，那就这样定了。妈妈可以下午把万妮娅带过来。"

"这计划不错。"我说。

渡轮停靠在对岸，我们走上露天市场旁边的街道。这里到了夏天总是人满为患，不是在售票窗口或热狗摊前排队，就是在对面的速食店里吃东西，或者只是走来走去。地上散落着门票和小册子、冰淇淋包装和热狗袋、餐巾纸和吸管、可乐杯和果汁盒，以及人们消闲时喜欢乱丢的一切。现在我们面前的街道安静，空旷，整洁，一个人影都看不见，一侧的餐馆里没人，另一侧的露天市场里也没人。街道另一头的小山上是马戏园子剧场，经常举办音乐会。我跟安德斯去过那里的餐厅，当时我们在找地方看英超联赛，他们店里的电视机上正好有我们想看的比赛。除了我们里面只有一个人。灯光黯淡，墙面黑糊糊的，他却戴着太阳镜。那是汤米·薛贝里。当天所有报纸的头版都印着他的照片，他酒后驾车给抓住了，你在斯德哥尔摩走上一圈试试，看不见他那张脸才怪。现在他藏在这儿了。公然的直视显然和小心回避的目光一样让他不快，我俩进去之后不久他就离开了，哪怕我们谁也没有朝他那个方向看过一眼。

跟他这番经历相比，我最糟糕的酒后发作也要黯然失色。

我口袋里的电话响了。我拿出来看了一下显示屏。是英韦。

"嗨？"我说。

"嗨，"他说，"你怎么样？"

"挺好。你呢？"

"好，挺好。"

"好。我们现在正要进屋。我晚点儿打给你行吗？下午找个时间？有急事吗？"

"没有。咱们晚点儿再聊。"

"再见。"

"再见。"

我把电话揣进口袋。

"英韦打来的。"我说。

"他还好吗？"琳达问。

"不知道。我回头再打给他。"

过完四十岁生日两个星期，英韦离开了卡丽·安妮，搬到另一处房子里自己过了。这一切发生得非常突然。他上次来这儿时才把自己的计划告诉我。英韦很少谈及家事，几乎事事埋在心底，除非我直接发问他才会开口。但并非总是如此。况且，我并不需要他对我交心，才知道他过的是自己不想要的生活。所以当他告诉我那已经结束时，我为他高兴。但我也不禁想起爸爸，他在只有几个星期就要年满四十岁的时候，离开了我母亲。年龄上的巧合，在这种事上小到只有一个月的出入，既不是家族问题，也不是遗传问题，可见中年危机并非神话，它已经开始对我周围的人产生影响，而且是很严重的影响。有些人陷入绝望，几近疯狂。为了什么？为了多一份生活。到了四十岁这个年纪，你迄今所过的、一直以来都是暂时的生活，第一次变成了生活自身，这种重估清除了一切的梦想，摧毁了原来的种种观念，即认为真正的生活，一心要过的生活，要干的一番伟业，都在别的地方。人到四十，你才明白，都在这了，这平庸的日常的生活已经定了型，而且将永远如此，除非你有所行动，除非你最后一搏。

　　英韦就这样做了，因为他想要一种更好的生活。爸爸也这样做了，因为他想要一种全然不同的生活。因此我不担心英韦，其实我也从未担心过，他总能处理好。

　　万妮娅在婴儿车里睡着了。琳达停下，把万妮娅放平，然后看了看立在蓝门餐馆外人行道上的黑板。

　　"其实我饿了，"她说，"你呢？"

　　"咱们可以好好吃顿午饭，"我说，"羊肉丸子不错。"

　　这是个好地方。中间有块露天的开阔地，满是植物，还有喷泉，夏天你可以坐在那儿。冬天，这里就用玻璃墙隔出一条长廊。这里的顾客人数最多的是五六十岁的有文化的妇女。

我为琳达扶住打开的门，让她把婴儿车推到里面，我抓住轮子之间的横杆，提起来，下了三个台阶。店里的客人刚刚坐满一半多一点儿。我们怕万妮娅醒过来，选了最远处的一张桌子，然后去点菜。在靠里的地方，科拉坐在靠窗的桌边，她一看见我们就笑着站了起来。

"嗨！"她说，"真高兴见到你们！"

她先拥抱了琳达，接着抱了我。

"怎么样？"她问，"都还好吧？"

"挺好。"琳达说。"你怎么样？"

"挺好。你们看见了吧，我跟我妈来的。"

我冲她母亲点点头。我见过她一次，在科拉的某次聚会上。她点头回礼。

"就你们俩？"科拉问。

"不是，万妮娅在那边。"琳达说。

"噢，好的。你们要待一会儿才走吗？"

"嗯，是的，一会儿……"琳达说。

"那等会儿我来看看你们，"科拉说，"再瞅一眼你们的女儿。行吗？"

"当然行。"琳达说完便走到柜台另一端，和我一起排队。

科拉是我认识的第一个琳达的朋友。她热爱挪威和挪威人的一切，曾经在那儿住过几年，要是喝醉了，一不留神就开始讲挪威话。在我认识的瑞典人当中，只有她懂得我们两个国家之间

433

有很大不同，而她之所以懂得，是通过能够懂得这一点的唯一途径：身体力行。在挪威，人们总是会撞见对方，不管是上街、去商场，还是使用公共交通设施；在挪威，人们总是要聊天，不管在报摊上、在排队、还是在出租车上；她读挪威报纸，看到辩论的语气，会惊讶得大睁双眼。这才叫唇枪舌剑呢！她兴奋地宣布，他们什么都敢说！他们什么都不怕！这世界上的各种意见和勇气他们都不缺，他们能说出瑞典人打死也不会说的东西，不仅如此，他们争论起来的时候是挽起袖子，真刀真枪地干。啊，这多么自由呀！这种反应让她比琳达别的朋友更容易接近，其他人在社交场上表现出一种完全不同的、正儿八经也更为圆熟的方式，更不消说科拉介绍我去的集体写字间了。他们和蔼，友善，经常请我吃午餐，我也经常谢绝，只有过两三次，我曾无声地坐着，听他们交谈。其中一次，他们讨论了对伊拉克迫在眉睫的入侵，以及以色列和巴勒斯坦永恒的邻里冲突。讨论一词也许用得不对，那更像关于食物或天气的闲谈。第二天我遇到科拉，她告诉我她的朋友一怒之下从写字间搬出去了。很显然，他们就巴以关系的不同观念发生了激烈的交锋，她怒不可遏，干脆把写字间给退掉了。果然，她的地方第二天就清空了。可我当时在场呀！我什么都没注意到！没有挑衅，没有红脸，什么都没有。只有他们友善的、聊天般的声音，以及他们使用刀叉时像鸡翅膀一样伸出来的胳膊肘。这就是瑞典，这就是瑞典人。

但是那天科拉生气了。我告诉她盖尔两个星期前去了伊拉克，去写一本关于战争的书。她说他是个自私自利、自以为是的白痴。她不是那种政治化的人，所以我对她如此激烈的反应感到吃惊。

事实上，她骂他骂得热泪盈眶。感同身受何以如此强烈？

她后来说，她父亲在六十年代去过刚果战场。他是战地记者。战争毁掉了他。这倒不是因为他受了伤或怎么样，也不是因为这一经历造成的强烈震撼给他留下了精神创伤，而是相反，他想回去，想要更多那样的生活，住在那儿，靠近死亡，一种在瑞典无法满足的需要。她给我们讲了一个奇怪的故事，讲他后来进了马戏团，骑摩托车，她称之为"死亡摩托"，当然了，他也开始喝酒。他整个人都毁掉了，科拉还小的时候他就自杀了。她眼里的泪水是为他而流，为他而伤痛。

那么，她这样有一位强悍、专断而严厉的母亲是幸运的吗？

嗯，不一定……我的印象是，她在看待科拉的生活时带着某种不赞成的态度，科拉对此十分在意。她母亲是会计师，科拉在一片模糊的文化景观中无目的地漫游，显然不符合她对女儿拥有一种相称生活的期望。科拉曾经在多家妇女杂志做记者来养活自己，不过这并未在她的自我形象上留下太多印记，她写诗，她是个诗人。她曾就读于毕斯科普斯－阿尔内，琳达也上过同一所写作学校。她写的是好诗，是从我能做出判断的来看；我听过一次她的朗诵，吃了一惊。她的诗既不像大多数瑞典青年诗人所追求的那样，是语言唯物主义的，也不像其他人那样精细或敏感，而是别具特色，它是破坏的和暂时的，以一种非个人的方式，用很难与她联系起来的豪放的语言写成。但她仍然没有出书。瑞典出版商的精打细算远远胜过它们的挪威同行，做起事来也小心谨慎得多，所以如果你还没在文学圈里立足，出书的机会便相当渺茫。如果她坚持下去，埋头苦干，终究会取得成功，因为她有才华。

但是你打量一下她，第一个印象肯定不是吃苦耐劳。她沉溺于自怜，柔声细语，常说些令人沮丧的事，不过她也能转眼就换上一副活泼有趣的样子。她喝醉以后可以成为人人瞩目的焦点，当众出丑，琳达的朋友当中只有她能这样。也许就是因为这一点，我觉得她和我意气相投？

她的长发垂落在脸颊的两边。在一副小眼镜后面，两只眼睛流露出狗一样的忧郁。每次她喝醉或偶尔清醒的时候，都会向琳达做一番表白，说出自己对她怀有的巨大崇拜和强烈的认同感。琳达一向不知道该如何应对。

我轻抚琳达的后背。我们身边的桌子上放满了大大小小各种形状的糕点。深褐色的巧克力，鹅黄色的奶油饼干，淡绿色的杏仁蛋白软糖，粉白相间的蛋白脆饼。每一道糕点上都有一面写着品名的小旗。

"你想要什么？"我问。

"我说不好……要不鸡肉色拉？你呢？"

"羊肉丸子。我知道我要什么了。不过我可以帮你点。你去坐着好了。"

她去坐下了。我点了菜，付了钱，倒了两杯水，从大糕点桌一头的面包上切了几片，拿了餐具，抓起几块小包装的黄油和一些餐巾纸，统统放进一个托盘，然后站在柜台旁边，等着菜从厨房端出来从双向弹簧门的上方，我可以看到厨房的上半部。在罗马式中庭的天井，空置的桌椅摆放在绿色的植物之间，上下则是灰色的水泥地板和灰色天空完美地映衬。这些特殊色彩的组合，灰色和绿色，吸引着你的目光。没有哪位画家比乔治·布拉克更懂得怎样好好地利用这些颜色。我想起和托妮耶在巴塞罗那看到的那些印刷品，画的是海滩上的一些小船置于无边无际的天空之下，带着近乎惊人的美。它们要价几千克朗，太贵了，我当时想。等我回心转意，已经太迟。第二天，也就是我们在巴塞罗那的最后一天，正逢礼拜日，我徒劳地站在美术馆外，拉扯着上了锁的大门。

灰与绿。

但灰色与黄色同样如此，比如大卫·霍克尼那些美妙的盘中柠檬画作。将颜色与基调分离是现代主义最重要的成就。在此之前，布拉克和霍克尼这样的作品是难以想象的。问题是，如果你满脑子都是随艺术而来的别的东西，它是否还物有所值？

我所在的这家咖啡馆附属于利耶瓦尔克美术馆，其后部构成了室外区域的第四道也是最后一道墙，台阶顶上的回廊也是它的一部分。我上一次在那儿看的展览是安迪·沃霍尔的作品，不管从什么角度来说，我实在无力就其品质作出判断。这让我自觉极端保守和反动，我当然不愿意这样，可是又能怎样？

过去只是众多可能的未来当中的一个，图勒·埃里克常常这样讲。你必须回避或忽视的并不是过去，而是其僵化。这同样适用于现在。如果艺术所激发的运动变成了静态，你就必须回避或加以忽视了。并不是因为它是现代的、与我们的时代一致，而是因为它不动，它是死的。

"羊肉丸子和鸡肉色拉？"

我转过身。一个满脸青春痘的小伙子戴着厨师帽，穿着围裙，两只手各端一个盘子，站在柜台里，环顾着周围。

"这儿。"我说。

我把两盘菜放进托盘，端起来穿过店堂，走到我们的桌边。琳达坐着，万妮娅搁在她腿上。

"她醒了？"我问。

琳达点点头。

"我来抱她，"我说，"你好吃饭。"

"谢谢。"她说。

这一提议并非出自无私，而是源于利己。琳达经常苦于低血糖，持续时间越长，她就会变得越烦躁。我和她共同生活将近三年了，能在她自己意识到问题之前很久便发现苗头，秘密就藏在细节里，一个突然的动作，一道眼神里细微的寒光，一次对触碰的草率回应。这时你只要把食物放到她面前，便会风平浪静。来瑞典之前，我从未听说过这种现象，也不知道低血糖是怎么回事，因此第一次注意到琳达的状况时一片茫然，为什么她对女招待那么冲？为什么我问起缘由，她只是点了下头，便不再理我？盖尔认为，这种普遍发生且有大量记载的现象是由于所有瑞典人都要上幼儿园，还要全天不停地吃加餐。我已经习惯了别人的易怒，不是因为有什么事出了岔子，就是因为有什么人说了无礼的话，反正是诸如此类的事，换句话说，总有或多或少的客观原因，我也知道饿不饿对小孩子的情绪影响很大。很显然，我还得多多了解人类的心理活动。或者说，瑞典人的心理？女性的心理？文化中产阶级的心理？

我抱起万妮娅走到门口靠里的地方，拿过一张高椅子。我一手抱着女儿，另一只手提着椅子走回来，摘下她的帽子，脱掉她的连衫裤和鞋，然后把她放下。她头发乱糟糟的，脸上睡意未消，但两眼放光，放射出可以安静半个小时不闹的希望。

我切了少许羊肉丸子，放到她面前的小桌上。她挥舞胳膊想把肉丸打飞，但塑料桌的边缘阻止了她。在她有时间捡起肉丸子一个个扔掉之前，我赶紧把它们弄回了自己的盘子。我猫下腰在包里翻找，想看看有没有什么东西能让她消停几分钟。

有个铁皮饭盒，会有用吗？

我取出里面的饼干，放到桌子边上，然后把饭盒搁到她面前，拿出我的钥匙串丢到里面。

既能发出哗啦啦的响声，又能拿出来、放进去的东西，这正是她所需要的。我对自己颇为满意，便坐近桌边，开始吃饭。

我们周围的店堂充满了嘈杂的低语，餐具叮当作响，间或一阵压低的笑声。我们进来只有很短的时间，咖啡馆已经近乎满员。到了周末，动物园岛总是人满为患，这个样子已经持续了一百多年。不仅这里的公园开阔、美丽，比许多公园有更多的树，岛上还有许多博物馆。蒂尔美术馆收藏了尼采的死亡面具以及蒙克、斯特林堡和希尔的画作；"画家王子"欧根[1]的府邸瓦尔德马角，北欧博物馆，生物博物馆，当然还有斯堪森博物馆，附带动物园，内有北欧的动物和遍及瑞典历史的建筑物，这些博物馆统统落成于十九世纪末到二十世纪初那一辉煌时期，是市民阶级的风范、民族浪漫主义、对健康的狂热和颓废派的奇怪的大杂烩。只有一事得以留存，即健康狂热，其余的一切，尤其是民族浪漫主义，

---

[1]　欧根王子（Prins Eugen, 1865–1947），国王奥斯卡二世的四子，画家和收藏家。

均已远远作别，今天的理想不再是独特的人，而是平等，不再是独特的文化，而是多元的文化，因此，这里所有的博物馆都成了博物馆的博物馆。生物博物馆尤其如此。自从上个世纪初的某个时间落成，它就不曾有过改变，展出着和当时相同的展品，各种各样的填充动物摆放在伪自然的环境当中，借以衬托的背景出自伟大的动物和鸟类画家布鲁诺·利耶福什之手。那时仍然有广阔的地区，生命在其中受人类的影响，所以这种再创造并没有什么必要，而只是为了普及知识，并提供我们文明的视角，也就是说，天下万物皆须以人为本，这样做不是出于需要而是出于欲望、出于渴求；这种对知识的欲望和渴求本来意在扩大世界，另一方面也让世界实实在在地变小了，当时这一进程还只是刚刚开始，因此才令人叹为观止，而现在已经完成，所以我每次来这儿都想哭上一场。每逢周末，从运河边走过、踏着砾石小径、行经草坪、穿过树丛的人流，与十九世纪末的时候基本是上一样的，而这强化了这样一种感觉：我们和他们相仿，只是更为迷惘。

一个与我年纪相当的男人走到我面前站住。有点儿眼熟，可我说不上来。他长了个强悍而突出的下巴，剃了光头，以图掩盖正在开始的谢顶。他耳垂肥厚，脸上泛着一抹红光。

"这把椅子有人坐吗？"他问。

"没有，请便。"我说。

他小心地提起椅子，拿到我们相邻的桌边，那儿坐了两个女人和一个男人，都已年过六旬，还有个三十多岁的女人，加上两个想必属于他们的小孩。这是出门和祖父母吃饭的一家子。

万妮娅发出了一声可怕的尖叫，最近几个星期她才开始这样叫。她叫起来撕心裂肺。叫声穿透我的神经系统，简直难以忍受。我看着她。铁皮饭盒和钥匙串都躺在椅子旁边的地上。我把它们拣起来，放到她面前，她一把抓住，又丢到地上。如果没有紧随着尖叫的话，我们大可以这样玩下去。

"别叫了，万妮娅，"我说，"拜托。"

最后一点土豆黄黄的反衬出白色的盘子，我把它叉起来送到嘴里，一边咀嚼，一边把盘中剩余的碎肉拨到一处，连同色拉里的几个洋葱圈，一起用刀子刮到叉子上，咽下嘴里的，再将盘中盘中剩余送到嘴边。搬走椅子的男人和那老头一起走向柜台，我猜那是他岳父，因为他鲜明的面部特征在老头更为寻常的脸上无一出现。

我以前在哪儿见过他？

万妮娅又开始尖叫。

她只是不耐烦了，别激动，我这样想着，因为怒火已经顶到了胸口。

我把刀叉放到盘子上，站起身。看看琳达，她也快吃完了。

"我带她出去走一下，"我说，"就到回廊那儿转转。完后你想喝杯咖啡还是咱们去别的地方？"

"去别的地方也行，"她说，"在这儿也行。"

我翻了个白眼，俯身抱起万妮娅。

"别冲我翻白眼。"琳达说。

"可我就问了你一个简单的问题，"我说，"一个要么是要么不是的问题。你想还是不想？这你都不好好回答。"

我没有等她答话，便把万妮娅放到地上，抓住她两只手，开始走路。她走在前面。

"你想怎么着？"琳达在身后问我。我假装一门心思扑在万妮娅身上，听不见。她把一只脚挪到另一只前面，更多是出于热情，而不是有什么具体的目标，直到我们走到台阶跟前，我小心地松开她的手。有那么一小会儿，她站直了，轻轻地摆晃，接着跪到地上，往上爬了三个台阶。她全速爬向大门，像一匹小马。门开了，她坐起来，睁着两只又大又圆的眼睛，仰望着刚进门的人。这是两个上了年纪的女人。穿黑衣服的停下对她微笑。万妮娅低下了头。

"她有点儿怕羞，是吗？"女人说。

我礼貌地笑了一下，抱起万妮娅走到门外。她指了指几只正在桌下啄食面包屑的鸽子，又抬起头，指着一只在风中掠过的海鸥。

"鸟。"我说。"看那边，窗子后面。坐的都是人。"

她看了我一眼，又看那些人。她双眼饱含着生机，因为眼前的种种印象而充满了表现力。每当我看着她的眼睛，总会因为她是谁而油然生出一种感动，这个如假包换的小人儿。

"太冷了，"我说，"咱们进去好吗？"

我从台阶上看见科拉已经到我们桌子这儿来了。幸好她没有坐下。她站在椅子后面，两手插在衣袋里，脸上挂着笑容。

"她长这么大了！"她说。

"是啊。"我说。"万妮娅现在多大了？"

要是平时，万妮娅会把双手举过头顶，用这个动作来回答问题，并为此感到得意。可现在她只是用脑袋抵住我的肩膀。

"我们这就回家，对不对？"我说着看看琳达，"现在喝咖啡还要花半个小时。"

她点点头。

"对，过一会儿我们也得走了。"科拉说。"不过我刚跟琳达说好，哪天去串个门。所以咱们很快就能再见面。"

"太好了。"我把万妮娅放到腿上坐下，开始给她穿连衫裤，又冲科拉笑笑，免得表现出冷淡。

"带孩子的感觉怎么样？"她问。

"很要命，"我说，"但我要挺住。"

她笑了。

"我是认真的。"我说。

"我明白。"她说。

"卡尔·奥韦要挺住，"琳达说，"这是他的生存之道。"

"这是大实话，对不对？"我说，"你想让我撒谎不成？"

"没有，"琳达说，"我只是为你非常厌恶这件事感到很遗憾。"

"我没有非常厌恶。"我说。

"我妈还在那边等我，"科拉说，"很高兴见到你们。回头见！"

"也很高兴见到你。"我说。

等她走了，我看见琳达正在瞪我。

"没什么大不了的吧。"我说完把万妮娅放进婴儿车，收紧安全带，踢开车轮上的卡销。

"对。"琳达说得这么干脆，我知道她的意思正好相反。我们走到台阶跟前，她弯腰提起婴儿车，一言不发；我们走进门外的院子，走上通往市中心的马路，她在我身边一言不发。感觉冷风好像直接吹进了我们的骨髓。我们周围到处都是人。两旁的公共汽车站挤满了身穿黑衣、瑟瑟发抖的人，从某个角度来看，这些人和鸟也没有太大的区别，比如在南极某块悬崖上挤挤挨挨、站立不动，呆望天空的鸟群。

"昨天真浪漫，真好。"她终于开口说道，此时我们刚好走到生物博物馆，黑色的、闪闪发亮的运河在树枝间一闪而过。"然后今天就消失得一干二净。"

"我不是那种浪漫的人，这你知道。"我说。

"噢，那你是哪种人？"

她这样问时并没有看我。

"得了吧，"我说，"别再来这一套了。"

我看到万妮娅在看我，便冲她笑了笑。她生活在自己的世界里，通过情感和知觉、触摸和语音，与我们的世界相连。在两个世界之间来回切换，就像我现在做的一样，前一分钟还在和琳达拌嘴，后一分钟便对万妮娅喜笑颜开，感觉很奇怪，感觉就像我过着两种完全分离的生活。但她只有一个，过不了多久她就会长大，进入第二个生活，天真将随即成为遥远的记忆，而她也将理解我和琳达之间像现在这样发生着的事情。

我们到了横跨运河的桥头。万妮娅的脑袋来回移动，跟随着一个又一个行人。只要看见有人牵着狗，或是看见摩托车，她都要伸出手，指一指。

"想到我们可能又要有孩子了，我非常幸福。"琳达说。"昨天是这样，今天也是这样。我一直在想这事，几乎没停过。幸福的感觉像过电一样。可你没有这种感觉。所以我伤心了。"

"你错了，"我说，"我也幸福来着。"

"可你现在不了。"

"没错，"我说，"可这很奇怪吗？我只是兴致不高。"

"因为你在家带万妮娅？"

"还有别的事，是的。"

"如果你能写作会不会好一些？"

"会。"

"那我们就送万妮娅上托儿所。"她说。

"你说真的？"我说，"她这么小。"

正是路上行人的高峰时段，桥上也一样，这里是进出动物园岛的路上是个瓶颈地带，我们不得不放慢脚步。琳达单手扶着婴儿车。虽然我讨厌她这样，却什么都没说，那会显得我太斤斤计较，特别是现在我们正商量事情的时候。

"是的，她实在太小了，"琳达说，"但报完名还要等上三个月。到那个时候她就一岁四个月大了。到那时她还是太小，但是……"

我们过了桥左转，沿码头继续走。

"你到底在说什么？"我问，"你一下说她应该上托儿所，一下又说她太小。"

"我是觉得她还太小。但如果这对你的工作绝对必要，那她就非上不可。反正我不能退学。"

"这从来都不是问题呀。我说过了，我来照顾万妮娅到夏天，然后她秋天开始上托儿所。这不都说得好好的，什么都没变嘛。"

"可你不开心。"

"对。可这没什么大不了的。我也不想当个坏爸爸，违背好妈妈的意愿，过早地把孩子送进托儿所，就为了自己方便。"

她看着我。

"如果你有的选，你会怎么选？"

"如果我有的选，万妮娅下礼拜一就上托儿所。"

"哪怕你认为她还太小？"

"对。可我知道我不能一个人做主。"

"是不能。但我同意。我星期一就打电话给她报名。"

我们在沉默中走了一会儿。右边是斯德哥尔摩最昂贵、最高级的公寓。城里不可能有比这里更好的地段了。房子本身就说明了这一点。从外立面上什么都看不出来，什么都没有泄露到墙外，简直形同城堡或要塞。里面则是巨大的公寓，有十二到十四个房间，这我知道。枝形吊灯，富丽堂皇，好多好多的钱。那种我一无所知的生活。

另一边是港口，漆黑一片，直抵码头，远处的浪花泛起白色的泡沫。天空阴沉，对岸楼群的灯光点缀在广阔的灰色之上。

万妮娅哼哼了两声，开始在婴儿车里蠕动。她滑下去，变成侧躺着的了，这让她哼哼得更加厉害。琳达弯下腰，把她往上提，她马上以为琳达要把她抱出婴儿车，当意识到并非如此的时候，她开始大声哭叫。

"停一下，"琳达说，"我要看看包里有没有苹果什么的。"

有。一眨眼的工夫，沮丧便消失了。她老老实实地坐着，快活地啃着青苹果，我们继续往城里走。

三个月，那就到五月份了。所以我得到的时间也就两个来月。但总好过一无所得。

"也许妈妈还能每个礼拜照看万妮娅一两天。"琳达说。

"好，那太好了。"我说。

"咱们明天问问她。"

"我感觉她会答应的。"我笑嘻嘻地说。

只要有哪个孩子需要帮忙，琳达的母亲都会丢下一切，飞奔而来。如果说以前还有什么界限，现在也统统消失了，因为一个孙女已经降临人世。她崇拜万妮娅，愿意为她做任何事，绝对是任何事。

"你现在开心了？"琳达摸着我的背问道。

"是的。"我说。

"她会长大好多的，"她说，"一岁四个月。也不算太小了。"

"托耶开始上托儿所的时候十个月大，"我说，"好像也没造成什么创伤，不管从哪个方面来说。"

"如果我真怀上了，预产期就是十月份。到时候万妮娅能有点儿条理就好了。"

"我以为你怀上了。"

"我也这样认为。不，我知道我怀上了。其实昨天我就知道了。"

我们走到皇家剧院前的广场停下来等绿灯时，开始下雪了。狂风从街角周围和屋顶上方刮过，光秃秃的树枝来回摇摆，旗子疯狂地抽打。我们头顶上，可怜的小鸟在风中无助地偏离了方向。我们走向图书馆街尽头的广场，在天真的七十年代的某个时候，就在这里发生了震动整个瑞典的人质大戏，也让"斯德哥尔摩综合征"这一名词为人所知。我们走了一条小胡同，去北方百货公司买晚上要吃的食物。

"如果你愿意，可以先带她回家，东西我来买。"我说，因为我知道琳达多么厌恶逛商场和购物。

"不，我陪你。"她说。

于是我们坐电梯到地下的食品区，买了意大利香肠、番茄、洋葱、非皱叶香芹、两包长通心粉、冰淇淋和冻黑莓，坐电梯到酒类专营店所在的楼层，买了一升盒装白葡萄酒，做番茄沙司用的，还有一份盒装的红葡萄酒和一小瓶干邑。在路上，我买了几份刚上摊的挪威报纸，《晚邮报》《日报》《每日新闻报》和《世界之路报》，加上《卫报》和《泰晤士报》，这两份报纸不是回回都能碰上，到了周末，我会有一个小时的空闲用来看报。

刚过一点钟，我们到了家。收拾房间，无非归置东西，做做清洁，就花了整整两个小时。接着还有小山似的一大堆衣服要洗。但我们有大把的时间，弗雷德里克和卡琳要到六点才来呢。

琳达把万妮娅放进她的小椅子，用微波炉热了一包婴儿食品，我把积攒下来的所有垃圾袋一个个提起来，尤其是卫生间的那一个，尿布不仅把垃圾桶塞得满满的，把盖子撑得直立起来，而且都堆到地上去了。我把袋子拎到一楼的垃圾间。因为到了周末，所有的大垃圾箱都装满了。我把盖子挨个打开，开始分门别类地往里丢垃圾：纸壳在那儿，彩色玻璃在那儿，透明玻璃在那儿，塑料在那儿，金属在那儿，其他的在那儿。像往常一样，我确信这楼里的人酒喝得很多；相当多的纸壳是葡萄酒的包装盒，几乎所有扔掉的玻璃制品都是葡萄酒或烈酒的酒瓶。此外，这里总有大堆的画报，既有廉价的报纸副刊，也有更为专业的杂志，这这栋楼里尤以时尚类、室内装饰类和乡村住宅类居多。在最窄的那面墙上，角落里有个洞，临时给堵上了，有些男人曾经穿过那个墙洞，进了隔壁的发廊。我差点儿撞上他们。有天早晨，我五点起床，手里端着一杯咖啡往外走，刚进门厅就听见发廊里传出刺耳的警报。楼下有个保安正在打电话，我一露面她就不谈了。她问我是不是住在这儿。我点点头。她说有人刚刚闯进了发廊，已经报了警。我跟她去了自行车房，门已经给撞开了，我看见里面涂着灰泥的墙上有个半米宽的洞。我想起几个关于小偷白忙活一场的笑话，已经到了嘴边，还是生生咽了回去。她是瑞典人，要么听不懂我说什么，要么对笑话无动于衷。我把大垃圾箱的盖子用力合上，开了大门的锁，到外面抽根烟，我琢磨，住在这里的一个就是说话比以前少了。我几乎不再闲聊，不管是跟商店的售货员、咖啡馆的服务员、火车上的售票员，还是偶然遇到的陌生人。回到挪威有个顶好的好处：与素不相识的人打交道时的那种随意又回来了，我不用再端着肩膀。而且一进加德穆恩机场的到达大厅，对同胞拥有的全部认知就会把我淹没：他是卑尔根来的，她来自特隆赫姆，他呀，他准保来自阿伦达尔，那她呢，她不是比克兰人吗？社会万花筒的细微差别同样如此。人们做什么工作，背景如何，几秒钟便洞悉一切。而在瑞典，这些东西对我总是隐藏着的，一个完整的世界就这样消失了。住在非洲的一个村庄，或是日本的一个村庄，肯定也不过如此吧？

外面，风呼呼地刮在我身上。雪已经下得很厚了，现在打着旋儿越过人行道，这儿啊，那儿啊，面纱一般向上卷起着，好像这里是我曾经爬过的一处高原山地，而不是波罗的海附近城市里的院落。我站在大门的门廊下，只有零星的、特别强劲的风，能把针尖般的雪沫刮到我身上。那只鸽子站在自己的角落里，我和我的活动对它完全没有影响。我能看到街对面的咖啡馆坐满了人，年轻人居多。偶尔有路人走过外面的便道，顶着风，弯腰弓背。他们统统朝我这边转过了头。

我差点目击到的入室行窃并非孤例。因为这栋楼位于市中心，有时会为无家可归者所用。有天早晨，我在地下室的洗衣房就撞见一位，在紧里面躺在一台洗衣机旁睡觉，大概是为了就乎机器的热量，像猫一样。我撞上门，上了楼，又等了几分钟，等我再回去时他已经走了。还是在地下室，我撞见过一个无家可归的男人，那是晚上十点钟左右，我要去我们的贮藏室里取什么东西，他正在那儿靠墙坐着。大胡子，紧张的眼睛注视着我。我冲他点点头，开了我们的门锁，取出我要的东西就走了。当然，你应该叫警察，有可能弄出火灾，可他们没打扰我，所以我由他们去了。

我在墙上按熄烟头，然后像个好住户一样，把它拿到大烟灰缸那里去，思忖着我得尽快认认真真地把烟戒掉。这些日子我肺里火烧火燎的，早晨醒来时嗓子里积满了浓稠的黏液，这种情况已经持续多少年了？但今天不戒，从来都不是今天，我出声地对自己说，这个习惯是最近养成的。说完我就走进了楼里。

我打扫屋子时，随时听得到琳达和万妮娅在做什么；她给她读书，帮她捡玩具，玩具老是砰的一声砸到地上，一而再，再而三，好几次我差一点儿出手干预，可我们的邻居显然不在家，所以我也就没管，她给她唱歌，和她一起吃加餐。有时她们过来看我，万妮娅挂在琳达两条胳膊下面，有时万妮娅一个人玩，琳达想借机看看报纸，可是过不了几分钟，她就开始索要琳达的全部关注。而她总是给予满足！但我必须小心行事，少说为妙，免得被当成批评。再要一个孩子有可能让这种紧张的情势得到缓解。再要两个就肯定能得到松弛。

我干完活，便拿着一摞报纸坐到沙发上。只剩下熨桌布、摆餐桌和烧菜了。但这顿饭很简单，用不了半个小时就能弄好，所以我有大把的时间。天色渐暗，对面的公寓传出吉他的声音，是那个四十来岁的大胡子在练习蓝调歌曲。

琳达站在门口。

"你能带一下万妮娅吗？"她说，"我也需要休息一下。"

"我刚坐下。"我说。"我把家里上上下下都打扫完了，你大概看见了吧。"

"可我一直在带万妮娅，"她说，"你以为那省劲吗？"

对，我就是这么以为的。我能一个人带万妮娅，还能同时打扫全家。是掉过几滴眼泪，不过还算顺利。但这种话千万不能说出口，除非我想和她发生正面冲突。

"不，我没这么以为，"我说，"可是我带了万妮娅整整一个星期了。"

"我也是，"她说，"早上带，下午带。"

"得了，"我说，"在家陪她的人是我。"

"那我在家陪她的时候，你干什么来着？一早一晚你带过她吗？你回家以后我有没有去泡过咖啡馆，你现在不就这么干吗？"

"好，"我说，"我来带她。你坐下。"

"你要这种态度就算了。我自己带。"

"这跟我哪种态度有什么关系？我带她，你休息。这不就行了。"

"你还老出去抽烟透风呢，我没有。这你想过吗？"

"那你也开始抽烟呀。"我说。

"搞不好我会的。"她说。

我从她身边走过，没有看她，就去找万妮娅了，孩子坐在地板上，一只手抓着一个直笛在吹，另一只手上下挥舞。我站到窗台前，双臂交抱。我决不会去满足万妮娅每一个小小的愿望。她必须像别的孩子一样，能偶熬过没有受到全面关注的几分钟。

我可以听到琳达在客厅翻看报纸。

我该不该跟她说，她可以熨一熨桌布，摆一摆餐具，下一回厨房？还是出其不意，等她又过来照料万妮娅的时候，再告诉她，现在该她负责？我们交换过了，对不对？

一股辛辣、腐坏的气味在屋里弥漫开来。万妮娅不吹笛子了，而是静静地坐着，两眼直视前方。我背过身，看着窗外。雪花飞过下面的街道，只因为一盏盏悬挂在空中的灯发出微光，才出现了身形，否则必须等到它们借着细微而难以察觉的轻触，方能看见雪花敲击着你的窗。美国录像店的门永远在开开关关。红绿灯在我的视线之外，汽车根据灯光的变化，以固定的间隔从路上驶过，对面公寓的窗子相距遥远，只看见影影绰绰的住户在灯光黯淡的窗格里进进出出。

我转过身。

"你完事了吗？"我问万妮娅，她抬眼看我，然后笑了。我伸出双手，举着她扔到床上。她开始大笑。

"现在我要给你换尿布，"我说，"重要的是你躺着别动。你明白吗？"

我举起她，又扔了一次。

"你明白不明白，小臭臭？"

她笑得喘不过气。我脱掉她的裤子，她来回扭动着，想往床里爬。我抓住她的脚脖子，把她拽了回来。

"躺着别动，明白吗？"我说，有一会儿她好像听懂了，非常安静地躺在那儿，圆圆的眼睛看着我。我用一只手高高地提起她两条腿，再用另一只手撕开胶贴，取下尿布。这时她又要挣脱，来回扭动，可是因为我紧紧地抓着她，她扭动起来像发了癫痫。

"不，不，不。"我说着，把她仰面推倒在床上。她大笑起来，我赶紧从纸巾包里抽出几张湿纸巾，她又开始左扭右晃，我按住她，屏住呼吸给她擦拭干净，尽力不对此时正在我体内升腾的怒气作出反应。我忘了把整片尿布拿走，她一只脚踩了个正着，我把尿布推到一边，有些敷衍了事地给她擦脚，因为我知道湿纸巾是擦不干净的。我举着她到卫生间，趁她在我胳膊底下踢来踢去、百般挣扎，我从架子上取下喷头把水打开，调好温度，拿手背试试，行了，便小心地给她冲洗下半身，而这个时候她紧紧地抓着浴帘的底部。洗完了，我拿毛巾把她擦干，又一次镇压了争取自由的企图，然后给她换上新的尿布。现在只需要把用过的那一片包起来，放进塑料袋打个结，扔出家门。

琳达还在屋里看报纸。万妮娅拿起一块积木砸地板。积木是厄勒高送给她的周岁礼物。我枕着两手躺倒在床上。片刻过后，就听见咣咣咣敲击水管的声音。

"别理她，"琳达说，"让她想怎么玩就怎么玩。"

可我不能不理。我站起身走到万妮娅面前，从她手时拿走积木，再递给她一只玩具羊。她把羊扔了。即便我发出愚蠢的声音，让羊前后蹦跳，她还是不感兴趣。她想玩积木；她渴望听到积木砸地板的声响。好吧，她想玩就玩吧。她从盒子里拿出两块积木，开始砸地板。转瞬之间，水管就响了。怎么着？她就站在那儿等着听响儿不成？我从盒子里拿出一块积木，使出吃奶的劲儿狠敲暖气片，万妮娅看着我哈哈大笑。再一转眼，就听到楼下摔门的声音，我穿过客厅，走到门口。门铃一响我就猛地把门拉开。俄国女人怒容满面地看着我。我跨到门外，离她只有几厘米的距离了。

"你他妈到底想干吗？"我吼道，"你他妈跑上来是什么意思？少给我到这儿来。你懂不懂？"

这一幕出乎她的意料。她畏缩了，想说什么，可她刚一张嘴，我便再度爆发。

"快他妈滚！"我怒吼着，"你再敢来，我就叫警察！"

正在此时，一个五十多岁的女人刚好从楼下上来。她住在上面一层。她走过去的时候低着头，但好歹也是个证人。也许正是这一点让俄国女人鼓起了勇气，因为她没走。

"你听不懂我的话！你他妈是白痴！滚开呀，我说了。滚，滚，滚！"

说完，我又往前跨了一步。她转过身往楼下走。走了几步，她又转过来，看着我。

"咱们走着瞧。"她说。

"我不在乎。"我说。"你以为他们会相信谁？一个单身的俄国女酒鬼，还是一对成功的、有小孩的夫妇？"

然后我关上门，走进屋。琳达站在客厅门口看着我。我从她身边走过去，看都没看她。

"这也许不是最好的办法，"我说，"但感觉很好。"

"我明白。"她说。

我走进卧室，从万妮娅手里拿过积木放进盒子，再把盒子放到梳妆台顶上，好让她够不着。为了找些别的东西来减缓她心里的失落，我把她抱起来放到窗台上，我们看了一会儿汽车。可是我气得过了头不能久站，于是把她又放回地板上，走进洗手间用热水洗了手，冬天我的手总是冰凉冰凉的，我把手擦干，端详着镜中的自己，这张脸没有背叛我内心泛起的每一个想法和每一种感觉。也许童年留给我的最清晰的遗产就是那些不断让我受到惊吓的高声叫喊和挑衅。吵架和当众出丑是我所知的最恶劣的行为，成年以后很长一段时间里我都竭力避免如此行事。在我经历过的男女关系中还从没有发生过大吵大闹的事，一切不和都是按照我的方法处理的：讽刺，挖苦，冷淡，愠怒和沉默。只是在琳达走进我的生活之后，这一点才得到改变。怎么改变的呢？对我来说，我害怕。这不是一种合乎理性的害怕：体力上，我当然比她强出很多，可是说到关系的平衡，那么她需要我甚于我需要她，说到这方面，我一个人没有问题，独处对我而言不仅是个选项，而且是一种诱惑，可是她害怕独处甚于一切。但撇开相对优势的位置不论，她对我紧追不舍时我感到了害怕，这跟我小时候感到害怕的情形一样。噢，我并不为此感到骄傲，可那又能怎么样呢？这不是我仅凭思想或意志就能控制得了的；这是一种我心里释放出的完全不同的东西，固定在更深的地方，也许深达我性格中最底层的部分。然而，这一切不为琳达所知。你看不出来我在害怕，我还嘴时声音会变得沙哑，因为我在强忍泪水，但我知道她会简单地将这种反应归因于我生气了。不，不管怎么说，在心里的某个地方足以有所察觉，但也许还不十分清楚我的感觉多么糟糕。

我也许已经从中学到了什么。对别人吼叫，就像我对俄国女人所做的那样，仅仅一年以前还是不可想象的。但就这件事来说，根本没有息事宁人的可能。此后只会越闹越大。

那又怎样？

我拿出四只蓝色的宜家袋子，里面装满了脏衣服，此前我忘得一干二净，我把它们提到过道里，穿上鞋，大声说我去地下室洗衣服。琳达走到门口。

"非得现在洗吗？"她说，"他们说话就到。咱们还没开始做饭……"

"刚四点半，"我说，"星期四之前都轮不到咱们洗。"

"那好。"她说。"我们是不是朋友？"

"是，"我说，"当然是。"

她走上前，我们亲了嘴。

"我爱你，你知道的。"她说。

万妮娅爬出了客厅。她紧紧抓住琳达的裤腿，站了起来。

"嗨，你也不想落下？"我说着把她抱起来，她把头挤到我们俩的脑袋中间。琳达哈哈大笑。

"好。"我说。"那我走了，去喂洗衣机。"

我两手各提着两个袋子，摇摇晃晃地走下楼梯。想到邻居时那种焦虑的感觉，想到她是完全不可预测的，再加上她现在又深深地受了伤害，这些我都抛到脑后。最坏的情形会是什么呢？她未必会拿着刀子扑到我身上。秘密地复仇，这才是她的专长。

楼梯是空的，走廊是空的，洗衣房是空的。我开了灯，把衣服分成四堆：白色四十度的，白色六十度的，深色四十度的，深色六十度的，然后把其中两堆塞进两台大洗衣机，把洗衣粉倒进控制面板上的插槽，启动了机器。

我上楼回家时，琳达正放着音乐，那是汤姆·韦茨（Tom Waits），我对他失去兴趣后他还在出唱片，这就是其中一张，因此和我无关，无非是汤姆·韦茨的风格而已。琳达曾经给斯德哥尔摩的一次演出改写韦茨的歌词，她说这是她做过的最有趣、最满意的东西之一，对他的音乐，她仍然保持着一种强烈的、毫不含糊的亲密关系。

她已经从厨房拿来了酒杯、餐具和盘子，放到桌子上了。还有一块桌布，仍然折叠着，外加一摞皱巴巴的餐巾。

"我觉得咱们得熨熨它们，你觉得呢？"她问。

"对，要不就别铺桌布。你能熨一下吗？我去做饭。"

"行。"

她到衣橱拿烫衣板的当儿，我进厨房取出食材。铸铁锅放到灶上，扭开开关，倒点儿油，剥蒜，切蒜。这时琳达进来，到水槽下的碗橱里拿喷雾器，先摇了摇，看里面有没有水。

"你做菜不用菜谱？"她问。

"我都记住了，"我说，"这道菜咱们做过多少回了？二十回？"

"他们以前又没吃过。"她说。

"没错。"我说着把菜板拿到盆子边上，把切成小块的蒜倒进盆里；她走回了客厅。

外面还在下雪，但此时安静了一些。想到再过两天我就能回写字间了，一阵喜悦的战栗便涌过我的身体。说不准英丽会每周拿出三天来照看万妮娅，而不是两天？说实在的，我对生活没有更多的渴求了。我只想安安静静，我想写作。

在琳达的所有朋友里，弗雷德里克是她认识最久的。十六岁在皇家戏剧学院的服装部门工作时，他们就认识了，这么多年一直保持着联系。他是电影导演，目前主要拍广告，同时等待机会拍自己的第一部剧情长片。他接的都是大客户，电视上总有他的片子，所以我认为他很能干，也挣了不少钱。他拍过三部短片，剧本是琳达写的，还拍过一部稍微长一点儿的。他长着一双相距很近的蓝眼睛，一头金发。他脑袋很大，身体很瘦，性格中有一些遮遮掩掩的东西，也许还有些含糊，这让你跟他在一起时，很难搞清楚具体的状况。他天性活泼，笑起来老是咯咯的，这两样加在一起就有可能让你对他作出错误的判断。他活泼的天性未必能掩盖一种非凡的深刻或严肃，但他的严肃和深刻并不流于表面。弗雷德里克身上潜伏着某种东西是什么，我不知道，但肯定存在，也许有朝一日会化作一部极其出色的电影，也许不会，我对此颇为好奇。他为人精明，大胆，想必很多年以前就发现情况再糟也糟不到哪里去。最起码我对他性格的理解是这样。琳达说，他作为一个导演最大的实力就是特别擅长调度演员，给他们最中肯的建议，帮他们达成最理想的表演。我从他身上能看出这一点，他是个友善的人，乐于取悦遇到的每一个人，无杀伤力的外表让你增强信心，而他天性中工于心计的一面知道怎样从中获利。演员们可以高高兴兴地讨论角色，挖掘人物的内心世界，但是包含着真正意义的整体，他们是不可以窥见的，这只有他一个人知道。

我喜欢他，但没法和他说话，也尽力避免任何只剩下我们两人的场合。就我所知，他也一样。

我和他的伴侣卡琳不太熟。她和琳达上同一所戏剧学院，但读的是编剧班。因为我也写作，所以应该能跟她的工作扯上些关系，但编剧这一行的技术性太强，一个剧本方方面面的东西都要涉及，张力的起伏，人物的发展，主线和副线，开场和转折，我觉得自己在这方面没有发挥空间，所以怎么也提不起精神，至多出于礼貌表示兴趣。她留黑发，窄窄的棕色眼睛，脸也窄窄的，很白。她透着一股稳重，与更轻率、更孩子气的弗雷德里克在一起倒非常般配。他们有一个小孩，正怀着第二个。和我们不一样，他们什么事都打理得很好，家里总是井井有条，他们带孩子一起出门，组织有意思的活动。我们去过他们家，或是他们来过我们家之后，琳达和我经常会就如下问题作一番讨论：看起来对他们那么简单的事，到底为什么远远地超出了我们的能力？

很多因素表明我们能和他们两口子交上朋友：我们年纪相当，我们在同一个领域工作，属于同一种文化，而且我们都有小孩。但总是缺点儿什么，好像我们总隔着一道小裂缝相向而立，谈话总是浅尝辄止，我们从没说到点子上过。但少有的几次能说下去的谈话让大伙都感到开心和宽慰。谈话不畅的原因很大一部分要怪我，既怪我大幅度的沉默，也怪我开口时油然而生的轻微不适。这个晚上总的来说和往常一样。六点刚过几分钟他们就到了，大家礼貌地寒暄一番。弗雷德里克和我每人喝了一杯杜松子酒加汤力水，我们落座吃饭，相互询问，这个怎么样了，那个情况如何，和往常一样，这一次也清楚地证明他们远比我们精于此道，至少比我强得多，掌握主动权，突然谈起我经历过或想到过的某件事，努力让谈话往下进行，这些我做梦也达不到。琳达对这一套也不太在行，她的策略是把注意力集中到他们身上，先问个什么事，再就此发挥，除非她对自己特有把握，特有信心，她才会拿出和我无话可说同样的劲头，变得滔滔不绝。如果她这样做了，这就会是个美妙的夜晚，就会有三个让比赛不至于一边倒的选手。

他们夸赞了饭菜，我收拾完桌子，摆上咖啡和甜点。卡琳和弗雷德里克把他们的孩子安顿到卧室，放在万妮娅已经安睡的小床旁边。

他们的儿子睡着了，他们重新坐下，开始吃冰淇淋和热黑莓。这个时候我说："你们家快过圣诞节时就要上挪威的电视了。"

他们"家"就是我的写字间，实际上是个一室公寓，带卫生间和小厨房，是我从弗雷德里克那儿租来的。

"噢，是吗？"他说。

"《每日评论》，挪威版的《时事》[1]采访了我。一开始他们想来这儿，我说不行，当然不行了。后来他们听说我正在带孩子，就问能不能拍我和万妮娅。我又说不行，他们不停地做我的工作，说用不着拍小孩，拍拍婴儿车就成。我先推着婴儿车穿过城市，然后把万妮娅交给琳达，再开始采访，如何？我该怎么说？"

"说不？"弗雷德里克说。

"可我怎么也得给他们点儿什么呀。他们死活不同意在咖啡馆。非得是有什么说道的地方。结果就在你的写字间做了采访，我还到旧城找了一圈，好给万妮娅买个天使。噢，实在是愚蠢，你会看哭的。可是就这样了，他们需要表现某种东西。"

"不过挺好的。"琳达说。

"不，一点儿也不好，"我说，"其实它有可能更好一些，但我发现这挺难理解的。考虑到是这种情况。"

"这么说你在挪威火了？"弗雷德里克带着狡黠的表情问道。

"没没没，"我说，"只不过得了一个奖的提名。"

"啊哈。"他说，接着哈哈大笑。"我逗你玩呢。可是我确实才在一本瑞典杂志上读到你小说的节选。真让人欲罢不能。"

我冲他笑笑。

我挑起来的这个话题已经有些自鸣得意的味道了。为了分散大家对这一事实的注意力，我站起身说："噢，我差点儿忘了。

[1]《时事》是瑞典电视台二台一档老牌晚间新闻节目。

我们买了一小瓶干邑，准备今天吃饭时喝的。你想来点儿吗？"我说完，不等他答话就往厨房走。我回来时，话题已经转到酒精与母乳喂养上了，有个医生告诉琳达喝酒是完全无害的，最起码不喝多就没事，但她不肯冒险，因为瑞典卫生机构的建议是滴酒不沾。酒精和怀孕的关系是一回事，因为胎儿与母亲的血液有直接的联系，但母乳喂养完全是另一回事。话题从这上面一下子转到了普遍意义上的怀孕，再跳到分娩。我在一旁帮腔，不时插一两句嘴，其余大部分时间保持沉默，只是听着。分娩对女人来说是个秘密而敏感的话题，有很多不可告人的魅力，作为男人，唯一可能的选项就是敬而远之，不要发表任何意见。弗雷德里克和我都是如此。直到剖宫产的话题出现，这时我再也忍不住了。

"荒谬的是把剖宫产作为一种替代性的分娩方式，"我说，"如果这样做有医学上的理由，那没问题，我能理解。但是没有医学理由，母亲也是健康的、适合的，你为什么还要切开她的肚子，用这种方式把孩子拿出来？我在电视上看过一次手术，哎呀妈呀，真是残忍：一分钟之前小孩还在里面，一分钟之后就灯火通明地到了外头。孩子肯定吓得要死，母亲也一样。分娩是个演变的过程，它是缓慢的，意味着让母亲和孩子有所准备。这样一个过程是有道理的，其中暗含着某种意义，我对此深信不疑。可你就这样放弃了整个过程，放弃了孩子的内部在此期间调动起来的一切，放弃了完全发生在我们掌控之外的东西，就因为切开肚子取出小孩更简单。要让我说，这很不舒服。"

一片沉寂。气氛遭到了破坏。琳达看上去很尴尬，我意识到自己不知不觉中越过了界限。得救场呀，可我不知道自己哪儿做错了，所以毫无办法。于是弗雷德里克出手了。

"如假包换的挪威反动派！"他笑着说，"关键还是个作家。嗨，汉姆生！"

我惊讶地看着他。他冲我挤眉弄眼，又笑笑。此后整个晚上他都叫我汉姆生。例如，他会说：嗨，汉姆生，壶里还有咖啡吗？或者说：你怎么认为，汉姆生？我们是搬到乡下好呢，还是就在城里住下去？

后面这个话题我们经常讨论，因为不只我们想搬出斯德哥尔摩，也许到挪威南部或东部的海岸找个小岛去住，弗雷德里克和卡琳也在考虑，尤其是弗雷德里克，他满心浪漫，幻想着某座森林农场里的生活，甚至偶尔给我们看图片，那是他们在网上发现的要卖的地方。可是到头来，汉姆生的玩笑突然让我们的积极性打了一个很大的折扣。这全都因为我说了剖宫产可能不是最好的分娩方式。

怎么可能是？

他们走的时候，连声说"多谢这个美妙的夜晚"和"咱们得再聚一次"。我整理了房间，收拾了桌子，打开了洗碗机的开关，这才小坐片刻。琳达和万妮娅在卧室睡着。我已经不习惯喝酒了，感觉干邑像一团温暖的火，燃烧在我思维活动的背后，给它们抹上了一道放纵的光。可我没醉。我在沙发上一动不动地坐了半个小时，什么特别的事情都没想，然后走进厨房喝了几杯水，拿了一个苹果，坐到电脑前。开机之后，我进入谷歌地球。慢慢地转动球体，找到南美洲的尖儿，从一个极为遥远的距离开始，轻轻向前推动，直到看见一个切入大陆的峡湾，然后放大。一条河流经山谷，一侧的河岸是急剧升高的崎岖山脉，而在另一侧，河流分叉，进入了仿佛是湿地的区域。再往远处，紧挨着峡湾有一座城市，里奥加耶戈斯。把它分割成块的街道直得像尺子一样。从街上汽车的尺寸来看，我断定这里的楼都比较低矮。大部分是平顶。宽街，矮楼，平屋顶：外省。靠近海边的地方，住宅变得越来越稀疏。除了一些港口地带，海滩好像全都荒废了。我再次稍稍拉开，海岸线上一处处浅滩泛出绿色，往外便是越来越深的蓝。云垂挂在海面上方。这片荒凉的乡间想必就是巴塔哥尼亚。我继续沿着它的海岸上行，停在另一个城市，德塞阿多港。它很小，带着近乎沙漠般的金黄。一座山横亘于城市的中心地带，几乎未经开发，两片湖面似乎已成死水。海边有座炼油厂，巨大的油罐建在码头近旁。城市周边的地貌尽是高高的山地，没有人烟，也没有植被，偶尔可见狭窄的公路折向内陆，一两处湖泊，一两座山谷，有河、有树、有房屋。我再次移开，推近到蒙得维的亚对面河口湾的布宜诺斯艾利斯，在海岸线上选个地方，视线落到机场。停靠在航站楼附近的飞机像一群白鸟，与海水仅有一箭之隔，外围是一条绿树成荫的公路。我沿着这条路到了一个地方，好像公园中央三座巨大的游泳池。这是干什么用的？我继续推近。啊哈！一座水上游乐园！往远一点儿的地方看，我知道在公路的另一侧，在它横穿而过的那片很大的开阔场地上，就是河床队的体育场。其宽度令人印象深刻，场地周围有跑道，两边高高的看台前还有两块半圆形的草皮。1978 年荷兰和阿根廷的世界杯决赛就是在这里踢的，那是我记忆中在电视上看到的第一届世界杯。白色的纸屑，壮观的人群，阿根廷的蓝白条球衫与荷兰的橙衣，映衬在绿色的草皮之上。荷兰连续第二次输掉决赛。然后我再次拉远，在稍远的地方发现了那条河，跟着它一路下行。两岸都是重工业，码头上满是起重机和大型轮船，公路桥和铁路桥跨河而过。这儿也有几块足球场。在河流进入市中心的地方，有些船更像是游艇。我知道，后面的城区有多彩的木制房屋，这是拉博卡。下方是一条八车道的跨河高速公路，我随即循路而行。它一度与港口相接。两边都有大型驳船。大约十个路口开外便是城市的中心，有公园、纪念碑和宏伟的建筑。我在塞万提斯剧院应该在的位置推近，但图像的分辨率太低了，一片模糊，全都是黯淡的绿色和灰色。于是我关掉电脑，到厨房喝了最后一杯水，走进卧室躺到琳达身边。

第二天清晨，我们早早就去了中央车站，搭乘前往格内斯塔的郊区火车，琳达的母亲住在那儿。街道和屋顶落上了大约五厘米厚的雪。我们头顶的天空是铅灰色的，点缀着少许阳光。外面没有多少人，理所应当，这是星期天的早晨。零星有正往家走的派对客，一个遛狗的老头，我们快到车站时还看见一个旅客拉着带脚轮的行李箱。站台上坐着个男青年，头耷拉到胸口，正在睡觉。他身后有只乌鸦在垃圾筒里啄食。一列火车驶入月台，但没有停车。我们上方的电子告示牌上什么都没有。琳达在站台边上来回走动，穿的是我在伦敦为她三十岁生日买的白色长外套，戴着白色的羊毛帽子，还有一条白色的围巾，绣着一些玫瑰，这是我送给她过圣诞节的，但我猜她并不是真心喜欢，不过这非常配她，颜色和图案都配，她穿白色一向好看，图案也和她一样浪漫。她的脸冻得红扑扑的，眼睛闪闪发亮。她拍了几次手，原地轻轻跳了跳。一个胖女人走下电梯，五十来岁，两手各拉一个带脚轮的箱子。她身后是个女孩，十六岁上下，穿黑衣服，眼睛周围涂了一圈黑色睫毛膏，黑色连指手套，黑帽子，金色长发。她们在站台上几乎并肩而立。想必是一对母女，不过几乎看不出她们有什么相像的地方。

"呼呼！"万妮娅边说边指着两只大摇大摆走过去的鸽子。她刚通过我们读给她听的一本书，学会了模仿其中一只猫头鹰的叫声，于是天下所有的鸟儿都这么叫了。

她五官真小，我想。小眼睛，小鼻子，小嘴儿。不是因为她人小，你现在就能看出来，她的五官以后也不会很大。尤其是你看到她和琳达在一起的时候。她俩乍一看并不像，但遗传特征还是很明显，尤其是五官的比例：琳达也是一副小眼睛、小嘴儿和小鼻子。而我的特征，除了眼睛的颜色，也许还有杏仁形的上眼皮之外，就再也看不出什么了。但她不时露出的表情我是认得的，那是英韦的样子，他小时候就是这副模样。

"对，两只鸽子。"我蹲到她面前说。她期待地看着我。我把她皮帽子一边的帽耳朵提起来，小声在她耳边说话。她放声大笑。就在此时，我们上方的告示牌亮了。格内斯塔，三分钟之后进二站台。

"她不像要睡的样子。"我说。

"没错，"琳达说，"有点儿太早了。"

坐着不动，还绑着安全带，这可算不得万妮娅最喜欢的消遣方式，除非她坐在婴儿车里，处于移动状态，而去格内斯塔要花一个小时，所以路上我们不能让她闲下来。可以借助一本书、一个玩具或一袋葡萄干来抓住她的注意力，但这最多能管半个小时的用，于是得在过道来回走动，透过窗子和门上的玻璃往外看。假如火车上的人不多，这样做还没问题，只不过读报纸的计划就泡汤了，我今天就这样打算来着，昨天的整摞报纸都放在包里了，但在高峰时段，车上挤满了人，这就很麻烦，孩子累了，哭闹一个小时，却没地方带她走动，简直让人心力交瘁。其实这条线我们经常走，不仅因为琳达的母亲能照料万妮娅，给我们腾出属于自己的几个小时，还因为我们，起码是我，非常喜欢去那儿。农场，放养的牲口，广阔的森林，砾石小路，湖水，新鲜干净的空气。夜色浓郁，繁星满天，万籁俱寂。

火车慢慢驶入站台，我们上车，在门边找了座位坐下，这里有地方放婴儿车，我抱出万妮娅，让她站到座位上，两手扶窗外望，此时列车从隧道中滑行而出，驶上跨越斯卢森的大桥。冰封的、覆盖着积雪的水体闪耀着白色的辉光，反衬出黄色和红棕色的房屋，以及没有积雪存留的马利亚山陡峭的黑色山坡。在东方的天空中，云裹着一层淡淡的金色，仿佛背后的太阳把它从内部点燃了。我们开入南马尔姆的地下隧道，再出来时已高高置身水面上方，行驶在通往对岸的桥上。一开始是满眼的高楼、一个接一个的卫星城，然后是居民区和独立式住宅，直到建筑与自然的比例倒转，在广阔的森林与湖泊地区，小小的村庄不过是一现的昙花。

白色的、灰色的、黑色的补丁，东一块西一块地点缀在无尽的暗绿色之上，这就是我们经过的乡间的颜色。去年夏天我曾经天天来这儿。六月里的最后两个星期，我们和英丽与维达尔同住，我在斯德哥尔摩写作，每天往返格内斯塔。那是完美的生活。六点起床，一片面包做早点，在门廊上吸一支烟，喝一杯咖啡，守着太阳变暖，将森林边缘的牧场尽收眼底，然后骑自行车去车站，双肩背包里装着英丽给我做好的三明治，在前往斯德哥尔摩的火车上阅读，步行到写字间，写东西，六点左右往回走，一路穿过充满生机、沐浴着阳光的森林，骑车跨过田野，抵达小屋，他们正在等我吃晚饭，晚上也许和琳达一起到湖里游泳，坐在外面读书，早早上床睡觉。

有一天，铁路沿线的森林着了火。真难以置信。整座山坡都在燃烧，离火车只有几米远的距离。火焰吞噬着这一片树干，另一些已葬身火海。橙色的舌头在地面飘移，向上舔着矮树和灌木，这一切都被同一颗夏天的艳阳照亮了，连同微蓝的天空，让此情此景变得格外清澈。

啊，它占有了我的全副身心，它何其壮丽，它和盘托出了世界的秘密。

火车驶入格内斯塔车站，在停车场里，维达尔也爬出了汽车。片刻之后我们朝他走过去，他等着我们，嘴角挂着一丝微笑。他七十来岁，白须白发，有点儿驼背，但非常健康，晒成褐色的皮肤可资证明，这是大量户外生活的成果，还有那双锐利、多智，同时又有些难以捉摸的蓝眼睛。我对他过往的生活经历几乎一无所知，只有琳达告诉过我的一小部分，和我凭着自己所见做出的推断。尽管周末期间他会触及很多话题，但其中与他本人有关的少之又少。他在芬兰长大，那边还有家人，但他讲起瑞典话没有口音。他是个说一不二的人，但绝不盛气凌人，而是喜欢与人交谈。他阅读量很大，既读报纸，从头到尾，也读文学作品，熟悉的程度超出常人。他上了年纪，最能反映这一点的，也许就是他坚决捍卫的那些观点，这样的观点虽然不多，但以我所见，它们还是有着相当的分量。他个性中这些东西没有影响到我，只对他视为一体的英丽和琳达，还有琳达的哥哥才有影响。我想，部分原因在于我还是家里的新人，另一部分原因，我猜是因为我喜欢听他讲话，并且对他非说不可的东西确实感兴趣。我们的交谈是一边倒的，因为算起来，我的贡献只不过是些提问，还有一系列反复出现的短暂回应，比如"对""噢，对呀""你说真的吗""嗨""我懂了""真有意思"，对我来说这再正常不过了，因为我们并不平等，他的年纪两倍于我，有着长长的人生阅历。琳达对此并不真正理解，有好多次她大声招呼我或是过来找我，就因为她确信我需要搭救，摆脱一场无聊的谈话，而我因为过于礼貌是没法自行脱身的。偶尔来看，确实是这么回事，但大部分时候我的兴趣是真诚的。

"嗨，维达尔。"琳达边说边把婴儿车推到汽车后面。

"嗨，"他说，"很高兴我们又见面了。"

琳达抱出万妮娅，我收起婴儿车，放进维达尔已经替我打开的后备厢。

"还有个婴儿座椅。"我说着把它递进后座，再把万妮娅抱进去，系上安全带。

维达尔开车像很多老人一样，老是伏在方向盘上，好像距离挡风玻璃再近上区区几厘米才足以获得上佳的视野。白天他是个好司机，举个例子，那年春天我们曾坐他的车，四个小时一路不停开去他的乡间别墅所在的伊德岛，但随着夜色降临到路上，我便觉得安全感大不如前。几个星期前，我们差点儿撞到一个邻居，他在砾石路边走着，我老远就看见他了，以为维达尔也看见了，仍直直地往前开是因为再过几米就要转弯。可不是这么回事，他没看见那个人，幸亏我大喝一声，加上邻居遇变不惊跳进了灌木丛，这才没出事故。

我们离开车站，驶上主路。格内斯塔只有这一条公路。

"都还好吧？"维达尔问。

"是的，"我说，"还行。"

"昨天夜里我们这儿的天气糟透了，"他说，"倒了好几棵树。家里还停了电。但我猜他们上午就能修好。城里怎么样？"

"嗯，也有点儿风。"我说。

我们左转，驶过一座小桥，进入广阔的田野，干草捆仍然堆在路边。一公里之后，我们再度转弯，驶上穿过森林的砾石小道，周围大部分是阔叶树，在路边一侧的树木间，可以看见一块形似小湖的牧场，外围是一圈光秃秃的石头和贴着石头生长的常绿植物。耐寒的长角牛常年在此放养。一百米开外有条草色凄凄的小路，通往英丽和维达尔的家宅，而大路继续向前两三公里，到森林中间的草地就到头了。

我们到家时，英丽正等在屋外。车一停，她就扑过来拉开万妮娅所在后座的车门。

"哎哟小心肝！"她手抚胸口叫道，"我就盼着见你呀！"

"你要愿意，你来抱她吧。"琳达说着打开了另一侧的车门。

英丽抱起万妮娅,举远一点儿端详一下,再把她搂到怀里。我从后备箱取出婴儿车,把它打开,推着它往门口走。

"希望你们饿了,"英丽说,"因为午饭已经做好了。"

房子又小又旧,四面都是森林,只是屋前有一片开阔地。夜晚和黎明,常有林中的野鹿出现在另一头嬉戏。我还看到过狐狸奔跑,兔子蹦跳。房子最早属于农家,现在仍然带着旧时的印记:虽然在原先两间屋子的基础上添建了厨房和厕所,但英丽和维达尔仍然没有多少可用的空间。客厅黑黢黢的,塞满了各种家什,里面的卧室除了两张不能移动的床、一面墙上的几个书架之外,几乎没有多余的空间。此外,离屋子不远的地方有个地窖,一幢新建的小屋,带两张床和一台电视机,最顶层既是车间也是柴房。我们过来住的时候,维达尔和英丽便搬进小屋,这样到了晚上,房子里便只有我们自己。我对来这儿几乎没有什么不喜欢的,躺在床上,靠近粗糙的老木梁,透过上方的窗口可以看见满天的星光。上次我们来这儿时,我读了卡尔维诺的《树上的男爵》,上上次则是维克马克的《老式脚踏车》,那两次阅读体验之所以格外美妙,我所处的环境和我当时的精神状态想必与书本身的内容起了同样重要的作用,或者毋宁说,那些书创造出的精神空间在我置身其中的世界里产生了一种特殊的共鸣?因为在维克马克之前,我还读了一本伯恩哈德的小说,却根本没有收获类似的感觉。在伯恩哈德那里,没有任何空间向我敞开,一切都封闭在沉思的狭小室内,但尽管如此,他这本名为《消除》的小说仍然是我读过的最令人恐惧和震惊的作品之一,我不想看到那条路,我不想走那条路,见鬼,不,我想远离那种封闭和强制,越远越好。

"来吧,到旷野去,我的朋友!"荷尔德林曾在某个地方这样写道。但是怎样才能,怎样才能?

我坐到窗边的椅子上。一盆肉汤正在桌面中央冒着热气,旁边放着一篮子新鲜的自制圆面包、一瓶矿泉水和三听人民啤酒。琳达把万妮娅放进桌子一头的婴儿座椅,将一个圆面包一切两半递给她,再去微波炉热一罐婴儿食品。英丽接手之后,琳达便到我身边坐下。维达尔坐在桌子对面,拿大拇指和食指揪弄着下巴上的胡子,看着我们,脸上带着一丝微笑。

"别等我了,"英丽在厨房里喊道,"你们先吃!"

琳达摸摸我的胳膊。维达尔冲她点了下头。她开始给大家的碗里盛汤。成片的淡绿色的韭葱、橙色的胡萝卜、淡黄色的甘蓝,还有大片的灰色熟肉,有些地方带着发红的纤维,有些地方则是泛出蓝色光泽的表面。肉连着平整的白色骨头,光滑之处仿佛打磨过的石头,不光滑的地方则粗糙而多孔。这些东西都浸在热腾腾的肉汤里、泡在油里,油一凉下来就会凝结,现在却到处漂荡,在雾蒙蒙的液体中,仿佛细小而近乎透明的珠子和气泡。

"真香,一如既往地香。"我看着英丽说,她坐在万妮娅旁边,正帮她吹吃的东西。

"好。"她说着,飞快地看了我一眼,然后把塑料匙插进塑料盘,再送到万妮娅嘴里。她的嘴像小鸡的嘴一样张开。我们一来这儿,英丽就自动接手打理万妮娅的一切。食物,尿布,衣服,睡觉,新鲜空气,她都想管。她买了婴儿餐椅、盘子和餐具、奶瓶、玩具,甚至是一辆婴儿车,总是搁在这儿备用,柜子里有各种罐装的婴儿食品、婴儿粥和婴儿果泥。如果我们缺什么,比方说琳达要一个苹果，或是担心万妮娅有点儿发烧，英丽就会蹬上自行车骑三公里去商店或药店，把苹果、体温计或退烧药装在前面的车筐里带回来。我们来这儿时，她会仔细计划，采买全部膳食，通常午饭两道菜，晚饭三道菜。万妮娅早上六点一醒她就起床，烤圆面包，也许带她出去散散步再慢慢开始准备午饭。我们九点起来时，桌上已经摆好了丰盛的早餐，有新出炉的圆面包、煮鸡蛋，还经常，比方说，有一份煎蛋卷，只要她记得我喜欢吃的，再加上咖啡和果汁。我坐下时，她总会把为我买好的报纸放到我手边。她为人绝对开朗，在任何事情上都善解人意，她嘴里没有"不"字，这世界上没有任何事情她不能帮到我们。她家的冰箱里装着无数的桶装冰淇淋、塑料桶装的鲱鱼，还有各种她已经做好并贴上标签的食物：肉丸沙司、扬松的诱惑 [1]、土豆炖牛肉、炸鱼圆、填椒、肉煎饼、浓豌豆汤、羊排配薯条、红酒炖牛肉、鲑鱼布丁、奶酪韭葱馅饼……如果天气凉，她又在外面和万妮娅散步，那好，她十有八九会去鞋店给她买双新靴子。

"你母亲怎么样？"她问我，"她还好吧？"

"还好，我觉得还好，"我说，"照我的理解，她就快写完毕业论文了。"

我拿餐巾抹掉下巴上的汤。

"可是她不让我看。"我笑着加了一句。

"我真佩服她，"维达尔说，"没有多少六十岁的人还能剩下

---

[1] 扬松的诱惑（瑞典文拼作 Janssons frestelse），用土豆、洋葱、腌鲱鱼、面包屑和奶油制成的焙盘菜。

这么多好奇心去念大学，这是真的。"

"我觉得她也是苦乐参半吧。"我说。"她一直有这个想法，那好，等到事业快结束时，她就去做了。"

"话说回来，"英丽说，"做起来可不简单。你母亲不简单。"

我又笑了一下。瑞典和挪威之间的距离大大超过他们的想象，有那么一刻，我透过瑞典人的眼睛看到了我母亲。

"是的，也许她是不简单。"我说。

"替我们给她带个好，"维达尔说，"顺便问候一下家里的其他人。我非常喜欢他们。"

"自从我们在那儿过完圣诞节，维达尔就一直在念叨他们。"英丽说。

"可有几个人物呢！"维达尔说，"谢尔坦，那个诗人。他很有意思，与众不同。他们叫什么来着，奥勒松来的，儿童心理学家？"

"英君和莫德？"

"就是就是。太好了！还有马格纳，是叫这个吧？你的表亲，约恩·奥拉夫的爸爸？开发部的主任？"

"对。"我说。

"一个很有权威的男人。"维达尔说。

"没错。"

"还有你父亲的兄弟。那个特隆赫姆的老师。他是个好人。他跟你父亲像吗？"

"不像，"我说，"要我说，他大概是最不像他的了。他总是保持着一点儿距离，我认为这样做很聪明。"

一阵短暂的沉默。咕噜咕噜的喝汤声，万妮娅拿杯子猛敲桌面的咚咚声，她咯咯的笑声。

"他们现在还时常谈到你们，"我看着英丽说，"特别是你做的食物！"

"挪威太不一样了，"琳达说，"真不一样。特别是五月十七日。他们穿上传统服装，胸前还别着勋章。"

她大笑起来。

"一开始我以为这是讽刺，可是不，不是。这绝对是真心实意的。戴勋章很有尊严。可以肯定瑞典人谁也不会这么干。"

"他们也都蛮自豪的，对吧？"我说。

"对，没错。但这世界上没一个瑞典人会承认这一点，哪怕私下里。"

我端起碗，用羹匙舀起剩下的最后一点儿汤，同时望向窗外，灰色天空下覆盖着积雪的长方形草场以及远处森林边缘由阔叶树形成的黑色线条，茂盛的绿色云杉不时把它隔断。它们生长在黑暗的、落满干枯细枝的林中土地之上。

"亨里克·易卜生就迷恋勋章。"我说。"只要是奖章，他就一定会卑躬屈膝地弄到手。他给每一位有可能让他如愿的国王或统治者写信，然后在自己家的客厅里戴上这些勋章，胸前挂着它们大摇大摆地到处走动。呵呵呵。他还在大礼帽里放了面小镜子，这样一来，他就能坐在咖啡馆里偷偷地照自己了。"

"易卜生这么干？"英丽问。

"没错，"我说，"他极为虚荣。可要说到放纵，难道这不比斯特林堡还要不可思议吗？斯特林堡无非是炼金术呀，疯病呀，

475

苦艾酒呀，厌女症呀，这些只是典型的艺术家神话。可是放到易卜生身上，就是达到极致的资产阶级虚荣。他的疯狂远甚于斯特林堡。"

"既然说到这上面了，"维达尔说，"你们有没有听说阿尔内那本书最近的消息？出版社把书收回去了。"

"他们也许做得对，"我说，"书里的错误太多了。"

"是的，我看也是。"维达尔说。"但是出版社本来应该帮他好好改改。他一直有病。他没办法区分事实和自己的想象，或是一厢情愿的想法。"

"所以在你看来，他确实认为自己写的是事实？"

"哦，是的，毫无疑问。他是个好人。但是他身上又带着些病理上的说谎者的成分。他最后开始相信自己编的故事了。"

"他怎么实现的？"

"我不知道。眼下你也没办法跟阿尔内掰扯这个。"

"我懂。"我笑着说。我喝掉最后一口人民啤酒，这是瑞典人日常生活中的淡酒，吃了圆面包，然后靠到椅子背上。我知道自己肯定不用帮忙收拾碗盘，所以也就不客气了。

"咱们出去走走？"琳达看着我说，"好把万妮娅哄睡。"

"好的。"我说。

"她跟我在一起也行，"英丽说，"如果你俩想自己散步的话。"

"不用了。我们带上她好了。过来，小淘气包，咱们走。"她说着抱起万妮娅，去给她擦嘴洗手，我也穿上出门的衣服，准备好婴儿车。

我们走的是通往湖边的小路。一阵冷风刮过田野。另一边有些乌鸦或喜鹊跳来跳去。往上看，在树与树之间还有大奶牛伫立不动，凝视着远方。有些树是橡木，很老，我猜大概十八世纪就有了，说不定还要更老，我也不知道。它们后面有条铁道，每当火车驶过，都能听到它传出的轰鸣在乡野间回响。小路尽头有幢漂亮的小砖房，里面住着一位老牧师，他是左翼党领袖拉尔斯·奥利的父亲，据说曾经是个纳粹。我不清楚这是不是真的，围绕着名人常常免不了出现此类传言。但有时能看到他蹒跚而行，弯着腰，驼着背。

　　有一次在威尼斯，我看到一个老头，脑袋耷拉到与地面平行的程度。他的脖子和肩膀形成了九十度的直角。他只能看到两只脚前方的地面。这使得他穿越广场的慢行接近了永恒。这里是军械库，旁边是教堂，唱诗班正在里面练习，我坐在咖啡馆里吸烟，从看见他的那一刻起，便无法从他身上移开目光。这是十二月初的一个晚上。除了我们俩，以及三个交抱双臂、站在门边的侍者，附近一个人都没有。屋顶上方，薄雾低悬。鹅卵石和所有的石头建筑都蒙上了一层水汽，在灯光下闪闪发亮。他停在一户门前，掏出钥匙，向后倾斜整个身体，这样才能大致看见门锁在哪儿，用手指摸索着锁孔的位置。畸形使身体的每一个动作看上去都不是他做出来的，更确切地说，那颗静止不动、朝向地面的头吸引了全部的注意力，结果让它成了某种核心、身体的一个部分，而头本来是相对独立的，所有的决定要由头做出，所有的动作要由头来指挥完成。

他打开门往里走。从后面看,他的头就像消失了一样。然后,伴随一个出乎意料的猛烈动作——我简直以为那是不可能的——他把门重重地关上了。

毛骨悚然,毛骨悚然。

一辆红色旅行车从我们前面几百米的地方驶上山坡。车后卷起了积雪。它驶近时我们靠到边上。后座已经移除,两条白狗在空出来的地方叫着,打着转儿。

"你看见了吗?"我说,"看着像哈士奇。但好像又不可能。"

琳达耸耸肩。

"我不知道,"她说,"但是我觉得就是拐弯那家的狗,你觉得呢?它们老是叫起来没完。"

"我从那儿经过时从来没狗,"我说,"但我知道你说的是以前。你怕它们吗?那个时候怕不怕?"

"我不知道。也许有一点儿吧,"她说,"有点儿担心。现在是可伸缩的那种狗绳,它们上蹿下跳……"

她精神抑郁到没法照顾自己时,曾经在这儿住过很长时间。大部分情况下,她整天待在用作客房的小屋子里,躺在床上看电视。她几乎不跟维达尔和她母亲讲话,什么都不想干,什么都干不了,内在的一切都中止了。我不知道这种情况持续了多久。她没谈过。可我从很多地方看出来了,比如我们在这儿碰到的邻居,从他们的目光里、声音里我感觉到了对她的担心。

我们走过山谷里的庄园,它不算大,建筑也有几分破败,上了年纪、形容干瘪的老爷子住在里面。窗户里亮着灯,但看不见人影。谷仓和房子之间的车道上有三辆老爷车，一辆垫高，四轮离开了地面。车上覆盖着积雪。

我们有一次就坐在那儿，坐在铺好的桌旁，旁边是游泳池，在八月里一个炎热、黑暗的夜晚，贪婪地吃着螃蟹，现在说起来简直不敢相信。但这是真事。纸灯笼在黑暗里发着光，欢声一片，红光四射的螃蟹在长桌的两端堆成了小山。啤酒罐，阿克维特酒的瓶子，笑声和歌声。草蜢的声音，远处车来车往的声响。我记得那天晚上琳达让我有些惊讶，她敲敲自己的杯子，站起身唱了一首祝酒歌。她这样做了两次。她说来这儿需要这样做，她以前一直这样做。她以前一直都是那种给大人表演节目的孩子。上学时，她还曾经在斯德哥尔摩一家剧院出演过一年多的《音乐之声》。我猜她也在家里的派对上表演。又一个暴露狂，和我以前一样，但也同样乐于隐藏。

英丽也到场了。她走到邻居们中间，和大伙一一拥抱，拿出她带来的食物，有说有笑，成了大家瞩目的中心，人人都跟她有话可讲。只要村子里有什么活动，她都会出手帮忙，烤点心、弄吃的自然不在话下，如果有谁病了，需要帮助，她便骑上自行车前去看望，或做些力所能及的事情。

派对开始了。螃蟹是从下面的湖里捕来的，人人埋首于自己那盘螃蟹，偶尔在喝瑞典人说的努贝酒时仰一下头。气氛是欢快的。后来突然从谷仓那边传来呵斥的声音，一个男人在骂女人，桌边的气氛一下子消失了，有人想看，有人努力不看，但人人心里有谱。那是庄园老主人的儿子，他以火爆脾气为人所知；现在他正把脾气发泄到自己十几岁大、又在抽烟的女儿头上。英丽马上站起身，迈着坚定而敏捷的步子走过去，由于强压着怒火，她全身都在颤抖。她在那男人面前停下，此人大约三十五岁，结实、强壮，目光冷酷，但这时英丽开始骂起他来了，骂得真凶，那男人不得不退缩了。等她骂完，男人落荒而逃之后，英丽便伸出手，放到一直站在旁边哭个不停的女孩肩头，把她领到桌子这儿来。她一坐下便立刻恢复了原来的情绪，说啊，笑啊，带着别人也跟她一样说笑起来了。

此时一切都是白色的，寂静的。

在庄园下方，有条小路通往木屋区。路上的积雪无人清理，在一年当中的这个时候，没有谁会到这儿来。

忙着写《万物皆有时》那阵子，写到挪亚的妹妹安娜时，我脑子里想的就是英丽。一个比他们所有人都要坚强的女人，当洪水来临时，她把全家都拉到山上去，当水淹到他们，她又把他们拉往更高的地方，直到他们再也没有地方可走，失去了一切的希望。一个永不放弃、肯为她的孩子和孩子的孩子牺牲一切的女人。

她是个非凡的女人。她在哪里出现，哪里就会被她征服，可她同时仍然保持着谦卑。她也许给人留下浅薄的印象，可她的目光里有一种与此相反的深刻。她尽力和我们保持距离，总是置身事外、时时小心，免得构成妨碍，但她就是那个和我们最亲近的人。

"你觉得弗雷德里克和卡琳昨天晚上过得愉快吗？"琳达仰起脸看着我，问道。

"还行吧，我觉得他们挺愉快的。"我说。"都还蛮好的。"

远处传来一阵轰鸣。

"虽然他不停叫我汉姆生。"我接着说。

"他跟你闹着玩呢！"

"我知道。"

"他们很喜欢你，他们俩都很喜欢你。"

"这我可不知道。跟他们在一起的时候，我差不多什么都没说。"

"你说了呀。不过你太小心了，所以像没说什么似的。"

"嗯。"

有时我会感到内疚，因为我跟琳达的朋友在一起时太沉默、太不投入，因为我对他们缺乏兴趣，总感觉他们在场我也在场就够了，好像这是一种责任。对我而言这就是一种责任，但是对琳达来说这是生活，而我没有参与其中。她从没抱怨过，但我有一种感觉，她希望有所改变。

轰鸣声越来越大。道口的信号铃声开始清晰可闻,叮叮叮叮。接着我便看见树影间的运动。一列火车转眼之间从树木背后突然钻出。周围的积雪像云一样升腾而起。它在湖边拉伸了几百米远，长长的一列货车，载运着各种颜色的集装箱，在浑然一体的白色与灰色之间闪耀着光芒，然后驶入对面的森林，消失在树木的背后。

"万妮娅真该看看这个！"我说。可她睡着呢，浑然不觉。她穿着刽子手式的披肩，像领子一样裹住脖子，脸几乎完全埋在底下，披肩上面是红色的涤纶帽子，带着白绳和厚厚的耳罩。她还有一条围巾，加厚的红色背带裤，套着羊毛衫，下面是羊毛裤。

"我生病时弗雷德里克对我非常好，"琳达说，"他经常来医院接我。然后我们去看电影。话说的也不多，但是帮助特别大，就是出去转转。还有他对我的照顾。"

"你的朋友都会那样做，对吗？"

"对，每个人都有自己的方式。这里头还有些……我原本以为自己一直在另一边，一直都是帮助别人的人，理解别人的人，给予别人的人……当然不是无条件的，但也差不多。小时候对我哥哥，对我爸爸，有时还有我妈妈。后来一切都颠倒过来了；我生病了，到了接受的这一边。我不得不接受帮助。奇怪的是……嗯，我仅有的自由的时刻，我可以为所欲为的时刻，就是我躁狂发作的时候。可这自由太大了，我应付不来。它伤人。不过它也有好的一面。终于自由了。可这当然是没用的。不是那么回事。"

"的确。"我说。

"你在想什么？"

"我在想，其实是两件事。一件和你无关，而是你说的关于接受的那一席话。这让我想到，如果我落到你那种境地，任何东西我都不会接受。我不想要任何人来看我。千万别来帮我。这种想法在我心里非常牢固，你不知道。接受不适合我。以后也绝不会适合。这是一件事。第二件，我很想知道你在躁狂发作时都做了什么。我是说，因为你把它跟自由联系得那么紧密。你自由的时候做过什么？"

"如果你不接受，别人怎么能接触到你？"

"你凭什么认为我想让别人接触到我？"

"可那样做没用。"

"得了，你先回答我的问题。"

左侧，节日的场地出现在视野里。那是一小块草地，靠里的地方有几把长椅和一个长桌，通常只用于仲夏节的夜晚，村里所有人聚在一起，围着中间那根高高的、装饰着树叶的杆子跳舞、吃蛋糕、喝咖啡，参加小测验，完了还有颁奖仪式，宣告当晚的正式活动结束。那个夏天我第一次参加，凭直觉等着有人点燃那根杆子。庆祝仲夏节没有火可不行吧？我跟琳达一说，她哈哈大笑。不，不，没有火，没有魔法，只有小朋友围着那根巨大的阳具跳"小青蛙"、喝汽水，这一个夜晚，在全瑞典的小一点儿的社区里，所有人都是这一套。

杆子仍然在那儿。树叶已经干枯，变成了红褐色，披挂着白雪。

"我做的事没有我感觉的那么厉害，"她说，"那种任何事情都有可能的感觉。没有障碍的感觉。我有一次告诉我妈我能当美国总统，最糟糕的是我确实就是这么以为的。我出去玩时，社交场合已经不是障碍，恰恰相反，它成了大舞台，一个我可以成事、可以完完全全、彻彻底底做我自己的地方。所有的意愿都是有效的，没有一丁点儿自我批判，怎么做都对，而且关键在于这是真的。你明白吗？一切都真的那样发生了。可是当然了，我非常焦躁，事儿总是不够多，我成天盼着来点事儿，一定不能结束，绝不允许结束，因为在某个地方我肯定感觉到这趟旅程终归是要结束的，以一次坠落而结束。坠入完全的静止不动。万劫不复的地狱。"

"听起来很可怕。"

"的确是这样。但可怕的不只是这一个。感觉那么强大是很棒的。那么自信。有时也是真实的。换句话说，它在我心里存在着。
但你知道我指的是什么。"

"老实讲，我不知道。"我说。"我从来没有走得那么远。我
知道那种感觉，我以为我有过一次体验，但那是我写作的时候，
安静地坐在桌边。非常不同。"

"我可不这么认为。我认为你就是躁狂发作了。你不吃饭、
不睡觉，你快活得不知拿自己怎么办才好。可说到底你还是有界
限的，有个保险箱在你脑袋里，很大程度上是要让你别越过你实
际上能够忍耐的界限，可别小看了这个'实际上'。如果你做事
情超出限度，时间又足够长，后果一定很严重。你必须付出代价，
没有白来的东西。"

我们走到了那条经由湖畔进入森林的小路。风让大片的冰
面暴露出来。在有些地方，它光洁如玻璃，像镜子一样映现出昏
暗的天空，而在另一些地方，它布满麻点，灰不溜秋的，泛着绿，
像冻住的砂浆。此时火车已经驶过，信号铃也不响了，森林几乎
归于彻底的寂静。只有树枝摇摆或偶尔互相撞击时发出的沙沙声
和劈啪声。婴儿车轮子吱吱的声响，我们自己干涩的足音。

"他们在医院说过的事情当中，有一件事变得对我蛮重要
的，"琳达接着说，"那是一件简单的事。但他们说我必须努力
记住，我在躁狂发作的时候实际上是对自己感到厌恶了，我实在
是沮丧的。而正是这一点，这种我活着的想法，起了很好的作用。
你完全把握不了你是谁，这里面包含很多东西。我认为也许这就
是走到这么远最主要的原因。我以前从没有真正地活过，也就是
说从没有过内在的生活。一直过的都是外在的生活。很长时间一

切都蛮好的，我走得越来越远，到最后走不下去了。停止了。"

她看着我。

"我觉得我在那段时间非常冷酷。或者说我心里有些冷酷的东西。我切断了自己和别人的关系，你懂我的意思吧。"

"我认为那是真的。"我说。"我第一次遇见你时，你有一种完全不同于今天的气质。对，冷酷，正是如此。既迷人又危险，这是我当时的感觉。我现在认为你不是这样了。"

"我当时一天不如一天。也就几个星期，我就开始失去了控制。我现在很高兴我们那个时候没有在一起！当时根本没戏。不可能有戏。"

"不，也许不会。但我不得不说我后来有点儿吃惊，因为我发现了你究竟有多浪漫。你想让身边的人有多亲密。还有，这对你有多重要。"

我们沉默片刻。

"你更想和那个样子的我在一起？"

"不想。"

我笑了。她也笑了。我们周围安静极了，只有风吹过森林偶尔发出的呼呼声。到这儿来散步真好。因为这是很长时间以来我第一次在精神上得到了些许的平静。尽管地上到处都是厚厚的积雪，尽管白色是一种明亮的颜色，但这并不是那主宰了地貌的明亮，因为雪虽然如此敏感地反射着来自天空的光，总是闪闪发亮，它自身却是灰暗的，玫瑰树干满身疤痕、黑黝黝的，枝条挂在头顶，也是黑色的，以不可胜数的方式交织缠绕。山坡是黑色的，村庄和倒伏的树干是黑色的，岩石的表面是黑色的，在巨大云杉的树冠组成的华盖之下，森林的地面也是黑色的。

　　柔软的白色和开裂的黑色都是一片静谧，一切完全静止着，不可能不去想我们周围死的东西何其多，实际上活的部分何其少，生机在我们心里占据了多大空间。这就是我为什么满心希望自己能画画，能有这种天分，因为只有通过绘画才能把这些表达出来。司汤达说过，音乐是最高级的艺术形式，而其他的艺术形式没有不想成为音乐的。这显然是一种柏拉图式的观念，其他一切的艺术形式都在描绘其他东西，只有音乐是自给自足的，这一点绝对无可匹敌。但我想更贴近现实，具体的、有形的现实，对我来说，视觉总是第一位的，就算我写作和阅读时也是如此，让我感兴趣的是字母背后的东西。当我出门散步，就像现在这样，我看见的东西什么也给不了我。雪就是雪，树就是树。只有我看见雪的图片、树的图片，它们才产生了意义。莫奈对雪上的阳光有一种异于常人的眼力，陶洛也有，从技巧上来说，他也许是最有才华的挪威画家了，看到他们的画作犹如亲临盛宴，近在眼前的感觉真是美妙，大大提升了这一时刻的价值，河边一幢摇摇欲坠的木屋，或是度假地的一个码头，突然变得无价了，画作充满了一种感觉，仿佛它们就在这里，和我们处在同一时间，就在这情兴勃然的当下，而我们很快要离它们而去，但说到雪，好像就暴露出了一时尊崇的另一面，因为活力和光芒如此显而易见地遮蔽了某些东西：死寂，空虚，呆板和单调，这正是你在冬天踏入森林时感受到的最初特征，而在图片里，虽与永生和死亡联系在一起，这一时刻也无法久留。弗里德里希知道这一点，但这并非他画出来的东西，而只是他的理念。当然，所有图片都有这样的问题，因为纯洁无瑕的眼睛是不存在的，空空如也的目光也不存在，你看到的每一件东西都不是它真正的样貌。在这种邂逅当中，整体上的艺术意义的问题便被迫现身。好吧，于是我在这儿看见了森林，于是我穿行其间并思考着它的问题。但我从中提取出来的意义都来自我，我用我的东西装满了它。如果它在此之外还有任何意义，那也不是来自观看者的眼睛，而是通过行动，也就是说，通过某种正在发生的事情。伐木，建屋，烧火，捕猎，这些事情不得不为，但并非为了取乐，而是因为我的生活有赖于此。如此一来，森林才是有意义的，甚至可以说，这意义如此丰富，简直不再希望看见它了。

在拐弯的地方，前面离我们二十米左右，走过来一个身穿红色滑雪服的男人。他两只手各拿着一只滑雪杖。这是阿尔内。

"嗨，原来是你们出来溜达呀！"他走到几米开外时说道。

"嗨，阿尔内。好久不见。"琳达说。

他在我们身边停下，往婴儿车里看了一眼。丑闻好像没有把他压垮。

"她可真是大了。"他说。"她现在几个月了？"

"两个礼拜前刚满一周岁。"琳达说。

"真的呀！时间过得真快。"他说，然后看着我。他有只眼睛直愣愣的，全是泪水。最近这些年，他一直饱受多种疾病的折磨，长过一次脑瘤，切除以后又戒不掉因此而染上的吗啡瘾，因此进戒毒所待了一段时间。等这档子事过去，他又中风了。现在他刚得过肺炎，对不对？

每次我看见他，他都像是受了更多的摧残，变得更加失神，走路更吃力，动作也更缓慢了，但即便如此，他也没有一点儿衰弱的样子，一点儿也不缺少活力，或者说，生命之火依旧在他心里燃烧着，他奋力向前，带着满身毛病，关于他，本来两年前就能说，他剩不下多少时间了，可他始终让这种话无地自容。肯定是这种活力、这种对生的渴望推动他继续前行。换了任何一个人，经历过他受的这些罪，现在八成都躺在地下两米的地方了。

"维达尔告诉我，你的书要翻译成瑞典语了？"他说。

"是的。"我说。

"什么时候？我非得看看，你知道的。"

"他们告诉我秋天，但很可能要等到来年秋天了。"

"我等着。"他说。

他多大年纪了？快七十了？不好说，他完全没有老态，还顶用的那只眼睛闪烁着青春的光，哪怕这是他脸上唯一年轻的特征，哪怕别的部分遍布皱纹、饱经风霜，充了血，长了癍，生命的力量还是通过别的方式表现出来，首先是他热情的语调，即使因为被迫放缓而不协调，其次是他给人的整体印象，他的气质，这一点说来也怪，虽然有身体的种种拖累，他依然表现得不知疲倦。他是在孤儿院长大的，但没有像小伙伴们那样走歪路。他踢足球，水平很高，最起码他是这样告诉我的。他做记者，在《快报》一干就是很多年，此外他还出了几本书。

他说三道四时，他妻子如果在场，一向都会忍让，像所有嫁给大男孩的女人那样，投以溺爱的目光。她是护士，现在就快到忍耐的极限了。除了多病的丈夫，她还得照顾他们的一个孩子，因为孩子刚刚得了一对双胞胎，非常需要她的帮助。

"好，好，"他说，"见到你真高兴，琳达。还有你。卡尔·奥韦。"

"我也很高兴。"我说。

他把手举到额头，挥一挥便走开了。他每迈一步，都把滑雪杖扬得老高。

他那只直愣愣、水汪汪的眼睛在谈话过程中一直盯着前方，好像属于巨人或神话里与众不同的怪兽，虽然这幅画面并没有一直留在我眼前，但它造成的那种感觉持续了一整天。

他消失在拐弯的地方，我们继续散步。"他不太像给打垮了的样子。"我说。

"是不像。"琳达说。"可是很难看清别人到底是什么样子的。"

远处再度传来轰鸣，这一次是从相反的方向。万妮娅躺在婴儿车里眨巴眼睛，我把她扶起来坐着，摆正方向，好让她能看见。很快，火车就飞奔着从我们身边穿林而过。这一次她可没有错过。火车开过去的时候，她指着它大喊大叫，距离那么近，弄得一层薄薄的细雪吹到我脸上，转眼之间就融化了。

又走了将近一公里，小路在铁路的路堤旁到了尽头。对面就是田野，夏天有马在那儿吃草，现在却一片雪白，人迹不至，仿佛林中的一块桌布。左边朝东的方向有一片房屋，屋后有条小路，如果你沿路走下去，就会走到一幢漂亮的大宅，房主是奥洛夫·帕尔梅的哥哥。有个夏天的晚上，琳达和我出门骑自行车，结果到了这儿我们迷路了，推着车，走在房与房之间的碎石路上，一群穿白衣服的人正坐在户外吃饭，这里看得到大湖的风景，也能看见远在对岸的格内斯塔市中心。尽管我小心翼翼，始终看着另一个方向，却仍然留下了对这场派对的印象：太伯格曼式了，他们围着白色的花园桌椅，坐在那儿吃饭，一边是朴素的白色农舍，另一边是红色的现代办公建筑，周围是绿色而起伏的南曼兰乡村。

我们转过头，顺着原路往回走的时候，我把万妮娅抱出婴儿车，抱在了怀里。

半小时后，我们走到家门前的斜坡上，就听到屋里传出喊叫的声音。透过厨房的窗子，我看见英丽和维达尔站在客厅桌子的两端对吼。我猜我们回来的时间比他们预想的早了一些，而积雪又掩盖了我们回家时的动静。我在门阶上跺了几下靴子，屋里的声音偃息了。琳达接过万妮娅，我把婴儿车推进房子旁边的车库，这是维达尔花了春夏两季盖起来的。我回来时，他正站在门厅里穿外套呢。

"怎么样？"他微笑着问道，"你们走了挺远？"

"没有，"我说，"就一小段路。外面天气太糟糕了！"

"是啊，就是。"他说着蹬上一双棕色的高筒胶靴。"我正要走，去修点儿东西。"

他从我身边蹭过去，慢慢走上通往自家工棚的山坡。从我脱外套、换鞋的地方过去半米就是厨房，英丽已经把万妮娅放到那儿的一把高脚椅里了，紧挨着她正在削土豆皮的厨台。我把帽子和手套放到帽架上，借着门槛的力脱掉靴子，她把一碗水和一套塑料量匙搁到万妮娅面前。这能让她玩好几个小时，我知道。

我把外套挂到衣钩上，再把它推进挂在那儿的一堆夹克、披肩和外套中间，然后从她们身边走过。

英丽看上去很难过。但她的动作是平静而慎重的，跟万妮娅说话时的声音既温和又慈祥。

"晚饭有什么好吃的？"我问。

"羊腿，"她说，"薯角。还有红酒沙司。"

"噢，这可真好！"我说，"我最喜欢吃羊肉了。"

"我知道。"她说。她带着微笑看着我，两只眼睛在镜片后面显得格外巨大。

万妮娅拍打着水碗里的量匙。

"你在这儿好开心啊，万妮娅。"我说。揉弄一下她的头发。看看英丽。"琳达去睡觉了吗？"

英丽点点头。从睡觉的隔间，至多四米远，但位于视线之外，传出琳达的声音：

"我在这儿！"

我走进去。两张床成九十度摆放着，几乎占据了屋里的全部空间。她躺在靠里的那张床上，羽绒被拉到了下巴。虽然窗帘没拉，里面仍然一片黯淡，几乎是黑的了。暗色的粗木墙壁几乎吸收了全部的光线。

她倒吸了一口凉气，说道："你要睡一小觉吗？"

我摇摇头。

"我打算看点儿书。你睡你的。"

我在床边坐下，抚弄她的头发。一面墙上挂着维达尔儿孙的照片。另一面墙放着书架。窗台上有个闹钟和一张维达尔小女儿的照片。我在别人卧室里一向感觉别扭，我总是看见不想看的东西，但在这儿没问题。

"我爱你。"她说。

我凑上去吻她。

"好好睡。"我说完便站起身，走出房间。找到我背过来的书，无法面对陀思妥耶夫斯基，要想一下子读进去太费力了，转而拿起兰波的传记，这是我很早以前就认为应该读的一本，手里拿着书斜躺到窗下的沙发上。最让我感兴趣的是他和非洲的关系。这个方面，还有他在当地生活的那段时间。他的诗倒不太吸引我，除了那些能道出他与众不同的、独一无二的性格的作品。

英丽一边在厨房里忙活，一边跟万妮娅说话。她带她带得真好，经过她的手，就算最累人的家务事也能变得妙趣横生，这不仅仅是因为她们在一起的时候，她把自己的需要放在一边，一切都是关于万妮娅和万妮娅的感受的。可这并不是一种牺牲，她从中收获的乐趣看来是深切的、发自内心的。

我感觉不可能再有另一个女人像英丽那样，与我母亲有如此之大的不同。妈妈也把她自己的需要置之度外，但她离万妮娅、离她们一起做的事相隔的距离实在要大得多，而她显然并未从中获得同样的快乐。有一次我和她们一起去儿童游戏区，她一副心不在焉的样子，于是我问她是不是感到厌烦，她说是的，而她在我们小时候也一直都是这个样子。

如果英丽愿意，她能抓住随便哪个小孩的注意力，她的天性当中存在着某种近似于自来熟的特质。她有一种强大的气场：只要走进一个房间，就能让那里的气氛为之改观。她收服了全场。

我母亲坐在一个房间里，不会让任何人注意到她的存在。英丽在全国最大的剧院里做过演员，经历过大的生活、积极的生活。我母亲观察，审视，阅读，写作，反思，过着冥想的生活。英丽热爱烹饪；我母亲下厨是因为非做不可。

维达尔从卧室的窗外走过，穿着蓝色背带裤。微微猫着腰，小心迈着步子，免得在小路上跌跤。片刻之后，他又出现在客厅的窗外，往车库的方向去了。万妮娅在厨房里站着，靠着橱柜，英丽正从灶上端下一只热气腾腾的平底锅，锅里装着土豆。我站起身走到门厅，穿上夹克，戴上帽子，穿上靴子，打开门，坐到墙边的椅子上抽烟。维达尔走出车库，两只手各拎着一只桶。

"等会儿你能给我搭把手吗？"他问，"再过十来分钟？"

"当然能。"我说。

他点点头，往房角那边去了。我望向远处。天光已经转暗，夜色正在逼近，在视野内不均匀地分布着，已经暗落的区域越来越贪婪地吸吮着这片天地，就拿森林边缘的那些树来说吧，树干和树枝现在已经变得漆黑一团。虚弱的二月的阳光不经战斗，也不再抵抗便败退下去了，甚至没能唤起最后的一道回光，只是缓慢地、难以觉察地消减着，直到全盘皆墨，黑夜笼盖天地。

一种突如其来的幸福感抓住了我。

是田野上的光芒，空气里的寒凉，森林中的静默。是虎视眈眈的黑暗。是一个把气息吹送到我心里的二月的傍晚。它唤醒了我经历过的、或者说我有过共鸣的所有关于二月傍晚的记忆，因为那些记忆很久以前就死去了。它是如此浓郁，如此丰盈，因为全部的人生都浓缩一处。好像割穿了这些岁月，这特殊的光芒一如涟漪，在我的记忆里铺展开来。

幸福的感觉化作了同等强烈的悲伤。我在积雪里掐灭香烟，朝落水管下方放有大桶的地方丢过去，默念着我们走以前我一定要把这些烟屁股清理干净，然后走到屋后盖在地窖上方的小棚，维达尔正在里面拧螺丝，给一个冰柜上盖子。

"咱们得把它抬到小屋那边去。"他说。"地上有点儿滑，不过小心点儿应该没事。"

我点点头。有只乌鸦在我们身后呱呱地叫。我转过身，打量对面的一排树，但什么也没发现。

今天他们在雪地上的所有运动都清晰可见。他们在小路上留下的足迹历历在目，从房子的正门开始，通往每一座附属设施，余下的地方一片白茫茫，干干净净。

维达尔开始拧第三颗螺丝。他手指灵活，动作协调。小修小补的活儿都由他来干，从品相上看，活儿越小干得越漂亮。我对自己无法单手掌控的一切东西都失去了耐心。装配宜家家具足以把我逼疯。

他干活时嘴唇微微分开着。一口裸露的歪牙，加上两只小眼睛，还有一张突出了山羊胡子的三角脸，让他活像一只狐狸。

他提过来的桶里装满了沙子，就在他身边放着，淡红色的，下面是灰色的水泥地面。

"你要往路上铺沙子？"我问。

"对，"他说，"你来铺行吗？"

"没问题。"我说。

我提起桶，抓了一把沙子，一边走一边洒到脚印周围。英丽从屋里出来，穿着一件敞开的绿色防风夹克，踩着一贯短促而匆忙的步子穿过雪地，走向地窖。即便在这样无关紧要的场合，她也带着一种强大的气场。我想，琳达肯定起来了，要不就是万妮娅跟她一块睡下了。

小路下方的两棵树上仍然挂着几只苹果。果皮皱皱巴巴的，满是黑色的斑点，颜色倒原封未动，还是那种柔和的暗红和绿色，好像已经成熟，并且由于周围黑色的秃枝而愈加鲜亮。如果你把它们放到没有颜色的牧场和森林的背景中去看，它们简直鲜艳夺目。把它们和粉刷成红色的小屋放到一起再看，它们的颜色便黯淡无光，几乎隐而不见。

英丽从地窖出来，两只手各拿着一瓶一升半装的矿泉水，一只胳膊下夹着三听啤酒，她把一瓶水放到雪地上，好腾出手拿挂钩把门锁好，瓶盖和标签在白雪的映衬下格外鲜黄，她再度拿起水瓶，脚步蹒跚地回到屋里去了。我已经到了小棚，又把剩余的沙子撒在返回的路上。就在我把桶放到地上时，一下子想起来我前一天在咖啡馆看见的那个男人像谁了。塔列伊·韦索斯！简直一模一样。同样的方下巴，同样温和的目光，同样光秃的头皮。可他的肤色不一样，明显粉嘟嘟的，带着婴儿般的柔软。就好像韦索斯的头骨再生，或者在大自然众多的随意的行为当中，这一次重复使用了同样的代码，却蒙上了一层不同的皮。

"好了。"维达尔说着把小螺丝刀放到他身后的机床上。"可以搬了。我把这边抬起一点儿，然后你抬那边，行吗？"

"行。"我说。

我抬起它，接着便看到重量滑向了维达尔那一边，他绷紧了身体。我本想多分担些重量，因为它并不重，可这明显不可能。我们迈着小碎步走下小山；我们转弯，并排走上通往小棚的缓坡，一到那儿，我们把它先放到地当间儿，再慢慢挪到角落里放好。

"谢谢你。"维达尔说。"太好了，总算搞完了。"

他平时一个帮手也没有，所以像这种小活儿，便经常要等我们过来时要我帮忙。

"没关系的。"我说。

他把插头插好，冰柜马上开始嗡嗡作响。这里还有另外两台外观相仿的冰柜，外加两台大冰箱。它们都装满了食物。麋鹿肉和鹿肉，小牛肉和羊肉，梭子鱼、鲈鱼和鲑鱼。蔬菜和浆果。各种各样的自制食品。这种打理食物和金钱的方式对我们来说是完全陌生的。还有尽可能自给自足。英丽总趁大甩卖时买巨量的便宜货，把每个克朗掰成两半花，并以此为荣。这样做是为了物尽其用。例如，她跟一家超市讲定，如果人家有水果要扔掉，她就去捡回来，做果汁、果酱、点心，或者想到什么就拿来做什么。偶尔她会在我们吃饭的时候说起买这些肉花了多少钱，用意是为了强调，经过她的厨艺打理前后，这些肉的价值有了怎样的不同。越便宜，就越好。不过，她绝不是个吝啬的人，她尽其所能，甚至尽其所不能，给我们送了大量的东西，而不考虑自己的经济状况。其中另有原因，也许是一个主妇的自傲和荣誉，因为她上过家政学校，而在演员生涯结束之后，她显然回到了从前的生活。

于是，这屋子里满是冰箱和冰柜的嗡嗡声，于是地窖里装满了蔬菜、水果、果酱瓶子和咸菜罐子，于是我们每次来访都能吃到妙不可言的食物，大部分饭菜是这个国家一两代以前的人才经常吃的，但也有意大利的、法国的和亚洲的菜式，它们有一个共通之处：说起来都该算粗食吧。

我们给万妮娅筹备命名礼时，英丽想帮忙做饭。仪式安排在了约尔斯特我母亲那儿，英丽对当地的厨房和商店一无所知，所以提出先在家把食物做好，她再带过去。对我来说，这个想法听上去荒唐透顶：带着饭菜跑一千多公里，就为了一个小型聚会。可她执意如此，说这样最省事。那就这么办吧。结果在去年五月底的一天，当英丽和维达尔抵达弗勒城外的布林格兰索森机场时，除了正常的行李，他们还带了三个装得满满的冷冻食品袋。聚会要办两场，先是星期五我母亲的六十大寿，接着是星期天万妮娅的命名礼。琳达和我已经提前几天到了，这里并非风平浪静，因为妈妈为了办庆典而翻新了客厅，还没收拾完，看起来像是建筑工地，琳达对此感到失望，大为光火。她一看见那个地方的状态，就知道我最少也得花上三天时间把它清理干净。我理解她的愤怒——如果不是巨怒的话，但我无法认同。我们带上万妮娅到山谷里散步，琳达一直在骂我妈：这可不是原先和我们说好的那个样子，她明明知道我们根本没打算到这儿办命名礼，我们本来是要在斯德哥尔摩家里办的。

"西塞尔心胸狭隘，不好客，又冷漠，又封闭。"琳达在阳光明媚的青色山谷里高声叫嚷。"她就是这种人。你说我不明白我妈和你妈一样，你说礼物从来不只是礼物那么简单，她弄得我依赖她，也许你是对的，也许吧，可你他妈的也不明白你妈。"

我气得肚子里一阵绞痛，每当我必须面对她的盛怒时都会这样，因为我觉得她的怒火完全不通情理，客观地说，实际上近于疯狂。

万妮娅睡在婴儿车里，我们推着它，几乎要在山谷的路上跑起来了。

"这是咱们女儿的命名礼。"我说。"房子当然得收拾干净！妈妈要上班，这你知道，不像你妈，所以她才没收拾完。她不可能把所有时间都花在我们和我们做的事情上。她有自己的生活。"

"你瞎了眼，"琳达说，"我们回回来这儿你都得干活，她在占便宜，而且我们在这儿从来不能单独在一起。"

"我们天天单独在一起！"我说，"除了单独在一起的时间什么都没有。我们只有他妈的这玩意！"

"她一点儿空间都不给我们。"琳达说。

"你说什么？"我说，"空间？如果说有人给了我们空间，那就是她。你妈才不给我们空间呢。他妈的一厘米都不给。你记不记得万妮娅刚生下来那会儿？你说你头几天不想让任何人过来，你想让咱们单独跟孩子待在一起。"

琳达没答话；她只是凝望着远处。

"妈妈当然想来。英韦也想。可我后来打了电话，跟他们说头两个星期不能来,过后什么时间都行。然后怎么着？谁登门了，应你的邀请？你妈。然后你怎么说的？'只是妈妈！'是啊，我的天，你就是这么说的！'只是'，这两个字说明了一切。你视若无物，她来串门、来给你帮忙，你早就习惯了，你都注意不到了。她能来，我妈不能！"

"可是你妈根本没来看过万妮娅。好几个月过去了。"

"你以为呢？我告诉她别来！"

"爱，卡尔·奥韦，爱的力量是任何拒绝都阻止不了的。"

"哎哟哟，我的天啊。"我说。

我们都不说话了。

"比如说昨天吧，"琳达说，"她一直跟我们坐在那儿，一直坐到我们上床。"

"那又怎么样？"

"我妈这样过吗？"

"没有，她八点就会去睡觉，如果她认为你想让她去睡的话。我们在那儿她什么都肯做，没错。可这他妈的并不意味着这就是自然规律。从我离开家以后一直帮妈妈干些小活儿。刷房子，割草，洗衣服。现在这有什么不对吗？帮点儿小忙有什么不对吗？嗯？这一回甚至都不是我在帮她，而是帮咱们！这是咱们的命名礼。你不明白吗？"

"你不明白这到底是怎么回事，"琳达说，"咱们一直没来这儿，因为你要工作，而我要带万妮娅。这些就是咱们的不是。你妈才不像你以为的那么天真无邪呢，她有想法，成心的。"

噢，真他妈该死，我这样想着，该说的都说了，我们默不作声地在路上走着。真是他妈的一团糟。我他妈怎么一脚踩进了这么一大泡屎？

天空碧蓝如洗，艳阳高悬。河道两边，峭壁陡立，河中涨满融化的雪水，朝约尔斯特湖奔流而下，在群山之间平滑如镜，几无声息。山顶可见约斯特谷冰原的舌头，熠熠生辉。空气纯净而清冽，在我们周围，上上上下，一块块牧场青绿，羊儿遍地，铃儿叮当，山峰上部微蓝，点缀着大片大片的白色积雪。美得让人心痛。我们带着睡在婴儿车里的万妮娅边走边吵，争论我该不该花几天时间清理我母亲的房子。

她的不讲理没有边界。她的想法毫无意义，不，现在我走得太远了。

她到底在想什么？

噢，我知道了。她整天和万妮娅单独待在一起，从我去写字间开始，一直到我回家。她感到孤单，她对这两个星期翘首以盼。和她的小家庭一起，团团圆圆过上恬静的几天，这就是她一直期待的事情。而我呢，我只是盼着走进写字间，关门独处、能够写作的那一刻，除此之外我别无所图。尤其是现在，经历了六年的失败，我终于到达了某个地方，我感到决不能就此止步，好戏还在后头。这是我渴望的东西，我满脑子想的都是这件事，而不是琳达和万妮娅，也不是约尔斯特的命名礼。日子到了我该办就办，如果办得好，那自然是好事，如果办得不好，不好就不好吧，对我来说没什么大不了的。我应该能把这次争吵也照此归类的，可我不能，我的感觉太强烈了，这些感觉控制了我。

星期五到了，我熬了一整夜，为我母亲的生日写讲话稿，所以当我们驱车穿过乡间时，我感觉累了。我们一路经过峡湾、群山、河流和农场，前往北峡湾的勒恩，她在那儿租了一处庄园风格的老宅，护士协会的产业用作举办寿宴的地点。大伙都去布里克斯谷冰川了，琳达和我守着万妮娅，待在房间里小睡。周围的景色美不胜收，却又让人惊心。如此之蓝，如此之绿，如此之白，如此之深，还有如此之大的空间。我并不总是有这样的体验；我记得从前，风景是日常生活的一部分，简直微不足道，是你从一个地方到另一个地方必须从中穿越的画面。

可以听到河水奔流。一辆拖拉机在附近的田野上行进。声音渐高渐低。偶尔从屋子前面传来声响。琳达睡在我身边，万妮娅伏在她胸口上。对她来说，我们的争吵早就忘到了九霄云外。只有我能生上几个星期的闷气，只有我会好几年耿耿于怀。不过别人都好，只跟她过不去，那么多人，我只和琳达吵架，我只对她怀恨在心。我母亲、我哥哥，或者我的朋友说了不中听的话，我只当耳边风。他们不管说什么我都不会往心里去，或者说对我产生不了什么影响，无所谓。我把这些视为成年生活的一部分，而我的性格起初是点火就着的，如今棱角已经磨平，我将在平和与宁静中度过余生，只用讽刺、挖苦和阴郁的沉默来解决共同生活中遇到的一切摩擦，有过三次冗长的男女交往之后，我已经把这些功夫修炼得炉火纯青。但是和琳达在一起，好像把我丢回了感情摇摆不定的过去，从狂喜到狂怒、再到失望和绝望的顶点，那时我历经了连串决定性的时刻，强度如此之大，有时竟让我感到人生难以为继，那时也没有什么东西能带给我精神上的平静，只有书，书里那些不同的地方、不同的时代和不同的人物，而我在其中不是任何人，任何人也不是我。

那是我小时候，那时我没有选择。

现在我三十五岁了，只想要尽可能少的心神不定，尽可能小的精神躁动，我应该能够得到，对吗？最起码有机会得到吧？

看样子不是这么回事。

我坐在屋外一块石头上抽烟，翻看写好的讲话稿。本来到最后一刻，我都希望做条漏网之鱼，但到底无处可逃，英韦和我已经决定让她得到我们两人的祝辞。我怕得像条狗。有时我不得不办朗读会、做采访或是上台参加座谈，我都紧张得要命，几乎走不了路。不过，"紧张"是个不够精确的字眼，紧张感是神经质的一个过渡阶段，一种轻微的失常，一种心灵的战栗。它令人痛苦，轻易不肯罢休。但它终究会过去。

　　我站起身，迈着沉重的步子走到路上，从这儿望去，整个村庄尽收眼底。山坡与山坡之间是肥沃而潮湿的绿色田野，一圈阔叶树生长在河边，斗大的小村，其中心位于一处平坦的地方，有几座商店和成片的民居。峡湾与之相邻，水波晏然，绿中泛蓝，群山高高伫立在对岸，寥寥几座农场高居山坡之上，但见白墙和浅红色的房顶、绿色和黄色的农田，无不闪烁在明亮的阳光之下，而太阳已经西沉，很快就要消失在远海了。农场上方裸露的山体是暗青色的，黑色随处可见，白色的山峰，再往上便是晴朗的天空，第一批星光很快就要出现，起初像晦暗发光的色斑，难以察觉，然后便越来越清晰，直到高悬于夜空，在笼盖世界的黑暗里闪烁、发光。

　　这超出了我们的理解范围。我们可以相信自己的世界包含了一切，我们可以做自己的事情，去下面的海滩，驾车来往，相互打打电话，聊天，拜访，吃喝，坐在室内，饱食电视屏幕上各式各样的面孔、各式各样的观点和那些人的命运，我们栖身于这种奇怪的、半人工的共生关系，在自欺欺人的路上越走越远，年复一年，想着这就是一切了，但是如果我们抬起眼睛，仔细看看，唯一可能的想法就是无法理解和虚弱，因为我们用来自欺欺人的这个世界是多么渺小，又是多么微不足道。当然，我们目睹的戏剧堪称壮观，我们深以为是的画面不仅崇高，有时还如同天启，但老实讲，奴隶们，我们在其中又扮演了什么角色呢？

什么都没有。

但是，群星在我们头顶闪烁，太阳当空照耀，青草生长，还有大地，是的，大地，它吞噬一切生命，清除它们留下的一切痕迹，喷涌出新生命，成批的肢体和眼珠、叶子和指甲、草和尾巴、面颊、体毛、皮和内脏，然后将它们再度吞噬。我们从未真正理解或者说不想去理解的，就是这一过程发生在我们身外，我们自身没有参与其中，我们只是那生长又死掉的，像海里的浪花一样茫然。

四辆小汽车从我背后的山谷驶来。这是我母亲的客人，也就是说，她的姐妹、她们的丈夫和孩子，还有英丽和维达尔。我往回走，看到他们下车时既兴奋又开心，冰川很显然让他们大开了眼界。接下来的一个小时，他们要去安排各自的房间，然后一起去客厅吃鹿肉、喝红酒，听发言，喝咖啡和干邑，分组聊天，轻松闲适，不慌不忙，到了晚上便是明亮的夏夜。

英韦头一个上台。他送上我们的礼物，一架单镜头反光照相机，然后发言。我太紧张了，根本没听进去。他推断说，母亲一向对摄影这一行很有自信，可她的自信一直没有得到验证，因为她从未拥有过自己的相机。所以才送这个礼物。

然后轮到我了。我刚才什么都不想吃，哪怕现在看着我的人我差不多全认识，从小就认识，哪怕他们无一例外地带着友善的表情。可是这个言我不能不发。我从未对母亲说过她究竟对我有多重要。我从未说过我爱她或是我喜欢她。仅仅想到要说这种话就会让我恶心得要吐。这一次我也不会说。可是她今天六十岁了，我作为她儿子，必须对她说几句中听的话。

我站起身。所有人都看着我，大部分人面带微笑。我必须将全部的意志力集中在两只手上，才能拿住这张纸，才能不哆嗦。

"亲爱的妈妈，"我说，然后看着她。她报以鼓励的微笑。"我想用感谢您作为开始。"我继续说道，"我想感谢您，因为您是这样一位难以置信的好母亲。而您是这样一位难以置信的好母亲只是我知道的许多事当中的一件。但是当然了，要把这些事用我们知道的语言表达出来并不总是一件容易的事。在这种情况下尤其困难，因为您拥有的品质并不总是那么容易让人看见。"

我咽了口唾沫，低头看着我的水杯，决定不伸手去拿它，然后抬头，看了看望着我的眼睛。

"有一部弗兰克·卡普拉的电影正好说到点子上。它叫《生活多美好》，1946 年的片子，讲的是美国小城的一个好人，他在影片一开始就陷入了危机，想放弃一切。这时一个天使介入了，告诉他世界如果没有他会变成什么样子。只有到了这个时候，他才能看到自己对其他人的重要性。我认为您不需要天使的帮忙，就能理解您对我们有多么重要，但有的时候也许我们需要。你让每一个人得到空间，做他们自己。现在这听起来好像司空见惯，其实不然，而是正好相反，这是一种非常稀有的品质。有时很难看到。看到有人自我标榜不难。看到有人以己度人也不难。但您从不自我标榜，您从不以己度人：他们什么样就是什么样，您都接受，都能适应。这一点我想在座的所有人都有过亲身体会。"

桌边响起一阵低语。

"我十六七岁的时候，这种品质对我弥足珍贵。我们单独住在特韦特，我认为那段时间相当不易，但我始终感到您对我有信心，您对我放心，而且不是一星半点儿，您相信我。您允许我通过自己的经验去学习。当然了，在这个过程当中，我并没有认识到您在做什么。我想我既看不到您也看不到我自己。但现在我看到了。我想为这一点感谢您。"

说这番话的时候，我看到了我母亲的目光，我的嗓音一下子沙哑了。我拿起杯子，咕噜噜地喝水，尽力微笑，可这并不那么容易；桌边弥漫着对我产生的某种同情，我感觉到了，但又难以应对。我只想发个言，不想跌进自己多愁善感的深渊。

"是的，"我说，"现在您六十岁了。您没有退休计划，相反，您刚刚修完学业，这些都能说明您是个怎样的人：首先，您有活力，精力充沛，您有知识上的好奇心；其次，您从不放弃。这也适用于生活中的您，但也与您怎样与别人相处不无关系：做事情需要时间。我七岁那年，要去上学了，还不知道怎样来理解这件事。开学第一天，您开车载着我去学校。我记得很清楚。您对去学校怎么走并不是十分有把握，可您认为车到山前自有路。我们开到了一个居民区，然后又是一个居民区。我坐在车里，穿着淡蓝色的校服，背着小书包，头发也梳过了，当我们绕着特罗姆岛到处转时，我的新同学们站在学校操场上，听完了所有的讲话。等我们终于赶到学校，一切都结束了。我可以讲出与此类似的无数轶事。举个例子，您曾在完全找不到方向、彻底迷路的情况下开了好多公里，一公里又一公里，穿过陌生的地区而没有意识到您已经不在奥斯陆的公路上了，最后您停在了一条拖拉机才能走的小路上，前面是某条偏僻山谷的尽头，黑黢黢的一片。这种事太多了，别的不说，就说最近吧。一个星期之前，您六十岁生日当天，您邀请同事到家里喝咖啡。他们来了，可是您忘了买咖啡，于是你们只好坐下来喝茶。有时我以为您性格里这种巨大的无组织性是一个先决条件，好让您在我们的谈话中、在您和其他人的谈话中保持存在。"

我又一次愚蠢地和她四目相对。她面带微笑看着我，我的眼睛湿了，然后，不，不，她站起来了，想给我一个拥抱。

客人们纷纷鼓掌。我再次坐下，充满了对自己的厌恶，因为就算我的感情失控给人一个很好的印象，并使我的发言得到了额外的强化，我还是为自己流露出这样的软弱而感到羞耻。

在往下隔着几个座位的地方，妈妈的大姐谢莱于格站起身。她讲了我们的垂老之年，收获了几声善意的倒彩，可她的发言充满热情，讲得又好，六十岁毕竟不是四十岁。

发言的时候，琳达进来了，坐到我旁边，一只手放到胳膊上。都还顺利吗？她小声问。我点点头。她在睡觉吗？我小声问。琳达点点头，笑一下。谢莱于格坐下了，下一位发言的人起身，于是这样一路进行下去，直到桌边的所有客人都讲了话。当然，维达尔和英丽是例外，因为他们以前根本不认识我母亲。可他们很开心，至少维达尔如此。那种轻微的刻板、老年人的愚钝，他在家偶尔会表现出来，现在统统不见了，他在这儿过得很自在，一副开心的样子，笑眯眯的，神采奕奕，两眼放光，跟每个人都有的说，对别人说的也有如假包换的兴趣，并以品类丰富的轶闻、故事和说理迅速作出回应。英丽什么感觉就很难讲了。她看起来很兴奋,哈哈大笑,还四处寻找最能笑的,好超过人家,一切都很美妙、精彩,但她最多也就如此了,她好像卡在那儿了,并没有真正融入其中,或是放下身段与当晚的气氛同步。要么是因为她无法跟陌生人一见如故,要么因为她的精神状态过于兴奋,再不然,就只是因为这与她过惯了的那种生活有着太大的差距。我见过很多这样的老年人,他们不能适应突然的变化,不喜欢变动,但首先是因为某种呆板和退化的东西影响了他们,这并不足以精确地解释英丽的行为,她的表现更近于相反的一面;其次,她并不老,起码以今天的标准来看还不算老。第二天我们回来准备命名礼时,她行事依旧,但因为身边有了更大的空间,因此就不那么明显就是了。她担心食物不够,努力在头天晚上尽可能准备得多一些,命名日一到,她又害怕家门可能锁上,那她晚上就没有时间为招待客人做准备了;还有,她一个人下厨房,可能找不到必要的工具。

牧师是个年轻的女人,我们围着她站在圣水钵前,琳达抱着万妮娅,水打湿了她的小脑袋。仪式一完英丽就先走了,我们留下就座。这是圣餐礼。约恩·奥拉夫和他的家人站起来,在圣餐台前跪下。出于某种原因,我也站起来跟着做了。跪在圣餐台前,用舌头领受一片圣饼,喝下圣餐酒,接受赐福,起身,回座,一路顶着妈妈的、谢尔坦的、英韦的和盖尔的目光,他们的眼神里带着程度不一的怀疑。

为什么我要这么干?

我变成基督徒了吗?

我，一个从十来岁开始就强烈地反对基督教的人，一个发自心底的唯物主义者，在电光火石之间，不经认真的思考，就站起身，走过走道，跪倒在了圣餐台前。这纯然是一时的冲动。众目睽睽之下，我不能为此辩护，不能说自己是基督徒。我低下头，略感羞耻。

过去这几年发生了很多事。

爸爸死时我和一个牧师谈过，那像一次忏悔，我什么都说了，他在那儿听着，安慰了我。葬礼的仪式几乎成了某种有形的东西，紧紧地抓住了我。它把爸爸的人生，直到终点都是那样悲苦和毁弃的人生，变成了一个像样的人生。

这不是带来了某种慰藉吗？

接下来就是我过去一年的工作。不是指我写的东西，而是我慢慢认识到我想探索神圣的事体。在小说中，我既曲解了它，又借用了它，但是不带圣歌般的庄严，而我知道它们在这些部分、在这些我已经开始阅读的文本当中是存在的，而这种庄严其中蕴含的强烈的张力，从来没有远离神圣的天地，我此前不曾，以后也不会涉足，但我仍然感觉到了，这让我对耶稣基督有了不同的想法，因为它关乎肉与血，关乎生与死，我们与之相连，通过我们的肉体和血液，通过我们生育的和我们埋葬的，持久地，连续地，一场风暴从我们的世界席卷而过，它也一向如此，而我知道的唯一一个地方，将这一点程式化了的地方，最极端但也是最简单的东西，就是在这些经书了。还有触及相似主题的诗人和艺术家。特拉克尔，荷尔德林，里尔克。阅读《旧约》，特别是详细记录献祭规程的摩西五经第三书，还有《新约》，如此年轻，如

508

此贴近我们，消除了时间和历史，只是一团打着旋儿的尘土，把我们带往一直如此而且永远不变的东西。

这些事我已经想了很多。

当时有件小事，使得当地的牧师给万妮娅施洗时有几分勉强，因为我们没结婚，我又离过婚，而她问我们的信仰时，我无法说是的，我是基督徒，我信耶稣是上帝之子，这是个我从来无法作为信念来考虑的狂野概念，因此只能顾左右而言他，传统，我父亲的葬礼，生与死，仪式，我后来感到虚伪，仿佛我们是靠着欺瞒给女儿办洗礼，等圣餐仪式到来，我就想有所挽回，也许吧，结果我这副做派更为虚伪。不仅因为我不是基督徒还让女儿受洗，现在我还莫名其妙地领受了圣餐！

可是，神圣的事体。

肉与血。

万变不离其宗的一切。

最后要说的但并非不重要的一件事，是约恩·奥拉夫走过去跪倒在那儿的情景。他是一个完整的人，一个好人，这也在某种程度上把我拉进了通道并跪伏于地：我太想做完整的人了。我太想做一个好人。

我们站到教堂的台阶上，拍了一张父母、孩子和教父教母的合影。万妮娅的曾祖母当初就是穿着她现在穿的裙子受洗的，也在约尔斯特。我的几个姨姥姥也在，其中有琳达特别喜欢的两位，阿尔夫迪丝和安芬。我母亲的姐妹都到齐了，还有她们的一些儿女和孙辈。加上琳达在斯德哥尔摩的朋友，盖尔和克里斯蒂娜，当然还有维达尔和英丽。

我们还在那儿站着的当儿，英丽跑到山上来了。她早就担心房门可能给锁上，这并非没有根据，因为妈妈太心不在焉，现在房门果然锁上了。英丽接过钥匙往回跑。等我们半个小时之后到家，她正为有些盘子找不到了而绝望。但一切都很顺利，当然了，天气极好，我们在花园吃了喜宴，湖水尽收眼底，群山倒映其中，大伙对食物交口称赞。可是等到饭菜都上完了，大家挨个把万妮娅抱到腿上，用不着一对一地照看孩子，英丽便无事可做，也许她觉得不太好受，但不管怎么说，她回自己房间去了，待在里面没有出来，直到五点或五点半的光景，第一批客人已经走了，我们才想起她。琳达进去找她。她在睡觉，几乎叫不醒。她一直这个样子，我知道。琳达以前告诉我这有多吓人，她很快就睡死过去，刚醒的头五到十分钟也基本不可能有任何交流。琳达揣测这跟安眠药有关。等她总算走到屋外，几乎是跟跄着穿过草坪，她发出的笑声也出离了情境，也就是说，对她落座的那张桌子上的气氛而言实在过于响亮了，而且与其他人的笑声有轻微的脱节。她这个样子我很担心，很明显有什么地方不对劲。并不由衷。她声音十分响亮，兴奋莫名，双眼炯炯，脸泛红光。当晚大家都睡下以后，琳达和我谈起此事。都是安眠药弄的，还有跟派对联系在一起的种种压力。毕竟她给二十五个客人做了饭、上了菜。而且一切对她都是新鲜和陌生的。

等我再遇到他们，也就是在这儿，她的慌乱和不安已经烟消云散。维达尔也恢复了平时的样子。

现在他两手叉腰，站了一会儿，注视着亲手打造的家什。

火车的声音从山的一边传来，渐渐变弱，几秒后又从另一边响起，更高亢，更饱满。与此同时，琳达朝我们这个方向走上了山坡。

"吃饭了！"她一看见我们便高声喊道。

第二天一早，维达尔开车送我们去火车站。我们到达时，火车马上就要发车，所以我来不及买票。英丽和我们一路，好在此后的三天照看万妮娅，她有月票，琳达的联票也足够她返回斯德哥尔摩。我靠窗坐下，取出一摞一直没顾上读的报纸。英丽照料万妮娅，琳达坐在那儿望着窗外。检票员过了好几站才来，这时我们已经在南泰利耶换了另一列火车。英丽拿出月票给他看，琳达递上联票，我掏兜找零钱。检票员转向我时，英丽说：

"他在哈宁厄上来的。"

什么？

她用我的名义逃票？

她到底在干什么呀？

我与检票员四目相对。

"去斯德哥尔摩，"我说，"哈宁厄上的。多少钱？"

我不能说我其实是在格内斯塔上的车。那会让英丽怎么想？可我一直恪守着不占小便宜的原则，如果去商店，人家多找了钱给我，我总是告诉店员。逃票是我最不愿意做的事。

检票员递给我车票和找零，我道了谢，他走进早班通勤者的人流中去了。

我气坏了，可是什么也没说，继续看报。我们抵达斯德哥尔摩中央车站，我把婴儿车搬到站台上，主动提出把她的行李箱带到写字间去，省得她拖着箱子去我们家，再拖回写字间。她每次下午来看我们时，一般都待在那边。她很高兴。我在大厅和她们道别，走机场快线出口，步行到广场，这里坐落着堡垒般的瑞典工会同盟大楼，快步走到达拉街，一只手拉着带脚轮的行李箱，另一只手提着我的电脑包。五分钟后，我打开了写字间的门锁。

这里已经成了一个充满记忆的所在。写《万物皆有时》的那段时间从各个方向朝我涌来。天呐，那时我多么幸福。

我在水槽下面的橱柜给英丽的行李箱腾了个地方，工作的时候我不想看到它，然后我进卫生间撒尿。

我在卫生间看到了什么？英丽的香波和护发素。垃圾袋里面又是什么？英丽的棉签和牙线。

搞什么搞！我大叫着抓过这两个瓶子，扔进厨房的垃圾筒。他妈的有完没完，我吼道，抓起废纸篓里的垃圾袋，弯下腰，从下水口揪起一小撮头发，这是她的头发，真该死，这是我的写字间，只有这儿完全是我的地盘，完全让我一个人待着，可就是在这儿，她也带着零零碎碎的东西来了，就是在这儿，我也遭到了入侵。我这样想着，使出全身气力把她的头发丢进袋子里，揉成一团，深深地，深深地塞进厨台下面的垃圾筒。

操，行了。

然后我打开电脑，坐到桌边，不耐烦地等着它完成开机的过程。木地板上有一个头戴荆冠的耶稣基督。沙发后面的墙上挂着巴尔克笔下夜景的招贴画。书桌上方有两张托马斯的照片。在我身后的墙上，则是鲸鱼的解剖图和近乎照相般精细的昆虫画，出自十八世纪的同一次探险考察。

在这儿我写不了东西。也就是说，在这儿我什么新东西也写不了。

但这并不是我这个星期要做的事。星期六上午我要做个演讲，题目是我的"作家生涯"，偏偏要去拜鲁姆，接下来的三天时间我就要忙这个。这是个毫无意义的工作，可我很久以前就答应下来了。邀请是我的书笃定获得北欧理事会文学奖提名的同一天来的。他们在信里说，获得提名的挪威作家去那儿谈谈作品或作家生涯是个传统，而我在那个节骨眼上又没什么抵抗力，所以就同意了。

于是我坐到了这里。

女士们，先生们。我不在乎你们，我不在乎我写的这本书，我不在乎它能不能得奖，我只想写更多的书。那我来这儿干什么？我想得意一下，我有过软弱的时候，这种时候我有很多，可现在感觉得意、感觉软弱的时候结束了。为了用一种与之相符的毫不含糊的方式标示出这个时刻，我随身带了几份报纸。我这就把它们铺到讲台前的地板上，然后拉一泡屎。我已经憋了好几天了，就是为了到时候能有的放矢。那好。就是这样。噢。拉完了。现在我要擦屁股了，擦完就完了。现在我要请上第二位获得提名的作家，斯泰因·梅伦。谢谢。

我删掉了这些话，走进小厨房，往壶里灌水，把勺子捅进冻干的咖啡罐，挖掉些结块，倒进杯子，接着加入开水。然后穿上外套出门，过马路，走到医院对面的长椅坐下，接连吸了三支烟，观察着来来往往的人与车。天空阴郁灰暗，空气湿冷，路边的积雪叫废气熏得黑黑的。

我掏出手机，来回点按，写出一首小诗，发给了盖尔。

> 盖尔盖尔，你死翘翘。
> 手不能舞，足不能蹈。
> 且莫耿耿，劳心忉忉。
> 既生小儿，百忧全消。
> 彼女有爱，莫负春宵。

然后我走回屋内，再次坐到电脑前。我满心的厌恶，加上必须完稿前还有整整五天这个事实，徒然造成了动笔的困难，简直无从激发起我的积极性。我该说什么？卟啦卟拉卟拉，《出离世界》，卟啦卟拉卟拉，《万物皆有时》，卟啦卟拉卟拉，既高兴又自豪。

手机在我口袋里响了，我拿出来点开盖尔的短信。

> 让你说着了：卒于今早的交通事故。不知道已经上了新闻。我的色情杂志留给你。我用不上了，以前从没这么硬。这话当墓志铭也不错。你能写出更好的吗？

当然能，我回复道。看看这个。

> 英年盖尔，青坟一座。
> 彼驾萨博，车轮飞脱。

两眼无光，仍有脉搏。

无人觉察，斯人已殁。

粉身碎骨，七零八落。

言及横死，满堂寂寞。

黄土加身，失魂落魄。

方知少年，阴阳永隔！

这并不是特别好玩，但至少能打发时间。还能换得盖尔在大学办公室里几声贱笑。发完短信我便去了超市，买些食品。吃完，在沙发上睡一个小时。读完《卡拉马佐夫兄弟》的第一卷，开始读第二卷，读完时，外面已经完全黑了，房子充满了刚刚入夜的声响。我产生了和少年时代一样的感觉，那时我也常常躺在床上看书，一看就是几个小时，我的头有点儿凉，好像刚刚睡醒，睡的时候凉着了，在夕阳里，周遭是冷酷的，格格不入。我用热水洗了手，仔细擦干，关掉电脑装进包里，把围巾在脖子上扎好，拉下帽子，包住脑袋，穿上外套和鞋，出屋，锁门，戴上手套，走到街上。离我到鹈鹕和盖尔见面还有半个小时多一点儿时间，所以有大把的时间。

人行道上的雪是泛黄的棕褐色，有一层细细的颗粒，和粗面粉一样，这意味着人踩上去会打滑。我上了治安官街，走向与瑞典路交会的地铁站。现在是六点半。我身边的街道近乎空无人一，充斥着难以定型的黑暗，只有电灯的微光才能照出它的存在，而现在它就借着每一扇窗子、每一盏街灯的映射，铺展在积雪和路面、楼梯和栏杆、驻停的汽车和单车、建筑的立面、窗台、街牌和灯柱之上。我变成别的什么人也完全没问题，我边走边想，此刻我在自己身上没有感到任何非我独有的东西。我经过女王街，街上下坡的那一端挤满了甲虫般黑乎乎的人。我走下天文台园林旁边的台阶，沿街的中餐馆外有一块讨人嫌的招牌劝人"豪饮"。我走下通往地下的梯井。两个站台上大概有三四十人，从他们背的包来判断，大部分是下班回家。我站到人最少的地方，把包放到两腿中间的地上，一个肩膀倚着墙，掏出手机，拨通了英韦。

"喂？"他说。

"喂，我是卡尔·奥韦。"我说。

"听出来了。"他说。

"你给我打过电话？"我问。

"星期六，是的。"他说。

"我本来要打回来的，可是有点儿忙。有人要来家里吃饭，后来就给忘了。"

"没什么。"英韦说。"不是什么急事。"

"厨具到了吗？"

"到了。其实就是今天到的。就在我旁边。我买了辆新车。"

"不会吧！"

"不买不行了。是辆雪铁龙 XM，不算太老。以前是辆灵车。"

"你开玩笑！"

"没有。"

"你要开着灵车到处跑？"

"当然改装过了。现在车里没有放棺材的地方。看上去很正常。"

516

"说得倒好。再怎么说里面也装过死人……好长时间没听过这么恐怖的事了。"

英韦哼哼一声。

"你太敏感了，"他说，"这是辆非常正常的汽车。而且我买得起。"

"那是，那是。"我说。

短暂的沉默。

"还有什么消息？"我问。

"没什么值得一提的。你怎么样？"

"没，没什么。我昨天在琳达母亲家。"

"噢，是吗。"

"是的。"

"万妮娅怎么样？她开始走路了吧？"

"能走几步了。可是说实话，摔的比走的多。"我说。

他在电话那头咯咯笑。

"托耶和于尔娃还好吧？"

"挺好。"他说。"对了，托耶给你写了一封信。在学校写的。你收到了吧？"

"没有。"

"他不让我说他写了什么。但你一看就明白了。"

"好。"

火车的车头灯照亮了隧道深处，一阵微风吹过站台。人群开始向前移动。

"火车来了。"我说。"过后再聊。"

517

火车在我面前不断减速。我提起背包趋前几步，走近车门。

"好的，再聊。"他说。"再见。"

"再见。"

车门开了，乘客鱼贯而出。我放下拿着电话的手，这时有人从后面碰了一下我的胳膊肘，我的手机飞出去了，飞进了车门旁边的人群，我没看见它掉到哪儿了，因为我条件反射式地转头去看那个撞我的人。

电话在哪儿？

没听到它掉到地上的声音。也许砸到谁的脚上了？我蹲下，在身前的站台上寻找。电话不见踪影。被人踢跑了？不可能，我应该能注意到的。我站起身，伸长脖子，张望那些往出口走的人。会不会掉进谁的包里了？有个女人胳膊上挎着包，包敞着口，正往前走。会不会掉到那里面去了？不，这种事不可能发生。

会吗？

我跟上去。能不能轻轻拍一下她的肩膀，再要求看看她包里的东西？我电话不见了，您看，我觉得它就在您包里呢。

不，我不能这么干。

警报声响了，车门即将关闭。下一趟火车要再过十分钟才能来。我已经晚了，手机又是老款。我还有时间这样想了想，才在车门关到一半时跳进了车厢。晕，我找了个座儿，挨着一位二十来岁、哥特式装扮的乘客坐下。此时车站的灯光依次在车厢里闪过，接着外面一下子变得漆黑一片。

十五分钟后，我在斯坎斯图尔下车，到站外的自动柜员机上取了些现金，穿过马路走进鹈鹕。这是一家经典的啤酒馆，条凳和长桌靠墙摆放，在黑白方格交错的地板上桌椅相距颇近，棕色的木制护墙板，上方的灰泥墙壁和天花板上都有装饰画，店内有几根宽大的立柱，底部同样包覆着棕色的镶板，周围长椅环绕，紧里头是一个又长又宽的吧台。服务员差不多全都上了年纪，穿黑衣服，扎白围裙。没有音乐，但仍然人声鼎沸，谈笑的声音、餐具和酒杯碰撞的声音像云团一样积聚在酒桌上方，身在其中浑然不觉，但你从街上推门进来，就会觉得声音不可忽视甚至扰人，因为吵闹之烈势如喧天。顾客当中，零星的醉汉时有所见，大可以相信他们从六十年代起就在这里买醉，也有孤老头子在这儿吃晚饭，但他们正在逐渐消失，像南马尔姆所有地方一样，这里人数最多的一类，是搞文化的中产阶级男女。他们不太年轻，也不太老，不太漂亮，也不太丑，而且他们从来不会喝得太醉。文化记者，研究生，文科生，出版社的员工，电台和电视台的编辑，偶尔有演员和作家，但大腕难得一见。

我在店内离门几米远的地方停下，一边解开围巾和外套，一边扫视着店里的客人。一副副眼镜熠熠生辉，一颗颗秃头闪闪发亮，一排排白牙放射着光芒。每个人面前都有啤酒，棕色的桌面反衬着黄褐的酒色。但我没看见盖尔。

我走到一张铺着桌布的桌边，背朝墙坐下。五秒钟之后，一个女招待就过来了，递给我一本厚厚的、仿皮封面的菜单。

"我们有两个人，"我说，"所以等一下再点菜。不过我能先来一杯斯塔罗普拉门啤酒吗？"

"当然可以。"女招待说。她大约六十岁，有一张多肉的大脸和茂盛的赤褐色头发。"白的黑的？"

"白的，谢谢。"

噢，这儿多好啊。这种特有的、纯粹的啤酒馆风格把我的思绪引向了别处，引向更古典的时期，并不是说这个地方因此看上去像博物馆了，绝对没有那样的氛围，人们来这儿喝啤酒、聊天，二十世纪三十年代他们就是这样喝酒聊天的。这是斯德哥尔摩最大的优点之一，有如此之多、出自不同时代的地方仍然在营业，而他们并未大张旗鼓地加以宣扬。比如十七世纪的范德诺特宫，据说贝尔曼头一次醉酒就是在那儿，当时那里建成已经有一百年了，我有时也在那儿吃午餐，第一次去正是外交部长安娜·林德遭到谋杀的次日，城里的气氛颇为古怪，肃穆而警觉。还有旧城十八世纪的金色和平餐馆，十九世纪的白镴餐馆，还有伯恩斯沙龙，在那儿可以找到斯特林堡描写过的红房间，更不消提漂亮的、新艺术风格的贡多伦酒吧了，它立于卡塔琳娜电梯的顶层，从那里俯瞰全城，而且从二十世纪二十年代起便从未改变，你仿佛登上了一艘齐柏林飞艇，又好像置身于某条大西洋邮轮的酒廊。

女招待来了，一只手端着满是酒杯的托盘，只用了一秒钟，在我面前丢下一个啤酒杯垫，再把酒杯放下，笑一下，便继续朝着喧哗的许多张桌子走过去了，她在那边听到了一句又一句的风趣话，大概每隔一秒钟能听到一句吧。

我把酒杯端到嘴边，感觉泡沫触及嘴唇，冰凉的、略带苦涩的液体灌满了口腔，我完全没有防备，冷不丁叫这味道一激，不由得打了个寒战，才让酒滑下嗓子眼儿。

噢。

当你展望未来，想到这样一个世纪，城市生活无处不在，人与机器达成了长期渴望的共生关系，此时你再也不会考虑那些最简单的东西了，比如啤酒，如此金黄，如此芳香，如此浓烈，酿自田野里的谷物和牧场上的啤酒花，或面包，或甜菜根，带着甜滋滋却是隐秘的泥土的味道，还有我们一直以来吃的、喝的这一切，在木制的桌边，在窗子里，一缕缕阳光倾泻而下。人们在这些十七世纪的宫殿里做什么呢？他们有穿制服的仆人，高跟的鞋子，还有上了粉的假发，内里的头颅装满了十七世纪的思想，如果不喝啤酒和葡萄酒，不吃面包和肉，不拉屎也不撒尿，还能干什么？这同样适用于十八世纪、十九世纪和二十世纪。关于人的观念不断地改变着，关于世界和自然的观念也是如此，形形色色的观念和信仰出现又消失，有用的和无用的物品得到发现，科学比以往更深地进入难以理解的世界，机器越来越多，速度越来越快，旧有的生活方式在更多地区遭到抛弃，但没有人梦想着丢掉啤酒或对其加以改变。麦芽，啤酒花，水。田野，牧场，溪流。大体来说样样如此。我们脱不开古老的过去，我们并没有与生俱来的东西，我们的身体或需求倒是改变了，相对于四万年前在非洲某处看到日光的第一个人类，或是不管多久远早已存在的智人。但我们想象我们是不一样的，而我们的想象力如此强大，竟至于我们不仅相信了这一点，还据此把自己组织起来了，我们坐在咖啡馆和黑暗的酒吧里，喝得醉醺醺的，跳着，这么说吧，跳着比两万五千年前地中海沿岸某地火光里的那些表演者更加不得要领的舞步。

　　我们是现代的——这种观念怎么可能产生，甚至在人们因为感染了无药可医的疾病而在我们周围倒下的时候？谁能因为脑肿瘤而现代？如果我们知道，所有的人过不了多久都会躺在某个地方的土里烂掉，那我们怎么可能相信我们是现代的呢？

我把酒杯再次端到嘴边，咕咚咚喝了一大口。

我太喜欢喝酒了。用不了半杯，我的大脑就动起了今天要一醉方休的念头。就坐在这儿，一杯接一杯地喝下去好了。可我应该这样做吗？

不，不应该，

我在这儿的几分钟里，已经有一条稳定的人流走进了店门。大部分人的举动和我刚才一样，他们站在进门几米远的地方，一边笨手笨脚地脱外套，一边打量着店里的客人。

在新来的这一拨人后面，我认出了一张脸。那是托马斯，是他！

我冲他招手，他走过来了。

"嗨，托马斯。"我说。

"嗨，卡尔·奥韦。"他说着跟我握了握手。"好久不见。"

"是啊，好久不见。都还好吧？"

"是的，挺好的。你怎么样？"

"是的，都挺好。"

"我来这儿见几个人。他们坐在那边的角落里。要不过来一起坐吧。"

"谢谢。但我在这儿等盖尔。"

"对了！就是，我想他说过要见你。我昨天跟他聊过。要是可以的话，我待会再过来问好。"

"当然可以。"我说。"待会见。"

托马斯是盖尔的朋友。在盖尔的熟人当中，托马斯无可争辩地是我最喜欢的一个。他五十岁出头，长得和列宁惊人地相像，从胡子和秃顶、到丁字形的蒙古人的眼睛，样样都像。他是摄影师，出过三本书，第一本是海岸巡逻队的照片，第二本是拳击手的照片，他就是在这个场合认识盖尔的，最新的一本摄影集是一系列的动物、静物、风景和人物，上方笼罩着暗影，而它们自身和周围的空无才是这些照片最突出的特色。在待人接物方面，托马斯友善而不苛求，和他说话完全不必担心失去什么，也许因为他不太注重自己的存在感，尽管他很自信，也有可能这就是原因所在。他在乎别人，这就是他给人的印象。然而在工作中，他又极端严格，处处苛求，总是追求完美，这让他的照片更趋向风格化，少了几分即兴创作的味道。在他的照片当中，我最喜欢的是那些走中间路线的：即兴的风格化，凝固的偶然。它们颇为精彩。有些拳击的照片让我想到古希腊的雕塑，这一点体现于身体的平衡，也体现于它们被场外的活动困在绳圈之内的事实，其他照片透出一种强烈的阴郁，当然还有暴力。我在冬天买了他的两张照片，打算用作英韦四十岁生日的礼物。那次我坐在托马斯的工作室里内，翻阅他收在最新一本书里的照片，踌躇再三，最后选了两张。英韦接过照片时，我能从他脸上看出来，他其实并不喜欢，于是我说他可以再挑两张别的，这两张我留下。现在它们正挂在我的写字间里，它们很精彩，但也很不吉利，因为它们传达的是死亡，所以我完全能理解英韦不想把它们挂在客厅，即便还是觉得有一点儿不快。实际上可不只一点儿。托马斯的工作室位于旧城的一间地下室，有厚重的十六世纪的石墙，我去取英韦终于选定的照片，敲了门，他的同事，一个头发蓬乱、衣服有点儿破旧、六十来岁的男人开了门。托马斯不在，但我要是愿意，可以下去等。他叫安德斯·彼得森，是和托马斯共用工作室的摄影师，对我来说，他最有名的作品是汤姆·韦茨专辑《雨狗》上的那张照片，但早在七十年代他就凭借《莱米茨咖啡馆》出了名。他的作品粗粝、私密、混乱，最大限度地贴近了真实的生活。他在工作室上面房间的沙发上坐下，问我想不想喝咖啡，我说不想，他便接着忙自己的事，翻阅一堆接触印相的照片，哼着小曲儿。我不想碍事，也不想打扰人家，便站到贴着照片的黑板前看了一会儿。我并非对他的气场无动于衷，如果房间里还有别人的话，这气场也就消散了，而是只有我们俩，我能感觉到他的一举一动。他有一种天真的气质，但并非因为缺乏经验，正相反，无论从哪个方面来看，他给人的印象都是见多识广，更像是各种经验都有，但他没有受到影响，好像再怎么样也不为所动。也许不是这种情况，但我和他四目交接，看他坐在那儿工作时，就是这种感觉。托马斯几分钟之后回来了，看见我好像蛮高兴的，不用怀疑，他不管见到谁都这样。他拿了咖啡过来，我们在楼梯边的沙发上坐下，他拿出我要的照片，最后一次仔细审看，然后放进塑料皮的封套，装到一个大信封里，我也隔着桌子把装钱的信封递给他，动作太小了，我担心他没注意到。私下的现金交易总有些什么地方让我尴尬，自然平衡在某些方面让人沮丧，甚至完全无效，除非我非常清楚事情的来龙去脉。我把照片装进背包，我们又聊了些别的；

除了盖尔，我们还另有交集，和他住在一起的女人玛丽是个诗人，多年以前在毕斯科普斯－阿尔内教过琳达，现在是琳达女友科拉的导师。她是个好诗人，有些古典，真实和美在她的诗里并非不可调和的概念，而意义也不是只关乎语言。她把约恩·福瑟的一些剧本译成了瑞典语，目前除了别的工作，她还在翻译斯泰纳尔·奥普斯塔的诗。我和她只见过两三次，但在我看来，她似乎是多面人，性格丰富多彩，你凭直觉就能感到一种心理上的深度，但没有神经质——理所当然与敏感性格相伴共生——的明显迹象，至少没有表现得那么明显。可是一旦她站到我面前，我心里就不那么想了，因为她左眼里的瞳孔好像分离了，掉下来了，挂在虹膜和眼白之间的地方，这一点着实让人心惊肉跳，完全统驭了我对她的第一印象。

托马斯说他们要找个晚上请我和琳达吃饭，我说这太好了，然后起身拿过背包，他也站起来，我们握了握手，由于他没有表示看到了那只装钱的信封，所以我跟他说了，我把买照片的钱放在那儿了，他点点头，向我道谢，好像我强迫他谢我似的，我有点儿羞愧地上了楼梯，出门，走上了冬日的旧城街道。

那是差不多两个月之前的事了。仍然没有收到他的邀请，我没太放在心上；我早就听说托马斯非常健忘。我也是，所以我没有为此而记恨。

当他在店内最靠里的桌边坐下，活脱脱就是一个瘦瘦的、衣着光鲜的、戴着列宁假面的男人。我从包里取出黄色的蒂德曼烟口袋，拿指尖卷了一支烟，手指不知道为什么出了很多汗，搞得烟沫子老沾在上面，再灌下一大口啤酒，点着卷烟，看见盖尔的身影在窗外的街道上一闪而过。

他一进门就发现了我，可还是一边往桌子这边走，一边四下打量着店里的情况，好像在寻找其他选项。像只老狐狸，你大概会这样想，不可能挑选那种没有好几个出口的地方。

"你他妈怎么不接电话？"他一边伸手一边问，同时飞快地看了我一起。我站起来，握了握他的手，又再次坐下。

"说好的七点，"我说，"这都七点半了。"

"你以为我打给你要说什么？告诉你小心火车和站台间隙？"

"我在地铁站把手机给丢了。"我说。

"丢了？"他问。

"是的，有人撞了我胳膊一下，手机就飞出去了。我猜肯定掉进谁的包里了，因为我根本没听见它掉到地上。有个女人正好走过去，她的包是敞开的。"

"你可真行，"他说，"我猜你没问人家能不能拿回电话吧？"

"没。首先因为火车正好进站了，其次，我也吃不准是不是那么回事。你不能直愣愣地问一个女人能不能看看她包里有什么东西吧。"

"你点菜了吗？"

我摇摇头。他抓过菜单，四下寻找服务员。

"她在柱子那边。"我说。"你想吃什么？"

"听听你的意见。"

"要不猪肉配洋葱沙司？"

"要不，行。"

不管什么时候遇见盖尔，都总是隔着一段距离，仿佛他不能理解我也在场的事实，于是想把我排除在三尺开外。他不和我对视，不跟随我正在谈的话题，他好像要借着把注意力转移到其他东西上来闷死正在进行中的话题，他会变得尖刻，整个人散发出傲慢的气息。这有时会让我生气，我一生气就不说话，而他很快就明白应该怎么做："我的天啊，你今天工作太累了，太累了。""你要两眼空空地在那儿坐一个晚上吗？"要么就是"好了，卡尔·奥韦，你今天晚上挺逗的。"这是一种初步的、他在自己脑子里操演的心理交锋，过一会儿，也许半个小时，也许一个小时，也许只有五分钟，他就变了，把防守丢到一旁，好像认清了形势，变得专心、体贴和投入，还有那笑声，本来一直是冷淡而僵硬的，此时也变得热情和真诚，这种转变也包括他的声音和目光。我们在电话上交谈时，他没有防卫，从拿起听筒的那一刻起，我们就在一个平等的地位上开始聊天。他比任何人都了解我，也许我也一样，但又绝对不能确定我对他的了解多过任何人。

经过这么多年，我们之间的不同已经减弱了，但从未完全消除。因为这与观点或态度毫无干系，而关乎基本的性格特征，深埋在永远无法加以破坏的东西里，有时完全暴露在外，比如我写完《万物皆有时》后，盖尔送给我的礼物。那是一把刀。美国海军陆战队用的那种，除了杀人别无他用。他这样做不是开玩笑，这只是他能够想象到的一件上佳物品。我很高兴，可这把刀太吓人了，锃亮的钢身，锐利的刀锋，深深、让血往外流的凹槽，所以它仍然躺在盒子里，放在某个书架一堆书的后面。他大概也看出这东西和我有多不般配，因为过了几个月《万物皆有时》出版的时候，他又送了我一件礼物，一套十八世纪《不列颠百科全书》的复刻本——书中没有描述过的物品和现象让它显得极为迷人，因为那些东西还不存在——这当然更对我的胃口。

他拿出一个塑料皮的信封，里面有几张纸，然后递给我。

"只有三页，"他说，"你能看看吗，然后说说它好不好？"

我点点头，从文件夹取出那几页纸，掐灭香烟，开始读。这是文章的开头部分，出自我看他手稿时一直在找的那篇随笔。它基于卡尔·雅斯贝斯所谓"限界状态"的概念写成。其要点是生命的意义存在于最大限度的紧张中，即日常生活的对立面，换句话说接近死亡。

"很好。"我看完以后说。

"真的？"

"当然。"

"好。"他说着，把纸收回塑料口袋，放进他旁边椅子上的包里。"过些时候你会读到更多。"

"这我相信。"我说。

他往前拉拉椅子，两只胳膊肘放到桌上，双手交叠。我又点了一支烟。

"对了，你的记者今天打电话给我了。"他说。

"谁？"我问，"噢，《晚邮报》的那个伙计。"

这位记者要写一篇人物特写，他问我能不能从我的朋友当中找一两个谈谈。我把托雷的电话号码给了他。在这方面，托雷就像一门随便开火的大炮，关于我他什么都敢说。盖尔的号码我也给了，因为他更了解我目前的状况。

"那你说什么了？"我问。

"什么都没说。"

"什么都没说？为什么不说？"

"嗯，我该说什么呢？如果我对他说实话，他要么不理解，要么彻底曲解。所以我尽可能少说为妙。"

"这样做有什么意义？"

"我怎么知道？是你把我的电话给他的……"

"给他是让你能说点儿什么。什么都行。我告诉过你了，他们怎么写都没关系。"

盖尔看了我一眼。

"你不会那么做的。"他说。"但是，对，我确实说了你一件事。实际上也许是最重要的一件事。"

"那是什么？"

"你有很强的道德观念。你知道那傻瓜怎么回答的吗？'所有人都有。'你能想象吗？这恰恰就是他们没有的东西。几乎没有一个人有强烈的道德观念，甚至不知道这些东西是什么。"

"这只是说明他对道德的理解和你不同。"

"是的，可他只是要找些猛料罢了。几件趣闻，关于你曾经醉到何种程度什么的。"

"是，是。"我说。"咱们明天就知道了。不可能有那么糟糕。再怎么说也是《晚邮报》呀。"

盖尔坐在桌子对面摇了摇头，然后四下张望着寻找女招待。她马上就走过来了。

"猪肉配洋葱沙司，谢谢。"他说。"还要一杯斯塔罗普拉门，白的。"

"我要肉丸,谢谢。"我说,然后端起酒杯。"再来一杯这个。"

"这就来,先生们。"女招待说着,把小笔记本塞进胸前的口袋,走到厨房那边去了,你可以透过不停开合的门往里看上几眼。

"你说的很强的道德观念到底是什么意思?"我问。

"嗯,你是个非常讲道德的人。在你性格的基础结构中有一层道德基石,而这是无法削弱的。你用纯粹的生理上的方式对不合适的行为作出反应,那种把你淹没的羞耻感并不是抽象的或概念上的,而是百分之百生理上的,根本摆脱不了。你不是伪君子。但也不是道德家。你知道我偏爱维多利亚时代的思想,他们的体系有一个一切可见的前台,还有一个一切都隐藏着的后台。我不认为那种生活能让任何人更幸福,但是有更多的生活。你是个彻头彻尾的新教徒。新教,那是内在的生活,那是与自己保持一致。你不能过双重生活,就算你想也不行,你不可能让这样的事情发生。生活和道德在你身上有着一对一的关系。所以你在道德上是无懈可击的。大部分人都是培尔·金特。他们在生活的路上总是搞些旁门左道,对不对?你没有。你做每件事都带着极度的认真,凭着良心去做。比方说吧,你在看稿子的时候有没有跳过哪怕一行呢?有哪一篇稿子你不是从第一页读到最后一页呢?"

"没有。"

"是没有,这说明了什么?你不可能敷衍了事。你不可能。你是个极端新教徒。我以前说过,你是个幸福审计员。如果你有所成就,往往是得到了别人梦寐以求的东西,那么你只是在账目上把它勾销。任何事都不会让你感到幸福。当你和自己保持一致,你差不多一直都是这样，你的自控远远超过我。你知道我那一套什么样子。你意识里有盲区，在这些地方你可能失去控制，但是如果你不去那儿——现在你根本不去了——你在道德规范上就会变得一丝不苟。你受着各种各样的诱惑，远远超过我或其他任何人。如果你是我，你会过着双重生活。但你不可能那样。你注定要过一种简单的生活。哈哈哈！你不是培尔·金特，我认为这就是你天性的核心。你的理想是纯真的东西，是纯真。什么是纯真？我正好在另一端。波德莱尔写过这一点，关于薇吉尼[1]，你记得吧，十足纯真的图画，相对漫画而言，她听到了粗俗的笑声，意识到某种不光彩的事情已经发生，但她不知道自己不知道什么！她收起了自己的翅膀。然后我们再说卡拉瓦乔的画，你知道，《打牌作弊者》，身边所有的人都在骗他。那就是你。那也是纯真。而在这种纯真当中，说到你，这种纯真也存在于过去，比如你在《出离世界》里写的十三岁女孩，你对七十年代的疯狂怀旧……琳达也有点儿这种感觉。怎么形容她来着？就像包法利夫人和卡斯帕·豪泽的混合体？"

"没错。"

"卡斯帕·豪泽，他是个谜，当然了。我从来没见过你以前的妻子，托妮耶，但我见过她的照片，虽然她和琳达不像，但也有纯真之处，她的外表。这并不是说我认为她纯真、一定纯真，而是她散发出了那种气质。这种纯真是你特有的。我对纯洁和纯

[1] 薇吉尼是雅克－亨利·贝尔纳丹·德·圣皮埃尔 1788 年小说《保尔和薇吉尼》中的主人公。波德莱尔的《论笑的本质并泛论造型艺术中的滑稽》发表于 1855 年 7 月 8 日。

真不感兴趣。不过，这在你身上体现得非常清晰。你是个非常讲道德的，非常纯真的人。什么是纯真？纯真就是没有被世界触碰过，没有被毁坏过，就像从未投进过石头的池水。这不是说你没有欲望，没有追求，你有，只是你保留了纯真。你对美贪得无厌的追求也起了作用。你选择写天使不是偶然的。那是最纯洁的纯洁。再没有比它更纯洁的东西了。"

"可是我的书不是这样的。书里写的是他们身体的、生理的一面。"

"嗯，虽然如此，他们仍然是纯洁的缩影，也是人类堕落的象征。但你把他们写成了人，允许他们堕落，不是沦于罪过，而是沦于人性。"

"如果你是抽象地看，那么也有几分正确。十三岁的女孩，是纯真，然后怎么样了？纯真非得搞成身体上的不可。"

"真有你的！"

"是，是。她那时必须给人糟蹋。天使必须变成人。所以这有一种联系。但是这一切都发生在潜意识里。在内心深处。所以从这个意义上讲，它不是真的，我可能往那个方向发展，但我对此并不知道。当然，在我读到书封上的宣传语之前，我并不知道自己写了一本关于羞耻的书。很久以后我才想到纯真和那个十三岁的女孩。"

"可它就在那儿啊。明摆着的，无可非议。"

"是的。但对我是隐藏着的。我觉得有什么东西你忘记了。纯真和愚蠢很相近。你讲的东西是愚蠢，对不对。无知？"

"不，差远了，"盖尔说，"纯真和纯洁已经成了愚蠢的代名词，但这是今天。我们生活在最有经验者获胜的文化里。真讨厌。
·
人人都知道现代主义要走哪条路，你通过打破一种形式来创造一
种形式，无止境的倒退，让它继续好了，只要时间足够长，经验
终究会占得上风。我们时代的独特之处，纯粹或独立的行动，你
知道，就是宣布放弃，而不是接受。接受太容易了。靠着它什么
都达不到。这就是我对你的评价。按句话说，简直就像圣徒。"

我笑了笑。女招待端来了啤酒。

"干杯。"我说。

"干杯。"他说。

我喝了一大口，拿手背擦掉嘴上的酒沫，把杯子放到面前
的杯垫上。在我看来，这明亮的、金子般的颜色有着某种令人振
奋的感觉。我看了看盖尔。

"像圣徒一样？"我说。

"对。天主教信仰中的圣徒相信、思考和行动的方式大概和
你差不多。"

"你不觉得这样儿有点儿夸张吗？"

"不觉得，一点儿也不。对我来说，你做的事情是极其残缺
不全的。"

"哪方面？"

"生活，机遇，生存，创造。创造生活，不是创造文学。对
我来说，你过着简直吓死人的禁欲生活。更确切地说，你沉湎于
禁欲主义。在我看来，这是极不寻常的。极不正常。我认为我从
来没遇见过，也从来没听说过……是啊，正像我说过的那样，我
不得不回到圣徒，回到教会的神父。"

"别往下说了。"

"你问我来着。没有现成的概念把你往里套，没有外部特征，没有危在旦夕的道德，没有社会道德，这不是它待的地方。它在宗教里。不过没有神，这很清楚。你是我认识的唯一一个不信上帝还能领圣餐又不亵渎神明的人。我知道的唯一的一个人。"

"再没有你认识的人做过这种事了吗？"

"有，但不纯洁！我领圣餐时就是那样。我为钱做过。后来我和教会断绝了关系。我把钱花在什么地方了？是的，我买了一把刀。可是咱们谈的不是这个。咱们谈什么来着？"

"我。"

"对，就是。其实你和贝克特有共通之处。不在于你写作的方式，而在于品德高尚。就像乔兰在什么地方写过的：'与贝克特相比，我就是个婊子。'哈哈哈！我觉得这句话真是说到点子上了。哈哈哈！对了，都说乔兰是最正直的人呢。我看你的人生，觉得它完全虚度了。我就这个问题把所有人都想到了，但你的人生比他们虚度得更厉害，因为还有更多的东西去虚度。你的道德感不像有些傻瓜想的那样，它跟报税没关系，而是你的天性——你的天性，就是这么回事。正是你和我之间这种巨大的差异让我们每天都有话说。用交感这个词来形容没错。我能和你的命运产生共鸣。因为那是命运，你对它无能为力，而我能做的只有旁观。什么也不能为你做。什么人也做不了。我替你难过。但我只能把它看成一场近距离上演的悲剧。你知道的，悲剧就是好人碰到了坏时代。喜剧不一样，喜剧是坏人碰到了好时代。"

"为什么是悲剧？"

"因为它太不快乐了。因为你的人生太不快乐了。你有这么多难以置信的储备和这么多的才华，却停在这儿了。它变成了艺术，但也仅此而已。你就像弥达斯[1]，他碰到的每件东西都变成了金子，但他无法从中得到快乐。不管他去哪儿，身边的每样东西都闪闪发光、金碧辉煌；其他人找啊找啊，找到一块金子，就把它卖了，换来好生活，富丽堂皇，音乐，舞蹈，享乐，奢华，最起码也能泡几个女人，对不对？扑向女人，好在一两个小时内忘掉自己的存在。你渴望的是纯真，这是一种不可能的等式。渴望和纯真永远不可能共存。一旦你把鸡巴插到里面，终极的就不再是终极的了。你一直处在弥达斯的位置上，你能拥有一切，你认为多少人拥有这些？差不多一个人也没有；多少人会把它放下？甚至更少。据我所知，就一个。如果这不是悲剧，那我不知道还有什么算悲剧。你觉得你那位记者能把这些东西写出来吗？"

"不能。"

"不能。"

"他有记者的那套标准，用来衡量一切。记者把每个人都放进同一个框框里。这是整个体系的基础。可那样他没法接近你，没法接近你的本质，差得远呢。我们还是忘掉这事好了。"

"每个人都是这样啊，盖尔。"

"哦，也许吧，也许不是。你被扭曲的自我形象，你和所有人一样的欲望也算在里面。"

---

[1] 弥达斯(Midas),古希腊和罗马传说中的国王。狄俄尼索斯满足了弥达斯的愿望，让他经手的东西都变成了金子，直到他碰到的食物也变成黄金，差点儿让他饿死时，他才意识到自己的愚蠢。

535

"你说完了吧。我要说的是，你给我画的画像只有你画得出来。英韦、妈妈和别的亲戚朋友都不行，他们根本不懂我们在谈什么。"

"这样做不会不真实吧？"

"不，不一定，但是我想起来她有一次说到你，说你胜过身边的所有人，因为你想让自己的人生了不起。"

"就是了不起嘛。每个人的人生都和他们成就的人生一样了不起。我是我自己人生的英雄，对不对？名人，红人，家喻户晓的人，他们出名或红起来不是靠自己，不是凭他们自己的力量，是别人把他们捧出来的，有人给他们写文章，给他们拍片子，谈论他们，分析他们，欣赏他们。正因为如此，他们在别人眼里才变得了不起了。但这是规定情境。我的规定情境应该更不真实吗？不，正好相反，因为我认识的人和我待在同一个房间里，我能接触他们，谈话时看着他们的眼睛，我们此时此地就能见面，我们当然不能随时随地跟身边转来转去的那些个名字那样做。我是地下室人 [1]，你是伊卡洛斯。"

女招待端着菜朝我们这边走过来。她把盘子放到盖尔面前，一块猪肉好像岛屿突出于白色洋葱沙司的海洋。在我的盘子里有一堆肉丸子，旁边是鲜绿色的豌豆糊糊和红色的越橘沙司，都浇着一层浓奶油汁。土豆是盛在单独的碗里放到桌上的。

"谢谢你。"我抬头看着女招待说。"我能再来一杯吗？"

"一杯斯塔罗，好的。"她说，然后看着盖尔。他把餐巾铺

---

[1] 地下室人是陀思妥耶夫斯基小说《地下室手记》的主人公。

到腿上，摇了摇头。

"我等等，谢谢。"

我喝干杯子里最后一口酒，把三只土豆放到我的盘子里。

"那么说可不是恭维你，你别想错了。"盖尔说。

"什么？"我说。

"圣徒形象。没有现代人想做圣徒。圣洁的生活什么样子？受苦、牺牲和死亡。如果根本没有物质生活，谁他妈还想要了不起的精神生活呢？人们只想着怎样的内省能带给他们物质生活，让他成功。现代人祷告时抱着什么观念？现代人只有一种祷告，那就是欲望的表达。除非你想要得到什么，否则你是不会祷告的。"

"我想要的东西可多了。"

"是，没错。但是它们不会给你带来任何快乐。不去追求一个幸福的人生，这是一个人能做的最具挑衅性的事了。再说一遍，这不是恭维。根本不是。我想要生活。这才是最重要的。"

"和你谈话就像找魔鬼看病。"我说着，把土豆碗搁到他面前。

"但魔鬼到头来总会输掉。"他说。

"这可不好说，"我说，"还没到头呢。"

"你说得不错。可是没有什么迹象表明他会赢啊。反正我看不出来。"

"就算上帝不在我们当中了？"

"在我们当中，这说法不错。以前他不在这儿，他高高在上。现在我们把他内在化了，把他包含进来了。"

我们默默地吃了几分钟。

"对了，"盖尔说，"你这一天过得怎么样？"

537

"简直没法叫作一天。"我说。"我想写篇讲稿，你知道的那一篇，但全是胡说八道，所以干脆看书了。"

"这还不算你能做的最笨的事吧。"

"没错，是算不上。但我注意到了我对那玩意儿有多生气。对了，你肯定不会理解的。"

"那玩意儿是哪个玩意儿？"盖尔问，他把啤酒杯放下了。

"具体到这件事，就是被迫写讲稿，说我写那两本书时的感受。我被迫假装它们很有意义，不然就不可能去谈它们，这有点儿像自己拍拍自己的背，对不对？这很讨厌，因为到时候我必须站在那儿用赞许的语言谈论我自己的书，而听众确实感兴趣。为什么？毕竟他们来见我是想告诉我这两本书多么出色，谈得又是多么不可思议地精彩，而我不想碰到他们的目光，我不想看见他们，我想逃出这地狱，因为在那儿我就是个囚徒，你明白吗？没有比遭受赞扬更悲惨的命运了。耶奥格·约翰内森讲过'赞扬能力'，但这是一种多余的区分，它意味着有价值的赞扬确实存在，可它并不存在。它越有权威，就越糟糕。一开始我会很尴尬，我根本没什么可以隐藏的，然后我就要憋不住发脾气了。当人们开始用那种特殊的方式对我时，你知道我指什么。不对，我操，你压根儿就不知道我指的什么！你就在金字塔的最下面呀！你也想往上爬呀。哈哈哈！"

"哈哈哈！"

"顺便说一句，赞扬这种东西可不完全是真的。"我继续说。"如果你说某个东西是好的，那就有意义。如果盖尔赞扬我，那就有意义。当然还有琳达，还有托雷、埃斯彭和图勒·埃里克。

所有和我关系密切的人。我谈的都是局外人。我不再有任何控制。我不知道那是什么……我只知道成功是不可信的。我注意到我只是嘴上说说就很生气。"

"你说过两件事，我都记下来了，还想了很多，"盖尔看着我说，他手里的刀叉悬停在盘子上方，"第一件是你说起哈里·马丁松的自杀时讲的。他在接受诺贝尔奖之后切腹了，你说你非常理解他的动机。"

"对，可这是明摆着的，"我说，"得到诺贝尔文学奖是作家的最高荣誉。可他的奖遭到了系统化的质疑。他是瑞典人，他是瑞典学院的院士，很明显有某种友谊成分在里面，很难说他配得上这个奖。如果他不配，这就完全成了笑柄。你得死壮死壮的才能挺过人家的嘲笑。对马丁松来说，他自卑感又那么重，这肯定无法承受。如果这就是他那么做的原因的话。第二件是什么？"

"啊？"

"你说我说过两件事让你冥思苦想。第二件是什么？"

"噢，是《大破坏》里的雅斯特劳 [1]。你还记得吗？"

我摇摇头。

"要想保守秘密，没有比你更安全的地方了，"他说，"你忘

---

[1] 《大破坏》是丹麦诗人托姆·克里斯滕森（Tom Kristensen）1930 年出版的长篇小说，主人公奥勒·雅斯特劳是哥本哈根《日报》的文学评论家，从前是倾心社会主义的先锋诗人，现在成了有家有业的中产阶级。他决心慢慢地喝酒至死，任由自己的世界分崩离析。

记一切。你的脑子就像没有干酪的瑞士干酪[1]。你跟我说《大破坏》是你读过的最可怕的书。你说书里的坠落不是坠落。他只是松开了手，让自己远远地漂走，放弃了他拥有的一切，就是喝酒，在书里这似乎是一个真实的取舍。也是个好的取舍。让你拥有的一切漂走，让你自己漂走。就像漂离了码头。"

"现在我想起来了。他写醉酒的感觉写得真好。写那个时候可以有多么精彩。然后你就有一种那也不是特别危险的感觉。我以前没想过坠落还有懒惰的、不反抗的一面。那时我把它看成某种戏剧性的东西，某种意义深远的东西。想到它是日常惯例，是随意的，甚至也许很美妙时，我很震惊。因为那的确很美妙。比如说酒醉的第二天。涌进你脑海的那些想法……"

"哈哈哈！"

"你绝不能放手，"我说，"对吗？"

"对。你呢？"

"不。"

"哈哈哈！但是我认识的差不多每个人都放开手了。斯特凡天天在自己的农场里豪饮。豪饮，烤整头的猪，还开拖拉机。去年夏天我回老家，奥德·居纳尔在用牛奶杯喝威士忌。倒了满满的一杯，借口我去串门了。可是我没喝呀。当时还有托尼，但他是吸毒成瘾，就这么点不同。"

在另一侧的一张桌子旁，有个原先一直背对我们的女人站了起来，当她朝洗手间所在的大门那边走过去时，我才发现这是

---

[1] 瑞士干酪上有圆孔，没有干酪的瑞士干酪只剩下圆孔。

伊尔达。在我进入她视线范围的几秒钟内，我低了下头，死盯着桌面。倒不是跟她有什么过不去的，我只是不想现在和她说话。好几年了，她一直是琳达的挚友，她们还在一起住过一阵子呢。我们恋爱之初，三个人曾经共度过不少时间。她有一个时期跟迷魂出版社过从甚密，我一直没弄明白她在那儿做什么，但不管怎么说，他们有本书的封面印着她的照片，一本萨德侯爵的书，此外，她每个星期还到赫登格伦书店上几天班，不久以前，她和一个也跟文学有些关系的女友合伙开了一家公司。她不可预测，反复无常，但绝非出于病理原因，更像是过度热爱生活所致，这意味着你永远不可能知道她要说什么、做什么。琳达的性格当中有一面与她颇为般配。她们结识的过程就是个很好的例子。琳达在大街上和她搭话，她们此前素不相识，但琳达觉得伊尔达好像很有趣，便走过去和她说话，她们就这样成了朋友。伊尔达长着大屁股，大乳房，一头黑发，颇有拉丁风范，外表令人想到典型的五十年代的女人，并且受到过斯德哥尔摩不止一位著名作家的追求，但是透过这种外在的形象，常常有一种明显的少女气质流露出来，一种没有礼貌、爱生闷气、不讲道理的劲儿。科拉个性更为脆弱，有一次说伊尔达让她觉得恐怖。伊尔达和一个学文学的学生谢蒂尔在一起，他刚开始自己的博士学业，在关于赫尔曼·邦的研究计划遭到拒绝之后，他转而钻研他们想要的东西，他们不会拒绝的东西，也就是大屠杀文学，这一次当然不费吹灰之力便通过了。我们上次见面是在他们家举办的一个派对上，他刚在丹麦参加过一个研讨会，在那儿结识了一个挪威人，他说那个人在卑尔根上学，我问，他叫什么？他说叫约达尔，我说不会是普雷本吧？是的，就是叫这个，普雷本·约达尔。我说他是我朋友，我们一起编过《流浪者》，我对他评价很高，他既有智慧又有天分，谢蒂尔听到这话什么也没说，从他闭口不谈的样子看来，他有些小小的尴尬，一种突如其来的冲动，要去给我的杯子添酒，由此创造出距离，让交流的中断不至于太过明显，我感觉普雷本在提到我时可能没有使用同等热情的话语。接着又有一个想法从脑中闪过，他用非常激烈的言辞严厉批评过我的新书，而且是两次，先在《流浪者》上，后来在《晨报》，而这肯定就是他们在丹麦的谈话主题。谢蒂尔觉得难为情，因为我没得到什么好话。诚然，这仅仅是个理论，但我相信其中必有隐情。很奇怪我没有马上想起那番批判，但不奇怪的是我理解了背后的缘由：普雷本属于我记忆当中的卑尔根那一部分，人在那里，而批判属于斯德哥尔摩时期，属于现在，与那本书相关，而不是与它周围的生活。噢，这真让人心痛，这就像一把尖刀扎进了心脏，也许后背更恰当，因为我了解普雷本。不过我没有特别怪他，我的书并非无懈可击，无法免疫于那种批判，换句话说，就是不够好，同时我也害怕这种结论将给这本书盖棺论定，这些话将被人牢牢记住。

但这确实不是我不想和伊尔达说话的原因。真是这样吗？对我而言，这种事会在所有涉及的人心头留下阴影。不，是我不想听到她生意上的事。就我所知，那间公司如同出版社和书店之间的某种纽带，搞搞活动什么的？办文学节啦，做秀啦……？不管是什么，我都不想听到。

"对了，上次在你们家那个晚上真好。"盖尔说。

"那是咱俩上一次见面？"

"怎么了？"

"那是五个星期之前的事了。你现在提起来怪怪的。"

"噢，我懂了。我昨天还跟克里斯蒂娜商量来着，大概原因就在这儿。我们想找一天请你们一家过来。"

"那好啊。"我说。"对了，托马斯在这儿。你看见他了吗？他坐在靠里的位置。"

"噢？你跟他聊了？"

"就几句话。他说他待会儿过来。"

"他正在看你的书。他说了吗？"

我摇摇头。

"他起初特别喜欢那篇关于天使的文章。他认为应该往长里写。但他就是这个样子，什么都没跟你说。他肯定忘了那篇文章是你写的了。哈哈哈！他这健忘没治了。"

"他只是沉浸在自己的世界里罢了，"我说，"我也老这样。可是我的天，我才三十五岁。你记得我跟图勒·埃里克来这儿的那一次吗？我们在这儿喝了一天一夜。过了好几个小时，他开始谈起自己的人生，跟我讲他的童年，他母亲，他父亲，还有他的姐妹，往上数好几代的家人。首先，他讲得特别好，其次，他说了几件相当敏感的事情。虽然我非常地认真在听，虽然我在心里说，这可真他妈带劲，可是第二天我就忘得一干二净。只剩下一个框架。我明明记得他谈到他的童年、他父亲、他的家人，也记得有些东西挺敏感，可我就是想不来那些敏感的东西到底是什么。统统没了！一片空白！"

"你醉了。"

"这跟醉不醉没关系。我记得托妮耶总在说她人生中发生过一件可怕的事，很多年以前的事，她永远也不想回忆的事，但她没说是什么，我们那时彼此了解得不够，这是她人生中的大秘密。你明白吗？两年过去了，她才告诉我那件事是什么。当时没喝酒。我全神贯注，仔仔细细听了她说的每一个字，后来我们还就此讨论了很长时间。可它还是消失了。几个月之后什么都没留下。我一点儿也记不得了。这让我落入了一个极其艰难的境地，因为这对她来说实在痛苦至极，这是个掏心挖腹的话题，如果我说对不起，我什么都想不起来了，她就会离我而去。所以不管她什么时候旧事重提，我都必须装出一副知道来龙去脉的样子。这种健忘可能随时发作。举个例子，有一次在达姆出版社，我给弗雷德里克提了个建议，说他们应该出一本挪威短文选，过后他就在下一封电子邮件里接着谈这件事，却没有直接说起那个由头，于是我一头雾水，根本不知道他在讲什么。那件事完全从我脑子里消失了。有些作家曾经带着极大的热情和力度告诉我他们正在写什么，我回应了，以同等的热情一聊就是半个小时或一小时不停。几天之后，全没了。我仍然不知道我母亲的论文到底写了什么。某些时候你真不能再问了，否则就是极大的冒犯，对不对？所以我装。我坐在那儿点头，微笑，又一次搞不懂这他妈说的是什么。我生活中的方方面面全都是这个样子。你也许觉得这是因为我不够关心或是不够专注，但不是那么回事。我关心，我也专注，可是呢，唰的一下，没了。英韦不一样，他记得住一切。一切！琳达记得一切。你也记得一切。但麻烦的是，还有些根本没人说过、或是根本没发生过，但我肯定它们确实发生过的事情。还拿图勒·埃里克来说吧，你记不记得我在毕斯科普斯－阿尔内见到亨里克·霍夫兰的那次？"

"当然记得。"

"他也是农场出来的，离图勒·埃里克家的农场非常近。他跟他们很熟，提了几句图勒·埃里克的父亲。然后我说图勒·埃里克的父亲已经死了。噢？亨里克·霍夫兰说，他头一次听说这事。但他说，他跟老家那边的人联系已经不太多了。可他明显很吃惊。他无疑相信这是真的。如果图勒·埃里克的父亲没死，我为什么要说他死了呢？他没死。下一次我遇见图勒·埃里克的时候，他用现在时谈起他父亲，轻松自如，毫无悲伤。人家活得好好的。那么是什么让我认为他死了？是什么让我足以把它当成事实来对外宣扬？我不知道。我完全没有头绪。但这事弄得我以后不管什么时候见到图勒·埃里克都很紧张，要是他碰到霍夫兰，霍夫兰又对他说出一番哀悼的话可怎么办？图勒·埃里克想必会糊里糊涂地看他一眼，这家伙在说什么呢？嗯，你父亲，他去世了，太突然了。我父亲，你他妈从哪儿听来的？哦，是克瑙斯高说的。他还活着？你是说他还活着吗？可是克瑙斯高说……？普天之下，谁也不会接受我说我弄错了，我真以为那是真的来着，可我凭什么以为那是真的，没有人这样告诉过我，我认识的人当中没有谁的父亲死了，所以我不可能弄混。这是纯粹的空想，但我以为那是事实。这种事发生过好几次，但并非因为我谎言癖，我的的确确相信我说的话。天知道我这样做过多少次了，到处传播自以为是的事实，而它们只是胡说八道！"

"你应该学我，我是个偏执狂，成天念叨同样的东西，把它夯实就不会犯错了。"

"你肯定？你上一次跟你爸说话是什么时候？"

"哈哈。"

"这是一种残疾。就像视力低下。看那边，那是人吗？要不是棵树？哎哟，我刚撞到了什么东西。桌子。啊哈，这是个饭馆！贴着墙往吧台那边走。哎呀呀！什么玩意软软的？人？对不起！你认识我？噢，克努特·阿里尔！该死！我起先没认出你来……由此还产生出了可怕的想法：每个人都有这种残疾。他们内在的、隐蔽的、秘密的黑洞，耗费如此之多的精力去掩藏。世界上因此满是内在残疾的人，不停地相互碰撞。是的，就在这些漂亮的和不太漂亮的、虽然起码还算正常也不太吓人的面孔背后，我们互相面对。不是在心理上或心智上，也不是在精神上，而是凭着自觉，用近乎相面的方式。思想、意识、记忆、感觉和理解上的种种缺陷。"

"可不就是这样吗。哈哈哈！就是这个样子嘛！看看你周围，伙计！醒醒吧！光是这儿，你认为有多少理解上的缺陷？为什么你认为我们已经为自己的每一种行为确立了方式？谈话、演讲、授课、服务、吃喝、走路、落座，甚至还有性交的方式，只要你能叫得出名字的，都存在。如果不是为了这个特定的理由，为什么你认为正常状态这么值得追求？只有这一个地方我们有把握会合。但即使在这样的状态里我们也没有会合。阿尔内·内斯讲过，当他得知自己要去见一个普通的、正常的人时，他付出了超绝的努力，让自己变得普通而正常，而这个正常人大概也极为努力，好让自己能与内斯交流。但如内斯所言，他们根本没有会合的可能，他们之间存在的裂隙是无法连通的。形式上可以，实际上不行。"

"但阿尔内·内斯不是也说过，他能坐着飞机、背着降落伞，空投到地球上任何一个地方，并且知道他到哪儿都会受到友好的接待吗？到哪儿都有饭给他吃、有床给他睡，对吗？"

"对，是这么说过。我在论文里也写了。"

"那我肯定是从你的论文里看来的。世界很小。"

"至少我们的世界很小，"盖尔微笑着说道，"但他说得一点儿也不错。这也是我的经验。你在每个地方都会遇到一种最低程度的普遍人性。巴格达就是个极好的例证。"

在他身后，伊尔达从远处走过来。她穿着低跟鞋和夏天的花裙子。

"嗨，卡尔·奥韦，"她说，"你好吗？"

"嗨，伊尔达，"我说，"非常好。你怎么样？"

"还行，挺好的。现在工作很多，你知道的。家里怎么样？琳达和小闺女都好吧？从我们上次聊天，时间过得真快，太可怕了。她还好吗？她能应付得来吧？"

"是的，她能行。她这阵子忙着学习。所以我白天老得推着婴儿车带万妮娅出门。"

"感觉怎么样？"

我耸耸肩。

"还行。"我说。

"其实我自己也在考虑这事。有个孩子会是什么样呢？我觉得他们有点儿恶心。还有大大的肚子和乳房里的奶水，实话实说，想想就不舒服。可是琳达喜欢吗？"

"噢，喜欢。"

"好吧，那就这样。替我给她带个好。我找时间给她打电话。告诉她！"

"一定。问谢蒂尔好！"

她抬起手，招呼了一下，便走回她的座位去了。

"她刚考完试。"我说。"我告诉过你吗？她第一次自己开车时跟在一辆卡车后面，两条车道并作一条，但她觉得自己有时间完成超车，所以踩了油门就往外掰，这才发现超不过去。她的车撞到了护栏，侧翻了，滑出去好几百米。但她没受伤。"

"大难不死，必有后福。"盖尔说。

女招待走过来收拾了桌子。我们又要了两杯啤酒，不说话，坐了一会儿。我抽了一支烟，用烟头在锃亮的烟灰缸里把软软的烟灰扒拉成一小堆。

"今天我来付账，先跟你说好。"我说。

"好吧。"盖尔说。

如果我不直接说我来付账，他就会掏钱，而且完全没有办法让他收手。有一次我们出去吃饭，我们四个人，盖尔和克里斯蒂娜，琳达和我，到比耶尔·亚尔街尽头的一家泰国餐馆，他说他来付账，我说不，至少应该各付各的。不，他说，我来付，别争了。等服务员拿走他的信用卡之后，我掏出现金，数好饭钱的一半，放到他面前的桌子上。他没伸手去拿，事实上他好像根本没看见。咖啡上来了，我们喝咖啡，十分钟之后，大家起身要走的时候，他仍然没碰那些钱。嘿，把钱拿上，我说，咱们各付各的，快点儿拿上。他又一次说，不，我来付，这是你的钱，你拿。于是我别无选择，只好拿起钱，揣回自己的口袋。我知道如果我不拿，钱就扔在那儿了。这时他露出了笑容，那种最明显不过的"我知道你会这样做"的笑。于是我很后悔自己没付账如果不在盖尔面前丢脸，任何牺牲都不算太大。但克里斯蒂娜脸上挂不住了，她极为敏感，喜怒必形于色，此时一副为盖尔感到害臊的表情，至少也是替眼前的局面感到尴尬。我从未与盖尔闹到下不来台的地步。很明智，也许吧，因为他身上有我永远无法胜出的某种特质。例如，我们比赛互相瞪眼，就像你年少时干过的那样，如果有必要的话，他会看着我一个礼拜不眨眼。我也能盯着他的眼睛不放，但迟早会想，何必呢，于是放低目光。这种想法他永远不会有。

"对了，"我说，"今天忙不忙？"

"我一直在写那篇关于限界状态的文章。具体就是十八世纪的斯德哥尔摩。当时的死亡率有多高，人的寿命有多短，他们用自己有限的生命做些什么，跟我们做个比较。后来塞西莉亚走进办公室想找我谈谈。我们一起去吃午饭。她前一天晚上和同居男友出门吃饭，还有男友的朋友。她说她整晚上和男友的朋友调情，他们回家后，男友当然很生气。"

"他们在一起多久了？"

"六年。"

"她想分手吗？"

"不想，一点儿也不想。正相反，她想跟他生孩子呢。"

"那调情是怎么回事？"我问。

盖尔看了看我。

"她想通吃呗，明摆着的。"他说。

"你怎么跟她说的？她去找你，是想让你给她支招儿吧。"

"我告诉她别承认。一概否认。她没调情，她只想表现友好，说不，不，不。然后下一次别他妈再这么愚蠢了，等着机会主动出现，然后平静地、从容地去干。我没有因为她做的事责备她，我责备她是因为她行事轻率。她让男友承受了痛苦。这没有必要。"

"她肯定知道你会这样说，不然也不会去找你。"

"我也这么想。但另一方面，如果她去找你，也可能是想得到建议，承认一切，双膝跪地，恳求原谅，从此死心塌地，跟定她合法的男人。"

"对，要么这样，要么一走了之。"

"最糟糕的是，你很在乎这种事。"

"我当然在乎了。"我说。"当初我对托妮耶不忠，又什么都没说之后的一年，那是最糟的一年。漆黑一团，一个长长的、屎一样的黑夜。我时时刻刻把它挂在心上。不管什么时间，只要电话一响，我就会慌里慌张地从椅子上跳起来。如果电视上提到'不忠'这两个字，我会一下子从脑袋烧到脚趾头。我受着火刑。我们租片子的时候，我小心翼翼，生怕租到任何与此有关的电影，因为我明白她早晚会注意到。只要那个话题一出现，我就会像蛆一样蠕动。我自觉有罪这个事实摧毁了生活中其余的一切，我说任何话都言不由衷，全是谎言和伪装。那是一场噩梦。"

"你现在会不会承认？"

"会。"

"哥得兰那件事呢？"

"那不是不忠。"

"可它仍然折磨着你？"

"是的，仍然。"

"塞西莉亚没有出轨。为什么她应该把她想做的事告诉男友？"

"问题不在这儿。问题在于企图。只要有企图，你就必须为后果负责。"

"你在哥得兰的企图呢？"

"我喝醉了。如果清醒的话，我是不会那么干的。"

"但你想干来着？"

"也许吧。但那是个巨大的飞跃。"

"托尼是个天主教徒，这你知道。他的神父有一次说过，我也写下来了，罪行就是把你自己放到一个让罪行成为可能的位置上。喝醉，当你知道你脑子里想着什么、心里藏着什么念头时喝醉，就是把你自己放到了这样的位置上。"

"对，但开始喝之前我以为绝对不会越雷池一步。"

"哈哈哈！"

"这是真话。"

"卡尔·奥韦，你做过什么都没关系。小事一桩。所有人都理解。所有人。说真的，你到底做了什么？敲人家的门了？"

"对，敲了半个小时。大半夜的。"

"她没让你进屋吧？"

"没，没。她开了门，给了我一瓶水，然后把门关上了。"

"哈哈哈！我见到你时，你就为了这个坐在那儿打哆嗦，脸色煞白。你看上去像杀了人似的。"

"就是那种感觉。"

"可实际上什么都没有？"

"也许吧。但我无法原谅自己。直到我死都会这样。我有一份长长的单子，列着我行为不检时做过的各种事情。就是这种用意。你他妈真不该做不忠的事。有人会觉得不乱来很容易。对某些人来说的确如此，我认识一些人，不是很多，只是一些，他们一向行事正确。他们一向是好人，堂堂正正的人。我说的不是那些因为什么都不做才不做错事的人，他们过的生活太微不足道了，因此没有什么东西会遭到破坏，这种人确实也有。我说的是那些从里到外都堂堂正正的人，还有那些在各种场合都知道怎么做才是最佳方式的人。那些不首先考虑自己的人，不背叛自己原则的人。你也见过他们。好到骨子里的人，对不对？他们不会明白我在说什么，恰恰因为他们从来不曾这样思前想后，他们想问题不是这个样子，不会去想自己怎么做好人，他们本来就是，却对此浑然不觉。他们关心朋友，他们体贴情侣，他们是好父母，但并不是用女性化的方式，他们总是很敬业，他们甭管想什么都是好的，甭管做什么也都是好的。完人。比如约恩·奥拉夫，你知道的，我表哥。"

"是的，我见过他。"

"他一直是个理想主义者，但目的不是为自己获取任何东西。他总是为每一个需要他的人伸出援手。他一点儿堕落的地方都没有。汉斯也一样。他的正派……对，这就是我在找的那个字眼。

正派。如果你正派，你就会做对的事。我他妈太不正派了，总是有点儿……嗯，倒也不完全是病态，而是某种卑贱、谄媚、逢迎的东西，它时不时从我身上流露出来。如果我进入一个需要谨言慎行的环境，那里的每个人都明白需要谨言慎行，那我就只能随大流了，对不对？这又为什么？因为我只想着我自己，只看到我自己，流露出我自己。我可以善待他人，但我需要提前照方抓药。我的骨子里来不了这个。我天性中没这个。"

"那么，比方说吧，你把我放在你这套评价体系中的什么位置上？"

"你？"

"对。"

"噢，你是个愤世嫉俗的人。你既骄傲又有野心，也许是我认识的最骄傲的一个。你从不当众做任何自降身份的事，你宁愿饿肚子、睡大街。你对朋友忠诚，我无条件地信赖你。同时你也会照料自己，有可能对别人冷酷无情，只要你出于某种原因要和他们对着干，要不就是他们对你做过什么，或者这么干能得到更大的好处。对不对？"

"对。但我对喜欢的人一向都很贴心。真的。用细心来形容可能更准确。其实有很重要的差别。"

"那就细心好了。但是我想举个例子。你在伊拉克和人体盾牌住在一起，从土耳其出发，跟他们走了一路，在巴格达和他们同吃同住，不分彼此。他们有些人成了你的朋友。他们去那儿是因为他们有信念，在这一点上你其实和他们没有共同语言，但他们不知道。"

"他们也怀疑。"盖尔笑着说。

"所以美国海军陆战队一来，你只跟你的朋友们说了句再见，没回头看一眼，就跑到他们的敌人那边去了。你背叛了他们。不可能有别的方式来看待此事。但你没有背叛自己。我把你放到这一带了。这是一个独立的、自由的地带，但去那儿的代价很高。遍布在你周围的人就像一个个交通锥筒。对我来说这是不可能的。每当我从写字间的椅子上起身，社会交往的压力便从四面八方开始袭来，等我走到街上，便已经让这压力捆住了手脚。我简直寸步难行。哈哈哈！可这是真的。打心眼里说，我不认为你能理解这一点，这不是圣洁，也不是道德上的高标准，而是怯懦。没有别的，只是怯懦。你不认为想斩断和所有人的联系，做我想做的事，而不是别人想让我做的事吗？"

"是的。"

"你认为我会那样做吗？"

"不会。"

"你是自由的。我不是。就是这么简单。"

"不，差远了。"盖尔说。"尽管你谁也不见，可你还是会身陷社会交往的压力，这听起来很奇怪。哈哈哈！但我明白你的意思。你说的不错，你总想同时照顾到所有人。我们去你们家吃饭时，我见过你怎样跑前跑后。可是有很多方式身陷其中，有很多方式变得不自由。你必须记住，你已经拥有了你想要的一切。你已经报复了你想报复的人。你有地位。人们坐下来等着看你干了什么，你一露面他们就挥舞棕榈叶。你能就自己感兴趣的东西写篇文章，几天之后准能在你挑选的报纸上发表。人们打来电话，请你去这儿，去那儿，去各种地方。报纸请你就各种各样的事情发表评论。你的书将在德国和英国出版。你明白这里面包含的自由吗？你明白你生活中打开了怎样的一片新天地吗？你说什么渴望松开手和坠落。如果我松手，我一定还站在同一个地方。我就站在最底层。没人对我写什么感兴趣。没人对我想什么感兴趣。没人邀请我去任何地方。我必须自己挤进去，对不对？每次我进入一个坐满人的房间，都必须弄出些动静来。我不像你，未见其人，先闻其名，我没名，每次我都必须白手起家创造一切。我坐在地洞的底部，用大喇叭喊话。我说什么都不碍事，反正没人听。你也知道，不管我从外面说什么，都包含着对里面的一种批判。按照定义来说，此人就是固执己见。是心怀怨恨，鸡蛋里挑骨头的类型。与此同时，很多年过去了。我就快四十岁了，我没有任何我想拥有的东西。你说它才华横溢，不同凡响，也许没错，但这有什么用？你有你想要的一切，你可以放弃它，离开它，不用它。但我不能。我必须进去。我已经努力了二十年。我现在正在写的书至少还要再花三年。我已经能感到周围的世界正在对我失去信心，因此对我也就不抱任何兴趣了。我变得越来越像一个疯子，不肯放弃手中疯狂的计划。我说的一切都在评判它。当我写完博士论文有话要说时，那就是在对它作出评判，那时我在学术上、智识上还活着，现在我死了。时间过去得越长，下一本书就必须更好。下一本书没什么问题，相当不错，非常好，这都不够，因为我为它花了很多时间，因为我的年龄相对来说也太老了，所以它必须不同凡响。从这个角度来看，我是不自由的。跟我们此前谈过的维多利亚时代的理想联系起来，那可不是理想，而是现实，换句话说就是双重生活。这里面也有一种悲哀，因为这样的人生绝不可能是健全的。当然了，这是所有人梦想中的生活，一次艳遇，或与某个人堕入爱河，没有愤世嫉俗和深思熟虑，样样东西都很健全。是的。浪漫。碰到难题，双重生活是一种还算不赖的解决方案，但这不是没有问题的，如果你以为我走来走去想的就是这些的话。它是用得上的，临时的，实用的，换句话说就是活下去。但它不健全，也不理想。我们之间最主要的不同，不在于我自由而你不自由。因为我不相信是这么回事。最主要的不同在于我快乐，你不快乐。"

"我不认为我那么不豫……"

"太对了！不豫，这个字眼只有你能用！它道出了你的一切。"

"不豫是个很好的挪威语词。事实上我在《海姆斯克林拉》里见过它。斯托姆的译本已经有一百年了 [1]。可咱们是不是换个话题？"

"如果你说两年前，我还能理解。"

"好。我可以继续。等到跟托妮耶结束了一切，我就去了一

---

[1] 《海姆斯克林拉》(Heimskringla)，别称《挪威列王传 / 挪威王列传》，由伟大的冰岛历史学家斯诺里·斯图鲁松（Snorri Sturluson）编写于十三世纪，是现存王室萨迦中最重要的一部。挪威历史学家古斯塔夫·斯托姆（Gustav Storm）著名的挪威语译本完成于十九世纪末。"不豫"的原文是 uglad。如斯托姆译《海姆斯克林拉·金发哈拉尔萨迦》第十四章中的一句：Siden gik Aake til sveakongen; da var kong Eirik klædt og rede til afreisen og var temmelig uglad. (Nationaludgave, 2den udgave, 1900)："而后奥克去见瑞典国王；彼时埃里克王已整装待发，甚为不豫。"

座小岛，在那儿住了两个月。我以前在那儿待过，打个电话就都安排妥了。一幢房子，一座小岛，在离开陆地的海上，还有三个人在那儿。那是冬末，整座岛都冰冻着，僵死着。我一边到处走一边思考。我思考的是我必须要做一切能让我成为好人的事情。我做每件事都应该以此为目标。但是再也不要偷偷摸摸、躲闪逃避了，到那个时候为止，这种态度一直决定着我的行为方式，你知道的，臣服于最微不足道的小事所引起的羞耻。被屈辱压服。不，在我为自己画的新肖像中，也有胆量和骨气。直视别人的眼睛，说出我的主张。我已经越来越躬身驼背了，你看到了，我想占据的空间越来越小，可是在岛上，我开始挺直脊梁，真是挺直了。不是比喻。与此同时，我读了海于格的日记。整整三千页。那是巨大的安慰。"

"他更惨吧？"

"的确如此。但这不是重点所在。他无休无止地为同一件事，为他应该如何，为这样一个理想的形象而战斗，以此作为他本人的对照。他的斗志极其旺盛。可这样一个男人什么都不曾真正做过，什么都不曾真正经历过，只是窝在世界最边缘一个小破国家的小破农场，守着一条小破峡湾，读啊、写啊，自己跟自己做着思想斗争。"

"是啊，他有时近于完全的疯狂也就不奇怪了。"

"你可以得到一种印象，觉得那也是一种解脱。他屈服了，他退却的速度之快，有一部分是因为快乐。他逃离了自我的牢固控制，好像是这样吧。"

"问题在于这是不是上帝，"盖尔说，"受到注视的感觉，受迫于能看到你的某种东西而跪伏的感觉。我们只是用不同的名字提到它。超我也好，羞耻也好，甭管它叫什么，这就是为什么相对于其他人，有些人把上帝看作是一种更强有力的现实。"

"所以它怂恿你陷入低级的感受，沉溺于终将投向魔鬼的享乐与恶习？"

"就是这样。"

"我根本不想这样。当然除了喝酒的时候。那时候样样事都用力过度。我就想去旅行，去看，去读，去写。我要自由。完全自由。我在岛上有机会得到自由，因为现实是我已经和托妮耶结束了。我本来可以去我想去的任何地方旅行。东京，布宜诺斯艾利斯，慕尼黑。可是没有。我去了那儿，连人影都见不着的地方。我不理解我自己，我不知道我是谁，所以我的心理依靠、所有这些要当好人的想法，就是我那时拥有的全部了。我不看电视，我不看报纸，我只吃薄脆饼干，再喝点儿汤。我给自己打牙祭时，就弄些煎鱼饼和菜花。还有橙子。我开始做俯卧撑和仰卧起坐。你能想象吗？你得多绝望才会用俯卧撑来解决问题？"

"这就是纯洁，全都是。里里外外。苦行生活。不受电视和报纸的腐化，吃饭只求果腹。那段时间你喝咖啡吗？"

"咖啡我喝。但你说到纯洁没错。这里面到处都有一种近似法西斯的味道。"

"海于格写过，他说希特勒是个伟人。"

"他那时还不算太老。但最糟的是我能理解，那是一种迫切的需要，要让你自己摆脱一切平庸，一切在你内心腐烂的狭隘思想，一切能让你愤怒或不快乐的琐事，这种迫切的需要能创造出对某种纯洁和伟大事物的欲望，让你在这事业里溶解、消失。它要清除一切废物，对不对？一个民族，一种血液，一个地球。现在恰恰是这一点受到了彻底的质疑。但它背后的东西我理解起来没有任何问题。可我对社会交往的压力过于敏感，又受到别人对我看法的左右，要是生活在四十年代，天知道我该怎么办。"

"哈哈哈！沉住气。你现在都不做别人做的，所以回到那个年代你也不会做。"

"可是我搬到斯德哥尔摩，又爱上琳达以后，一切都变了。好像我已经超脱于琐事之上，统统无关紧要了，一切都是好的，任何地方都没有问题了。我不知道怎么解释……这就好像我的内力太强，粉碎了外界的一切。我刀枪不入，你懂吗？充满了光。一切是明亮的！我甚至能读荷尔德林了！那是一段精彩绝伦的时光。我从没那样快乐过。浑身上下都是快乐。"

"我记得你那个样子。你住巴斯图街，满面红光，几乎是个发光体。一遍又一遍放着曼努·查奥的歌。基本上没法和你讲话。你周身洋溢着快乐。坐在床上好像他妈的一朵莲花，带着微笑。"

"关键在于从哪个角度看问题。往一个方向看，一切都让人喜悦。往另一个方向看，只有遗憾和痛苦。你觉得我高高兴兴坐在那儿的时候，关心电视和报纸塞给我们的各种垃圾吗？你觉得我为什么事情感到羞耻了吗？我纵容一切。我他妈的不能错失。这就是那年秋天我告诉你的，当时你他妈的沮丧至极，都没人样了。就在于看问题的方式。你的世界里什么都没改变，什么都没变得迫切，只是你看问题的方式变了。可是当然了，你不听我的，相反你去了伊拉克。"

"当你处在沮丧的黑暗里，你最不想听到的就是某个快乐的蠢货叽叽喳喳。但我回来时蛮高兴的。去伊拉克让我得到了解脱。"

"是的。现在角色又颠倒过来了。我正坐在这儿抱怨着生活的不幸。"

"我认为这是自然秩序。"他说。"你又开始做俯卧撑了？"

"是的。"

他笑了。我也笑了。

"我他妈还能做什么？"我说。

我们一小时后离开鸬鹚，搭同一班地铁前往斯卢森，盖尔在那儿换乘红线。他一只手搭在我肩膀上，跟我说保重，给琳达和万妮娅带好。他走以后，我一屁股坐到座位上，希望自己就坐在这儿，一个小时又一个小时，驶过夜晚，而不像现在这样，非得在三站之后的草市广场下车。

车厢里几乎是空的。一个男青年背着吉他盒，手抓支柱站在门边，他瘦得像根钉子，卷曲的黑发从帽子边缘披垂而下。在靠里的座位上，两个十六岁左右的女孩在给对方看自己的手机短信。一个老头身穿黑色外套，系着铁锈红的围巾，头戴一顶七十年代那种黑色的、近乎方形的羊毛帽子，坐在对面。面朝他的是个又矮又胖的女人，南美人的样貌，身穿大号的羽绒衣，廉价的深蓝色牛仔裤，一双山羊皮的靴子，顶端露出一圈人造羊毛。

电话的事我本来已忘得一干二净，我们马上要走的时候，盖尔才提醒了我。他把他的手机递给我，说我应该打一下我的电话。我打了，但没人接。我们商定由他发短信，请她打电话到我家里。他的短信过半个小时再发，那会我应该到家了。

她大概会以为这是某种搭讪？我故意把电话放进她包里，好随后打电话给她？

中央车站人声鼎沸。大多数是年轻人，几个喧闹的小团伙，不少独行者耳朵里塞着小耳机，有些人两腿之间的地上放着运动用品袋。

此时她们在家里都睡了吧。

这念头一下子跳出来，我心头为之一紧。

这就是我的生活。这就是我的生活所是。

我必须打起精神。保持斗志。

一列火车从另一条平行的铁轨上驶过，在这几秒钟的时间里，我正好看到一节金鱼缸似的车厢，乘客坐在里面，深陷于沉思，然后便沿着自己的轨道被推向前方，我们随即飞快地驶入了隧道，唯一能看见的就是窗子上映现出的车厢内部和我茫然的面孔。火车减速，我站起来走到门口。跨过站台，搭电动扶梯上行到地道街。那个胖胖的、三十来岁的金发女人坐在售票窗口后面，我过去很长时间只当她是陌生人，直到琳达有一次跟她打了招呼，说她们在毕斯科普斯－阿尔内一起上过学。我们目光相遇时，她把头低下了。无所谓，我这样想着，用大腿推开了检票闸门，快步爬完最后一段阶梯。

我回家的路线大概就是刺杀帕尔梅的凶手逃跑时走过的，几乎每一次攀爬通往山脊街的长阶梯时我都会这样想。我记得行刺事件传开那天的所有细节。那是个星期天，妈妈一直病着，我和扬·维达尔搭公共汽车进城。那时我们十七岁。如果不是帕尔梅遇刺，那一天就消失了，就像所有已经消失的日子一样。所有的小时，所有的分钟，所有的交谈，所有的思想，所有的事件。和所有的东西一起，进入了遗忘的水塘。残留的一丁点儿必须代表全部。而它得以存留，只是因为它从其他的事情里跳了出来。这是怎样的讽刺呢？

克格勃餐馆[1]里有几个长发男子坐在窗边喝酒。如果不是这样，它显得空空如也了。但也有可能今晚所有的活动都在地下室进行。

两辆黑色的、亮闪闪的出租车朝着市中心的方向疾速驶过。雪粒打着转儿，几秒钟之后落到我脸上，我的头刚好与路面平齐。我过马路，放缓脚步，走完大门前的最后一小段，开门进了楼。很走运，门厅和楼梯间里一个人也没有。楼内一片寂静。

我脱掉外套和鞋，悄悄穿过客厅，打开卧室的门。琳达睁开眼睛，在昏暗的光线中看着我。她朝我伸出了双臂。

"晚上过得好吗？"

"挺好的。"我说着俯下身吻她。"家里都好吧？"

"嗯。我们想你。你这就上床吗？"

"我先弄点儿东西吃。吃完就来。好吗？"

"好的。"

---

[1] 克格勃餐馆位于斯德哥尔摩北马尔姆的山脊街，是一家怀旧式的苏联主题酒吧、餐厅和夜总会。

万妮娅睡在小床上，像往常一样屁股朝天，脸压在枕头上。我从她身边经过时露出了微笑。我在厨房喝了一杯水，打开冰箱看了半天，拿出些人造黄油和一包火腿。又从它旁边的餐柜里取出面包。就在我关上柜门时，我瞥了一眼架子最上层那一排酒瓶。这可不是随便看看的。瓶子不在老位置上了。圣诞节剩下的半瓶阿克维特跟卡尔瓦多斯苹果白兰地调换了位置。格拉帕酒原本放在最里面，现在到了边上，挨着荷兰杜松子酒。如果只是这些，我断然不至于多想，我会认为自己必定在星期六清理过置物架，可是现在我看了又看，酒瓶子里的酒好像少了。仅仅一个星期之前，我也产生过同样的念头，但很快把它抛到了脑后。我肯定忘记了请客时我们醉得多厉害。可现在它们又挪了位置。

我在那儿站了一会儿，用手转动着各种酒瓶，琢磨着可能的原因。格拉帕酒本来差不多是满满的，对不对？几个星期之前，大家吃完晚饭，我倒过三小杯。现在它都到了酒标下面了。还有阿克维特，原来肯定高出一个杯底吧？还有干邑，大概也要多一些？这些酒是我出门旅行时买回来的，要不就是别人送的。我们从来不喝，除非招待客人。

难道是琳达？

难道她一个人在家喝起酒来了？

偷偷摸摸地喝？

不，不，绝对不可能。她自从怀孕就滴酒不沾，哺乳期更不会碰。

她在撒谎吗？

琳达？

不，该死的。我不可能那么瞎。

我把酒瓶子放回去，原来在哪儿现在还放到哪儿，放到我记得的位置。我还试了试每个酒瓶里剩下多少酒。然后我关上晚柜的门，坐下吃东西。

也许我只是记混了。也许最近几个星期我们酒醉的程度超出了我的认识。酒剩下多少我心里也没谱。后来瓶子挪了位置，是因为我星期六清理过碗柜。我记不清楚，这再正常不过了。据什克洛夫斯基所述，托尔斯泰不是在日记里写过这种事吗？他一下子想不起来刚才是不是打扫过客厅。如果他打扫过了，那么这一经验的状态是怎样，它又填充了怎样的时间？

噢，俄国形式主义，你曾经在我生活中处在怎样的位置啊？

我站起身，正要清理桌子，客厅里的电话响了。我心头咯噔一下，但马上想起盖尔给我的电话发了短信。没什么好担心的。

我快步走过去，拿起电话。

"喂，你好，我是卡尔·奥韦。"我说。

电话另一头沉默了几秒钟，然后一个声音说道：

"是你丢了手机吗？"

这是个男人的声音。他讲着磕磕绊绊的瑞典话，语气就算不是侵略性的，也不是特别友善。

"对，是我。您拣到了是吗？"

"我未婚妻回到家以后发现它在包里。现在请您告诉我它是怎么出现在她包里的？"

门在我前方打开了。琳达走出来，心神不安地瞪了我一眼。我抬起一只手，示意她先别管我，又冲她一笑。

"我在治安官街的站台上，电话拿在手里，有人从后面撞了我一下，电话就丢了。我回头找撞我的人，所以没看见电话掉哪儿去了。可我没听见它掉到地上的声音。这时我看见一个女人，挎着个敞开口的包，我猜准是掉到那里面去了。"

"你为什么不跟她说呢？你为什么想让她和你联络？"

"当时火车到了，我又赶时间。再说我也不确定它掉在哪儿了。我不能冲一个陌生人走过去，问人家我能不能看看她的包。"

"你是挪威来的？"

"对。"

"好吧。我相信你。你可以把电话拿回去。你住在哪儿？"

"在城里。内阁街。"

"你知道巴纳街吗？"

"不知道。"

"东马尔姆，滨湖路往北有条街，卡拉广场边上。那儿有个ICA的商店。十二点到那儿。我在外面。如果我不在，你的手机会放到收银台。问店员就行。好不好？"

"好。谢谢。"

"下次别这么笨手笨脚的了。"

说完他挂了电话。琳达一直腿上盖着毯子坐在沙发上，这时抬了抬眉毛。

"怎么回事？"她问，"谁这么晚来电话？"

我把来龙去脉讲给她听，她哈哈大笑。与其说她笑的是事情的后果，不如说是它招致的疑虑。如果你想约一个女人，却不知道她的电话号码，于是你把电话丢进她的挎包，然后打给她，还有什么比这更好的办法呢？

我在她身边的沙发上坐下。她依偎到我身上。

"现在万妮娅上了托儿所的排队名单了。"她说。"我今天给他们打了电话。"

"是吗？太好了。"

"我必须说实话，我感觉很复杂。"她说。"她太小了。要不我们先送她上半天？"

"当然可以。"

"小万妮娅。"

我看着她。因为刚睡醒的缘故，她的脸好像很疲倦。眼睛眯着，皮肤松弛。她肯定不会偷偷喝酒吧？她对万妮娅的情感是浩瀚的，她严肃地扮演着母亲的角色。

不，肯定不会。我怎么能这样想？

"厨房的碗柜里发生了一件神秘的事，"我说，"每次我一看那些酒瓶，里面的酒就好像少了。你注意到了吗？"

她笑了。

"没注意。说不定我们喝得比你以为的多。"

"看来是的。"我说。

我把额头贴到她脑门上。她的目光直视着我的眼睛，把我完全填满了。在这短暂的几秒钟里，她的双眼就是我看到的全部，她的双眼闪耀着她人生的辉光，人如其心、心如其人的光。

"我想你。"她说。

"我就在这儿。"我说。"怎么？你想要我？"

"对，就是想要。"她说着抓起我两只手，拉着我上了沙发。

第二天早晨，我像往常一样四点半起床，编辑短篇小说集的译稿，一直工作到七点，跟琳达和万妮娅吃早餐，一句话都没说。八点钟的时候，英丽来接万妮娅。琳达去上课了，我坐下看了半个小时的报纸，接着开始答复积累下来的电子邮件。然后洗了淋浴，穿好衣服出门。天蓝蓝的，太阳低悬，阳光洒满全城，尽管仍然很冷，但阳光里已经有了一种春天的感觉，就算我深入阴影里的街道走向斯图雷广场时，也能感觉得到。很显然，并非我一个人有这样的感受，前一天人们还低垂着头、缩着双肩走路，现在他们扬起了脸，观看这世界，目光里既有好奇，也有了快意。这个开放的、喜悦的城市，和昨天我们走过的那个封闭的、沮丧的是同一个地方吗？当初那无言的冬日阳光拼命穿透云层，用灰暗和虚弱吸走了所有的颜色，抹平彼此相向的表面，把它们之间的不同减弱到最小，如今这清晰、直露的阳光又把它们凸现出来了。在我周围，城市迸发出缤纷的颜色，不是夏天那种热烈的、生物的颜色，而是冬天的矿物质的颜色，冰冷的、人造的颜色。红色的砖，黄色的砖，暗绿色的汽车引擎盖，蓝色的标志牌，一件橙色的夹克，一条紫色的围巾，灰黑色的人行道，铜绿色的金属和锃亮的镀铬。楼房的一面是闪亮的窗、鲜艳的墙和发光的雨槽，另一面则是黑的窗，暗的墙，失去了光泽、几乎隐身的雨槽。在比耶尔·亚尔街，积雪堆在路边，有时闪闪发亮，有时灰暗无言，一切取决于阳光怎样洒落。我走向斯图雷广场，进赫登格伦书店，正好有位男青年打开了门。我走到地下室，在书架之间走了一圈，挑了一摞书，坐下翻看。我买了一本埃兹拉·庞德的传记，因为我对他关于金钱的理论很感兴趣，希望里面有这方面的内容；一本关于1550年到1900年间中国科学的书；一本世界经济史方面的著作，作者是某位卡梅伦；还有一本关于美洲原住民的书，描述了欧洲人到达之前已经存在的所有部落，一本厚达六百页的鸿篇巨著。此外，我还找到一本斯塔罗宾斯基写的卢梭，一本关于格哈德·里希特的书《绘画艺术中的怀疑和信仰》，我也买下来了。我对庞德、经济、科学、中国和卢梭一无所知，也不知道自己是不是感兴趣，但我很快要写长篇小说了，必须从某个地方入手。很长时间以来，我一直在思考印第安人。几个月之前，我看到一张图片，是几个印第安人在划独木舟。他们划过湖面，船头有个男人，穿着打扮就像一只张开翅膀的鸟。这张图片从所有层面上刺穿了我对印第安人的成见，包括我从图书、连环画和电影里看到的一切，从而直抵现实：他们是真实地存在过的。他们确实过着自己的生活，与图腾柱、长矛和弓箭为伴，孤独地存在于一块广阔的大陆，而对于不仅可能而且确实存在着不同于他们自己那样的生活，他们幸福地一无所知。这是个美妙的想法。这张图片诱发的浪漫，连同其野蛮，这鸟人，连同这处于原始状态的自然，演变了，脱离了现实而不是相反，否则便总是这个样子了。这让我颇感震惊。我无法用别的方式加以解释。我深为震撼。我知道我会写它的。不是写那张图片，而是图片包含的东西。各种各样的反面观点随即出现。他们确曾存在过，但不再存在了，他们和他们的文化很久以前就被消灭了。那还写它干吗？他们的时代已经远去，再也不会重新存在。如果我创造一个新世界，那里存在着他们文化的种种要素，那便只是文学、只是虚构，而毫无价值。但我可以反驳，举出例证说但丁写的只是虚构作品，塞万提斯写的只是虚构作品，梅尔维尔写的也只是虚构作品。而不可否认的是，如果这三部作品不曾存在，那么人类必定不会是同样的人类。所以为什么不只写虚构作品呢？真理和现实当然并不只有一对一的关系。很好的论点，但没有用，只是想到了小说，只是想到了一个虚构的情节里一个虚构的人物，让我觉得恶心，我对此产生了生理上的反应。不知道原因何在。但的确是这种反应。所以印第安人得先放到一边。我也在想我不必老有这种感觉。

付完书钱，我走到平板广场，进了音乐和电影商店，在那儿买了三张 DVD 和五张 CD，再往上走到学院书店，在里面找到一本论述斯维登堡的专著，亚特兰蒂斯出版，我买了，外加两三本杂志。我很难抽出时间来读这本书，可这阻止不了我感觉良好。我回到家，把东西放下，站在厨房的工作台边吃了几块三明治，再度出门，这一次横跨东马尔姆，前往巴纳街的那家商店，并在正午时分准点到达。

那里没人，我点了一支烟，等着。东张西望，看着来往的行人，但没有人停脚或朝我走过来。十五分钟之后，我走进商店，问女店员今天有没有人留下一部手机。有啊，就在这儿。我能说一下它什么样子吗？

我说了，于是她从收银台旁边的抽屉里取出手机，递给我。

"谢谢你。"我说。"谁留下的你知道吗？"

"知道，可是这么说，我不知道他的名字，但他很年轻。他就在那边的以色列大使馆工作。"

"以色列大使馆？"

"对。"

"噢。再一次谢谢你。嘿哚。"

"嘿哚。"

我在街上信步前行，一路上笑得合不拢嘴。以色列大使馆！难怪他起了疑心！电话一定里里外外查了个遍。所有的短信，所有的电话号码……嘿嘿嘿！

我打开电话，拨通了盖尔。

"喂？"他说。

"昨天有人为了手机的事打电话给我了，"我说，"他对我非常怀疑，但最后还是同意把它还给我。我现在刚拿到手。他把电话放到一家商店的收银台了。我问在那儿上班的女孩认不认得那个人是谁。你猜她怎么说的？"

"猜不出来。"

"他在以色列大使馆工作。"

"别逗了你！"

"我不骗你。电话丢的时候没掉到站台上，而是掉到别人包里去了。掉到别人包里的时候也不是随便什么人的包，偏偏就是以色列大使馆员工女朋友的包。奇怪了，嗯？"

"我看你可以忘掉女朋友的想法。更有可能的是她就在以色列大使馆工作，发现你的手机以后就和他们取得了联络。然后他们坐在那儿看着这部手机，一个劲地纳闷，到底是谁把它布置在那儿的。这是个什么东西！炸弹？麦克风？"

"跟挪威联系到一起又是怎么回事？跟重水有关？报复利勒

哈默尔事件[1]？"

"真让人吃惊你怎么老卷进这种事。俄国妓女和以色列特工。你们请来吃晚饭的那个作家，所有食物她都要先称重再吃，她叫什么来着？"

"玛丽亚。对了，她也跟俄国有联系。"

"而且她饭后非得给别人打电话，一五一十地跟人家讲她都吃了什么。哈哈哈！"

"那跟这事有什么关系？"

"不知道？这种怪事也许老在你周围出现吧。琳达还有个朋友，爱上了一个吸毒的，那人的姐姐就跟你们住一栋楼。你在琳达住的大楼里租了一套房子。你的电脑什么都露着，搁在外面让雨泡了，还从火车掉到铁轨上，都没坏。你的电话一丢，就丢到以色列大使馆员工的包里去了，真是无巧不成书。"

"听起来紧张刺激又赏心悦目。"我说。"但我生活的真相根本不是这么回事，这你知道。"

"噢，得了，咱们就不能假装一次吗？"

"不能。你在做什么？"我问。

"你以为呢？"

"听不见背景的杂音。那么你肯定在写东西。"

"的确。你呢？"

"我正在去电影大楼的路上，要跟琳达吃午饭。过后再聊。"

---

[1] 1973 年 7 月 21 日，摩萨德特工在挪威利勒哈默尔街头图谋行刺黑九月头目阿里·哈桑·萨拉马，却将摩洛哥侍应艾哈迈德·布希基误杀。

“好。”

我挂掉电话，把手机放回衣袋，加快步伐。走过卡拉广场干涸的喷泉，穿过上校场，走瓦尔哈拉路前往电影大楼。它处在半被积雪覆盖的拉迪戈德公园的边缘地带，正在阳光下闪闪发亮。

吃完午饭，我搭地铁到乌登广场，从那儿步行去写字间，主要是为了有个地方单独待一会。英丽有家门钥匙，可能跟万妮娅一起在家。咖啡馆里尽是不认识的人和不停歇的目光，我现在没那个心情。所以我在桌前坐了一会，想写演讲稿，却落得个满心的沮丧。于是我索性躺到沙发上睡着了。等我醒过来，外面的街道已经黑了，时间是四点十分。《晚邮报》的记者六点钟来，所以我要是想当天见万妮娅和琳达的话，就只能穿上外套回家。

“有人在家吗？”我打开门叫道。万妮娅穿过过道全速朝我爬过来，一路大笑，我把她抛到空中，反复几次，然后把她抱进厨房。琳达正在里面搅着长柄锅。

“炖鹰嘴豆，”她说，“我找不到更好的了。”

“这就挺好。”我说。“万妮娅今天怎么样？”

“我觉得蛮好。他们在六月山玩了整整一个上午。妈刚走。你碰到她了吗？”

“没有。”我说完便把万妮娅抱到我们床上，丢来丢去，一直到我玩累了，她也笑得脸红了、汗出了，我才把她放到厨房工作台旁边的椅子上，走进客厅，检查电子邮件。看完收到的邮件，我关掉电脑，俯视街对面比我们低一层的公寓，那里也有一台电脑亮着。有一次我看见那儿有个男人在屏幕前手淫。他以为不会有人看见，没有意识到从这儿可以看到他。他一个人在房间里，但公寓里还有别人；墙的另一面是厨房，坐着一男一女。看到私密空间和公共地带相距如此之近，不由得让人啧啧称奇。

现在那房间是空的。屏幕上只有斑点跳来跳去，角落里的灯光无法越过一椅一桌，桌面上放着一本面朝上的书。

"饭好了！"琳达在厨房里叫道。我站起身朝他们走过去。此时已经五点一刻了。

"他们几时到？"琳达问。她肯定注意到了我抬头看钟的动作。

"六点。但我们马上就走。你用不着露面。嗯，如果你愿意，跟他们打个招呼也行，但别勉强。"

"我看我就待在这儿好了。谁也看不见我。你紧张吗？"

"不紧张，但我没心情。你知道什么感觉。"

"别担心。只是跟他们聊聊，怎么想怎么说，别强求自己。轻松一点儿。"

"我曾经跟玛古尔·阿克塞尔松谈过，你知道吧，她到特维德斯特兰和哥德堡参加读书会，一路上她很照顾我，有点儿像妈妈的感觉。她说她有个原则，从来不读写到她的东西，从来不看自己上电视的样子，从来不听自己在广播里的声音。把它们当成一次性的事情。只专注于正在发生的那一刻，她说的。就是跟人见见面，直接、简单，没什么复杂的。这些话我很以为然。但这里面也有虚荣，对不对？我的形象究竟是大白痴呢，还是只是一般的白痴？这究竟是我的形象呢，还是我？"

"我希望你把这些都放下，"琳达说，"太没必要了！浪费你太多精力了。你整天想的全是这些。"

"对，我知道。但我会停下来的。我会拒绝一切。"

"你是个特别特别好的人。你能明白这一点就好了。"

"我心里的感觉正好相反。其实不管什么事，统统是这种感觉。别跟我说我要去看心理医生。"

"我什么都没说！"

"你也有同样的感觉，"我说，"唯一的区别，说得婉转些，就是你还有自尊心完好无缺的时候。"

"但愿万妮娅不受影响。"琳达边说边看着她。万妮娅冲我们微笑。她身前的桌子上、椅子下面的地上，到处都是米饭。她嘴唇上沾了红色的果酱，嘴巴周围挂着一圈白色的饭粒。

"可是她不会不受影响的，"我说，"不可能。这种感觉她要么从一开始就有，要么半路上捡起来。这不可能隐藏。但对她的影响也许不会太明显。应该不会。"

"但愿不会。"琳达说。

她眼睛里闪着泪光。

"很好吃，"我说着站起身，"我来刷碗。应该在他们来之前收拾好。"

我转身看着万妮娅。

"万妮娅长多大了？"我问。

她骄傲地把两条胳膊举过头顶。

"好大！"我说。"好了，我这就给你洗一洗。"

我把她抱出椅子，抱她进卫生间给她洗脸洗手。抱着她照镜子，然后把她紧紧搂在怀里。她大声地笑。

接着我在卧室给她换了尿布，把她放到地上，我又过去清理饭桌。等收拾完，趁洗碗机在台面下嗡嗡作响，我打开碗柜，抱着不可能发生的心态，察看一下酒瓶子有没有什么异样。

有。格拉帕酒，这我绝对可以肯定，因为瓶子里的酒昨天正好跟酒标齐平。干邑摆放的位置也不一样了，虽然我不是特别有把握，但好像是有人喝过了。

究竟是怎么回事？

我拒绝相信这是琳达干的。尤其是我们前一天晚上刚聊过这件事之后。

可是家里没有别人了。

我们也没请保洁什么的。

噢，该死，不。

英丽。

她今天在这儿，昨天也在。一定是她，明摆着的。

可是，难道她一边照看万妮娅一边喝酒？难道她坐在这儿叮叮咣咣地灌烧酒，而小外孙女就在身边？

如果是这样，她一定是个酒鬼了。万妮娅是她的命根子，她不会冒险，为了万妮娅。但是如果她还在喝，那她的酒瘾一定更为强大，一定是的，如果她甘愿为此搭上一切。

噢，天上的主啊，发发慈悲吧。

卧室的地板上传来琳达的脚步声，于是我关上碗柜的门，走到厨台前，拿过一块抹布擦起了台面。现在是差十分六点。

"他们来之前我要下去抽根烟，行吗？"我说，"还剩一点儿没干完，但是……"

"没问题。你去吧。"琳达说。"顺便把垃圾带下去好吗？"

就在这个时候，门铃响了。我走过去开了门，一个留着络腮胡子、背着单肩包的年轻男人微笑着站在门口。在他身后还有一个男人，年纪大一些，肤色黝黑，一个大摄影包斜挎在肩膀上，手里拿着相机。

"嗨，"年轻人说着伸出手，"谢蒂尔·厄斯特利。"

"卡尔·奥韦·克瑙斯高。"我说。

"见到你很高兴。"他说。

我握了握摄影师的手，请他们进屋。

"要不要来点儿咖啡？"

"好啊，谢谢。"

我走进厨房，拿起装咖啡的保温壶和三个杯子。我回来时，他们正在四下打量客厅。

"就算大雪封门你也会很高兴，"记者说，"你的书可不少啊！"

"大部分我都没看过，"我说，"看过的我也没记住。"

他比我原来想的要年轻，虽然留了络腮胡，但至多二十六七岁的样子。他一口大牙，目光愉快，举止轻松，性情活泼。我对这种类型并不陌生，我认得几个和他差不多的人，但都是最近几年，我小时候一个都没碰到过。这可能跟阶级有关，也可能和地理或世代有关，也许全都有关。东挪威的中产阶级，我猜，父母八成是学术圈的。受过良好的教养，举止自信，机敏，圆熟的社交技巧。一个没受过任何重大挫折的人，这就是他在最初几分钟里给我留下的印象。摄影师是瑞典人，因此得以避免我对他的举止样貌加以揣摸探察的一切可能。

"其实我已经打定主意推掉以后的所有采访，"我说，"但出版社那些人说你非常出色，我绝对不能让这个机会溜走。希望他们所言不虚。"

一点点恭维，反正也不伤人。

"我也希望如此。"记者答道。

我给他们倒了咖啡。

"我能在这儿拍几张吗？"摄影师问。

我迟疑了一下，他向我保证，只拍我，带不到环境。

一开始记者就想在我家做采访，我没答应，但当他打电话安排会面地点时，我说他们还是过来坐坐吧，然后再出门做采访。我能听出他很高兴。

"好吧，"我说，"这儿？"

我站在书架前，手里端着一杯咖啡，他走来走去地拍照。

真是他妈的一泡屎。

"手能抬起一点儿来吗？"

"看起来会不会太做作？"

"好吧。那就这样。"

我听见万妮娅爬进了过道。她在门口站起来，看着我们。

"嗨，万妮娅！"我说，"一屋子怪叔叔是吗？但你认得我哟……"

我把她抱起来。这时琳达进来了。她马马虎虎地打了招呼，接过万妮娅走回了厨房。

我不想让人看见的一切都让人看见了。一碰到别人的目光，我和我的一切都是呆板的，僵硬的。我不想这样，我他妈根本就不想。可我又站到那儿去了，笑得像个傻瓜。

"我能再拍几张吗？"摄影师问。

我又摆了个姿势。

"有个摄影师曾经跟我说，给我拍照片就像拍木头。"我说。

"肯定是个不入流的摄影师。"摄影师说。

"但你知道他什么意思？"

他停下了，脸移开相机，笑一下，放回去，继续。

"我认为咱们应该去鹈鹕，"我对记者说，"这是我常去的地方。而且没有音乐。应该蛮合适的。"

"那就去那儿。"

"不过咱们先到外面拍几张。然后我放你们两个走。"

就在此时，记者的电话响了。他看了一下号码。

"我得接一下。"他说。通话只持续了一分钟，最多两分钟，讲的是下雪，一辆汽车，火车的班次，木屋。他挂掉电话，看到我在看他。

"周末我要和几个朋友去滑雪。我们下了火车到木屋要乘车。有个老人家一直在给我们帮忙。"

"听起来不错。"我说。

和朋友们一起去木屋，这种事我从来没做过。我读高中，还有在学院上课的那几年，这始终是心头的一处隐痛。我几乎没有朋友。仅有的几个，我也都是认识完一个再认识下一个。现在我老了，老到不关心这种事情了，但即便如此，我仍然感到一阵刺痛，仿佛是为了旧日的我。

他把手机放回衣袋，又把杯子放到桌上。摄影师正在把设备放回摄影包。

"咱们这就走？"我说。

大家站在一起，穿衣服准备出门，有点儿别扭，过道太窄了，他们离我太近了，谁都没说什么。我跟琳达道了再见，大家下楼出门。在大门口的台阶上，我点了一支烟。寒意刺骨。摄影师把我拉到马路对面的台阶上，我在那儿摆了几分钟的姿势，用手挡着烟。后来摄影师说，如果我不介意，他想让香烟出现在画面里。我明白他的意思，这样可以多些生活的气息，于是我站在台阶上吸着烟，他咔嚓咔嚓，我按照他的指示移动着，过往的行人把这一切尽收眼底。接着我们步行到隧道入口，他在那儿又拍了五分钟才算满意。他走了，我和记者默默前行，越过小山，下坡，到另一边的地铁站。正好有一列火车驶进站台，我们上了车，面对面靠窗而坐。

"坐地铁仍然会让我想起那一年的挪威杯，"我说，"我在车站大厅闻到那股特殊的味道，就想到我是从小城市来的，你知道，地铁是当时存在的最为奇异的发明。还有百事可乐。我们哪一样都没有。"

"你踢了很长时间的足球？"

"一直踢到十八岁。但我踢得不好。很低的水平。全都是。"

"你每件事都是很低的水平吗？你说你的书自己都没读过。我在你以前的采访中看到，你曾经谈到自己多么差劲。你是不是对自己有点儿太苛刻了？"

"不，我可不这样想。当然这要看你定的标准有多高。"

火车在中央车站驶出隧道，他看着窗外。

"你认为自己能得奖吗？"他问。

"北欧理事会？"

"对。"

"不。"

"那谁能得？"

"莫妮卡·法格霍尔姆。"

"你好像很肯定？"

"那是一部非常好的小说，作者是女人，而且芬兰很长时间没有获奖了。她肯定能得。"

又一次出现了沉默。采访前和采访后的时间总是让人心神不定；我并不认识他，他在那儿是为了诱我说出最深处的想法，但还没有，那种局面还没有形成，角色还没有各就各位，我们还是平等的，但是没有触点，尽管如此，我们却不得不交谈。

我想到英丽。我对谁都不能说，琳达也不行，直到我对自己的猜测有了绝对的把握。我只要在酒瓶上做个记号。今晚就得动手，明天再看。如果酒线下落，我就把它拿走。

我们到达斯坎斯图尔站，沉默地步行前往鹈鹕，周围的城市在黑暗里闪闪发光，我们在酒馆靠里的地方找了张桌子坐下，聊了一个半小时，谈我和我的工作，然后我起身离开，他明天才飞回挪威，因此多待一会儿。和往常一样，长篇大论的采访结束之后，我感到空空如也，像一条排干的水沟。和往常一样，我感觉背叛了自己。坐在那儿只是因为我同意这样一个前提：我写了两本好书，两本重要的书，而我，这两本书的作者，是个不寻常

580

的人，有趣的人。这是访谈的出发点：我说的一切都是重要的。如果我什么重要的都没说，哈，那我只是在隐藏罢了。它肯定藏在某个地方嘛！比如说，我讲到童年的故事，我经历的一些极其平常、普通的故事，它会因为是我讲出来的而重要起来。它说的是我的事，我写了两本好书，两本重要的书，而这种观点，这种构成了访谈基础的观点我不仅同意，搞起来还蛮来劲的，坐在那儿夸夸其谈，活像鹦鹉园里的一只鹦鹉。同时我也知道实情。挪威多长时间才会有一部优秀的、有意义的长篇小说出现？每隔十年到二十年吧。最近一本优秀的挪威小说是谢尔坦·弗勒格斯塔的《火与火焰》，那是 1980 年出版的，二十五年前的事了。在此之前的最后一本好小说是韦索斯的《群鸟》，1957 年出版，又早了二十三年。同期出版了多少挪威小说呢？几千部！对，几千部！有些很好，再多一点儿的水平还行，大部分很弱。这就是实情，没有什么好得不得了的作品，人人都知道怎么回事。问题在于这些作家及其作品周围的环境，平庸的作家像吮吸糖果一样享受着恭维，而他们在报纸和电视上所说的一切，正是源于他们错误的自我形象。

我知道自己在说什么。我本人就是其中的一员。

噢，我可以割掉自己的脑袋，带着愤怒和羞耻，因为我允许自己受了诱惑，不只一次，而是一次又一次。如果说我这些年学会了一件事——对我而言似乎无比重要，特别是在我们这样一个庸才遍地的时代——那就是：

别相信你是个人物。

千万别他妈相信你是个人物。

因为你不是。你只是个自以为是的平庸的小废物。

别相信你有什么过人之处。别相信你有什么价值，因为你没有。你只是个小废物。

所以快低下头，干你的活去，你这小废物。那样你至少还能干出点儿什么。闭上你的嘴巴，低下你的头，干活去，记住了，你是个一钱不值的废物。

这，大致就是我学到的东西。

这就是我毕生经验的总和。

这他妈就是我一辈子得来的唯一真知。

这只是它的一面。另一面是我以一种非同小可的力度专注于讨人喜欢，而且一贯如此，从我很小的时候就这样了。别人对我的看法我从七岁开始就赋予它们极大的重要性。当报纸对我做的事情和我本人表现出一定程度的兴趣时，一方面，这证实了我是有人喜欢的，也带来了巨大的快乐，另一方面，这成了一道几乎无法应对的难题，因为我再也不能控制别人对我的看法了，原因很简单，他们不再是我认识的人、不再是我能看见的人了。因此，每当我做完一个访谈，只要这个访谈里有什么地方我没说，或是我说了，但意思让他们弄拧了，那么我上天入地也要把它改过来。要是改不了，我的自我形象就会受着羞耻的煎熬。可即便如此，我继续接受采访，又一次面对记者坐到某个地方，这是因为我对恭维的欲望之强，既超过了我担心自己看上去像个白痴的恐惧，也压倒了我拥有的任何一种关于品质的理想，同时也由于我认识到这样做对书的推广颇为重要。当我写《万物皆有时》的时候，我告诉盖尔·古利克森，我不想接受任何采访，可是跟他谈过之后，我决定还是要做。他对我有这样的影响，而我也为自己的新决定找到了借口，我是为了出版社这样做的。可这于事无补：我是个作家，不是推销员，也不是娼妓。

这些事变得一团糟。我经常抱怨自己在报纸上像个白痴，可这要怪只能怪我自己，因为我见过别的作家上了报纸是什么样子，比方说谢尔坦·弗勒格斯塔，根本就不像白痴。弗勒格斯塔是个正直的人，不管周围发生什么，他都像根桩子一样站得端端正正，我猜在所有人当中，他一定属于极为稀有的一类。

而且他不谈自己。

我刚刚做了什么，如果不全是那个和只有那个的话？

我把车票递给窗口里的黑人，他在上面用力盖了章，面无表情地推还给我，然后我再次乘电梯下到地铁，穿过地道，走到狭窄的站台，先看清下一趟火车还要七分钟才到，然后在长椅上坐下。

《出离世界》刚出版的那个秋末，电视二台的《新闻》节目想做个采访。他们到我家来接我，一块驱车前往快线航运公司，到那儿去做采访，行至中途，就在尼戈尔公园尽头的高科技大楼附近，那位记者转过头来问我是谁。

"你到底是谁呢？"他问。

"你指什么？"我说。

"嗯，埃里克·福斯内斯·汉森是贤哲、文化保守主义者、神童。罗伊·雅各布森是工党作家。维格迪丝·约尔特是淫荡的、醉醺醺的女作家。你是谁？我对你一无所知。"

我耸耸肩。阳光在积雪上闪耀。

"我不知道，"我说，"我只是个普通人。"

"得了！你必须给我点儿东西。你做过什么？"

"零零散散做过几份小工。上过几天学。你知道的……"

他在座位上转回身去了。在这一天后来的时间里，他用展示代替讲述，解决了这个难题：采访快结束时，他拼凑了一系列的停顿和迟疑，来表现我的个性，并以这样的一句声明而告终："易卜生说特立独行者最强大。我认为他说错了。"

我坐在长椅上，举起双臂，做了个深呼吸，记忆里我说过的那些话压得我喘不过气来。

我怎么能说那种话？

我当时相信自己说的吗？

是的，我相信。但我表达的是我母亲的观念，她才是对人际关系特别上心、认为人际关系乃价值所系的那个人，不是我。但当时我对这一点是相信的。不过并非出自任何一种个人经验，这种观念只是诸多现成之物当中的一种。

易卜生是对的。我在身边看见的一切都是佐证。人际关系之所以存在，是为了灭除个性，限制自由，压服出格的行为。我母亲从来没有像在和我讨论自由概念时那样愤怒。当我说出自己的观点时，她嗤之以鼻，说那只是美国玩意，一种没有实质内容的表演，空洞、虚伪。我们为他人而活。但正是这样的观念导致了我们今天体制化的生存状态，不可预测性完全消失了，你一路从幼儿园到小学、从小学到大学，再到工作，仿佛这是一条隧道，你确信你的选择都是基于你自己的自由意志，而事实上早在踏入学校的第一天，你就像沙粒一样被过滤了；有些人被送去搞实用性的工作，有些人去搞理论性的工作，有些人进入顶层，有些人落到底层，与此同时，他们一直在教育我们人人平等。正是这样的观念让我们，至少是我这一代人，对人生有了期望，活在一种信念里，以为我们有资格得到任何东西，实打实地得到，而只要事情没有按照我们的想象进行，便归咎于所有可能的外部因素而不是我们自己。如果海啸来了，你没有马上得到帮助，便对国家大发雷霆。这是怎样的可悲呢？如果你没有得到应该得到的工作，就心生怨恨。正是这样的想法意味着下降不再可能，除非是非常微弱的下降，因为你总能得到钱。纯粹的生存，也就是那种让你与威胁生命的紧急情态和危险处境面对面的状态，也就完全不复存在了。正是这样的想法催生了一种文化，让那些脑满肠肥的特大庸才得以鼓吹廉价的陈腔滥调，允许拉尔斯·萨比·克里斯滕森这样的作家受到膜拜，仿佛维吉尔再世，坐在沙发上夸夸其谈，告诉我们他是用笔，用打字机，还是用电脑，他每天什么时间写作。我讨厌这种事，我不想知道这种事。可又是谁在对记者谈他怎样写了几本平庸的书呢？好像他是个文学巨匠，好像他是个妙笔生花的大师。不就是我自己吗？

当你知道自己做得不够好的时候，你怎么还能坐在那儿让人家为你叫好呢？

我有一个机会。我必须斩断与这奉承成性、腐败透顶的文化世界的联系，其中的每个人，每一个小小的暴发户，都是拿来卖的，我要斩断与这空洞的电视和报纸世界的一切联系，躲进斗室，认真读书，不是当代文学，而是最高水平的文学，然后拼上全副身家性命去写。如果需要的话，写上二十年也在所不惜。

可这机会我抓不住。我有家庭，为了他们我必须在场。我有朋友。我也有性格上的弱点，这意味我老得说"是，是"，当我想说"不，不"的时候，却那么害怕伤害别人，那么害怕冲突，那么害怕不讨人喜欢，于是可以放弃一切原则、一切梦想、一切机会、一切带有真相的东西，来避免这样的事情发生。

我是个娼妓。这是唯一恰当的字眼。

半小时之后，我走进家，一关上门就听到客厅传来说话的声音。我伸头一看，原来是米凯拉。她们每人手里端着一杯茶，蜷缩在沙发上，身前的桌子上放着一支烛台，点着三根蜡烛，一个盘子盛着三片奶酪，还有一个装满各种饼干的小篮子。

"嗨，卡尔·奥韦，怎么样？"琳达问。

她们笑眯眯地看着我。

"还行，"我耸耸肩说道，"反正没什么值得谈的。"

"你想不想喝杯茶，吃点儿奶酪？"

"不了，谢谢。"

我站着解开围巾，把围巾和夹克一起挂进衣橱，松开鞋带，把鞋放到靠墙的鞋架上。下面的地板上全是土和沙砾。我得跟她们坐一会，以免显得太不近人情。我这样想着走进了客厅。

米凯拉正在谈她和文化部长莱夫·帕格罗茨基的会面。她说部长是个超小型的男人，坐一张特大号的沙发，腿上放着个巨大的靠垫，坐在那儿把它搂在怀里，甚至据她所说，他还用牙咬那靠垫呢。但她对部长心怀无上的敬意。他思维极其敏锐，工作能力超强。我不太清楚米凯拉的资历，因为我每次见她的情形都和今天差不多，但不管她有怎样的资历，显然都与她本人相得益彰，因为刚满三十岁，她就已经获得了一个又一个高级职位。像我见过的许多女孩一样，她与父亲有着亲密的关系。她父亲似乎跟文学也有些渊源。据我所知，她母亲是个苛刻的女人，一个人寓居哥德堡，跟她的关系颇为复杂。米凯拉频繁更换男友，但万变不离其宗：他们统统比不上她。从我第一次见到她，这三年来她讲的各种故事当中，有一个尤其让我难以忘怀。我们坐在人民歌剧院的酒吧里，她给大伙讲了一个她做过的梦。她去参加派对，离开的时候没穿裤子，腰以下一丝不挂，像唐老鸭一样。她说这让她感觉有点儿别扭，但不只如此，这样子毕竟还有几分迷人，接着她就趴到桌子上了，下面光光的，屁股朝天。这个梦有什么含义，请问我们怎么看？

是——啊，它有什么含义呢？

她讲这件事的时候我没当真，要不就是同席的其他人知道什么我不知道的事，因为明摆着，梦的内容是她不愿意公之于众的事情。在她老于世故的举止中，常常像这样不经意间流露出几分幼稚的痕迹，而从那以后，我便总是带着喜爱和惊奇来看待她了。也许她是有意的？不管怎么说，她对琳达颇为高看，有时向她寻求建议，因为她像我一样，知道琳达有可靠的直觉和品味。碰到现在这种场合，她偶尔会变得过于自我中心，但这对我来说并不奇怪，也远非不可原谅。此外，她讲给我们听的权力走廊里的生活总是非常有趣，至少对我而言，因为我和那种生活隔着万水千山。如果你换一个角度，从她的视角来看，她在探访一位亲密但脆弱的朋友和她沉默寡言的丈夫，她只能采取主动，用自己的快乐和活力来感染这个小家庭，除此之外还有其他选择吗？她是万妮娅的教母，参加了孩子的命名礼，给我母亲留下了极好的印象，到现在都还不时问起她的近况。她对我母亲说的事情感兴趣，派对临近结束还起来帮忙收拾盘子，显得格外懂事，而琳达从来做不到同样的程度，这也在她和我母亲之间造成了各种隐蔽的摩擦。这就是我们需要社会规范的原因所在，它们帮助我们和平共处，它们本身就是友谊和善意的明证，有了它们，就可以容忍更大的个人分歧、更多的个性，遗憾的是，有个性的人从来无法理解这一点，因为个性最核心的要义就是不去理解。琳达不想为别人服务，她想让别人为她服务，其结果就是没人为她服务。可是米凯拉为别人服务，所以别人为她服务。就是这么简单。妈妈这么喜欢她，真让我心里难过，还因为琳达的性格中有着全然不同的丰富和不可预测的特性。突如其来的险象环生，出乎意料的阵阵狂风，一堵堵巨大的抗拒之墙。让诸事平稳运行，尽力抹平冲突，这是艺术精髓的对立面，这是才智的对立面，因为后者的基石正是限制或受限。所以问题就是：你选择什么？运动，它接近生活，抑或运动之外的区域，它是艺术之所在，但从某种意义上来说，也是死亡？

"我还是来杯茶吧。"我说。

"这是香草茶，"琳达说，"你不想喝吧？不过水大概还是热的。"

"不了，还是不喝了。"我说完走进厨房。趁水还没烧好，我拿着铅笔，踩着碗柜前的椅子，在所有酒瓶上作了标记。只是酒标上的一个小点，小到你必须知道它在那儿才看得见。

我这么做就像某位少年的父亲所为，站在那儿也自觉有几分愚蠢，但我不知道还能怎么做。我不想让那个看护我孩子的女人、那个除了琳达和我之外跟她相处时间最多的人和她在一起的时候喝烈酒。

然后我把茶包放进杯子，往上面浇了水。我低头看着纳伦，厨师们正在店里用水管冲洗地板，洗碗机冒着蒸汽。客厅里传来动静，我推断米凯拉准备动身回家。我走进过道和她道了别。然后坐到电脑前，连上网络检查电子邮件，什么都没有，上了几个网站，谷歌一下我自己。有两万九千多个搜寻结果。数字像某种指数一样有升有降。我东瞧西看，随意点击。跳过采访和评论，打开某些个人网志。其中一位说我的书连擦屁股都不配。我在另一个地方发现了一家小出版社或杂志的网站。我的名字出现在奥勒·罗伯特·松德一幅照片的说明文字里，他说他要告诉任何愿意听他说话的人，克瑙斯高的新书是多么糟糕。接着我无意中打开了一堆文档，涉及邻里之间的争吵，我的一位亲戚显然卷入其中。起因是车库的一堵墙长了几米，要不就是短了几米。

"你干什么呢？"琳达在我身后问道。

"谷歌我自己。这真他妈是个潘多拉的匣子。你不会相信这些人都写了些什么玩意。"

"你不该那样干的，"她说，"过来坐下。"

"就来，"我说，"还剩两个东西要看一下。"

第二天一早八点，英丽来接万妮娅，我去了写字间。我在那儿坐到三点，写讲稿，三点半回家。琳达在洗澡，她要出去跟克里斯蒂娜吃饭。我走进厨房检查酒瓶。有人从两个瓶子里喝了酒。

我去找琳达，在马桶盖子上坐下。

"嗨，"她笑眯眯地说，"我今天给自己买了一颗气泡弹。"

浴缸里满是肥皂泡。她抬起一条胳膊坐直，一道带状的泡沫从手臂上垂下。

"看到了。"我说。"有件事我们得谈谈。"

"噢？"

"是你妈干的。记得我跟你说最近瓶子里的酒明显少了很多吗？"

她点点头。

"我昨天在酒瓶上作了标记，所以我能肯定。酒又少了，如果不是你，那肯定就是你妈。"

"妈妈？"

"是的，她跟万妮娅在家时喝了酒。她一星期都在喝酒，而且根本没有理由相信才刚开始喝。"

"你确定吗？"

"是——的，不会有错。"

"我们怎么办？"

"告诉她我们知道怎么回事了。这样的事我们不能接受。"

"那当然。"

她陷入了沉默。

"她们什么时候回来？"我问道。过了一会儿。

她看着我。

"五点左右。"她说。

"你说该怎么办？"我问。

"我们一定得跟她说。就是要给她下个最后通牒。如果她再这样做，就不能单独跟万妮娅待在一起了。"

"对。"我说。

"这肯定有好几年了。"她说，明显沉浸在自己的思绪当中。"这倒可以解释很多事情。她一直都特别心不在焉，跟她几乎不可能有任何正常的交流。"

我站起身。

"也不一定，"我说，"也许是她跟维达尔有什么事。也许她在那边陷入了困境。不快乐。"

"可是你过了六十岁不会因为不快乐就开始喝酒，"她说，"一定是她常用的一种应对方式。一定持续了很长时间。"

"她们再过半个小时就要到家了，"我说，"我们要不要先别声张，过后再说？还是马上就问个明白，把事情了结掉？"

"没什么好等的。"她说。"可是我们怎样跟她讲呢？我自己可做不来。她一定会矢口否认，再想方设法推到我身上。我们能一起来吗？"

"就像开家庭会议？"

琳达耸耸肩，在泡沫底下摊开双手。

"嗯，我也不知道。"她说。

"这太复杂了，成了二对一。好像法庭一样。我来吧。我跟她出去谈。

"你想这样吗？"

"想？天底下我最不想做的就是这种事！老天啊，她可是我岳母。我只想做得体面一点儿，不丢面子，心平气和，都别声张。"

"你能做我很高兴。"她说。

"我一定要说，你很冷静。"我说。

"差不多只有这种时候我才是冷静的，发生意外的时候，出现危机的时候。这是童年残留。那时这就是正常情况。我已经习惯了。但你得明白我也生气。现在我们需要她。可她一定不能远离我们的孩子们。他们几乎没有亲戚，你知道的。她现在不能让我们失望。她不能，哪怕我必须亲自出马，来保证她不能。"

"孩子们？"我问，"有什么事你知道可我不知道吗？"

她笑了笑，摇摇头。

"没有，但我大概能感觉到什么。"

我走出来关上门，站在客厅的窗子前。听到水流入浴缸排水口，看着窄窄的马路对面，咖啡馆外面的火炬在风中摇摆，黑乎乎的人影带着一张张白色的、面具般的脸从路上走过。在上面一层楼里，有位邻居在弹吉他。琳达走进过道，红毛巾像缠头布一样裹在头上。她消失在打开的碗柜门后。我走去检查电子邮件。一封托雷的，一封伊娜·温耶的。我开始给她回信，接着把它删了。走进厨房，打开咖啡机，又喝了一杯水。琳达站在过道的镜子前化妆。

"克里斯蒂娜什么时候到？"我问。

"六点。但我得趁只有咱们俩的时候先准备好。对了，你今天怎么样？有什么进展吗？"

"一点点。明天晚上和星期五还得弄剩下的。"

"你星期六走？"她边问边仰起头，用小刷子刷着睫毛。

"对。"

走廊里电梯开始启动。楼里住户不多，八成是她们回来了。没错。电梯停了，朝向走廊的门开了，紧接着传出了婴儿车向外拉扯的声音。

英丽打开门，走进过道，这里很快就充满了她活泼而热烈的能量。

"万妮娅在路上睡着了，"她说，"小心肝累坏了，可怜的小东西。但她今天收获可多了！我们去了六月山。我买了一张年票，你们可以拿着它……你们今年都可以免费入馆了……"

她把手上的大包小包放下，从夹克口袋里掏出钱包，拿出一张黄色的卡片递给琳达。

"后来我们还买了一条新的连衫裤，旧的那条太小了，这条跟它一个款式……我没做错什么吧？"

她看着我。我摇了摇头。

"顺便还买了一副新手套。"

她在包里翻了半天，最后从其中一个里找出一副红色的手套。

"这上面有夹子，你可以把手套夹在袖口上。又好又暖和，还大。"

她看着琳达。

"你要出门？噢，对了，你晚上要跟克里斯蒂娜一块出去。"她看着我。"你和盖尔可要想想怎么打发时间了。我不碍你们的事了。我这就走。"

她转向万妮娅，小姑娘躺在她身后的婴儿车里，帽子盖到了眼睛上。

"她大概还得再睡一个小时。她早晨没睡够。要不要我把她抱到客厅里？"

"我来抱吧。"我说。"您要回格内斯塔，还是……？"

她带着怀疑的神情看着我。

"不。我要跟巴尔布鲁一起去剧院。我本来打算再借一宿你的写字间。我以为……我告诉琳达了。你要用吗？"

"不，不，"我说，"我只是问一下。其实我想跟您谈谈。有事要说。"

厚镜片下面两只大大的眼睛带着满腹狐疑和一丝不安看着我。

"能和我出去散个步吗？"我问。

"好吧。"她说。

"那咱们这就走。用不了多长时间。"

我松开螺栓上的螺母，把两道门一起扶住，拉起把门连在地板上的螺栓，打开门推进婴儿车。趁我在忙，英丽进厨房去喝水。我都弄好了，站在几米开外等她，脑子里思绪万千。琳达已经进了客厅。

"你们不是要分居吧？"她在我们迈出家门之后说，"别告诉我你们要分居……"

她说这些话的时候脸色煞白。

"不是，哎呀，不是，我们没有。有件别的事我想跟您谈。"

"噢，那我就放心了。"

我们走进后院，走出大门，走上面包师大卫街，一路走向山脊街。我什么都没说，我不知道怎么把事情说明白，怎么开口。

她也什么都没说，看了我两三次，透着期待或惊讶。

"我真不知道怎么开口。"我在快到路口时说道，然后我们开始往圣约翰教堂的方向走去。

一阵沉默。

"但是这……好吧，我还是直说的好。我知道您今天照看万妮娅的时候喝了酒。您昨天也喝了。我……嗯，我只是不能容许这样的事。这样不好。您不能这样做。"

我们继续走着，她的眼睛一直看着我。

"我无论如何也不想管着您，"我继续说，"对我来说，您当然想做什么都行。但如果您在照看万妮娅就不行。我必须画出个界限。这样不好，您明白吗？"

"不明白，"她惊讶地说，"我不知道你在说什么。我从来没有在照看万妮娅的时候喝过酒。从来没有。以后我也不会这样做。你从哪儿得出这样一个结论的？"

我心里凉透了。每当我处于岌岌可危的境况、折磨人的境况，每当我更进一步，或者被迫采取超出我本意的行动，就像今天这样，我观看周围的一切，包括我自己时，便带着一种特殊的、几乎超真实的透彻。我们前方教堂绿色的铁皮尖顶，我们身边公墓黑色的、光秃秃的树，闪亮的蓝色小汽车在对面的马路上滑行。我自己略显伛偻的姿势，英丽在我身边活力丰盈的步态。她仰起脸看我的样子。困惑之余，还有一丝轻微的、几乎察觉不到的责备。

"我注意到瓶子里的酒少了。为了弄清楚，我昨天在酒标上作了记号。回家以后，我看到酒又少了。我根本没喝过。除了我，今天只有你和琳达在家。我知道不是琳达。那也就意味着只能是您，没有别的解释了。"

"肯定有，"她说，"因为不是我。我很难过，卡尔·奥韦，但我没喝你的酒。"

"听着，"我说，"您是我岳母。我只希望您好。我不想这样，一点儿也不想。我最不想做的就是挑您的毛病。可我还能怎么样，我都知道了呀！"

"可你不知道，"她说，"不是我干的。"

我揪心般地疼。我好像迈进了鬼门关。

"您必须明白，英丽，"我说，"不管您说什么，这件事都是有后果的。您是个非常出色的岳母。您为万妮娅做得更多，万妮娅对您比对谁都亲。我非常非常高兴。我想就这个样子继续下去。我们身边没有什么亲人，这您知道。可是如果您承认这件事，我们就没法信任您了。您明白吗？这不是说您不能见万妮娅，因为您能，不管发生什么您都能。但如果您不承认，如果您不答应绝不再犯，您就不能再单独见她。您再也不能单独和她在一起。您明白我的意思吗？"

"是的，我明白。实在太可惜了。可也只能这样。我不能承认自己做了其实没做的事情。就算我想承认也不行。"

"那好吧，"我说，"这件事我们不再谈了。我看咱们先放一放，然后再说，看看下一步怎么做。"

"这样也好，"她说，"但什么都不会改变，你明白。"

"好。"

我们走下法国学校前的台阶，沿德贝恩街走到圣约翰广场，上山脊街，然后走面包师大卫街，一路无话。我佝偻着背大步流星，她在我身边几乎一路小跑。不应该是这个样子，她是我岳母，我在这世界上没有任何理由去矫正她或惩罚她，除了这件事之外。感觉很没意思，当她矢口否认就更没意思了。

我把钥匙插进锁眼，为她打开门。她轻轻一笑进了门。

她怎能如此平静，反应如此自信？

难道真是琳达？

不，别他妈瞎想。

可是我弄错了吗？我做的记号不对吗？

不会。

可是？

穿白衣服的美发师正在院子里抽烟。我跟她打了招呼，她回以微笑。英丽在楼门前停下，等我开门。

"我这就走，"她上楼时跟我说，"听你的，这事儿咱们以后再商量。也许到那个时候你就搞清楚到底是怎么回事了。"

她拿了自己的包和其中两个塑料袋，像平时一样微笑着道了再见，不过这次没抱我一下。

她离开以后，琳达走进过道。

"怎么样？她说什么了？"

"她说她跟万妮娅在一起的时候没喝酒。今天也没喝。她不知道瓶子里的酒为什么少了。"

"如果她酗酒，自然也会否认一切。这是那种习性的一部分。"

"也许吧，"我说，"可是我们到底能做什么呢？她刚说了不，我没干。我说干了，你干了，然后她说不，我没干。我拿不出证据。

597

我们又没在厨房里装个摄像头。"

"只要我们知道了，这就没什么大不了的。如果她想耍花招，那就必须承担后果。"

"什么后果？"

"嗯……咱们可以不让她单独跟万妮娅在一起。"

"哎呀我操，"我说，"真是他妈的一摊屎。没想到我竟然跟岳母出门遛弯，非说她喝了我的酒。这都是什么事儿！"

"我很高兴你这样做了。说不定她最后会承认的。"

"我看她不会。"

一个生命在新的地方生根发芽是多么快啊，一个陌生人融入新的城市又何其迅速。三年前我还在卑尔根生活，那时我对斯德哥尔摩一无所知，这里的人我一个也不认识。然后我就到了斯德哥尔摩，这座未知的、生活着很多外国人的城市，渐渐地，一天接着一天，虽然难以察觉，但我开始把自己的生活与他们的生活交织在一起，现在已经无法分离。如果我当初去了伦敦，我差一点儿就去了，在那儿也会发生同样的事情，只是会碰到不同的人。这是偶然，也是命定。

英丽第二天给琳达打电话承认了一切。她还说她本人并没有把这件事看得那么严重，但既然我们很当回事，那她一定采取必要的措施，确保此事不会让任何人再次为难。她已经约了戒酒专家，决定花更多时间专注于自身和自身的需要，她认为问题就在于她让自己承受了巨大的压力。

放下电话，琳达陷入了绝望。照她所说，她母亲太乐观，也太急切，所以没法跟她正常沟通，她好像失去了对现实的把握，开始生活在一个充满光明而又无忧无虑的未来世界里了。

"我没法跟她说话！没有真正的交流！说的全是空话，这个多好那个多棒什么的。比如说你吧，她对你处理问题的方式赞不绝口。我也很棒，一切都好极了。可这么说的前一天我们才告诉她，我们不愿她在照看万妮娅的时候喝酒。我非常担心她，卡尔·奥韦。她好像在受苦，可她自己不知道，你明白吗？她一切都压抑着。她应该安享晚年。她不该受苦遭罪，不该借酒浇愁。可是我能做什么？她不想要任何帮助。她甚至不承认自己的生活有了问题。"

"但你是她女儿，"我说，"她不想要你帮她也不奇怪。或者不想承认发生了不应该发生的事情。她这一辈子都把帮助别人作为目标。你，你哥哥，你父亲，她的邻居们。如果你们去帮她，那么一切都散了。"

"你说得对。可我只想和她沟通一下，你明白吗？"

"明白。"

五天以后，我收到了一封电子邮件，附有《晚邮报》的采访。我读的时候只感到悲哀。真是不可救药。要怪只能怪我自己。但我还是给那位记者写了一封长长的复信，试图让我本人的观点有所深化，也就是说，给它披上一层外衣，多少反映一些我思想上严肃的东西，这样做自然无异于抱薪救火。记者很快打来电话，建议把我的电子邮件发到网站上，附在采访后面，我拒绝了，这不是问题所在。我只能不买那一天的报纸，并且忘掉我看上去多愚蠢。所以我是愚蠢的，那我就愚蠢好了。特写式的采访还要求有受访者个人生活的照片，我自己没有，于是我要我母亲寄几张过来。截稿之前照片还没到，记者又催我，所以我给英韦打电话，他扫描了一些，通过电子邮件发给了我，过了一个星期，妈妈的照片也到了，仔细贴在厚厚的卡纸上，下面用笔写明了相关的详细信息。我能看出来她有多自豪，而我心里的绝望就像一堵墙那样立起来了。我最大的愿望就是消失在森林深处，给自己造一座木屋，待在那儿，凝视着火，远离文明。人类，谁需要人类？

"一个年轻的南挪威人，手指被尼古丁熏得焦黄，牙齿也略染烟垢。"他就是这样写的。这句话在我脑子里反复抓挠，挥之不去。

但我活该如此。多年以前，我自己不是也写过一篇扬·谢尔斯塔的采访，并用《没有下巴的男人》作了标题吗？那样做是因为不懂得什么是侮辱……

哈哈哈！

不，真该死，没什么好担心的。从现在起必须拒绝一切，陪着万妮娅，忍受最后几个月居家丈夫的生活，在四月份重新开始工作。勤奋，有条不紊，寻找一切可以带来乐趣、活力和光明的东西。珍爱我拥有的，忘掉其余的一切。

就在这时，卧室里的万妮娅醒了。我把她抱起来搂在怀里，走几圈，直到她不哭了，便去准备食物。我用微波炉加热土豆和豌豆，加一点儿黄油，捣成糊，在冰箱里找肉，发现一个碗里装着两块鱼条，于是一并加热，放到她面前。她饿了因为我从客厅也能看见她，所以我走过去，再检查一遍电子邮件，回了几封信，同时听着她的动静，以防她有任何不满。

"你都吃光了呀！"我走回来时说道。她一副乐呵呵的样子，把水杯扔到地上。我抱起她，她伸手来抓我下巴上的胡子，一根指头捅进我嘴里。我哈哈大笑，把她抛到空中，反复几次，从卫生间拿了一片尿布给她换上，接着把她放到地板上，走过去把换下来的尿布丢进水槽下的垃圾桶。我回来时，只见她站在地板中央，摇摇晃晃。她开始朝我走过来。

"一！二！三！四！五！六！"我数着，"新纪录！"

她自己也注意到发生了某种非凡的事情，脸上洋溢着光芒。也许她心里也因为行走而充满了美妙的感觉吧。

我给她穿上户外的衣服，抱着她去自行车房找婴儿车。天空明亮，像春天的样子，太阳却没有光芒四射。人行道是干的。我给琳达发短信，告诉她我们的女儿第一次走了很多步。"太棒了！"她回短信，"十二点半到家。爱你们！"

我在斯图雷广场旁边地铁站的超市买了一只烤鸡、一棵莴苣、几只番茄、一根黄瓜、乌榄、两头紫洋葱和一份新出炉的长棍面包，往回走的路上拐进了赫登格伦书店，发现一本关于纳粹德国的书，《资本论》的前两卷，我以前从未有心阅读的奥威尔的《一九八四》、一本他的随笔集，一本埃克瓦尔德写的关于塞利纳的书，以及唐·德里罗的新作，直到万妮娅弄得我终止浏览，不得不赶快过去付款。我一出门就后悔买了德里罗，虽然我一直喜欢他的作品，尤其是《名字》和《白噪音》，但《地下世界》怎么也读不完一半，下一本书还是很差，很明显他在走下坡路了。我差一点儿回到店里换本别的，刚才看到还有几本书也不错，比如艾斯特哈兹的小说新作《天国的和谐》，写他父亲的。但我宁愿不读瑞典文的小说，它跟我自己的语言太接近了，因而有一种恒久的威胁，要渗透进来，要摧毁我的语言。所以如果这些书有挪威文的，我就读挪威文的，这也是我读母语实在太少的缘故。再者，如果我要在琳达到家之前做午饭，现在时间就很紧张了。而且万妮娅明显觉得我在书店看的书已经够多了。

上楼，进厨房，我做了鸡肉色拉，切了些面包片，放到餐桌上。在此期间，万妮娅一直拿着小木槌砸小木球，砸进一块板子上的洞洞里，滑下去掉到地板上。

五分钟后，她不得不住手，因为俄国女人开始敲暖气管了。我讨厌这声音，讨厌等着它出现，哪怕她现在的反应并不总是没有正当理由。这敲管子的声音能把任何人逼疯，于是我从万妮娅手里拿过玩具，把她放到椅子上，往她脖子上系了围嘴，给她吃面包和黄油。这时琳达进门了。

"嗨！"她说着走上前抱我。

"嗨。"我说。

"我今天早晨去了药店。"她说，两只眼睛亮晶晶地看着我。

"是吗？"我说。

"我买了验孕棒。"

"是吗？你要告诉我什么呢？"

"我们又要有小孩了，卡尔·奥韦！"

"真的吗？"

泪水涌进了我的眼眶。

她点点头，她的眼睛也湿了。

"我真高兴。"我说。

"是啊，我在诊所里谈的全是这个。整天只想着这个。这太棒了。"

"你没告诉我就先跟你的心理医生说了？"

"对啊，怎么？"

"你想什么呢？你以为这是你一个人的孩子吗？你不能没告诉我就先告诉别人！你哪根筋不对了？"

"噢，卡尔·奥韦，对不起。我没想到。我只是有点儿喜不自胜，我不是有意的。求你了，别放在心上。"

我看着她。

"好吧，"我说，"没什么。我是说往长远看的话。"

夜里我被她的哭声弄醒了。只有她能哭得这样撕心裂肺。我把手放到她的脖子上。

"怎么了，琳达？"我轻声说，"为什么哭了？"

她肩膀颤抖。

她朝我扭过脸。

"我只是尽责！"她说，"没有别的。"

"什么别的？"我问，"你在说什么呀？"

"今天上午。我去药店买测试的东西，因为我想知道。我等不了了！等我知道结果以后，我还得去看心理医生！我没想到我还可以回家！我以为我非去不可！"

她又开始哭了。

"我可以回家，告诉你这个特大喜讯！立刻！我用不着非去诊所呀！"

我摩挲着她的脊背，抚摸她的头发。

"可是亲爱的，这没什么！"我说，"不要紧的！我当时有点儿不高兴，可我都明白。重要的只有一件事，那就是我们要生小孩了！"

她看着我，泪水涟涟地笑了。

"你说真的吗？"她问。

我吻她。

她的嘴唇咸咸的。

十一月的那个夜晚，带万妮娅参加过生日派对之后，我摸黑坐在马尔默公寓的阳台上，差不多两年过去了。当初那个刚怀上的孩子不仅已经出生，而且长到了一岁。我们给她取名海蒂，她是个快乐的金发女孩，在某些方面比她姐姐更强健，在别的方面则和她一样敏感。在命名礼上，当牧师要往她头上洒水时，万妮娅大叫："不！不！不！"呼声震天，回荡在整座教堂，这时候不可能不笑出声来，好像她对圣水起了生理反应，仿佛她是个小吸血鬼或小恶魔。海蒂九个月大的时候，我们搬到了马尔默，有点儿出于心血来潮，因为这儿我们谁都没来过，谁都不认识，但我们过来看了一套房子，总共在城里待了五个小时就作出了决定。这就是我们要住下来的地方。房子位于市中心一座公寓楼的顶层，很大，一百三十平方米，而且因为高高在上，从清晨到黄昏都是阳光充沛。没有比这更适合我们的了，我们在斯德哥尔摩的生活变得日益黯淡，到最后我们没有选择，只能搬走。远

604

离那疯狂的俄国人，我们和她已经陷入了无法解决的冲突，她持续向楼主投诉，后者终于采取行动，召集我们开会，却毫无头绪，他们最后相信了我们，但尽管如此，他们仍然无能为力。我们得自己解决问题。摩擦再次发生，她杀到门口，我一手抱着万妮娅，一手抱着海蒂，告诉她离我们远点儿，她说她家里有男人了，她这就去告诉他，让他揍我。我们打电话给警察，告发她寻衅和恐吓的行为。我从未想到自己会走这么远，但还是报了警。警察什么也做不了，但这并非重点所在，因为他们给她派了社会服务，两个人登门检查她的居住环境，对她来说没有比这更丢脸的事了。噢，一想到这儿我就满心得意！可这根本无助于改善邻里关系。而且带着两个小孩住在大城市的中央，这里没汽车的地方只有公园，我们像遛狗一样领着他们走路，问题不是我们要不要搬家，而是什么时候搬家。琳达想去挪威，我不想，所以只能在瑞典的两座城市当中作出选择，要么是哥德堡，要么是马尔默，前者让琳达留下了负面的记忆，她在哥德堡大学文学创作系念书时，因为生病只待了几个星期，学业便告中止。于是事情就这么定了：我们搬到马尔默去，我们喜欢在那儿停留几个小时期间留下的感觉。马尔默是开放的，城市上空的天既高且远，海洋近在咫尺，有一片长长的海滩，和市中心只有几分钟的距离，去哥本哈根也不过四十分钟，城里的气氛从容自在，类似度假胜地，迥异于斯德哥尔摩严厉、刻板、利欲熏心的格调。在马尔默的头几个月颇为精彩，我们天天去游泳，等孩子们睡了，我们坐在阳台上吃饭，充满了乐观的情绪，彼此之间也比过去的两年更为亲密。但是也有黑暗，它慢慢地、难以察觉地填满了我生活的每一个部分,新鲜感逐渐消退了,世界慢慢坍缩,沮丧的感觉战栗着重新出现。

像今天晚上一样,琳达和万妮娅在厨房吃东西,海蒂发着烧睡在我们卧室的小床上,那些盘子还在,房间好像遭到了有组织的洗劫。好像有人把抽屉和餐柜里的东西都倒在地板上了,灰尘和沙土到处都是,卫生间里还有成堆的脏衣服,一想到这些,我简直要窒息。而我正在写的"小说"毫无进展,我虚掷的两年时间一事无成。还有这套公寓里生活的压抑。还有我们之间不断升级、越来越难以控制的争吵。还有已经消逝的欢乐。

我的怒气小规模地爆发,因为琐事而点燃;当你回首这一辈子、总结一生时,谁关心谁在什么时候洗了什么呢?琳达的情绪忽高忽低,处在最低潮时,她只是躺到沙发上,要么就上床,恋爱之初曾唤起我满腔柔情的东西现在直接招致了恼怒:难道我活该什么都干,而她百无聊赖地在那儿躺着?是的,我可以什么都干,但不是无条件的。我干了,那我当然也有权发脾气、抱怨、挖苦、讽刺,偶尔还要大发雷霆。这种闷闷不乐的状态远远超出了我自身的范围,直接进入了我们共同生活的中心。琳达说她只想要一件事:我们应该是一个快乐的家庭。这就是她想要的,这就是她梦想的,我们要成为一个快乐而美满的家庭。我的全部梦想则是她来做她那一半家务。她说她做了,于是我们没完没了,伴随着相互指责、怨怒和憧憬,在人生的中途,这是我们的人生,这不是别人的人生。

怎么可能把你的生命浪费在为了家务而生气上呢?怎么可能?

我想得到属于自己的最多的时间，最少的干扰。我想要已经在家照看海蒂的琳达也能接管万妮娅的一切，好让我能工作。她不想，或者，也许她想，但她应付不来。我们所有的冲突和争吵，都是以与此有关的这种或那种形式进行的，力度此消彼长。如果我因为她和她的需要而不能写作，我会离开她，就是这么简单。她大概也知道。她在拉伸我的限度，根据她生活中需要的东西，但从不过分让我达到触点。不过我很接近了。我采取的复仇方式是她想要的一切我都给她，也就是说，我照看孩子，我清洁地板，我洗衣服，我买菜，我做饭，所有的钱也都是我挣来的，好让她在说到我和我在家里的角色时，没有任何实际的借口可以抱怨。我唯一不给她的东西，也是她唯一想要的东西，就是我的爱。这就是我的复仇方式，冷酷而无动于衷，我看着她越来越绝望，终于无法坚持，她开始对我尖叫，带着怒火、沮丧和渴望。有什么问题吗？我问，你认为我做得不够吗？你说你太累了，但明天我可以带孩子。我可以送万妮娅去幼儿园，然后我可以带海蒂出门，让你睡觉、休息。然后下午我到幼儿园去接万妮娅，晚上照看她们。这样行吗？这样你就能休息了，因为你累坏了。到最后她吵不动的时候，就开始扔东西、摔东西。杯子，盘子，逮住什么摔什么。她本来应该为我做这些零碎家务，好让我能工作，可她没有。她的问题不是因为做得太多，而实际上时因为没有爱，她爱的这个男人身上只有怨恨、喜怒无常、抑郁和坏脾气，她对此又没有办法说出来，对我来说，最好的复仇方式就是抓住她的话柄，反咬一口。噢，当她掉进圈套的时候，我是多么心满意足，简直可以答应她的一切要求！在不可避免的爆发之后，在我们上床之后，她常常哭泣，想得到安慰。这给了我一个加大复仇力度的机会，因为我不吃这一套。

然而，像这样生活是不可能的，也不是我想要的，所以当我不妥协也不宽容的愤怒得以缓和之后，剩下的便只有这颗饱受折磨的心了，仿佛我拥有的一切都形将碎裂，于是我们言归于好，彼此亲近，像从前那样继续生活，这是周期性的循环，一如自然世界。

我掐灭香烟，喝掉最后一口没气的可乐，站起身，扶住栏杆，凝视天空。一个光点悬停于城外某处，太低了，不可能是星星，又太静止了，不可能是飞机。

到底是什么呢？

我看了好几分钟。它突然朝左下降时，我才明白那是一架飞机。刚才不动是因为它正对着我飞过来，到厄勒海峡上空才降低高度。

有人在敲窗子，我转过身。是万妮娅，她冲我笑着招手。我打开门。

"你现在要去睡觉了？"

她点点头。

"爸爸，我想和你道晚安。"

我弯下腰，亲她的脸蛋。

"晚安，睡个好觉！"

"睡好觉！"

她穿过走廊，跑回自己的房间去了。虽然经过了这么长的一天，她仍然充满了活力。

剩菜剩饭倒进垃圾桶，玻璃杯里残留的牛奶和水清空，从水槽里拾起苹果皮、胡萝卜皮、包装袋和茶包，处理干净，再把各种东西放到滤水架上，用开水冲，喷上洗洁精，脑门贴住碗柜，开洗，一个玻璃杯又一个玻璃杯，一个瓷杯又一个瓷杯，一个盘子又一个盘子。冲洗。等架子放满了，便开始擦干，以腾出空间洗下一批。然后是地板，一定要用力擦净海蒂坐的地方。把垃圾袋打个结，坐电梯下楼到地下室，穿过暖和的、迷宫般的走廊，进入垃圾房，这里又脏又滑，遍地污秽，各种管线垂吊在天花板上，像一颗颗鱼雷，点缀着撕裂的塑料带子和少量的绝缘胶带，门上的标志宣称这里是"环境室"，实在是典型的瑞典委婉用语，我把袋子扔进绿色的大垃圾桶时，突然想到了英丽，上一次她到这儿来的时候，在一个垃圾桶里发现了几百块小帆布，就把它们抱回家了，以为会让我们像她那样心花怒放，因为孩子们有了绘画的材料，足够未来几年之用。我盖上垃圾桶的盖子，回到家里，就在这时，琳达蹑手蹑脚地溜出孩子们的房间。

"她睡了？"我问。

琳达点点头。

"你真能干。"她说。停在厨房门口。"想来杯酒吗？西塞尔上次来买的那瓶酒还在这儿。"

我最初的反应是拒绝。我当然不想喝酒。但是非常奇怪，下了一趟楼，短时间地离开家，竟足以让我对她的态度有了小小的软化。于是我点了头。

"那就来一点儿吧。"我说。

两个星期后的一天下午，当海蒂和万妮娅在我们身边疯跑、在沙发上蹦跳和尖叫时，我们倚靠着站在一起，人生中第三次在一条小小的白色测试棒上仔细查看一段小小的蓝线。这是约翰驾到的信号。他在来年夏天降生，从一开始就显出温和与沉着，总是乐呵呵的，就算身边雨骤风狂，他也不慌不忙。他经常一副刚爬出灌木丛的样子，身上带着道道伤痕，这都拜海蒂的抓挠所赐，她只要一有机会就会下手，通常先拿抱一抱或友好地摸摸脸蛋作幌子。推着婴儿车在城中穿行曾经让我厌烦，如今已完全消逝，成为一段古怪的旧史，现在的我推着一辆破旧的童车上街，里面装了三个小孩，一只手往往还拎着两三个购物袋，眼睛周围和面颊上刻着深深的沟纹，目光里燃烧着久已失去联系而又空无一物的凶残。我不再为了自己做的事具有潜在的女性化色彩而烦恼，现在的问题是带孩子去我们必须要去的各种地方，他们可不要死活不挪窝，也别使出种种别的花招，来让我对一个轻闲的上午或下午的希望泡汤。有一次，一群日本游客在马路对面停下，对我指指点点，好像我是街头马戏团的领班一样。他们指着我。那儿有个斯堪的纳维亚男人！快看呀，看完了把看到的东西告诉你们的孙子！

　　这几个孩子让我倍感自豪。万妮娅胆子大，野性十足，你说什么也不会想到，她那瘦小的身体对活动的胃口竟然如此之大，如此贪婪地吞噬着外部世界，不放过树木、攀爬架、游泳池和野地，刚到新幼儿园的头几个月里一度让她畏缩不前的内向，现在已经无影无踪，变化如此之大，竟至于下一次"发展谈话"完全朝着相反的方向进行了。现在的问题不再是万妮娅的隐藏，不再是她不想和成年人接触，也不再是她在游戏当中从不采取主动，恰恰相反，根据他们小心翼翼的说法，问题也许是她有时占据了太多的空间、太想拔尖所致。"坦率地讲，"幼儿园的园长说，"她有时欺负别的孩子。而积极的一面，"他接着说，"就是为了这样做，她必须能理解当前的局面，还要足够聪明才能从这种局面中获益。但我们设法让她懂得她不能这样做。你们知不知道她从哪儿学会这个节奏的：呐——呐呐呐呐——呐？她从电影或是别的什么里看来的吗？如果是这样，我们可以在这儿放一放那部影片，给大家解释一下那是什么。"自从上次会面，他们谈到语言矫治师并把她的羞怯归为缺陷或不足之后，我便不在乎他们对万妮娅的看法了。她刚满四岁，再过几个月就会把这些统统丢开……海蒂没那么野，她的身体控制水平完全不同，她好像以一种迥然有别于万妮娅的方式呈现在自己的身体里，对万妮娅而言，虚构的作品不过是现实的变种，尽可以信马由缰地展开想象。当万妮娅不能从一开始就掌握某种东西时，她会因失望而变得暴躁、发狂，也会充满感激地接受帮助，而海蒂事事都想亲力亲为，如果我们伸出援手，她会受到冒犯，而她不断尝试，直到取得成功。噢，她脸上那种胜利的喜悦！游戏场有棵大树，她抢在万妮娅之前爬上树顶。第一次，她抱住了最高的树枝。第二次，在小小的狂妄驱使下，她爬到了最高处。我坐在长椅上，正看报纸，忽然听她在尖叫：她坐在树梢上，两手空空，离地六米，一不留神就会掉下来。我爬上去抓住她，大笑不停，你到底在那儿做什么呀？她走路格外爱跳，我认为那是开心的跳。她是家里唯一一个真心快乐的人，好像是这样，或许她天生如此。她忍受一切，只是不喜欢挨训。挨训时她嘴唇颤抖，接着泪如泉涌，哄她可能要花上一个小时。她喜欢跟万妮娅玩，玩什么都行，而且她特别喜欢骑马。夏天我们去那个游乐园，她骑驴时带着满脸的骄傲。但是看到海蒂骑驴的样子也无法让万妮娅改变主意，她就是不想骑，她再也不骑了，她把眼镜往鼻子上一推，突然蹿到约翰前面，发出一声尖叫，弄得周围所有人都看我们。不过约翰喜欢这个，他也跟着叫，他俩哈哈大笑。

太阳已经低悬于西边的松林上方。天空深蓝，一如我童年记忆里喜爱的颜色。我心里的某种东西缓缓落下，又骤然上升。但这于我毫无助益。过去是无所谓的。

琳达把海蒂从那头蠢驴身上抱下来。她对牲口和卖票的女人招手作别。

"好了，"我说，"现在直接回家。"

我们的车几乎孤零零地停在巨大的碎石停车场。我在附近的马路牙子上坐下，把海蒂放到腿上，给她换尿布。我又把约翰绑在前座上，琳达也在后座给两个小丫头系好了安全带。

我们租了一辆很大的红色大众。这是我领驾照以来第四次开车，因此每一件与此有关的事都让我深觉乐在其中。点火，换挡，加速，倒车，手握方向盘，样样好玩。我以前从未想过自己驾车，这并不属于我的自我形象，所以此时的愉悦愈发强烈，因为我发现自己开着车，以一百五十公里的时速沿高速公路疾驰回家，并且很快找到了一种平稳的、几乎让人昏昏欲睡的节奏，打转向灯，变道，超车，打转向灯，回到原车道，周围一派乡间景色，起初以森林为主，逐渐上行，爬上巨大的山坡，极目远眺，所见皆为麦地，低矮的农舍，秀丽的灌木林和阔叶树组成的小森林，海洋在西边，像一道从不消失的边界。

"看！"我在到达山顶时说，下面就是斯科纳的乡间，"真是美极了！"

金色的麦地，绿色的山毛榉森林，蓝色的海洋。在夕阳的照耀下，一切都是强烈的、几近颤抖的。

没人搭理我。

我知道约翰睡了。难道后排那几位也睡着了？

我回头看了一眼。

的确。三个女孩子东倒西歪，嘴巴张着，眼睛闭着。

幸福在我心里奔涌而出。

这只持续了一秒，两秒，也许三秒钟。总是随之而至的阴影便出现了，这是幸福的黑暗伴侣。

我一只手轻拍方向盘，跟着音乐唱歌。这是酷玩乐队新出的 CD，本来我无法忍受，却发现边开车边听颇为对口。我以前有过一次和现在一模一样的体验。那时我十六岁，正在恋爱，夏日的一个早晨，我们穿越丹麦，前往尼克宾的训练营，我坐在前排，除了我和司机，车上的人都睡着了。他放了一张险峻海峡那年春天新出的 CD《手足兄弟》，还有斯汀的《蓝龟梦》和 Talk Talk 乐队的《这是我的人生》，一起构成了我此前几个月里种种美妙经历的配乐。平缓的地形，初升的太阳，寂静的窗外，熟睡的乘客，无不因幸福而加深了印象，感觉那样强烈，二十五年后我仍然记得。但那一次的幸福没有阴影，它是纯粹的、不加稀释的、没有杂质的。那个时候人生之路就在我脚下，一切都可能发生。一切都有可能。现在不再是那样了。许多事发生了，而发生过的事为可能发生的事提供了前提。

不仅仅是机会少了，我体验到的情感也在变弱。人生不再那么热烈。我知道我到了中途，也许行程已经过半。当约翰和我现在一样大时，我将年届八十，一只脚踏进坟墓，如果不是两只脚全在里面的话。再过十年我就五十岁了。再过二十年，六十岁。

一片阴影笼罩在幸福之上，这很奇怪吗？

我打了转向灯，变道，超过一辆大卡车。我太没有经验了，小车一在气流中开始摆动，我就感觉不安。但我不怕，我开车这么长时间只怕过一次，就是驾照考试的当天。那是冬至前后的一个清晨，外面漆黑一片，我从未摸黑开过车。大雨倾盆，我也从未在雨天开过车。考官是个很不友善的男人，一副很不友善的样子。很自然地，我把检查车况的规定动作牢记于心，可他说的第一件事是，我们不用做检查了，玻璃除一下霜就行，然后我们就算你过了。我不知道怎么除霜，他们反反复复教给我的流程上没有，等我在仪表板上找到开关，已经过去了整整两分钟。可我又忘了除霜必须先发动汽车，这让考官上下打量我一番，问我，"你到底知不知道怎么开车？"然后替我拧了钥匙、点着了火。开局糟糕透顶，我两条腿更不争气，一点儿也不听使唤，哆嗦个没完，而且一望即知，我的手眼协调能力是完全不存在的，所以我们根本不是平稳地上路，而是像袋鼠一样蹦跳着汇入了车流。一片漆黑。早晨的交通高峰时段。大雨倾盆。一百米之后，考官问我平日里做什么工作。我说我是作家。于是他兴趣大增。他告诉我他是个画家。他搞过一次展览什么的。他问我写过什么。后来他跟我说我应该去的地名时，我刚开始和他讲到《万物皆有时》。他问这本书有没有在瑞典出版。我点了头。在那儿！路牌在那儿。可那是最里面的车道！于是我朝它打了方向盘，踩下油门，他迅速出手，一个急刹车，我们停下了。

"那是红灯！"他说，"你没看见吗？红得要死！"

我什么灯也没看见。

"看来考完了，对吗？"我说。

"恐怕是这样的，"他说，"如果我们必须出手，你就过不了了。这是规定。你想再开一段吗？"

"不了，咱们回去吧。"

考试总共历时三分钟，九点半我回到家。琳达用急切的目光看着我。

"没过。"我说。

"噢，不！"她说，"太惨了你！发生了什么？"

"闯红灯。"

"真的？"

"当然是真的。今天我一大早起来的时候，谁会相信我路考要闯红灯！下次一定没事的。我不会连续两次闯红灯。"

这不算大问题。我们没有车，我在一月份还是三月份拿到驾照都无关紧要。我在一堂堂驾驶课上已经浪费了难以计数的金钱，再多一小笔也没什么区别。唯一的问题是我们本来计划月底出行，我已经接受了一份工作邀约，去南挪威的森纳，有心全家同行，待工作结束，借着返城途中，到特维德斯特兰外的桑岛，找个家庭旅馆住几天，看看那里的情况。其实我几年前考察过桑岛，感觉那里会成为我们完美的安家之地。岛上居民大约两百人，有一座幼儿园，一座可以上到三年级的学校，没有汽车。景观像极了我小时候的环境，我一直渴望着回到那里，只可惜它形似而实非，桑岛不是特罗姆岛，不是阿伦达尔，也不是克里斯蒂安桑，我不会为了世界上的任何东西回到那里，而是某种不同的东西、新的东西。我有时认为我们对自己乡土的渴望是生物学意义上的，就像叶落归根，这是一种本能，既可以让一只猫走上几百公里找到它原来的地方，也可以在我们身上发挥作用，人的动物性，一如来自远古、深藏于我们身体里的种种潜流。

有时我在互联网上观看桑岛的照片，那里的景致带给我的冲击如此强烈，竟然完全压过了在那里生活暗含的孤独和被遗弃的感觉。琳达当然不这么想，她对这个主意更为怀疑，但并没有一口回绝。对我来说，住在海边的树林里，远比待在城市中央的六层楼上更为合适。于是我们左思右想，时间之长，足以让我们生出去那里做一番实地考察的想法。但我没拿到驾照，于是我一个人去了森纳，这就意味着此次出差完全失去了意义。我去那儿有什么好谈的？

那天晚上我正在网上预订机票，盖尔打来电话。我们白天已经谈过，但他最近几个星期一直心烦意乱，只是表面上不那么明显，所以他再次来电也没什么好奇怪的。我坐进扶手椅，脚放到书桌上。他跟我谈了一点他正在写的蒙哥马利·克利夫特的传记，他写他奋斗不息，用尽一切方式将人生发挥到极限。我对蒙哥马利·克利夫特仅有的记忆来自碰撞乐队，他们在《伦敦呼唤》里有句歌词："蒙哥马利·克利夫特，甜蜜！"，结果盖尔也是从这儿听到他名字的，虽然方式完全不同：在伊拉克，他和罗宾·班克斯一起住在自来水厂，此人是个英国瘾君子，曾与那支乐队过从甚密，跟他们一起巡回演出，他们甚至有一首歌题献给他。他告诉盖尔，蒙哥马利·克利夫特怎样在他们的人生中占据了重要位置，这促使盖尔开始更多地去了解他。另一个原因在于《乱点鸳鸯谱》是他特别喜欢的电影。我谈了托马斯·曼的《布登勃洛克一家》，我刚开始重读，我谈了书中的语句多么完美、文笔多么高明，我乐在其中，真心乐在其中，每一页都是这样，前所未有的一次，还谈到这种完美，比如场景，再比如形式，都属于一个不同的时代，有别于托马斯·曼写作的那个阶段，实际上使它更像一种仿制、一种重建，或者换句话说，一个摹本。当摹本超越原作时会发生什么呢？它真能吗？这是一个经典难题，至维吉尔那样的作者必定会费尽心机加以克服。一种风格或一种形式和它在其中出现的特定时代、特定文化之间的关系有多么紧密呢？一种风格或一种形式一出现就会遭到破坏吗？在托马斯·曼的笔下，它没有被破坏，这个字眼不恰当，也许更"矛盾"才对，没完没了的矛盾，由此生出讽刺，会动摇所有基础的讽刺。我们继而谈到斯蒂芬·茨威格的《昨日的世界》，这本书是对上世纪初的绝佳描述，年龄、郑重其事、不年轻和美都是称心如意的，所有的年轻人都想要一副中年人的样子：肚皮，表链，雪茄和谢顶。第一次世界大战和后来的第二次世界大战炸毁了一切，在我们和他们之间形成了一道鸿沟。后来盖尔又谈起蒙哥马利·克利夫特，谈他恣意放纵的生活、他不可抑止的活力。他声称过去一年里读过的所有传记都有一个共通之处：它们都是活力论的。不是理论意义上的，而是关乎实践。他们总在追求尽用人生。杰克·伦敦，安德烈·马尔罗，诺达尔·格里格，欧内斯特·海明威，亨特·S·汤普森，马雅可夫斯基。

"我很理解萨特为什么吸食安非他命了。"他说。"快车道上的人生，更多的成就，激情燃烧。就是这么回事。但他们所有人中最始终如一的一个，就是三岛。我总是回到他那里去。他自杀时才四十五岁。他始终如一。英雄必须漂亮，不能老。云格尔正好相反。过一百岁生日时，他坐在那儿喝干邑、抽雪茄，像刀子一样锐利。一切都跟力量有关。我只对这一点感兴趣。力量，勇气，决心。智慧？不。我认为智慧你想要就会有。这不重要，没意思。在七十年代和八十年代长大就是个笑话。我们一事无成。我们做的事情毫无意义。我写作是为了夺回我失掉的严肃感。这就是我做的。可是当然了，这样做没有任何目的。你知道我坐在哪儿。你知道我做什么。我的人生太微不足道了。我的敌人太微不足道了。不值得把力量花在上面。可是也没有别的了。所以我坐在这儿，在卧室里抓耳挠腮。"

"活力论，"我说，"还有一种活力论，你知道的。跟土地和血统联系在一起的活力论。二十世纪二十年代的挪威。"

"噢，我对那个不感兴趣。我所说的活力论里没有一丁点儿纳粹主义。倒不是说如果有会怎样，但确实没有。我说的是反自由主义。"

"挪威活力论里也没有一丁点儿纳粹主义。是中产阶级把纳粹主义引进来的，又把它转变成了某种抽象的东西，一种观念，换句话说，一种并不存在的东西。它的要点是对一块土地的渴望、对家庭的渴望。汉姆生之所以如此复杂，是因为作为一个人，他是无根的、漂泊不定的，而在美国人的意义上，这同样也是现代的。但他鄙视美国，大众社会，无根性。他鄙视自己。结果讽刺的是，它的意义远远超过了托马斯·曼那一套，因为它与风格无关，它触及的是人的基本存在。"

"我不是作家，我是个农民，"盖尔说，"哈哈哈！但是不，土地你可以留下。我只对社会感兴趣。没有别的。你可以读卢克莱修，高呼哈利路亚。你可以谈十七世纪的森林。我一点儿都不关心。只有人是有价值的。"

"安塞尔姆·基弗有张画你看过吗？画的是森林。你看到的只有树和雪，有些地方还有些红色的斑点，再就是用白色写上去的德国诗人的名字。荷尔德林，里尔克，费希特，克莱斯特。是战后最伟大的艺术作品，也许是整个二十世纪最伟大的。它画了什么？一座森林。有什么用意？它不是关于观念的，它一直进入到文化的深处，它无法用观念来表达。"

"你有没有看过《浩劫》？"

"没有。"

"森林，森林，森林。还有脸。森林、毒气和脸。"

"那幅画叫《瓦鲁斯》。我记得他是罗马的将军，在日耳曼尼亚输掉了一场决定性的战役。整条脉络从七十年代一直回溯到塔西佗。沙玛在《风景与记忆》里把它勾勒出来了，这本书我读过，你知道的。我们还可以把奥丁算上，他吊在树上来着。大概吊过，我不记得了。但那是森林。"

"我明白你要说什么了。"

"我读卢克莱修时，通篇都是世界的壮丽。而这一点，世界的壮丽，当然是个巴洛克概念。它和巴洛克时代一起走到了尽头。它是关于事物的。事物的物质性。动物。树。鱼。如果你为行动的消失感到遗憾，我就为世界的消失而遗憾。世界的物质性。我们只有图片了。那是我们与之相关的东西。可是启示录现在又是什么呢？南美洲正在消失的森林？冰盖的融化，海平面的上升。如果你写作是为了夺回你的严肃感，我写作就是为了夺回世界。是的，不是我所在的这个世界。绝不是这个社会化的世界。巴洛克时代的惊奇屋。古董陈列柜，基弗森林里的世界。艺术。再无其他。"

"一幅画？"

"叫你说着了。对，一幅画。"

有人敲门。

"我等一下打给你。"我说完便挂掉了电话。"进来！"

琳达打开门。

"你在打电话吗？"她说，"我只想跟你说一声，我要去洗个澡。你听着点儿孩子，留神有人醒了。别戴耳机。"

"那当然。洗完你就睡吗？"

她点点头。

"我也睡。"

"好的。"她说完笑了笑，关上门走了。我拨通了盖尔的电话。

"我懂什么啊。"我说着叹了口气。

"我也一样。"他说。

"你晚上干什么来着？"

"听了点儿布鲁斯。有十张新 CD 今天寄到了。我又订了……十三张，十四张，十五张。"

"你疯了。"

"没有，我没有……我妈今天死了。"

"你说什么？"

"她一睡不醒。现在她的不安结束了。有什么用？有人可能会问。但我爸伤心欲绝。当然还有奥德·斯泰纳尔。我们过几天回去。葬礼一个星期后举行。你不也是那个时候去南挪威吗？"

"十天后，"我说，"我刚订了机票。"

"那我们说不定还能见面。我们肯定得在那儿待几天。"

片刻的沉默。

"你一开始为什么没跟我说，"我问，"我们聊了半个小时你才告诉我。你不管什么事都要搞得没事一样吗？"

"不。哎呀，不是。你误会了。哎呀，不是的。我只是不愿意老想着这事。一跟你聊天，我就能把它放到一边。就是这么简单。这没什么好谈的。你肯定理解。谈了也白谈。布鲁斯的作用一样。可以逃避一下。嗯，这并不是说我有很多的感慨。但我觉得那也是一种感情。"

"确实。"

我挂断电话，走进厨房和客厅之间的过道，拿了一个苹果，一边站在那儿大嚼大咽，一边看着厨房。里面的东西全给敲掉了。

原来是厨台的位置现在一片灰泥，长长的木板靠在裸露的墙上，地板落了一层土，还有各种工具和电线，有些很快要安装的家具裹着塑料包装。装修预计还要两个星期才能完工。其实我们只想要个洗碗机，但厨台尺寸不对，工头说最简单的办法是把厨房整个换掉。于是我们就这样弄了。费用由业主来出。

有声音，我扭过头。

是从孩子们的房间传出来的吗？

我走过去探头一看。她们睡着呢，两个都是。海蒂在上铺，脚放在枕头上，脑袋枕着卷起来的羽绒被，万妮娅在下铺，也躺在被子上，胳膊腿全张开着，身体摆成一个小小的 X。她把脑袋扭到另一边，又转过来。

"妈妈哞 [1]。"她说。

她已经睁开了眼睛。

"你醒了吗，万妮娅？"我问。

没有回答。

她睡得很死。

她有时在后半夜惊醒，尖声哭叫，但又不可能跟她交流，她只是没完没了地哭啊、叫啊，好像不省人事，好像我们不存在，好像她是完全一个人待在那里。如果我们抱起她，搂得紧紧的，她会激烈反抗，又踢又打，想回到原来的样子。那个时候她充满了野性，不可接近。她没睡，可也没醒。处在中间状态。看到这一幕让人揪心。但第二天醒来后，她又满心愉快了。我很想知道

[1] "妈妈哞"（Mamma Mu）是瑞典儿童广播剧里的角色，也有对应的书籍和电影。

她记不记得那种绝望，它是不是像梦一样溜掉了。

不管怎么样，她都会愿意听到她在睡着的时候叫过"妈妈哞"。我得记着告诉她。

我关上门，走进卫生间，唯一的光源是立在浴缸边沿的一支小蜡烛，迎着窗口的气流轻轻摇曳。里面水汽弥漫。琳达躺在浴缸里，眼睛闭着，半个脑袋没在水里。她注意到了我，慢慢地坐起身。

"原来你待在山洞里。"我说。

"很舒服，"她说，"你想跳进来吗？"

我摇摇头。

"我也不想。"她说。"对了，你跟谁说话来着？"

"盖尔，"我说，"他母亲今天死了。"

"噢，真难过……"她说，"他还好吧？"

"还好。"我说。

她靠回到浴缸沿上。

"我们大概也到了这个年纪了，"我说，"米凯拉的父亲几个月前刚死。你母亲心脏病发作。盖尔的母亲也死了。"

"别这么说，"琳达说，"妈妈一定能活很多年。你妈也一样。"

"也许吧。如果她们挺到七十岁，就能长寿。一般都是这样的。不管怎么说，我们离老头老太太也不远了。"

"卡尔·奥韦！"她说，"你还不到四十！我也才三十五！"

"我有一次跟耶珀谈过这事，"我说，"他父母都不在了。我说我最糟的状况就是不再有任何人见证我的生活。他根本不明白我在说什么。我也不是很清楚自己是不是当真这么想。或者说，我想要让人见证的并不是我自己的生活，而是我们孩子的。我想让妈妈看到她们成长，不只是在现在她们还小的时候，而是长大以后。她们的方方面面她都应该了解。你懂我的意思吗？"

"当然。可我不知道我想不想谈这个。"

"你记得那次你走进房间，问我知不知道海蒂在哪儿吗？我跟你出来找。贝丽特在那儿，她把阳台的门打开了。我一看到门是开着的，就特别害怕。我眼前一黑。恐惧也好，惊慌也好，害怕也好，甭管是什么，都在一瞬间涌上心头。我以为海蒂一个人上了阳台。有几秒钟我都以为咱们孩子没了。那大概是我这辈子经历过的最恐怖的时刻了，以前我对这么强烈的感情一无所知。特别是从未有过这样的经历，体会到意外是可能发生的，而我们真有可能失去他们。说来说去，我曾认为他们永远不死。可是，是啊，这种事我们不该谈。"

"谢谢。"

她笑了笑。她把头发拢到后面，她脸上什么妆都没化，看起来好年轻。

"你根本不像三十五岁的样子，"我说，"你像二十五。"

"是吗？"

我点点头。

"上次我去酒类专卖店，人家确实跟我要证件来着。我应该心花怒放才是，可同时呢，等我上了街，又会让各种各样的传教者拦下。我老被拦住。我跟大伙在一起，谁都没事，可他们一看见我就直接过来了。肯定和我给人的印象有关。那儿有一个我们可以拯救的。她正苦苦地盼着大救星呢。你不这样认为吗？"

我耸耸肩。

"也许因为你的样子太天真了？"

"哈！还不如盼救星的样子呢！"

她用两根手指捏住鼻子，整个身体沉到水下。她再从水里出来时，先摇晃脑袋，再微笑着看着我。

"怎么了？为什么这样看我？"

"这就是个例子，"我说，"小孩子干的事。"

"什么？"

"沉到水下。"

在和卫生间相邻的卧室里，约翰开始哭了。

"拍拍他的背，我马上就来。"

我点点头，走到卧室。他躺在那儿，边哭边舞动着两只胳膊。我把他翻过来，让他像乌龟那样趴着，用手掌摩挲他的背。他最喜欢这个样子了，只要没有充足的时间进入兴奋状态，他总能很快安静下来。

我唱了我会的五支摇篮曲。琳达进屋上床，把他搂过去。我走进客厅，穿上外套，戴好围巾和帽子，穿上放在阳台门边的鞋子，走到外面，在角落里的椅子上坐下，倒了些咖啡，点着一支烟。风从东面吹来。天空深邃，繁星点点。飞机的灯光闪烁不停。

我二十岁那年的夏天，妈妈有一天打来电话，跟我说她肚子里长了个大瘤子，第二天就要住院，然后开刀。她说还不知道是不是恶性的，因此没法说以后会怎样。她说瘤子挺大的，很长时间都不能俯卧。她的声音疲惫而虚弱。我当时和高中时代的一个女友希尔德一起，待在克里斯蒂安桑城外的瑟姆，此前几分钟我站在车道上，守着汽车等她出来，我们要去游泳。这时她在阳台上叫我，卡尔·奥韦，你妈的电话。我马上意识到情况不妙，却没唤起任何感情，对她冷冰冰的。我挂断电话，去跟已经上车的希尔德会合，打开副驾驶这边的车门上车，说妈妈要动手术，明天我得去弗勒。这就像一场活动，我应该参与其中，有个角色让我扮演，扮一个飞回家照顾妈妈的孝子。我想象葬礼的场面，大家纷纷表示慰问，为我感到难过，我还想到她要留下的遗产。接着我又想到，我终于有件有意义的事可写了。在这些想法产生的同时，似乎有另一个声音同时出现，说着不要啊，这很严重，不要，好好听着，你妈要死了，她对你很重要，你想要她活下去，你想，卡尔·奥韦！我感到跟希尔德这样说会给我加分，让我在她眼里变得更加高大。第二天她开车把我送到机场，我在布林格兰索森降落，搭乘机场巴士前往弗勒市中心，再坐市内公共汽车去医院，在那儿拿了妈妈家的钥匙。她刚搬过来，家什全装在箱子里，她要我不必费事，别管它们，等她回来再收拾。要是你回不来呢，我心里想。坐公共汽车前往山谷，穿过绿得刺眼的乡间地带，整晚整夜一个人待在那房子里。第二天下山去医院，她开刀后昏昏沉沉，十分虚弱，好在手术一切顺利。她的房子坐落在一块小平原的尽头，一面是坡地，再往上是一座山，另一面有条河、一座森林，还有另一座山。回来之后，我开始拾掇箱子，把装有厨具的那些搬进厨房，别的也各归其类。夜幕落下，公路上车声渐稀，河水奔流的声音慢慢加大，我的身影在墙上和箱子上忽闪着。我是谁？一个孤独的人。我刚开始学习与这一点共处，也就是尽量对它无视，但我仍然有很长的路要走，所以只要一放下手头的活计，我就感到心头一阵寒意，这冰冷的魔鬼，也许穿上外套，也许走到草地上去，穿过花园的门，跨过公路，走到河边，灰而黑的河水在那里流过夏夜，我站在闪亮的白桦树之间凝望河水，心情因此有所平复，与这氛围相符，而又难以解释。肯定有什么东西在那儿，因为我那个时候也到了那儿。在夜里出门，寻找水。海洋，河流，湖泊，都无所谓。噢，我眼里全是自己，我好伟大，可同时我又什么都不是，非常羞耻地一个人过，没有朋友，满脑子想着那个人，那个女人，可就算我把她弄到手，也不知道该拿她怎么办，因为我仍然没跟人睡过。私处对我只是理论上的存在。我从来没梦想过能拿这个词派上用场。下部，胸部，后部，这就是我描述自己欲望时所用的词。我动了动自杀的念头，我从小就有这种想法，因此看不起自己，这根本不可能发生，我有太多事要报复，太多人去恨，太多东西纠缠不清。我点了一支烟，抽完后就回到满地箱子的空屋。到凌晨三点，所有箱子各归其位。我开始把过道里的画挪进客厅。当我把其中一幅放下时，一只鸟突然飞起来撞到我脸上。噢，真是活见鬼！我跳开了保准有一米远的距离。那不是鸟，是一只蝙蝠。它满屋子扑腾来扑腾去，动作狂野而激动。我吓得要死，跑出去，关上门，爬上二楼的卧室，整夜待在里面。六点左右我睡着了，一直睡到下午三点，赶快穿上衣服，搭公共汽车去医院。妈妈好些了，但因为止痛药的缘故，仍然有点儿头昏眼花。我们坐在露台上，她坐着轮椅。我对她讲了那年春天我经历过的一些糟糕的事。也许我不该让她担心，因为她刚开过刀，但当时没这么想，过了好几年才醒悟。

当我返回空屋，那只蝙蝠正在墙上吊着呢。我拿过一只水桶把蝙蝠扣住，听到它在里头扑腾，恶心得差点儿吐出来。我把水桶贴着墙往下滑，倒扣在地板上，蝙蝠没有逃掉。不管怎么说，它如果还没死，那就是叫我逮住了。前一天晚上我怎么干的，现在还怎么干，关上客厅的门，上楼进卧室，躺下来看司汤达的《红与黑》直到睡着。第二天早晨，我在小屋里找到一块砖。我轻轻把桶掀开，发现蝙蝠一动不动地躺在地上，我迟疑了一下，我能想办法把它弄到外面去吗？也许把它扒拉到桶里，然后拿报纸盖住？不到万不得已，我不想把它砸死。还没等我拿定主意，我已经使出全身气力狠狠把砖头拍向地板上的蝙蝠，把它砸了个稀巴烂。按住砖头，来回辗压，直到确定它再无生命的迹象。软乎乎的血肉抵着坚硬的石头，这感觉挥之不去，持续了好几天，唉，好几个星期。我拿畚箕撮起蝙蝠，丢进路边的排水沟。然后我洗刷它待过的地方，彻彻底底地洗刷过了，再搭公共汽车去医院。第二天妈妈回家了，于是我做了两个星期的乖儿子。在葱翠的山谷中间，在灰色的天空下面，我搬家具、拆箱子，一直忙到快开学，才搭公共汽车去了卑尔根。

那个二十岁的青年现在在我身上还剩下多少呢？

不是很多，我这样想着，坐在那儿，举头仰望城市上空微微闪烁的群星。关于自我的感觉还是一样的，还是那个我每天早晨让他醒、每天晚上让他睡的人。但那种近乎恐慌的战栗没有了。凡事要看别人脸色的习惯也没有了。而它的反面、我赋予自己的那种自大狂一般的重要性已经变小。也许不多，但终归是小了。

我二十岁时，离我十岁时只隔了十年。童年的一切仍然很近。

仍然是我的参照点，我可以借以理解事物。现在不再是这样了。

我站起身走回屋里。琳达和约翰已经睡了，相挨着躺在卧室的黑暗当中，约翰像个小球。我在他们身边躺下，看了他们一会儿，然后我也睡着了。

十天后的那个清晨，我降落在克里斯蒂安桑城外的谢维克机场。从十三岁到十八岁，我就住在十公里开外的地方，这片乡村到处留下了记忆，但这一次它几乎没有、或者说完全没有在我心里唤起情感，也许因为从我上次来这儿仅隔了两年的时间，也许因为我比以前走得更远。我从飞机上走下舷梯，左边是托普达尔峡湾，在二月的阳光下闪闪发光。右边是吕恩斯勒塔，有一年除夕在那儿，扬·维达尔和我曾冒着暴风雪跋涉下山。

我走进航站楼，经过行李传送带，到小卖店买了一杯咖啡，拿上它走到外面。点一支烟，看着人们零零散散地出来，走向机场巴士或排队等候的出租车，到处都能听见南挪威的口音，让我心里充满矛盾。它属于这里，它是归属感的鲜明标志，既是文化上的，也是地理上的，还有我总能听出来的那种自命不凡，现在我仍然能够听到，也许这是我自己的解读，因为我本人不属于这里，也从来不属于这里。

我打开手机看了一下时间。十点刚过。我应该下午一点在阿格德尔新建的一所大学做今天的第一场演讲，所以还有充足的时间。第二场在森纳，出城大约二十公里，时间是七点半。我已经决定脱稿讲话。我以前从没这样干过，因此每隔十分钟，恐惧和紧张便袭过周身上下。我腿也软，感觉端着杯子的手似乎在颤抖。但是没抖，我确认过了。我在垃圾桶上方灰色的箅子上按熄烟头，穿过自动门回到小卖店，买了三份报纸，在一只吧凳模样的高脚椅子上坐下，开始看报。十年前我写过这个房间，在《出离世界》的最后一幕，主人公亨里克·万克尔就是从这儿出发去见米丽娅姆的。我当时在沃尔达写小说，峡湾的景色、往来穿梭的渡轮、港口和对面山下的灯光，在房间里，在我描写的景致中，只是一道暗影，而我曾经东游西荡的克里斯蒂安桑一如当初，在我的脑海里重现了。我也许记不得人们对我说了什么，我也许记不得在那儿发生了什么，可我清清楚楚地记得它是什么样子，记得弥漫在它周边的那种氛围。我记得我待过的所有房间和所有景致。如果闭上眼睛，我能唤起小时候那幢房子的所有细节，还有邻居的房子、周围的景物，至少方圆几公里的范围之内。学校，游泳馆，体育馆，休闲俱乐部，加油站，商店，亲戚家。我读过的书也一样。书里写的东西过几个星期就消失了，但故事发生的地点几年都忘不掉，也许永远不会忘掉，谁知道呢？

　　我翻阅《日报》，又看了《晚邮报》和《祖国之友报》，完了就坐在那儿，看着来来往往的人。我应该用这段时间来做准备，可我只是读了几份隔夜的旧报纸、打印要念的几段文字。我在飞机上写出了准备谈及的十个要点，再做别的我就无能为力了，因为我只是去讲个话，没有比这更简单的事了，而这个念头是那么强烈、那么动听。我应该谈自己写过的两本书，可我做不来，所以只能讲讲书是怎么写出来的，多年一事无成，直到某种特别的东西开始成形，缓慢但踏实地向下发展，就用这样的方式最终将自身呈现出来。写小说就是给自己设定一个目标，然后在睡梦中走到那儿，劳伦斯·达雷尔曾经说写小说就是这个样子，此言不虚。我们手头的不仅是我们自己的生活，而且是我们文化圈内几乎所有人的生活，不仅是我们自己的记忆，而且是我们该死的全部文化的记忆，因为我是你，而你是所有人，我们来的地方相同，去的地方也相同，在路上，我们从电台听的相同，在电视上看的相同，在报刊上读的也相同，我们脑子里有相同一群名人的面孔和微笑。即使你在距离世界中心几百公里远的小镇上，坐在一个小屋里，一个人也不见，他们的地狱还是你的地狱，他们的天也还是你的天，你必须把世界这个大气球戳破，让里面所有的东西流出来。溅洒得到处都是。

这大致这就是我要谈的。

语言是共通的，我们习以为常，我们使用的形式也是共通的，所以无论你和你的观念多么异类，在文学上你永远无法让自己摆脱他人。反过来说，文学拉近了我们之间的距离：通过语言——我们无人拥有语言，实际上也几乎无法施加任何影响；通过形式——没人能单独打破它的束缚，如果有人想这样做，那么其他人必须立即追随才有意义。形式把你拖出你自己，让你远离你自己，这种距离正是贴近他人的先决条件。

开讲时，我要先说一件海于格的轶事，这个坏脾气的老头说起话来总是嘟嘟哝哝，内心极度封闭，多年来完全与世隔绝，但他与文化和文明中心的距离之近，几乎超过同时代的所有人。他有过怎样的交流？他把自己放在了怎样的位置？

我从椅子上滑下来，走到柜台续杯。拿一张五十克朗的纸币换成硬币。我得在离开这里之前给琳达打个电话，而我人在国外，手机就打不出去了。

不会有事的，我心里想着，看了看写有要点的两张纸。这些都是老观念了，我已经不相信它们了，但这没什么大不了的。重要的是我谈了些东西。

最近几年，我越来越不相信文学了。我边读边想，这是某个人编造的。也许原因在于小说和故事完全把我们淹没了。失控的膨胀。不管你朝哪个方向看，都能看到小说。数以百万计的平装书、精装书、电影 DVD 和电视剧，统统是编造的人物在一个虽然不乏现实色彩、但仍属编造的世界上发生的故事。报纸新闻、电视新闻和广播新闻的类型完全相同，纪录片的类型也相同，它们同样都是故事，它们讲述的东西是不是真的发生过并无区别。这是一种危机，我全身心地感觉到了这一点，有什么东西像猪油一样在我的意识里浸染、扩散，尤其因为这些虚构的作品，无论真实与否，其核心都是貌似真实，它们与现实永远存在着距离。也就是说，它们看到了相同的东西。这种相同，也就是我们的世界，是大量制造出来的。因此，独特性虽然人人挂在嘴边，但它是无效的，它并不存在，它是谎言。像这样生活，同时明知道每件事都可能非常不同，会让你非常失望。我不可以这样写作，这行不通。每一个句子都会碰到这种想法：你不过是在编造。这毫无价值。虚构式的写作毫无价值，纪录式地讲故事毫无价值。而我能从中发现价值、并且仍然在提供意义的体裁，只有日记和随笔，这样的文学类型不涉及故事、不涉及任何东西，而只包含着你能遇到的一个声音，你本人的声音，一种生活，一张面孔，一种目光。如果不是另一个人的目光，还有什么是艺术作品？它并不高于我们，也不低于我们，而是和我们自己的目光处在同样的高度。艺术不能集体体验，什么都不能，艺术需要你单独与之相处。单独与之对视。

就想到这儿，然后走进了死胡同。如果虚构作品是毫无价值的，那么世界也就成了无价值的，因为我们今天是透过虚构的作品在看世界。

当然，现在我也能把这个问题相对化了。我可以认为它更多关乎我的精神状态、我个人的心理状况，而不完全是世界的实际状态。埃斯彭和托雷现在是我交往最久的朋友，我在他们发表处女作、成为作家之前很久就认识他们了，如果我对他们谈及上述观点，必定会遭到强烈的反对。方式各不相同而已。埃斯彭是批判型的，同时怀着强烈的好奇心，对世界抱着难以餍足的欲望，他写作时全部的能量都指向外部：政治，体育，音乐，哲学，教会史，医学科学，生物学，绘画，重大时事，重大史实，战争和战役，还有他自己的女儿们，他的假日旅行，他耳闻目睹的小插曲，他无所不写，而且努力加以理解，同时带着特有的轻松，因为他无意内省和反思，他的批判在外面可谓战果累累，足以拿来摧毁一切。这样一种入世的态度正是埃斯彭喜欢和渴望的。我刚认识他时，他还很内向、腼腆，沉默寡言，闷闷不乐。我知道他走了很长的路才过上现在的生活，实际上他为此付出了很多努力，过去让他沮丧的一切都已消失。他走到了正确的地方，他很快乐，虽然对世界上的很多东西抱着批判的态度，但并不愤世嫉俗。托雷的轻松是另一种类型，他喜爱当前的时代，对它抱有莫大的兴趣，这大概植根于他对流行音乐深深的迷恋，对排行榜的剖析，本周的热门歌曲怎样让位于下星期的其他曲目，涉及流行乐美学的方方面面，巨大的销量，媒体的曝光率，巡回表演。他把这些转移到了文学当中，因此理所当然地受到严厉的批评，但他以特有的决心继续坚持着。如果说他厌恶什么，那就是现代主义，因为它是反沟通的，不可接近，深奥难懂，并且带着无限的自负，甚至无意为自己辩护。但是你说什么，才能影响一个力赞过辣妹组合的人？影响一个为情景喜剧《老友记》写过热情洋溢的文章的人？我喜欢他选定的方向，他瞄准了前现代小说，巴尔扎克，福楼拜，左拉，狄更斯，却对他关于形式能袭用于今天的信念不敢苟同。因此在我做的事情当中，他唯一真正批评过的便是形式。他认为我的形式太弱了。我也喜欢埃斯彭的方向，博学、离题、过剩、包罗万象的随笔，带着某种巴洛克式的繁复。但我不喜欢他的立场，例如一面讴歌理性主义，一面嘲笑浪漫主义。但不管怎么说，埃斯彭和托雷做任何事情都不是半心半意的，我挑不出毛病，没错。这正是我必须要做的，以尼采精神来肯定人生，因为除此之外再无他途。这就是我们拥有的一切，这就是既存的一切，你还要对它说不吗？

我掏出手机，打开它。海蒂和万妮娅的照片让我眼前一亮，海蒂的脸紧贴着屏幕，笑容灿烂，万妮娅在后面略显温和。

十点四十五分。

我站起身，走到投币电话前，插入四十克朗，拨通琳达的手机。

"今天上午怎么样？"我问。

"糟透了，"她说，"彻底乱作一团。完全失去控制。海蒂又把约翰给挠了。万妮娅和海蒂打了一架。我们要走的时候，万妮娅在街上乱发脾气。"

"噢，不。噢，不，"我说，"太惨了。"

"后来我们到幼儿园时，万妮娅说：'你和爸爸老生气。你们老是那么生气。'我听了真得很难过！难过得要死。"

"我能理解。这太糟糕了。我们得想个办法出来，琳达。一定要。我们一定要有个解决的办法。我们现在这么做不行。我一定得控制自己。大部分都是我不好。"

"我们必须，"琳达说，"必须谈谈了，等你回家以后。我这么绝望，都是因为我只想我们快乐。我想的只有这个。可我做不到！我真是个坏妈妈。我连自己的孩子都带不好。"

"你不是那样的。你是个特别特别好的妈妈。不是那么回事。可是我们一定能行。肯定能行。"

"嗯……路上怎么样？"

"挺好的。我现在在克里斯蒂安桑。这就出发，去大学。我怕得像条狗。最讨厌的就是这种事。没有比这更讨厌的了，可我还是做了一遍又一遍。"

"一直都挺顺利的。"

"不完全是。有的时候还行。可我真不愿意站在那儿没完没了地抱怨。没事儿，我不会有事儿的。晚上我再打电话，好吗？如果有什么事，打我手机就行。接电话没问题。"

"好的。"

"你在做什么？"

"跟约翰在柳塘公园散步。他睡着了。这儿不错，我应该高兴才对。可是……今天早晨让我伤透了心。"

"会过去的。你们下午肯定就没事了。我得走了。再见！"

"再见。祝你好运！"

我挂断电话，拿起包，然后走到外面抽最后一支烟。真操蛋。真操蛋。

我靠在墙上，看着森林，黄色与绿色之间灰色的岩壁。

我实在难受，因为孩子们。我在家老是生气易怒。我会无缘无故就吼海蒂，是的，对她叫嚷。还有万妮娅，万妮娅……她要是不听话，脾气一上来，不仅怎么说都不行，而且又喊又叫，还打人，这时候我也冲她吼叫，抓起她就往床上扔。我完全失去了控制。事后又感到后悔，想要有耐心，慈祥，友善，做好人。好人。这就是我想做的，我只想这个，做三个孩子的好父亲。

我不是吗？

操。操。操。

我扔掉烟头，抓起包就走。我不知道大学在哪儿，我住这儿的时候它大概还不存在，于是我叫了一辆出租车，直接开过去。它从停车区驶出，我坐在后座，先沿跑道开一段，然后过河，经过我的老学校，我根本不在乎那儿，接着上山、下山，过哈姆雷桑登，露营地，沙滩，后面建有住宅区的小山，我的大部分同学当时就住在那儿，穿森林而出，到蒂梅内斯交叉路口，驶上通往克里斯蒂安桑的 E18 公路。

大学位于一条隧道的对面，离我上过的高级中学不太远，但与它完全隔绝，仿佛森林中一座小小的孤岛。建筑大，美，新。从我搬走以后，无疑有很多钱流入了挪威。人们穿得更好了，开的汽车更贵了，遍地都是新开工的建筑项目。

一个留着络腮胡子、戴着眼镜、老师模样的人在大门口和我碰头。我们握了手，他带我看了要做报告的房间，就忙自己的事去了。我径直走向食堂，将一条长棍面包吞落肚中，坐到外面的阳光下喝咖啡、抽烟。到处都是学生，比我以为的年轻，看上去更像来这儿念高中的。我一下子看见了自己，一个眼窝深陷的中年人，背着包，一人独坐。四十。我很快就四十岁了。有一次当汉斯的朋友奥利告诉我们他已经四十岁时，我不是差点儿一屁股坐到地上吗？我一开始还不相信，后来就用一种完全不同的眼光看待他的生活了，这老头子跟我们混个什么劲儿？

现在我自己也到了这把年纪。

"卡尔·奥韦？"

我抬起头。诺拉·西蒙耶尔面带微笑，站在我面前。

"嗨，诺拉！你怎么在这儿？你在这儿工作吗？"

"是啊。我看见你要来，心想大概能在这儿找到你。见到你好高兴！"

我站起来拥抱她。

"快坐！"我说。

"你看上去真不错！"她说，"快跟我说说，你过得还好吗？"

于是我长话短说。三个小孩，四年斯德哥尔摩，两年马尔默。一切都好。我第一次见她是在卑尔根大学的一次学生派对上，当天晚上他们在庆祝结课，后来在沃尔达又撞见她，她在那儿教书，而我在写第一本小说，她读了并且是第一个作出评论的人，她在奥斯陆待过一段时间，在一家书店和《晨报》工作，出版了第二本诗集，又在这儿找了份工作。我说克里斯蒂安桑曾经是我的噩梦，但这二十年中，这里的变化一定很大。在这儿上高中是一码事，在大学里工作又是另一码事。

她喜欢这儿，她这样说，看上去也很高兴。她已经把写作的事丢在一边，但不是再也不写了，你永远不知道还会发生什么。有个朋友走过来，她是美国人，我们谈了谈新旧两个国家之间的不同，然后往礼堂走。活动还有十分钟开始。我肚子疼起来了，是的，全身上下，到处都疼。我的两只手整天都在潜意识里颤抖，现在真的在抖了。我在桌边坐下，胡乱翻了翻书，抬头看着门口。礼堂里有两个人。我和那位老师。难道那一天又要重现？

我第一次公开朗读就是在克里斯蒂安桑，在我的小说处女作出版几个星期之后。四位观众到场。其中一位，我看见他时心里美滋滋的，正是我原来的历史老师罗森沃尔，现在当了校长。后来我走过去和他聊天。原来他对我几乎全无记忆，他来这儿的目的，是要听、要见当晚三位新人中的第二位：比亚特·布雷泰格。

回家也不过如此。报复过去也不过如此。

"好吧，我看咱们这就开始？"老师说。

我看了看一排排的椅子。总共坐了七个人。

一个小时的活动结束以后，诺拉说她很受触动。我微笑着感谢她的美言，但我讨厌自己，全身心地讨厌，恨不得赶快溜走。

幸运的是，盖尔比我们约定的时间提前二十分钟出现了。我下楼时，他站在宽敞的大厅中央。我有一年多没见他了。

"以前没觉得你会继续掉头发。"我说。"可我错了。"

我们握了握手。

"你的牙可真黄，要把城里的狗都招来了，"他说，"他们会认你作狗王。怎么样？"

"来了七个人。"

"哈哈哈。"

"没关系，还算顺利。咱们走？你车在外头？"

"对。"他说。

虽然今天刚刚埋葬了母亲，但他的心情惊人地舒畅。

"上一次我来这儿，是参加青年国民卫队的一次训练，"他在我们穿过广场时说，"我们在离这儿不远的地方发了制服。可是当然了，那时候还没有这个呢。"

他按下钥匙上的遥控器，二十米外一辆红色萨博闪了闪灯。后座上有个儿童座椅，那是他儿子尼亚尔的，他比海蒂晚出生一天，我是他的教父。

"你想开车吗？"他笑眯眯地问。

我一时不知如何作答，只是微笑。拉开车门，坐进去，座椅往后挪，系上安全带，看着他。

"不走吗？"

"去哪儿？"

"进城？不然还能去哪儿？"

他打火，倒车，驶上公路。

"你好像有点儿沮丧，"他说，"不是挺顺利的吗？"

"顺利是顺利。不顺利我也不会跟你说。"

"为什么不说？"

"嗯，你知道的……"我说，"有小问题，还有大问题。"

"我妈是昨天下葬的，不属于'问题'的范畴。"他说。"发生什么了？快说呀。你憋着什么？"

我们驶入短隧道，在平原处驶出，近旁是国王农场，周身沐浴着强烈的冬日阳光里，堪称美景。

"我早些时候跟琳达谈过。"我说。"她这个上午很难熬，嗯，你知道我指的是什么。调皮捣蛋，一团混乱。然后万妮娅说我们老生气。她说得没错。我一离开就能意识到。其实我现在就想回去，赶紧解决问题。这事怎么也放不下。"

"没什么新鲜的。"

"是的。"

我们驶上 E18，到收费站前停下，盖尔打开车窗，往灰色的金属漏斗里投了硬币，继而驶过奥德内斯教堂，后面就是爸爸下葬时的小教堂，还有克里斯蒂安桑大教堂学校，我在那儿上过三年学。

"这地方对我来说意义太大了，"我说，"我爷爷奶奶就埋在这儿。还有我爸……"

"他就在这儿的某个库房里吧？"

"没错。一直没顾上。呵呵呵。"

"自生自灭。呵呵呵。"

"哈哈哈！不过说真的，我得赶快把这事解决了，让他入土为安。必须要做。"

"在库房里待十年又不碍事。"盖尔说。

"是，那倒是。但是火化过的另当别论。"

"哈哈哈！"

沉默下来了。我们驶过消防站，进入隧道。

"昨天葬礼怎么样？"我问。

"挺好，"他说，"来了很多人。教堂都装满了。多年不见的亲戚朋友一大堆，其实从我小时候就再没见过。很好，很感人。爸爸和奥德·斯泰纳尔都哭了。他们完全垮了。"

"你呢？"我问。

他看了我一眼。

"我没哭，"他说，"爸爸还跟奥德·斯泰纳尔抱在一起。我一个人站在旁边。"

"你没觉得不安吗？"

"没有。为什么不安？我有我的感受。他们有他们的感受。"

"在这儿左转。"我说。

"往左？去那边？"

"对。"

我们进入四方区，沿堡垒街行驶。

"右边有个停车楼，就快到了，"我说，"停在那儿？"

"好的。"

"你觉得你父亲为这事儿会怎么看你？"我问。

"因为我没表现出悲痛的样子？"

"对。"

"他不会往心里去的。'盖尔就这样。'他准会这么想。他一贯如此。他总是对我全盘接受。我有没有跟你说过他到派对上接我那一次？我十六岁，非吐不可，他停下车，让我吐，吐完继续开车，一个字都没说。充分信赖。所以我在母亲的葬礼上没哭、没搂着他，他根本不会觉得怎么样。他有他的感受，别人有别人的感受。"

"听上去他是个好人。"

盖尔看了看我。

"是的，他是个好人。他也是个好父亲。但我们生活在两个世界。那就是你说的地方吗？那儿？"

"对。"

我们驶入地下停车场，把车停好。在城里闲逛。盖尔想去唱片店看看，搜罗布鲁斯 CD，他现在痴迷于此，于是我们去了两家大书店，接着找地方吃饭。最后选了图书馆旁边的派乐仕比萨店。盖尔似乎对上个星期他生活中发生的事情无动于衷，我们坐在那儿边吃边聊时，我很想知道这是不是因为他果真无动于衷——如果是也没什么——还是因为他需要隐藏自己的情感。我刚到斯德哥尔摩那段时间，他写了一些短篇小说，我读了，它们最突出的特点就是与所描写的事件相距甚远，我记得我告诉他，这就像一条有待打捞的巨大沉船，躺在他意识的深处。他不再关心这个了，这对他不重要，当然这并不意味着它没有意义。他不承认它，并在这一前提下生活。可是它占据着什么位置呢？它被移除了吗？被合理化地处理掉了吗？或者如他所说，这是"旧闻"？他和家人之间的距离与此有关：他把过去的一切都放在安全距离之外。他们的生活，据他所说由一系列有规律的日常活动组成，其亮点是出城去购物中心、到小吃店吃周日餐，以及极少超出食物和天气之类的谈话主题，这种生活让他坐立不安，几欲发疯，我推断还因为他做的事在其中没有地位。他们对他做的事完全不感兴趣，他对他们做的事也完全不感兴趣。如果要搞好关系，他得见他们，但他不想。同时，他经常会赞美他们在亲密无间的关系中表现出的热情和体贴，还有抱啊、搂啊什么的，但在说这种话之前，他几乎每次都要讲他们身上有哪些东西让他无法忍受，比如苦修式的习惯，而且他对我不无奚落，说我拥有他在家没有的一切，知识分子的求知欲和不断的交谈，他称之为中产阶级的益处，而我们既没有他出身其中的工人阶级那种典型的热情和亲密，也没有欲望去创造在学术圈饱受蔑视的安逸氛围，因为这种情趣和它表达的东西被认为是简单的，也是粗俗的。盖尔厌恶中产阶级和中产阶级的价值观，但又非常清楚，这些东西及其副产品正是他在大学工作中已经认可了的，他困在里面动弹不得，像一只撞进蛛网的苍蝇。

他很高兴见到我，我注意到了，他大概也因为母亲的死而如释重负，这主要是替她着想，而不是因为自己的缘故。他一开始提到的几件事当中，有一件就是母亲的恐惧留下了怎样的影响。什么都没有……但是有一点，我们彼此套牢，一如作茧自缚，我们没办法脱身，不可能解救自己，你的人生是你自己的人生。

我们谈到了克里斯蒂安桑。对他而言这只是一个城市，对我来说，只要一踏上这个地方，种种旧日的情感便一起涌上心头。大部分是憎恨，但也有我自己的问题，我达不到这里对我的要求。

盖尔认为这与一个人成长的地方息息相关，时间会让它改变颜色，但我不同意，阿伦达尔和克里斯蒂安桑区别很大，精神面貌亦有不同。城市也有自己的性格、心理、思想、灵魂，随便你怎样称呼，你一走进去就能注意到，它定义了住在里面的人。克里斯蒂安桑是一座商业化的城市，有一颗唯利是图的灵魂。卑尔根也有唯利是图的灵魂，但它还有智慧和讽刺，也就是说，它包容外面的世界，它非常清楚不是只有它这一座城市。

"对了，我夏天读了《新土地》，"我说，"你看过这本书吗？"

"很早以前。"

"汉姆生在书里对商人大加赞扬。此人年轻、有活力，是世界的未来和大英雄。他对文化人只有蔑视。作家啊，画家啊，他们什么都不是。可商人不一样！很好玩。你能理解这个人多么矛盾吧？"

"嗯，"他说，"传记中有一节写他遇到一些婢女。出版说明里没有认真对待这一问题，或者是理解不了。但事实上汉姆生是最底层出身。这一点你忘了。他是个工人阶级作家。对他来说，婢女就是沿着社会阶梯向上攀爬的一个台阶！如果你不理解这一点，就别想从汉姆生那儿得到任何东西。"

"他不回头看，"我说，"他就像心理上没有父母一样，你懂我的意思吧。我留下了这样一种印象，在诺尔兰某地的一个客厅，有些灰色的老头扒在墙上，他们太老也太灰了，很难把他们跟家具区分开来。而且与汉姆生后来的生活反差极大，简直毫无关联。但是不可能一直如此。"

"不可能吗？"

"可能，可能，但你知道我在说什么，对不对？汉姆生的作品没有描写童年的，除了《圆环闭合》。也没有描写父母的。他书里的人物没有来历，没有过去。这究竟是因为他们确实没有意义，还是因为意义被有意抽离了呢？所以，这些人物就以某种方式成了最早的批量生产出来的人类，也就是说，没有自己单独的、确定的起源。决定他们的是现在。"

我拿起一片比萨，弄断连着的长长的奶酪，咬了一大口。

"尝尝蘸酱，"他说，"好吃！"

"蘸酱都归你了。"我说。

"对了，你几点过去？"

"七点。七点半开始。"

"那咱们少说还有一两个小时呢。开车转转怎么样？你可以看看原来那些地方。我在克里斯蒂安桑也有几处要去。我妈有个叔叔，他们一家子原来住在隆。我想过去再看一眼。"

"咱们先找个地方喝杯咖啡，然后再出发，行吗？"

"附近有家咖啡馆，小时候我们常去那一带。咱们过去看看它还在不在。"

我们付钱离开。一路漫步，走向喀里多尼亚酒店。我给他讲了那儿发生的火灾，当时我就站在防护栏后面，仰望着黑乎乎的外立面，上面的东西全都烧没了。我们缓步走过港口的集装箱，前往公共汽车站，经股票交易所，穿过马肯斯街，进入一家有点附庸风雅的咖啡馆。我们坐在室外，很冷，但我可以抽烟。然后我们步行到停车的地方，先开到滨河街的房子，爸爸妈妈离婚的那年冬天，我就住在里面。房子已经卖掉了，也整修过了。接着我们去了爷爷奶奶的房子，爸爸就死在里面。开到码头前面的广场，车停到小街上，抬头看那房子。它现在刷成白色的了。桌子也换了。花园整洁。

"就是这儿？"盖尔说，"多好的房子啊！漂亮，中产阶级，昂贵。我根本无法想象。我想象的东西都不一样。"

"是的，"我说，"就是这儿。但我对它已经没感觉了。这只是一座房子。它已经无关紧要了，我现在知道了。"

两个小时之后，我们把车停在人民高中门前，我要到这儿做朗读会。它坐落在森纳城外的森林中央。天色完全黑下来了，到处都有明亮的星光闪烁，附近某个地方有河水奔流，树叶沙沙响。关车门的声音回响在墙与墙之间。寂静随后包围了我们。

"你确信是这儿吗？"盖尔问，"在森林中央？大礼拜五晚上，究竟谁会来这儿听你读书？"

"管他呢。"我说。"不过就是这儿。很不错吧？"

"噢，是不错。气氛很足。"

我们走进大门，脚踩在冰冻的石子上，发出嘎吱嘎吱的声响。一座大楼，一幢很大的白色木屋，看起来出自十九世纪末二十世纪初。另一座木屋与它相对垂直，位于二十米开外，三扇窗户亮着灯光。其中一扇窗里现出两个人影。一个在弹钢琴，另一个拉小提琴。右侧还有个像大谷仓的建筑，也是黑的，朗读会就定在那儿开。

我们瞎转了几分钟，往黑乎乎的窗户里看，发现有一间藏书室，还有一个好像客厅的地方。我们沿小路走到一座石桥，桥下是一条小河或小溪。黑色的水面，对岸的森林像一堵黑墙。

"咱们得喝杯咖啡什么的。"盖尔说。"要不咱们找那两个人问问有没有钥匙？"

"不，我们谁都不问，什么都不问，"我说，"组织活动的人该来就会来的。"

"最起码咱们暖和一下，"盖尔说，"这你总不会反对吧？"

"不反对。"

我们走进这幢狭窄的房子，到处回荡着两位青年音乐家的乐声。他们肯定只有十六七岁。女孩有一张美丽而温和的脸，而他呢，年纪相当，但是满脸粉刺，笨手笨脚，还有点儿生气，好像看见我们蛮不高兴似的。

"你们有没有大门的钥匙？他要搞读书会，我们来得有点儿早了。"

她摇摇头。不过我们可以到隔壁房间坐一会儿，那儿也有一台咖啡机。于是我们去了。

"我有一种郊游的感觉，"盖尔说，"这里的灯光。外头又冷又黑。还有这森林。还有谁也不知道我到了什么地方。谁也不知道我在干吗。是，有种解放了的感觉。但也有好多的黑暗。都怪这里面的气氛。"

"我知道你要说什么，"我说，"不过我只是紧张。全身疼。"

"就因为这个？在这儿讲个话？放松啊，伙计！没事的。"

我把一只手举到空中。

"看见了？"

我像老头子一样哆嗦着。

半个小时之后，我们被人领进了要举行活动的礼堂。又一个留着络腮胡子、戴眼镜、年近六十、老师模样的人接待了我。

"很不错吧？"他在我们进屋时说。

我点点头。的确如此。谷仓里是一间大礼堂，像太空舱的样子，显然是为了保证最佳的声音效果。这里能容纳二百人。每个房间的墙上都挂着艺术品。我又一次想到，这个国家现在有很多钱了。我把包靠着讲台放下，拿出纸和书，跟另外几个我必须致意的人握了手，其中一位是要在谈话结束之后摆摊的书商，一位迷人的、干劲十足的老妇人，然后我下楼，在黑暗里散步，走到河边抽了两支烟。接着到厕所坐了十五分钟，两手抱头。我回来时，已经有些人了。四十个，也许五十个？很好。还有一支小乐队呢，他们要演奏巴洛克音乐。他们表演了半个小时，就在一个星期五的晚上，在森林的中央。然后该我了。我站到讲台正中，迎着所有人的目光，喝水，翻翻那几张纸，开始讲话，结结巴巴，吞吞吐吐，声音颤抖，终于入港，妙语连珠。观众专心，他们的兴趣对我起了推波助澜的作用，我越来越放得开，该笑了，他们哈哈大笑，我洋溢着幸福的感觉，对一群和你心意相通的观众讲话，简直再没有比这更振奋人心的事了，他们不仅希望你讲得好，而且能进入你讲的东西里。我看得到，我激发了他们，后来我坐下签字时，每个人都要跟我讨论我刚才讲的，他们满怀热情地告诉我，那番话说到了他们心坎上。等我跟盖尔走向停车的地方时，我才重新落回地面，落回我平时所在的地方、白眼横飞的地方，我什么都没说，只是上了车，凝视着公路在黑暗的乡间蜿蜒曲折。

"很好，"盖尔说，"你做起来非常在行。我不明白你之前诉的哪门子苦。你可以到处去做报告，凭这个挣钱了。"

"是蛮好的，"我说，"但是我给了他们想要的。我说了他们想听的。我迎合了他们，就像我迎合每件事、迎合每个人一样。"

"我前面有个女人，"盖尔说，"好像是个老师。你刚讲到虐待儿童，她一下子绷直了身体。后来你把话绕回去了。婴儿化。她这才点头。这个概念她是可以接受的。它掩盖了一切。但如果你没这么说，如果你没进一步去谈，我就不敢保证过后每个人都要跟你讲话了，真不敢保证。要是不谈婴儿化，那不就是恋童癖吗？"

他哈哈大笑。我闭上了眼睛。

"森林里的小乐队。巴洛克音乐。真没想到。哈哈哈！真是个美好的夜晚，卡尔·奥韦，真的是呀。简直魔幻。黑夜，星空，还有林间的飒飒之声。"

"对。"我说。

我们行驶在克里斯蒂安桑城外，过瓦罗大桥，经动物园，过内霍尔姆、利勒桑、格里姆斯塔。一路上东拉西扯，进阿伦达尔，走到蒂霍尔门一带，我在酒吧喝了杯啤酒，毫无由来地感觉失魂落魄。置身此地，身边是港口周围熟悉的建筑，海峡对面是特罗姆岛的剪影，在这样一个拥塞着记忆的世界上，感觉良好，然而陌生，完全不是因为盖尔，我把他和我人生中斯德哥尔摩的那部分连在一起。十二点左右，我们驶向希斯岛，他指给我看一些地方，却没能激起我真正的兴趣，其中有座码头，他年少时曾与人流连此处，然后我们驶向他长大的老屋。他把车停在车库门外，我从尾箱取出自己的背包和人家给我的花束，跟着他走向屋舍，其样式与我家相仿，至少是同一时期建成。

过道里摆满了鲜花和花圈。

"刚办了葬礼，你能看出来，"他说，"如果你愿意，我把你的也插进花瓶里吧。"

我遵命行事。他带我看了给我过夜的房间，那实际上是他哥哥奥德·斯泰纳尔的，但已经为我收拾过了。我们在厨房吃了几块三明治。我到两间起居室转了转。他总是说他父母属于我父母那一代之前的一代，当我看到他们怎样布置屋子，便理解了他的意思。长条地毯，小块地毯，桌布，每样东西都带着五十年代内陆的感觉，家具和墙上的照片同样如此。一座七十年代的房子，装饰成了五十年代的人家，这就是它给人留下的印象。墙上有许多家庭照片，一大组装饰品摆在窗台上。

我以前进过刚死人的房子，到处都是混乱。这里却好像没受到任何影响。

我到草地上抽了根烟。然后我们互道晚安。我上了床，不想合眼，不想见我在那儿见过的东西，但我非见不可，我鼓足全身的力气，去想一个中性的主题，几分钟之后就睡着了。

第二天早晨七点，我就让楼上房间的动静弄醒了。那是盖尔的儿子尼亚尔和克里斯蒂娜起床的声音。我冲了个澡，穿好衣服上了楼。一个大约七十岁的老头，慈眉善目的，从厨房出来问候我。这是盖尔的父亲。我们谈了一会儿我怎么在这儿长大的，这儿有多美。他全身上下带着善良的气息，但不是琳达父亲那种开放的、近乎自我暴露的方式。不，他脸上也有一种硬度。不完全是坚硬，而是……骨气。就是这么回事。后来，他哥哥奥德·斯泰纳尔进来了。我们握了手，他坐到沙发上开始说东道西。他也很友善、温和，但有一些羞怯，这一点他父亲没有，盖尔则绝对没有。老人家在客厅摆好了餐桌，我们坐下，我一直在想他妻子和他们的母亲昨天才入土，我在这儿不合适，可他们待我以友好和关心，盖尔的朋友就是他们的朋友，他们的家是敞开的家。

尽管如此，我出门时还是长出了一口气。

飞机是下午的，我们已经计划开车转转，去一趟我很久没回去过的特罗姆岛，而不是蒂巴肯——虽然不管怎么说，我是在蒂巴肯长大的——然后直奔机场，但他父亲坚持要我们先回家，这是星期六，他要去鱼码头买些虾，我回马尔默之前非得尝尝不可，我们那儿没这种虾，对不对？

对，我们非得尝尝不可。

于是我们钻进汽车，驶向特罗姆岛。盖尔聊着我们经过的地方，与之相关的奇闻轶事。一个完整的人生从这片地区浮现出来。他接着谈起自己的家庭。谈他母亲是怎样的人，谈他父亲和他哥哥。

"见到他们很有意思，"我说，"现在我更懂你一直在说的了。你父亲和你哥哥，他们跟你几乎没有接触点。和你的性情完全不搭界。你的思想和你的好奇心。你的不安定。你父亲和你哥哥只

651

有善良和亲切。那又怎么沟通呢？有个人不在了，这很明显。你母亲一定很像你。我说得对吗？"

"对。就是这样。我理解她。但也正是因为这个，我必须远走。对了，你没见过她，真是可惜。"

"我来得太晚了。"

"三代人之间最可靠的联系，大概就是尼亚尔、爸爸和我有着一模一样的枕骨。"

我点点头。我们驶上特罗姆岛大桥前的山坡。山峰已经夷平，修筑了公路，建起了工业厂房，这些东西就像任何地方一样。

在我们下方，我看到了小小的耶尔斯塔岛，再往远处是于贝湾。右边是霍瓦尔的房子。公共汽车站，下面是森林，冬天我们曾经把那儿当成滑雪坡，夏天就走到下面的岩石去游泳。

"在那儿。"我说。

"哪儿？左转？我操，你就住那儿？"

老瑟伦的房子，野樱桃树，就是那儿了，居民区，北山环路。

我的天，它可真小。

"就是那儿，一直往前。"

"哪儿？那红房子？"

"对。我们住那儿的时候是褐色的。"

他停下车。

样样都那么小。那么丑。

"没什么可看的，"我说，"得了，咱们接着走。上山去。"

一个穿大号羽绒衣的女人推着婴儿车在前面走着。不然的话，这里哪儿都没有生命的迹象。

奥尔森家。

山。

我们过去把它叫山，但它只是个小土丘。后面是西夫的房子。斯韦勒和别人家的房子。

一个人都没有。哟，那边有一群小孩。

"你半天没吭声了，"盖尔说，"你思绪万千了吧？"

"思绪万千？不，更像是无动于衷。这儿太小了。什么都没有。我以前从没有过这种体会。什么都没有。可当时它是我的一切。"

"是啊，卡尔·奥韦。"他微笑着说。"一直往前走？"

"咱们在周边开车转转，怎么样？特罗姆岛教堂？那儿可好了。十三世纪的。还有些漂亮的十七世纪的墓石，上面有骷髅、沙漏和蛇。我在自己写的第一篇正儿八经的短篇小说里，用了其中的一句铭文。作为题记。"

所有这些地方我都记在心里了，一生当中它们无数次地出现在眼前，无数次地经过窗外，完全没有光环，完全不带色彩，就是它们本来的样子。几处悬崖，一个小海湾，一座破旧的浮码头，一条狭窄的海岸线，后面有些老房子，在远处没入水中的平原。就这些了。

我们爬出汽车，走到公墓。四处闲荡，朝海洋的方向眺望，但即便如此，即便看到松树一直向下生长到卵石滩上，离裸风越近的地方，树也越来越小，我仍然无动于衷。

"好了，咱们走吧。"我说。我看见我在夏天劳动过的田地，通向海水的道路。每到五月十七左右，我们就能下水游泳了。桑于姆湾。我老师的房子，她叫什么来着？海尔加·托格森？现在怎么也快六十岁了吧？费尔维克，加油站，另一边的房子，就是在那儿，我走之前的那天晚上，班里的女同学在派对上变得非常热情，还有超市，我还记得它施工时的情形。

什么都没有了。但这些房子仍然有人在住，仍然是屋中人的一切。人们在那里出生，人们在那里死亡，在那里做爱，争吵，进食，排泄，饮酒，寻欢，读书，睡觉。看电视，做梦，吃一枚苹果，凝视着屋顶上方，秋风摇动高而细长的松树。

又小又丑，但一切尽在其中。

一个小时之后，我坐在客厅的桌边，一个人，全速吃虾，盖尔的父亲伺候我，他自己一点儿都不吃，只是乐见我走以前有一份南挪威的体验。然后我跟他们握手，为床和借宿向他们道谢，再度钻进汽车，坐到盖尔旁边，驶向机场。我们走了行经比克兰的路线，因为我想看看童年时的另一个家——在特韦特的那一个——现在什么样了。

盖尔在那幢房子前停了车。他哈哈大笑。

"你就住那儿？在森林中间？前不着村后不着店的！这儿连一个人毛儿都没有！真是没有人烟呢……要我说，整个就是《双峰镇》。要不就是《佩妮莱和内尔松先生》，你记得吧？我小时候叫它吓得魂儿都要出来了。"

我把各处指给他看时，他还是笑个没完。我也笑起来了，因为我透过他的眼睛看到了这个地方。这些老旧、破败的房子，这些院子里的汽车残骸，停在外面的卡车，房屋之间的距离和显而易见的贫穷。我试图向他解释，说我们的房子当年多么漂亮，住在这儿多么惬意，这里什么都不缺，这里应有尽有，但是……

"得了！"他说，"住在这儿肯定像受刑一样。"

我没答话，我伤了自尊，我感到需要做出防卫。但我没生气。这里还是一样的，那种内在的体验，它让一切因为有了意义而洋溢着光芒，在外部世界却没有对应之物。

我们在停车场握了手，他重新钻进汽车，我走向候机楼。航班是去奥斯陆的，我要在那儿换机飞往丹麦的比隆，到那儿再换一班，前往哥本哈根的凯斯楚普。晚上十点我才到家。我进门时琳达拥抱了我，一个长长的、充满激情的拥抱。我们在客厅坐下，她已经弄了些吃的，我把这一趟出门的事讲给她听，她说前一天好些了，但她认识到我们一定要做些什么，来打破我们陷在其中的恶性循环，我同意，这个样子是不能继续了，不能，我们必须找到一条出路，开辟一条新路。十一点半，我进了卧室，打开电脑，建了个新文件，开始写字。

在面前的玻璃窗上我看到了映照出的我的面容。除了眼睛还闪着光亮，其余部分因微弱的反光显得暗无光彩，左面整个脸部处在阴影中。两道深皱纹爬过前额，两边脸颊上各刻下一道深纹，纹路暗黑。当这双眼睛严肃地凝视，嘴角微微向下，让人不得不联想，这张脸阴郁时又该会是怎样。

在这张脸上刻印下了些什么呢？ [1]

---

[1] 引自《我的奋斗 1：父亲的葬礼》第 30 页，林后译。

第二天我继续写。想法是尽可能接近我的生活，所以我写了琳达和约翰在相邻的房间睡觉，万妮娅和海蒂在幼儿园，窗子里的风景和我正在听的音乐。第二天我到租来的木屋里去了，在那儿又写了一些，是些极为现代派风格的段落，关于大的结构当中出现的脸啊，图案啊，还有沙丘啊，云啊，经济啊，交通啊，间或走进花园吸烟，看鸟儿在天上飞来飞去，时值二月，这巨大的外租地空无一人，只有一排又一排小小的、得到妥善维护的玩具屋，坐落在小小的花园，如此完美，俨然置身客厅。傍晚时分，一大群乌鸦飞临，肯定有几百只，一片黑云，拍打着翅膀，漂浮而过，继续向前飞行。夜幕落下，灯光从花园另一头敞开的门里涌出，除了被它照亮的东西之外，我身边的一切都是黑暗的。我在这里坐得如此安静，竟然有只刺猬大摇大摆地从我脚边半米远的地方爬过去了。

"您慢走。"我说，一直等它爬到树篱，我才起身进屋。第二天我开始写爸爸离开妈妈和我的那个春天，虽然我讨厌每个句子，但还是决定坚持下去，我必须把它弄完，讲出我很久以来要讲的故事。回到家，我接着写，用上了我十八岁那年做的一些笔记，不知道为什么我一直没把它们丢掉。我一下子看到了"沟里的啤酒袋子"，它指向我青少年时代的一个除夕之夜，这个我可以用，我什么都不想管，只要撇开一切崇高的想法。几个星期过去了，我写作，送孩子去幼儿园上学，到幼儿园接孩子放学，下午陪他们去众多公园中的一座，做晚饭，给他们读书，哄他们睡觉，在夜里写审读报告，做别的零活儿。每个星期天，我骑自行车去利姆港球场，踢两个小时的足球，这是我仅有的休闲活动，别的事要么是工作，要么是带孩子。利姆港球场是一片巨大的草地，位于城外，临海。从六十年代末开始，各路男子每个星期天的十点十五分在此聚集。最年轻的十六七岁，而最大的一位名叫凯，已年近八旬——他踢边路，球非得准确给到他脚下不可，可一旦他拿到球，还是踢得像模像样，不断切入中路，偶尔还能射门得分呢。但大部分球员的年龄居于三十岁到四十岁之间，各个阶层的人都有，他们真正的共同点便是踢球的快乐。上个星期天，还是二月里的时候，琳达和孩子们也一起来了，万妮娅和海蒂给我小小地加了加油，便跑到海边的游乐场去了，我继续踢球。地上肯定结了霜，平时柔软的草皮像石头一样硬，半个小时之后，一记飞铲让我跌出，一只肩膀重重地撞到地上，我马上觉得出了问题。我躺着没动，别的人围到我身边，我疼得直犯恶心，弓着肩膀、一瘸一拐地走到球门背后，别人知道这一下撞得不轻，于是取消了比赛，反正也已经十一点半了。

弗雷德里克是个五十岁上下的作家，也是个传统意义上门前抢点型的前锋，在瑞典业余比赛中仍然能够屡屡破门，他开车送我去医院。马丁是个身高两米以上的丹麦巨人，我通过幼儿园与他结识，他答应把这件事通知琳达和孩子们。急诊室人满为患，我从机器上取了个号，坐下来等待，我的肩膀火辣辣的，只要一动，就会产生刺痛感，但在轮到我之前等上半个小时还可以忍受。我在接待处对护士说明了情况，她走出来给我做了个快速的检查，抓着我的胳膊慢慢移向一侧，我发出杀猪般的尖叫。啊啊啊啊啊啊啊！所有人都盯着我看，一个年近四十的男人，身穿阿根廷国家队的球衫和足球鞋，一头长发，用橡皮筋在脑瓜顶上扎成了菠萝一样的疙瘩，因为疼痛而不住地号叫。

"你得跟我来一下，"护士说，"我们给你好好做个检查。"

我走进附近的一个房间，她请我等一下，过了几分钟，另一个护士来了，她抓着我的胳膊做了同样的动作，我再次发出尖叫。

"对不起，"我说，"可我忍不住。"

"没关系。"她说着，轻轻脱掉我的运动上衣。"我们得把你的背心也脱掉。"她说。"你看行吗？"

她拉袖子，我尖叫，她停了一下，再拉。后退一步，看着我。我感觉自己像个巨婴。

"我们必须把它剪开。"

现在轮到我看她了。剪开我的阿根廷球衫？

她拿了剪刀回来，剪开袖子，等球衫除去，便要我坐到床上，接着把针头扎进我的小臂，刚好在手腕上方。她说她要给我打一点儿吗啡。打完以后，我什么感觉都没有，她把我推到另一个房间，大概五十米远，在迷宫般的大楼深处，留下我一个人在那儿等待照 X 光不无害怕，因为我认为自己的肩膀肯定脱臼了，如果是这样，我知道复位会非常疼。但医生确认这是骨折。需要八到十二周才能伤愈。他们给了我一些止痛药，开了一张拿更多药的处方，又在肩膀上下紧紧地打了"8"字形的绷带，给我披上运动衣，就把我打发回家了。

我打开公寓的门，万妮娅和海蒂朝我跑过来。她们很兴奋，爸爸去过医院了，真像一次大冒险。我告诉她们，还有跟在她们身后、怀里抱着约翰的琳达，我摔断了锁骨，吊了绷带，没什么危险，只是接下来的两个月里不能用这条胳膊，不能提，也不能举。

"你说真的吗？"琳达问，"两个月？"

"搞不好要三个月。"我说。

"你可千万别再踢球了，说真格的。"琳达说。

"噢？"我说，"看来这事由你说了算了？"

"承受后果的人是我。"她说。"请问，我自己一个人怎么带两个月的孩子？"

"没什么大不了的，"我说，"沉住气。我已经摔断了锁骨，很疼。这可不是我故意摔的，咱们说清楚。"

我走进客厅，在沙发上坐下。我的每个动作都得慢慢来，事先做好计划。每一个小小的偏差都会引起疼痛。哎哟，哎哟，噢。我说着慢慢放低身体。万妮娅和海蒂瞪大眼睛看着我。

我对她们笑了一下，尽力把大靠垫塞到背后。她们走上前。海蒂用手摸着我的胸口，好像在做检查。

"我们能看一眼绷带吗？"万妮娅问。

"以后吧，"我说，"脱衣服穿衣服有点儿疼。"

"开饭！"琳达在厨房大叫。

约翰坐在婴儿椅里，拿刀叉敲着桌子。我坐下时，万妮娅和海蒂盯着我缓慢而费力的动作。

"这一天过的！"琳达说，"马丁什么都不知道，只说你叫人送到急诊室去了。幸好他把我们送回家，可我开门的时候钥匙断了。我的天。我还以为我们今天得跟他们待在一起了。后来我

659

又翻包，结果找着了给贝丽特的钥匙。真是走运！我还没把它挂起来呢。然后你就回来了，锁骨断了……"

她看着我。

"我太累了。"她说，

"对不起，"我说，"大概就是开头几天我什么都干不了，之后一条胳膊干什么都成。"

吃完饭，我躺倒在沙发上，背后垫着靠垫，看电视里的一场意大利足球赛。在我们有了孩子的四年里，这样的事我只做过一次。那一次我病得动不了，整天躺在沙发上，看了十分钟的第一部杰森·伯恩电影，睡一会儿，再看十分钟，再睡一会儿，间歇性地呕吐，虽然全身疼痛基本上无法忍受，可我仍然享受每一秒钟。大白天躺在沙发上看电影！没有一件必须要做的工作！没有要洗的衣服，没有要擦的地板，没有要做的饭菜，没有要照看的孩子。

现在我有了同样的感觉。我什么都不能做。不管我的肩膀多么苦、多么疼、多么痛，都赶不上能够完全平静地躺倒的快乐。

万妮娅和海蒂围在我身边，不时凑过来，轻轻打一下我的肩膀，然后跑出房间去玩，一会儿再回来。对她们来说，这大概是一起史无前例的事件，我想，我处于完全消极和静止的状态。好像她们对我有了全新的发现。

比赛结束以后，我洗了个淋浴。我们没有莲蓬头的托架，得一只手拿着它洗。现在这成了一个问题，于是我只能开着洗澡水，再艰难地爬进浴缸。万妮娅和海蒂看着我。

"你洗澡需要帮忙吗，爸爸？"万妮娅问，"我们给你洗吗？"

"是的，那样最好了，"我说，"你看见那边的布了吗？一人拿一块，然后蘸上水，往上边打点儿肥皂。"

万妮娅逐条照办，海蒂也学着她的样子。她们站在那儿，从浴缸沿儿探过身来，拿手里的布给我洗澡。海蒂哈哈大笑，万妮娅既严肃又认真。她们洗我的胳膊、颈子和胸脯。海蒂一转眼就厌烦了，她跑进了客厅，万妮娅留的时间长一些。

"这样行吗？"她终于问道。

我笑了。这是我经常问的话。

"行，非常棒，"我说，"要是没有你，我真不知道怎么办呀！"

她眼睛一亮，接着也跑到客厅里去了。

我继续躺着，直到水变凉。先是电视上的足球赛，接着洗大澡。多棒的星期天啊！

万妮娅进来看过一两次。我猜她等着看我系上绷带的样子。她讲瑞典话，仍然带着斯德哥尔摩口音，但是她早上或下午和我在一起的时候，或是因为某些别的原因而感到和我很亲近时，讲话时就会更频繁地出现带有我那种口音的词汇。她会说 mæ，而不说瑞典话的 mig。比如，她会说："Lyft upp mæ!" [1] 我每次听了都哈哈大笑。

"你能去叫一下妈妈吗？"我问。

她点点头跑开了。我小心翼翼地爬出浴缸，擦干身体，这时琳达进来了。

---

[1] 抱我起来！

"你能帮我系上绷带吗？"我问。

"当然。"她说。

我告诉她绷带应该怎么系，又说她得拉紧，不然没用。

"再紧点儿！"

"不疼吗？"

"有点儿，但是越紧，我动起来就越不疼。"

"好吧，"她说，"反正是你说的。"

然后她在我身后拉紧了。

"哎哟哟！"我说。

"是不是太紧了？"

"不，正好。"我说。我朝她转过身。

"对不起，我脾气太坏了，"她说，"可这只是因为觉得未来一片黑暗，什么事都要我自己做，连续好几个月。"

"不会是那个样子的，"我说，"用不了几天我就能送他们上学、接他们放学，跟平时一样，我可以肯定。"

"我知道你疼，这也不是你的错。可我只是太累了。"

"我知道。不会有事的。到时候就好了。"

到了星期五，因为琳达太累了，我就带上约翰，去幼儿园接两个女儿。去那儿很简单，我用右手推上童车里的约翰，小心翼翼地走在路上。回来时有些麻烦。我拿右手拉着身后的约翰，受伤的左臂紧贴住肋骨，尽力用整个身体的一侧推动万妮娅和海蒂的双人童车。疼痛不时袭来，我得小心提防，以免闷声尖叫。这必定是一幅奇异的画面，的确有人注视着我们向前移动。对我来说，这也是几个星期当中一次奇特的经历。肩不能扛，手不能提，坐下和站起都觉得费力，让我有一种无助的感觉，超出了身体上受到的限制。我一下子没有了权力，没有了力量，我迄今视之为理所应当的支配感就变得显而易见。我安静地坐着，我是消极的，好像我失去了对周遭事物的掌控。这么说，我一直以为是我控制着它们、支配着它们吗？是的，我肯定是这样的。我根本不需要利用这种权力和支配的力量，我知道它存在着就够了，它影响着我的一切行为和一切思想。现在它没了，而我第一次看见了它。更奇怪的是写作受到了同样的影响。对它我也有权力感和支配感，现在这种感觉随着断裂的锁骨消失了。突然之间，我落到文本之下，突然之间，文本支配了我，只有在精神上付出最大的努力我才勉强达到给自己设定的目标，一天写出五页。但我是勉强的，我是勉强做到的。我讨厌每个音节，每个词，每个句子，但是不喜欢我正在做的事并不意味着我不应该做这件事。一年，然后结束，到那时我就能写一些别的东西。页数在增长，故事在前进，后来有一天，我翻到了我做过笔记的另一个地方，笔记本我在过去二十年里一直保留着，内容是我刚满十六岁的那年夏天，爸爸为朋友和同事们举办的一个派对，在夏末黑暗中的一次聚会，将我自己巨大的快乐和爸爸的哭泣合二为一。它饱含了情感，那样一个不可能的夜晚，一切都汇聚在那儿，现在我终于要写它了。写完这个，剩下的就是爸爸的死。那是一道沉重的大门，要去推开，里面是冷酷的存在，但我用一种新的方式接近它：每天五页，不管发生什么。然后我起身，关掉电脑，拿上垃圾，丢到地下室，再上来去接孩子。她们穿过游乐场跑向我，互相比赛，看谁喊的声音最大，谁给我一个最大的拥抱，这个时候，郁积在我胸口的恐惧就一下子消散了。如果约翰也在，他会笑呵呵地坐在那儿，也喊也叫，对他来说，两个姐姐就是最伟大的。她们在他周围挥洒着生命，他坐在那儿吸收着这一切，尽己所能地加以复制，海蒂仍然会对他产生强烈的嫉妒，如果我们没时刻提高警惕的话。她会挠他，推他，打他，但就算这样，他也不怕海蒂，他看着她的时候从来没有带着畏惧。他忘记了吗？还是心里怀着巨大的善意，以至于其他的一切都消失在其中了呢？

三月的一天，我正在工作，电话铃响了，是个不熟悉的号码，但是因为它不是从挪威打来的，而是瑞典的，所以我还是接了。这是我母亲的一个同事，他们在哥德堡开研讨会，妈妈突然在商店里昏倒了，人家把她送进了医院，她现在处于重症监护之下。我给那儿打了电话，她心脏病发作，正在接受手术，已经脱离了危险。当天夜里很晚的时候，她自己打来电话。我能听出她很虚弱，也许有点儿糊涂。她说当时疼得太厉害了，她宁愿去死，也不想继续活着受罪。她没有昏迷，她只是跌倒了。不是在商店里，而是在街上。她说她躺在那儿，相信一切都已结束，她脑子里闪过一个念头：她度过了精彩的一生。她这样说的时候，我僵住了。

人生如此美好。

此外，她还说，在她躺在那儿等死的时候，尤其是她的童年从她脑海里闪过，像是一种突如其来的省悟：她有一个绝对精彩的童年，那时的她自由而快乐，生活是那样绚丽。在随后的几天里，我不断想到她的这番话。从某种程度上来说，我受到了震撼。我绝不可能那样去想。如果我现在倒下，在一切结束之前，有几秒钟、也许几分钟的时间去思考，那必定是完全相反的念头。我什么成就都没有，什么都没看到过，什么都没经历过。我想活下去。可我那个时候为什么活不了呢？为什么当我坐上飞机，或是坐进汽车，想象要坠机、要撞车时，为什么我想到的是那还不算太坏？那也没什么大不了的？想到我与其活着还不如死了算了？因为这就是我常常想到的东西。冷漠是七宗死罪之一，实际上是七罪之首，因为这是唯一对抗生活的罪过。

那年春末，我即将写完爸爸之死的故事，告别在克里斯蒂安桑老屋那段糟糕的日子，这时妈妈来看我了。她在哥德堡开另一个研讨会，会议一完就来看我们。距离她在同一座城市突然发病已经过去了两个月。如果她在家里倒下，多半是活不下来的：她一个人生活，虽然不可能，但就算她当真叫来人救她，距离最近的医院也有四十分钟的车程。在哥德堡，马上有人看到她，她很快就上了手术台。现在发现，那次心脏病发作并不是意外。她一直感觉疼痛，间歇性的剧痛，可她以为那是因为紧张，所以没有理会，只想回家以后再去看医生，结果犯了病。

有天早晨她在织毛线活儿，我在写字，琳达把两个女儿送到幼儿园之后，和约翰还没回来。过了一会儿，我走过去看看她怎么样了，她主动谈起爸爸。她说她一直在想，当年为什么和他待在一起，为什么没有带上我们离开他，因为她不敢吗？她说，几个星期以前，她曾和一位朋友谈及此事，谈着谈着，她突然听到自己说她爱他。这时候她看了我一眼。

"我的确爱他，卡尔·奥韦。我非常爱他。"

她以前从未说过这些。她甚至从未说过与此沾边的话。说实在的，我都想不起来她以前用过"爱"这样的字眼。

真是震惊啊。

这是怎么了？我想。这是怎么了？我身边正在发生着某种变化。抑或我的内心在变，所以我现在能看到以前看不到的了吗？又或者是因为我调动起了某种东西？因为我和她、和英韦谈了很多和爸爸在一起的那段时间。突然之间，它又一次靠近了我。

那天早晨,她接着讲起他们的初次相见。她十六岁那个夏天，在克里斯蒂安桑一家旅馆打工，有一天，在一座大公园里的露天啤酒屋，在树阴下，她的朋友把她介绍给了自己的朋友和朋友的朋友。

"我没听清他姓什么，很长一段时间我都以为他姓克努德森，"她说，"一开始我更喜欢另一个，你知道吧。可是后来我爱上了你父亲……真是美好的回忆。阳光,公园的草地,树,阴凉,那里的人……我们那么年轻，你知道的……是的，那是一次奇遇。一次奇遇的开始。就是那种感觉。"

上海市版权局著作权合同登记 图字：09-2017-1055号

图书在版编目（CIP）数据

我的奋斗 . 2, 恋爱中的男人 /（挪）卡尔·奥韦·克瑙斯高著；康慨译 .
—上海：上海三联书店，2018. 3（2023.4 加印）

ISBN 978-7-5426-6227-9

Ⅰ .①我… Ⅱ .①卡…②康… Ⅲ .①自传体小说—挪威—现代 Ⅳ .① I533.45

中国版本图书馆 CIP 数据核字 (2018) 第 034317 号

我的奋斗2
恋爱中的男人

[挪] 卡尔·奥韦·克瑙斯高 著　康慨 译

责任编辑 / 殷亚平

特邀编辑 / 李恒嘉 龚琦

装帧设计 / 陆智昌

内文制作 / 马志方

监　　制 / 姚　军

责任校对 / 张大伟

出版发行 / 上海三联书店

　　　　　（200030）上海市漕溪北路331号A座6楼

邮购电话 / 021-22895540

印　　刷 / 山东韵杰文化科技有限公司

版　　次 / 2018 年 6 月第 1 版

印　　次 / 2023 年 4 月第 2 次印刷

开　　本 / 850mm×1168mm　1/32

字　　数 / 448千字

印　　张 / 21

书　　号 / ISBN 978-7-5426-6227-9 / I·1378

定　　价 / 88.00元

如发现印装质量问题，影响阅读，请与印刷厂联系：0533-8510898